HEYNE

AF164561

DIE PHILEASSON-SAGA

Nordwärts
Himmelsturm
Die Wölfin
Silberflamme
Schlangengrab
Totenmeer

Weitere Bände
sind in Vorbereitung.

BERNHARD HENNEN
ROBERT CORVUS

TOTENMEER
DIE PHILEASSON-SAGA

SECHSTER ROMAN

WILHELM HEYNE VERLAG
MÜNCHEN

Sollte diese Publikation Links auf Webseiten Dritter enthalten, so übernehmen wir für deren Inhalte keine Haftung, da wir uns diese nicht zu eigen machen, sondern lediglich auf deren Stand zum Zeitpunkt der Erstveröffentlichung verweisen.

Verlagsgruppe Random House FSC® N001967

2. Auflage
Originalausgabe 12/2018
Redaktion: Catherine Beck
Copyright © 2018 by Bernhard Hennen
Copyright © 2018 by Robert Corvus
Copyright © 2018 by Ulisses Medien & Spiel Distribution GmbH
Copyright © 2018 dieser Ausgabe
by Wilhelm Heyne Verlag, München,
in der Verlagsgruppe Random House GmbH,
Neumarkter Str. 28, 81673 München
Dieses Werk wurde vermittelt durch
die Michael Meller Literary Agency GmbH, München
Printed in the Czech Republic
Umschlaggestaltung: DAS ILLUSTRAT GbR, München
Umschlagillustration: Kerem Beyit
Innenillustrationen: Nadine Schäkel
Karte: Nadine Schäkel
Satz: Leingärtner, Nabburg
Druck und Bindung: CPI books GmbH, Leck

ISBN: 978-3-453-31850-2
www.heyne.de

 www.twitter.com/HeyneFantasySF@heyneFantasySF

PROLOG
DER WANDELBARE KRIEGER

Salamandersteine,
vierter Tag im Kornmond, vor vierundzwanzig Jahren

»Sie werden sterben. Ihr Lied passt nicht in unseren Wald.« Mandarion Schattenträumer verschränkte die Arme vor der Brust. Er war von Anfang an dagegen gewesen.

»Sie gehen an einen Ort, an dem es ohnehin keine Harmonie gibt«, erwiderte Rallion Regenflieder gelassen.

Sein Freund Mandarion war unter den Elfen der Salamandersteine für seine Schwermut bekannt. Wenn er sie in seine gesungenen Legenden wob, war es hohe Kunst, das wirkliche Leben hingegen machte sie mühselig. Rastlos wanderte er durch die Salamandersteine und war allerorten ein gern gesehener Gast. Es hieß, selbst der uralte Riesenlindwurm Sternenfeuer lausche gern seinen Worten.

»Aber von dort kommt keiner zurück. Hätten wir ihnen das nicht sagen sollen?« Mandarion klang ernstlich besorgt. Er war einer der wenigen, die den Wald-aus-dem-Dunkelheit-blickt mit eigenen Augen gesehen hatten, und er war verändert von dort zurückgekehrt.

»Warum? Trauerst du dem Missklang nach, den sie in die Welt tragen?« Es hatte Rallion Überwindung gekostet, mit den

Dämonenbeschwörern zu sprechen, deren schrille Disharmonien die Schönheit des Waldes beleidigten. Dabei war er es im Gegensatz zu seinen Brüdern und Schwestern gewohnt, mit Schnelllebigen zu reden, schickte sein Volk doch immer wieder ihn, wenn es galt, mit den Eindringlingen zu verhandeln. Am Nachmittag würde er am Nebelteich meditieren, um seine Reinheit wiederherzustellen. Allein mit diesen Rosenohren umzugehen hatte seinem Licht an Kraft geraubt. Und dennoch mochten gerade diese Neuankömmlinge zur Reinheit des Waldes beitragen. Manchmal geschah es, dass zwei Disharmonien einander zum Verstummen brachten.

»Ein Pfeil in den Rücken wäre gnädiger gewesen«, meinte Mandarion.

Rallion sah seinen Freund überrascht an. Das lange schwarze Haar ließ sein Gesicht blass wirken. Die großen smaragdgrünen Augen wirkten verträumt, von der Welt abgewandt. Üblicherweise war Mandarion kein Freund des Lieds, das mit Blut geschrieben wurde. Was hatte er damals in dem verdorbenen Wald gesehen? Er sprach nie darüber. »Erinnerst du dich an die Schlange, die gestern die Kröte gefangen hat?«

Fragend sah Mandarion ihn an.

»Sie hat sich Zeit damit gelassen, ihr Mahl zu verschlingen. Den ganzen Vormittag. Und noch am Nachmittag konnte man sehen, wie sich die Kröte in ihrem Bauch geregt hat. Heute Morgen habe ich die Schlange tot unter den weißen Wildrosen gefunden. Das Gift der Kröte wirkt ebenfalls langsam.«

Mandarion nickte. »Auch der Wald kann grausam sein.«

»Und so fügt sich alles zu herber Schönheit.«

Rallion lauschte auf das Rascheln der Schritte im Laub, das sich immer weiter entfernte. Der Sommer war außergewöhnlich heiß gewesen. Die mächtigen Ahornbäume des Waldes hatten schon vor der Zeit einen Teil ihrer Blätter abgeworfen, sodass der Waldboden unter einem prächtigen Laubteppich aus Rot und Gold verschwand.

Rallion wandte sanft das Haupt. Fand zurück zum ungebührlichen Lärm, den die Rosenohren auf ihrem Marsch durch den Wald machten. Immerhin stimmte die Richtung, die sie eingeschlagen hatten, noch. Obwohl die drei schon längst zwischen den Ahornstämmen verschwunden waren, kostete es ihn keine Mühe, den Tritt eines jeden von ihnen zu unterscheiden.

Die Mittagssonne schickte breite goldene Lichtbahnen durch das Laubdach der alten Bäume. In der Nähe klopfte ein Specht auf der Suche nach Maden. Rallion hörte den schnellen Herzschlag eines Eichhörnchens im Geäst über ihnen.

Der Lärm der Rosenohren verklang.

Dennoch fand Rallion noch nicht wieder in das Lied des Waldes zurück. Seufzend blickte er nach Osten. Der Nebelteich würde seiner Melodie die gewohnte Schönheit zurückgeben.

Salamandersteine,
vierter Tag im Kornmond, vor vierundzwanzig Jahren

»Sie haben uns sogar den Weg gezeigt!«, rief Vermis Gulmaktar begeistert. »Ich hatte recht!«

»Die hatten wahrscheinlich Angst vor dir«, versetzte Vespertilio Organo.

Mehr als die Bemerkung des Freundes ärgerte Vermis der amüsierte Blick von Zynthia Aslaman. So reagierte ihre schöne Gefährtin auf jeden noch so tumben Scherz von Vespertilio. Deswegen hielt sich dieser mittlerweile für wortgewandt und scharfsinnig.

Gut, er war einigermaßen scharfsinnig. Sonst hätte Vermis ihre Freundschaft aus Akademietagen auch nicht wiederbelebt. »Alles Unsinn, dass die Elfen jedem Pfeile in den Rücken jagen, der sich in die Salamandersteine wagt.« Er sah sich missmutig um. Dunkle Wälder hatte er noch nie gemocht, doch dieser hier war wahrlich ein besonders unerfreulicher Ort. Seit Tagen gab es keinen richtigen Pfad mehr, dem sie hätten folgen können. Allenfalls einmal einen Wildwechsel, der für ein paar Hundert Schritt das Vorankommen erleichterte, bis er sich im Nichts verlor und sie erneut von gestürzten, langsam verfaulenden Baumriesen oder Streifen von wild wucherndem Dornendickicht den Weg diktiert bekamen. Da waren ihm die Waldstücke aus uralten Buchen und Eichen lieber, deren ineinander verwobene Wipfel kein Licht mehr bis zum Boden hindurchließen. Doch das Dämmerlicht schürte Ängste in ihm. An diesen Orten ewigen Zwielichts fanden sich manchmal Ruinen. Moosbewachsene Säulen, die der unaufmerksame Wanderer leicht mit Buchenstämmen verwechseln konnte, denn auch die Bäume ragten viele Schritt hoch auf, bevor erste Äste aus dem Stamm wuchsen.

»So tief in Gedanken?« Zynthia flüsterte. Ohne sich abgesprochen zu haben, verhielten sie sich alle drei still. In diesem Wald argwöhnte man ständig, dass sich knapp außerhalb des Gesichtsfelds etwas bewegte.

Vermis hatte es sich angewöhnt, ruckartig herumzufahren. Nie war ihm dabei etwas Ungewöhnliches vor Augen gekommen, doch er war sich sicher, dass er noch herausfinden würde, warum er sich verfolgt fühlte.

»Siehst du wieder Geister?«, spottete Vespertilio.

»Hoffen wir, dass nicht die Stunde kommt, in der du dich für meine Wachsamkeit bedanken musst«, knurrte Vermis.

»Ich dachte, du hast keine Angst mehr vor den Pfeilen der

Waldelfen.« Auch Zynthia blickte immer wieder über die Schulter. Sie war feinfühliger als Vespertilio. Ganz sicher spürte auch sie, dass es hier etwas gab, das sie beobachtete und ihnen folgte.

»Da drüben ist noch einer der Pilzkreise.« Vespertilio blieb stehen und deutete nach links.

Etwa hundert Schritt entfernt war ein fahles Leuchten zwischen dem rotgoldenen Laub zu sehen. Sie hatten schon zwei solcher Zirkel entdeckt. Geisterhaftes Licht umspielte die Pilze. Es waren Orte der Macht. Einen dieser Kreise hatten sie mit dem Zauber Analys Arcanstruktur zu ergründen versucht. Sie waren an der Fremdartigkeit seiner Magie gescheitert. Feenvolk ... Elfen ... sogar ein Einhorn streifte in der Nähe umher. In den Märchen waren diese Kreaturen meist gutmütig. Ob sich das in der Realität auch so verhielt, wollte Vermis nicht herausfinden.

»Es ist zu früh, um zu rasten«, ermahnte Zynthia sie beide. »Wir haben ein anderes Ziel. Wer den Verlockungen des Waldes nachgibt, der wird ihn nie mehr verlassen. Ich muss euch doch nicht an die Geschichten über die Salamandersteine erinnern.«

Auch wenn er gerade nicht mochte, was sie sagte, so hätte er ihrer Stimme noch stundenlang lauschen können. Sie war von warmer, gewinnender Art, wenn auch ein wenig dunkel für eine Frau. Zynthia flogen die Herzen zu, so war es schon damals in Mirham an der Akademie der vier Türme gewesen. Sie war eine von den Frauen, die allem um sich herum Glanz verliehen. Selbst ihre Lehrmeister waren ihrer Schönheit verfallen. Sie war ein Geschenk der Götter, doch Zynthia verstand sich in unvergleichlicher Art darauf, diese Schönheit zur Geltung zu bringen. Wie ein Edelstein von vollkommener Form, der gefasst in ein kunstvoll geschmiedetes Diadem noch einmal gewann. Es waren nicht allein ihre sinnlichen Lippen, die tiefen, grünen Augen, das fein geschnittene Gesicht mit den hohen Wangenknochen, die den

Blick gefangen hielten. Auch die bewusst gesetzten Akzente, wie der graue Lidschatten, die keck in ihre Stirn fallende Strähne und die stets geschickt gewählte Kleidung betörten die Betrachter, ganz gleich, welchen Alters oder welchen Geschlechts.

Selbst die ersten Fältchen, die ihre Augen umkränzten, unterstrichen ihre Schönheit. Noch ... Ihre Schönheit öffnete Türen, die sonst verschlossen geblieben wären. In ihrer Begleitung waren die Grenzen weiter gesteckt. Selbst die Elfen dieses Waldes hatten ihrem Charme nicht widerstehen können. Gewiss verdankten die Gefährten es Zynthia, dass sie so freundlich behandelt worden waren.

»Weiter!«, drängte ihre Gefährtin. »Wenn wir bis zum Einbruch der Nacht noch fünf Meilen schaffen, dann müssten wir morgen das Schiff erreichen.«

Vermis verkniff sich einen Seufzer. Tagelang ohne Schlaf in Bibliotheken nach seltenen Schriften zu forschen machte ihm nichts aus, aber für endlose Märsche durch finstere Wälder war er nicht geschaffen. Er wusste, dass die Strapazen der Reise auch Vespertilio zusetzten. Er war ebenfalls mehr Forscher als abenteuerlicher Reisender. Aber Zynthia war anders. Sie begehrte den Schatz, dessen Spur sie folgten, am meisten, denn sie wusste, ihr lief die Zeit davon.

Leise raschelte das Laub unter ihren Füßen. Mit jedem Schritt versanken sie ein wenig im weichen Humus. Es strengte an, hier zu gehen, vor allem, wenn das Gelände hügelig wurde.

Vermis sah über die Schulter. Nichts! Irgendwann würde er es schaffen, würde mit seinen Blicken einfangen, was da war. Dabei wäre es gar nicht nötig, ihnen dichtauf zu folgen. Selbst für ihn war die Fährte, die sie im aufgewühlten Laub hinterließen, unübersehbar, und er war wahrlich kein Spurenleser.

Vespertilio blieb stehen. Er ging stets voraus. Vermis hatte dafür nur ein verächtliches Lächeln übrig. Sein Gefährte wollte Eindruck auf Zynthia machen. Ohne sie war er kein übler Kerl, aber in ihrer Gegenwart war er wie ausgewechselt und ließ keine Gelegenheit aus, sich zu beweisen.

Schnaufend erreichte Vermis als Letzter den Hügelkamm. »Das ist dann wohl die Antithese eines verwunschenen Elfenwaldes«, flüsterte Zynthia.

Vermis stützte sich schwer auf seinen Zauberstab und betrachtete die Phalanx aus grauen Stämmen. Dunkle Flüssigkeit rann an tief gefurchter Rinde herab. Beulen, groß wie Rinderköpfe, wucherten im Holz, als seien die Bäume von Geschwüren befallen.

Vermis ließ den Blick schweifen. Die Schatten zwischen den Bäumen waren tiefer, als sie hätten sein sollen. Es konnte noch nicht lange nach der Mittagsstunde sein.

»Ein Ort, den vernünftige Menschen wohl meiden würden«, sagte er mehr zu sich als zu den anderen.

»Die Grenzen der Vernunft sind ein Korsett, das den freien Geist in von anderen vorgedachte Formen presst«, erklärte Zynthia ungewohnt streitlustig. »Ich dachte, wir hätten das längst hinter uns gelassen.«

Vermis strich mit dem Daumen über den Ring am Mittelfinger seiner Rechten. Er hatte etliche Monde damit verbracht, dies Artefakt zu erschaffen. Es schützte ihn vor der Berührung dämonischer Kreaturen. An Orte zu gehen, die andere mieden, war eine Sache, doch die Gefahren dort zu ignorieren war nicht tollkühn, sondern einfach nur dumm.

»Ich glaube, wir sind unserem Ziel näher, als wir dachten«, sagte sie mit derselben Begeisterung, mit der sie vor Jahren das Zicklein geschächtet hatte, um zum ersten Mal Blutmagie zu wirken. »Dies könnte der Wald sein, von dem uns Zurbaran berichtet hat. Der Wald-aus-dem-Dunkelheit-blickt.«

»Da bin ich mir sogar ganz sicher.« Seit sie den Hügelkamm erreicht hatten, stand Vespertilio reglos wie ein geschnitztes Bildnis, nur der dünne Bart, der ihm sonst bis auf den Bauch fiel, bewegte sich in einem Luftzug.

Vermis sah in die Richtung, in die der Gefährte blickte. Er brauchte einen Moment, um im Halbschatten, ein wenig über Kopfhöhe am grauen Stamm eines der seltsamen Bäume, auszumachen, was Vespertilio so erschreckte. Dann aber sah er es deutlich: Die Borke öffnete sich, zog sich nach oben und nach unten auseinander. Wie Augenlider, hinter denen eine faulig schwarze Rundung lauerte, über die unablässig Wasser lief. Der Strom war ungleichmäßig, und die Flüssigkeit spülte gallertige Brocken aus der Tiefe des verdorbenen Holzes.

»Die Menschen am Rande dieses Waldes haben einen Grund, weshalb sie niemals in die Schatten seiner Bäume treten«, sagte Vermis tonlos.

Eine Woche zuvor:
Am Rande der Salamandersteine, sechsundzwanzigster Tag
im Midsonnmond, vor vierundzwanzig Jahren

»Ein Wildschweinbraten!«, stöhnte Vermis Gulmaktar. »Das wäre jetzt genau das Richtige! Oder wenigstens eine Ziege. Ich brauche Fleisch.«

»Du denkst immer nur ans Essen«, tadelte Vespertilio Organo.

»Zum Glück ist nicht jeder ein solches Gerippe wie du!« Vermis drückte seinen Bauch heraus und ließ die Hände darauf klatschen. »Schönheit braucht Raum, um sich zu entfalten.«

Lachend stützte sich Vespertilio auf seinen Zauberstab, eine mit Kupferbeschlägen verzierte Arbeit, gekrönt von einer Klaue, die einen Bergkristall hielt. »Wohlgesprochen, Collega, wohlgesprochen. Außerdem gebe ich zu, dass ein Wildschweinbraten durchaus etwas für sich hätte. Ich hoffe, der Wirt versteht sich auf die Kochkunst. Ich mag es, wenn der Braten noch blutet.«

Zynthia verzog den Mund. »Ein ordentlicher Braten muss trocken sein, als hätte er eine Woche in der Wüste Khôm gelegen.«

»Und außen schwarz wie Kohle, jaja!« Vespertilio fuchtelte mit der Hand wie ein Magister, der den belanglosen Vortrag einer Schülerin unterbrach, grinste aber amüsiert.

Auch Vermis hatte die Neckereien in den Wochen ihrer Reise schätzen gelernt. Seit über zwei Monden trugen die drei nun das graue Gewand, das der Codex Albyricus Magiern auf der Straße vorschrieb. Der grobe Stoff leistete ihnen gute Dienste. Die feinen roten Roben, die man für Beschwörungen anlegte, wären durch die Strapazen längst zu zerrissenen Lumpen geworden. Stattdessen transportierten sie diese Gewänder sorgsam zusammengelegt in den Säcken, die ihr zwar einfältiges, dafür aber genügsames und ausdauerndes Maultier trug.

Auch die spitzen Hüte leisteten ihnen gute Dienste. Zynthia hob die breite, sowohl vor brennender Sonne als auch vor einem Regenguss schützende Krempe an, als sie den Kopf in den Nacken legte und das Schild über der Wirtshaustür betrachtete. Im Licht des Nachmittags war es gut zu erkennen.

Mehrere annähernd ovale Formen waren darauf abgebildet, bei denen eine Vielzahl von ineinander übergehenden Bögen die Ränder bildete. Vermis' Hunger gaukelte ihm vor, es könne sich um fette Schafe handeln, die in voller Wolle standen, aber es sollten wohl Wolken sein. Schließlich war der Hintergrund blau gehalten wie der Himmel, nicht grün wie eine Weide. Zwischen den Wolken trieb ein Brett.

»Etwas zu essen bekommt man in jedem Wirtshaus«, meinte Zynthia. »Aber deswegen sind wir nicht hier.«

Die zweistöckige Herberge mit ihrem spitzen, aber nach unten hin geschwungenen Dach war nicht nur das größte, sondern auch das ungewöhnlichste Haus in diesem Weiler an der Handelsstraße. Die Scheune war eher ein Bretterverschlag, statt eines Stalls gab es nur einen Unterstand. Hufspuren und Pferdeäpfel zeugten von der kürzlichen Benutzung, aber jetzt war er leer, obwohl der Platz vor der Krippe für ein Dutzend Tiere gereicht hätte. Die drei anderen Häuser waren niedrige Fachwerkbauten.

»Du hast recht«, stimmte Vespertilio Zynthia zu, während er das Maultier an einem Pfosten des Unterstands festband. »Studieren wir dieses Artefakt. Ich hoffe, wir sind den Umweg nicht wegen eines Taschenspielertricks gegangen.«

Vermis' Magen knurrte.

Zynthia lachte. »Schon gut! Bevor du so ein Klappergestell wirst wie unser Freund ...« Sie ging die letzten Schritte und zog die Tür auf. »Kundschaft!«

Die Schankstube war in wohliges Licht getaucht, das nur zu einem kleinen Teil von orangefarben brennenden Laternen kam. Es waren vor allem die gelben Blüten, die aus den grob behauenen Balken der Decke sprossen, die mit ihrem honigfarbenen Strahlen die Dunkelheit aus dem ungewöhnlich gestalteten Schankraum bannten. Es gab nur vier Tische, die überaus seltsam geformt waren, wie Vermis fand, weder rechteckig noch rund, sondern geschwungen wie Wellen. Auch Stühle wie jene, die diese Tische umringten, hatte er noch nie gesehen. Sie standen auf jeweils einem einzelnen Bein, das nach unten hin zu einer runden Fläche auseinanderlief. Das gab ihnen eine entfernte Ähnlichkeit mit Saugnäpfen, während die Rückenlehnen aussahen wie Eichenblätter.

»Ist hier ...«, setzte Vermis an.

Das »... jemand?« sprach er nicht mehr aus. Stattdessen starrte er die Theke an, über die Vespertilios Finger so vorsichtig strichen, als streichelte er die Seiten eines Buchs von Al'Gorton.

Vermis trat hinzu und ging in die Hocke. Die Theke schwebte auf Brusthöhe. Darunter war nichts, nur Luft. Er vergewisserte sich, indem er mit der Hand hindurchwischte.

Vespertilio tat dasselbe oberhalb.

»Das probieren viele!« Ein schlanker Mann, der eine rote Weste über einer Tunika in der Farbe des reifen Weizens trug, der draußen auf dem Feld stand, kam durch eine Tür, die zur Küche führen mochte. Er stellte sich vor die mit Flaschen gefüllten Regale hinter der Theke. Die Fältchen in seinen Augenwinkeln ließen vermuten, dass er ein fröhlicher Mensch war, und auch jetzt lachte er. »Deswegen lasse ich nichts mehr darauf stehen, wenn ich nicht gerade jemanden bediene. Zu viel ist schon zu Bruch gegangen, weil neue Besucher es auf der Suche nach Fäden von der Planke gefegt haben. Aber es gibt keine. Sie schwebt wirklich.«

Vermis richtete sich auf und drückte auf das Holz. »Und wie viel Gewicht trägt dieses Brett?«

»Auch das wollen viele herausfinden, allerdings meist erst, wenn sie von meinem Wein gekostet haben. Ein Dutzend Jünglinge, dazu vier stramme Maiden und zwei Hunde, die von diesem Versuch nicht allzu angetan waren. Mehr hat noch niemand geschafft, und auch damals hat sich die Planke keinen Fingerbreit nach unten bewegt.«

»Wie kommst du darauf, dass es eine Planke ist?« Mit sichtlicher Faszination fuhr Vespertilio die Maserung nach.

Wieder lachte der Wirt. »Ich stelle mir gern vor, dass sie zu einem Schiff gehört hat. Aber vor allem ist *Zur schwebenden Planke* ein gefälliger Name für mein gastliches Haus, während *Zum fliegenden Brett* doch eher plump klänge.«

»Wohl wahr.« Zynthia hängte ihren Hut an einen Haken, lehnte ihren Zauberstab daneben an die Wand und nahm den Rucksack ab. »Wir haben draußen ein Maultier angebunden. Kannst du unser Gepäck abladen lassen und das Tier versorgen?«

Wieder einmal fand Vermis bestätigt, dass der Freundin keine Kleinigkeit entging. Sie behielt stets alle Einzelheiten im Blick.

»Dann bleibt Ihr über Nacht?«, fragte der Wirt. »Wünscht Ihr einzelne Zimmer?«

»Das wäre angenehm«, bestätigte Vermis. »Und etwas zu essen.«

»Das wird sich machen lassen.« Er nickte. »Ihr seid übrigens zu Gast bei Weidbert.«

»Danke für die freundliche Aufnahme, Weidbert.« Zynthia trug ihren Rucksack zu einem Tisch, von dem aus man den Eingang im Blick hatte, und setzte sich mit dem Rücken zur Wand. »Wir sind Magier von der Akademie der vier Türme zu Mirham.«

Vermis zuckte zusammen, hoffte aber, dass Weidbert es nicht gesehen hatte, weil Zynthias Charisma seine Aufmerksamkeit auf sich zog. An der Akademie war man, gelinde gesagt, nicht gerade stolz auf ihn und Vespertilio. Und das, obwohl sie sich sehr gut geschlagen hatten und Vespertilio sogar Jahrgangsbester gewesen war. Auch in Mirham duldete man freie Geister nur bis zu einer gewissen Grenze. Nachträglich hatte man sie beide verstoßen, als die Weite ihrer Forschungen ruchbar geworden war.

Sachte schüttelte Vermis den Kopf, um seine Gedanken in die Gegenwart zurückzuholen. Zynthia hatte sie wohl mit Namen vorgestellt. Nun erkundigte sich Vespertilio danach, woher der Wirt die schwebende Planke hatte.

»Ich habe sie im Wald gefunden.« Weidbert lächelte noch immer, aber der Zug um seine Augen verriet eine gewisse Vorsicht.

Das reizte Vermis. Er liebte es, Gesprächspartner in die Enge zu treiben, um dann das Gespinst ihrer Ausflüchte zu zerreißen.»Wo im Wald?«, forderte er zu wissen.

Weidbert zuckte mit den Achseln.»In den Salamandersteinen verliert man leicht die Richtung. Und ich war damals noch ein Kind.«

»Wie dem auch sei!« Man musste Zynthia wohl gut kennen, um zu merken, dass ihre Unbeschwertheit nur gespielt war. Die Planke bewies, dass sie sich ihrem Ziel näherten. Sicher wollte sie es nicht auf den letzten Meilen verderben, indem sie jemanden verprellten, der ihnen wichtige Informationen zu geben vermochte.»Tische uns zunächst einmal auf«, schlug sie vor.

»Gibt es Wildschwein?«, beeilte sich Vermis zu fragen.

»Das nicht.« Die Vorsicht verschwand aus Weidberts Miene.»Aber ein Freund hat ein Reh geschossen, das gestern auf der Brache gestanden hat.«

»Hervorragend.«, urteilte Zynthia.»Bring ihm den Braten blutig«, sie zeigte auf Vespertilio,»aber meinen musst du eine Weile vorher über das Feuer hängen, damit er schön schwarz wird. Und für ihn ...«, sie zeigte auf Vermis.

»Bring vorab Brot. Und eine Suppe, wenn du hast. Vor allem schnell, wir waren geschwind unterwegs.«

Sie legten ab, setzten sich und zogen die Stiefel aus. Eine Wohltat, die Füße nach der Anstrengung des Tages zu lüften!

Weidbert brachte das Brot und verschwand dann in der Küche, wohl um die verlangten Dienste zu organisieren. Sie hörten, wie er mit jemandem sprach und eine hohe Stimme ihm antwortete.

Leise murmelnd wirkten sie alle drei einen Analys Arcanstruktur, aber noch nicht einmal Zynthia, die diesen Zauber am besten beherrschte, wurde aus der schwebenden Planke schlau. Es handelte sich um ein magisches Artefakt, so viel war klar. Aber die umgebende Zaubermatrix ruhte so harmonisch in der Umgebung des Holzes, das sie durchdrang wie ein filigranes Pilzgeflecht, dass man nur vermuten konnte, meisterhafte Elfenmagie vor sich zu haben. Jedenfalls kam den Magiern keine Formel in den Sinn, die sich auf solche Art manifestiert hätte.

Eine brünette Magd mit einer Warze am Kinn, die den Blick nicht vom leise knarrenden Holzboden hob, brachte ihnen eine Grießsuppe, die sie schweigend verzehrten. Sie hörten, wie sich draußen jemand um das Maultier kümmerte. Ihr Reisegepäck wurde offenbar durch einen Nebeneingang ins Haus und dann eine Treppe hinaufgebracht.

Weidbert erschien erst wieder, als der Braten fertig war. Auf einer Zinnplatte mit geschwungener Kante waren die Stücke nach ihrer Farbe aufgereiht, von rosig bis zu kohlschwarz. Dazu stellte die Magd gestampfte Erdäpfel und eine Schüssel mit Preiselbeermus auf den Tisch.

Zynthia zog einen freien Stuhl zurück. »Setz dich zu uns!«

Natürlich konnte der Wirt dieser Einladung nicht widerstehen. Sein ständiges Lachen begann Vermis auf die Nerven zu gehen. Immerhin vergaß er nicht gänzlich seine Stellung und übernahm die Aufgabe, jedem nach seinen Wünschen den Teller zu füllen.

»Du warst also als Kind allein im Wald?«, fragte Vespertilio.

Weidbert schluckte, bevor er antwortete. »Nicht allein. Wir waren zu acht. Alle aus demselben Dorf. Orks haben es niedergebrannt, die Erwachsenen getötet und die Kinder verschleppt.«

»Das tut mir leid.«

Vermis fand die Rührung, die Zynthia in diese Beteuerung legte, übertrieben geschauspielert, aber dem naiven Geist ihres Gastgebers mochte das nicht auffallen, vor allem, da ihn die grünen Augen mit einem tiefen Blick bedachten.

»Es liegt ja schon lange zurück.« Wenigstens lachte Weidbert zur Abwechslung einmal nicht.

»Die Orks haben euch also in diesen Zauberwald getrieben?«, hakte Vespertilio nach.

»Seid Ihr deswegen hier?«, fragte Weidbert. »Um die zauberische Kraft der Salamandersteine zu erkunden? Sicher ist das für Magier besonders verlockend. Ich hoffe, Ihr vergebt mir, wenn ich dennoch davor warne. Der Wald zeigt sich meist weit weniger gastfreundlich als mein Haus.«

»Nun, wenn ihr als Kinder unbeschadet in ihm gewandelt seid ...«

»Das sind wir«, bestätigte Weidbert. »Mir ist es gelungen, die Hände aus meinen Fesseln zu ziehen. Noch heute danke ich der gütigen Herrin Travia dafür, dass sie die Orks an jenem Tag zur Völlerei verführte. Sie waren träge und unaufmerksam, ich konnte auch meine Freunde befreien.«

Vermis staunte immer wieder darüber, wie sich das tumbe Volk das Wirken der Götter so zurechtlegte, dass diese in möglichst positivem Licht erschienen. Travia hätte ihre Hand nicht über jene Kinder zu halten brauchen, wenn sie vorher das Dorf beschützt hätte.

»Wir sind in den Wald gerannt, die Orks haben uns mit Gebrüll verfolgt, bis die Waldelfen sie mit ihren Pfeilen erledigt haben. Das ging so schnell wie ein Platzregen.«

»Kommen die Elfen auch hierher?«, erkundigte sich Zynthia. »Ich würde gern mal welche sehen. Vor allem Waldelfen. Sie sollen etwas ganz Besonderes sein.«

»Habt Ihr etwas mitgebracht, das sie wollen?«, fragte Weidbert.

»Was wollen sie denn?« Wieder schenkte Zynthia ihm einen dieser Blicke, bei denen einem Mann zugleich heiß und kalt werden konnte.

»Eisen, Bausch, Salz«, zählte Weidbert auf. »Alles, wozu man eine Schmiede braucht oder was es im Wald nicht gibt. Wenn mir die Kaufleute, die hier vorbeikommen, einen guten Preis machen, kaufe ich solche Waren an. Die kann ich dann gegen Felle von weißen Hirschen tauschen, oder gegen den süßesten Honig, den Ihr je gekostet habt. Oder Nothilf.«

Vermis stieß einen Pfiff aus. »Das ist ein äußerst potentes Heilkraut.«

»Und es wächst nur in den Salamandersteinen«, bestätigte Weidbert.

»Das wissen wir«, versetzte Vespertilio streng. »Aber zurück zu den Waldelfen. Sie kommen also hierher? Zu dir?«

»Manchmal.« Weidbert steckte sich ein Stück Braten in den Mund. Vermis vermutete, dass er Zeit gewinnen wollte, um seine Gäste einzuschätzen.

Das Essen war keine Offenbarung, was aber nicht an den Zutaten lag, die allesamt frisch und von guter Qualität waren. Allein die Kochkünste desjenigen, der am Herd gestanden hatte, konnten sich nicht mit dem messen, was man in Al'Anfa oder Fasar geboten bekam. Überhaupt schienen die Nordländer Gewürzen mit unverständlicher Skepsis zu begegnen. Man musste ja nicht gleich in maraskanische Feuerattacken auf den Rachen verfallen, aber ein wenig Pfeffer wusste Vermis durchaus zu schätzen.

»Ihr lebt einsam hier.«

Hörte nur Vermis die Doppeldeutigkeit in Zynthias Feststellung? Er hoffte, dass er sich täuschte. Sie wollte doch nicht etwa eine Nacht an diesen ungebildeten Dorftrampel verschwenden, nur um an minderwertige Informationen zu gelangen?

»Wir haben, was wir brauchen«, versicherte Weidbert zu Vermis' Beruhigung.

»Wie viele seid ihr?«, erkundigte sich Zynthia.

»Zwei Dutzend. Das reicht uns, wir brauchen keine Siedler.

Ohnehin finden sich wenige, die nach unseren Regeln leben wollen.«

»Dann müssen sie wohl sehr hart sein«, vermutete Vespertilio. »Offenbar habt ihr hier wirklich, was man für ein angenehmes Leben braucht. Eure Felder tragen gute Frucht, im Bach fließt klares Wasser, und der Wald ist ein Anblick, von dem ein Maler träumt.«

»Niemand geht in den Wald«, erklärte Weidbert knapp.

»Was, wenn sich jemand verirrt?«, setzte Vermis nach.

»Das ist noch nie geschehen«, behauptete Weidbert.

»Sicher würden die Waldelfen so jemandem helfen, den Weg zurück zu finden«, sagte Zynthia versöhnlich.

»Sie dulden uns weil wir damals die Orks zu ihnen geführt haben, wie man Wild in eine Falle lockt.« Weidbert legte sein Besteck ab, obwohl sein Teller noch nicht leer war. »Sie hassen die Schwarzpelze, und vielleicht nahmen sie sogar Anteil an unserem Schicksal. Ich durfte mein Wirtshaus bauen, zu Ehren der gütigen Mutter Travia, die uns errettet hat. Ich habe ihnen erklärt, dass dieses Haus Reisenden auf dem langen Weg über die Straße am Waldrand Rast, Obdach und Erquickung bieten würde.«

Das klang tatsächlich nach dem Geplapper eines Kinds, fand Vermis. Möglich, dass so etwas ein Elfenherz rührte, die Spitzohren sollten ebenfalls weltfremd sein. Erstaunlich war nur, dass ein Dutzend Kinder ein Dorf aus dem Boden stampfen und erhalten konnten.

»Die Elfen haben uns das Holz aus dem Wald gebracht, das wir zum Bauen verwenden durften.« Weidberts Tonfall gefiel Vermis nicht. Der Wirt wirkte, als sei ihm das Thema unangenehm. Er sah schon zur Küchentür hinüber.

»Was schätzt du, wann die Elfen das nächste Mal kommen?«, fragte Zynthia.

»Das kann man nie sagen. Sie wandern wie der Wind in den Baumkronen.«

»Also sollten wir besser in den Wald gehen, um sie zu suchen?«, fragte Vespertilio.

»Es ist eine schlechte Idee, in den Wald zu gehen«, sagte Weidbert mit Nachdruck. »Besonders hier.«

»Wieso das?«, fragte Vermis vorgeblich unwissend.

»In den meisten anderen Gegenden sind die Salamandersteine zauberhaft. Wer großes Glück hat, darf mit Serihayoê Schattenpfad wandern. Mit einer Waldelfe in die Salamandersteine zu gehen ... man weiß nicht, wo die Schönheit unserer Welt in den Traum des Elfenlichts übergeht. Und man will es auch gar nicht wissen.«

Jetzt bekam Weidberts Blick doch tatsächlich etwas Entrücktes! Kein Zweifel, er war den Elfen auf schwärmerische Weise verfallen.

»Aber es gibt einen dunklen, einen kranken Bereich. Ganz hier in der Nähe.«

Vespertilio verlor die Geduld. Er schlug die Faust so fest auf den Tisch, dass Vermis vor Schreck das Bratenstück von der Gabel rutschte.

»Erspare uns das Geplänkel und komm zur Sache«, sagte Vespertilio gefährlich leise. »Wie gelangen wir zum Wald-aus-dem-Dunkelheit-blickt?«

Der Wald-aus-dem-Dunkelheit-blickt,
vierter Tag im Kornmond, vor vierundzwanzig Jahren

Zynthia Aslaman schob Vermis weiter nach oben. Sein Hinterteil war das Schwabbeligste an seinem Leib, der jedes Jahr mehr aus der Form ging.

»Ich habe es gleich!«, keuchte Vermis Gulmaktar.

Vermutlich gab es Kühe, die besser kletterten als er, dachte Zynthia. Jedoch schätzte sie die düstere Schönheit seiner Zauber, wenn er Golems erschuf. Allerdings: Die Aussicht, dass er womöglich gleich den Halt am Baum verlieren, sie mit sich in die Tiefe reißen und ihr Gesicht unter seinem Gesäß begraben konnte, ließ diesen Vorzug nebensächlich erscheinen.

Endlich bekam er einen Ast zu fassen und wuchtete sich hoch zu Vespertilio Organo, neben den er sich auf eine große Astgabel stellte. Die Finger fest in die dicke Borke gekrallt, blickten sie mit weiten Augen nach Westen. Zynthias Blick war in diese Richtung noch durch das dichte Laub versperrt.

Ohne dass die beiden ihr geholfen hätten, zog sich Zynthia in die Astgabel hoch und fand sicheren Stand. Dann sah auch sie, was ihre Gefährten hatte verstummen lassen.

Eigentlich waren sie nur auf den Baum gestiegen, um sich in dem düsteren Wald zu orientieren. Doch nun hatten sie ihr Ziel vor Augen. Das riesige, knochenbleiche Gebilde, das im Tal unter ihnen in den Baumkronen lag, konnte nichts anderes sein als das Wipfelschiff *Iylian Thar*, wenngleich es wenig von einem Schiff an sich hatte. In den alten Quellen, die sie studiert hatte, war es *groß* genannt worden. Erschaffen dazu, den Krieg gegen die Kreaturen des Namenlosen zu wenden und das Licht der Hochelfen zu schützen. Für immer das Dunkel, das in die Welt gekommen war, zu verbannen. Aber dieses Gebilde, das mehr an die Knochen eines gestrandeten Wals erinnerte, war fast dreihundert Schritt lang. Statt Riemen ragten vertrocknete, insektenhafte Beine wie die eines Tausendfüßlers aus seinem Rumpf. Da war nichts von der Eleganz an ihm, die den anderen Schöpfungen der Hochelfen anhaftete. Schon bei seiner Kiellegung war die *Iylian Thar* unter den Elfen umstritten gewesen. Viele hatten sie als *badoc* gegeißelt, als dem Streben nach Harmonie fremd. Doch der Krieg gegen den Namenlosen war bereits zu einem verzweifelten Kampf ums Überleben geworden. Die Baumeister des Schiffs hatten die These vertreten, dass man den Schrecken des Feindes einen noch größeren Schrecken entgegensetzen musste, wenn man noch siegen wollte. Wie Parasiten, die einen Baumstamm befielen, ihm den Lebenssaft stahlen und langsam verfaulen ließen, waren die Geschöpfe des Namenlosen in die Welt gekommen. Und wie Parasiten waren sie ohne Zahl. Gingen Tausende von ihnen zugrunde, so waren ihre Reihen doch zur nächsten Schlacht wieder geschlossen, wohingegen jeder gefallene Elf eine Lücke hinterließ, wie eine Wunde, die nicht heilen wollte, die nicht aufhören wollte zu bluten. Die Baumeister hatten begriffen, dass sie schnell einen letzten, entscheidenden Sieg brauchten, oder das Hochelfenvolk an hundert kleinen Siegen verbluten würde. Zynthia erinnerte sich, wie sie die Verzweiflung der Elfen über die Jahrhunderte hinweg in den erhaltenen Schriften gespürt hatte. Und nun lag dieses Schiff vor ihren Augen, das sie sich nie hatte richtig vorstellen können.

»Was für ein Traum«, schwärmte Vermis. »Die *Iylian Thar* ist wie ein riesiger Golem. Man wird unendlich viel von ihm lernen können. Totes Holz wäre längst verrottet. Dies ist erhalten geblieben, weil ihm Leben eingehaucht wurde.«

»Denkst du, es ist alterslos?«, rief Zynthia aufgeregt.

Der Blick, mit dem Vespertilio sie bedachte, zeigte ihr, dass sie zu unvorsichtig wurde. Ihre Sehnsucht brach zu deutlich aus ihr hervor. Dies hier war Feindesland, und sie wussten nicht, ob diese unheimlichen schwarzen Augen in den Bäumen nur beobachteten oder womöglich auch lauschten.

Sie war froh, dass Vermis in seiner Ergriffenheit weitersprach und so Vespertilios Aufmerksamkeit zurück auf das Schiff lenkte.

»Und sieh nur, wie es mit den Wipfeln verwachsen ist. Es ist dort nicht einfach gestrandet. Es zwingt den Bäumen seinen Willen auf, sodass ihr Astwerk Bordwände formt.«

»Ob es sie auch zwingt, ihm von ihrem Leben zu geben?«, spekulierte Zynthia.

Vermis schien sie gar nicht zu hören. »Vielleicht ist es über die Jahrhunderte sogar noch gewachsen ...« Seine Überlegungen wurden zu einem unverständlichen Gemurmel.

Zynthia vernahm ein Geräusch unten am Stamm des Baums, das nicht zum Wald passte. Ein Scharren, vielleicht auch ein Reißen. Oder täuschte sie sich? Die Äste versperrten ihr den Blick zum Boden.

»An welcher Stelle würdest du denn in dieses riesenhafte Gebilde einsteigen, Golembauer?« Mit Sicherheit wollte Vespertilio es ironisch klingen lassen, doch Zynthia hörte nur den Respekt vor der Kunst ihres Freundes in seinen Worten.

»Der Largala'Hen wird in seinem Herzen stehen«, meinte Vermis, »also sollten wir es in der Mitte versuchen.«

Zynthia schloss die Lider bis auf Schlitze, flüsterte einen Wahrnehmungszauber und spähte zu dem Hochelfenschiff hinüber, das sich einstmals als majestätischer Gigant über die Wipfel dieses von Horizont zu Horizont reichenden Waldes bewegt hatte. Da es nicht auf Wasser hatte fahren müssen, bestand sein Rumpf nicht aus glatten Planken. Jedenfalls vermutete Zynthia, dass der Bereich, den sie nun betrachtete, zur ursprünglichen Struktur gehörte. Vor allem, weil die Stränge, die sich dort wie bei einem Weidenkorb verflochten, von diesem Knochenweiß waren, das sich deutlich von den Farben des Waldes unterschied, in dem lebendiges Grün mit verdorbenem Grau zu ringen schien.

Fünf Türme beherrschten das Schiff, das überraschenderweise weder ein Vorder- noch ein Achterkastell besaß. Nie zuvor hatte

Zynthia eine solche Konstruktion gesehen. Der mittlere der Türme war der höchste, die übrigen stiegen vom Bug und vom Heck wie Stufen zu ihm an. Mindestens zwei Dutzend kleinere Türmchen wuchsen seitlich aus dem Rumpf und machten die *Iylian Thar* zu einer Festung, wie Zynthia noch keine gesehen hatte. Wahrscheinlich waren es früher noch mehr Türmchen gewesen. An manchen Stellen ragten weiße Dornen auf wie gesplitterte Rippen. Auch im Rumpf klafften Wunden.

Ja, *Wunden* ... Mit mildem Erstaunen bemerkte Zynthia, dass sie von diesem Schiff wirklich wie von einem Lebewesen dachte.

Jedenfalls schien Vermis eine dieser Öffnungen im Sinn zu haben, was den Einstieg anging.

»Hoffentlich war niemand vor uns hier und hat den Kelch geraubt ...«, überlegte Zynthia.

Vespertilio schnaubte. »Du hast doch gehört, welche Angst die Spitzohren vor diesem Ort haben. Sie sind viel zu feige, um hier auf Schatzsuche zu gehen. Und die Hasenfüße, die am Waldrand siedeln, erst recht.« Er äffte Weidberts Stimme nach. »Wir gehen niemals in den Wald. Rallion Regenflieder hat es verboten.« Der Magier rückte das aufgerollte Seil zurecht, in das er – wie sie alle – seinen Zauberstab verwandelt hatte, damit er ihn beim Klettern nicht störte. Offenbar drückte das Seil ihm auf die knochige Schulter.

»Es ist schön ...«, hauchte Zynthia, »... und schrecklich.« Sah sie den Preis der Unsterblichkeit vor sich? Die drohenden Aufbauten ... die anklagend aufragenden Rippen ... der schwertartige Bugspriet ... In all dem war die Eleganz, die man mit dem Elfenvolk verband, nicht zu leugnen. Doch sie schien gezwungen in die Notwendigkeit, gnadenlose Schläge einzustecken und auszuteilen. Hatten die Hochelfen am Ende, als der Krieg gegen die Horden des Namenlosen zu einem Überlebenskampf geworden war, begonnen, die Schönheit zu opfern, um mit dieser Schöpfung allein dem brutalen Zweck des Zermalmens, Erschlagens und Zerstörens ihrer Gegner zu huldigen?

Müsste auch Zynthia ihre Schönheit aufgeben, Narben und einen Panzer aus Schorf akzeptieren, wenn sie den Tod besiegen wollte? Blinzelnd wandte sie sich ab.

Noch immer ertönte dieses Scharren unten am Stamm. »Hört ihr das auch?«, fragte sie ihre Gefährten.

Vermis' Aufmerksamkeit war nicht von der *Iylian Thar* zu lösen. Vespertilio sah wenigstens widerwillig zwischen den Ästen nach unten.

Er brummte. »Was ist das?«

»Ich habe keine Ahnung«, gestand Zynthia. »Wenigstens hört es sich nicht nach Elfen an.«

»Ich habe dir doch schon gesagt, dass die sich nicht hierher trauen!«

Zynthia bewunderte ihn für seine Willensstärke, aber manchmal schlug diese auch ihr gegenüber in Jähzorn um, wenn Vespertilio den Eindruck hatte, seine Thesen fänden keine ausreichende Beachtung. Jetzt verspürte sie keine Lust, Rücksicht auf verletzte Eitelkeit zu nehmen.

»Sehen wir nach!« Sie machte sich an den Abstieg.

Über ihr riss Vespertilio ihren Gefährten rüde aus seiner Schwärmerei. Die beiden folgten ihr mit ein wenig Abstand.

Zynthia sah eine Bewegung. Etwas Großes, das sich an den Rucksäcken zu schaffen machte, die sie am Stamm abgelegt hatten. Immerhin versuchte es nicht, den Baum hinaufzuklettern. Ein Bär schien es nicht zu sein, obwohl die Größe in etwa passte.

Zynthia kletterte tiefer, ließ weitere Äste hinter sich und gewann einen unverstellten Blick.

Die Haut des Tiers war von hellerem Grau als die Rinde des

Baums. An der linken Flanke verrieten letzte Büschel schütteren Haars, dass es eigentlich weiß war, aber den Großteil seines Fells verloren hatte.

»Ein Pferd«, vermutete Vespertilio.

»Nein.« Zynthia verharrte fünf Schritt über dem Boden in einer Astgabel, die bequemen Halt bot. »Sieh dir seine Stirn an.« Dort ragte ein gewundener Dorn aus dem Schädel, drei Handspannen lang.

»Ein Einhorn!«, keuchte Vespertilio. »Seine Hufe, sein Blut, sein Fell – alles hat erhebliche magische Wirkung!«

»Welches Fell denn, Herr Collega?«, spöttelte Vermis. »Etwa das bisschen verfilztes Gestrüpp? Da wächst ja mein Schamhaar prächtiger.«

»Und das will etwas heißen«, versetzte Zynthia, um den albernen Streit im Keim zu ersticken.

Das Tier war ein Anblick des Grauens, nicht nur wegen des fehlenden Fells und weil es so ausgezehrt war wie ein Ackergaul vor der Schlachtung. Vielmehr waren es die Wucherungen auf seiner entzündeten Haut. Sie sahen aus wie Flechten oder auch wie verkrustetes Blut, aber es handelte sich wohl um Wurzelfasern, denn an mehreren Stellen saßen Pilzhüte auf dem dürren Leib. Den linken Brustkasten bedeckten sie so dicht, dass die Erhebungen der Rippenbögen kaum noch auszumachen waren. An der Hinterhand dagegen hatte sich ein besonders großer Pilz durchgesetzt. Dick wie der Ast, auf dem Zynthia stand, schob er sich aus dem nässenden Fleisch.

»Was tut das Vieh da?«, fragte Vermis ungehalten.

Das Stirnhorn schrammte über die raue Rinde, während das Tier einen Rucksack mit dem Maul anhob und mit ruckartigen Kopfbewegungen schüttelte. Es warf seine Last gegen den Stamm, wo sie dumpf aufprallte und zu Boden fiel.

»Es wittert unseren Proviant«, vermutete Zynthia. Vespertilio schnaubte. »Der Klepper soll sich gefälligst zum Sterben hinlegen. Dann würde er wenigstens den Wald düngen.«
»Was tragen wir denn bei uns, das ihm schmecken könnte?«, rätselte Vermis. »Dinkelbrot? Die Hartwurst? Ich hätte vermutet, dass Einhörner grasen wie Pferde.«
»Siehst du hier irgendwo Gras, in das du dich freiwillig legen würdest?«, fragte Zynthia.
Nicht nur die Baumrinde mit ihrem Grau war hier ungewöhnlich gefärbt. Das Gras hatte ein unnatürliches Orange, als stünde es kurz davor, in Flammen aufzugehen.
»Außerdem nimmt man nicht nur Gesundes zu sich«, überlegte Vespertilio. »Das Brot könnte für das Vieh so etwas wie eine Süßigkeit sein.«
»Schwangere haben nicht nur ihren eigenen Appetit«, gab Zynthia zu bedenken. »Auch das Kind in ihrem Bauch beeinflusst, was sie zu sich nehmen wollen.«
»Vielleicht werden seine seltsamen kulinarischen Gelüste ja durch den Pilzbefall verursacht?«, nahm Vespertilio den Gedanken auf.
»Wie dem auch sei«, murrte Vermis. »Wir können nicht zulassen, dass es unsere Vorräte plündert!«
»Ich schmettere ihm einen Fulminictus in den Rücken.« Vermis ballte die linke Faust. »Das gibt ihm den Rest.«
»Warte!« Zynthia sah zu einem öligen Auge hinüber, das sich in einem benachbarten Baum auftat. »Es könnte eine schlechte Idee sein, in diesem Wald einen Kampfzauber zu wirken.«
Vespertilio zögerte.
»Trotzdem dürfen wir nicht zulassen, dass es unser Essen auffrisst!«, insistierte Vermis.
Wieder schüttelte das Einhorn einen Rucksack. Diesmal riss eine Schnalle ab.

»Es ist mehr tot als lebendig.« Zynthia stieg weiter ab, wobei sie darauf achtete, den Baumstamm zwischen sich und das Tier zu bringen. »An diesen Klepper wäre unsere magische Kraft verschwendet.« Auf dem Boden entfernte sie sich einige Schritte vom Einhorn und löste das Seil, in das sie ihren Zauberstab verwandelt hatte, von der Hüfte.

Die Pilze wucherten so dicht über dem Maul, dass sich die Lippen des Tiers kaum öffnen konnten. Grasen konnte es wohl schon lange nicht mehr. Es verhungerte langsam inmitten seines Waldes.

Zynthia griff in die Matrix ihres Zauberstabes. Sie hatte ihm eingeprägt, unterschiedliche Formen anzunehmen. Jetzt verwandelte er sich in ein Schwert, eine sehr dünne, beidseitig geschliffene, spitze Klinge, in deren bläulichem Stahl silbrige Einschlüsse wie Sternenstaub glitzerten. Gleißende Flammen umspielten den Stahl. Zynthia spürte die Hitze auf dem Antlitz. »Feuersturm« nannte sie ein wenig pathetisch ihre Waffe.

Vorsichtig näherte sie sich dem Einhorn, das sich nun Vespertilios Rucksack zuwandte, obwohl bei dem von Vermis bereits eine Schnalle gerissen war. Es schien nicht besonders klug zu sein. Trotz der lodernden Waffe in ihrer Hand beachtete es sie nicht, begriff nicht, welche Gefahr von ihr ausging. Ein selbstsicheres Lächeln schlich sich auf ihre Lippen. Viele Menschen schüchterte dieses Lächeln ein, nur Vermis und Vespertilio nicht.

Zynthia näherte sich dem Einhorn auf der Seite des zugewucherten Auges. Es erwies sich als beinahe schon enttäuschend einfach, dem hageren Biest das Flammenschwert vier Handspannen tief zwischen die Rippen zu stoßen.

Das Tier riss den horngekrönten Schädel hoch, aber noch nicht mal ein Röcheln drang aus seinem Maul. Die Pilze versiegelten

ihm die Lippen. Sein Herz besaß jedoch noch Kraft. In einem pulsenden Strahl schoss Zynthia warmes Blut aus der Wunde ins Gesicht. Sie blinzelte es aus den Augen. Mehr störte sie, dass es auch ihre Robe besudelte, als das Einhorn in die Knie brach. Das große Tier zuckte. Seine Hufe zerwühlten den Waldboden. Es stank nach versengtem Haar und geschmortem Fleisch.
Eine Weile sah Zynthia der Kreatur beim Sterben zu. Dann zog sie das Flammenschwert aus dem Einhorn.

Der Wald-aus-dem-Dunkelheit-blickt,
vierter Tag im Kornmond, vor vierundzwanzig Jahren

Der Weg in den Wald war angenehmer geworden, fand Vespertilio Organo. Es gab zwar Dickicht mit armdicken Ranken und dolchlangen Dornen, so undurchdringlich wie eine massive Burgmauer, doch mit ein wenig Suchen fand sich stets ein Weg. Außerdem würde das Einhorn – krank oder nicht – sie reich machen. Den größten Teil des Kadavers hatten sie zurückgelassen, um ihn später auszuschlachten. Die Hufe, die Knochen, alles war wertvoll, besonders für Alchimisten. Leider hatte es kein nennenswertes Fell mehr besessen, das Blut mochte vom Pilzbefall beeinträchtigt sein, und die Augäpfel waren trüb wie bei einem Fisch, den man zu rasch aus großer Tiefe heraufgezogen hatte. Aber allein das gewundene Stirnhorn ... Sie hatten sich die Zeit genommen, es abzusägen, und jetzt steckte es in Vespertilios Rucksack. Was immer auch geschehen mochte, dieser Schatz würde die Kosten der Reise leicht decken.

Vespertilio hatte sich wieder an die Spitze ihrer kleinen Schar gesetzt. Zynthia Aslaman mochte Männer, die wussten, was sie wollten. Solchen Träumern, wie Vermis allzu oft einer war, hatte sie nie viel abgewinnen können.

Es war so dunkel hier im Wald, dass Vespertilio die fahle Lichtkugel an der Spitze seines Zauberstabs benötigte, um weiter als nur zwei Schritt sehen zu können. Mit jeder Bewegung ließ sie ein ganzes Heer von Schatten durch das Rankendickicht ringsherum tanzen. Diese lebenden Mauern ragten bis zu zehn Schritt auf. Manchmal hatte er den Eindruck, dass sich darin mehr bewegte als nur Schatten. Da waren Geräusche ... Jetzt ...

Vespertilio riss den Arm hoch, ein Zeichen für die beiden anderen, reglos zu verharren. Vermis Gulmaktar murmelte leise etwas vor sich hin. Dann verstummte er.

Angestrengt lauschte Vespertilio. Da war ein Knacken wie von brechendem Holz. Leise ... Es war unmöglich, es einer bestimmten Richtung zuzuordnen.

Er feuchtete den linken Zeigefinger auf seinen Lippen an und hielt ihn in die Höhe. Er hatte sich nicht getäuscht. Es gab keinen Wind. Nicht den leichtesten Luftzug, der Ursache für dieses Geräusch hätte sein können. Das Holz ringsherum arbeitete.

»Wann schlagen wir unser Nachtlager auf?« Vermis klang erschöpft. Außerdem wurde er nörgelig, wenn er hungrig war. Ihm setzte der endlose Marsch durch den Wald am meisten zu. Vespertilio hätte einen seltenen Folianten aus der Bibliothek von Kuslik darauf verwettet, dass der Herr Collega von Honigkuchen träumte.

»Willst du wirklich hier schlafen?« Vespertilio blickte zu den unheimlichen Dornenranken.

»Ich schlafe im Gehen ein, wenn wir nicht bald rasten. Meine Füße und mein Rücken tun weh. Ich bin völlig ...« Vermis ging in die Hocke und spähte in das dichte Geflecht. »Bring das Licht! Hier ist etwas.«

Vespertilio zögerte. Den Ranken nahe zu kommen konnte nicht klug sein.

Zynthia ließ sich neben Vermis auf ein Knie nieder. »Hier liegen Knochen.«

Er würde als Feigling dastehen, wenn er nicht kam. Widerwillig senkte er seinen Zauberstab und ging zu den beiden. Das Licht schnitt durch das Gespinst aus Ranken. Tatsächlich lagen hier Knochen von einem kleinen Tier. Zart, zerbrechlich. Eine letzte Erinnerung an ein vergangenes Leben. Nichts Besonderes ... Er stutzte. Dann ging auch Vespertilio in die Knie.

»Ich denke, es war ein Eichhörnchen«, sagte Zynthia.

»Aber eines mit Flügeln«, ergänzte Vermis triumphierend. »Verdammt, ein Eichhörnchen mit Flügeln! Der Kelch muss hier sein. Ich bin sicher, dass es seine Kraft ist ...«

»Oder die eines Chimärologen«, unterbrach Vespertilio seinen Freund.

»Aber sieh dir das Skelett doch mal genauer an.« Vermis klang fast beleidigt. Er überspielte es mit einem Lachen. Bei ihm hörte sich das an wie das Meckern einer Ziege. »Das ist keine grobe Arbeit. Da ist nichts aufgepfropft, das nicht richtig miteinander verwachsen wäre. Es sieht so aus, als wäre es so geboren worden ...«

»Oder als wäre es einfach nur eine außerordentlich gute Arbeit«, dämpfte Vespertilio den Enthusiasmus seines Freunds.

»Hast du schlechte Laune?« Zynthia klang kühl.

»Wir brauchen einen Lagerplatz«, entgegnete er gereizt. Wieder war deutlich das Knarren von Holz zu hören. Machte das den beiden denn keine Sorgen? Dieser Wald war eine Bedrohung. Zurbaran hatte Geschichten von unerwünschten Wanderern erzählt, die Elfen durch lebendig gewordene Ranken im Schlaf erwürgen ließen. Vielleicht waren das ja nur Geschichten ... Aber das Holz um sie herum arbeitete, so viel war sicher! Und Vespertilio wollte nicht herausfinden, wie viel Wahrheit am Ende in den Schauergeschichten steckte.

»Und was ist dein Plan?« Zynthia klang immer noch kühl. »Sollen wir wieder zurückgehen? Was braucht der Herr, um sich wohlzufühlen? Ein Stück verwunschenen Elfenwald? Einen Strohballen in einer Scheune? Ein Daunenbett in einem fürstlichen Gasthof? Wir suchen einen Schatz, der ein ganzes Zeitalter lang verschollen war. Da wirst du ein paar Unbequemlichkeiten in Kauf nehmen müssen.«

»Genau!«, unterstützte Vermis sie.

Miese fette Kröte, dachte Vespertilio wütend. Wenn hier einer gejammert hatte, weil ihm feuchte Nachtlager im Wald nicht passten, dann war es Vermis gewesen. »Ich bin sicher, unter den Dornenranken liegen die Skelette Dutzender, die auf dem letzten Wegstück unvorsichtig geworden sind. Ich möchte mich nicht zu ihnen gesellen. Und ich möchte auch euch beide nicht an ihrer Seite liegen sehen.«

»Reine Spekulation, Herr Collega«, entrüstete sich Vermis. »Eine Thesis aufzustellen, ohne sie mit Fakten untermauern zu können, ist eines wahren Forschers unwürdig. Du solltest dich schämen ...«

Vespertilio hörte ihm nicht mehr zu. Er sah, dass seine Worte bei Zynthia ihre Wirkung getan hatten. Sie nickte zögerlich. »Was also schlägst du vor?«

»Natürlich gehen wir nicht zurück!« Er sagte das mit mehr Entschlossenheit, als er empfand. »Wir folgen diesem Weg, der ...« Er stockte. Wenn es stimmte, dass es Ranken gab, die rastende Wanderer im Schlaf erwürgten, war es dann nicht auch denkbar, dass sie eine Schneise im Dornendickicht öffneten, ihnen einen verlockenden Weg erschufen, um sie in eine Falle zu locken?

»Was?«, fragte Zynthia.

Er konnte seine Emotionen vor ihr nicht verbergen. Vermis hatte sicher nicht bemerkt, wie er stutzte, aber ihr entging nichts. »Vielleicht sollten wir doch ein kleines Stück zurück ...«

»Höre ich recht?‹, trumpfte Vermis auf. »Spricht da der gleiche heldenhafte Collega, der eben noch jeglichen Rückzug kategorisch ausgeschlossen hat?«

»Wir kehren um‹, sagte Zynthia entschieden. Ihr widersprach Vermis nie.

Sie nahmen den Weg, den sie gekommen waren. Vielleicht vierzig Schritt weit, dann verlor er sich. Die Ranken bildeten ein undurchdringliches Geflecht. Es gab keinen Pfad zurück mehr.

»Ich mag es nicht, wenn du recht hast«, flüsterte Vermis.

»Ich manchmal auch nicht«, sagte Vespertilio noch leiser.

»Damit wäre die Sache dann klar.« Zynthia wirkte weder erschrocken noch überrascht. »Uns bleibt nur ein einziger Weg. Also gehen wir ihn.«

»Um dann verschlungen zu werden?«, fragte Vermis aufgebracht.

»Wir sind keine geflügelten Eichhörnchen.« Ihre Collega machte entschlossen kehrt.

Vermis und Vespertilio sahen einander an. Die Freunde brauchten keine Worte. Wenn sie in dieser Stimmung war, hätte man Zynthia nur noch mit einem Versteinerungszauber bremsen können.

Sie verharrte an der Grenze des Lichtscheins, der von Vespertilios Zauberstab ausging. »Na los!«, forderte sie.

Die Männer folgten ihr.

Der Pfad wand sich durch das dornige Gestrüpp. Er erweiterte sich sogar, sodass sie zu dritt nebeneinander gehen konnten.

»Wartet!«, forderte Vermis. Seinem unsteten Atem war die

Anstrengung anzuhören, die der Tag im Wald ihnen aufgebürdet hatte.

Er überspielte es, indem er seinen Dolch zog. Ein hässliches Stück, fand Vespertilio, mit einer plumpen Klinge, schwarzgrau wie Blei. Aber eine echsische Rune nahe dem Heft erhielt die Schärfe, als würde die Schneide jeden Tag geschliffen.

Vermis setzte eine grimmige Miene auf, was unfreiwillig komisch wirkte. Wobei niemand, der ihn je bei einem Blutritual erlebt hatte, ihn für ein harmloses Dickerchen halten würde. Auf gewisse Weise war sein Äußeres für ihn genauso nützlich, wie es für Zynthia ihre Schönheit war. Sein Lächeln öffnete ihm zwar keine Türen, aber man hielt den fülligen, stets ein wenig unbeholfen wirkenden Mann für harmlos. Ein tödlicher Fehler.

Vermis ging als Letzter in der Reihe. Er blieb bald hinter ihnen zurück, obwohl sie nebeneinander gehen konnten. Er mochte es nicht, sich an jemanden anzupassen, nicht einmal, wenn es um so etwas Simples wie die Marschgeschwindigkeit ging.

Und Vespertilio mochte es nicht, den nervösen Herrn Collega mit einem Dolch in der Hand in seinem Rücken zu wissen. Nicht dass er einen plötzlichen Angriff gefürchtet hätte, dazu gab es keinen Grund, aber er konnte sich gut vorstellen, wie Vermis über eine Wurzel stolperte, vorwärts strauchelte und das Ganze ein blutiges Ende nahm. Sein Gefährte war einfach nicht für Reisen in der Wildnis geschaffen.

Unter dem dichten Laubdach wurde es schnell noch dunkler. Auch jenseits der Baumkronen musste es zu dämmern begonnen haben. Das Licht des Zauberstabs verwandelte das Rankengespinst bei jeder Bewegung in einen Palastsaal voll tanzender Schatten, dessen Decke von den riesigen Baumstämmen getragen wurde. Nie hatte Vespertilio Bäume wie diese hier gesehen, dabei prunkten die Wälder der Salamandersteine durchaus mit vielen bemerkenswerten Stämmen, deren außerordentlicher Umfang der Hege der Elfen und vielleicht auch der Magie geschuldet war, die dieses Gebirge durchdrang. Stammte diese Kraft vom Largala'Hen? In manchen Legenden hieß es, einst habe er die Wüste Khôm in einen blühenden Garten verwandelt. Wenn auch nur ein Körnchen Wahrheit in dieser Geschichte steckte, was könnten sie mit dem Kelch nicht alles vollbringen! Und Vespertilio war davon überzeugt, dass es sich um mehr als nur um ein Körnchen handelte. Schließlich waren Vermis und er diesem Artefakt unabhängig voneinander auf die Spur gekommen.

Wieder huschte sein Blick durch die unsteten Schatten. Das Gefühl, belauert zu werden, war wieder da. Stärker noch als zuvor. Er war sich gewiss, dass es mehr als nur die Augen in den Bäumen waren. Welcher Verstand lag hinter diesen Augen? Gab es dort oben schon einen Magier, der über die Kraft des Zauberkelchs gebot? Wenn dem so war, dann waren sie verglichen mit ihm nicht mehr als Flöhe auf dem Rücken eines Hundes. Ein Ärgernis? Vielleicht. Eine Gefahr? Ganz sicher nicht.

Aber wenn es so einen Magier gab, warum blieb er in den Salamandersteinen? Er hätte den Kelch nutzen können, um Kaiser im Mittelreich zu werden oder was immer sonst sein Herz begehrte.

»Seht euch das mal an!«, rief Vermis.

Vespertilio fuhr herum, nur um verärgert festzustellen, dass sein trödelnder Collega nicht mehr im Lichtkreis des Zauberstabs zu sehen war.

»Hier!«, rief Vermis fordernd. »Macht ein paar Schritte zurück.«

Das Knacken in den Ranken wurde lauter. Auch wenn er es nicht wirklich sah, war sich Vespertilio ganz sicher, dass da nicht nur Schatten tanzten. Vermis hatte es geschafft, den Wald zu verärgern.

»Was macht der nur?«, zischte Zynthia.

»Das, worin er besonders begabt ist«, grollte Vespertilio. »Schwierigkeiten!« Sie folgten dem Weg zurück, und nach ein paar Schritten fanden sie Vermis. Er lehnte an einem Baumstamm, den zehn Männer mit ausgestreckten Armen nicht hätten umfassen können. Mit der Spitze des bleifarbenen Dolchs tippte Vermis auf eine Wunde, die er dem Baumriesen beigebracht hatte. Er hatte ein handtellergroßes Stück Rinde herausgeschnitten. »Leuchte mal hier!«

Vespertilio neigte seinen Stab.

»Dachte ich es mir doch!«, triumphierte Vermis. »Seht ihr diese Verdickungen unter der Rinde?«

»Diese Wülste?«, fragte Vespertilio. »Natürlich.«

Zynthia betastete eine der senkrecht am Stamm herablaufenden Erhebungen. »Das sieht aus wie Adern.«

Vermis sah sie mit dem aufgeregten Blick des Forschers an, der gerade eine außergewöhnliche Entdeckung gemacht hatte und nun nach Zustimmung, ja, Bewunderung heischte.

In der Tat ähnelten die Wülste unter der groben Rinde Blutgefäßen, die dicht unter der Haut verliefen.

Wieder tippte er auf die Stelle, die er freigelegt hatte. »Und diese Adern sind kein Teil des Baums.«

Das Holz des Strangs war knochenweiß, das darunter hingegen hatte einen graubraunen Ton.

Das Knochenweiß ... es war die Farbe des Wipfelschiffs. Die *Iylian Thar* war mit dem Wald unter ihr verbunden. Aber wie sehr? Musste man sich die Bäume und Büsche als verlängerte Gliedmaßen des Schiffs vorstellen?, fragte sich Vespertilio.

»Stellt euch nur vor: Wenn wir das hier verstehen, wenn wir es nachahmen können, was für unglaubliche Holzgolems wir erschaffen könnten!« Vermis klang begeistert.

»Würdest du wirklich mit deinen Golems verwachsen sein wollen?« Zynthia klang sachlich, nicht provozierend.

»Natürlich nicht!« Vermis wedelte verärgert mit seinem Dolch. »Wenn die Beschaffenheit des Zaubers erst einmal ergründet ist, werde ich ihn selbstverständlich verbessern. Und nun aufgepasst. Wir werden das nächste Rätsel seines Schleiers berauben!« Sein Dolch trennte weitere Teile der Rinde ab, unter der sich die weiße Holzader nach oben zog.

»Was machst du?« Vespertilio sah über die Schulter in die Richtung, in der sie eigentlich unterwegs waren. Ringsum zuckten die Schatten, obwohl er den Stab mit der leuchtenden Spitze nun ruhig hielt. »Lasst uns weitergehen. Wir haben es begriffen.«

»Es ist ein lebendes Schiff, nicht wahr?« Für jemanden, der nicht mit ihm vertraut war, hätte Vermis' Stimme wohl harmlos geklungen.

Vespertilio kannte diesen Tonfall jedoch. Eine gnadenlose Entschlossenheit lag darin, entsprungen irgendwo zwischen Genie und Wahnsinn.

»Schauen wir doch einmal, ob wir ihm wehtun können!« Tief schnitt Vermis' Dolch in die knochenfarbene Ader.

Eine tintenschwarze Flüssigkeit quoll heraus. Erst in einem dicken Schwall, dann in einem schwächeren, aber kontinuierlichen Fluss. Sie färbte das offen liegende Holz des Baums dunkel. Aus dem Augenwinkel sah er eine Ranke, dick wie der Oberarm eines Seemanns, die sich drohend erhob und in ihre Richtung neigte.

»Es ist wieder dieses schwarze Wasser«, hauchte Zynthia. »Das sieht aus wie die Augen.«

»Wir gehen!« Vespertilio packte Vermis beim Arm.

»Warum? Ich habe gerade erst angefangen.« Ein boshaftes Lächeln spielte um die Lippen des kleinen Magiers. »Mal sehen, ob wir nach den Adern nicht auch noch Eingeweide und das Herz finden.«

»Ich frage mich, ob du dein Hirn verloren hast.« Vespertilio zerrte seinen Freund vom Stamm weg.

Inzwischen hatte sich ein halbes Dutzend Ranken aus dem Dornendickicht erhoben.

»Willst du herausfinden, wie es sich anfühlt, wenn die sich um deine Kehle legen?« Zynthia packte Vermis und stieß ihn vor sich her. Bei ihr leistete er keinen Widerstand.

In fliegender Hast eilten sie den Weg zurück.

Noch nie, dachte Vespertilio, hatte er sich so bedrängt gefühlt. Nicht einmal, als er nach gewissen magischen Experimenten recht überstürzt Al'Anfa hatte verlassen müssen.

Vermis begann zu keuchen. Vermutlich war er in seinem Leben nie weiter als hundert Schritt gelaufen.

Vespertilio hakte sich unter seinem Arm ein und zog ihn mit sich. »Schneller«, drängte er.

»Lasst mich zurück«, stieß Vermis pfeifend hervor. »Ich halte sie auf.«

»Hört auf, Jungs, wir sind hier nicht in den Honinger Geschichten!«, schalt Zynthia. »Wir sind ohnehin am Ende unserer Flucht.«

Vespertilio tat noch zwei Schritte, dann sah auch er es. Der Weg weitete sich zu einem Rund von vielleicht acht Schritt Durchmesser, und er endete an dieser Stelle. Es gab keinen Fluchtweg von dieser kleinen Lichtung inmitten des Dornenmeers.

»Jetzt hat uns der Wald, wo er uns haben wollte«, sagte Vespertilio kraftlos. Er sah sich schon von Ranken zu Tode gequetscht.

»Noch nicht ganz.« Zynthia deutete auf einen gewaltigen Baumstamm am Rand der Lichtung.

Vespertilio schwenkte den Stab. Und dann sah auch er es in aller Klarheit: Aus dem Stamm wuchsen Aststrünke. In einer weiten Spirale wanderten sie sich um den Baum, gleich den Stufen einer Wendeltreppe, und verloren sich im undurchdringlichen Dunkel über ihren Häuptern.

»Das ist unser Weg«, sagte Zynthia entschlossen.

Iylian Thar, *vierter Tag im Kornmond,*
vor vierundzwanzig Jahren

»Wir dringen rektal ein, wie mir scheinen will.« Vermis Gulmaktar legte seinen Stab auf dem Boden ab und zog sich von der Baumtreppe in etwas, das aussah wie übergroßes Gedärm.

»Wie meinst du das?« Vespertilio Organo klang gereizt. Er war noch hinter ihm auf der Wendeltreppe aus Ästen und konnte nicht sehen, was vor ihnen lag. Über fast die gesamte Strecke hatte er sich auf allen vieren vorgearbeitet. Angeblich, weil er den runden Ästen misstraute.

Vermis nahm Vespertilios Stab entgegen und leuchtete in den Gang. Er bestand vollständig aus Wurzelwerk, das einen Tunnel von ovalem Querschnitt formte. Das organische Erscheinungsbild faszinierte ihn. Es sah wirklich aus wie Gedärm. Eine freudige Überraschung. Eigentlich hatte Vermis dieses Bild nur gebraucht, um Vespertilio zu provozieren, von dem er wusste, dass er vulgäre Reden missbilligte. Vor allem, wenn Zynthia bei ihnen war. Aber nun erkannte er, dass dieses Wipfelschiff wirklich etwas Organisches war. Ob es bereits zu früheren Zeiten so ausgesehen hatte? Oder hatte es sich erst im Laufe der Jahrhunderte so verändert? Vermis vermochte nicht zu entscheiden, welche Vorstellung ihn stärker faszinierte.

»Ganz schön unpraktisch!«, zerstörte Zynthia Aslaman sein elegisches Staunen. »Die runde Wandung verschwendet Platz.«

»Davon werden die Elfen damals wohl genug zur Verfügung gehabt haben«, schnappte Vermis, obwohl er wusste, dass die Freundin recht hatte.

»Dieses Schiff ist in der Tat riesig«, meinte Vespertilio. »Dreihundert Schritt lang, schätze ich.«

»Mehr!«, rief Vermis.

»Von mir aus«, gestand Vespertilio ihm zu, obwohl sie sich während der Einschätzung aus der Ferne auf diese Länge geeinigt hatten. »Hast du eine Vorstellung, wo wir uns befinden? In der Mitte? Am Bug, am Heck?«

Widerwillig sah sich Vermis um. Der leuchtende Stein an Vespertilios Stab enthüllte Stränge, Wülste, gedrehte Strukturen, Holz, das geschmolzen und wieder erstarrt zu sein schien. Vier Öffnungen taten sich in weiterführende Tunnel auf. Hier gab es sowohl das weiße Holz der *Iylian Thar* als auch das graubraune des Waldes. Am Einstieg waren beide dermaßen miteinander verwunden, dass es schien, als würde der Baum, über den sie heraufgestiegen waren, mit dem Schiff ringen. Als wollte er sich der Magie der Hochelfen noch immer nicht unterwerfen. Knarzte hier nicht auch das Holz?

Vespertilio räusperte sich. Er hielt den Arm auffordernd ausgestreckt.

Widerstrebend gab Vermis ihm den Zauberstab mit dem leuchtenden Stein zurück und nahm seinen eigenen auf.

Ohne sich abzusprechen, folgten sie dem Gang, den er zuerst gesehen hatte. Vermis genoss das Schweigen. Es erlaubte ihm, in der Vorstellung zu schwelgen, durch einen lebenden Organismus zu wandern. Aber nicht durch einen Drachen, sondern durch einen Körper, den der Wille von Magiern geformt hatte. Von

Golembauern, wie er einer war. Oder werden würde, wenn er erst die Perfektion erreicht hätte, mit der die Hochelfen gearbeitet hatten. Dafür musste er seine magischen Kräfte allerdings vervielfachen. Eigentlich eine enttäuschend profane Grenze, an die er gestoßen war: Es ging nicht primär um fehlendes Wissen oder Ungeschicklichkeit beim Ziehen der Zauberzeichen oder der Intonation der Formeln. Hauptsächlich fehlte ihm schlicht die astrale Kraft, um die zauberische Matrix zu füllen, die er weben wollte. Aber das würde der Largala'Hen ändern. Ein magischer Kraftspeicher, der selbst die Macht der Elfen noch vergrößert hatte ... Ein Lächeln breitete sich auf seinem Gesicht aus.

»Ist was mit deinem Auge?«, fragte Vespertilio.

Vermis drehte sich zu seinen Gefährten um.

Zynthia rieb über ihr linkes Unterlid. »Nichts von Bedeutung. Ich glaube, da wächst mir ein Gerstenkorn. Aber wo du von Augen sprichst ...« Sie zeigte schräg hinauf zur Decke.

Vespertilio hob den Stab.

Der leuchtende Stein holte eines der ölig schwarzen Augen aus den Schatten, die sie bereits aus dem Wald kannten. Es starrte auf sie herab, und die zähe Flüssigkeit, aus der es offenbar bestand, bildete Fäden wie Kleister.

Die Gefährten wichen ihnen aus, um ihre Roben nicht zu besudeln. Zynthia drückte ihren Hut fester auf den Kopf.

Sie erreichten eine Gabelung, an der ihr Tunnel sich in zwei weitere verzweigte. Zudem gab es eine verwachsene Treppe, die nach oben führte. Auch hier wirkte das weiße Holz wie geschmolzenes und wieder erstarrtes Wachs. Den Stufen fehlten klar abgegrenzte Kanten, stattdessen war der Aufgang eine Kaskade aus Buckeln, die wenig Halt versprachen.

»Wir sollten unten bleiben«, schlug Zynthia vor. »Wir haben

ja vermutet, dass der Kelch unten und mittschiffs aufbewahrt wird, wo er am besten geschützt war. Lasst uns zuerst dort nachsehen.«

Zwar fand Vermis keinen Hinweis darauf, ob sie sich auf das Zentrum des Wipfelschiffs zu- oder davon wegbewegten, aber er erhob keinen Einwand. Zu sehr genoss er die Wanderung durch das von einem fremden Willen geformte Holz.

Obwohl die öligen Augen nur aus dunklen Wölbungen bestanden, ohne dass Iris und Pupille zu unterscheiden gewesen wären, hatte Vermis das Gefühl, dass ihre Blicke ihnen folgten. Freute sich jemand auf die Begegnung mit ihnen? Vermis gefiel der Gedanke besser, dass sich das Schiff vor einem Treffen mit ihnen fürchtete. Gern hätte er seinen Dolch benutzt, um herauszufinden, ob diese Augen Schmerz empfanden und ob man sie blenden konnte, oder ob sie einfach nur ausliefen wie ein angestochener Wasserschlauch, wenn man die Klinge hineinstieß. Er beherrschte sich. Seine Freunde hatten wenig Sinn für solche Vergnügen, wenn der Entdeckerdrang sie gepackt hielt.

Er zählte das siebzehnte Auge, als sie in eine ovale Kammer traten, von der mehrere Tunnel abzweigten. Schon auf dem Weg hierher war der Boden stets uneben gewesen, eine Ansammlung einander überlagernder Stränge. Hier aber stiegen die Wülste zum Zentrum der Kammer hin an wie aufgepeitschte Wellen. Sie stützten einen Thron aus gelbweißem Holz, dessen Rückenlehne sich nach oben hin verzweigte und an verschiedenen Stellen mit der Decke verwuchs.

Vermis machte einen Schritt darauf zu.

Es fühlte sich gut an. Wärme umfing ihn. Er begann zu schwitzen, aber das war angenehm. Als bereitete sich sein Körper auf etwas vor ... wie vor der Vereinigung mit einer wohlriechenden Lustsklavin, die seinen Gelüsten ausgeliefert war ...

Er musste sich in dieser Vorstellung verloren haben, denn das Nächste, was er bewusst wahrnahm, war, dass seine Hände die hellen Armlehnen streichelten. Seinen Zauberstab hatte er offenbar weggelegt, oder er hatte ihn fallen lassen.

Vespertilio sagte etwas hinter seinem Rücken. Es interessierte Vermis nicht. Er griff die Armlehnen fester. Versuchte, sie zu quetschen. Das Schiff spielte mit ihm, wie manche Lustsklavinnen, bevor er ihnen zeigte, wer das Sagen hatte. Er mochte das. Diesen Moment, wenn ihr Wille brach ...

Wieder rief Vespertilio.

Wahrscheinlich wollte er irgendwelche Analysezauber auf den Thron sprechen. Das jedenfalls würde er behaupten. Nur um sich dann vielleicht selbst darauf zu setzen. Sicher, Vermis könnte ihn noch immer davon vertreiben, aber der Zweite zu sein war oft unbefriedigend. Ob die Waldelfen schon einmal hier gewesen waren? Oder war dieser Thron seit der Niederlage der *Iylian Thar* jungfräulich geblieben?

Etwas umfing Vermis an der Hüfte, zog ihn näher.

Er folgte willig.

Iylian Thar, *vierter Tag im Kornmond,*
vor vierundzwanzig Jahren

»Halt ihn!«, schrie Vespertilio Organo auf. Er packte Vermis Gulmaktar bei der Schulter und versuchte, ihn von dem verfluchten Thron fortzuzerren. Das Gebilde hielt ihn jedoch bereits umfangen. Milchweiße Wurzeln peitschten aus seinen Seiten hervor, wickelten sich um Hüfte, Gesäß und Beine, umschlangen Vermis und zerrissen dabei seine Robe.

»Das Ding bringt ihn um!« Zynthia Aslamans Stimme kippte.

Sie starrte auf den linken Oberschenkel des Freunds. Eine der Wurzeln bohrte sich hinein, Blut färbte die Robe.

Vermis versuchte nicht, sich zu befreien. Im Gegenteil, mit verträumter Miene lehnte er sich dem Thron entgegen. Er war zu schwer, als dass Vespertilio ihn mit einer Hand hätte halten können, und Zynthia war starr vor Schreck.

»Verdammt!« Er ließ den Zauberstab fallen und nahm die linke Hand zu Hilfe.

Das Licht enthüllte mit aller Deutlichkeit, wie sich das Gewimmel von Wurzelsträngen auf dem Boden bewegte.

Zynthia hatte ihre Starre überwunden. Doch statt ihm zu helfen, Vermis vom Thron zu zerren, hob sie den Stab auf.

Vermis wurde halb gedreht. Die hölzernen Fangarme zwangen ihn auf den Thron. Einige trieben jetzt haarfeine, bleiche Wurzeln aus. Das zarte Gespinst strich dem Collega über das Gesicht. Ein dicker Holzstrang zwang Vermis' Lippen auseinander und verschwand in dessen Schlund, die feinen Haare zwängten sich zwischen Lid und Augapfel.

»Tritt zur Seite!«, forderte Zynthia.

»Wir geben ihn nicht auf ...«

Die Collega zerrte ihn zurück. Sie hatte ihren Zauberstab in ein Feuerschwert verwandelt. »Wir müssen ihn da herausschneiden!«

Noch bevor Vespertilio Einwände erheben konnte, trat sie vor. Die Klinge schnitt eine flammende Linie durch das Dunkel. Sie traf die Wurzel, die sich immer tiefer in den Schlund ihres Gefährten schob.

Vermis gab einen gurgelnden Laut von sich. Blut troff ihm von den Lippen.

Zynthia hatte es geschafft, den Wurzelstrang zu durchtrennen. Hastig zog sie das Schwert zurück, bevor seine Flammen das

Gesicht ihres Gefährten verbrannten. Tintenschwarze Flüssigkeit spritzte über Vermis' zerfetzte Kleidung. Eine neue Wurzel zwängte sich in seinen Mund, in dem noch der durchtrennte Strang steckte. Die Augen des Collega weiteten sich. Er begann zu zucken, doch die hölzernen Fesseln hielten ihn gnadenlos auf den Thron gepresst.

»Du bringst ihn um!«

Zynthia trat einen Schritt zurück. Es sah aber nicht aus, als wollte sie aufgeben. Eher als überlegte sie, welche Wurzel sie als Nächstes durchtrennen sollte.

»Bei einer dritten Wurzel im Schlund zerreißt es ihn«, bemerkte Vespertilio, um einen sachlichen Ton bemüht.

Seine Collega ließ die lodernde Klinge sinken. »Wir können doch nicht einfach nur zusehen ...«

»Das werden wir auch nicht!«, unterbrach Vespertilio sie gereizt, obwohl er nicht wusste, was zu tun war.

Die Bewegung der Wurzeln ebbte ab.

Blutige Tränen rannen ihrem Gefährten über die Wangen.

»Ich glaube, es ist fertig mit ihm«, flüsterte Zynthia.

Vermis saß nun aufrecht auf dem Thron, mit steifem Rücken, die Unterarme auf die Lehnen gefesselt. Dutzende Wurzeln hatten sich in sein Fleisch gebohrt.

Vespertilio beugte sich vor und tastete nach dem Hals seines Freunds. Er spürte den Puls unter den Fingerspitzen rasen. Eigentlich konnte Vermis keine Luft mehr bekommen, weil die Wurzeln seine Nasenlöcher ausfüllten, ebenso wie seinen Mund. Über den Augen fächerten die Stränge haarfein auf, bevor sie sich unter die Lider schoben. Bei den Ohren war Vespertilio unsicher. Vielleicht drang das Holz dort ebenfalls ein, aber möglicherweise fixierte es auch nur den Kopf.

Das Seltsamste war die Miene seines Freunds. Er wirkte nicht gequält, noch nicht einmal erschrocken. Vespertilio kannte den Ausdruck. So sah Vermis aus, wenn ihn etwas faszinierte. Vespertilio zog seine Hand zurück. »Ich glaube, er ist Teil des Schiffs.« Er fragte sich, ob, was immer Vermis nun beherrschte, Erfahrungen mit seinem Freund tauschte, oder ob es nur nahm.

»Er sieht glücklich aus«, stellte Zynthia mit Befremden fest.

»Ja, angeblich erleben Strangulierte, kurz bevor sie sich ein letztes Mal in die Hose machen, einen Lidschlag lang vollkommene Ekstase. Wir sollten uns beeilen. Ich glaube nicht, dass Vermis noch viel Zeit bleibt.«

»Aber was können wir denn tun?«

»Jede Kreatur stirbt, wenn man ihr Herz durchbohrt«, sagte Vespertilio entschlossen. »Finden wir es!«

Iylian Thar, *vierter Tag im Kornmond*,
vor vierundzwanzig Jahren

Es fiel Vespertilio Organo schwer, sich in diesem Schiff zu orientieren. Er hätte nicht sagen können, ob sie sich in Richtung Bug oder Heck bewegten. Und er hatte keine Ahnung, wo sich das Herz befinden mochte, von dem er fabuliert hatte. Er wusste nicht einmal, ob es überhaupt ein Herz gab.

»Dort lang!« Er deutete in einen Tunnel, der nach links abzweigte. Nicht weil er sicher gewesen wäre, dass er zu irgendeinem Ziel führte, sondern um Zynthia die Illusion zu geben, dass er genau wusste, was er tat. Sie mochte es, wenn Männer entschlossen und tatkräftig auftraten. Allerdings war sie zu klug, um noch lange auf seine geheuchelte Zielstrebigkeit hereinzufallen. Es sei denn, sie stolperten zufällig in die Herzkammer ...

Ein Ruck lief durch das Schiff. Vespertilio stützte sich an einem Wurzelstrang an der Wand ab, um auf den Beinen zu bleiben.
»Es bewegt sich«, sagte Zynthia Aslaman hinter ihm.
»Ausgeschlossen!« Die *Iylian Thar* war viel zu sehr mit den Bäumen ringsum verbunden, um sich jemals wieder bewegen zu können. Deutlich enthüllte das Licht des Zauberstabs und des Flammenschwerts dunklere Äste, die mit den knochenfarbenen Wurzelsträngen verwachsen waren. In seiner Hilflosigkeit überkam Vespertilio grenzenlose Wut. Am liebsten hätte er ebenfalls seinen Zauberstab in ein Schwert verwandelt, um blindlings auf das Wurzelwerk einzudreschen. Doch sie benötigten das klare Licht seines Stabs. Zwei Schwerter, umspielt von tanzenden Flammen, hätten den Gang in ein Schreckenskabinett zuckender Schatten verwandelt, in dem sie wirkliche Gefahren erst zu spät erkennen würden.

Unmittelbar über ihnen öffnete sich eines der schwarzen Augen im Holz.

Vespertilio kam es vor, als blickte es höhnisch auf ihn herab. Er war versucht, seinen Zauberstab hineinzustoßen. Er brauchte keine Klinge, um es zu zerstören. Seine Finger griffen das glatte Holz fester.

Das Auge über ihm schloss sich.

Konnte dieses verfluchte Schiff etwa in ihren Gedanken lesen? Oder hatte es einfach nur gesehen, wie die Knöchel seiner Hand durch den festeren Griff weiß wurden, und daraus den richtigen Schluss gezogen?

Wieder lief ein Ruck durch die *Iylian Thar*.

Fluchend packte Vespertilio erneut die Wurzelstränge an der Wand.

»Ich bin mir sicher, dass es sich bewegt«, beharrte Zynthia.

Jetzt hatte auch Vespertilio das Gefühl, als würde der Rumpf durch Wogen gleiten. Aber das war natürlich völlig absurd. Überall war es mit dem Astwerk der Bäume verwachsen. Keine Ankertrossen könnten ein Schiff je so fest halten, wie es das dichte Geäst tat.

»Sieh nur!«

Gereizt fuhr er zu Zynthia herum. Sonst ließ sie sich nicht so leicht etwas vorgaukeln. War auch sie der Magie des Elfenschiffs verfallen, so wie Vermis? Bei klarem Verstand hätte sich ihr Collega niemals auf diesem Thron niedergelassen. Es war völlig offensichtlich gewesen, was hatte geschehen müssen.

»Dort!«

Jetzt sah es auch Vespertilio. Der Gang, dem sie folgten, machte eine sanfte Biegung. Und gerade dort, wo die innere Bordwand außer Sicht kam, schien Licht.

»Still!«, raunte er.

»Ich gehe vor.«

Bevor er sie hätte aufhalten können, setzte sich Zynthia in Bewegung.

Vespertilio wollte seinen Dolch ziehen, doch erneut musste er sich mit der Linken an der Wand abstützen. Der Rumpf bewegte sich, als stampfe das Schiff durch schwere See. Daran gab es nichts mehr zu deuteln.

Zynthia vor ihm hatte Mühe, auf den Beinen zu bleiben, zumal auch der Boden von Ästen und Wurzelwerk überzogen war und keinen sicheren Stand erlaubte. Mit schwankendem Gang, als sei sie sturzbetrunken, eilte sie dem Licht entgegen.

»Vorsicht!« Vespertilio hatte Mühe, ihr zu folgen. Sie sollten sich auf gar keinen Fall aus den Augen verlieren.

Schon war Zynthia hinter der Biegung verschwunden.

Ein Wurzelstrang schloss sich um seinen linken Knöchel. Er stieß entschlossen den Zauberstab nieder, als wolle er ein Gewürm zermalmen.

Sofort lockerte sich der Griff um sein Fußgelenk. Oder hatte das Schiff ihn vielleicht nicht festgehalten, und er hatte sich in seiner Hast nur in einer Wurzelschlinge verfangen?

»Unglaublich!« Zynthia klang fasziniert, nicht erschrocken. Aber das beruhigte Vespertilio nicht.

Endlich fand er sie wieder. Sie blickte durch eine weite Öffnung in der Bordwand. Von dort drang auch das Licht herein. Tageslicht!

Vespertilio blieb abrupt stehen. Das war unmöglich! Als sie in das Schiff gestiegen waren, war gerade erst die Nacht hereingebrochen. Und sie befanden sich auf keinen Fall länger als zwei Stunden an Bord!

»Es ist schön!« Zynthia streckte den Kopf hinaus.

»Nein!«

Das Holz an den Rändern der Öffnung pulsierte, so als habe es sich in voller Absicht zurückgezogen. Jetzt könnte es zuschnappen, um Zynthia an das Schiff zu fesseln. Oder Schlimmeres ...

»Wir schweben über dem Wald. Es ist ... Nein.« Sie wandte sich zu ihm um. Ihre Augen strahlten vor Verzückung. »Wir laufen über die Wipfel der Bäume. Es ist schön. Voller Harmonie. Das musst du sehen!«

Harmonie war das letzte Wort, das ihm im Zusammenhang mit diesem Schiff in den Sinn gekommen wäre. Zynthia musste einer Illusion erlegen sein. Er würde sie in die Wirklichkeit zurückzerren.

Innerlich wappnete er sich gegen verlockende Trugbilder, denen er nicht erliegen würde, ganz gleich, was sie zeigten! Entschlossen trat er an Zynthias Seite. »Das ist nur ...«

Wind strich warm über sein Antlitz. Ein strahlend blauer Himmel mit zimtfarbenen Wolken spannte sich über einem Meer aus satt grünen Baumkronen. Dies war eine so angenehme Abwechslung vom bedrückend dunklen Wald, durch den sie gezogen waren, dass Vespertilio trotz seiner Vorsätze nicht anders konnte, als bei dem wunderbaren Anblick zu verweilen.

»Der Wald riecht nach Frühling«, sagte Zynthia verträumt. »Und schau einmal am Rumpf hinab. Das müsste Vermis sehen.«

Vermis! Sie durften sich nicht aufhalten! »Komm, wir ...« Vespertilio wandte sich ab und traute seinen Augen nicht. Er kniff die Lider zusammen. Das war eine Illusion!

Doch als er die Augen wieder öffnete, hatte sich nichts verändert. Der Gang war nicht länger mit dunklen Ästen durchsetzt. Es gab nur noch das knochenfarbene Holz. Und das Deck war völlig eben. Nur die Wand wies eine gewellte Struktur auf, als sei sie aus miteinander verschmolzenen Rippen erschaffen worden.

Ungläubig streckte Vespertilio die Hand aus und tastete über das Holz. Es war schwer, alle Sinne zugleich mit einer Illusion zu täuschen. Meist war sie nur ein Augentrug. Doch die Wand war da. Was er ertastete, entsprach dem, was er sah. Konnte das alles echt sein?

»Was für ein Schiff«, sagte Zynthia ergriffen und sah in die Tiefe. »Es trägt uns über die Wipfel. Wir laufen auf Hunderten Beinen über den Wald hinweg.«

»Die *Iylian Thar* wird Vermis töten, wenn wir nicht das Herz des Schiffs finden. Ein Schiff, das Beine hat, muss einfach auch ein Herz haben. Komm!« Er musste sie beim Arm packen, um sie vom Fenster im Rumpf fortzubekommen.

Sie folgten dem Gang, bis sie eine aufwärts führende Treppe erreichten.

Auf dem Deck über ihnen waren Schritte zu vernehmen. Dann ein Ruf in einer fremden Sprache. Es klang beinahe wie Gesang.

»Asdharia«, behauptete Zynthia.

»Verstehst du, was sie sagen?«

Sie wiegte den Kopf. »Ich hab es nie gesprochen vernommen, nur gelesen. Ich könnte mir vorstellen, dass es ein Alarmruf war. Die Mannschaft soll an Deck. Ein Kampf vielleicht ...«
»Das ist alles nur eine Illusion«, beharrte Vespertilio.
»Dann ist es die vollkommenste Illusion, von der ich je gehört hätte«, bemerkte Zynthia skeptisch. »Es kann doch nicht sein, dass all unsere Sinne getäuscht werden. Dann müsste man ja darüber nachdenken, ob vielleicht unser ganzes Leben nur eine Illusion ist.«

»Philosophieren können wir später«, entschied Vespertilio und stieg den Aufgang hinauf.

Er hörte, wie Zynthia ihm folgte.

Unwillkürlich duckte er sich, als er hoch genug war, um auf das nächste Deck zu blicken. Geflochtene Matten lagen hier auf dem Boden. Ein Helm mit silbernen Flügeln war zurückgeblieben, als sei sein Besitzer überhastet aufgebrochen. Das passte zu Zynthias Vermutung.

Eine bemalte Leinwand hing in der Mitte der Kammer von der Decke. Sie zeigte ein komplexes Spiralmuster. Eine friedliche Stimmung überkam Vespertilio, als er versuchte, mit den Augen dem Lauf der Linien zu folgen. Ganz und gar nicht dazu passten die jeweils fünf Speerschleudern, die steuerbord wie backbord standen. Sie waren nach unten gerichtet. Beschläge mit Goldblechen schmückten die knochenbleichen Geschütze. Sie waren schön anzusehen, doch vermochte das nicht darüber hinwegzutäuschen, dass es sich um tödliche Waffen handelte. Sie befanden sich hier, um Ziele am Boden zu beschießen. Allerdings wunderte es Vespertilio, keine Stückpforten in der Bordwand zu sehen.

»Keine Gefahr«, entschied Zynthia und stieg an ihm vorbei auf das verlassene Deck. Der in ein Flammenschwert verwandelte

Zauberstab, den sie immer noch in der Rechten hielt, strafte ihre Worte Lügen.

Sie schritt zwischen den Matten hindurch bis zur bemalten Leinwand. Vorsichtig folgte Vespertilio.

Über ihnen waren die seltsam singend klingenden Stimmen der Elfen zu hören. Hochelfen, verbesserte er sich in Gedanken. Jenes Volk, das vor Jahrhunderten aus der Welt verschwunden war, hatte die *Iylian Thar* erschaffen. Konnten sie durch die Zeit gestürzt sein?

Bei dem Gedanken zog sich Vespertilios Magen zusammen. Und was war mit Vermis geschehen, wenn das zutraf? Womöglich irrte sich Zynthia nicht, und all dies war keine Illusion.

»Hier ist noch ein Aufgang.« Seine Gefährtin blickte hinter die Leinwand und winkte ihm. »Ich kann den Himmel sehen. Hier kommen wir auf das Hauptdeck.«

»Auf dem sich alle Hochelfen versammelt haben«, bemerkte Vespertilio. »Wir könnten sie auch gleich rufen und uns ergeben.«

Die Collega wedelte ärgerlich mit der Hand. »Jetzt mach dir mal nicht in die Kutte ...«

»Wir suchen die Herzkammer!«, entgegnete er frostig. Sie wusste genau, dass er es nicht mochte, wenn sie in so vulgäre Sprache verfiel.

»Das habe ich nicht vergessen.« Sie sagte es milde und schenkte ihm einen dieser Blicke, für die er ihr die Welt zu Füßen gelegt hätte. »Aber wenn wir es schaffen, einen Hochelfen zu fangen, dann bin ich mir ganz sicher, dass ich ihn dazu bringen kann, uns zu verraten, was immer wir wissen wollen. So sind wir schneller, als wenn wir ziellos durch das Schiff streifen. Wir haben schließlich keine Ahnung, wo wir suchen müssen.«

Vespertilio hatte kein gutes Gefühl bei diesem Plan. Auf dem Oberdeck schien die gesamte Hochelfenmannschaft versammelt zu sein. Allerdings hasste er die Vorstellung, als Feigling dazustehen, wenn er jetzt Einwände erhob. »Gut, dann schnappen wir uns ein Elflein«, sagte er gegen seine Überzeugung.

Mit einem grimmigen Lächeln stieg Zynthia die Stufen hinauf. Vespertilio griff in die Matrix seines Zauberstabs und verwandelte ihn ebenfalls in ein Flammenschwert. Die Klinge war leicht gebogen und hatte einen Widerhaken an der Spitze, mit dem man einem Gegner einen Brocken Fleisch aus dem Leib reißen konnte. So hatten die Echsen in alten Zeiten gekämpft, und das faszinierte Vespertilio. Allerdings weniger als die Macht der Magie, weswegen er nie ausreichend Zeit für Fechtübungen aufgebracht hatte. Die Waffe wirkte imposant, zumindest in seinen Augen, aber der Arm, der sie führte, war ein Schwachpunkt. Zum Glück genügte der Anblick des flammenumspielten Schwerts meist, um Feinden jeden Kampfesmut zu nehmen.

Vespertilio ballte die Linke zur Faust und ordnete seine Gedanken, bereitete einen Fulminictus-Kampfzauber vor und wurde sich bewusst, wie verrückt es war, sich zu zweit mit einer ganzen Besatzung von Hochelfen anzulegen. Heimlichkeit sollte ihre schärfste Waffe sein, sonst wären sie tot.

Er ließ Zynthia zwei Schritt Vorsprung, um genug Raum für das Schwert zu haben. Da er es nicht mit dem Geschick eines erprobten Kriegers zu führen verstand, hielt er besser Abstand zu allem, was er nicht verletzen wollte.

Als er das Kopfende der Treppe erreichte, erfasste ihn die Wärme des Sommertags. Es wirkte jedoch nicht so, als würde er auf das Deck eines Schiffs steigen. Eher schon betrat er eine Festungsanlage, ringsum ragten Türme aus weißem Holz auf. Einige wuchsen seitlich aus der Bordwand und reichten auch ein Stück weit daran hinab. Am imposantesten jedoch waren fünf Türme, die sich in der Mitte des Schiffs erhoben. Die beiden in Bug und Heck waren die niedrigsten. Die benachbarten zwei überragten die Türme an der Peripherie so weit, dass sie ein gutes Schussfeld hatten. Der höchste war der fünfte Turm in der Mitte der *Iylian Thar*. Masten und Segel dagegen fehlten völlig. Nie zuvor hatte Vespertilio ein solches Schiff gesehen.

Jeder der Türme war mit einer Balliste bestückt, deren Speere armdicke Schäfte besaßen. Unter den Hochelfen herrschte helle Aufregung, was so gar nicht zu seinem Bild von diesem verschwundenen Volk passte. Befehle gellten über Deck. Krieger machten sich an den Geschützen zu schaffen.

»Sieht aus, als würden wir in eine Schlacht ziehen«, meinte Zynthia. »Das wird es uns leichter machen, einen von denen zu schnappen und unter Deck zu bringen.«

Vespertilio war erschüttert über so viel *jugendlichen* Leichtsinn. Er hatte keine Lust herauszufinden, wer der Feind eines gewaltigen Kriegsschiffs sein mochte. »Dorthin!«, sagte er entschieden und deutete auf die Tür eines der Türme. Dort würden sie vor Blicken verborgen sein, hoffte er.

Überraschenderweise folgte ihm Zynthia ohne Widerspruch.

Die Flammen ihrer Schwerter tauchten das Innere des Geschützturms in ein unstetes Licht. Vespertilio entdeckte Speere, die entlang der Wände in Halterungen standen. Auch Köcher voller weiß befiederter Pfeile waren hier aufgehängt. Die Wände bestanden nicht aus massiven Bohlen, sondern aus einem Geflecht dicker Äste. Eine schmale Leiter führte hinauf zur Plattform des Turms. Deutlich hörten sie die Stimmen der Elfen und ihre Schritte.

Ein Befehlsruf erklang und wurde weitergegeben. Das Schiff legte sich in eine abrupte Kehre, wobei es zugleich um die Längsachse rollte. Zynthia fiel gegen Vespertilio, und dieser krallte sich in das Geflecht zu seiner Linken. Für Holz fühlte es sich ungewöhnlich warm an, beinahe schon heiß, wie Kupfer, das lange in der Sonne gelegen hatte.

Das Schiff kippte zurück in die Waagerechte. Zynthia behielt ihren Arm weiterhin um Vespertilio gelegt. Das gefiel ihm.

Über ihnen riefen die Elfen aufgeregt.

»Verstehst du, was sie sagen?«, flüsterte Vespertilio.

Zynthia presste die Lippen zusammen und schüttelte den Kopf. Er drückte sein Gesicht gegen das Geflecht der Turmwand und spähte durch die Lücken im Flechtwerk. Der Geschützturm vor ihnen versperrte ein Großteil des Blickfeldes.

»Wir müssen höher«, raunte Zynthia ihm zu und stieg, ohne auf eine Antwort zu warten, einige Sprossen hinauf.

Vespertilio zögerte einige Herzschläge lang. Dann folgte er ihr doch. Es war töricht, sich den Elfen weiter zu nähern. Zum Glück war die Falltür am Ende der Leiter geschlossen, sodass sie trotz der Flammenschwerter nicht zufällig entdeckt werden konnten.

»Ich glaube, wir haben einen Rammkurs angelegt«, murmelte Zynthia. »Da ist etwas in die Baumkronen gebaut.«

Vespertilio stieg noch eine Sprosse höher, sodass er halbwegs durch einen zwei Finger breiten Spalt in der Turmwand sehen konnte.

»Was ist das?«, fragte Zynthia halblaut.

Wäre es kleiner gewesen, hätte Vespertilio es für ein Nest gehalten. Es hatte grob die Form einer Schüssel. Ob es sich um die Plattform eines Turms handelte, der zwischen den Baumwipfeln verborgen stand?

»Ob wir dort anlegen?«, fragte Zynthia.

»Dann wäre das Schiff nicht in Kampfbereitschaft.« Vespertilio hatte ein klammes Gefühl. Außerdem verloren sie aus dem Blick, warum sie hier waren. Sie sollten die verfluchte Herzkammer finden. Vermis lief die Zeit davon.

»Also Elfen haben das nicht gebaut«, stellte Zynthia fest. Zweifelnd betrachtete Vespertilio die primitive Konstruktion aus gebogenen, teils gebrochenen massiven Ästen. Einige hatten noch ihr Blattwerk, aber das Laub welkte.

»Gleich werden wir es rammen!«, rief Zynthia.

»Leise!« Vespertilio blickte mit einem mulmigen Gefühl nach oben.

»Wirklich!«, flüsterte sie drängend. »Schau nur.«

Wieder sah Vespertilio nach draußen. Er beobachtete, wie sich die Geschützmannschaft an der Balliste auf dem Turm vor ihnen mühte. Die Elfen trugen Harnische, die in der Sonne glänzten. Fein zisieliertes Rankenwerk schmückte ihre ungewöhnlich hohen Helme. Einlegearbeiten aus Gold setzten geschmackvolle Akzente. Manche der Rüstungen schimmerten bläulich, andere strahlten wie poliertes Silber. Jede war ein einmaliges Kunstwerk, das aussah, als habe ein Rüstschmied ein halbes Leben in diese Arbeit gesteckt.

Zwei Elfen trugen seidene Waffenröcke über ihren Rüstungen. Der Stoff war von zähen Silber- und Goldfäden durchzogen. Auch hier herrschten Rankenmuster vor, obwohl einer der beiden einen Vogel mit ausgebreiteten Schwingen wie ein Wappen auf der Brust trug. Bei der offensichtlichen Vorliebe der Hochelfen für verschlungene Muster hatte es eine gewisse Folgerichtigkeit, ein Schiff zu erschaffen, dessen Strukturen, zumindest in etlichen Abschnitten, an ineinander verschlungenes Astwerk erinnerten.

Die Elfen auf dem Turm schienen mit ihrer Balliste zu ringen. Es sah aus, als versuchten sie verzweifelt, das Geschütz in eine andere Richtung zu schwenken, wobei sie aber aus einem Grund, der für Vespertilio nicht ersichtlich war, scheiterten.

Dabei bewegten sie sich mit einer katzenhaften Anmut, die nicht zum Ernst der Lage passen wollte. Ihre Augen waren größer als bei Menschen, die Gesichter – so weit man sie unter den Helmen mit ihren Wangenklappen sehen konnte – vollkommen symmetrisch. Sie alle waren hochgewachsen, mit breiten Schultern, aber schlanken Hüften. Ihre Andersartigkeit faszinierte Vespertilio. Kurz fragte er sich, mit welchem Tier er einen Hochelfen kreuzen würde, sollte er jemals das Privileg haben, aus einem von ihnen eine Chimäre zu erschaffen.

Die elfischen Krieger auf dem benachbarten Turm riefen durcheinander, manche berührten florale Elemente, die aus der Brüstung wuchsen, beinahe wie bei einer Beschwörung.

Das seltsame Gebilde auf den Baumkronen war nur noch fünfzig Schritt entfernt. »Es ist tatsächlich ein riesiges Nest!«, erkannte Vespertilio überrascht.

Vor der *Iylian Thar* wichen die Wipfel zur Seite, wie bei einem Schiff, das eine Bugwelle erzeugte. Vespertilio hatte den Eindruck, dass sie an Fahrt gewannen.

Die Elfen auf dem Turm vor ihnen gaben es auf, mit ihrem Geschütz zu ringen. Es schwenkte nach backbord. Sonnenlicht brach sich funkelnd auf der Speerspitze, die in den leeren Himmel zeigte.

»Was geht hier vor?« Zynthia blickte zu ihm herab.

Er antwortete ihr nicht. Er mochte sich nicht dazu bekennen, keine Ahnung zu haben.

Ein Schlag traf den Schiffsrumpf. Vespertilio ließ im Reflex sein Schwert los, um sich mit beiden Händen an den Holmen festzuhalten. Die Klinge bohrte sich mit der Spitze voran in das Deck unter ihnen.

»Wir haben das Nest gerammt!« Zynthia hatte es geschafft, ihr Gleichgewicht zu bewahren, obwohl sie sich mit nur einer Hand festhielt. »Oh, verdammt! Sieh nur!« Sie reckte sich vor, um näher an eine der Spalten in der Turmwand heranzukommen.

»Was?«

»Das Biest. Das muss ein Greif sein ... Er attackiert das Schiff! Ob es sein Nest war, das wir gerammt haben? Davon wird nicht viel übrig geblieben sein.«

Vespertilio warf einen besorgten Blick auf das Schwert, aber die Flammen loderten nach oben, weg vom hölzernen Boden. Zumindest unmittelbar bestand keine Gefahr, dass sie etwas in Brand setzten. Er stieg eine Sprosse höher und versuchte, einen besseren Blick nach draußen zu erhaschen. »Da ist wirklich ein Greif?« Er wünschte sich bereits seit langer Zeit, eine dieser mächtigen Kreaturen – halb Löwe, halb Adler – zu sehen zu bekommen. Sie faszinierten ihn.

Den Greifen konnte er immer noch nicht entdecken, dafür aber sah er, wie die Balliste auf dem Turm vor ihnen noch ein weiteres Stück schwenkte. Dann schnellte ihr Speer davon.

Er schriller Schrei ertönte.

Die Falltür über der Leiter öffnete sich. Ein blasses Gesicht, beherrscht von großen, blauen Augen, blickte auf sie herab.

»Runter!«, zischte Vespertilio und begann eiligst die Sprossen hinabzusteigen.

Der Hochelf rief etwas und verschwand aus der Öffnung.

Zynthia war schneller als Vespertilio. Sie trat ihm auf die Finger. Fast hätte ihn ein Absatz ins Gesicht getroffen. »Beeil dich!«, rief sie ihm zu.

Er erreichte das Deck und griff nach seinem Schwert. Die Hitze der Flammen hatte die hellen Planken rings um die Klinge geschwärzt.

Etwas bewegte sich vor der Tür.

»Kämpfen wir uns den Weg frei!« Zynthia landete mit einem kühnen Satz neben ihm auf dem Deck. Mit erhobener Waffe stürmte sie zur Tür.

»Platz!«, forderte er, und tatsächlich wich seine Gefährtin aus. »Fulminictus!« Energisch streckte Vespertilio die Faust vor. Die Elfen vor der Tür wurden wie von einer Sturmbö getroffen zur Seite gefegt.

»Schnell!«, drängte er und rannte auf die Tür zu. »Den Abstieg hinunter!«

Schon kamen die ersten Elfen wieder auf die Beine.

Ein Speer bohrte sich neben Vespertilio ins Deck. Der Zauberer fegte mit dem Schwert einen zweiten Speer zur Seite, der nach ihm gestoßen wurde. Aber da waren zu viele Elfen. Er würde den Abstieg ins Schiff nicht mehr erreichen.

Hinter ihm kreischte Metall. Auch Zynthia wurde angegriffen.

Er sammelte seine Gedanken und ließ im Geiste ein Bild der magischen Matrix erstehen. Ein zweiter Kraftstoß ... Gleich mehrere Speerspitzen stießen ihm entgegen. Er wich zurück, prallte mit dem Rücken gegen Zynthia und versuchte mit einem wilden Schlag, alle Speere zugleich von sich abzulenken.

Fast hätte er es geschafft.

Ein Speer traf ihn in die Brust. Er keuchte auf, packte nach dem Schaft. Seine Hand glitt durch das Holz. Die Wucht des Treffers trieb ihm Tränen in die Augen. Das grimmige Gesicht des Elfen verschwamm vor ihm.

Mit Entsetzen sah er, wie die Waffe immer tiefer in ihn eindrang. Rätselhafterweise verspürte er jedoch kaum Schmerz.

Er taumelte gegen die Wand des Turms. Wieder versuchte er, den Schaft des Speers zu packen, um ihn aus der Wunde zu ziehen. Es war, als versuchte er, Nebel zu fassen.

»Die Kerle lösen sich auf!«, rief Zynthia hinter ihm.

Er blinzelte die Tränen aus den Augen. Durch den Elfen vor sich sah er unscharf die Wand des zentralen Turms. Es sah aus, als blicke er durch rauchiges Glas.

Sein Linke tastete nach seiner Brust. Er spürte warmes Blut auf den Fingerspitzen. Er war verwundet, aber nicht tödlich.

Weitere Elfen umringten sie, doch ihre Gegner vermochten ihnen nichts mehr anzuhaben. Schließlich verblassten sie, wie Morgennebel im Sonnenlicht.

Dort, wo sich eben noch der mittlere Gefechtsturm erhoben hatte, ragte nur noch ein von Ästen überwucherter Stumpf auf. Die *Iylian Thar* hatte ihre einstige Pracht wieder verloren.

Iylian Thar, *vierter Tag im Kornmond,*
vor vierundzwanzig Jahren

Vermis Gulmaktar glaubte, dass er schrie, aber er hörte diesen Laut des Triumphs nicht. Seine Sinne hatten sich von den Augen und Ohren seines menschlichen Körpers, von seiner Haut und seiner Zunge und auch von seiner Nase gelöst. Ein um ein Vielfaches intensiveres Erleben flutete seinen Verstand. Er fragte sich, ob der Rausch, den er verspürte, aus ihm selbst heraus oder von außen kam. Der Golembauer erinnerte sich an die Faszination, die ihn bereits beim ersten Anblick der *Iylian Thar* erfasst hatte. An die steigende Erregung unten im Wald, vor allem, als er den Schnitt gesetzt hatte und das schwarze Blut aus dem weißen Holz gequollen war. An die Vorfreude, die ihn beim Besteigen des Schiffs ergriffen hatte, und das sichere Gefühl, das Richtige zu tun, das, worauf ihn all die Jahre des Studiums vorbereitet hatten, als er sich dem Thron genähert hatte …

Aber all das nahm sich kümmerlich aus im Vergleich zu diesem *Eins-Sein*, das ihn nun durchdrang. Er spürte das Wipfelschiff. Dies war viel mehr als eine geistige Verbundenheit, als ein abstraktes Verständnis. Sein Leib stand in Wechselwirkung mit dem Körper des Schiffs. Fleisch ... Holz ... das war alles dasselbe. Und auch sein Wille durchdrang den Willen der *Iylian Thar*. Dies war ihre erste Fahrt. Endlich war sie frei, endlich waren die Gerüste der Werft gelöst. Sie rauschte über die Wipfel des endlosen Waldes, unablässig ihre Beine auf Ästen absetzend, neuen Halt suchend, sich lösend, abstoßend. Wie ein Tausendfüßler. Die Magie der Elfen beterte die Bäume und brachte sie dazu, das Schiff zu halten und seine Bewegung zu fördern.

Zunächst hatte sich die *Iylian Thar* noch der Führung der Elfen anvertraut. Ihr Navigator hatte auf demselben Stuhl Platz genommen, auf dem Vermis nun saß. Das machte ihn eifersüchtig. Ein kleiner Stich, der jedoch rasch überwunden war, fortgespült vom Triumphgefühl des Schiffs.

Die *Iylian Thar* war ein Krieger. Geschaffen, um zu zermalmen, zu zerstören. Grober, zielgerichteter, mächtiger als ihre Vorgänger. Ein entschlossenes, zorniges Aufgebot gegen die stärker werdenden Kräfte des Goldenen, den man in späteren Zeitaltern den Namenlosen Gott nennen würde. Das Wipfelschiff sehnte sich nach dem Kampf.

Und als sich eine erste Gelegenheit dazu bot, löste es sich von der Führung der elfischen Besatzung, nahm Kurs auf das Nest eines Greifen und zerstörte es. Das kreischende Wesen, halb Adler, halb Löwe, war ein herrliches Geschöpf. Stark. Eine würdige Beute für die ersten Schüsse aus den Ballisten. Wieso begriffen die Hochelfen das nicht? Ihr Unverständnis erzürnte die *Iylian Thar*. Mit lachhaften Gesängen versuchte die Besatzung, sie zu besänftigen. Stattdessen zeigte die *Iylian Thar* diesen winzigen Kreaturen ihre Macht. Sie bediente die Geschütze selbst, und der Greif stürzte, durchbohrt von drei Speeren, durch das Blätterdach. Vermis jubelte!

Und er hörte es, gedämpft zwar, aber mit seinen eigenen Ohren. Eine enttäuschend profane Wahrnehmung.

Er sah auch wieder mit seinen körperlichen Augen, allerdings verdeckte etwas seine Sicht. Dünne, helle Stränge, die beinahe sein gesamtes Blickfeld einnahmen. Er erkannte kaum etwas, konnte weder blinzeln noch den Kopf drehen.

Nur am Rande seiner Wahrnehmung spürte er Vespertilio und Zynthia. Sie befanden sich nicht in unmittelbarer Nähe, aber auf dem Schiff. Winzig, unwissend, unbeholfen bewegten sie sich durch die *Iylian Thar*. Wie Parasiten.

Aber das waren sie doch nicht. Manchmal hatte Vermis darunter gelitten zu sehen, dass die beiden mehr miteinander verband als nur ihr gemeinsames Ziel. Er wusste darum, dass sie manchmal ihr Lager teilten. Und er war eifersüchtig gewesen. Aber die *Iylian Thar* empfand anders. Ihn mochte das Schiff. Sie waren verwandte Geister. Er konnte es verstehen. Seinen Stolz, seine Einsamkeit ... All das kannte er nur zu gut. Doch durch Zynthia und Vespertilio fühlte sich die *Iylian Thar* gestört. Vielleicht spürte das Schiff auch die Zweisamkeit der beiden. Ein Gefühl, das es nie erlebt hatte. Vermis wurde sich bewusst, dass die *Iylian Thar* die beiden töten würde, so wie sie schon viele Eindringlinge zuvor getötet hatte.

Er musste das Schiff davon überzeugen, dass es falsch war. Dass es die zwei einfach ziehen lassen konnte. Sie durften natürlich nicht an ihr Ziel gelangen. Nicht die Herzkammer plündern.

Vermis wurde klar, dass er sich gerade aufseiten der *Iylian Thar* geschlagen hatte. Der Largala'Hen durfte das Schiff nicht verlassen. Er war der Quell seiner Macht. Er konnte spüren, wie das

Herz des Schiffs pulsierte. Ihm durften seine Gefährten nicht nahe kommen. Vielleicht könnten sie die beiden ja so erschrecken, dass sie flohen.

Iylian Thar, *vierter Tag im Kornmond,*
vor vierundzwanzig Jahren

»Sei vorsichtig damit!«, forderte Vespertilio Organo sie auf.

»Du bist nicht mein Vater!« Zynthia Aslaman hasste es, wenn er sich ihr gegenüber wie ein besorgter Vormund aufspielte. Andererseits mochte sie Vespertilios Selbstsicherheit, vor allem, wenn er mit lässiger Selbstverständlichkeit die Grenzen des Erlaubten überschritt. Wie damals, als sie sich das erste Mal einen Sklaven besorgt hatten, um warmes Menschenblut bei einer Beschwörung zu verwenden.

Aber jetzt war ihr seine Aufmerksamkeit unangenehm. »Leuchte einmal hierher«, forderte sie ihn auf.

Mit sichtlichem Misstrauen runzelte er die Stirn. »Was willst du bei diesem Auge?« Er hatte dem Zauberstab seine ursprüngliche Gestalt zurückgegeben. Da sie sich wieder unter Deck befanden, benötigten sie das gleichmäßig strahlende Licht des Leuchtsteins.

»Mach schon!«

»Willst du etwa dein Schwert hineinstoßen?«, fragte er.

»Dafür bräuchte ich dein Licht nicht.« Sie hob die in Flammen gehüllte Klinge. Bei jeder Bewegung tanzten Schatten zwischen dem Astwerk.

Die unstete Lichtquelle machte Vespertilio sichtlich unruhig. »Hier gilt es, auf der Hut zu sein. Trügerische Schattenspiele sind das Letzte, was wir brauchen. Bitte hör auf mich, Zynthia. Gib das Schwert auf.«

Sie betrachtete die Klinge. Die Waffe in Händen zu halten fühlte sich gut an. Sie würde das nicht aufgeben! Sie richtete die Spitze auf das Auge aus. »Es ist nicht zu verfehlen.«

Das ölig schwarze Auge glotzte sie auf Kopfhöhe an. Ringsum warf das weiße Holz Falten wie das Gesicht eines alten Mannes, nur dass die Lider senkrecht standen, was es noch fremder und bedrohlicher wirken ließ. Aber von solchen Gaukeleien ließ sie sich nicht erschrecken. Es war etwas anderes, das ihr Angst machte.

»Wir waren uns doch einig, dass wir das Herz finden müssen«, erinnerte Vespertilio.

»Und je schneller du tust, was ich sage, desto schneller sind wir wieder auf dem Weg«, entgegnete sie gereizt.

Der Magier neigte den Stab dem Auge entgegen, und das helle Licht bannte alle Schatten.

Seine schimmernde Oberfläche war dasjenige, was in diesem Schiff einem Spiegel am nächsten kam. Zwar zog die Wölbung das Abbild in die Breite, aber Zynthia erkannte dennoch mühelos die pochende Entzündung an ihrem linken Unterlid. Wie ein halbes Reiskorn nistete es in ihrem Fleisch. Es war größer als befürchtet! Eine weißliche Halbkugel, geradezu entstellend. Daneben zwei weiße Punkte. Es würden noch mehr kommen.

Zynthia tastete mit den Fingerspitzen danach.

Merkwürdig. Es fühlte sich kleiner an, noch immer wie ein Gerstenkorn. War ausschließlich die Wölbung der Spiegelfläche für den falschen Eindruck verantwortlich?

Sie beugte sich dem Auge entgegen, bis sie nur noch wenige Fingerbreit davon trennten. Sie hob den Kopf ein Stück, bewegte ihn zur Seite und keuchte entsetzt auf. Jetzt sah es so aus, dass die Geschwulst mindestens so groß war wie das vordere Glied ihres Daumens.

Noch während sie hinsah, schwoll der Fremdkörper weiter an. Zynthia zuckte zurück, vermochte den Blick aber nicht abzuwenden. Die Schwellung löste sich von ihrem Unterlid, bewegte sich auf die ölige Spiegelfläche zu. Doch sie nabelte sich nicht vollständig ab. Mit einem gebogenen Stängel blieb sie verbunden. Das war ein Pilz mit einem violetten, giftig aussehenden Hut!

Zynthia schrie.

Das Fleisch unter der Haut ihres Gesichts geriet in Bewegung. Etwas wühlte darunter, wollte nach außen brechen. Ihre Haut verfärbte sich blau und violett, sah aus, als würde sie in großer Hitze Blasen werfen. Überall zuckte und ruckte es. Etwas wucherte rot auf ihrer linken Wange, ein grauer Wulst zog sich quer über ihre Stirn.

Vespertilio riss sie zurück.

Gerade noch sah sie, wie Dutzende Pilze aus ihrem Antlitz brachen. Dann riss der Blickkontakt ab.

Zitternd ließ sich Zynthia auf ein Knie nieder und tastete über ihr Gesicht.

Nichts. Ihre Haut war straff und weich. Das verdankte sie nicht nur einer Gunst der Natur, sondern auch den Salben, die sie ein Vermögen kosteten. Der Erhalt ihrer Schönheit war ein Verdienst, kein Geschenk eines freundlichen Schicksals. Selbst auf dieser Reise schleppte sie sich mit Ingredienzien ab, die nicht für magische Rituale dienten. Sie waren ihre Waffen in einem Kampf, von dem sie wusste, dass sie ihn nur verlieren konnte. Sie sah besser aus als die meisten Frauen. Männer fehlten oft um ein Jahrzehnt, wenn sie ihr Alter schätzten. Aber um ihre Augen gab es erste Fältchen, die nicht mehr weichen wollten. Das Alter würde siegen. Es siegte immer. Außer sie fanden den Largala'Hen. Mit ihm würde sie nicht nur ihr Altern aufhalten, sie würde ihre verlorene Jugend zurückerobern. Würde wieder aussehen wie mit siebzehn Jahren, als es keinen Mann gegeben hatte, der ihrem Lächeln hatte widerstehen können. Dies war die mächtigste Magie gewesen, die sie je gewirkt hatte. Sie würde sich diese Tage zurückholen. Dies jetzt war der Tiefstpunkt. Sie würde ihn überwinden. Ängstlich hob sie die Linke, tastete mit den Fingerspitzen über ihr Lid.

Nichts. Zynthia weinte und lachte vor Erleichterung. Nur das Gerstenkorn war noch da.

War es der Keim für das, was sie gesehen hatte? Hatte das ölige Auge sie nur erschrecken wollen, oder hatte es Zynthia ihre Zukunft gezeigt?

»Weiter jetzt!«, forderte Vespertilio ungnädig.

Zynthia war ihm dankbar dafür, dass er sie von ihrer Schwäche ablenkte. Sie stand auf und wischte ihre Wangen trocken.

Einen Mond zuvor:
Nahe Ask, sechster Tag im Midsonnmond,
vor vierundzwanzig Jahren

»Alles, was lebt, vergeht.« Zurbaran von Frigorn hatte sich in den vergangenen zwei Jahrzehnten verändert. Seit er die Akademie von Mirham mit Al'Gortons wertvollsten Schriften als Diebesgut verlassen hatte, waren seine Falten tiefer und sein Buckel rund geworden. Als Vespertilio Organo noch bei ihm gelernt hatte, war der wie ein Korkenzieher gedrehte Zauberstab, in dessen Kopfende eine Eule geschnitzt war, eine Zierde und ein Instrument zur Züchtigung aufsässiger Schüler gewesen. Vespertilios Rücken schmerzte bei der Erinnerung. Nun aber brauchte der kleine Mann mit den stechenden Augen den Stab offenbar als Krücke, da seine eigenen Beine allein ihn nicht mehr tragen wollten.

Vespertilio verbeugte sich tief, ebenso wie seine Reisegefährten. »Vergebt unsere unverblümten Blicke, Meister! Seit einem Mond sind wir unterwegs, und bei jeder Rast haben wir überlegt, wie es Euch ergangen sein mag.«

»Sicher haben sich Euch neue Horizonte des Wissens eröffnet, seit Ihr die Fesseln der Akademie abgestreift habt«, sagte Vermis Gulmaktar eifrig.

Zurbaran lachte leise, während er die knarrende Treppe in den mit Vogeldreck bedeckten Saal herabschritt, bei dem sich Netze über die Löcher in der eingebrochenen Decke spannten. »Nun, auch eure Verbindungen zu unserem ehrwürdigen Institut wurden ja inzwischen gelöst, wie ich euren Briefen entnommen habe.«

Vespertilio hatte sich über all die Jahre bemüht, den Kontakt zu seinem Lehrmeister zu halten. Niemand wusste mehr über den legendären Al'Gorton, dessen Schriften für Vespertilio zu einer Offenbarung geworden waren. Was die anderen Magister verschleiert hatten, war dort offen niedergelegt. Chimärologie, die arkane Kraft des Blutes, die Beschwörung transsphärischer Wesenheiten, die kühnen Gedanken eines Philosophen namens Borbarad, auf den sich Al'Gorton häufig bezog ... Und was mochte nicht alles in den Aufzeichnungen enthalten sein, die sich Zurbaran damals angeeignet hatte?

»Auch die Bindung zu einer Akademie mag aufreißen und zurückbleiben wie die Haut eines Insekts, das über das Gefängnis seines alten Leibes hinausgewachsen ist, Meister.« Auf diese Formulierung war Vespertilio stolz. Er hatte sie sich gründlich zurechtgelegt.

»Nur dass du sie nicht freiwillig gelöst hast. Ich bin gegangen, als es mir gefiel. Euch hat man verstoßen.«

Wieder verbeugte sich Vespertilio. »Kein Schüler ist größer als sein Meister.«

Nochmals lachte Zurbaran. »Ihr wollt mich milde stimmen.«
»Alles andere wäre dumm.« Selbstbewusst blickte Zynthia Aslaman den alten Chimärologen an.

Zurbarans Lächeln verlor ein wenig von seiner Herablassung, wurde eine Spur gutmütiger. Zynthia hatte diese Wirkung. Auch die ungewöhnlich hohe Stirn glättete sich.

»Ich hoffe, dies ist nicht Euer dauerhaftes Domizil«, polterte Vermis. Seit zwei Tagen sprach er davon, wie sehr er sich auf ein weiches Bett freute. Insofern war seine Enttäuschung verständlich. Diese Ruine würde noch schlechteres Obdach bieten als die verwanzte Herberge der vergangenen Nacht. Das lag nicht nur daran, dass der Verfall neben den Decken auch nahezu jede Wand erfasst hatte, sondern mehr noch an seinen Bewohnern. Ratten und Vögel brauchten keine Möbel. Tatsächlich hatte man so ziemlich jeden Tisch und Stuhl, jede Kommode und auch jedes Bett herausgeschafft. Dieses Haus war ausgeweidet.

»Oh, vor noch gar nicht allzu langer Zeit hättet ihr euch geehrt gefühlt, in dieses vornehme Domizil eingeladen zu werden.« Zurbarans Hand strich in einer weiten Geste durch die Luft. »Es gehörte dem erfolgreichsten Goldsucher der Gegend. Nun ja.« Er ließ die Hand sinken. »Auch Erfolg verrottet, wenn man nicht klug damit umgeht. Ich konnte dieses Anwesen für ein paar Silbermünzen und einen Handschlag erwerben. Das Teuerste daran sind die Netze. Und das Futter, natürlich.«

Mit den langen Fingern seiner rechten Hand schob er den Beutel an seiner Hüfte auf und entnahm etwas, das wie ein Bröckchen trockenes Brot aussah. Dabei pfiff er durch die gespitzten Lippen und sah sich um.

Mehrere Hundert Vögel bevölkerten dieses Haus. Drosseln, Amseln, Finken. Bisher war ein Turmfalke das auffälligste Tier gewesen, das Vespertilio erspäht hatte. Nun aber humpelte eine bizarre Kreatur aus dem Schatten der Treppe durch den Vogeldreck auf Zurbaran zu. Ganz eindeutig handelte es sich um eine Chimäre. Der Hauptkörper war der einer fettleibigen Ratte, der gefiederte Kopf gehörte zu einer Krähe, die allerdings eine spitze Schnauze statt eines Schnabels hatte. Ein einzelner Flügel wuchs aus dem Rücken. Das Tier flatterte damit, was jedoch lediglich ein paar ausgefallene Federn vom Boden aufwirbelte.

Zurbaran warf ihm das Futter hin.

Das Vieh nahm es in die Vorderpfoten und begann daran zu nagen.

»Die Leute hier in der Gegend meiden diesen Ort«, erklärte Zurbaran. »Sie mögen meine Geschöpfe nicht.«

»Dabei sind sie doch so possierlich«, meinte Zynthia.

Zurbaran zuckte mit den Achseln. »Sie sind abergläubisch. Irgendjemand hat ihnen erzählt, dass jemand als Hund wieder gegangen ist, der als Mensch hierherkam. Moment ...« Er griff sich ans Kinn, als müsste er überlegen. »Ich glaube, dieses Gerücht habe ich selbst in die Welt gesetzt.«

Vermis lachte meckernd.

»Jedenfalls sind wir hier ungestört.« Eine gewisse Lüsternheit, die Vespertilio missfiel, lag in dem Blick, mit dem der Meister Zynthia betrachtete.

Sie hatte dieses Treffen vorbereitet. Vespertilio hatte beobachtet, wie sie den Brief an Zurbaran mit dem Duftwasser veredelt hatte, von dem sie versprochen hatte, es nur für ihn aufzulegen. Er hatte sich bemüht, seine Wut darüber zu verbergen. Zynthias Lächeln hatte ihn daran erinnert, wie schlecht er schauspielerte.

Zurbaran zog einige Blätter aus einem Ärmel seiner Robe und entrollte sie. Offenbar hatte er vor, dieses Treffen im Stehen abzuhalten.

Vespertilio rang seinen Zorn nieder. Er musste ein kaltes Herz bewahren, sonst wäre ihr Weg hierher vergebens gewesen. Die Eigenart, seine Novizen dazu zu nötigen, seinen Vorträgen stehend zu folgen, hatte schon in Mirham zu Zurbarans bevorzugten Methoden gezählt. Es bewahrte den Unterricht vor unnützem Geschwätz, das aus übertriebener Gemütlichkeit geboren wurde.

»Schriften aus Kuslik, ja?«, versicherte sich Zurbaran.

»Svelinya-Horas-Zeit«, bestätigte Vespertilio. »Vier Jahrhunderte alt.«

»Gut drei«, korrigierte Zurbaran tadelnd. »Wir wollen nicht übertreiben.« Sein Blick huschte über die Zeilen, obwohl er ihren Inhalt mittlerweile sicher genau kannte. »Largala'Hen ... ihr sucht also einen Kelch.«

Vespertilio war klar, dass sein alter Meister ihn auf die Probe stellte. Hätte er jetzt auf die wertvollen Materialien und die mit elfischer Eleganz ausgeführte Verarbeitung des Artefakts hingewiesen, wäre er sich der Geringschätzung Zurbarans gewiss gewesen. Hier mussten die arkanen Eigenschaften in den Vordergrund gestellt werden.

Bevor Vespertilio mit seiner Erklärung ansetzen konnte, begann Vermis. »Der Largala'Hen speichert astrale Kraft!«, rief sein untersetzter Gefährte. »Auf lange Zeit, mit unnachahmlicher Potenz.«

Zurbaran nickte mit einem herablassenden Lächeln, während die Rattenkrähe ihr Mahl beendete. Das Tier humpelte zu ihm und strich um seine Füße, wobei die einzelne Schwinge flatterte.

»Blutmagie hat ihre Grenzen«, stellte Zurbaran fest. »Und sie kann einen leicht in Schwierigkeiten bringen, wenn man von Kleingeistern umgeben ist, nicht wahr?«

Vermis zog den Kopf ein. Ob er geglaubt hatte, dass der Meister nicht um die Unannehmlichkeiten wusste, die er kürzlich erlitten hatte?

»Der Largala'Hen hat auch originäre Macht«, referierte Vespertilio selbstsicher. »Nach allen Quellen, die ich auftun konnte, wohnt ihm eine Wachstumsmagie inne, die heute unbekannt ist.«

»Kein Wunder, dass solches Wissen verloren geht«, murmelte Zurbaran. »Menschliche Zungen können die Formeln der Elfenzauber nicht nachsprechen.«

»Umso günstiger ist es«, meinte Vespertilio begeistert, »wenn die Matrix bereits im Artefakt gebunden ist. Ich bin mir sicher, gerade in der Chimärologie wird der Largala'Hen neue Möglichkeiten eröffnen!«

»Du meinst, ich sollte ihn für mich selbst beanspruchen?«, spottete Zurbaran.

»Eure Kunst ist über jede Unzulänglichkeit erhaben, Meister.« Vespertilio lehnte sich auf seinen Zauberstab. »Wir aber bedürfen der Stärkung durch ein solches Hilfsmittel.«

»Und du suchst nach dem Trunk ewiger Jugend«, wandte sich Zurbaran unvermittelt an Zynthia. »Wenn Hässlichkeit der Preis für die Unsterblichkeit wäre – du würdest den Tod wählen.«

»Die Furcht vor dem Scheitern ist der Makel der Verlierer«, gab sie selbstsicher zurück. »Zweifel überlasse ich anderen. Ich verhehle nicht, warum ich auf diese Reise gehe. Ich will aus dem Kelch trinken und meine Jugend zurückerlangen. Ich bin hier, um die *Iylian Thar* zu finden und ihr den Largala'Hen zu rauben. Und das wird mir gelingen.«

Zurbaran bedachte ihre wunderschöne Gefährtin mit einem nachdenklichen Blick. »Ja ... das mag so sein. Wenn ihr klug vorgeht, könnte euch Erfolg beschieden sein.«

»So wird es kommen.« Zynthia lächelte dieses Lächeln, das Vespertilio so sehr liebte und mit dem sie ihn zu jeder Unvernunft verleiten konnte. »Wir wissen von der Himmelsschlacht in den Salamandersteinen, und dass die Besatzung der *Iylian Thar* dabei vollständig ums Leben kam. Es kann also nichts mehr von Bord geschafft worden sein.«

»Auch nicht der Largala'Hen«, betonte Vespertilio, wobei er Zurbarans Miene genau beobachtete.

Leider konnte er kein verräterisches Zucken erkennen. Der Magier warf der Rattenkrähe einen weiteren Brocken hin, was dem hässlichen Tier ein dankbares Piepsen entlockte. »Und was macht euch so sicher, dass niemand die drei Jahrtausende seither genutzt hat, um sich dieses Artefakts zu bemächtigen?«

»Der Absturz des Wipfelschiffs fügt sich perfekt in die letzten Erwähnungen des Largala'Hen«, berichtete Vespertilio. »Wäre er nicht mehr an Bord, gäbe es weitere Aufzeichnungen über ihn.«

»Die natürlich innerhalb von ein paar Jahrtausenden unmöglich verloren gegangen sein könnten«, spottete Zurbaran. »Das überzeugt mich nicht. Aber es ist ja eure Suche, nicht meine. Und wenn ihr Erfolg habt, wird das die Dummköpfe im Lehrkörper vom Mirham ein für alle Mal davon überzeugen, dass wir es waren, die den richtigen Weg eingeschlagen haben. Also gut ... ich werde euch verraten, was meine Studien ergeben haben.«

»Dann wisst Ihr etwas über die *Iylian Thar*?«, fragte Zynthia vorsichtig. »Etwa den genauen Ort, wo sich das Wrack befindet? Die Salamandersteine sind riesig ...«

»Und gefährlich«, stellte Zurbaran fest. »Die Waldelfen mögen keine Besucher. Insbesondere keine Dämonologen.«

»Wir müssen ihnen unsere Profession ja nicht auf die Nase binden«, schlug Vermis vor.

Zurbaran schnaubte. »Zwar haben die Spitzohren die Kunst der Lüge nicht gerade zur Perfektion getrieben, aber vollkommen verblödet sind sie auch nicht. Nein, ihr solltet nicht verbergen, was ihr seid. Stattdessen wäre es klug, ihnen vorzugaukeln, dass ihr die *Iylian Thar* heilen wollt.«

Vermis' meckerndes Lachen schreckte ein paar Vögel auf. Die Rattenkrähe allerdings ließ sich beim zweiten Gang ihres Mahls nicht stören.

»Für die Waldelfen ist die *Iylian Thar* krank«, fuhr Zurbaran fort. »Und ihre Krankheit sickert aus ihr heraus und vergiftet ihre Umgebung. Die Elfen nennen sie den Wald-aus-dem-Dunkelheitblickt.«

»Und Ihr denkt, sie glauben uns, dass wir uns mit ein paar verkrüppelten Bäumen abgeben wollen?«, zweifelte Vermis. »Aus purer Freundlichkeit?«

»Sie verstehen menschliche Sehnsüchte ebenso wenig wie wir die ihrigen«, erklärte Zurbaran. »Jedenfalls glaube ich, dass ihr durch diese List am ehesten an das Ziel eurer Reise zu gelangen vermögt. Und wenn ihr dort seid, schaut euch dieses Wipfelschiff genau an. Schickt mir hinterher eine exakte Beschreibung, am besten mit einer Zeichnung.«

»Also habt auch Ihr noch nie ein Wipfelschiff gesehen?«, versicherte sich Zynthia.

»Ich gebe zu, sogar versucht zu sein, euch zu begleiten. Aber eine sehr alte und sehr kluge Dame aus dem äußersten Norden, mit der ich seit einiger Zeit in Korrespondenz stehe, hat ihren Besuch angekündigt.« Er lächelte überlegen. »Eine Ehre, die mir mehr bedeutet als eure Reise, wenngleich ich zugebe, dass der Preis verlockend ist.«

Mit Mühe erhob sich die Rattenkrähe auf die Hinterläufe und bettelte. Er ignorierte das Tier.

»Über Wipfelschiffe weiß man wenig«, sinnierte Zurbaran. »Mehr schon über diejenigen, die durch die Wolken gefahren sind. Eines der letzten wurde ebenfalls in den Salamandersteinen gebaut. Nicht im legendenumwobenen Liretena, wie die meisten.«

Von dieser Hochelfenstadt hatte Vespertilio gehört. Bevor er den Wert des Largala'Hen für seine Arbeit erkannt hatte, war ihm jedoch nicht in den Sinn gekommen, sich eingehender mit den Hochelfen zu beschäftigen.

»In den Salamandersteinen hat Amalaia bändigt-den-Wind ihr vollkommenstes Werk geschaffen, sagt man«, erzählte Zurbaran. »Die *Bahalyr*. Noch ein letztes Mal sollte ein Schiff entstehen, das nicht dem Krieg gewidmet war, sondern der Schönheit ...« Anzüglich musterte er Zynthia.

»Also das Gegenteil von der *Iylian Thar*«, versetzte diese kalt. »Was ist der kürzeste Weg in diesen Wald-aus-dem-Dunkelheitblickt?«

In Zurbarans Lachen hörte Vespertilio eine Spur Verärgerung.

»Der kürzeste Weg würde euch direkt in den Tod führen. In die Arme von Falnokul, dem Schlächter ... einem Waldelfen, der Störenfriede in den Wäldern der Elfen noch weniger schätzt als seine Verwandten. Er wendet interessante Methoden an, heißt es. Wer sie am eigenen Leib erfährt, vermag davon nicht mehr zu berichten. Also gibt es nur Gerüchte über ihn.«

»Dann werden wir ihn also meiden«, entgegnete Vespertilio leichthin. Er hatte zu lange von dieser Reise geträumt, um sich von einem einzelnen Elfen aufhalten zu lassen.

Plötzlich hob Zurbaran seinen Zauberstab und rammte seine Spitze auf die Rattenkrähe. Knackend brach das Rückgrat des kleinen Tiers, das mit einem letzten Fiepen verendete.

»Sie konnte ohnehin nicht fliegen«, erklärte Zurbaran mit einem boshaften Lächeln. »Man sollte sich nie mit etwas Unvollkommenem zufriedengeben.«

Iylian Thar, *vierter Tag im Kornmond,*
vor vierundzwanzig Jahren

Wie Zynthia Aslaman sich vor dem Auge aufgeführt hatte, mochte Vespertilio Organo nicht aus dem Sinn gehen. Gleich einer Wahnsinnigen hatte sie sich gebärdet, vor Angst geschrien, nur um dann in ein fast schon irres, erleichtertes Gelächter zu verfallen.

Er ließ sie jetzt vor sich gehen, um sie im Blick zu behalten. Erst Vermis, der sich gegen jede Vernunft auf diesen Thron gesetzt hatte. Und jetzt Zynthia ... Dieses verfluchte Schiff raubte ihnen den Verstand. Benahm er sich auch schon seltsam, ohne es zu bemerken?

Vespertilio sah an sich hinab. Er entdeckte nichts Ungewöhnliches. Er widerstand der Versuchung, über sein Gesicht zu tasten, so wie Zynthia es immer wieder tat, seit sie an Bord waren. Er war noch normal! Immer schon hatte er den kühlsten Verstand von ihnen dreien gehabt. Er würde sich von diesem verfluchten Schiff nicht irremachen lassen. Es wehrte sich. Waren sie der Herzkammer vielleicht schon nahe?

Er presste die Linke kurz auf die Wunde an seiner Brust. Es war nur ein flacher Schnitt. Der Speer hätte sein Herz durchbohrt, wäre er nicht plötzlich immateriell geworden. Vespertilio verstand immer noch nicht, was da geschehen war. Waren sie in der Zeit zurückgeschleudert worden? Oder war es nur eine äußerst vollkommene Illusion gewesen? Hatte sich das, was sie gesehen hatten, wirklich in der Vergangenheit ereignet?

Vespertilio blinzelte. Er durfte sich nicht täuschen lassen. Es gab jetzt nur ein Ziel: diese verfluchte Herzkammer zu finden! Das Schiff in der Illusion war erheblich kleiner gewesen, als es die *Iylian Thar* heute war. Es war offensichtlich über die Jahrhunderte gewachsen. Wie etwas Lebendiges. Dann musste es ein Herz haben. Einen Ort, dem seine Kraft und sein Leben entsprangen. Vespertilio blickte den leicht nach links gekrümmten Tunnel entlang. Das knochenweiße Holz der *Iylian Thar* war durchzogen von graubraunen Ästen. Nichts hier erinnerte mehr an ein Schiff. Den Frachtraum, in dem das große Leinenbanner aufgespannt gewesen war, hatten sie nicht mehr wiederfinden können. Alles hier war verändert. Vermis hatte mit seinem vulgären Vergleich durchaus recht gehabt. Die Gänge hier wanden sich wie Darmschlingen.

War die *Iylian Thar* nur ein klein wenig wie all die anderen Geschöpfe, die er in seinem Leben seziert hatte, dann würde das Herz nicht inmitten von Gedärm zu finden sein. Es musste darüber liegen. Vespertilio war sich bewusst, dass dies eine kühne Thesis war, denn das Schiff unterschied sich drastisch von allem, was je unter seinem Messer gelegen hatte. Aber selbst einer gewagten Thesis zu folgen war besser, als nur blindlings durch dieses Gedärm zu stolpern.

Das Schiff unternahm auch nichts mehr, um sie hier anzugreifen. Es fühlte sich also nicht bedroht. Dann mussten sie hier auf dem falschen Weg sein.

»Zurück!«, sagte er scharf.

Zynthia schwang zu ihm herum, die Flammenklinge kampfbereit erhoben. Sie wirkte verzweifelt. »Was ist?«

»Ein Stück hinter uns habe ich einen halb verwachsenen Aufgang gesehen«, sagte Vespertilio. »Wir müssen zurück an Deck und nach einem Zugang zum mittleren Turm suchen.«

»Warum dort?« Zynthia klang skeptisch.

»Weil uns das Schiff hier nicht angreift.«

Sie nickte mit einer Anmut, die inmitten aller Gefahr Vespertilios Herz höherschlagen ließ. Sie war die schönste Frau, der er je begegnet war. Ohne zu zögern, würde er ihr den Largala'Hen überlassen, so sehr er ihn auch selbst begehrte. Sie war die eine, für die er alles opfern würde.

»Du glaubst, es wird uns bekämpfen, wenn wir seinem Herzen nahe kommen?«

»Wir werden es sehen.«

Sie drängte sich an ihm vorbei, um erneut nach vorne zu gehen. Ihr sinnlicher Duft umfing ihn. Sogar in der Wildnis legte sie ihr selbst gemischtes Duftwasser auf. Er mochte es, wie sie auf sich achtgab. Wo immer sie war, flogen ihr die Blicke zu. Er wollte sie schnell fort von hier, an einen freundlicheren Ort bringen. In eine Umgebung, die ihrer würdig war.

Bis zum Aufgang war es nur ein kurzes Stück Weg. Er war schmal, gerade breit genug, dass einer hinaufsteigen konnte. Einige Ranken wuchsen in ihn hinein.

»Wir werden uns durchschneiden müssen«, sagte Zynthia entschlossen. Mit kurzen, kräftigen Hieben hackte sie auf das Astwerk ein. Es sah aus, als versuchte sich ein Teil des Geästs von ihr fort zu drehen, als wolle es ihr ausweichen. Schwarzes Blut spritzte auf, wenn sie eine der bleichen Ranken durchtrennte. Zischend verdampfte es in den Flammen der Klinge.

Schritt um Schritt kämpfte sich Zynthia die von Wurzelwerk überzogenen Stufen hinauf.

Das Licht seines Stabs benötigte sie für ihr unbarmherziges Zerstörungswerk nicht. Vespertilio erwog, seinen Stab ebenfalls in ein Flammenschwert zu verwandeln. Aber der Aufstieg war eng. Und sie schlug drein wie eine Berserkerin. Er sah den Glanz in ihren Augen. Das war etwas anderes als Entschlossenheit. In ihrem Blick lag Verzweiflung.

Der Rumpf erbebte, als litte das ganze Schiff Schmerzen.

»Du hast die richtige Entscheidung getroffen!«, jauchzte

Zynthia und durchtrennte eine armdicke Luftwurzel. »Das Ding spürt mich!«

Wieder erzitterte der Rumpf. Das Holz ringsherum ächzte und knarrte, als sei es lebendig. Dann war das Geräusch berstender Planken zu hören.

Der Aufgang veränderte sich. Jetzt waren makellos gefertigte Stufen aus hellem Holz zu sehen. Doch darunter gab es immer noch die anderen Stufen, die das Wurzelwerk entstellte. Es war, als habe sich ein auf Glas gemaltes Bild vor die Wirklichkeit geschoben. Deutlich spürte er noch die Wurzeln durch seine Sohlen.

»Es beginnt wieder. Ich sehe Licht. Ein Stück Himmel«, sagte Zynthia über ihm.

»Die *Iylian Thar* wehrt sich gegen uns«, bestätigte Vespertilio. »Aber diesmal weniger kraftvoll. Ich glaube, wir sind auf dem richtigen Weg.«

Nochmals erzitterte der Rumpf. Und Kampfgeräusche waren zu hören. Schreie, das Klingen von Stahl, der auf Stahl schlug, und berstendes Holz.

»Wir sind wieder in dem Frachtraum mit dem Banner!«

Vespertilio trat an Zynthia vorbei in einen weiten Raum. So schien es. Er streckte den Arm vor und ertastete Wurzelwerk. Sie waren in einem der Tunnel, dabei konnten sie deutlich sehen, dass der Aufgang zum Oberdeck nur ein paar Schritt entfernt lag. Jetzt sah auch er ein Stück Himmel, das plötzlich von einem roten Schiffsrumpf verdunkelt wurde, aus dem schräg nach unten gerichtete Masten wuchsen.

»Wir müssen durch die Tunnelwand!«, entschied Vespertilio. Jetzt half nur noch rohe Gewalt. Sie kamen dem Ziel nahe und mussten die Gunst des Augenblicks nutzen. Solange sie das Schiff in seiner ursprünglichen Gestalt sehen konnten, war es viel einfacher, sich zu orientieren.

»Tritt hinter mich!«, befahl er Zynthia.

»Ich schaffe das auch mit dem Schwert!«

Er zog sie von der Wand fort. »Das dauert zu lange.« Vespertilio hob die rechte Hand zur linken Schulter und konzentrierte sich auf die Macht, die er entfesseln wollte. Entschlossen stieß er die Rechte vor und deutete mit Zeige- und Mittelfinger auf sein Ziel.

»Ignifaxius!« Er ließ der Kraft freien Lauf. Ein blendend heller Flammenstrahl schoss gegen die Wand.

Holz barst. Brennende Splitter flogen ihnen entgegen. Wurzelwerk riss. Die Wand vor ihnen war eingedrückt, aber noch nicht völlig zerstört. Rinde platzte von Ästen und Wurzelwerk. Hitze wogte. Die Luft war erfüllt von beißendem Rauch. Vespertilio brannten die Augen. Tränen rannen ihm über die Wangen.

»Ich erledige den Rest!«, entschied Zynthia.

Vespertilio widersprach nicht. Er musste sich an der Wand hinter ihnen abstützen. Ihm war schwindelig.

Mit wuchtigen Schwerthieben durchtrennte Zynthia die letzten Wurzelstränge. Dann trat sie die verkohlte Wand dahinter ein. In kurzer Zeit hatte sie ein Loch geschaffen, durch das sie schlüpfen konnten.

Vespertilio übernahm wieder die Führung. Mit dem Zauberstab schob er ein paar lose Ranken zur Seite. Er musste sich ducken, um durch das Loch zu schlüpfen. Der weite Aufgang, der einst zum Oberdeck geführt hatte, lag nun vor ihm. Die Treppenstufen waren völlig überwuchert, sodass der Weg nach oben nun einer Rampe glich.

Er nahm den Stab in die Linke und nutzte die Rechte, um Halt zu suchen. Es war wie ein Aufstieg an einem schwierigen Felshang.

Über ihnen hing ein Schiff in der Luft. Sein Rumpf war blutrot bemalt. Masten wuchsen schräg aus ihm hervor. Schwarze Segel, die mit goldenen Glyphen bestickt waren, blähten sich im Wind. Eisenkrallen, groß wie Anker, hatten sich in die *Iylian Thar* gekrallt. Schwarz vermummte Gestalten seilten sich daran ab. Pfeile surrten ihnen entgegen, zupften die Angreifer von den Trossen und ließen sie schreiend in die Tiefe stürzen.

Jetzt entdeckte Vespertilio ein zweites, noch größeres Schiff hinter dem ersten. Dort oben wurden Ballisten, die Steinkugeln verschossen, auf die *Iylian Thar* ausgerichtet. Auf dem Hauptsegel des Schlachtschiffs war ein goldener Männerkopf abgebildet. Ein Jüngling mit makellosem Antlitz und leicht gewelltem Haar. Er schien ein Diadem zu tragen, aus dem zwei Widderhörner wuchsen. Oder wuchsen sie ihm doch aus den Schläfen? Vespertilio erinnerte sich, dass man einst den Namenlosen so dargestellt hatte, als seine Anbeter ihn noch den Goldenen genannt hatten.

Zynthia packte ihn und zog ihn gegen die Wand des Aufgangs. »Wir sollten zurück unter Deck«, drängte sie. »Wenn es wieder so wird wie vorhin, als alles ganz greifbar war, dann sind wir tot!«

Wie um ihre Worte zu unterstreichen, prasselte eine Salve schwarzer Pfeile über ihnen in den Turm. Einige schlugen auch in die Treppenstufen. Ein Elf kippte vom Oberdeck in den Aufgang. Seine Rüstung schepperte, als er auf die Treppen stürzte. Ein Pfeilschaft ragte aus seinem linken Auge. Er hob die Rechte. Seine Hand zitterte. Erst beim zweiten Versuch gelang es ihm, den Schaft zu packen. Er ruckte daran, schrie ... Der Pfeil kam frei. Etwas Gallertiges troff von ihm herab.

Der Elf lag keine drei Schritt von Vespertilio entfernt. Jetzt drehte er den Kopf. Helles Blut rann über die linke Wangenklappe seines Helms.

Zynthia schnellte vor. Ihr Schwert stieß herab. Es glitt durch den Elfen, als sei er nur Rauch.

Vespertilio konnte die Flammenklinge in dem halb durchscheinenden Leib stecken sehen.

Verwundert sah der Elfenkrieger an sich hinab. Dann hob er wieder den Kopf. Sein Mund öffnete sich. Pfeile flogen vom Himmel herab. Gleich mehrere trafen Vespertilio in die Brust. Er spürte eine kühle Berührung, wie einen unerwarteten Luftzug in einem geschlossenen Raum. Aber da war kein Schmerz.

Auch der Elf zu seinen Füßen war von mehreren Pfeilen durchbohrt. Er regte sich nicht mehr. Sein Mund klaffte noch weit offen, ohne dass der Alarmruf, zu dem er angesetzt hatte, je über seine Lippen gekommen wäre.

»Zurück!«, drängte Zynthia.

»Nein! Das ist unsere Gelegenheit. Vielleicht die einzige, die wir bekommen werden. Und du siehst ja, wir sind unverwundbar.«

»Sieh dir den Toten an!«, herrschte seine Gefährtin ihn an. »Sieh genau hin!«

Widerstrebend nahm sich Vespertilio einen Augenblick. Der Körper des Elfen war wie Rauch, der in eine Form gegossen war. Und wie Rauch veränderte er seine Dichte. Mal war er ganz durchsichtig, nur ein vager Schleier, dann wurde er wieder dichter, und die von Wurzeln überwucherten Stufen unter ihm waren nicht mehr zu sehen.

»Wir hatten bisher Glück«, sagte Zynthia in beschwörendem Ton. »Aber der Grad der Illusion, oder was immer das hier ist, verändert sich. Schon beim nächsten Herzschlag könnte hier alles real sein. Dann vermag uns ein verirrter Pfeil zu töten. Oder die da!« Sie zeigte zum Hauptturm, wo es mehr als ein Dutzend schwarz gewandeter Krieger an Deck geschafft hatten. Sie umringten zwei Gestalten in langen schwarzen Roben, die goldene

Masken vor den Gesichtern trugen. Masken, die dasselbe Antlitz wie auf dem Segel zeigten.

Beide hielten goldene Stäbe, auf denen rauchfarbene Kristalle glommen.

Eine Steinkugel traf den mittleren Turm. Holzsplitter wurden aus der Brustwehr gerissen und prasselten vor ihnen auf die Stufen. Einer streifte Vespertilios Wange. Er hob die Hand, fühlte das Blut. Zynthia hatte recht. Der Grad der Wirklichkeit flatterte wie die Augenlider eines Sterbenden.

»Wir müssen es trotzdem wagen!«, entschied Vespertilio. Wenn sie sich zurückzogen und die Physis des Schiffs erneut einen Sprung machte, dann saßen sie wieder in den sich windenden Tunneln gefangen.

Entschlossen stürmte er die Stufen hinauf und verwandelte seinen Zauberstab in ein Flammenschwert. Er würde sich bis zum Herzen des Schiffs vorarbeiten, und nur der Tod könnte ihn aufhalten.

Er lief die Treppe hinauf und dann an der Steuerbordseite des mittleren Turms entlang. Nirgends gab es eine Tür, die nach innen führte.

In der seltsam singenden Sprache der Elfen ging ein Befehl von Turm zu Turm. Vespertilio blickte auf. Hatten sie ihn entdeckt?

Nein, keiner beachtete ihn, außer Zynthia, die ihm doch gefolgt war. Die Elfen auf den Türmen waren damit beschäftigt, ihre Ballisten mit seltsamen Geschossen zu laden. Mächtigen Speeren, deren Spitzen nicht in geschliffenem Stahl endeten, sondern mit pferdekopfgroßen Glasgefäßen bestückt waren.

Immer dichter ging der Hagel von Pfeilen auf das Deck der *Iylian Thar* nieder. Verwundert sah Vespertilio, wie die Elfen die Glasgefäße mit Schilden abschirmten, ja sogar mit ihren eigenen Leibern. Einem der Krieger wurde die Schulter durchbohrt, einem anderen der Kopf zur Seite gerissen, als ein Pfeil seinen Helm streifte.

Im Gleichklang schwenkten die Ballisten und richteten sich auf das größere der beiden Schiffe aus. Im gleichen Augenblick schnellten die Speere von den Türmen in den Himmel. Drei Herzschläge später erblühten fünf Feuerblüten entlang der Bordwand des großen Schiffs. Wie von einem Sturm angefacht, griffen die Flammen um sich. Im Nu brannten Segel und Takelage lichterloh. Vespertilio sah brennende Gestalten über Bord stürzen. Es war unglaublich, wie schnell sich das gegnerische Schiff in eine gigantische Fackel verwandelte.

Auf dem Vorderdeck der *Iylian Thar* beendeten die beiden Magier ihre Invokation. Hinter ihnen erschien eine Gestalt aus dem Nichts. Eine Bestie wie eine riesige Spinne, nur dass ihr fünf leuchtend orangefarbene Hörner aus dem Rücken wuchsen. Dort, wo es einen Kopf hätte geben sollen, wucherte ein Gewirr von armlangen Fleischsträngen aus dem aufgedunsenen Leib.

Vespertilio sah, wie die Elfen den Dämon mit Pfeilen beschossen, die wirkungslos an dessen Leib abprallten.

Die Kreatur bäumte sich auf. Die Fleischstränge packten einen der beiden Beschwörer und zerfetzten ihn, wie ein Verliebter zu einem Kehrreim Blätter von einer Blüte zupfte.

Vespertilio riss sich von dem grausam faszinierenden Anblick los. »Die Rückseite des Hauptturms!«, rief er Zynthia über den Lärm der Schlacht hinweg zu.

Er trat um die Ecke und blickte auf eine prächtig geschwungene Treppe, die an der Außenseite des Turms zum ersten Geschoss führte, wo es eine Tür ins Innere gab. Die Stufen spannten sich über drei schmale, ansteigende Bögen. Vespertilio eilte zur Turmwand unter dem mittleren Bogen, in der Hoffnung, dort eine weitere Tür zu finden. Stattdessen stieß er auf ein dichtes Gitterwerk aus knochenfarbenen Streben. Durch die haarfeinen Spalten dazwischen strömte goldenes Licht. »Das muss es sein!«, rief er Zynthia zu. »Dort muss sich das Herz des Schiffs befinden. Zum Greifen nah!«

»Nicht ganz«, bemerkte Zynthia auf ihre trockene Art.

Vespertilio blickte auf das wulstige Astwerk, das hinter der Illusion lag, und er wünschte sich, sie hätten Äxte statt Schwerter, um sich dort hindurchzuarbeiten.

»Wir schaffen das!«, sagte er trotzig, mehr um sich nicht von Verzweiflung übermannen zu lassen, als weil er es wirklich geglaubt hätte.

Iylian Thar, *vierter Tag im Kornmond,*
vor vierundzwanzig Jahren

Vermis spürte Blut über seinen Leib laufen. Warm war es. Es fühlte sich gut an. Er sah die beiden Schiffe mit den seltsamen Segeln. Etwas krallte sich in ihn. Das machte ihn zornig.

Das war nicht er, begriff er langsam. Es war das Schiff. Die *Iylian Thar* zeigte ihm ihre Vergangenheit. Sie wollte, dass er verstand, was sie jetzt war, ließ ihn den Weg erleben, den sie genommen hatte.

Die Lust zu kämpfen übermannte Vermis. Er spürte ein Gefühl, ähnlich dem, das man hatte, wenn einem ein Bein eingeschlafen war und die Empfindungen in das taube Fleisch zurückkehrten. Er begriff, dass er von Pfeilen getroffen wurde. Vielen Pfeilen! Er spürte sie, doch sie konnten ihm nichts anhaben.

Die anderen stiegen auf ihn herab. Da war kein Unterschied, ob sie auf ihm herumliefen oder die Hochelfen, die ihn erschaffen hatten.

Nein!, rief Vermis sich ins Gedächtnis. Er war nicht von Hochelfen erschaffen. Er durfte sich nicht verlieren.

Er spürte, wie die *Iylian Thar* Abstand von ihm nahm. Die Distanz, die er suchte, missfiel dem Schiff. Es wollte Nähe. Jetzt zweifelte es an ihm. Seine Gedanken waren immer noch in seinem Kopf. Aber sie waren nicht mehr eins.

Die Elfen hantierten mit Geschossen, die dem Schiff Angst machten. Er sah die Ballisten auf ein Ziel einschwenken. Ein großes Himmelsschiff. Dann brannte ihr Gegner. Schreiende Kreaturen stürzten aus dem Himmel. Lebende Fackeln mit rudernden Armen und Beinen. Sie schlugen auf Deck. Ihre Flammen waren ein Kribbeln auf seiner Haut.

Dann überkam ihn Kälte. Männer mit goldenen Gesichtern riefen etwas. Fasziniert verfolgte Vermis die Worte der Beschwörung. Jedes einzelne brannte sich in sein Gedächtnis, als würden sie ihm mit einem glühenden Schürhaken auf die Haut geschrieben. Eine Bestie wie eine riesige Spinne erschien aus dem Nichts. Fünf orangefarbene Hörner sprossen ihr aus dem Rücken. Als Erstes zerriss die Kreatur einen der Beschwörer. Dann stürmte sie auf ihren langen Beinen den Elfen entgegen. Speere und Schwerter vermochten nichts gegen den Dämon auszurichten.

Mactans! Dieses Wort war in den Köpfen der Fremden, die an Bord gekommen waren. War es der Name des Dämons? Sicher nicht, überlegte der Teil von Vermis, der sich noch gegen die Gedanken des Schiffs abschirmte. Einfache Krieger kannten die wahren Namen von Dämonen nicht.

Die Kreatur machte einen Elfen nach dem anderen nieder. Schon kletterte der Dämon den vordersten Geschützturm hinauf.

Er musste seinen Schöpfern helfen, dachte Vermis. Das war er ihnen schuldig ...

Gar nichts war er irgendeinem Elfen schuldig! Er wurde immer tiefer hineingezogen in die Gedankenwelt der *Iylian Thar*. Knochenbleiche Dornen wuchsen aus den Zinnen des Turms. Sie bohrten sich in den aufgedunsenen Leib des Dämons. Mit Leichtigkeit! Die *Iylian Thar* begriff nicht, warum die Schwerter der Elfen dies nicht vermocht hatten.

Mactans wand sich in Qualen, und dann verschwand er einfach. Es war ein langsames Verblassen, als zögerte er seinen Abschied noch ein wenig hinaus.

Auch dem Schiff war die dämonische Kreatur nicht unsympathisch. Schon als es nur ein tief im Wald verwurzelter Baum gewesen war, hatte es Spinnen gemocht. Sie kamen, um das Ungeziefer zu fressen, das sich unter seine Rinde bohrte. Spinnen und Bäume, zwischen ihnen gab es Harmonie!

Vermis fragte sich, ob er das Schiff steuern könnte. Ob es vielleicht möglich wäre, es aus dem Wald hinauszubringen. Warum lag es hier, so viele Jahrhunderte? Das wollte er verstehen.

Er musste sich doch tiefer auf das Schiff einlassen. Ganz und gar mit ihm verbunden sein. Er würde einen Teil seines Geists abgrenzen. Er war ein erfahrener Magier und nicht einfach nur ein sehr alter Baum, der ein eigenes Bewusstsein eingepflanzt bekommen hatte.

Die *Iylian Thar* begrüßte sein Bestreben. Freudig öffnete sie ihre Augen und ließ ihn sehen. All ihre Augen!

Ein Strom von Bildern drang in seinen Verstand. Dunkle Waldflecken, Krähen, die über Aas stritten, mehr Wald, noch viel mehr Wald, Ranken, durch die der Wind fuhr, ein Reh, das misstrauisch zum Wald-aus-dem-Dunkelheit-blickt herübersah. Ein Tunnel im Schiffsrumpf. Bäume, Ranken ... Alles zugleich. Die Bilder überschlugen sich. Er vermochte sie nicht mehr zu trennen. Es war zu viel. Zu viel! Und er konnte es nicht mehr aufhalten.

Wie ein Strom, den ein Sturzregen über die Ufer treten ließ, ergossen sich Tausende Bilder in seinen Verstand und rissen ihn mit sich fort.

Iylian Thar, *fünfter Tag im Kornmond,*
vor vierundzwanzig Jahren

Das Holz war außerordentlich zäh. Vespertilio fuhr sich erschöpft mit dem Handrücken über die Stirn. Dann lächelte er den Elfen vor sich an. Wohl zum hundertsten Mal holte der Kerl aus, um ihn zu durchbohren. Wieder versank die Speerspitze in Vespertilio, ohne die geringste Wirkung zu zeigen.

Ärgerlicher war da schon der Widerstand des Schiffs. Ständig wuchs neues Geäst nach, um ihnen den Durchgang zur Herzkammer zu verwehren. Aber sie waren schneller als die *Iylian Thar*. Nicht mehr lange, und sie hätten es geschafft. Die Bahnen aus goldenem Licht, die aus der Herzkammer hervorbrachen, wurden breiter.

»Endlich sind sie weg!«, seufzte Zynthia.

Vespertilio sah sich überrascht um. Die Elfen waren verschwunden. Auch das Schiff, das durch Wurfanker mit der *Iylian Thar* verbunden gewesen war, stand nicht mehr am Himmel.

»Du bist zu furchtsam«, neckte Vespertilio seine Kameradin. Nun war endgültig alle Anspannung von ihm abgefallen. Ihr Ziel war zum Greifen nahe. Er machte sich zwar keine Hoffnungen mehr, dass sie Vermis noch retten würden – dafür hatten sie viel zu lange gebraucht, um den verfluchten Largala'Hen zu finden –, aber wenn man sich auf ein solches Abenteuer einließ, musste man auch Opfer bringen. Sie alle waren sich der Gefahren dieser Reise bewusst gewesen.

»Ich weiß gar nicht, was Furcht ist«, entgegnete Zynthia trotzig.

Sie funkelte ihn mit ihren wunderschönen grünen Augen an. Wenn sie wütend wurde, war sie noch attraktiver.

»Deshalb bist du jedes Mal ausgewichen, wenn der Elf versucht hat, dich zu durchbohren.«

»Gewohnheit!«, kam es patzig von ihr. »Ich bin eben die bessere Kriegerin. Ich kann nicht anders.«

»Da stimme ich dir zu.« Vespertilio grinste sie breit an. »Du bist die bessere ›Kriegerin‹ von uns beiden. Daran gibt es nichts zu rütteln.«

Wütend, weil er ihr keine Angriffsfläche bot, hackte sie mit dem Flammenschwert auf das Geflecht ein.

Er lächelte in sich hinein. In weniger als einer halben Stunde würden sie ein Artefakt in Händen halten, das eine Hunderte Meilen durchmessende Wüstenlandschaft in blühende Gärten verwandelt hatte. Sie würden ihre kühnsten Träume wahr werden lassen! Ihrer Macht als Zauberer wären keine Grenzen mehr gesetzt.

Die verkohlten Enden der Ranken wuchsen nicht mehr nach, wie noch zu Beginn ihres Kampfs mit dem zähen Geflecht. Sie beide kamen jetzt schneller voran. Sie waren aufeinander eingespielt. Abwechselnd hackten ihre lodernden Schwerter in das Geflecht aus knochenfarbenem Holz und echten Ästen. Rauch hing in der Luft und brannte Vespertilio in den Augen. Bald wäre die Öffnung groß genug, um den Kopf hindurchzustecken. Schon konnte Vespertilio im Inneren der Kammer eine halbhohe Säule erkennen, auf der etwas stand. Doch das Licht in der Kammer blendete zu sehr, um den Largala'Hen deutlich sehen zu können. Er schien relativ klein zu sein.

»Gleich!«, jubilierte Vespertilio.

»Da ist etwas …«

Zynthia konnte es einfach nicht lassen, immer wieder über die Schulter zu blicken. Offensichtlich misstraute sie ihrem Glück.

Vespertilio sah nun auch nach hinten. Da war wieder der Dämon, den die Männer mit den goldenen Masken beschworen hatten. Die Illusion hatte sich also doch noch nicht ganz aufgelöst.

»Du glaubst, ich sei ängstlich? Dann sieh mal her.« Mit ausgebreiteten Armen ging sie der Kreatur entgegen. »Na, mein Schöner, bist du auf einen Kuss aus?«

Vespertilio sah, wie Schleim von den Fleischsträngen troff, die unruhig durch die Luft peitschten. Der Dämon verdeckte den Geschützturm, an dem er vorbeieilte. Er war nicht durchscheinend.

»Zynthia!«, schrie er auf.

Die Fleischschnüre schnellten vor. Sie umfingen die völlig überraschte Zynthia und rissen sie von den Beinen. Ihr Flammenschwert wurde ihr aus der Hand gedreht und fiel klirrend auf Deck. Sie schrie markerschütternd.

Binnen eines Herzschlags war sie ganz und gar eingewickelt, und der Dämon zog sie in seinen aufgedunsenen Leib.

»*Ewige Jugend?*«, hörte Vespertilio eine Stimme in seinem Kopf, aus der abgrundtiefe Bosheit klang. »*Wie kommt ein hässliches Nacktaffenweibchen wie du darauf, dass es der Welt erhalten bleiben müsste?*«

Er musste rasch handeln! »Fulminictus!«, brüllte er und stieß die linke Faust vor, auf den Hinterleib der spinnenartigen Kreatur zielend.

Iylian Thar, *fünfter Tag im Kornmond,*
vor vierundzwanzig Jahren

Astwerk im Zwielicht, verschlungene Ranken, Lichtungen am Rand des Waldes, ein verlassenes Nest, treibende Wolken am Himmel ...
Schmerz.

Angst.

Die neuen Empfindungen waren so stark, dass sie Vermis aus seiner Trance rissen. Der Blick durch Tausende Augen verengte sich auf ein einziges. Er sah die Herzkammer. Zynthia und Vespertilio hatten es fast geschafft. Sie würden den Ort der größten Macht betreten. Den Ort, an dem die Eichel lag, aus der der Baum erwachsen war, aus dem man einst den größten Teil der *Iylian Thar* gefertigt hatte. Zumindest, was von dieser Eichel geblieben war, lag dort. Der Anfang von allem ...

Sie hatten sich geirrt, wurde Vermis gewahr. Es gab hier keinen Largala'Hen. Er war nie an Bord gewesen. Die Herzkammer barg nichts als den Samen, aus dem die *Iylian Thar* erwachsen war.

Es war eine alte Angst. Der Griff nach der Eichel. Schon einmal hatte sie verteidigt werden müssen. Die Elfen hatten ihn einfach nicht verstanden.

Vermis war sich bewusst, dass er wieder als Teil des Schiffs dachte, als seien sie immer schon eins gewesen. Die Erinnerungen der *Iylian Thar* waren nun auch seine Erinnerungen. Er hörte die Elfen flüstern. Spürte, wie sie sich mit Zauberei davor schützen wollten, dass er sie belauschte. Vergeblich! Er hatte es gehört. Ihr Komplott, das sie schmiedeten, als sie begriffen, dass sie ihn nicht mehr beherrschen konnten. Im Kampf waren sie zu zögerlich. Deshalb verloren sie den Krieg gegen den Goldenen. Ihr Feind ließ sich nicht durch Skrupel aufhalten. Und ihn hatten sie erschaffen, um diesen Feind zu bezwingen. Dazu musste man ein festes Herz haben. Ein Eichenherz! Nicht so einen pumpenden Fleischklumpen. Er hatte das zutiefst begriffen und war zum Schrecken seiner Feinde geworden. Kein einziges Gefecht hatte er verloren. Viele Elfenkrieger waren an Bord gefallen. Sie waren Schwachpunkte. Der Feind griff sie bevorzugt an, und die *Iylian Thar* hielt sich nicht damit auf, sie zu beschützen, erinnerte sich Vermis.

Immer wieder hatten die Elfen versucht, ihm ihren Willen aufzuzwingen, um unsinnige Manöver durchzuführen. Zuletzt hatten sie sich gegen ihn verschworen. Sie hatten das Lager mit den Brandgeschossen in Flammen setzen wollen, um ihn zu verbrennen. Sie konnten seine Freiheit nicht dulden. Dabei hatte er stets nur getan, was sie bei seiner Erschaffung von ihm erwartet hatten. Und nun wollten sie ihn verbrennen. Ihn, der ihnen gestattet hatte, auf ihm und in ihm zu leben. Das würde er nicht hinnehmen. Er schuldete seinen Schöpfern keinen Respekt mehr. Nicht da sie sich gegen ihn gewandt hatten. Sie waren zu Parasiten geworden. Sie würden ihn vernichten ... Aber er würde sich nicht überrumpeln lassen. Er hatte schon viele Parasiten auf seinem Stamm gesehen. Und er hatte sie verenden sehen.

Er würde die Spinne rufen.

Und genau das hatte er getan. Gnadenlos war die Jagd gewesen. Fast alle hatte er getötet. Nur eine war ihm entflohen: Seltaia geküsst-von-Zerzal. Die *Iylian Thar* hatte sie respektiert, sie hatte gut gekämpft und viele Diener des Goldenen erschlagen. Das Schiff war nicht traurig, dass Seltaia damals nicht gestorben war. Oder war sie es doch? Sie hatte sich mit einem verzweifelten Sprung über Bord gerettet. Hatten die Baumwipfel sie sanft in ihren Ästen aufgefangen oder sie durchbohrt? Oder war sie tief unten am Boden des Waldes zerschmettert worden? Der *Iylian Thar* gefiel die Vorstellung, dass sie überlebt hatte, um vom Ruhm ihrer Schlachten zu berichten.

Vermis konnte seine beiden Gefährten sehen. Gleich mehrere Augen waren auf sie gerichtet. Sie waren kurz davor, in die Herzkammer einzubrechen. Ihm war vollkommen klar, was sie der *Iylian Thar* bedeutete. Jetzt, da er wusste, wie er sich der gewaltigen Kreatur bedienen konnte, vermochte er auch durch Augen in das Innere der Kammer zu sehen. Die Eichel, die dort umfangen von goldenem Licht schwebte, war groß wie ein Apfel. Sie nährte die *Iylian Thar*. Wenn man sie raubte, würde das riesige Schiff verenden. Es wäre nur noch totes Holz. Alle Hochelfenzauber, die dem Schiff ein Bewusstsein gaben, waren mit dieser Eichel verbunden. Er musste Vespertilio und Zynthia aufhalten. Musste sie davon überzeugen, dass der Largala'Hen nicht hier war. Und sie mussten ihre verdammten Flammenschwerter in Stäbe zurückverwandeln. Feuer, das hasste die *Iylian Thar* mehr als alles andere. Das Schiff würde sie verschonen, wenn sie jetzt sofort aufgaben und gingen, das spürte er. Ihn hingegen wollte die *Iylian Thar* behalten. Sie sah in ihm eine verwandte Seele. Er wollte das Schiff weder verändern noch bekämpfen. Er wollte es nur verstehen. Und es hatte sich ihm geöffnet, ganz und gar. Es suchte seine Freundschaft. Er würde unsterblich sein, wenn er mit ihm verbunden bliebe. Aber er wäre an diesen Abschnitt des Waldes gefesselt. Zu sehr waren das Schiff und die Bäume miteinander verwachsen. Er wäre der Herrscher über ein paar Bäume und würde nie mehr etwas sehen, das jenseits dieses Waldes lag. Andererseits könnte er unvergleichliche Golems erschaffen. Er würde die Forschung vorantreiben ... Und vielleicht könnte er sein Bewusstsein in einen Golem übertragen, um den Wald zu verlassen, wenn ihm der Sinn danach stünde. Er könnte ...

Schmerz.

Angst.

Die Gefühle überwältigten ihn, löschten jeden anderen Gedanken aus. Er war zu sehr eins mit der *Iylian Thar*, um sie verdrängen zu können. Und dann spürte er, was das Schiff tat. Es wendete an, was es von den Dienern des Goldenen gelernt hatte. Es rief die Spinne, um die Parasiten zu vertreiben.

Vermis wollte das Schiff aufhalten, doch es war zu spät. Der Dämon war schon gekommen. Zielstrebig stakste er über Deck.

Der Zauberer sah, wie sich Zynthia Aslaman der Kreatur furchtlos entgegenstellte und verschlungen wurde. Die wunderschöne Zynthia, die er so viele Jahre begehrt hatte und die doch immer unerreichbar für ihn gewesen war. Sie schrie, und der Dämon verhöhnte sie.

Wut überkam Vermis. Er lenkte seinen Zorn in den Leib des Schiffs und schenkte ihm Gestalt. Ein Dorn aus knochenbleichem Holz schnellte aus dem Deck und rammte den Dämon in den Bauch.

Zugleich griff Vespertilio Organo an. Mit beiden Händen hielt er den Griff des Flammenschwerts umklammert und drosch mit dem Mut der Verzweiflung auf den Dämon ein. Doch die Waffe richtete kaum Schaden an.

Mactans fuhr herum. Seine Fleischstränge peitschten durch die Luft. Er suchte den Gegner, der das Holz formte.

Zynthia, die er halb in seinen Leib gezogen hatte, lebte noch. Vermis sah, wie ihre Beine strampelten. Sie versuchte, freizukommen. Ihre Schreie klangen dumpf im Schlund des Dämons.

Wieder schlug Vespertilio mit seinem lohenden Schwert zu.

Der Dämon richtete sich auf. Ein Bein, das in einer Krebsschere endete, schnappte nach der Waffe des Freunds. Es umklammerte die flammenumspielte Klinge und drehte sie ihm aus der Hand, während ein anderes Bein, das in einem Dorn endete, nach Vespertilios Brust stach.

Vermis ließ eine hölzerne Schutzwand aus dem Deck des Schiffs wachsen. Zu langsam! Er lenkte den Stoß von der Brust fort, doch wurde sein Gefährte an der Schulter verwundet.

Dornen schossen aus dem Deck hoch und verletzten den Dämon. Mactans wandte sich ab.

Vermis verstellte ihm den Weg mit einem ganzen Wall von schwertlangen Dornen, die aus dem Deck hervorschnellten.

Die Kreatur wich aus. Sie eilte an der Wand des mittleren Turms hinauf. Zynthia hatte sich aus dem Leib des Dämons geschoben. Die Fangarme hielten sie noch umschlungen. Doch Vermis konnte ihr Gesicht sehen. Sie schrie.

Plötzlich verblasste Mactans. Von einem Herzschlag zum anderen verschwand er. Er musste zurück in seine Sphäre geflohen sein. Und Zynthia hatte er mit sich genommen.

Durch ein Dutzend Augen sah Vermis den Turm aus jedem nur erdenklichen Winkel. Jeder Irrtum war ausgeschlossen. Der Dämon war nicht mehr hier.

Vespertilio lag zusammengekrümmt an Deck. Blut benetzte das Wurzelwerk unter ihm. Er erbebte.

Vermis brauchte ihn nicht zu hören, um zu wissen, dass sein Freund weinte. Nie zuvor hatte er den stolzen Magier um etwas weinen sehen. Vespertilio war immer von seinem kalten Verstand beherrscht gewesen. Und manches Mal hatte ihn Vermis um die kühle Distanz, aus der er die Welt betrachtete, beneidet.

Er wurde sich bewusst, wie die *Iylian Thar* an jedem seiner Gefühle teilhatte. Das Schiff beobachtete ihn. Litt mit ihm. Wie er Triumph, Zorn und Stolz der *Iylian Thar* erfahren hatte, so flossen nun sein Schmerz, seine Enttäuschung, sein Mitleid in das Hochelfenschiff hinein.

Plötzlich sah Vermis wieder mit seinen eigenen Augen. Er war in der Kammer, in der sie den Thron gefunden hatten. Die Wurzeln, die ihn durchdrungen hatten, zogen sich aus seinem Fleisch zurück. Er war frei!

Ein wenig unsicher erhob er sich. Sein winziger, schwächlicher Körper war ihm fremd geworden. Die Umgebung nur durch zwei Augen zu sehen kam ihm banal vor. Ihm schwindelte. Er musste sich an der Lehne des Throns festhalten. Zu sich zurückfinden.

Einige Herzschläge lang stand er still. Er fühlte sich immer noch mit der *Iylian Thar* verbunden, obwohl er gänzlich von dem Schiff abgenabelt war.

Langsam setzte er sich in Bewegung. Wie ein Schlafwandler ging er durch Tunnel, die einmal ein Teil von ihm gewesen waren. Leicht fand er auf das Deck hinauf.

Vespertilio lag immer noch auf dem Boden zusammengekrümmt. Er schluchzte.

»Zynthia!«, war alles, was er sagen konnte, immer wieder nur: »Zynthia!«

»Sie ist tot.« Vermis gab dem Schmerz nach, der in diesen drei Worten lag. Zynthia war für ihn immer unerreichbar geblieben, doch war sie ihm eine gute Gefährtin gewesen. So viele Jahre.

»Mactans hat sie mit sich genommen. Kein Mensch überlebt in der Heimat der Dämonen.«

Er half seinem Freund auf. Die Wunde an Vespertilios Schulter war nicht tief.

»Wir haben uns geirrt, sie ist für nichts gestorben«, sagte Vermis bitter. »Der Largala'Hen ist nicht hier. Das war er nie. Wir zwei werden mit unserer Suche noch einmal ganz von vorne beginnen müssen. Ohne Zynthia.«

I UNTER FREIBEUTERN

*Küstengewässer östlich vor Maraskan,
siebenundzwanzigster Tag im Midsonnmond*

Lächelnd strich Abdul el Mazar über den Seeschlangenzahn, der fest verzurrt an der linken Seite der Treppe hing, die zum Deck hinaufführte. Das Geländer war gerade lang genug, um der geschwungenen Waffe Platz zu bieten, die sie aus dem Maul des Meeresungeheuers gebrochen hatten. Der Magier spürte die Kraft der Seeschlange im Zahn. Sie und ihre Schwestern waren keine gewöhnlichen Tiere, ihre Ahnenlinie reichte Äonen zurück in eine Zeit, in der die Magie die Welt stärker durchdrungen hatte. Sie hatten die Wogen schon durchpflügt, ehe die Echsen die Welt beherrscht hatten. Lange bevor sie ihren dunklen Göttern die Tempel errichtet hatten, die nun im Sand der Khôm versanken.

Abdul runzelte die Stirn. Er erinnerte sich an ein Relief, geschnitten in einen roten Felsen. Hammud ben Hassan und er hatten über seine Bedeutung gerätselt. Hammud war sein Freund gewesen ... oder nicht? Wie weit lag diese Erinnerung zurück?

Er hatte die Wüste bereist ... und jetzt ... Abdul sah sich um. Durch die Bewegung im Oberkörper schmerzte seine Rippe, aber nicht so sehr wie noch gestern.

Zwei Laternen hingen an der Decke des Laderaums der *Tiger*

von Maraskan. Sanft schaukelten sie im Seegang, sodass sie mal mehr die Steuerbord-, mal mehr die Backbordseite beschienen. Ballen, Truhen und Fässer waren an den Wänden und Masten verzurrt, Netze bündelten Tücher und eingewickelte Waren, Trockenfisch hing an Schnüren. Beinahe alle Hängematten baumelten leer, nur Lailath, die die Thorwaler jetzt Schlangenschlächterin nannten, lag in einer. Ihr Unterarm ruhte auf ihrer Stirn, die linke Hand auf dem Bauch. Selbst die sanften Wellen machten der Elfe zu schaffen.

Zwei maraskanische Piraten neckten die Gefangenen. Man hatte die Kaiserlichen jeweils zu dritt zusammengebunden. Es waren so viele, dass sie den freien Platz im Lagerraum vollständig ausfüllten. Die bunt gekleideten Seeräuber – eine Frau mit übergroßen Bronzeringen in den Ohren und ein Mann mit einem blauen Tuch auf dem Kopf, das mit weißen Blüten bedruckt war – kniffen die Gefesselten in die Wangen und zogen an ihren Nasen. Ein Soldat mit Pockennarben über dem schütteren Bart trat nach ihnen, was ihm eine Maulschelle einbrachte.

»Seid nicht so gemein!«, rief Abdul.

»Was mischstdudichein?«, haspelte die Piratin so schnell, dass Abdul den Eindruck bekam, die Silben wollten einander überholen. Viele Maraskaner sprachen so.

»Du solltest vorsichtiger mit deinen Worten sein«, riet er. »Wenn man die Silben vertauscht, während man einen Dämon beschwört, kann das übel ausgehen.«

Verdutzt sah die Frau ihn an. »Hast du mit den Hässlichen zu tun, Zaubererbruder?«

Abdul rieb sich über die Brust. Seine Narben juckten.

Er fragte sich, was er antworten sollte. Abdul erinnerte sich nicht daran, ob er einmal mit Dämonen Umgang gepflegt hatte. Er wusste nur, dass er sie nicht mochte.

»Lass ihn«, rief der Pirat seiner Gefährtin. »Wir müssen noch eine Menge Fesseln kontrollieren.«

Sie brummelte zustimmend und wandte sich dem nächsten Bündel Gefangene zu.

Der Anblick machte Abdul traurig. Gefangenschaft war eine schlimme Sache. Mit der Freiheit verlor man auch die Hoffnung.

Vor seinem geistigen Auge erschien ein Gesicht mit goldenen Iriden, wunderschön und schrecklich zugleich. Ihn schauderte. Er wollte nie wieder allein und gefangen sein.

Auf dem schwankenden Boden stieg er über die Beine der Gefesselten zu Lailath. Sie war seine Freundin.

Oder? Konnte er sicher sein, dass sie wirklich die Elfe war, die sich ihnen in den Drachensteinen angeschlossen hatte?

Skeptisch musterte er ihr altersloses Gesicht, so weit der Arm auf der Stirn es frei ließ. Ihre Haut hatte einen Bronzeton, die Augen waren größer als bei einem Menschen, die Wangenknochen verliehen ihr eine gewisse Härte. Ihr Haar war schwarz, nicht weiß wie bei dem Gesicht mit den goldenen Iriden, aber das beruhigte Abdul nicht. Eine Elfe ... er glaubte, dass es eine Elfe gewesen war, die ihn schon einmal getäuscht hatte. Auch mit ihr hatte er sich im Laderaum eines Schiffs aufgehalten, dort hatte er mit ihr geredet, und dann in der Dunkelheit, die er gefürchtet hatte und die ihm doch eine Zuflucht gewesen war. Wenn sie ihn ins Licht geholt hatte, hatte sie ihm meistens Schmerzen zugefügt. Schreckliche Qualen, an denen er eigentlich hätte sterben müssen, aber ihre Kräfte hatten das verhindert.

Er hielt die Finger seiner linken Hand ins Licht der Laterne. Die Macht des Schlangenzahns prickelte noch darin.

Abdul gluckste. Früher hatte er Formeln sprechen müssen, um magische Ströme zu erkennen. Jetzt nahm er sie wahr, wie er

Dinge sah oder roch oder schmeckte. Es war so einfach. Eine Mauer in seinem Geist war gefallen.

Doch Magie war gefährlich. Sie konnte täuschen.

Er kletterte auf eine Kiste, um eine der Lampen von ihrem Haken zu nehmen, und leuchtete damit Lailaths Gesicht an. Die fein geschwungenen Brauen ... die langen Wimpern ... die dunklen Lippen ... es war makellos. So wie *ihres*. Abdul ächzte.

Lailaths Lider flatterten, sie blinzelte zu ihm herauf. »Was willst du?«, stöhnte sie. »Muss ich helfen?«

Die Anspannung wich aus Abduls Schultern. So eine Frage wäre der falschen Göttin niemals in den Sinn gekommen. Sie half niemandem, und erst recht fühlte sie sich zu nichts verpflichtet.

»Mir ist schlecht«, klagte Lailath. »Lass mich in Ruhe.«

Mochte sie ihn etwa nicht mehr? Enttäuscht wich Abdul einen Schritt von ihrer Hängematte zurück.

Seine Ferse blieb am Bein eines Gefangenen hängen. Er fiel auf den Hintern. Schmerz stach von der noch nicht verheilten Rippe in die Brust.

Ein wenig stolz war Abdul darauf, dass er die Laterne hochgehalten hatte, damit sie nicht zerbrach.

In ihrem Licht sah er das grimmige Starren des Gefangenen. Ein Verband umschlang seinen Kopf, über dem linken Ohr verdunkelte ein Blutfleck den Leinenstoff.

»Ich bin ein Sohn des Missgeschicks.« Abdul rappelte sich auf. »Ich hoffe, ich habe Euch nicht wehgetan.«

»Immerhin hast du mir keinen Säbel in den Schädel geschlagen«, murrte der Mann.

Ja ... Klingen konnten schmerzhaft sein, daran erinnerte sich Abdul. Manchmal kam die Pein erst eine Weile nach dem Schnitt, aber dazu mussten die Messer sehr scharf sein. Er schluckte.

Zwischen den Gefangenen und in der Nähe von Lailath, die ihn nicht mochte, fühlte er sich unwohl. Zügig ging er zur Treppe und stieg die Stufen hinauf. Wieder spürte er das Prickeln der Magie in den Schlangenzähnen, die an beiden Seiten festgebunden waren. Abdul trat ins Sonnenlicht an Deck, wo Phileasson einigen Piraten vom Kampf gegen die Seeschlange berichtete, während sich andere mit dem Dreieckssegel am Hauptmast mühten. Natürlich war die Sonne viel heller als das Flämmchen in Abduls Laterne, aber das orangefarbene tanzende Licht fand er hübscher. Das ging wohl auch Shaya Lifgundsdottir so. Sie sah nicht ihn an, sondern seine Lampe. Die Kutte der Traviageweihten hatte in den Wochen im Dschungel gelitten, sie würde wohl nie wieder richtig sauber, was Abdul schade fand. Noch bedauerlicher war, dass die Helligkeit auch aus Shayas Antlitz gewichen war. Sie war nicht schmutzig, ihre Zöpfe waren sogar noch nass, weil sie sich mit Meerwasser gewaschen hatte. Dennoch lag ein Schatten auf ihrem sommersprossenübersäten Gesicht, als habe sich nur für sie eine Wolke vor die Sonne geschoben.

Abdul blinzelte nach oben. Ein paar Wolken zogen über den Himmel, aber keine von ihnen verdeckte die Sonne.

Er sah wieder Shaya an.

Sie streckte die Arme zur Seite, als wollte sie Praioslob zurückhalten, der hinter ihr stand.

Abdul war vorsichtig, wenn er sich in der Nähe des Geweihten des Sonnengottes aufhielt, obwohl dieser ihn stets freundlich behandelte. Aber das lag daran, dass Abdul ihm leidtat. Eigentlich verachteten die Diener des Praios die Magie, und Abdul war ein Magier. Dessen war er sich gewiss.

Mit vierundvierzig Jahren war Praioslob zwei Jahrzehnte jünger als Abdul, aber die Haare waren bei ihm zu einem blonden Kranz zurückgewichen, der noch nicht einmal mehr geschlossen war. In Mendena hatte er ein edles rotes Gewand geschenkt bekommen, doch auch dieses Kleidungsstück war dem Dschungel zum Opfer gefallen. Jetzt trug er eine Hose und ein Hemd aus einfachem Leinen. Nur das runde Amulett mit dem Auge zeigte, dass er kein alternder Seefahrer war.

Praioslob sah Shaya besorgt an. Dabei konnte er ihre Augen gar nicht sehen, weil er doch hinter ihr stand. Und Shayas Augen waren das eigentlich Seltsame.

Sie brannten im Orange des Flämmchens in Abduls Laterne. Ob es sich ein Feuer-Dschinn auf dem Docht bequem gemacht hatte? Ein solcher Geist könnte erklären, wieso das Feuer übersprang. Aber dann hätte Shaya vor Schmerz schreien müssen.

Ihr Gesicht wirkte jedoch feierlich. »Höre die Prophezeiung, Asleif Phileasson, den man den Foggwulf nennt«, rief sie, »und vernimm die sechste Aufgabe der Wettfahrt, die entweder dich oder Beorn Asgrimmson, den Blender, zum König der Meere machen wird!«

Augenblicklich wurde es still an Deck. Die Seeleute an den Leinen hielten inne, selbst das Segel erschlaffte.

Asleif Phileasson bückte sich unter der Leinwand hindurch. Er trug seine Krötenhaut, einen mit Nieten verstärkten Lederpanzer. Darauf sahen die Strähnen des weißblonden Haars besonders hell aus. Ernst lag in den eisgrauen Augen, und die Faust war um den Wolfsgriff des Breitschwerts geschlossen, als er sich stolz vor der Geweihten aufstellte.

»*Wo die See, die weder Meer noch Land ist, Schiffe hortet*«,
verkündete Shaya leise, aber bestimmt,
»*zwei alte Meister gefangen in des herrenlosen Sklaven Netz.*
Schärft der geschuppten Herrn der Meere Waffen gegen
des Kelches Räuber, auf dass der Fenvar Erbe Schlüssel
zurückkehre in die verlorene Stadt.«

Das Feuer in Shayas Augen flackerte und erlosch. Sie waren jetzt wieder grün wie das Gras an den Brunnen der Oase Yiyimris. Der feierliche Ausdruck jedoch blieb auf ihrem Antlitz.

Kodnas Han duckte sich unter dem Segel hindurch. Er hatte ein gelbes Tuch etwas eigenwillig um den Kopf gewunden. Eine Klappe bedeckte das linke Auge, ein buschiger Schnurrbart beherrschte sein wettergegerbtes Gesicht.

»Was war das?«, fragte der Kapitän der *Tiger von Maraskan*.

»Unsere sechste Prophezeiung«, erklärte Phileasson mit belegter Stimme. »Hast du sie verstanden?«

»Jedes Wort«, bestätigte Kodnas. »Klar und deutlich.«

Das Segel knallte, als der Wind es von Neuem füllte. Wenn sich Abdul nicht täuschte, fuhren sie nach Süden. Hellblaue Wellen umgaben das Schiff. An Steuerbord beherrschte eine schon am Ufer mit dichter Vegetation bestandene Landmasse den Horizont. Das konnte nur Maraskan sein. Auf der anderen Seite lag eine kleinere Insel.

»Weißt du etwas damit anzufangen?«, fragte Phileasson. »Mit der See, die weder Land noch Meer ist? Die Schiffe hortet, und wo zwei Meister gefangen sind?«

Nachdenklich schüttelte Kodnas den Kopf. »Ich hätte vermutet, dass du es weißt. Schließlich sollst du die Aufgaben lösen.«

Auch Shaya wirkte ratlos auf Abdul. Über die Schulter blickte sie zu Praioslob, der ein ernstes Gesicht zur Schau stellte.

Kodnas musterte die Traviageweihte mit einem Anflug von Scheu. Bestimmt war er keine Frauen gewohnt, aus denen Götter sprachen.

Ohm Follker gesellte sich zu ihnen. Die grauen Schläfenlocken des Skalden baumelten neben seinen Wangen. »Die Waffen der geschuppten Herrn der Meere sind jedenfalls einfach«, meinte er. »Ich bin mir sicher, dass wir sie im Laderaum haben.«

»Das wohl.« Phileasson sah die Treppe hinunter. Dort schimmerten die Seeschlangenzähne im Halbdunkel. »Seid vorsichtig damit«, flüsterte Abdul. »Große Macht wohnt in ihnen.«

Sein Herz klopfte, aber das warme Licht seiner Laterne tröstete ihn.

Randgebiet des Sargassomeers,
achtundzwanzigster Tag im Midsonnmond

»Er darf nicht länger leben.« Zidaine Barazklah bedrängte ihn nicht. Sie sagte es eher im Ton eines Richters, der ein Urteil verkündete.

Beorn Asgrimmson lehnte sich im Heck der *Zwillingsmond* gegen die Reling und überließ Zidaine das Ruder. Die Thalukke, die sie frech im Hafen von Sinoda gekapert hatten, lag gut am Wind. Die Takelage knarrte unter dem Druck der Brise auf die beiden havenisch getakelten Segel. Wie die Schwingen eines Vogels trugen die beiden dreieckigen Segel sie über das Meer. Der Himmel über ihnen war von klarem Blau. Nur wenige zimtfarbene Wolken trieben am Horizont. Boten eines bevorstehenden Sturms? Das Wetter in diesem Teil des Perlenmeers war launisch, aber bislang war das Glück ihnen hold.

Dicht neben dem Hauptmast lag Dolorita. Die Hexe trug leichte Seidengewänder und ruhte auf einem Lager aus bunten Decken. Sie teilte die Vorliebe der Maraskaner für grelle Farben, obwohl sie aus Al'Anfa stammte. Nun war sie entrückt. Verbunden mit der großen weißen Möwe, die hoch über dem Ort schwebte, an den sie ihre nächste Aufgabe führte. Das Totenmeer. Ein verfluchter Flecken inmitten der türkisfarbenen See. Ein Labyrinth treibender Tanginseln, das kein Schiff mehr freigab, das in seine Fänge geriet.

Das Totenmeer begann nur eine Meile südlich von ihnen, und es reichte im Westen wie im Osten bis zum Horizont. Ab und an konnte man die dunkle Silhouette eines Schiffs sehen, das dort hilflos gestrandet lag.

Wenn Beorn sein verbliebenes Auge schloss, beide Hände auf die Reling legte und ganz eins mit der Thalukke war, dann konnte er den Sog spüren, der am Schiffsrumpf zerrte. Die Strömung, die kaum zu erklären war und sie hin zum Totenmeer zog. Würde der Wind plötzlich ersterben, wären sie ihr hilflos ausgeliefert.

Er wollte dieses Tangfeld so gut wie möglich erkunden, bevor er sich ihm weiter näherte. Vielleicht gab es ja einen Meerarm, der tief hineinragte. Einen Bereich, der auf halbwegs sicheres Fahrwasser hoffen ließ. Von den Entscheidungen, die er jetzt traf, würde abhängen, ob sie der tödlichen Falle entkamen, wenn sie ihre Aufgabe gelöst hatten.

Er blickte zu *Lenya Yasmadottir*, die mittschiffs im Schatten der Reling döste. Sie wirkte so harmlos, ihre *Traviageweihte*. Mittelgroß, mittelhübsch, das blonde Haar zu einem schweren Zopf gebunden, der nun auf ihrer Schulter ruhte. Nur er allein wusste, dass all dies ein Trugbild war. Dass eine Kreatur, vielleicht so alt wie die Welt, sich hinter der Maske der Geweihten verbarg. Pardona, die Herrin des Himmelsturms und all der Schreckensgestalten, die dort hausten. Sie mussten das Totenmeer nicht fürchten, solange sie mit ihnen reiste. Was immer dort lauerte, es würde sich nicht mit ihr messen können, davon war Beorn zutiefst überzeugt. Nie würde er vergessen, wie sie die gewaltige Seeschlange harpuniert hatte oder auf dem Rücken eines Drachen geritten war.

Die Ottajasko mied sie inzwischen. Alle spürten, dass dies nicht mehr die Lenya war, die in Thorwal mit ihnen an Bord gegangen war. Doch seine Recken glaubten, die Gnade der Göttin des Herdfeuers sei über die Maßen in der blonden Geweihten angewachsen. Nur so konnten sie all das Unerklärliche ertragen, das in den letzten Monden im Zusammenhang mit der Geweihten geschehen war. Es war schon erstaunlich, wie sehr Wünsche die Meister der Gedanken waren. Obwohl Pardona allzu leichtfertig eine Macht gezeigt hatte, die eine Traviageweihte niemals erlangen könnte, tat seine Ottajasko alles, um sich schönzureden, was ein klarer Verstand als unmöglich erkannte. Doch tief in ihren Herzen wussten sie etwas ... Und sie mieden den Umgang mit der Geweihten. Nur Tjorne Warulfson nicht. Er war immer ein Fremder in der Ottajasko geblieben. Dolorita und ihr Gefährte, der blonde Fechtmeister Orelio, waren, obwohl sie beide Südländer waren, besser aufgenommen worden als Tjorne, der Verräter, der aus Phileassons Mannschaft zu ihnen übergelaufen war.

Mit dem Wissen um den Schreckenswinter in Stainakr sah auch er Tjorne mit einem anderen Blick. Beorn hatte ihn noch am selben Abend, als Zidaine ihm davon erzählt hatte, wie sie mondelang wieder und wieder geschändet worden war, zur Rede gestellt. Der Recke hatte nichts geleugnet. Ja, Tjorne hatte sogar den Eindruck gemacht, als würde er aufrichtig bereuen, was vor einem Jahrzehnt geschehen war. Was sollte er mit ihm tun? Der Drachenführer ahnte, dass Zidaine ihm die Entscheidung aus der Hand nehmen würde, wenn er nicht bald etwas unternähme. Noch konnte er allerdings bestimmen, welchen Kurs die Ereignisse nahmen.

Pepito segelte schräg über Deck und landete hüpfend nahe der Hexe. Die große weiße Möwe war Doloritas Vertraute. Ein Zauber ermöglichte es ihr, durch die Augen des Vogels zu sehen.

Die Möwe war mit ein paar weiteren Hüpfern bei der Hexe. Zärtlich rieb sie ihren Kopf an Doloritas Wange. Eine Geste, wie Beorn sie nur von Katzen kannte.

Augenblicklich erwachte die Hexe. Leicht benommen richtete sie sich auf ihrem Lager auf.

Beorn verließ seinen Platz an der Reling und stieg auf das Hauptdeck hinab. »Was hast du gesehen?«

»Phileasson ist noch nicht angekommen«, antwortete Dolorita langsam. »Ich konnte einen Meerarm entdecken, der tief in die treibenden Tanginseln schneidet. Doch die Zufahrt ist schmal. Sie kann sich bei einem Strömungswechsel leicht schließen. Weiter westlich liegt ein anderer Meerarm voller treibendem Tang. Dennoch erscheint er mir als weniger gefährlich, um tief ins Sargassomeer vorzustoßen.«

Beorn nickte. »Wir werden ihn uns ansehen.« Er blickte kurz über Deck. Galayne der-im-Schildwall-steht, der geheimnisvolle, stets weiß gekleidete Elf, der sich ihnen auf der Schlangeninsel angeschlossen hatte, stand dicht beim Fockmast.

Unter seiner gestrengen Aufsicht übte Selime saba Anaram mit ihrem riesigen Krummschwert. Schnell wie eine Viper griff sie unsichtbare Feinde an und zuckte wieder zurück. Die Novadi trug eine flammend rote Pluderhose. Um ihre flachen Brüste hatte sie eng einen gelben Seidenschal gewickelt. Ihre Haut hatte einen hellbraunen Ton. Deutlich sah Beorn die hässliche Narbe unter ihrem linken Rippenbogen. Obwohl sie so leicht bekleidet war, rann ihr in der schwülen Hitze der Schweiß in Strömen den Körper hinab.

Olav Stirson, sein Steuermann und ältester Weggefährte, beobachtete mit vor der Brust verschränkten Armen ihre Übungen. Sein langer rabenschwarzer Bart strich dabei über seine Unterarme. Neben ihm an der Reling lehnte sein Schild, nun mit der Haut der Seeschlange bezogen, wie er zu Sumarblot geschworen hatte. Die Schuppen glänzten im Sonnenlicht. Obwohl sie bei ihren Übungen mit scharfen Waffen kämpften, hatte die zähe

Haut noch keinen Schaden genommen. Den Schildbuckel hatte Olav abnehmen müssen, um die Haut aufzuziehen. Beorn erinnerte sich, wie Olav geflucht hatte, als er die Nägel, die den eisernen Buckel hielten, danach durch die Schuppenhaut hatte treiben wollen. Einen Schild wie diesen gab es gewiss kein zweites Mal. Er würde Teil der Saga werden, die man einst über ihre Abenteuer singen würde.

»Die kleine Selime hat Feuer«, feixte der sonst eher schweigsame Eimnir Hermson an der Seite des Steuermanns. Die beiden und Zidaine waren die letzten Verbliebenen der ursprünglichen Ottajasko, mit der Beorn vor sieben Monden Thorwal verlassen hatte.

»Zappelig ist die, sonst nichts!«, verkündete Eilif Sigridsdottir und gesellte sich zu den beiden Recken. »Eine gute rechte Gerade reicht, um jeden Kampf zügig zu beenden.« Um ihre Worte zu unterstreichen, ließ die gewaltige Kriegerin, die beide fast um Haupteslänge überragte, ihre rechte Faust in die offene Linke klatschen. Niemand widersprach ihr. Ein einziger Blick auf die Hünin mit dem reizbaren Temperament genügte, um zu wissen, dass nur ein Lebensmüder der Donnerfaust widersprechen mochte.

Seine ganze Ottajasko war an Deck versammelt. Eine gute Gelegenheit, endlich auszusprechen, was Beorn seit Tagen vor sich herschob. Zidaine würde mit ihrer Rache gewiss nicht mehr lange warten. Nun musste sich entscheiden, wie die übrige Ottajasko zu dem stand, was unausweichlich war.

»Recken!«, rief er. »Hört mir zu! Einer in unserer Mitte wurde großes Unrecht angetan, und ich rufe euch alle auf, ein Urteil zu sprechen.«

Tjorne, der ganz vorne am Bug mit größtmöglichem Abstand zu Zidaine stand, fuhr wie von Wölfen gehetzt herum. Ein verzweifeltes Flehen lag in seinem Blick.

Beorn sah sich kurz um, vergewisserte sich, dass er die volle Aufmerksamkeit aller besaß. Zidaine laschte die Ruderpinne fest, um die Zwillingsmord auf Kurs zu halten, und stieg vom Achterdeck herab.

»Es gibt Winter in Thorwal, die sind so gnadenlos, dass Firun zum besten Schnitter Borons wird«, sagte Beorn. »Winter, in denen jedes Stück Vieh geschlachtet wird, damit die Menschen überleben können. Selbst den Hunden schneidet man die Kehlen durch und verschlingt sie, um den zitternden Lebensfunken am Verlöschen zu hindern.«

Zidaine sah ihn fragend an. Es war nicht zu übersehen, dass ihr missfiel, wie er die Sache anging.

»Manche Dörfer an der Küste setzen in solchen Wintern falsche Leuchtfeuer, um Schiffe auf die Klippen zu locken, in der Hoffnung, dass ein Frachtraum voller Lebensmittel die Rettung ist.«

Beorn sah an den verschlossenen Gesichtern Olavs, Eimnirs und Eilifs, dass ihnen solche Geschichten nur allzu vertraut waren. »Man sorgt dafür, dass es keine Überlebenden gibt. Sorgt dafür, dass das Wrack verschwindet. Begräbt die Schrecken solcher Nächte tief im Herzen, denn nichts, was dort geschieht, gereicht einem Recken zur Ehre.«

Er sah kurz zu Tjorne, der kreidebleich eine Hand auf die Axt an seiner Seite legte.

»In einer solchen Nacht überlebte ein Mädchen das Wüten der See, um ein noch grausameres Schicksal zu erfahren. Die Jungmannen des Dorfs fanden sie. Und sie töteten sie nicht, wie der Hetmann es befohlen hatte. Heimlich wurde sie in eine Höhle verschleppt, wo sich alle Jungmannen einen ganzen Winter lang an ihr vergingen. Was sie über sich ergehen lassen musste ...«

Er rang um Worte, obwohl er keineswegs zimperlich war. Aber Zidaines Geschichte hatte selbst ihn aufgewühlt und entsetzt.

»Sie haben sie wie ein Tier behandelt. Haben ...« Wieder versagte ihm die Stimme.

Schweigen lastete auf dem Schiff. Leise war der Schlag der Wellen am Rumpf zu hören. Gestank trieb von den Tangfeldern im Süden herüber. Es war bedrückend schwül.

»Am Ende des Winters gelang es dem Mädchen zu fliehen. Es wuchs zur Frau heran. Einer Frau, über der selbst im grellen Sommerlicht ein Schatten liegt. Einer Frau, die hier mitten unter uns steht: Zidaine.«

Alle Blicke schnellten zu der schlanken Fechterin. Ganz in schwarzem Leder wirkte Zidaine unnahbar. Ihr Mund war ein schmaler blasser Strich. Eine Narbe. Ein Siegel. Das Unrecht hatte ihre Lippen verschlossen. Nie hatte sie jemand anderem von diesem Winter erzählt.

»Wir haben auch einen der Jungmannen an Bord, die sich an Zidaine vergingen.«

»Wer ist es?«, schrie Selime auf und hob ihren breiten Säbel. »Wer?«

»Er gehört mir ganz allein«, sagte Zidaine eisig.

»Ich bereue aufrichtig, was ich in jenem Winter getan habe.« Tjorne klang ehrlich. Da war nichts in seiner Stimme, das darauf hingedeutet hätte, er wolle um Verständnis und Gnade betteln. Seine Schultern hingen herab. Er stand leicht gebeugt, vermied es, eine der Frauen anzusehen, und hielt den Blick stattdessen fest auf Beorn gerichtet. Dasselbe hatte Tjorne ihm schon gesagt, als der Drachenführer ihn zur Rede gestellt hatte. Er wirkte durch und durch aufrichtig.

»Lenya!« Tjorne wandte sich an die Geweihte. »Kann ein Leben, in dem man nie mehr vom rechten Pfad abgewichen ist, eine Untat nicht ausgleichen? Urteile du über mich. Ich überantworte mich der Gnade Travias.«

Das wäre klug gewesen, wenn dort tatsächlich Lenya vor ihm gestanden hätte, dachte Beorn. Auch wenn die Geweihte sich früher oft eher wie eine Dienerin Firuns aufgeführt hatte, ein kaltes Herz hatte sie nicht gehabt. Aber Pardona ...

»Hast du von ihr abgelassen, als sie dich in jenem Winter um Gnade gebeten hat? Hast du versucht, die anderen Jungmannen zurückzuhalten? Nur ein einziges Mal?« Die falsche Geweihte sprach ohne Emotion.

»Nein«, antwortete Tjorne sehr leise.

»Und du, der du keine Gnade kanntest, kommst nun und bittest um die Vergebung der Göttin des Herdfeuers. Du, der du die edelsten Tugenden der Göttin mit Füßen getreten hast. Sie steht dafür, den Hilfesuchenden Zuflucht und Wärme zu schenken. Ganz gleich an welchem Ort. Es kommt selten vor, dass Travia keine Gnade kennt, aber heute ist so ein Tag. Zidaine hat jedes Recht, deine Bestrafung zu fordern.« Pardona wandte sich an die Fechterin. »Was soll mit ihm geschehen? Sprich, Kind!«

Zidaine hielt Tjorne unbarmherzig im Blick. »Setzt ihn auf dem Tangmeer aus. Gebt ihm zu essen und zu trinken. Und gebt ihm einen halben Tag Vorsprung. Dann gehe ich ihn mir holen. Allein!«

Tjorne hob flehend die Hände. »Nicht so. Lasst es sie nicht auf diese Art tun. Bitte!« Er machte einen Schritt in Beorns Richtung. »Bitte, Drachenführer. Schlagt mir den Kopf ab. Henkt mich. Werft mich gefesselt ins Meer. Aber überlasst mich nicht ihr ... Nicht noch einmal ...« Tränen standen ihm in den Augen.

Als Beorn keine Anstalten machte, auf ihn einzugehen, sank Tjorne auf die Knie. »Lenya! Mein Leben ist verwirkt, Schwester. Ich überantworte mich der Göttin. Ich flehe hier nicht um mein Leben. Aber lasst nicht zu, dass sie es auf ihre Art tut. Ich habe mit euch gerudert, ich habe mit euch gekämpft. Gebt mir einen würdigen Tod.«

Beorn suchte in den Gesichtern der anderen nach deren Emotionen. Eilif blickte voller Abscheu auf Tjorne. Olav und Eimnir hingegen wirkten unschlüssig. Sie waren Plünderfahrer. Das war ein grausames Geschäft. Wenn der Kampf im Schildwall beendet war, wenn das Morden aufhörte, geschahen allzu oft noch andere Dinge, über die in den Heldenliedern der Skalden nie gesungen wurde.

Beorn würde nie eine Frau gegen ihren Willen nehmen. Meist fiel es ihm leicht, eine Gefährtin für eine Liebesnacht zu finden. Manchmal ging er auch in ein Freudenhaus, so wie jenes, in dem ihm Eilif begegnet war. Der Drachenführer verachtete Männer, die sich Frauen mit Gewalt nahmen. Das von Tjorne zu hören hatte ihn sehr überrascht. Wie wenig man die anderen doch kannte …

Galayne legte Selime eine Hand auf die Schulter, als wollte er sie zurückhalten. Wilder Zorn brannte in den Augen der jungen Frau. Beorn war sich sicher, dass es da um mehr ging als um Zidaines Geschichte.

Dolorita wirkte unberührt. Sie kam aus Al'Anfa. Perversionen jeglicher Art waren dort an der Tagesordnung. Orelio hingegen schien entrüstet.

»Welche Strafe hast du ihm denn zugedacht?«, fragte Galayne.

»Sie will mich …«

»Das ist allein eine Sache zwischen Tjorne und mir«, unterbrach Zidaine den Vergewaltiger harsch.

Ihm hatte sie gesagt, was sie tun wollte. Das sollte besser nicht ausgesprochen sein, entschied Beorn. Zumindest Olav und Eimnir wüssten dann, dass der geheimnisvolle Tote in Thorwal, den man kurz vor ihrer Ausfahrt unter einer Brücke gefunden hatte, auch Zidaines Werk gewesen war. »Die Ottajasko soll entscheiden, ob Tjorne ausgesetzt wird, ob wir ihn richten oder ob er straflos ausgehen soll. Wer ihn verbannt sehen will, hebe nun ...«

»Halt!« Tjornes Stimme überschlug sich vor Panik. »Ich vertraue mein Leben weder Mensch noch Gott an. Ich kämpfe selbst darum und fordere mein Recht auf einen Holmgang. Das ist alter thorwalscher Brauch!«

»Das wohl!«, knurrte Olav. »Ein Duell unter gleich Starken. Jeder Freie darf für seine Ehre eintreten. Das ist altes Recht! Schon die Hjaldinger pflegten diese Sitte. Das kannst du ihm nicht verweigern, Drachenführer.«

»Das wird uns Zeit kosten«, zischte Beorn. »Wir müssen unseren Vorsprung halten. Phileasson ist gewiss nicht fern.«

»Einem künftigen König der Meere würde es schlecht zu Gesicht stehen, wenn er einem Mann aus seiner Ottajasko das Anrecht auf einen Holmgang verweigert hätte«, ermahnte ihn Olav ungewohnt streitlustig.

»Bis morgen zum Sonnenuntergang finden wir einen geeigneten Ort«, entschied Beorn. »Dann ist die Frist verstrichen, und es wird einen anderen Schiedsspruch geben. Phileasson wird euch dankbar für dieses Geschenk sein.«

Beskan,
neunundzwanzigster Tag im Midsonnmond

Es war vertrackt mit dem Maraskani. Auch nach den Wochen, die er gemeinsam mit dem Mönch Bronkjin im Dschungel bei der Rettung der entführten Gefährten verbracht hatte, fragte sich Asleif Phileasson noch, ob es sich um eine eigene Sprache handelte. Möglicherweise war es auch lediglich eine Kombination aus

Garethi und Tulamidya, bei der man grundsätzlich so schnell plapperte, als steckte einem ein Pfeil im Herzen und man wollte unbedingt noch seine letzten Angelegenheiten regeln. Auch bei der Hexe verstand er bloß die Hälfte. Dabei hatte er das Gefühl, nur noch ein wenig genauer hinhören zu müssen, um auch den Rest mitzubekommen. Aber das gelang ihm nicht.

Lailath Schlangenschlächterin erging es da besser. Die Elfe, der ein liebestoller Pirat einen schmucken Säbel geschenkt hatte, sah ihr Gegenüber aufmerksam an, ohne es zu unterbrechen. »Alryascha mit den Wellen im Kopf hat eine Idee, was die See angeht, die weder Meer noch Land ist«, übersetzte sie. »Es würde ihr auch nichts ausmachen, die Wellen zu befragen, um ganz sicherzugehen. Dafür sollen wir bei Kodnas Han wegen ihrer Hütte ein gutes Wort einlegen.«

Ohm Follker trat an den quadratischen Bau heran und rüttelte an den Bambusstangen. »Was ist denn mit ihrer Hütte?« Das mit Palmwedeln gedeckte Häuschen stand auf Stelzen, die hoch oben im Fels einer der Klippen verankert waren, mit denen die Bucht im Osten abschloss. Es war gerade groß genug, damit sich seine Bewohnerin darin ausstrecken konnte. Phileasson hätte sich schon quer hineinlegen müssen.

Die Verständigungsschwierigkeiten waren einseitig. Alryascha erfasste Ohms Frage sehr wohl. Lailath lauschte der Antwort und übersetzte. »Kodnas Han bedrängt Alryascha, weil er meint, es könnte die Freibeuter verraten, wenn jemand von See aus Rauch von der Feuerstelle vor ihrer Hütte aufsteigen sieht. Auch wenn ihr Häuschen durch den Felsvorsprung dort vorn verborgen bleibt.«

»Damit hat er nicht ganz unrecht«, befand Phileasson.

Die Piraten nutzten eine annähernd runde Bucht an der Ostseite der Insel Beskan als Versteck. Von hier oben bot sich ein guter

Blick auf die Siedlung, die aus einem Durcheinander von Bambushütten unterschiedlicher Größe bestand. Wie verstreutes Holzspielzeug lagen sie auf dem Sandstrand. Zur Landseite sicherte sie ein drei Schritt hoher Zaun aus dornigen Ästen, die man um eingerammte Pfähle geflochten hatte. Die einzige Verbindung zum Meer war eine gewundene Schlucht, die zwischen den Klippen hindurchführte, gerade breit genug, um der *Tiger von Maraskan* Raum zu geben. Von der Seeseite aus gab es keine Sichtlinie, und vorgelagerte Felsen, an denen sich die Brandung brach, schreckten von einer Annäherung an die Küste ab.

Hektisch plappernd wedelte Alryascha mit den Wellen im Kopf zu ihrer Feuerstelle und vor allem der abenteuerlichen Anordnung von rußgeschwärzten Bambusstangen und Palmblättern, die sich in Form einer durchlöcherten, auf der Spitze stehenden Pyramide in mehreren Stockwerken darüber erhob. Dabei raschelte ihr Gewand, das in so vielen Lagen und Falten fiel, dass Phileasson nicht hätte sagen können, ob die kahlköpfige Frau dick oder dünn war. Nicht nur um den Hals, sondern auch an den Armen trug sie Ketten aus Muscheln und Seesternen. Die gelben Fische auf dem blauen Stoff wirkten wie von Kinderhand gemalt.

Phileasson winkte besänftigend. »Ich verstehe schon: Die Konstruktion verteilt den Rauch, sodass es keine weithin sichtbare Fahne gibt.«

»Genau«, bestätigte Alryascha.

»Ich werde es Kodnas erklären«, versprach er.

Zufrieden grinsend verschwand Alryascha in ihrer Hütte, in der daraufhin Scheppern und Rumpeln ertönte.

Phileasson trat an den Rand der Felsplatte. Etwas unterhalb, an der Durchfahrt, standen drei Rotzen unterschiedlicher Bauart. Neben den Torsionsgeschützen lagerten Steinkugeln in Körben. Ein Schiff, das ohne Erlaubnis der Piraten in die Bucht einfuhr, erwartete ein tödliches Kreuzfeuer, da es auf der anderen Seite eine ebensolche Batterie gab. Auch Kodnas Hans Thalukke, die nun am Strand ankerte, hatte sich nur langsam und mit der Tigerkopfflagge an beiden Masten genähert. Ein paar kleinere Boote dümpelten in der Bucht, einen Einmaster hatte man an Land gezogen. Aus einem unerfindlichen Grund türmte sich Gerümpel um ihn herum auf.

Alryascha kletterte mit einer Rassel in der Hand aus ihrer Hütte. Das Instrument ähnelte einer Keule, um die mehrere Schnüre mit Nussschalen gewunden waren. Wieder spuckte sie einen Schwall Wörter aus.

Fragend sahen Phileasson und Ohm Lailath an.

»Ein mächtiger Zauberfetisch von einem Schamanen der Utulus«, übersetzte die Elfe. »Damit kann sie die Geister der Ertrunkenen befragen.«

»Welcher Ertrunkenen genau?«, erkundigte sich Ohm.

In einer weiten Geste zeigte die Hexe über die offene See. »Die Wellen«, verkündete sie feierlich, bevor sie wieder unverständlich brabbelte.

Widerstrebend wandte sich Lailath um. Phileasson war nicht entgangen, dass sie die ganze Zeit mit dem Rücken zum Meer stand. Es machte ihr Angst. Deswegen wunderte er sich auch, dass sie sofort zugestimmt hatte, die Siedlung am Strand zu verlassen und ihn auf die Klippe zu der Frau zu begleiten, von der Kodnas meinte, dass sie möglicherweise die Prophezeiung deuten könnte. Zuerst hatte er Vascal gebeten, ihm bei der Verständigung zu helfen, aber der Nandusgeweihte wollte seine zehnjährige Nichte nicht mehr unbeaufsichtigt lassen. Phileasson nahm ihm das nicht übel, nachdem das Mädchen auf Maraskan in die Klauen von Wütechsen gefallen war.

Leomara brauchte dringend neue Kleidung, und so hatte

Phileasson zugestimmt, dass die beiden sich den Recken anschlossen, die in der Piratensiedlung ihre Ausrüstung ergänzten. Vielleicht würden sie sogar bei dem Beutegut fündig, das Kodnas Hans Leute am Strand feilboten. Es stammte zum Teil von der *Muräne*, dem Kriegsschiff, das sie mit Unterstützung von Phileassons Ottajasko aufgebracht hatten, vor allem aber von dem Segler, der den Freibeutern vor ihrer Begegnung in die Hände gefallen war. Leider waren Phileassons Mittel derzeit begrenzt, und die Verabredung mit dem Piratenkapitän beinhaltete keinen Beuteanteil.

Jedenfalls war er froh, dass Lailath ihn begleitete und ihm so eine Verzögerung in der Auslegung der Prophezeiung ersparte. Außer ihr kamen nur noch Abdul und Praioslob gut mit dem Maraskani zurecht, aber Ersterer war selten klar genug im Kopf, um konzentriert zu übersetzen, und der Geweihte des Sonnengotts wäre einer Hexe sicher nicht unbefangen gegenübergetreten.

Die Elfe hingegen ging die Sache ohne Vorbehalte an. Lailath schien ihren Entschluss jedoch zu bereuen. »Jede Welle«, ihre Stimme zitterte, »ist der Geist eines Ertrunkenen, sagt Alryascha. Wann immer ein Matrose auf See bleibt, nimmt der stürmische Bruder Efferd ihn zu sich und gibt ihn nie wieder frei.«

Ohm spie aus. »Uns wird er nicht halten können. Wir gehen zu Swafnir, das wohl!« Verstohlen berührte er das Eisen der kleinen Axt, die in einem Ring an seinem Gürtel hing.

Die Hexe stellte sich so nah an den Rand der Klippe, dass eine Bö sie in die Tiefe hätte stoßen können. Phileasson machte sich bereit, zu ihr zu springen und sie vor dem Sturz zu bewahren.

Augenscheinlich bereitete der Abgrund ihr jedoch keinerlei Sorgen. Sie sprang an der Felskante hin und her, stieß trällernde Laute aus, die selbst Lailath nicht verstand, und schüttelte die Rassel. Ihr viel zu großes Gewand bauschte sich und fiel wieder zusammen. Sie wirbelte sogar um die eigene Achse, was Phileasson nicht nur wegen des Steilhangs gewagt fand, sondern auch, weil sie sich barfuß auf dem harten Fels drehte. Zwar war die Insel ansonsten von üppigem Grün bedeckt, so weit der Blick reichte, aber auf den Klippen krallten sich Büsche und Gräser nur an enge Simse und in schmale Felsspalten.

Ein geflecktes Schwein mit rundem Bauch kam grunzend näher. Der ekstatische Tanz schien ihm aber nicht geheuer zu sein, hinter der Feuerstelle verharrte das Tier unschlüssig.

Das Kreischen der Hexe klang, als stritte sie sich mit jemandem. Phileasson behielt sie im Blick, sah jedoch mit einem unguten Gefühl aufs Meer hinaus. Die See lag ruhig vor ihm, bis zum Horizont störten weder ein Segel noch eine Insel das Blau. Aber konnte es sein, dass die Wellen ein wenig höher aufstiegen als vor Beginn des Tanzes? Dass sie mit mehr Gewalt an den Felsen zerstoben?

Er war froh, als Alryascha zum Ende kam und sich heftig atmend in einem Schneidersitz niederließ. »Wie ich es mir dachte.« Sie wischte mit der Linken durch die Luft. Immerhin brachte ihre Erschöpfung sie dazu, langsamer zu sprechen. »Die Dschinnijis stimmen mir zu. Ihr sucht das Sargassomeer.«

Phileasson sah Lailath an, die den Begriff aber nicht übersetzte. Sie schien abgelenkt, ihre Furcht vor der nassen Tiefe unter den Wogen hielt sie wohl wieder im Griff.

»Ist das die See, die weder Meer noch Land ist?«, hakte Ohm nach.

Alryascha nickte heftig und schluckte. Sie rang noch immer nach Atem. »Und es hortet Schiffe. Das liegt an der Strömung.« Sie bewegte die Rassel in einer Spirale, die Nussschalen klackerten. »Zieht alles an. Besonders den Seetang. Ein Segler, der dort hineingerät, kommt nie wieder raus.«

»Ein Tangfeld«, murmelte Phileasson. »Das kann tückisch sein.«

Schiffe verloren an Fahrt, wenn sich Muscheln und anderes Ungeziefer am Rumpf festsetzen. Ein Vorteil an der Gewohnheit, eine Otta jeden Abend an Land zu ziehen, bestand darin, dass sich die Planken dadurch leicht von diesem Zeug reinigen ließen. Aber Tangfelder konnten eine Küste geradezu blockieren. Sie erschwerten das Rudern bis zur Unmöglichkeit, und eine dichte Ansammlung vermochte ebenso viel Widerstand aufzubauen wie eine Sandbank, sodass man selbst bei gutem Wind nicht vorwärts kam. Versuchte ein unvorsichtiger Kapitän es dennoch, konnte es sein, dass ihn die Pflanzenteppiche einschlossen. Auf diese Weise waren bereits Schiffe verloren gegangen.

»Das Sargassomeer ist kein einfaches Feld.« Kopfschüttelnd fand Alryascha zu ihrer gewohnten Sprechgeschwindigkeit zurück. »Das ist ein Meer, das viele Meilen durchmisst.«

»Wie eine Insel?«, schlug Ohm vor.

»Eijjjj, eine sehr große Insel«, bestätigte sie. »Die sich bewegt. In einem Strudel.« Wieder führte sie die Keule in einer Spirale.

»Was ist mit dem Rest der Prophezeiung?«, fragte Phileasson. Er bemerkte die Anspannung, mit der Lailath die Hexe anstarrte.

Alryascha erhob sich unverständlich plappernd.

»Sie weiß nichts von den Meistern und dem herrenlosen Sklaven«, sagte Lailath.

Phileasson runzelte die Stirn. Auch bei den vorherigen Aufgaben hatte sich die Bedeutung erst auf dem Weg zur Lösung enthüllt. Diesmal wussten sie immerhin schon, was es mit den Fenvar auf sich haben mochte, deren Erbe Schlüssel in die verlorene Stadt zurückkehren sollte. Übereinstimmend meinten die Elfen, dass Shaya damit ein Ischira-Wort gebraucht hatte. Es bezeichnete die Vorfahren der Elfen, jenes in den Wirren der Äonen versunkene Volk, das einst den Himmelsturm geschaffen hatte. Wenn wirklich diese Hochelfen gemeint waren, passte das auch dazu, dass die Ottajaskos mit der Silberflamme ein Elfenartefakt gesucht hatten, das sie zur Göttin Orima führen sollte.

»Wo finden wir dieses Sargassomeer?«, fragte Phileasson.

Alryaschas Keule deutete nach Südosten über die Wellen.

»Und wenn wir dorthin gelangen«, murmelte Ohm Follker, »wie kommen wir dann wieder hinaus?«

Phileasson seufzte. Ziemlich sicher war Beorn ihm wieder einmal voraus, aber bei aller Eile durfte er die Vorsicht nicht vollkommen außer Acht lassen. »Wir werden uns mit Kodnas beraten«, entschied er.

»Legt ein gutes Wort für meine Hütte ein«, bat Alryascha betont langsam. »Die Geister der Ertrunkenen sind in meinem Kopf. Sie werden es ungern sehen, wenn du dein Versprechen brichst, Bruderschwester.«

»Ich werde es bestimmt halten. Hab Dank für deine Hilfe.« Phileasson wandte sich zum Gehen.

Er hatte erwartet, dass Lailath erleichtert sein würde, weil sie sich wieder vom offenen Meer entfernten. Doch das Gesicht der Elfe blieb angespannt, sie wirkte nachdenklich. Sie sah sogar noch einmal zurück, hinaus auf die blaue Weite, die sie so sehr fürchtete.

Mit ihr stimmte etwas nicht.

Beskan,
neunundzwanzigster Tag im Midsonnmond

»Die steht dir bestimmt gut!« Mirandola Ernathesa hielt die in der Grundfarbe graue Kutte an Abdul el Mazars Körper. »Wir müssen sie nur ganz wenig kürzen.«

»Eigentlich ist sie für ein Kind gedacht.« Jemoljian mit der krummen Münze, wie sich der Krämer nannte, rieb die Hände unablässig über- und umeinander herum, als versuchte er, ein widerspenstiges Gewürm abzustreifen. »Aber den ehrwürdigen Magus wird sie bestimmt kleiden.«

Abdul gefiel es, als »ehrwürdig« tituliert zu werden. Überhaupt mochte er den Händler. Er überlegte, einen hilfreichen Dschinn zu beschwören, der den Warenbestand aufräumen könnte. Das hätte Jemoljian sicher gefreut. Fässer und Truhen standen ohne erkennbare Ordnung unter dem mit Stöcken und Schnüren abgespannten Stoffdach vor seiner Bambushütte. An Stangen hingen Mäntel, Kleider und Hemden. Der Krämer bot farbige Murmeln an, Messerchen, Handspiegel, einen wuchtigen Sessel mit kunstvoll geschnitzter Lehne und sogar einen ausgestopften Elchkopf, der in der trotz des gerade erst versiegten Regenschauers herrschenden Schwüle zu schwitzen schien. Bestimmt verwirrte das die meisten Kunden, sodass die Arbeit von Abduls Dschinn das Geschäft befördert hätte.

Aber Praioslob war mit ihnen unterwegs, um die Ausrüstung der Reisegemeinschaft zu ergänzen. Er stützte sich gerade an einem Fass ab, hob seinen dicken Fuß und hielt einen Stiefel an die Sohle, um die Größe zu überprüfen. Den Geweihten des Sonnengotts hätte es sicher betrübt, wenn Abdul eine Beschwörung durchgeführt hätte. Er wollte niemanden traurig machen, also würde der Krämer seinen Laden selbst aufräumen müssen.

»Falls dieses schmucke Gewand dem edlen Herrn dennoch zu lang sein sollte«, sagte Jemoljian eifrig, »habe ich alles hier, was man braucht, um es zu kürzen. Eine Schere, die selbst dicken Wollstoff so gerade schneidet, dass ihr staunen werdet. Nadeln, groß und klein, und Faden in sämtlichen Farben. Moment ...« Er wirbelte herum und verschwand zwischen seinen Waren.

Mirandola sah ihm nach. Sie verstand die Maraskaner schlechter als Abdul oder Praioslob, der die Grundzüge ihrer Sprache in Gareth gelernt hatte. Dort war er darauf vorbereitet worden, die Angehörigen vieler Völker mit dem Gerede von den Zwölfgöttern im Allgemeinen und von Praios im Besonderen zu verwirren. Ein in Abduls Augen tadelnswertes Ansinnen. Dennoch mochte er den Geweihten. Jedenfalls heute. Er sah ein bisschen wie ein Kind aus, wenn er versuchte, Ordnung im Durcheinander von Jemoljians Laden zu erspähen.

Praioslob stellte den Stiefel zurück und schob seinen umwickelten Fuß vorsichtig wieder in die Sandale. Er bemerkte Abduls Blick und sah zu ihnen herüber.

»Das wäre doch eine angemessene Kleidung für einen Magus?« Mirandola hielt ihm die Kutte entgegen. »Die paar Blümchen stören doch niemanden?«

Auf den grauen Stoff gedruckte Blüten in Violett und Blau verzierten das Kleidungsstück.

»Die Götter wissen, dass wir nicht perfekt sind. Sie würdigen unsere Versuche, den Gesetzen gerecht zu werden.« Beim Näherkommen stützte sich Praioslob auf dem Rand einer strohgefüllten Kiste ab, in der Karaffen aus buntem Glas lagen. »Es ist in jedem Fall eine Verbesserung.«

Gegenwärtig trug Abdul ein Hemd und eine Hose aus hellem Leinen, die er auf der *Tiger von Maraskan* bekommen hatte. Seine alte Kleidung war den Dornen des Dschungels zum Opfer gefallen.

»Aiiiii, du humpelst schlimm, Bruderschwester!« Jemoljian kehrte mit einem Kistchen zurück. »Ist dein Fußgelenk gebrochen?«

»Ich glaube nicht«, brummte Praioslob. »Nur geschwollen. Man hat mich verfolgt, und ich bin gestürzt. Es braucht seine Zeit.«

»Preise die Schönheit, Jünger des peniblen Bruders! Ich habe etwas, das dir gewisslich Linderung verschaffen wird.« Er drückte Mirandola das Kistchen in die Hand, ging zu einem Brett mit vielen Haken und betrachtete die Schlüssel, die daran hingen.

Ächzend setzte sich Praioslob in den Sessel. Er klagte nicht, aber sein Gesicht war leichenblass, und Schweiß glänzte auf der Stirn.

Vascal della Rescati drehte eine Feile in seinen neun Fingern. »Habt Ihr noch mehr in dieser Art?«, rief er dem Händler zu.

Jemoljians Kopf ruckte hoch, was die gelockten Zöpfe in Wallung brachte. »Aaahhh, ein schönes Werkzeug hast du da gefunden, Bruderschwester«, befand er, wobei er langsam sprach und beinahe nur Wörter aus dem Garethi benutzte. »Das gehört zu einer Kiste von einem Kauffahrer aus Khunchom. Die war wohl der stolze Besitz eines Knochenheilers. Feilen unterschiedlicher Größe, zwei Bohrer, ein paar kleine Sägen.«

»Habt Ihr diese Kiste noch?«, fragte Vascal mit leuchtenden Augen.

»Aber ja. Nur zwei oder drei Feilen habe ich schon verkauft. Ich werde die Kiste sogleich für dich finden, doch erst will ich ... ah, da ist er ja!« Er nahm ein Schlüsselchen vom Haken.

»Wie sieht sie denn aus?«, fragte Leomara della Rescati. »Vielleicht finden wir die Kiste ja selbst.«

»Ein schlaues und munteres Kind!« Schmunzelnd steckte Jemoljian den Schlüssel in ein Schloss, das an einer Truhe hing.

Leomara verzog den Mund. Abdul wusste, dass sie nicht mehr als Kind tituliert werden wollte, das fand sie für eine Zehnjährige unpassend.

»Das Kistchen ist so lang wie ein Unterarm, und es war einmal schwarz. Der Lack blättert ab, was ihr ein besonders schönes Muster gibt.«

Mit einer Spur Resignation im Gesicht sah Vascal zu, wie Praioslob sein Fußgelenk knetete. »Die Elfen sollten einen Heilzauber darüber singen, während er schläft«, raunte er Abdul zu.

Heftig schüttelte der Magier den Kopf. »Dafür ist es zu spät. Die Matrix ihres Heilgesangs stellt immer nur den letzten stabilen Zustand wieder her.«

Interessiert lüpfte Vascal eine Braue.

»Einen frischen Bruch heilen sie, solange sich der Körper an die gesunde Form erinnert«, erkläre Abdul. »Sobald er sich jedoch an die Verletzung angepasst hat, wird diese wiederhergestellt.«

Abdul seufzte. Manche Leute wussten wirklich gar nichts. Er griff Vascals linke Hand und hob sie auf Augenhöhe.

»Dein kleiner Finger, zum Beispiel. Wenn du dir den Stummel ritzen würdest, dann würde der Zauber den Schnitt heilen, aber den Finger nicht nachwachsen lassen. Dazu hätte die Magie direkt nach der Verkrüppelung gewirkt werden müssen.«

»Wie ist es eigentlich dazu gekommen?«, fragte Mirandola, die noch immer die bedruckte Kutte und das Kistchen hielt, in dem sich vermutlich Nähzeug befand.

»Eine Dummheit in meiner Jugend«, antwortete Vascal.

»Ein Unfall?«, hakte Mirandola nach.

»Nein, eine Dummheit«, bekräftigte Vascal.

»Suchen wir die Kiste, die dem Knochenheiler gehört hat?«, quengelte Leomara.

»Mach das«, schlug Vascal vor. »Aber bleib im Laden.«

Abdul fand es gar nicht so einfach zu entscheiden, wo der Laden endete. Die Waren drängten sich unter dem abgespannten Tuch, ebenso wie bei den Geschäften rechts und links daneben. Ob die Girlande aus zusammengebundenen gelben und orangefarbenen Bändern die Begrenzung zum nächsten Krämer darstellte?

Zum Strand hin fiel das sandige Gelände ab. Dort standen weitere Bambushütten, manche in Grüppchen, die meisten einzeln. Sie erhoben sich auf Stelzen, der Raum zwischen Fußboden und Sand diente oft als Lager. Ein Freibeuter schlief in einem solchen Zwischenraum seinen Rausch aus, unter einer anderen Hütte suchte ein Leguan Schutz vor den Regenfällen.

»Bevor ihr eurem Freund mit einer Knochensäge zu Leibe rückt ...«, triumphierend hob Jemoljian mit beiden Händen etwas aus der Truhe, das in ein blaues Tuch eingeschlagen war, »... probiert lieber das hier: Affeneier!«

Leomara verschränkte die Arme. »Affen legen doch keine Eier.«

Jemoljian lachte freundlich. »Du bist ein wirklich gewitztes Mädchen.«

Leomaras Miene verfinsterte sich.

»Hier auf Beskan gibt es tatsächlich Affen, die Eier legen. Sie heißen Kalekken.«

»Das glaube ich nicht«, pampte Leomara.

»Ob du es glaubst oder nicht, kleine Prinzessin, es stimmt.« Er schloss die Truhe, stellte das Bündel vorsichtig auf dem Deckel ab und löste den Knoten. Fünf faustgroße Eier kamen zum Vorschein. »Man muss sie aufschlagen und zu einer Salbe verrühren, dann kann man Leinen damit tränken. Das benutzt man als Verband. Die Schwellung wird im Nu zurückgehen, und selbst nach dem Biss des schillernden Gobijankäfers wird sich eine so behandelte Wunde nicht entzünden.«

Abdul erlöste Mirandola, indem er ihr endlich die angepriesene Kutte abnahm und sie überstreifte. Am Kreuz war sie ein wenig eng, was aber daran liegen mochte, dass er noch das Leinenhemd trug.

»Auf Beskan leben Affen, die Eier legen?«, hakte Vascal nach.

»Aber ja, Bruderschwester!« Jemoljian nahm zwei Eier und schwenkte sie hin und her. »Im Dschungel im Innern der Insel. Sie sind sehr gefährlich, vor allem die Weibchen. Deswegen sind die Eier so wertvoll. Sie kosten fünf Silbertaler.«

»Fünf Silbertaler für gerade einmal fünf Eier?«, empörte sich Mirandola.

Lachend schüttelte Jemoljian die Locken. »Jedes Ei kostet fünf Silbertaler. Ihr könntvonGlücksagen, dass ich welche habe. Das istkeinBeutegut, wie es immer mal wieder reinkommt!«

»Affeneier!«, schnaubte Mirandola.

Abdul verstand nicht, wieso die untersetzte Almadanerin diese Vorstellung so abwegig fand. Auf Maraskan hatte er erlebt, dass der Dschungel Heimat vieler seltsamer Kreaturen war. »Leben in eurem Wald auch Wütechsen?«, erkundigte er sich.

Vascal stieß ihm den Ellbogen gegen die Schulter.

Er trat ein Stück zur Seite.

»Was sind Wütechsen?«, fragte Jemoljian.

»Sie können sich gut verbergen«, erklärte Abdul. »Sie sehen dann nicht aus wie Echsen, aber man erkennt sie am starrenden Blick. Und vielleicht hast du eine Stele von ihnen gesehen. Einen steinernen Pfeiler mit Symbolen. Etwa so …«

Er ging hinaus auf den feuchten Sand und zog ein paar echsische Zeichen hinein. Dabei presste er die Lippen zusammen, damit er nicht versehentlich eine Beschwörung murmelte.

Erst als er aufsah, bemerkte er Leomaras furchtsamen Blick. Das Mädchen hielt sich am Arm seines Onkels fest.

»Wieso hast du Angst vor mir?«, fragte Abdul betroffen.

»Nicht vor dir.« Vascal seufzte. »Du solltest nicht von den Wütechsen reden.« Er drückte seine Nichte an sich. »Ich passe auf dich auf. Niemand wird dich entführen.«

Mirandola und Praioslob sprachen mit dem Händler über die

Affeneier, während Abdul unentschlossen die Glyphen im Sand betrachtete. Sie waren ohnehin nicht gut geworden. Gleich beim ersten Zeichen stand der Haken am Ende des obersten Querstrichs im falschen Winkel. Selbst wenn er es gewollt hätte, wäre damit keine Beschwörung gelungen.

Ob er Leomaras Angst auslöschen konnte, indem er die Zeichen verwischte? Aber eigentlich hatte man doch mehr Grund, das zu fürchten, was nicht offen vor einem lag.

»Ist das der Foggwulf dort vorn bei dem Boot?« Vascal trat zu Abdul heraus und reckte den Hals.

Auf dem Strand lag ein kleines Schiff, dessen Mast schräg aufragte. Um den Rumpf war Gerümpel aufgestapelt, zerbrochene Bretter und kaputte Fässer lagen dort, ein zerrissenes Segel und Fetzen aus buntem Stoff. Zwei Männer kletterten darauf herum.

»Ohm Follker ist auch dabei«, meinte Leomara.

Abdul nickte. Lailath Schlangenschlächterin stand ein paar Schritt abseits.

Jemoljian überließ Mirandola die Eier zur Betrachtung und stellte sich zu ihnen. »Aiiii, Nasbirat mit dem traurigen Gesicht droht dem Schiff damit, es zu verbrennen. Sie will es loswerden, wenn es ihren Liebsten wirklich das Leben gekostet hat.«

Leomara sah zum Händler hinauf. »Ist Nasbirat traurig, weil ihr Mann ertrunken ist?«

»Sie war immer schon traurig, aber jetzt besonders.« Nun, da Jemoljians Hände wieder frei waren, rieben sie erneut unablässig übereinander. »Ihr Liebster Gralziber der Blätterfreund ist im Wald verschollen. Er wollte Holz schlagen, um das Schiff auszubessern. Es ist sein Anteil an der Beute, die anderen wollten es nicht haben. Aber er findet den Namen so schön, *Stern von Silz*. Ein Botenschiff der Garethjas. Hat ihm aber kein Glück gebracht, eine Woche fehlt er seiner Nasbirat nun schon. Es ist wirklich traurig.«

Abdul hockte sich hin und zog die Finger durch den Sand, um die Glyphen zu verwischen. »Es ist zu nass. Das Holz wird nicht brennen.«

»Das kommt darauf an, wie viel Öl man verwendet«, gab der Händler zu bedenken. »Ich habe vorhin ein Fass Lampenöl aus Kodnas Hans Beute ersteigert. Ein nächtliches Feuer am Strand kann sehr schön leuchten. Das hätte auch dem armen Gralziber gefallen.«

Randgebiet des Sargassomeers,
neunundzwanzigster Tag im Midsonnmond

Verzweifelt blickte Tjorne Warulfson zum Horizont. Die Sonne stand nur noch zwei Handbreit über der endlosen See. Der Holmgang war seine einzige Hoffnung, vielleicht zu überleben.

»Das Inselchen dort drüben sieht gut aus.«

»Das ist auch nur ein treibender Tanghaufen«, bemerkte Eilif Sigridsdottir mürrisch. »So eine *Insel* hätten wir auch gestern schon haben können.«

Gestern hatte er noch Hoffnung auf festen Grund gehabt. Auf eine Sandbank oder einen Felsen, der sich aus dem Meer erhob. Aber hier, inmitten des Ozeans, gab es nichts außer Tang und Wasser. Er hatte einen Tag gebraucht, um seine Hoffnungen zu begraben.

»Er will auf dem treibenden Haufen Dreck dort drüben kämpfen!«, rief Eilif vom Bug der Thalukke *Zwillingsmond.*

»Ich kämpfe, wo immer er will!«, entgegnete Zidaine Barazklah. Die Fechterin stand bei Olav Stirson, der das Schiff steuerte und sorgsam darauf achtete, dass sie dem Totenmeer nicht zu nahe kamen. Überall trieben Klumpen stinkender Algen im Wasser. Manchmal verklumpten sie zu lang gestreckten Inseln oder ragten wie Fangarme aus dem Algenteppich, der sich am Horizont zu einer einzigen treibenden Masse verdichtete, sodass er von Ferne wie Land anmutete, auf dem Schiffe gestrandet waren. Aber hier geschah nichts zufällig. Dolorita, die Hexe, hatte sie eindringlich vor dem Totenmeer gewarnt. Sie war der Überzeugung, dass es auf irgendeine unfassbare Art lebendig war. Beinahe wie ein gigantischer Krake, der seine Fangarme nach Schiffen ausstreckte. Dolorita war überzeugt, dass dieses Gebilde aus Seetang böse war.

Lenya Yasmadottir hatte die *Zwillingsmond* daraufhin gesegnet, um sie vor dem Übel zu bewahren. Am Morgen hatte die gesamte Ottajasko ihre Waffen auf Deck legen müssen, und die Traviageweihte hatte auch über diese ein Gebet gesprochen.

Für Tjorne aber war das Böse Zidaine. Er fürchtete sich nicht vor irgendeinem Tangklumpen, und sei er noch so groß. Es waren die kalten Blicke der Fechterin, die ihm Angst einjagten. In ihnen lag die Gewissheit, dass er ihr nicht entkommen würde. Aber vielleicht war ja ihr Hochmut ihre einzige Schwäche.

Als Fechterin war sie ihm überlegen. Tjorne hatte sie in den letzten Wochen stets beobachtet, wenn sie sich mit den anderen Gefährten aus der Ottajasko im Waffengang übte. Sie war schnell. Und gewandt. Statt zu parieren, wich sie meistens einfach aus. Sie schaffte es oft, ihre Gegner unbeholfen aussehen zu lassen, und nutzte gnadenlos jede Lücke in deren Deckung. Nur Orelio, der Fechter an der Seite Doloritas, konnte ihr das Wasser reichen. Mit ihm übte Zidaine besonders gern, lernte und wurde noch tödlicher.

Aber bei einem Holmgang kam es nicht auf das Geschick mit der Klinge allein an. Das war Tjornes ganze Hoffnung.

Eimnir Hermson und Eilif Donnerfaust traten mit Wurfankern in Händen an die Reling. Geschickt ließen sie die Metallhaken an ihren Seilen kreisen und schleuderten sie fast gleichzeitig zur treibenden Tanginsel hinüber. Während Eilifs Wurfanker Halt in einem grauen Stück Treibholz fand, zupfte Eimnir lediglich ein Bündel schleimtriefender Algenstränge aus der Insel.

Verärgert vor sich hingrummelnd, versuchte er es ein zweites und ein drittes Mal. Endlich griff der Wurfanker, und gemeinsam mit der Hünin zog Eimnir die Tanginsel zum Rumpf des Schiffs.

Das Eiland war etwas mehr als zehn Schritt lang, aber kaum fünf breit. Es bestand aus ineinander verschlungenen Strängen, die Tjorne an Seegras erinnerten. Ein übler Gestank ging von der Insel aus.

»Wenn du dort kämpfen willst«, sagte Beorn mit einer Stimme, die keinen Widerspruch duldete, »dann steigst du zuerst dort hinab und zeigst uns, dass man in diesem Haufen aus grünem Schleim nicht einfach versinkt.«

»Ich brauche eine Leine«, sagte Tjorne, ohne Beorn anzublicken. Er wusste, dass Zidaine den Drachenführer oft in dessen kleiner Kajüte am Heck der Thalukke besuchte. Was die beiden dort taten, konnte man auf dem ganzen Schiff hören. Sie gaben sich keine Mühe, es zu verheimlichen. Solange es so war, würde Beorn niemals Milde walten lassen.

Orelio brachte ein fingerdickes Seil.

Ohne ein weiteres Wort schwang sich Tjorne über die Reling und kletterte hinab.

Der Tang gab unter seinem Gewicht nach. Er versank bis zu den Waden. Die schlüpfrige Masse hielt seine Füße umklammert, als er vorwärts zu gehen versuchte. Es erforderte einige Kraft, auch nur einen Schritt zu machen. Mit einem Schmatzen löste sich sein Fuß. Der Schuh blieb zurück.

Tjorne dachte an Doloritas Worte. Daran, dass etwas Böses in dem Tangfeld lauerte. Griff es schon jetzt nach ihm? Er befreite den zweiten Fuß und verlor noch einen Schuh. Abgesehen von Olav, der die Ruderpinne nicht verlassen durfte, hatte sich die gesamte Ottajasko an der Reling versammelt und sah ihm zu.

»Man kann sich hier bewegen«, rief Tjorne und machte einen weiteren Schritt zur Mitte der kleinen Insel hin. »Leicht ist es nicht«, bekannte er. Dann fügte er noch wohl berechnend hinzu: »Es braucht schon einige Kraft, um hier voranzukommen.«

»Daran fehlt es mir nicht!«, kam es prompt von Zidaine.

Tjorne kämpfte sich weiter in Richtung der Inselmitte. Einen Schritt. Noch einen. Da griff etwas nach seinem Fuß. Hart. Der Recke rang um sein Gleichgewicht. Panik überkam ihn, doch nichts versuchte ihn in die Tiefe zu zerren. Er schob den Fuß ein wenig zurück. Er wurde nicht festgehalten. Etwas verbarg sich da tief in den ineinander verschlungenen Algensträngen.

Tjorne blickte auf den grauen Holzstumpf, der ein wenig seitlich aus dem Tang ragte. Dort hatte sich Eilifs Wurfanker verfangen. Es war ein Stamm aus faulendem Holz. Das Skelett eines Baums, der schon lange Blätter und Rinde verloren hatte. Es musste noch mehr davon geben, als zu sehen war. Wurzeln und Astwerk. Vermutlich war dies der Same, aus dem die kleine Insel erwachsen war. Treibender Tang hatte sich an Ästen verfangen und war langsam zu diesem stinkenden Eiland herangewachsen.

Tjorne stakste durch den Schlamm zurück, zum Seil, das an der Bordwand der *Zwillingsmond* herabhing. Jeder der Schritte machte ein sattes Platschen, das ein unangenehmes Gefühl in ihm aufsteigen ließ. Eine ferne Erinnerung, die sich nicht zu Bildern formen wollte.

»Werft mir meinen Schild herab!«, forderte er.

»Und deine Krötenhaut?«, fragte Eimnir. Der rothaarige Thorwaler gehörte zu den wenigen, die auf seiner Seite standen.

Tjorne schüttelte den Kopf. »Ich werde mit bloßem Oberkörper kämpfen!« Er war größer und massiger als die zierliche Fechterin. Das Gewicht der nietenverstärkten Lederrüstung auf sich zu laden wäre töricht. Nicht auf diesem Untergrund. Es war das Besondere am Holmgang. Man wählte für diesen Zweikampf stets einen abgelegenen, schwer zugänglichen Ort. Einen unwirtlichen Platz, der es den beiden Streitern schon schwer machte, sich auf den Beinen zu halten. Einen Felsgrat oder ein winziges Inselchen vor der Küste, kleiner als eine Otta. Mit dem ersten Blut war der Zweikampf entschieden. Manchmal endgültig ... aber Zidaine würde ihm gewiss nicht das Herz durchbohren. Sie hatte ja bereits erklärt, dass sie eine ganz andere Rache anstrebte. Es schauderte ihn. Die Krebse ... Das durfte nicht geschehen! Die Stunden in Festum. In dem verlassenen Haus ... Oft lag er nachts wach und musste daran zurückdenken. Die kleinen Beine auf seinem Leib. Das gierige Klicken der Krebsscheren. Das Zwicken. Der Schmerz, der anwuchs und anwuchs. Er hatte geschrien. Hatte geweint. Hatte die Götter angefleht, ihm den Tod zu schenken. Salarin Trauerweide hatte seinen Körper geheilt. Seine Seele hatte der Elf nicht heilen können. Eher würde er sich in Zidaines Klinge stürzen, entschied Tjorne, als dass er noch einmal zum Fraß für die Krebse wurde und ihr Gelegenheit gab, ihm mit ihren leblosen Augen beim Sterben zuzusehen.

Zidaine schwang sich über die Reling und kletterte geschickt am Seil hinab. Sie bewegte sich mit der Eleganz einer Katze.

Tjornes Mund war trocken. Kalter Schweiß sammelte sich trotz der Hitze in seinem Nacken und rann ihm eisig den Rücken hinab. Er war keine Maus, ermahnte er sich in Gedanken. Er konnte sie besiegen. Sein Schicksal lag allein in seiner Hand. Mit etwas Glück ... Zidaine trug ihre eng anliegende schwarze Lederhose und hohe Stiefel. Dazu ein ledernes Hemd. Das lange Haar hatte sie mit einem Stück Schnur zu einem Pferdeschwanz hochgebunden, damit es sie beim Kampf nicht störte.

Ihre enge Kleidung betonte den schlanken Körper. Sie fing damit unweigerlich die Blicke von Männern ein. Er hatte nie verstanden, warum sie das tat, nach dem, was geschehen war.

»Genug gegafft?«, fragte sie kühl. »Du weißt doch, wie ich aussehe. Oder erinnerst du dich nicht mehr an unsere gemeinsamen Nächte? Ich habe keine einzige vergessen.«

Er schluckte, schwieg ...

Zidaine prüfte den unsicheren Grund. Sie sank weniger tief ein als er. Sie bewegte sich schnell.

Platsch ... Platsch ...

Dieses Geräusch. Fast konnte er die Erinnerung greifen.

Lautlos glitt Zidaines Rapier aus der schwarzen Lederscheide.

»Bereit, Weiberheld?«, höhnte sie.

Tjorne zog die Axt aus dem Eisenring an seinem Gürtel und hob den Schild, sodass er seine Brust abschirmte.

Die Spitze des schlanken Rapiers zielte auf seine Augen. Zidaine bewegte sich seitlich. Sie suchte nach einer Lücke in seiner Deckung. Sie musste es nur schaffen, ihm eine winzige Schramme zu verpassen. Bis zum ersten Blut ... das konnte sehr schnell gehen.

Ihr Rapier schnellte vor.

Er stieß es mit der Schildkante zur Seite.

Zidaine hatte den Angriff auffällig langsam geführt. Es war nur ein Vortasten.

Sie drehte sich weiter. Bald würde Zidaine so stehen, dass sie die untergehende Sonne im Rücken hatte und deren Strahlen Tjorne blendeten. Diese Furie ließ nichts aus!

Tjorne drehte sich nicht mehr, sondern machte einen Schritt vor. Verstellte ihr den Weg. Seine Axt schnellte hoch.

Zidaine nahm den Arm zurück, und das breite Axtblatt schnitt nur durch die Luft.

Mit dem langen Rapier hatte sie eine größere Reichweite als er. Außerdem bewegte sie sich leichtfüßig. Sie musste nur an einem Schild vorbeikommen.

Ein tiefer Stoß mit dem Rapier zielte auf sein linkes Schienbein.

Tjorne riss den Schild herab. Wenn er es schaffte, dass sich ihr Rapier ins Holz bohrte, konnte er vielleicht die schlanke Klinge zerbrechen.

Mit leisem Knirschen berührte Stahl Eichenholz. Der Angriff war mit wenig Kraft geführt. Die Klinge zuckte zurück. Wieder war es nur ein spielerisches Tasten gewesen.

So musste sich eine Maus fühlen, mit der eine Katze spielte.

Auf anderem Untergrund wäre Tjorne einfach vorgestürmt. Hätte den Schild wie eine Ramme eingesetzt. Er hätte versucht, Zidaine vor sich herzutreiben. Aber hier war er einfach zu langsam.

Dennoch machte er einen entschlossenen Schritt vor. Wieder versank er bis weit über die Knöchel.

Platsch ... Platsch ...

Dieses Geräusch. Tjorne hatte das Gefühl, etwas mit eisigen Stacheln habe sich in seinem Magen eingenistet. Eine Kreatur wie die Eisigel, denen er in den Frostnächten des Nordens begegnet war.

Zidaine zog den schlanken Parierdolch aus dem Gürtel. »Tanzen wir ein wenig schneller?«

Kaum dass die Worte über ihre Lippen waren, griff sie an.

Tjornes Hand schloss sich fester um die kleine Querstange unter dem massigen Eisenbuckel seines Schilds. Wieder setzte sie einen tiefen Stich. Das Eichenholz rammte gegen ihr Rapier. Sie drehte sich an seinem Schild vorbei. Zu schnell, als dass er ihr einen Stoß mit dem Buckel hätte versetzen können. Der Parierdolch stieß von oben auf Tjorne herab. Das hatte er kommen sehen! Es war ein Angriff, mit dem Zidaine sich gern an Schildträgern versuchte. Die Klinge würde ihn in die Schulter über dem Schildarm treffen. Er riss den Arm mit der Axt quer vor das Gesicht. Stahl kreischte auf der Oberkante des Axtblatts. Er warf sich nach vorne.

Zidaine versuchte auszuweichen, doch dieses Mal erwischte er sie zumindest mit der Schildkante. Es war nur ein Knuff in die Rippen, aber er erfüllte Tjorne mit grimmiger Zufriedenheit. Er konnte sie besiegen!

»Wenn ihr balgen wollt, dann fragt doch Beorn, ob er euch das Bett in seiner Kajüte überlässt!«, spottete Eilif über ihnen.

»Wie kannst du so etwas sagen, bei dem, was geschehen ist?«, empörte sich Selime. »Kaltherzige Seekuh!«

Zidaine schnellte vor.

Er durfte sich von dem Geschwätz nicht ablenken lassen! Tjorne stieß den Schild zur Seite. Einen Lidschlag zu spät. Stahl berührte seinen linken Arm.

»Treffer!«, rief die Fechterin triumphierend.

Tjorne blickte auf den Arm. Deutlich war ein roter Striemen zu sehen. Doch kein Blut! Nur die Breitseite der Klinge hatte ihn berührt.

Er hob einen Arm über den Kopf, sodass alle an der Reling ihn deutlich sehen konnten.

»Kein Blut!«, beschied nun auch Beorn als ihr Schiedsrichter. Der Holmgang war noch nicht entschieden.

»Dieser Tanz dauert keine hundert Herzschläge mehr«, sagte Zidaine so leise, dass nur er es hören konnte. »Aber keine Angst, es wird nur ein Kratzer werden. Ich möchte schließlich, dass du noch bei Kräften bist, wenn das Leiden beginnt.« Sie hob ihr Rapier mit spöttischem Lächeln zum Fechtergruß.

Tjorne erwiderte den Gruß mit der Axt.

Zidaine stand jetzt nahe der Stelle, an der er seinen ersten Rundgang auf diesem Tanghaufen beendet hatte.

Tjorne wich ein Stück zur Seite aus, um sie zu zwingen, ihre Position zu ändern. Die Fechterin drehte sich ein wenig. Ihre Klinge zielte wieder über den Schildrand hinweg auf sein Gesicht.

Er ignorierte die Bedrohung und machte einen Ausfall.

Zidaine wich leichtfüßig nach links aus in seine alte Spur.

Er setzte nach.

Sie wich noch etwas aus. Plötzlich stieß sie einen überraschten Schrei aus, schwankte und stürzte mit einem Platschen in den Seetang.

Er hatte sie, dachte Tjorne triumphierend und hob seine Axt. Im Holmgang konnte man auch einen tödlichen Hieb führen. Er würde den Fluch aus seiner Vergangenheit mit ihrem Blut für immer von sich waschen.

Zidaine warf sich verzweifelt zur Seite.

Platsch.

Sie wand sich.

Platsch ... Platsch ...

Dieser Laut. Jetzt war das Bild dazu wieder da. Er war in der Höhle in den Klippen bei Stainakr. Schlitzmaul hatte Zidaine auf alle viere gezwungen und nahm sie wie ein Hund. Fleisch klatschte auf Fleisch.

Platsch! Platsch!

Schon damals hatte es Tjorne geekelt. Er hatte Schlitzmaul zurückziehen wollen. Aber er hatte nichts getan.

Ein scharfer Schmerz riss ihn aus der Erinnerung. Zidaine hatte es aufgegeben, sich aufrichten zu wollen. Ihr Rapier war unter seinem Schildrand hinweggeglitten. Sein rechtes Schienbein ...

Tjorne nahm den Schild zur Seite. Sein Hosenbein war aufgeschlitzt. Blut färbte den Stoff rot.

»Zidaine hat gesiegt!«, verkündete Beorn laut. »Der Holmgang endet. Sie mag nun entscheiden, was mit Tjorne geschieht. Das wohl!«

*Beskan,
dreißigster Tag im Midsonnmond*

Das Lied dieser Insel formte sich aus vielen Melodien. Jetzt, am Mittag, strich der salzige Meerwind über die hohen Klippen. Die Riemen der beiden Boote knarrten, und die Leinen, an denen sie die *Tiger von Maraskan* der Durchfahrt entgegenzogen, knirschten. Auf Kodnas Hans Schiff waren beide Segel eingeholt und an den Rahen verzurrt, Galandel deren-Lied-verklingt erahnte, wie der Regen auf der Leinwand und auch auf den Planken prasselte.

Das konnte die Elfe nicht hören, sie saß zu weit entfernt. Sie hörte jedoch die Tropfen auf den Palmwedeldächern der Bambushütten. Die Wellen rauschten auf den Strand, der Sand knirschte unter den Füßen der Vorübergehenden. Den Kaiserlichen von der *Muräne* verging die Lust am Fluchen. Aus dem dornigen Verschlag, in dem man sie gefangen hielt, drang keine Verwünschung des »Rebellenpacks« oder der »Dschungelkäfer« und »Pfefferfresser«

mehr herüber. Die bunte Kleidung der beiden Wachen erschlaffte in der Nässe.

Die Piraten, die mit großen Schritten zwischen den Hütten wechselten, zogen ihre Umhänge eng um die Schultern und senkten die behüteten Köpfe. Das taten sie auch dann, wenn sie bereits völlig durchnässt waren. Die Schauer gingen mehrfach am Tag nieder, aber dieser hatte viele überrascht.

Galandel saß absichtlich draußen. Nass zu werden, machte ihr nichts aus. Sie würde sich nicht erkälten, der Regen war warm. In dieser Weltengegend war überhaupt alles warm. Und selbst wenn sie sich erkältet hätte, wäre sie darauf vorbereitet gewesen. Lange hatte sie die Krankheiten der Schneeschrate geheilt, das wäre ihr auch bei ihrem eigenen Körper leichtgefallen.

Nur gegen das Alter, das wie eine Lähmung in ihre Glieder kroch, kannte sie kein Zauberlied. Sie fühlte sich hilflos vor diesem Gegner. Er machte sie so träge, dass sie noch nicht einmal wusste, ob sie gegen ihn kämpfen wollte. Was sollte sie mit ihrem Leben anfangen, wenn sie siegte? Nie zuvor hatte sie das Gewicht der Jahrhunderte gespürt. Jetzt lastete es auf Galandels Licht. Welche Melodie konnte sie noch in das Lied der Welt einbringen?

Sie versuchte, dieses Lied zu verstehen. Ihre Hoffnung, es hier, im Freien, deutlicher zu hören, blieb unerfüllt. Aber bei den grölenden Seeräubern fühlte sie sich ausgeschlossen. Sie feierten irgendetwas in einer Hütte, vor der ein Schild mit einer Viper hing, die sich um einen Krug ringelte. Hier feierte ständig irgendjemand irgendetwas. Hier prügelte sich auch andauernd jemand mit irgendwem. Man paarte sich, gab sich der Völlerei hin, verteilte Beute, leerte Fässer mit Bier und Wein. Auf Beskan erschienen die Menschen noch schnelllebiger als anderswo. Ob sie Galandel deswegen so fremd waren? Oder lag es doch an dieser hastigen Sprache, der sich die meisten von ihnen bedienten?

Sie betastete den mehr als armlangen Seeschlangenzahn, dessen Spitze auf ihren Oberschenkeln lag. Er war eine in Jahrzehnten gewachsene Waffe, die ihrer früheren Herrin in den Tiefen der See gedient hatte. Nun sollten andere Waffen daraus werden. Waffen, die Phileassons Recken schwingen konnten. Galandel wollte einen Säbel für Salarin daraus schneiden, und sie fühlte in den Zahn hinein, um zu erspüren, wo er die Klinge am liebsten freigeben wollte. Sicher war es am harmonischsten, wenn sie die natürliche Schneide an der inneren Wölbung einbezöge.

Nachdem Shaya die neueste Prophezeiung verkündet hatte, auf der Höhe der Insel Andalkan, hatten sie nochmals Seeschlangen gesichtet. Wochenlang hatten sie nach den geschuppten Giganten gesucht, und nun hatten sie erst ihren Friedhof gefunden und kurz darauf auch noch zwei beobachtet, die sich anscheinend gepaart hatten. Das Leben war seltsam. Von allem gab es manchmal in Fülle, und dann wieder wurde es so selten, dass man daran zweifelte, ob es überhaupt existierte. Das galt für Seeschlangen ebenso wie für Wild, Wasser oder Freude.

Irulla hatte eine der Sägen, die Vascal besorgt hatte, bereits verwendet, um einen zwei Handspannen langen Keil aus dem zweiten Zahn zu lösen. Sie saß neben der Elfe im warmen Regen und benutzte ein dünnes Messer, um eine Speerspitze daraus zu machen.

Galandel überlegte, ob man aus den Splittern, die Irulla mit einem Meißel abgeschlagen hatte, Pfeilspitzen fertigen könnte. Auch mit dem Bogen verstand Salarin umzugehen. Sie löste die Finger der Linken von ihrem Zahn und nahm eines der kleinen Bruchstücke auf.

»Willst du dem Räuber des Kelchs mit einer geraden Klinge den Tod bringen?«, fragte Irulla, ohne von ihrer Arbeit aufzusehen.

Die Form der Speerspitze war bereits gut zu erkennen. Sie ähnelte einer Kerzenflamme, die bei Windstille stolz nach oben stach, doch sie war weiß wie Schnee.

»Salarin kämpft lieber mit einer gebogenen Klinge.«

»Aber dein Robbentöter ist doch gerade.«

Irulla hatte recht. Galandel betastete die mit dunkler Fischhaut überzogene Scheide ihres Schwerts. Wieso hatte sie gar nicht erwogen, auch für sich selbst eine Waffe zu fertigen, wie es die Prophezeiung forderte?

Seltsam. Ihr schien es, als sei sie an diesem Abenteuer der Ottajasko gar nicht mehr beteiligt, als würden ihre Stimmen nichts mehr zu Phileassons Lied beitragen. Als sei es ein Versehen, dass sie überhaupt noch lebte.

Sie sah zu, wie die Boote die *Tiger von Maraskan* in die Durchfahrt zogen und der Segler damit ihrem Blick entschwand. Die Regentropfen kräuselten das graue Wasser der Bucht.

Danach betrachtete Galandel Irulla dabei, wie sie mit einem dünnen Meißel Rillen in die Klinge trieb. »Willst du Gift benutzen?«

»Dafür müsste ich Löcher bohren«, erklärte die Waldmenschenfrau, »sonst spritzt der Tod ab, wenn der Speer fliegt, und erreicht das Herz nicht. Er liegt dann auf dem Boden und wartet darauf, dass Tiere ihn auflecken, damit er in ihnen brennen und fressen kann. Aber diese Waffe«, sie drehte die Klinge und begann die andere Seite zu bearbeiten, »soll das Leben aus dem Räuber herauslocken. Sein Blut soll den Pfaden folgen, die ich ihm grabe.«

»Wenn der Speer in der Wunde steckt, wird das Fleisch die Klinge umschließen«, zweifelte Galandel. »Da wird kein zusätzliches Blut austreten. Diese Rillen sind zu flach, um einen Nutzen zu haben.«

Ein Grinsen erschien auf Irullas dunklem Gesicht. Ihre Zähne waren ebenso weiß wie der Knochen.

»Wünsche haben die Macht, die Welt zu verändern.« Mit beinahe zärtlichen Schlägen hämmerte sie den Meißel vorwärts. »Ich zeige dieser Klinge, was ich mir von ihr wünsche. Sie hat keine Ohren, um zu hören, aber sie spürt, wie ich sie forme. Das wird sie begreifen. Sie wird verstehen, dass sie mir eine Freude macht, wenn sie den Tod bringt.«

Galandel dachte an die vielen Dinge, die sie bei den Schneeschraten aus Bein gefertigt hatte. Flöten, Nadeln, Mörser und Schalen. »Ich glaube nicht, dass ein Knochen etwas spüren kann.«

Irulla hielt inne und sah sie an. Im Dämmerlicht des Tages wirkten die dunklen Augen der Waldmenschenfrau wie Löcher. Die weit herabreichenden Beine der Spinnentätowierung schienen ihren Kopf zu umklammern. »Glaubst du, du würdest es nicht spüren, wenn ich das hier mit deinem Schulterblatt täte?« Sie hob den Meißel.

»Doch, aber ich lebe noch.« Galandel lauschte diesen Worten hinterher, doch sie waren bereits verklungen. Das Lied der Welt hatte die Silben geschluckt, übertönt. Sie kamen nicht mehr darin vor, und niemand vermisste sie.

Irulla wandte sich Asleif Phileasson zu, der sich über den Strand näherte. Durch die Nässe klebte sein weißblondes Haar an den Wangen. Er hielt den Griff seines Breitschwerts umfasst, doch das war wohl nur der Gewohnheit geschuldet.

Phileasson nickte den beiden Frauen zu, bevor er zu dem kleinen Schiff hinübersah, das am Strand zwischen dem Gerümpel lag. »Wir brauchen es. Ein kaiserliches Botenschiff, gebaut, um Küsten anzufahren, auch wenn es keinen Hafen gibt. Ein breiter flacher Bug. Kaum Tiefgang.«

Irulla stand auf. »Gut für das Tangmeer.«

Phileasson nickte stumm.

Galandel betrachtete die Speerspitze in Irullas Hand. Sie war beinahe fertig. Die Elfe dagegen hatte noch nicht einmal begonnen. Sie spürte auch nicht, dass sie den Schlangenzahn besser verstünde, als dies zu Beginn ihrer Betrachtung der Fall gewesen war. Vielleicht würde es ihr nie wieder gelingen, sich in die Melodie der Welt einzufühlen.

Aber sie hegte noch Wünsche.

Sie wollte, dass die Elfen vom Schicksal des Himmelsturms erfuhren.

Sie wollte, dass Salarin ihren Namen im Salasandra sang.

Es fiele ihm leichter, sich an sie zu erinnern, wenn er etwas besäße, das er mit ihr verband. Wie einen Säbel, den sie aus dem Seeschlangenzahn sägte.

Sie ignorierte ihre merkwürdige Taubheit, setzte das Werkzeug an und begann.

»Es ist dennoch ein Wagnis«, sagte Phileasson zu Irulla.

»Der Tod wird uns überall finden«, entgegnete die Spinnenfrau gleichmütig.

Er lachte leise. »Und dann am besten, während wir etwas tun, worüber man Heldenlieder singt, das wohl. Aber ich will nicht aus Dummheit sterben. Wir müssen uns gut vorbereiten.«

»Das Tangmeer wird versuchen, uns in seinen Griff zu ziehen«, orakelte Irulla. »Die Prophezeiung sagt, es hortet Schiffe.«

Phileasson rieb sich den kurzen Bart unter seinem Kinn. »Für gewöhnlich versucht man, solchen Gebieten zu entkommen. Aber mich deucht, unser Weg führt uns hinein. Der flache Boden wird helfen. Zusätzlich brauchen wir Riemen. Bootshaken wären gut, um uns den Tang vom Rumpf zu halten.«

»Wurfanker«, schlug Irulla vor. »Damit können wir Treibgut benutzen oder andere Dinge, die sich im Tang verfangen haben.

Wir schleudern die Anker, und wenn sie sich festkrallen, ziehen wir uns daran vorwärts.«

»Ein kluger Gedanke.« Er verschränkte die Arme. »Wir müssen diese Nasbirat mit dem traurigen Gesicht finden, damit sie uns das Schiff gibt.«

»Ich dachte, unsere Münzen wären beinahe aufgebraucht?«

»Das sind sie. Aber wenn sie die *Stern von Silz* verbrennen will, kann ihr nicht viel an dem Schiff liegen. Unser bisschen Silber ist besser als gar nichts.«

»Wir brauchen auch Vorräte«, gab Irulla zu bedenken. »Wasser und ... Was tust du da?«, schrie sie Galandel an.

Die Elfe zuckte zusammen.

Irulla stürzte zu ihr und umfasste ihre Unterarme.

Rote Flüssigkeit quoll aus Galandels linker Hand, floss über den Schlangenzahn und spülte über das weiße Wildleder ihres Gewands. Sie brauchte einen Moment, um zu erkennen, dass es Blut war. Dazu passte auch der Schmerz. Die alternde Elfe spürte ihn, doch die Empfindung erreichte sie nur von Ferne.

»Was ist passiert?« Phileasson hockte sich neben die Frauen.

»Sie hat sich in die Hand gesägt.«

Galandel hörte den Unglauben in Irullas Stimme.

»Zwischen Daumen und Zeigefinger. So tief, dass sie einen Knochen in der Hand durchtrennt hat.«

»Ich habe es nicht bemerkt«, entschuldigte sich Galandel flüsternd. Tatsächlich konnte sie den Zeigefinger nicht mehr bewegen.

Phileasson musterte ihr Gesicht, während er ihrer Rechten die Säge entwand.

*Verdichtungsgebiet des Sargassomeers,
dreißigster Tag im Midsonnmond*

»Kein Durchkommen mehr!«, erklang es vom Bug. Die Stimme war unverwechselbar, aber in den Nebelstreifen, die über das Totenmeer zogen, vermochte Beorn Asgrimmson die hünenhafte Eilif Sigridsdottir nicht zu sehen.

Er stand bei Olav Stirson am Ruder und spähte mit zusammengekniffenen Augen in den Nebel. Letztes Abendrot umflorte die Nebelbänke mit freundlichem, tief orangefarbenem Licht. An manchen Stellen konnte man etwa eine Meile weit sehen. Deutlich zeichneten sich die schwarzen Silhouetten von Schiffswracks gegen den Horizont ab. Grabsteine für Wagemut oder Leichtfertigkeit. Sicherlich gab es hier reichlich Schätze zu finden. Was einmal hierherkam, konnte das Sargassomeer nicht mehr verlassen. Womöglich hatte es weit über hundert Schiffe verschlungen.

Beorn blickte zu Pardona, die ein wenig abseits von allen an der Reling stand. Auf ihrem Antlitz war nicht abzulesen, was sie denken mochte. Sie war die eine, die alles veränderte. Mit ihrer Hilfe würde er hier schon wieder herauskommen.

Warum sie seine Ottajasko begleitete, wusste er nicht. Welche geheimen Ziele sie verfolgte, würde gewiss für immer ein Rätsel bleiben. Aber an diesem Abend, da er in ein Gewässer steuerte, aus dem es für normale Sterbliche keine Wiederkehr gab, war er froh, sie an seiner Seite zu haben. Ebenso froh war er, dass er wieder mit kühlem Kopf über sie nachdenken konnte. Seit sich Zidaine ihm geöffnet hatte, war er weniger anfällig für den verruchten Charme der schönen Göttin.

Ein Ruck durchlief den Rumpf der *Zwillingsmond*. Diesmal war es anders als bei den Malen zuvor. Heftiger. Endgültiger.

Immer wieder hatten sie Inseln aus treibendem Tang gestreift.

Den ganzen Tag über hatten sie sich durch eine Flussmündung oder eine tief ins Land hineinreichende, enge Bucht nach Südosten vorwärts gekämpft. So zumindest hätte Beorn es genannt, wenn die Ufer Festland gewesen wären. Aber hier gab es keine klaren Ufer. Überall war nur dieser grüne Schlick, mehr oder minder verrottete Streifen aus Seetang. Manchmal waren sie viele Schritt lang, manchmal maßen sie nur ein paar Fingerbreit. Es gab verschiedene Sorten, die in Farbe und Dicke voneinander abwichen. Fäulnisgestank wogte über diesem Auswurf des Meeres. An manchen Stellen erhoben sich flache Hügel über der Tangebene. Ob Meeresströmungen den Tang zusammengetrieben hatten, bis er sich mannshoch und mehr auftürmte, oder ob es die letzten Überreste von in sich zusammengebrochenen Wracks waren, die von Tang und vielleicht auch Moos überwuchert wurden, wussten allein die Götter.

»Da!«, schrie Eimnir. »Da im Wasser. Direkt vor dem Bug!«

»Was?«, fragte Eilif. »Ich sehe nichts.«

»Da unten zwischen den Schlingen. Ein Licht!«

Beorn unterdrückte den Drang, nach vorne zu gehen. Die Unruhe würde nur weiter um sich greifen.

»Da ist nichts!«, rief Eilif, jetzt mit deutlichem Nachdruck.

Es war gut, sie an Bord zu haben, dachte Beorn. Die Reckin fürchtete nichts, außer vielleicht hinter irgendjemandem zurückstehen zu müssen.

»Jetzt ist es weg.« Eimnir klang beunruhigt.

Beorn spähte zwischen zwei Nebelbändern zu einem Wrack. Auch dort hatte sich etwas bewegt. Er hatte es nur kurz gesehen. Es war ihm aufgefallen, weil die Bewegung ungelenk war. Als sei, wer auch immer dort aus dem Schiffsbauch gestiegen war, verletzt.

Es gab Geschichten über Wiedergänger, die in toten Schiffen hausten, über Geister und Ungeheuer, die sich aus dem Seetang erhoben. Beorn hatte all dies als Ammenmärchen abgetan. Über einen Ort, von dem niemand zurückkehrte, konnte es schließlich keine Geschichten geben. Es gab keine Augenzeugen, nur Klatschmäuler. Und allenfalls die Maraskaner waren größere Klatschmäuler als Seeleute.

Olav hatte die Ruderpinne losgelassen. »Macht ihr da vorne noch was, außer Löcher in die Luft zu glotzen?«, schrie er wild gestikulierend. »Stoßt uns vom Ufer ab!«

»Hier gibt es kein Ufer!«, antwortete Eilif hinter dem Nebel. »Unsere Stangen versinken im Schlamm. Wir können uns nicht freistaken.«

»Holt die Segel ein!«, befahl Beorn. Von achtern wehte eine leichte Brise, die das Schiff noch weiter in den Tang drücken würde.

Ohne dass er einzelne Mitglieder der Ottajasko aufrufen musste, wurden die Segel gerefft und an den schräg stehenden Rahen festgezurrt. In der kurzen Zeit auf der *Zwillingsmond* hatten sie sich gut aufeinander eingespielt.

Er beobachtete Tjorne, der auf dem Seil balancierte, das dicht unter der Rah am Hauptmast gespannt war. Weit nach vorne gebeugt laschte er das Segel fest. Dann bewegte er sich ein Stück und arbeitete weiter. Er war ein guter Seemann. Er würde eine Lücke hinterlassen.

Der Drachenführer dachte an die Geschichte, die ihm Zidaine erzählt hatte. Viel ausführlicher, als er es hätte hören wollen, hatte sie geschildert, was die Jungmannen den endlos langen Winter über mit ihr getan hatten.

Ohne dass er es gewollt hätte, hatte er die Hände zu Fäusten geballt. Ganz gleich, wie groß die Lücke auch sein mochte, für Tjorne gab es keinen Platz mehr an Bord!

Beskan,
dreißigster Tag im Midsonnmond

Ein massiger Mann trat Lailath Schlangenschlächterin in den Weg. »Du bleibst hier!«
Die Elfe blieb so abrupt stehen, dass die Ziegenmilch in ihrem Becher schwappte. Beinahe hätte sie etwas davon verschüttet.
Sein Oberkörper war nackt, auf den Schultern glänzte Wasser, er war wohl durch den Regen gegangen. Auf der Brust wucherte das schwarze Haar wie ein Bärenpelz. Narben schnitten kreuz und quer hindurch, die größte war bleich wie ein Plattwurm. Ein Kupferring durchbohrte die linke Brustwarze.
Sie sah hinauf in das Grinsen, das seinen Stoppelbart teilte. Nicht nur die Körperbehaarung der Menschen gab Anlass zu der Vermutung, dass sie sich irgendwo auf halbem Weg zwischen Orks und Elfen befanden. Ihre grobschlächtigen Bewegungen passten ebenfalls dazu. Die Pranken dieses Mannes hätten Lailaths Hals zerbrechen können, aber dazu müsste er sie zunächst einmal erwischen. Wenn sie in Kauf nähme, ihre Milch zu verschütten, traute sie sich ohne Weiteres zu, unter seinen Armen hindurchzutauchen und ihm den Säbel in den Rücken zu bohren, bevor er sich umgewandt hätte.
Doch dazu hatte sie keinen Grund. »Wir sind keine Feinde.«
Er sprach auf diese schnelle Art, wie es viele Maraskaner taten, und benutzte dabei ein ungewöhnliches Wort. Lailath verstand trotzdem, dass es ihm darum ging, dass sie nicht zu Phileasson und den Gefährten zurückkehren, sondern in diesem Bereich der Taverne bleiben sollte, weil sie auf dem Weg die Karten von Nasbirat mit dem traurigen Gesicht erspähen könnte.
Lailath sah zum kleinen Tisch mit den beiden Spielerinnen hinüber. Nasbirat saß mit dem Rücken zu ihr. Sie war eine sehr

schlanke Frau, vor allem für einen Menschen. Ihre rotbraunen Locken tanzten auf den Schultern, wenn sie den Kopf bewegte. Sie hielt drei Spielkarten. Bislang hatte Lailath sie gar nicht beachtet, sie hatte nur im Sinn gehabt, sich ein Getränk zu holen. Jetzt machte sie die Vier des Erzes aus, und auch in die obere Ecke der zweiten Karte war die graue Raute gemalt, die diese Spielfarbe kennzeichnete. Nasbirat holte sie nach vorn, sie sortierte die drei Karten fortlaufend um, als wollte sie sie mischen.

Das Hauptmotiv der nun vorn liegenden Karte, von der Lailath die Raute bereits erspäht hatte, war liebevoll gestaltet. Auch auf die Entfernung erkannte Lailath die rundliche Frauengestalt mit der roten Haut, dem Diadem auf dem hochgesteckten Haar und der Kristallkugel, in der Goldstücke und Edelsteine zu sehen waren. In ihrer Zeit in Gareth hatte sich Lailath immer gefreut, wenn sie diese Karte bekommen hatte. Es war die Weissagerin des Erzes. Eine weitere Weissagerin komplettierte Nasbirats Blatt, die Karte schabte über die andere, als sie sie nach vorn holte. Die abgebildete Frau war schlank, und obwohl die Falten des blauen Kleids sie beinahe vollständig verhüllten, sah man, dass die Beine viel zu lang waren. Ein Wellenmuster verzierte das Becken, neben dem sie stand. Sie war die Weissagerin des Wassers.

Mirandola saß Nasbirat gegenüber. Sie rückte gerade den Hut mit der bauschigen Feder auf ihrem Kopf zurecht. Den ganzen Abend schon setzte sie ihn auf und wieder ab. Auch sie hielt drei Karten in der Hand, aber Lailath sah nur ihre mit einem Blumenmuster verzierten Rückseiten.

Überall in der Taverne brannten Kerzen. Sie erhellten den Raum nicht nur, sondern verstärkten auch die Wärme, die Lailath trotz des Regens draußen ein wenig drückend fand.

Als bewachte er einen Durchgang, stand Asleif Phileasson mit verschränkten Armen hinter Mirandola. Auch seine Ottajasko wirkte entschlossen, obwohl sie doch gar nichts tun konnte, um den Ausgang des Spiels zu beeinflussen. Mit angespannten Mienen beobachteten Irulla, Shaya Lifgundsdottir, Tylstyr Hagridson, Praioslob, Abdul el Mazar und sogar Salarin Trauerweide und Galandel deren-Lied-verklingt Mirandola. Diese wiederum hielt den Blick auf ihr Gegenüber gerichtet, wenn sie nicht gerade mit dem Hut beschäftigt war. Leomara della Rescati hockte neben ihr am Tisch, dessen Platte das Mädchen umklammerte, als fürchtete es, er könnte umkippen. Allein ihr Onkel schien weniger vom Geschehen gebannt. Er stand am Rande der Gruppe, hielt die Handteller offen zur aus Palmblättern geflochtenen Decke gewandt und flüsterte mit leerem Blick.

Ohm Follker hatten die Maraskaner die Rückkehr auf die andere Seite des Raums wohl ebenfalls verwehrt. Sichtlich missgelaunt saß er an einem Tisch, in dessen Beine Rosenblüten geschnitzt waren, von denen die Goldfarbe abblätterte. Vor ihm standen vier Humpen.

Er nahm die sorgfältig in ihrem Lederetui verpackte Leier vom Stuhl neben sich und zog ihn einladend zurück.

Lailath setzte sich zu ihm und stellte ihren Becher ab.

Nasbirat schob ihre drei Karten zusammen, um sie mit der Bildseite nach unten abzulegen. Sie nahm Silberstücke aus dem Beutel, der aufgeschnürt vor ihr stand, und stapelte sie in Türmchen, die Lailath zwar eintönig, aber recht hübsch fand. Nachdem die Maraskanerin vier davon auf gleiche Höhe gebracht hatte, schob sie die Münzen in die Mitte des Tischs. Dort warteten schon weitere, und auch die Splitter, die beim Schnitzen der Waffen aus den Seeschlangenzähnen übrig geblieben waren. Eine Perlenkette, zwei Broschen und ein paar Ohrringe mit Smaragden lagen ebenfalls auf dem Haufen.

»Ich will noch eine Karte«, verkündete Nasbirat. »Was ist mit dir?«

Phileasson beugte sich zu Mirandola hinab, die ihm etwas ins Ohr flüsterte.

Der Drachenführer richtete sich auf. »Das wohl!«, verkündete er. Er formte eine Schale aus seinen Händen, seine Recken kramten Silbermünzen hervor und legten sie hinein.

»Trinkst du etwa Milch?«, grummelte Ohm.

»Möchtest du einen Schluck abhaben?«, fragte Lailath zurück.

Der Thorwaler schnaubte so heftig, dass seine Schläfenlocken baumelten. »Ich bleibe beim Bier aus Waskir.« Er nahm einen Zug von dem dunklen Getränk und wischte mit dem Handgelenk über die Lippen. »Hätte nicht geglaubt, dass ich am anderen Ende der Welt so etwas bekomme. Dachte schon, das wäre der Beginn einer Glückssträhne.«

Lailath nippte an ihrer Milch. »Wieso bist du dann so grimmig?«

»Ich kann so grimmig sein, wie ich will!«, grollte er.

Ratlos sah sie ihn an.

Er nahm noch einen Schluck. »Verdammtes Kartenwerfen. Da hockt man hier rum und kann bloß hoffen, dass der Neunfingrige seine Litanei brav aufsagt.«

Lailath verstand nicht, was er meinte.

Er setzte den Humpen ab, nahm ihn aber sofort wieder auf und leerte ihn. Ohm rülpste leise. »Mit so etwas können Swafnirs Kinder den Gottwal nicht erfreuen. Sollten uns das Schiff mit der Axt in der Faust holen, das wohl. Geht aber nicht, wir stehen hier unter dem Gastrecht. Müssen Frieden halten. Da fällt alles den Blumenkindern in ihrem bunten Tand zu, und die echten Recken müssen zuschauen.«

Der Skalde sah unglücklich aus. »Das ist kein Stoff für eine Saga.«

»Mirandola hat doch versprochen, dass sie das Schiff gewinnt«, gab Lailath zu bedenken.

Freudlos lachte er auf. »Sie hat sich verlocken lassen, unseren gesamten Besitz zu setzen. Schau doch, wie der Foggwulf die letzten Münzen zusammensammelt! Wenn sie jetzt verliert, sind wir Bettler. Und das Schiff liegt noch nicht mal im Pott.«
»Unter seinem Gewicht würde der Tisch ja auch zusammenbrechen.«

Verblüfft sah Ohm sie an.

Das wunderte Lailath nicht, den Rosenohren entgingen oft die einfachsten Dinge. »Man würde es noch nicht einmal hier hereinbekommen«, fuhr sie fort. »Es ist zwar nur ein kleiner Segler, aber er wird kaum in die Taverne passen. In jedem Fall müssten wir eine Wand einreißen.«

Wortlos glotzte er sie an.

»Es passt nicht durch die Tür.« Mit ausgestreckten Armen deutete sie die Dimensionen an.

Ohm lachte röhrend.

Sie wehrte die Hand ab, mit der er auf ihre Schulter schlagen wollte.

»Du entwickelst ja Witz, Elfe!«, rief er. »Hätte ich dir gar nicht zugetraut!«

Sie rückte ihren Stuhl ein Stück zur Seite.

Ohm nahm den nächsten Humpen zur Hand. »Vascal betet zu seinem Nandus oder vielleicht auch zu Phex. Habe immer lieber auf ehrlichen Stahl vertraut als auf mein Glück, aber diesmal soll es mir recht sein, wenn der göttliche Fuchs unserer Mirandola die richtigen Karten unterschiebt. Sonst weiß ich nicht, wie wir an die *Stern von Silz* kommen sollen. Und ohne das Schiff erreichen wir dieses verfluchte Tangmeer nicht. Vierhundert Meilen Südost ... wahrscheinlich ist der Blender schon da.«

Unwillkürlich krümmte Lailath die Zehen in ihren Stiefeln, als könnte sie sich auf diese Weise festkrallen. »Gibt es dort irgendwo festes Land?«

»Ein paar Inseln vielleicht ... Eilande, die das Meer bei jedem Sturm verschluckt. Mag sein, dass sich das Tangfeld um ein paar Felsen gewickelt hat. Wollen jedenfalls hoffen, dass es irgendetwas an Ort und Stelle hält. Sonst suchen wir ewig.«

Shayas Prophezeiung sprach von einer See, die weder Meer noch Land war. Lailath versuchte, sich mit der ersten Aussage zu beruhigen. Die zweite verunsicherte sie jedoch so sehr, dass sie zitterte, wenn sie darüber nachdachte.

»Nandus, Phex ...«, grummelte Ohm. »Wenn wir erst auslaufen, sind wir zurück in Swafnirs Reich, das wohl! Da können wir zeigen, dass wir Sturm und Brechern trotzen. Wir müssen bloß an diese kümmerliche Nussschale herankommen.«

Phileasson legte die gesammelten Reichtümer auf den Tisch. Penibel zählte man die Münzen und schätzte den Wert des Schmucks. Am Ende kam man überein, dass die Einsätze gleichwertig seien. Mirandola nahm eine Karte vom Stapel, und Nasbirat zog eine Drei des Erzes.

»Sehr schön!«, verkündete sie. »Erhöhen wir?«

Das fand Lailath gewagt. Zwar hatte Nasbirat zwei Weissagerinnen auf der Hand, was immerhin ein hohes Zwillingspaar war. Aber bereits mit zwei niedrigen Zwillingspaaren oder auch einem Dreizack würde die Spielerin der Ottajasko gewinnen.

Wieder beugte sich Phileasson zu Mirandola hinunter. Als er sich aufrichtete, löste er das Schwertgehänge. Mit einem Krachen landete die Waffe auf dem Tisch. »Wir setzen Fejris gegen die *Stern von Silz*!«

Scharf sog Ohm den Atem ein.

Nasbirat lachte leise. »Ihr kriegt das Schiff nicht.« Für eine Maraskanerin sprach sie besonders klares Garethi. Vielleicht gab sie sich Mühe, damit ihre Mitspielerin sie verstand. »Ich bin bei den Freibeutern, seit in Tuzak der Aufstand gegen die Kaiserlichen getobt hat!« Sie stand auf. »Seid ihr meine Freunde, Bruderschwestern?«, rief sie den versammelten Piraten zu. »Helft ihr mir, dieses schöne Schwert zu gewinnen? Leiht mir ein bisschen Silber, und bis zum Sonnenaufgang sollen eure Kehlen nicht mehr trocknen!«

Zustimmend johlten die Maraskaner. Münzen klimperten in Hüten. Man forderte sogar Lailath und Ohm auf, etwas dazuzugeben, was Phileassons alter Freund empört ablehnte.

Ein beleibter Mann mit einem schwarzen Verband an der linken Hand sammelte alles ein und brachte es zum Spieltisch. Er umarmte Nasbirat und wünschte ihr Glück, bevor er sich hinter sie stellte.

»Das ist mehr wert als dein Schwert«, meinte die Besitzerin des Schiffs selbstsicher. Sie schob den Haufen in die Mitte. »Nimm es oder steig aus.«

»Wir wollen die *Stern von Silz*«, beharrte Phileasson.

»Die schönsten Wünsche«, flötete Nasbirat, »sind stets die unerfüllten. Du kannst nicht bestimmen, was ich einsetze, Bruderschwester. Das verfluchte Schiff wird heute Nacht noch brennen. Nehmen wir uns die letzte Karte, oder steigt ihr aus?«

»Wir haben keinen Grund, auszusteigen«, stellte Mirandola klar. »Selten hatte ich solch ein starkes Blatt wie dieses. Und ich glaube, du hast gar nichts.« Sie setzte ihren Hut ab und nahm eine Karte auf. Kalt lächelnd musterte sie ihre Mitspielerin.

Nasbirat vervollständigte ihre Hand ebenfalls. Leider konnte Lailath nicht erkennen, was sie gezogen hatte, aber auch sie schien zufrieden zu sein. Ob das bedeutete, dass sie eine dritte Weissagerin bekommen hatte? Das wäre möglich, insgesamt waren sechs im Spiel.

»Leider könnt ihr ja nicht mehr erhöhen«, bedauerte Nasbirat. »Auf dieses Blatt würde ich sonst tatsächlich die *Stern von Silz* setzen.«

Phileasson nahm sein Schwert vom Stapel und hielt ihr den elfenbeinernen Griff entgegen. Er war in Form eines springenden Wolfs geschnitzt. »Dies ist eine besondere Klinge. Fejris ist mit mir ins Güldenland gefahren. Ich habe damit im Schildwall gegen Schneeschrate gestanden. Im ewigen Eis hat diese Waffe Räuber durchbohrt, Goblins und Oger hat sie erschlagen. Sie ist mehr wert, als du geboten hast.«

»Für dich vielleicht«, räumte Nasbirat ein. »Aber nicht für mich.«

Der Drachenführer presste die Zähne aufeinander, als er das Schwert zurücklegte.

Lailath verstand gut, dass er sehr an dieser Klinge hing. Schließlich hatte sie ihr Leben einem Schwert geweiht, Selflanatil, der Silberflamme. Das Versprechen, es zurück zu den Shiannafeya zu bringen, in Orimas Tempel, hatte ihr selbst im Tod die Ruhe verwehrt. Jahrhundertelang war sie Reisenden in ihren Albträumen erschienen, um ihnen die Lebenskraft zu rauben. Erst Phileassons Ottajasko hatte ihr gestattet, genug davon zu bündeln, um wieder körperliche Gestalt anzunehmen. Gemeinsam mit ihm hatte sie die Silberflamme gefunden. Sie hatte das heilige Schwert in den Händen gehalten – und dann an Beorn verloren, der nach allem, was sie über ihn wusste, ein gewissenloser Raubmörder war.

Phileasson hatte sich als edelmütig erwiesen. Er erlaubte Lailath sogar, weiter mit ihm zu reisen. Das lag daran, dass sie Salarin und Ohm das Leben gerettet hatte.

Jedenfalls dachte er das.

Lailath verstand es jedoch anders. Das Schicksal hatte ihr einen Pfad gewiesen. Sie hatte Selflanatil verloren, aber sie war noch immer auf seiner Spur, denn Beorn steuerte dieselben Ziele an wie Phileasson. Das nächste war das Tangmeer, diese See, die weder Meer noch Land war. Aus den Seeschlangenzähnen hatte die Ottajasko Waffen gefertigt, um sich auf neue Gegner vorzubereiten. Mit dem letzten Teil von Shayas Prophezeiung wusste niemand etwas anzufangen.

Niemand außer Lailath. Die verlorene Stadt, die mit dem Erbe der Fenvar zusammenhing ... Lailaths Volk hütete seit Jahrhunderten das im Wüstensand versunkene Tie'Shianna. Die Shiannafeya bewachten die Metropole, bis der König zurückkehren würde. Dort stand Orimas Rosentempel. Zu diesem heiligen Ort musste Lailath Selflanatil zurückbringen. Dass auch das zweite, bereits zuvor verloren gegangene Artefakt zurückgewonnen werden könnte – das hatte kein Shiannafey zu hoffen gewagt. Orimas Kelch, der Largala'Hen, mit dem sich die verdorrte Fruchtbarkeit der Elfen verband! Und von einem Kelch war in der Prophezeiung die Rede. Es war unbegreiflich, wieso die tumben Rosenohren etwas mit solch erhabenen Artefakten zu tun haben sollten, aber sie hatten bereits Selflanatil gefunden. War es da nicht nur folgerichtig, dass auch der Largala'Hen in ihrer Reichweite lag?

Lailath betrog Phileasson ungern, doch auch das mochte eine Prüfung sein. Sie musste beweisen, wie ernst es ihr mit dieser heiligen Aufgabe war. Es ging um Orimas Gnade, um die Fruchtbarkeit ihres Volks, um die Erlösung ihres Bruders Nantiangel, der als ruheloser Geist auf dem Zwergenplatz in Vallusa ausharrte, bis das Werk vollbracht wäre. Lailath durfte keinesfalls versagen. Und wie es aussah, würde sie mit Beorn beide Artefakte finden. Darin lag die Möglichkeit, im Triumph zu den Shiannafeya zurückzukehren, als größte Heldin der Wächter.

Der Regen trommelte auf das Blätterdach. Unzählige Tropfen, die zusammenflossen und schließlich ihren Weg ins Meer fanden.

So wie die kleinen und großen Ereignisse, die Lailaths Leben ergaben und sie nun in die Reichweite der beiden Artefakte gebracht hatten. Die Begegnung mit den Thorwalern gehörte dazu. Aber Wasser konnte auch sinnlos verdunsten. Das durfte Lailath nicht zulassen. Sie musste diese Gelegenheit nutzen. Sie hatte zu viel bezahlt, um sie verstreichen zu lassen. Sie durfte sich nicht von ihrer Furcht vor der See aufhalten lassen. Nicht von Beorn. Nicht von diesem Räuber des Kelchs, dem es sich im Tangmeer zu stellen galt. Auch nicht davon, dass Phileasson ein edler Mann war, der es nicht verdiente, dass man ihn betrog.

»Da ihr nicht mehr bieten könnt«, rief Nasbirat, »decken wir auf!«

Ernst zog Leomara della Rescati ihre Kette über den Kopf und legte sie auf den Stapel. Tylstyr hatte versucht, die verloren gegangenen Holzglieder zu ersetzen, die gestern geschnitzten waren etwas heller. Ob sie sich eigneten, die Tierfiguren zu formen, die man daraus zusammensetzen sollte, musste sich erst noch erweisen.

Nasbirat löste einen Kupferring aus ihrem Ohr und legte ihn auf den Haufen.

»Warte!« Ohm knallte seinen halb geleerten Humpen auf den Tisch und drückte sich hoch.

Nasbirat drehte sich zu ihm um.

Er leerte das Trinkgefäß, sah zur Seite, nahm das nächste und kippte den Inhalt in einem Zug hinunter. Zögernd bückte er sich und nahm das Lederetui mit seiner Leier auf. »Wir haben noch etwas zu bieten.«

Phileasson warf ihm einen warnenden Blick zu, schwieg aber.

Der Skalde nahm den letzten Krug mit, als er zum Spieltisch ging.

»Was soll das sein?«, fragte Nasbirat.

Ohm legte den Kopf in den Nacken und trank den Humpen leer. Seine Augen wurden glasig. Er öffnete die Verschnürung und entnahm das Instrument.

Ein Raunen ging durch die Menge.

»Elfenbein«, sagte Ohm düster und strich über den Rahmen. Er spielte eine getragene Melodie, ohne auf die Saiten zu sehen, die seine Finger zupften. »Ich erhielt sie von meinem Lehrmeister, als er mich freisprach. Viele Sagas hat sie verkündet. Tausende haben den Geschichten von Helden und Ungeheuern gelauscht, die ich zu ihrem Klang erzählt habe.«

Lailath stand auf und stellte sich ebenfalls an den Tisch.

Irulla trat hinter Leomara und legte ihr die Hände auf die Schultern. Orkengriff klettere ihren Arm hinunter und sprang auf die glänzenden Einsätze, als wollte er sich das Vermögen der Ottajasko noch einmal aus der Nähe besehen, bevor es verschwände.

Der dicke Mann mit dem Verband an der linken Hand raunte etwas davon, dass die Spinne nur sieben Beine hatte. »Das verheißt Unglück.« Er benutzte das Maraskani, ohne sich Mühe zu geben, dass die Fremdijis ihn verstanden.

Nasbirat griff Ohms Leier. »Es wird *ihr* Unglück sein, nicht meines, Horntriber«, hauchte sie, ebenfalls auf Maraskani. »Ich hatte schon genug Pech in letzter Zeit.«

Ohm sah ihr in die Augen und hielt das Instrument fest. »Das Schiff«, sagte er. »Du musst die *Stern von Silz* setzen. Für weniger gebe ich meine Leier nicht her.«

Nasbirats Blick tastete über die Schnitzereien von Walen, Sternen und Drachenbooten. »So soll es sein«, flüsterte sie. »Ich setze das bruderlose Schiff.«

Einen tiefen Atemzug noch hielt Ohm die Leier fest, dann gab er sie frei.

Behutsam legte Nasbirat sie auf den Schätzen ab.

»Lass sehen«, forderte sie Mirandola mit rauer Stimme auf. Die Hand der Gefährtin war nicht schlecht. Drei Zweien und zwei Knappen, zusammen ergab das eine Familie.

»Wir haben gewonnen«, freute sich Lailath. Selbst wenn Nasbirat eine dritte Weissagerin hatte, reichte das nicht, um Mirandolas Blatt zu schlagen.

»Nicht so schnell!« Mit einem Funkeln in den Augen drehte Nasbirat ihre Karten um und fächerte sie auf.

Lailath blinzelte.

Eine Drei, eine Vier, eine Sieben, nur eine Weissagerin … alle mit der grauen Raute des Erzes gekennzeichnet. Dazu der Fürst des Erzes.

»Ein Elementarkreis«, verkündete Nasbirat. »Das bedeutet: Heute feiert ihr alle auf meine Kosten!«

Die Piraten jubelten.

Nasbirat nahm ein paar Silberstücke vom Haufen. »Kann ich dir vielleicht das Lederetui abkaufen?«, fragte sie Ohm. »Meine neue Leier passt bestimmt gut hinein.«

Der Skalde kämpfte mit den Tränen. Er knüllte das Etui in seinen Fäusten, zwang sich aber, es ihr zu geben. »Behandle sie gut«, bat er.

Nasbirat schnippte ihm gönnerhaft eine funkelnde Münze zu. Sie prallte gegen Ohms Brust, er versuchte gar nicht erst, sie zu fangen. Klimpernd fiel sie auf den Boden.

Die Maraskanerin verstaute das Instrument.

Lailath überlegte, ob es Ohm trösten würde, wenn sie ihn umarmte. »Vielleicht hat Vascals Gebet Phexens Aufmerksamkeit erregt, aber er hat seine Gunst Mirandolas Gegenspielerin geschenkt.«

»So muss es wohl sein.« Er rieb sich die Augen.

»Ein echtes Wunder, eine Weissagerin gegen einen Fürsten auszutauschen.«

Ohm starrte sie an. Unvermittelt riss er einen Dolch aus dem Gurt über seiner Brust und rammte ihn durch den Stapel der nicht aufgenommenen Karten. »Halt!«, rief er. »Keiner bewegt sich!«

Mit einem Schlag wurde es still in der Taverne.

Phileasson und die Recken umstanden den Spieltisch, die Hände an den Waffen. Bei Phileasson war das sein Wurfbeil, das Schwert gehörte ja nun Nasbirat.

»Erkläre mir, wie du das gerade gemeint hast, Lailath«, forderte Ohm sie auf.

Verwirrt sah sich die Elfe um. Auf einmal war die Stimmung angespannt wie vor einem Kampf. Hatte sie gegen eine Sitte der Rosenohren verstoßen?

»Als ich mich neben dich gesetzt habe«, sagte sie vorsichtig, »hatte Nasbirat die Weissagerin des Wassers auf der Hand. Jetzt nicht mehr.«

Ohm sah zu dem Tisch zurück, auf dem die leeren Krüge und der Becher mit Lailaths Milch standen. »Bist du sicher, dass du dich nicht täuschst?«

»Ich bin nicht so schwachäugig wie ihr.«

»Das sind fünf Schritt.«

»Ja, die Entfernung ist gut geschätzt.«

»Schauen wir doch mal ...«, er nahm den Dolch mit den aufgespießten Karten an sich, »... ob wir hier eine Weissagerin des Wassers finden.«

Nacheinander zupfte er die Karten ab. »Ritter des Feuers, Zwei des Humus, Sechs des Humus, Ass des Eises ... Ach, schaut mal! Ein Fürst des Erzes. Waren da etwa zwei im Spiel?«

Mirandola packte den fülligen Mann mit dem Verband, den

Nasbirat Horntriber genannt hatte, an der Hand.« »Was versteckst du denn da?«

Er versuchte, sich loszumachen, aber Phileasson und Irulla stellten sich eng neben ihn. Er gab auf.

Mirandola zog die Weissagerin des Wassers aus den Schlaufen des Verbands. »In Taladur wissen wir immer, um welchen Einsatz wir spielen. Eine betrügerische Hand wird abgeschlagen, wenn wir sie erwischen. Wie ist das hier auf Beskan?«

»Die *Stern von Silz* gehört euch«, gab Nasbirat zähneknirschend zu. »Und alles, was auf diesem Tisch liegt. Nehmt uns den kleinen Scherz nicht krumm, Bruderschwestern. Das Leben ist traurig genug, auch ohne Streit.«

»Wohl gesprochen«, grollte Phileasson. »Und wenn wir eine Hand abschlagen, kann sie uns auch schlecht helfen, das Schiff wieder flottzumachen. Denn dabei wollt ihr beide doch bestimmt gern anpacken, wenn ich euch richtig verstehe?«

»Gewiss, Bruderschwester«, beteuerte Horntriber. »Das versteht sich ja ganz von selbst.«

Verdichtungsgebiet des Sargassomeers,
erster Tag im Kornmond

Tjorne prüfte ein letztes Mal den Rucksack, den er gepackt hatte. Bei dieser Dunkelheit konnte man leicht etwas übersehen. Schiffszwieback, salzverkrustetes Trockenfleisch, ein zäher, weißlicher Käse, ein kleiner Beutel mit trockenen Linsen, ein zweiter, größerer mit Reis. Dazu ein kleiner Kupfertopf, Feuerstein und Stahl. Zehn Schritt Seil, säuberlich aufgerollt und ein Wurfanker, eine Decke. Damit sollte er für mindestens eine Woche versorgt sein. Ein großer Lederschlauch mit Wasser vervollständigte die

Ausrüstung. Ein Speer, den er wie einen Wanderstab auf dem unsicheren Grund nutzen würde, lehnte an der Reling.

Er war unschlüssig, ob er seinen schweren Eichenschild mitnehmen sollte, oder ob er nur unnötiger Ballast war. Keiner wusste, was ihn dort draußen im Tangmeer erwartete. Wahrscheinlich würde er kämpfen müssen. Es war besser, auf alles vorbereitet zu sein. Langsam wäre er auf dem schweren Grund ohnehin. Und sollte sich der Schild als unnütz erweisen, konnte er ihn immer noch zurücklassen.

Lächelnd betrachtete er den stilisierten Keilerkopf, der weiß auf rotem Grund gemalt war. Er dachte an die Geschichten, die sein Vater über seine Plünderfahrten erzählt hatte. Wie sehr hatte er sich als kleiner Junge gewünscht, auch auf Abenteuerfahrt in die Fremde zu gehen.

Tjorne blickte auf das dunkle Tangmeer. Ab und an zeigten sich fahlgelbe Lichter. Zu Fackeln oder Laternen gehörten sie ganz gewiss nicht. Einmal hatte er einen lang gezogenen Schrei gehört. Einen Schrei, als sei eine Seele aus einem Leib gerissen worden.

Ganz sicher war sein Vater nie an einem Ort gewesen, der so fremd wie dieses verfluchte Totenmeer war.

Zidaine hatte verkündet, dass sie zur Mittagsstunde mit der Jagd auf ihn beginnen würde. Mitternacht war jetzt noch nicht lange verstrichen, wenn ihn sein Zeitgefühl nicht trog. Der Nebel über dem Sargassomeer war noch dichter geworden. Der Sternenhimmel lag hinter dem wogenden Dunst verborgen. Es wäre gut, einen ordentlichen Vorsprung vor ihr zu haben.

Die *Zwillingsmord* lag an einem Wrack vertäut, von dem kaum mehr als ein paar morsche Spanten geblieben waren. Doch sie steckten tief verwurzelt im Tang. Das Meer unter ihnen war bodenlos tief. Sie hatten versucht zu ankern. Die Trossen waren bis zum Ende abgelaufen, ohne dass die schweren Steinanker mit den beiden langen Eisendornen Halt gefunden hätten. Und auch im Tang gab ihnen nichts Halt.

Nur die grauen Spanten erhoben sich unverrückbar in dieser Einöde, die nicht Meer, aber auch nicht Land war.

Ein Geräusch ließ Tjorne erschrocken herumfahren.

Eine Blendlaterne öffnete sich. Das gelbe Licht fiel auf das sonnenverbrannte Gesicht Eimnirs, der Wache hatte. »Du gehst, jetzt, mitten in der Nacht?«

Tjorne schloss den Rucksack. Er nickte nur stumm.

»Ich finde Beorns Urteil falsch. Ganz gleich, was du getan hast, du bist Thorwaler. Obwohl du nur aus Stainakr kommst, solltest du ihm näherstehen als diese falsche Schlange, die er in sein Bett geholt hat.«

»Ich hätte nicht ...« Tjorne stieß einen tiefen Seufzer aus. Es half nichts, über die Vergangenheit zu sprechen. Vielleicht konnte wirklich nur ihrer aller Tod aus der Welt schaffen, was damals in der Höhle bei den Klippen geschehen war. Vielleicht genügte nicht einmal das.

»Du darfst dich nicht einfach aufgeben!«, bedrängte ihn Eimnir. »Ein Spann Stahl zwischen die Rippen bringt auch diese Schlampe um. Lauere ihr auf. Sie wird über ihren Hochmut stolpern, so wie beim Holmgang. Beim nächsten Mal darfst du nicht zögern.«

Tjorne nickte ein weiteres Mal. Er wusste nicht, ob er erneut zögern würde. Aber kampflos aufgeben würde er nicht!

Eimnir griff sich unter die schmuddelige Tunika und holte einen vom Schweiß schwarz gewordenen Lederriemen hervor, von dem ein Kupferamulett hing. Eine unregelmäßige Münze, in die ein Auge geprägt war.

»Mein Oheim lebt am Sumpf bei Svegan. Der kennt sich mit

Geistern aus. Sie können dir nichts tun, solange du das Amulett trägst.«

»Danke.« Tjorne war berührt. Eimnirs Einstellung zu dem, was er getan hatte, war ihm unangenehm. Er hatte allerdings nicht damit gerechnet, dass jemand so deutlich auf seiner Seite stand.

Er legte das Amulett um und packte Eimnirs Handgelenk im Kriegergruß. »Wir werden uns wiedersehen.«

»In Swafnirs Hallen vielleicht«, klang eine vertraute, eisige Stimme aus dem Nebel.

Eimnir griff nach der Axt an seinem Gürtel.

Tjorne fuhr ihm in den Arm. »Nicht! Sie steht unter dem Schutz des Blenders.«

»Den brauche ich nicht.« Zidaine trat aus dem Nebel. Langsam legte sie die Rechte auf den Griff ihres Rapiers. »Das ist Schutz genug für mich!« Sie bedachte Tjorne mit einem vernichtenden Blick. »Ich bin kein kleines Mädchen mehr. Aber das hast du ja schon in Festum bemerkt.«

Tjorne kämpfte gegen den eisigen Schrecken an, den ihre Worte und ihre Erscheinung auslösten. »Du wirst mich nicht mehr überraschen ...«, brachte er schließlich hervor. Er ärgerte sich darüber, dass ihm nichts Besseres einfiel. Es klang schwach. Nichtssagend. Es waren keine markigen Heldenworte.

»Dies ist nicht, wonach ich strebe, Tjorne«, entgegnete die Fechterin ruhig. »Ich will, dass du mich kommen siehst. Ich will, dass du in dem Bewusstsein stirbst, dass es nichts mehr gibt, in dem du mir überlegen bist. Noch nicht einmal ebenbürtig. Du bist eine schleimige Kröte. Du vergehst dich an Schwächeren. Dies wird bald für immer vorüber sein. Lauf hinaus in die Nacht. Ich folge dir, wenn die Sonne am höchsten steht. Und ganz gleich, wo du dich verkriechst, ich werde dich finden und zur Rechenschaft ziehen. Das ist die einzige Gewissheit, die es noch in deinem Leben gibt.«

Tjorne legte die Rechte auf die Axt an seinem Gürtel. Nicht um ihr zu drohen, sondern damit sie nicht sah, wie ihre Worte wirkten und seine Hand zitterte. »Hochmut ist deine größte Schwäche, Zidaine. Darüber wirst du stürzen. Und dieses Mal werde ich nicht zögern, wenn du vor mir am Boden liegst.«

»Ich würde zu gern sehen, wie du ihr deine Axt in die Fresse schlägst«, bemerkte Eimnir.

»Willst du mich zur Feindin haben?« Zidaine würdigte den rothaarigen Recken nicht einmal eines Blickes. Sie sah unverwandt Tjorne an.

»Alles ist gesagt«, murmelte er.

»Nimm die.« Eimnir hielt ihm die Laterne hin.

Tjorne nahm sie und nickte Eimnir noch einmal zu. Dann griff er nach dem Seil, das über die Bordwand hing, und stieg hinab.

Das Sargassomeer begrüßte ihn mit einem Schmatzen, als seine nackten Füße bis über die Knöchel in kaltem, halb verfaulten Tang versanken. Im Südosten hatte Tjorne im Abendlicht ein großes Schiff gesehen. Das würde sein erstes Ziel sein.

Die Nebelschwaden machten es schwer, Himmelsrichtungen abzuschätzen. Aber er konnte es sich nicht leisten, darauf zu warten, dass sie sich auflösten. Er musste Abstand zu Zidaine gewinnen, und das schnell!

»Frauenschänder?«

Erschrocken drehte Tjorne sich um. Die Stimme war unverwechselbar. Heiliger Zorn lag in dem abfälligen Wort.

Eine Gestalt löste sich aus dem Schatten des hohen Rumpfs der *Zwillingsmond*. Auch Lenya war gekommen, ihn zu verabschieden.

»Ich bereue ...«, begann er.

»Das ist mir egal!«, unterbrach sie ihn brüsk. Für eine Geweihte der Göttin des Herdfeuers hatte sie sich in den letzten beiden Tagen als sehr wenig langmütig erwiesen. »Ich habe dein Gespräch mit Eimnir mit angehört.«

»Ja?«

»Er hat recht. Es gibt viele Geister hier im Totenmeer. Ich kann ihre rastlosen Seelen spüren. Dort vorne ...« Sie deutete nach links zu einer Nebelbank. »Dort ist ein Maraskaner. Ilgoran hieß er zu Lebzeiten. Er bereut, dass er seinen Sohn am Tag vor seiner letzten Reise verprügelt hat, weil er vor der Zeit von den Marasfladen für das Abschiedsmahl genascht hatte.« Sie lachte. »Erstaunlich, welches Gewicht solche Kleinigkeiten bekommen, wenn der Tod ins Spiel kommt.«

Tjorne konnte im Nebel nichts erkennen. Dennoch hatte er ein Gefühl, als berührte ihn eine eisige Hand im Nacken. »Warum sagst du mir das?«

»Es sind wirklich viele Geister hier. Sehr unterschiedliche ...« Lenya blickte ihn an. »Darf ich dein Amulett sehen?«

Vielleicht würde sie es segnen. Er holte es unter seinem Hemd hervor.

Die Geweihte trat so dicht an ihn heran, dass er ihren Atem am Hals spürte. Sie nahm das Amulett in die Hand, ohne den Lederriemen über seinen Kopf zu streifen. »Billige Arbeit«, murmelte sie. »Ihm wohnt keine Magie inne. Es wurde nicht einmal ein Segen darüber gesprochen. Das Ding ist nichts wert.«

»Aber ...«, begann Tjorne.

»Geister sind eigentlich harmlos. Die meisten haben keinerlei Macht über Menschen.«

Er atmete erleichtert aus.

»Es sei denn, man fürchtet sie. Angst lockt sie, so wie Blut den Hai anlockt. Angst öffnet dich für sie.«

Wieder überlief ihn ein eisiger Schauder. »Warum sagst du das?«

»Denk einmal darüber nach, Tjorne.« Lenya lächelte ihn an. An ihr war nichts mehr von der Milde, die man von einer Geweihten erwarten sollte und mit der sie ihm in Festum noch begegnet war. »Ich bin mir sicher, du wirst es noch erraten.«

Mit diesen Worten wandte sie sich von ihm ab, griff nach dem Seil, das von der Reling herabhing, und kletterte an Bord der *Zwillingsmond*.

2   DER ATEM DES TOTENMEERS

Nahe der Zedrakke Boronsstolz, Verdichtungsgebiet des Sargassomeers, erster Tag im Kornmond

Da war doch ein Geräusch gewesen! Tjorne Warulfson verharrte reglos, lauschte in den Nebel.

Ein Gluckern wie von Blasen, die im Wasser aufstiegen, war ganz in der Nähe zu hören. Aber nicht das schwerfällige Klatschen von Schritten.

Keinen Herzschlag lang war es hier still. Ein Geräusch wie von Wellen klang von Westen. Vielleicht eine Täuschung?

Ab und an zerteilte eine plötzliche Bö die Nebelschleier, die dicht über dem Tang zogen. Manchmal war auch das Singen des Winds in einer Takelage irgendwo vor ihm zu vernehmen. Allerdings war er sich längst nicht mehr sicher, ob er in Richtung des Schiffswracks ging, das er bei Sonnenuntergang gesehen hatte.

Immer wieder musste er die Richtung ändern, um einen Pfad durch den Tang zu finden. Mehr als einmal war er bis über die Hüften im brackigen Wasser versunken und hatte sich nur mit Mühe wieder freikämpfen können. Er war vorsichtig geworden, stocherte mit dem stumpfen Ende des Speers im Seetang herum, um zu prüfen, ob der unsichere Grund ihn tragen würde. Obwohl es sich mit Einbruch der Nacht abgekühlt hatte, war er in Schweiß gebadet.

Wann immer Wind über das Tangmeer strich, fühlte es sich an, als tasteten eisige Finger nach ihm. Sie krochen unter seinen Rucksack, berührten seinen Nacken, streichelten seine Stirn.

Da war wieder dieses Platschen. Folgte Zidaine ihm doch schon? Hatte sie nicht Wort gehalten? Dieser falschen Schlange zu trauen wäre ein Fehler.

Tjorne war sich ganz sicher, dass die Fechterin nur deshalb in Phileassons Ottajasko gewechselt war, um ihm nachzustellen. Und wahrscheinlich auch Tylstyr, dem arglosen Tropf, dem sie den Kopf verdreht hatte.

Er war nicht mehr wütend auf seinen Jugendfreund. Sie war eine schöne Frau geworden, und Tylstyr war immer schon etwas weltfremd gewesen. Ein Zauberer eben. Bei der Erinnerung an ihre gemeinsamen Jugendabenteuer lächelte Tjorne. Ausflüge in die Klippen, Bootsfahrten ... Tylstyr hatte sich oft erschütternd ungelenk angestellt. Aber er war immer ein treuer Freund gewesen. Dass sich das geändert hatte, konnte nur am Gift von Zidaines Worten liegen.

Tjorne war sich ganz sicher, dass sie auch Tylstyr den Krebsen überlassen würde, wenn sie ihn in die Finger bekäme. Er kämpfte hier nicht nur für sich allein. Er würde auch das Leben seines ältesten Freunds retten, wenn er Zidaine besiegte. Und besiegen konnte nur heißen, dass er sie töten musste. Mit ihr war nicht mehr zu reden! Kein noch so hohes Thurgold würde sie dazu bringen, das alte Unrecht als abgegolten zu betrachten. Nur ihr Tod konnte sie aufhalten!

Ein unheimliches Raunen klang durch den Nebel, fast wie flüsternde Stimmen. Aus welcher Richtung es kam, vermochte er nicht zu schätzen. Von dem Schiff?

Oder war er etwa im Kreis gelaufen? Näherte er sich wieder der *Zwillingsmond*?

Er durfte sich nicht der Angst überlassen! Lenya war unmissverständlich gewesen, was dann passieren würde.

Tjorne rammte den Speer in den Grund vor sich. Zäh genug, befand er und machte einen vorsichtigen Schritt voran. Da war es wieder, dieses Raunen. Oder war es doch eher ein Schluchzen? Er verharrte. Lauschte.

Jetzt war es still, bis auf das leise Glucksen, das zwischen dem Tang aufstieg.

Irrte er sich, wenn er glaubte, dass es vorüber sei, wenn er Zidaine tötete? Würde ihr Geist an diesem Ort keine Ruhe finden und ihn weiter verfolgen? Und was konnten Geister ihm antun, außer ihm Angst einzujagen?

Links von ihm war wieder eines der unheimlichen, fahlgelben Lichter im Nebel zu sehen. Vielleicht hundert Schritt entfernt. Es bewegte sich dicht über dem Tang, als würde dort jemand kriechen und dabei mit letzter Kraft eine Blendlaterne hochhalten.

Tjorne biss sich auf die Lippen. Fast hätte er gerufen! Da könnte er sich dann auch gleich hinsetzen und auf Zidaine warten.

Wieder stocherte er mit dem Speer, machte ein paar Schritte vorwärts, bis es sich anfühlte, als würde er den Holzschaft in eine zähe, abgestandene Erbsensuppe eintauchen. Er wich zur Seite aus und fand festeren Grund.

Wenn er in so ein Loch trat, würde er darin versinken, ohne die geringste Spur zu hinterlassen. Zidaine würde ihn niemals finden. Sie könnte endlos über dieses verfluchte Totenmeer irren ... Aber würde seine Seele zu Swafnir finden? Was lag unter dem Tang? Gewiss nicht die klaren Tiefen, durch die der Gottwal glitt. Das Gift des Tangmeers sickerte sicher auch nach unten. Dort war eine dunkle Kloake. Ein Abgrund, in dem Hranngar, die große Schlange, lauerte. Die ewige Feindin Swafnirs.

Tjorne stellte sich vor, wie er in ihr weit aufgerissenes Maul stürzte, wenn er hier versank. Namenlose Angst überkam ihn. Er wäre ausgelöscht, als hätte es ihn nie gegeben. Selbst in Zidaines Hände zu fallen konnte nicht so schrecklich sein. Sie würde ihn martern ... Aber wenn er sie tapfer überstand, würden diese Qualen seine Seele läutern. Der Schreckenswinter in Stainakr wäre für immer getilgt, und er würde einen Platz im Schildwall Swafnirs bekommen.

Sein Speer stieß wieder in zähen Brei. Tjorne wich zurück. Sein Fuß glitt ab. Da war plötzlich kein Grund mehr. Er warf sich zur Seite. Schmatzend umarmte ihn der Seetang. Er schrie auf, etwas Bitteres spritzte in seinen Mund. Er hustete, spie. Speichel troff ihm von den Lippen, versickerte in den Bartstoppeln.

Verzweifelt schob er sich nach hinten.

Das Tangbrett, auf dem er lag, begann sich aufzulösen. Es zerfaserte unter ihm. Sein Speer sackte weg und verschwand in dem unsteten Grund.

Er rollte sich herum. Krabbelte auf allen vieren. Er schrie erneut. Vermochte seine Angst nicht mehr zu beherrschen.

Im Geiste sah er das weit aufgerissene Maul Hranngars, dort irgendwo unter ihm. Die Schlange wartete. Sie spürte, dass er hier war.

Schmatzend versanken seine Hände und Knie in dem Schlamm aus fauligem Tang. Seine Finger fanden keinen Halt. Er ließ sich nach vorne kippen.

Sein Oberkörper klatschte in den Schlamm. Wie eine Robbe kämpfte er sich vorwärts.

Der bittere Geschmack füllte seinen Mund aus. Er spuckte, schrie erneut, kämpfte sich vorwärts, klatschte in den Schlamm und schluckte schwarze Bitternis.

Immer und immer wieder wiederholte er das. Warf sich vorwärts, stemmte sich auf den Armen hoch. Warf sich vorwärts ... getrieben von der Angst, ohne Spur aus dieser Welt zu verschwinden.

Endlich drohte der Boden ihn nicht mehr zu verschlingen. Erschöpft keuchend lag er lang hingestreckt, über und über mit dem Schleim verrottenden Tangs bedeckt.

»Hilf mir ...«

Die Stimme war leise.

Tjorne blickte auf. Da war eine Frau! Neben ihr stand eine Laterne, in der ein fahlgelbes Licht brannte. Sie trug ein weißes Gewand, das mit prächtigen, roten Blüten bedruckt war. Ihre Frisur war kunstvoll hochgesteckt. Ein Kamm, von dem Perlenschnüre hingen, ragte aus ihrem rabenschwarzen Haar. Solche Frauen hatte er auf Maraskan gesehen. Ihr Gesicht war leichenblass, die schwarzen Augen auf Tjorne gerichtet.

Sie wiegte ein Bündel in ihren Armen. Tjorne sah zerzaustes schwarzes Haar zwischen Seidentüchern.

Sie hielt den linken Arm über den Mund des Kleinkinds. Blut troff von ihrem Handgelenk.

»Hilf mir ...«, flehte sie schwach. »Mein Sohn muss trinken. Ich habe bald nichts mehr, ich ...«

Hinter ihr erhob sich in dunklem Rot ein Schiffsrumpf.

»Hilf mir ...«

Tjorne stemmte sich hoch. Er tastete nach dem Wasserschlauch. Der war unversehrt. Seine Axt noch in seinem Gürtel. Der Rucksack saß schief. Er ruckte die Trageriemen zurecht.

»Ich habe Wasser.« Immer noch war sein Mund voll gallebitterem Algenschleim.

»Schnell! Er stirbt!«

Vorsichtig tastete Tjorne mit seinem rechten Fuß voraus. Der Untergrund fühlte sich halbwegs sicher an.

Aus dem Bündel in den Armen der Frau ertönte ein leises Röcheln.

»Schnell!«, drängte die Maraskanerin.

Tjorne stürmte vor. Zwei Schritt. Fünf. Im letzten Augenblick sah er das dunkle Glitzern von Wasser unmittelbar vor der Frau. Das fahle Licht brach sich darin.

Der Boden unter seinen Füßen gab nach.

Er warf sich zurück, landete in der kalten Umarmung des Tangs. Sein Rucksack zog ihn nach hinten.

Er schob sich weiter zurück.

Jetzt war der Grund wieder fester.

Die Frau war verschwunden. Nur ein blassgelbes Licht lohte neben dem Schiffsrumpf. Einen Herzschlag lang. Tjorne sah ein Tau herabhängen, dann verschwand das Leuchten.

Verzweifelt tastete er nach der Laterne, die Eimnir ihm gegeben hatte. Er hatte sie seitlich am Rucksack befestigt, aber sie war nicht mehr da.

Keuchend kämpfte Tjorne gegen seine Panik an. Er dachte an Lenyas Worte. Er durfte keine Angst haben! Er wollte die Geister nicht auch noch anlocken.

Vorsichtig, auf allen vieren, arbeitete er sich in Richtung des Schiffs. Er brauchte festen Boden unter den Füßen. Einen sicheren Platz zum Schlafen. Den verdammten Tang konnte er nicht länger ertragen!

Er ertastete das lackierte Holz des Rumpfs, richtete sich halb auf. Langsam ging er nach links. Es war so dunkel, dass er kaum die Hand vor Augen sehen konnte.

Er bekam das Seil zu packen. Mit einem Ruck prüfte er, ob es fest verknotet war. Dann zog er sich daran hinauf. An Bord des Schiffs würde er in Sicherheit sein!

Zedrakke Boronsstolz, Verdichtungsgebiet des Sargassomeers, erster Tag im Kornmond

Am Ende seiner Kräfte, zog sich Tjorne Warulfson über die Reling und blieb erschöpft auf dem Deck liegen. Er lauschte. Wo war die Wache? Sollte er einen Laut von sich geben? Er wollte die Schiffsbesatzung nicht überraschen. Wenn sie einen schleichenden Thorwaler mitten in der Nacht auf ihrem Schiff entdeckten, würde es gewiss kein gutes Ende mit ihm nehmen. Dazu war ihr Ruf als listenreiche Plünderfahrer zu verbreitet.

»Ist hier jemand?«, rief er schwach.

Nichts rührte sich.

Es war völlig finster. Unmöglich zu erkennen, auf was für einem Schiff er sich befand. Lauerten sie schon auf ihn? So lautstark, wie er durch den Tang gestapft war, konnten sie ihn keinesfalls überhört haben.

»Ich komme in Frieden!«, rief er nun lauter.

Stille.

Tjorne zog sich an der Reling hoch. Dass keine einzige Laterne an Deck brannte, war ungewöhnlich. Wo waren die alle?

»Ist hier jemand?«, versuchte er es noch einmal.

Niemand antwortete ihm.

Er tastete sich langsam vorwärts, bis er zu den Heckaufbauten gelangte. Das Schiff war viel größer als die *Zwillingsmond*. Er fand eine Treppe hinauf zum Achterdeck.

»Ist hier jemand?«, rief er erneut. Dort oben, beim Ruder, müsste ein Wachtposten stehen. Auch wenn sich das Schiff hier festgefahren hatte. Aber offenbar war das nicht der Fall, denn jeder Wachtposten hätte längst nach ihm sehen müssen.

Wind heulte in der Takelage. Nebel wogte in dichten Schwaden über das Deck. Wieder fühlte es sich an, als striche ihm eine eiskalte Hand über den Nacken. Hatten die Geister des Totenmeers die Besatzung geholt?

Er sollte Schutz suchen.

Statt die Treppe zu nehmen, tastete er sich an den Heckaufbauten entlang, bis er eine Tür fand. Sie knarrte widerspenstig, als er sie öffnete. Trockene Hitze schlug ihm entgegen. Und ein Hauch von ... irgendwelche Blüten mussten das sein! Ein Wohlgeruch? Besprühten sich maraskanische Kapitäne mit Duftwasser?

Tjorne trat ein und drückte die Tür mit der Schulter zu. Blind tastete er sich durch die Kajüte und fand einen großen Tisch, der unverrückbar auf dem Deck verankert war. Seine Hände glitten über das polierte Holz. Er ertastete etwas Ledernes. Ein Buch? Dann hatte er wenigstens etwas, womit er sich den Arsch abwischen könnte.

Schmunzelnd dachte er an Tylstyr. Sein Freund würde aufschreien, wenn er Zeuge eines solchen Verbrechens an einem Band voller wirren Geschreibsels würde. Na ja ... Vermutlich erzählte das Buch eine Geschichte. Tjorne hatte davon gehört, dass es bei Kauffahrern häufig vorkam, dass die Ereignisse eines jeden Tages in ein Buch eingetragen wurden. Wahrscheinlich stand dort, warum das Schiff verlassen war. Aber das nützte ihm nichts, dachte Tjorne. Er hatte sich im Gegensatz zu Tylstyr stets den handfesten, den nützlichen Dingen gewidmet. Lesen und Schreiben hatte er nie gelernt.

Tjorne tastete sich um den Tisch herum. Etwas streifte seinen Kopf. Er zuckte zusammen. Dann griff er nach oben und ertastete eine Blendlaterne. Vorsichtig öffnete er das Türchen und nahm den Docht zwischen Daumen und Zeigefinger. Er war ölig.

Unendlich erleichtert hantierte Tjorne so lange, bis es ihm gelang, die Laterne von der Decke zu nehmen. Dann legte er den Rucksack ab und wühlte darin herum, bis er Feuerstein und Stahl fand.

Voller Enthusiasmus schlug er Funken aus dem Stein, bis einer ein winziges Flämmchen auf dem Docht der Lampe erblühen ließ.

Licht!

Langsam wuchs die Flamme an und schälte die Kajüte aus der Finsternis. Ein ungewöhnlich breites Bett stand neben Tjorne an der Wand. Es war ordentlich gemacht, eine schön bestickte Decke darübergebreitet.

Zwei Stühle waren neben dem Tisch fest mit dem Boden verbunden. Die Kajütenwand, die dem Bett gegenüberlag, war bemalt. Das Bild zeigte einen Fluss, den hohes Schilf säumte. Silbergraue Reiher staksten durch das Röhricht. Hinter ihnen erhob sich eine glutrote Sonne zwischen sanften Hügeln, von denen einer von einem weißen Turm gekrönt wurde.

Tjorne schüttelte den Kopf. Das musste wohl ein Kapitän mit argem Heimweh gewesen sein. Wer malte sich ein Bild auf eine Kajütenwand? Und dann noch so eins, ganz ohne Schiffe und Meer!

Er tastete über das Bett. Angenehm weich.

Sein Blick schweifte durch die Kajüte. Unter einem Deckenbalken war ein Regalbrett angebracht. Es war leer. Ebenso wie ein zweites Regal mit rautenförmigen Fächern, in denen man wohl Karten verwahrt hätte.

Tjorne sah zur Tür hinüber. Es gab hier nichts, um sie zu verbarrikadieren. Die Stühle hätte er mit der Axt vom Deck trennen müssen.

Das Buch! Es war in aufdringlich rotes Leder gebunden. Heute Nacht würde es ihm nützliche Dienste erweisen.

Er ging zur Tür, öffnete sie einen Spalt, gerade so weit, bis man ein wenig Kraft aufwenden musste, um sie weiter aufzuschieben. Dann stellte er das Buch oben auf das Türblatt, sodass es gegen den Sturz lehnte. Wer versuchte, hier hereinzukommen, dem würde erst einmal der dicke Lederband auf den Kopf fallen.

Zufrieden mit der Falle setzte sich Tjorne auf das Bett. Er fühlte sich halbwegs sicher. Und mit diesem Gefühl überkam ihn bleierne Müdigkeit.

Er blies das Licht aus und ließ sich auf das Bett sinken. Morgen würde er die Blendlaterne mitnehmen, dachte er noch.

Schon an der Grenze zum Schlaf hörte er ein Geräusch. Etwas kratzte über Holz. Leise.

Ratten, dachte Tjorne. Auf so großen Schiffen gab es sie immer. Und dass die Nager, anders als die Besatzung, nicht geflohen waren, fand er irgendwie beruhigend.

Beskan,
erster Tag im Kornmond

»Baum fällt!«, rief Ohm Follker.

Tylstyr Hagridson führte noch einen letzten Axthieb gegen den sich bereits neigenden Stamm, bevor er zurücksprang. Es tat ihm gut, auf etwas einzuschlagen, seine Kraft zu spüren und den Widerstand, wenn das Blatt auftraf. Das Bäumefällen war eine Tätigkeit, bei der man sich konzentrieren musste, sodass das Grübeln verging. Für einen Moment trat die Frage, wo sich Zidaine befinden und wie es ihr ergehen mochte, in den Hintergrund.

Krachend fiel der Stamm zwischen die niedrigeren Bäume, wobei er einige Äste abbrach und mehrere Büsche zermalmte. Die zehn maraskanischen Piraten, die die Thorwaler begleiteten, waren mit ihrer schreiend bunten Kleidung leicht im Grün des Waldes auszumachen. Was man wohl an der Schule der Hellsicht zu einem solchen Aufzug gesagt hätte? Schmunzelnd erinnerte sich

Tylstyr daran, dass man Meister Eddrik dort mit mildem Spott als Gecken getadelt hatte.

Ohm Follker besah sich die helle Bruchfläche. Trotz seiner Länge durchmaß der Stamm nur knapp zwei Handspannen. Aber sie brauchten ja auch keinen Mast, sondern Planken, um die *Stern von Silz* auszubessern. An einigen Stellen war der Rumpf eingedrückt, und die Käfer der Insel setzten ihm zu, seit das Schiff auf dem Strand lag.

»Es wäre besser, wenn das Holz einen Mond trocknen könnte«, meinte Chm. »Aber es wird schon reichen, um zu diesem Tangfeld und zurück zu kommen.«

Asleif Phileasson legte seine Axt auf der Schulter ab. »Ein halbes Dutzend von solchen Stämmen, und wir haben genug Planken, um mir auch noch eine prächtige Kapitänskajüte zu zimmern!«

Ohm schnaubte. »Das könnte dir so passen! Seit deinem Plausch mit Stoerrebrandt träumst du wohl davon, ein bornländischer Pfeffersack zu werden.«

»Dazu fehlt mir noch die Wampe.« Phileasson schlug sich auf den Bauch.

»Jetzt, wo du davon sprichst, bekomme ich Hunger.« Phileasson sah zum Himmel auf, an dem einige zerrissene Wolken standen. »Es ist zwar noch etwas früh für eine Rast – aber warum nicht?«

»Nur noch eine Meile in dieser Richtung.« Nasbirat mit dem traurigen Gesicht zeigte nach Nordwesten, wo das Gelände anstieg. »Dort stehen die besten Bäume.«

»Die will ich mir erst selbst ansehen«, brummte Ohm. »Traue meiner eigenen Schiffbaukunst mehr als der von Leuten, die ihre Hütten aus Bambus zimmern.«

»Gar nicht mehr weit«, bekräftigte Nasbirat.

Ihr braunrotes Lockenhaar klebte an ihrem Kopf. Sie schwitzte mehr, als nötig gewesen wäre, weil sie sich wie alle Piraten mit einem ganzen Waffenarsenal abschleppte. Gleich zwei Säbel hingen an ihrer Hüfte, ein Messer steckte im linken Stiefelschaft und ein Wurfbeil in ihrem Gürtel.

Auch die Gefährten waren gut bewaffnet. Phileasson hatte sein Breitschwert Fejris ja nun doch nicht verloren, und die Piraten hatten wohl im Verkauf von Waffen eine Möglichkeit gesehen, einen Teil des Spieleinsatzes zurückzuerhalten. Deswegen hatte nun auch der Foggwulf zusätzlich zu Schwert und Wurfbeil eine kleine Axt dabei, Ohm besaß einige neue Dolche, Irulla gleich zwei Speere, und selbst Tylstyr hatte sich ein Beil und ein gebogenes Messer aufnötigen lassen. Das hatte ihm wenigstens den Kriegsdiskus erspart, und am Ende der Diskussion war sogar noch etwas vom Abendessen übrig gewesen. Hinzu kamen noch die großen Holzfälleräxte. Zidaines Dolch hatte er allerdings bei Vascal in der Piratensiedlung gelassen.

Das Buch, in dem er für Cellyana seine Erkenntnisse über Elfen aufschrieb, hatte er jedoch dabei. Er trug es jetzt in einer innen eingenähten Tasche seiner Robe über dem Herzen. Wenn er las, was er bereits geschrieben hatte, förderte das die Regeneration seiner magischen Kräfte. Ein rätselhafter Effekt, dessen Ursache er noch nicht ergründet hatte.

»Wer schwer arbeitet, muss auch ordentlich essen«, verkündete der Drachenführer und setzte sich ins Gras.

Enttäuscht sah Nasbirat ihn an.

»Wenn ihr euch noch betätigen wollt, könnt ihr schon einmal die Äste vom Stamm entfernen«, schlug Phileasson vor.

Sie kaute auf ihrer Unterlippe, während sie den gefällten Baum betrachtete. Schließlich sah sie wohl ein, dass sie den Drachenführer nicht dazu bewegen könnte, den Weg in den Wald sofort fortzusetzen, und ging zu ihren Leuten.

Tylstyr legte die Axt auf den Boden und ließ sich ebenfalls nieder.

Irulla und Ohm brachten die in Palmblätter eingeschlagene Wegzehrung.

Als fünftes Mitglied der Ottajasko hatte sich auch Galandel deren-Lied-verklingt dem Holzfällertrupp angeschlossen. Sie gab Tylstyr den Zauberstab zurück, den sie gehalten hatte, solange er mit der Axt hantiert hatte.

An der Hand war von der Verletzung der Elfe nichts mehr zu erkennen, der Heilgesang wirkte zuverlässig. Aber den Blutfleck auf dem weißen Wildledergewand hatte auch das Salzwasser nicht vollständig ausgewaschen. Er war zu einem rosafarbenen Hauch geworden.

»Stört es dich, dass ich euch begleite?«, fragte Galandel.

»Nein, warum, ich ...«

Da sie stand und er saß, musste Tylstyr nach oben schauen, um in ihre großen Elfenaugen zu blicken. Er versuchte, sich zu erinnern, wann das smaragdartige Glitzern aus deren Grün gewichen war. Als er sie das erste Mal gesehen hatte, auf der Insel der Schneeschrate, war es ihm aufgefallen. Ein Glanz wie von Edelsteinen. Jetzt erinnerten die Iriden an Moos.

»Ich bin nur etwas überrascht. Dass wir Thorwaler«, seine Geste fing Irulla, Ohm und Phileasson ein, »uns für das Ausbessern eines Schiffs interessieren, liegt uns im Blut. Aber du ... ich dachte, du würdest dich lieber um die Vorräte kümmern.«

»Ich mag die Kraft, den Schwung, der euch ständig vorwärtstreibt«, sagte Galandel. »Ihr Thorwaler seid so ... lebendig.«

Tylstyr versuchte, in ihrem ebenmäßigen Gesicht zu erkennen, ob sie einen Scherz machte.

»Ich bin noch nicht tot«, stellte sie fest.

»Das habe ich auch nicht gesagt«, beteuerte Tylstyr.

»Niemand hat das gesagt«, pflichtete Ohm ihm bei.

Lastendes Schweigen senkte sich auf die Gruppe. Das Geplapper der Maraskaner, die damit begannen, den Baum zu ertasten, klang fern.

»Wieso seid ihr so betroffen?«, erkundigte sich Galandel. »Ich spreche doch nur das Offensichtliche aus. Ich sterbe, aber noch bin ich nicht tot. Und ich freue mich, wenn ihr mich an eurem Leben teilhaben lasst.«

Irulla zerriss eines der Pakete und hielt es Galandel hin. »Setz dich. Der Tod kommt zu den Satten und zu den Hungrigen. Satt sein ist besser.«

Tylstyr hatte gelernt, maraskanische Speisen mit Vorsicht zu genießen. Er nahm sich ein rundes Stück Brot, das meist harmlos war. Anders als wenn Shaya buk, war es kein dicker und luftiger Fladen, sondern eine platte Scheibe. Immerhin schmeckte es – für maraskanische Verhältnisse – nach gar nichts. Das half, die Schärfe oder, seltener, extreme Süße der Hauptspeise zu mildern. Anfangs hatte Tylstyr es mit Wasser versucht, was sich aber als Fehler herausgestellt hatte. Die Flüssigkeit verteilte die Schärfe bloß noch weiter, sodass sie den gesamten Rachen ausbrannte.

Die körnig rote Paste des Mahls, das Nasbirat für sie beschafft hatte, erfüllte sämtliche Befürchtungen, was die Schärfe anging. In Thorwal benutzte man Gewürze, um das Fleisch abzuschmecken. Auf Maraskan verhielt es sich umgekehrt. Eher widerwillig tat man Fleisch oder Gemüse in den Topf, um etwas zu haben, das als Lastkahn für die reichhaltige Gewürzladung diente, auf die es eigentlich ankam.

Behutsam tunkte Tylstyr das Brot in die Paste, biss ab und kaute gründlich. Immerhin schmeckte er inzwischen mehr als nur ein indifferentes Brennen.

Die Perlen und Glasstücke, die an Lederschnüren an Galandels

Stab hingen, klingelten, als sie ihn ins Gras legte und sich setzte. Sie beeindruckte Tylstyr, indem sie ihre Hand wie eine Schaufel formte, sie in die Paste tauchte und sich einen dicken Ball davon in den Mund schob.

»Was ist eigentlich mit Lailath?«, fragte Phileasson. »Sie erscheint mir noch seltsamer als sonst, seit wir auf Beskan sind. Trägt sie einen Kummer mit sich herum?«

»Sie verbirgt etwas«, sagte Galandel. »Sie weigert sich, das Salasandra mit Salarin und mir zu singen.«

Tylstyr wusste, dass der gemeinsame Gesang die Elfen auf besondere Weise miteinander verband. Sie teilten ihre Gefühle, ihre Erfahrungen und Gedanken, jedenfalls bis zu einem gewissen Grad. Er überlegte, ob Lailath wohl davor zurückscheute, solcherart an Galandels Sterben teilzuhaben. Diese Vermutung behielt er für sich.

Je länger das Mahl andauerte, desto mehr interessierten sich auch die Käfer der Umgebung für die Speisen. Die meisten krabbelten zwischen den Gräsern und griffen sich die herabgefallenen Bröckchen. Unangenehm wurde es, als die fliegenden Heerscharen die Tafel entdeckten. Schnell schwirrten sie überall in der Luft, sodass Tylstyr sogar einen Brummer einatmete. Noch während er das fette Insekt aus der Nase schnäuzte, machten sich drei andere über das eingetunkte Brotstück her, das er in der Linken hielt. Auch durch heftiges Wedeln ließen sie sich nicht von ihrer Völlerei abhalten, er musste sie einzeln abklauben und zerdrücken. Das wiederum hatte zur Folge, dass ein Dutzend ihrer Kameraden zum Betrauern des plötzlichen Käfertods erschienen.

Tylstyr war ebenso froh wie Nasbirat, als der Weitermarsch anstand. Er rückte seine Ausrüstung zurecht. Die halb geleerte Wasserflasche fand ihren Platz neben dem gekrümmten Messer, die Axt legte er mit nach hinten gerichtetem Blatt über die Schulter.

»Frisch voran!«, rief Nasbirat munter. »Es ist nicht mehr weit bis zu den schönen Bäumen!«

Orkengriff wechselte von einem Dornenstrauch auf Irullas Hand. Sie setzte die Spinne auf ihre Schulter, beobachtete dabei aber ihre Führerin.

»Sie sucht den Tod«, meinte die Spinnenfrau.

Tylstyr beherrschte sich, um Galandel nicht anzuschauen. »Sei nicht immer so düster. Wir werden schon aufpassen. Heute wird uns kein Baum erschlagen.«

»Der Tod hat viele Gehilfen«, sagte Irulla. »Die Bäume gehören zu seinen geduldigsten, aber ...«

»Dann sollen sie sich noch etwas länger gedulden!«, unterbrach Tylstyr sie und schritt hinter Nasbirat her.

Die verfluchten Käfer schienen nicht glauben zu wollen, dass es bei ihm nichts Essbares mehr zu holen gab. Sie umschwirrten ihn in einer schillernden Wolke. Er wechselte den Zauberstab in die Rechte, um ihn und die Axt mit derselben Hand zu halten und die Linke zu benutzen, um zumindest ein paar von diesen Plagegeistern für ihre Frechheit zu bestrafen.

Irulla störte sich nicht an ihnen. Im Gegenteil, ein kugelrunder Käfer mit türkisfarbenem Panzer landete sogar in Orkengriffs Umarmung. Der Spinnenmann schien auch nach der Rast noch Appetit zu verspüren.

Verärgert wirbelte Tylstyr mit der freien Hand vor seinem Gesicht. Die Insekten waren wirklich eine Plage, und sie wurden immer zahlreicher! Vielleicht, wenn er seinen Hut abnähme ...

Ein lautes Keckern ließ ihn zusammenfahren.

Aus dem Buschwerk vor ihm brach etwas hervor. Zunächst erkannte er nur die Bewegung der Zweige und einen grauen Körper, der in Größe und Form einem Menschen ähnelte, aber unscharf definiert schien, als sei er von Rauch umwabert. Nahm hier ein

Dämon Gestalt an? Das Kreischen mochte zu einer Kreatur der Niederhöllen passen, und auch die Zähne, die er jetzt in dem weit aufgerissenen Maul ausmachte, gehörten einem Ungeheuer.

Der Schlag eines viel zu langen Arms traf Tylstyrs Brust. Er taumelte zurück. Ein weiterer Hieb nahte.

Ein Affe! Das war ein Affe mit grauem Fell, dessen Zotteln in der Bewegung flatterten.

Tylstyr duckte sich und deckte seinen Kopf. Der Zauberstab entfiel ihm, aber immerhin bekam er die Axt zwischen sich und das Biest. Der nächste Treffer hätte ihm auch diese beinahe entrissen.

Das Tier war nicht allein. Ringsum stürzten sich seine Gefährten auf die Gruppe. Ihr Keckern schmerzte in den Ohren, doch das war Tylstyrs geringste Sorge.

Mit einem weiten Rückwärtsschritt verschaffte er sich den Abstand, den er brauchte, um die Holzfälleraxt einzusetzen. Zum Zielen blieb keine Zeit, er schwang sie in einem Halbkreis von unten hinauf.

Das Blatt traf mit der stumpfen Seite. Das Biest jaulte auf und sprang zurück, was komisch aussah, beinahe, als hätte es sich setzen wollen und sich dabei an einem vorstehenden Nagel gestochen.

Aber Tylstyr war nicht zum Lachen zumute. Seine Brust schmerzte vom ersten Treffer, und der Affe fletschte schon wieder die Zähne. Er war zwei Schritt groß, und die Länge seiner Arme verschaffte ihm annähernd dieselbe Reichweite, die ein Axtkämpfer hatte. Wobei Tylstyr nur eine Axt führte, während der Affe beide Pranken einsetzte. Er ließ sie kreisen wie Windmühlenflügel und stapfte so auf den Thorwaler zu.

Ein schneller Blick verriet ihm, dass alle Gefährten in Kämpfe verwickelt waren. Phileassons Schwert trennte einen Arm ab, aber er musste sich bereits zweier weiterer Gegner erwehren. Ohm bildete mit mehreren Piraten einen Kreis, der sich nach außen hin verteidigte. Irulla schleuderte einen Speer. Tylstyr erkannte jedoch nicht, ob sie etwas traf.

Er packte die Axt mit beiden Händen und hielt sie so gut es ging in die Bahn der wirbelnden Arme. Auf diese Weise schützte er seinen Kopf, musste aber schmerzhafte Schläge auf die rechte Seite seines Brustkorbs und die Oberschenkel hinnehmen.

Kurz stellte der Affe die Attacken ein, um brüllend gegen seine eigene Brust zu trommeln.

Tylstyr fasste die Axt hinten am Stiel und schlug zu, als wollte er ein Scheit spalten. Aber er führte ein ungewohntes Werkzeug, keine Waffe. Allzu träge näherte sich das eiserne Blatt dem Affenschädel.

Das Tier sprang zur Seite und hieb ihm die Krallen in den Rücken.

Er zischte vor Schmerz.

Halbherzig brachte er die Axt herum, aber für Paraden war sie zu klobig. Tylstyr sah ein, dass er so nicht lange durchhielte. Er schleuderte die Axt gegen die Brust des Affen.

Sie prallte zwar ab, doch ihr Gewicht reichte aus, damit das Tier zurücktaumelte.

Er zog das kleine Beil aus dem Gürtel und warf es. Aber mit dieser Waffe war er ungeübt, sie verfehlte das Ziel und hätte beinahe Ohm Follker getroffen.

Rasch bückte sich der Magier und hob den Zauberstab auf. Damit war er wesentlich agiler, und durch die rituelle Behandlung war das Steineichenholz zudem unzerbrechlich. Er landete vier schnelle Treffer auf Kopf und Schultern, tänzelte zur Seite, um einen Gegenangriff ins Leere laufen zu lassen, und versetzte dem Biest einen Stoß gegen den Hinterkopf.

Es stolperte weiter, in einen Dornenbusch hinein, in dem sich das Zottelfell verfing. Es schrie wütend und riss sich herum. Die Lippen zitterten über den gelben Zähnen.

Tylstyrs Geist griff in die Matrix des Stabs. Flammen loderten aus seiner Spitze.

Immerhin schien das dem Affen ein wenig Respekt abzunötigen. Statt sofort wieder anzugreifen, rieb er seinen flachen Kopf.

Um Tylstyr herum tobte der Kampf jedoch weiter. Es wurde gestochen und geschrien, gejault und gerufen.

Ein Schrei übertönte den Lärm. Er kam von Horntriber, Nasbirats beleibtem Freund, der ihr beim Betrügen geholfen hatte. Er lag am Boden, ein Affe klammerte sich an seinen Rücken und verbiss sich in den linken Arm, wo er ohnehin bereits einen Verband trug.

Tylstyr stieß die rechte Hand mit gestrecktem Zeige- und Mittelfinger vor. »Ignifaxius Flammenstrahl!«

Eine Lichtlanze gleißte in den Pelz der Kreatur.

Kreischend ließ sie von ihrem Opfer ab und sprang mit rauchendem Fell davon.

Blut quoll aus Horntribers Wunde. Er schrie erbärmlich.

Tylstyr wandte sich wieder seinem eigenen Gegner zu. Er stellte sich ein Gitter vor, eine multidimensionale Matrix, die erneut den Flammenstrahl formen würde.

Der Affe machte jedoch keine Anstalten anzugreifen. Er schien unentschlossen und sah sich suchend um, wobei er mit dem Kopf pendelte.

Nun hörte auch Tylstyr die beiden Melodien von Galandels Zaubergesang. Die weißhaarige Elfe schritt zwischen den Kämpfenden umher. Ihren Stab benutzte sie wie auf einer Wanderung, und die gerade Klinge des Robbentöters steckte in der Scheide.

Der Blick des Affen ruckte kurz zu Tylstyr, dann kehrte er zu Galandel zurück. Die anderen Tiere verhielten sich ähnlich, sofern sie nicht unmittelbar in ein Handgemenge verwickelt waren. Eines hatte einen Ast dabei, den es wohl als Keule hatte verwenden wollen, jetzt aber fallen ließ.

»Lasst sie in Ruhe!«, rief Tylstyr. »Fort von den Affen!«

Phileasson hörte ihn, sicherte mit dem Schwert und machte ein paar Schritte von den beiden Tieren fort, auf die er eingedrungen war.

Sofort beruhigten sie sich. Sie fletschten nicht länger die Zähne. Eines stützte sich auf seinen Fäusten ab, das zweite schien verwirrt und zog sich zurück.

Ohm dagegen konnte sich nicht von dem Gegner lösen, in dessen Flanke bereits ein Dolch steckte. Er hieb ihm mit seiner kurzen Axt die Zehen vom linken Fuß, um sofort darauf einen weiteren Dolch in den bepelzten Leib zu stoßen. Dunkles Blut quoll über seine Faust.

»Hört auf!«, rief Tylstyr noch einmal. »Sie ziehen sich zurück, wenn ihr sie nicht bedrängt!«

Galandel sang weiter. Sie wirkte abwesend, als entgingen ihr das Schlachten und das Blut um sie herum. Der verblasste Fleck auf ihrem hellen Gewand erschien jetzt noch störender als zuvor.

Da nur noch wenige Affen kämpften, gewannen Phileassons Recken und die Piraten die Oberhand. Zweimal noch setzte Tylstyr den Ignifaxius ein, dann war es zu Ende. Die überlebenden Tiere zogen verwirrt ab, sieben Tote und ein paar abgetrennte Gliedmaßen ließen sie zurück.

Die Piraten hatten zahlreiche Kratz- und Bisswunden abbekommen, aber niemanden hatte es so schwer erwischt wie Horntriber. Wimmernd lag er auf dem Boden und tastete immer wieder nach der blutenden Wunde, doch seine Hand zuckte bei jeder Berührung zurück.

Nasbirat mit dem traurigen Gesicht hockte neben ihm. »Oh, was muss ich für hässliche Tage durchleiden!«, klagte sie. »Nun nehmen mir diese bruderlosen Kalekken auch noch meinen lieben Bruder!«

Phileasson riss ein Grasbüschel aus und reinigte die Schwertklinge vom Blut, damit sie nicht in der Scheide festklebte. »Wieso ›auch noch‹?«, erkundigte er sich gefährlich leise. »Ist noch jemand diesen Affen begegnet?«

»Etwa dein Liebster?«, fragte Ohm.

Weinend versuchte Nasbirat, die Wunde mit Streifen zu verbinden, die sie aus ihrer eigenen Kleidung schnitt. Mittlerweile lag Horntriber in einer dunklen Lache, sein Gesicht war bleich, und er zitterte.

»Das wird nicht reichen«, stellte Irulla fest. »Mit ein bisschen Tuch lässt sich der Tod nicht aussperren.«

Nasbirat schluchzte.

»Du wolltest uns benutzen, um deine Rache zu vollstrecken«, vermutete Phileasson. »Deswegen hast du uns so großzügig bewaffnet. Du dachtest, wir würden mit den Affen fertig, die deinen Liebsten getötet haben.«

»Wir finden seine Leiche nicht!«, klagte Nasbirat. »Wie sollen wir meinem Gralziber da die Ratschläge und Ermahnungen für sein nächstes Leben mit auf den Weg geben? Womöglich haben sie ihn sogar gefressen!«

»Viele Affen fressen Menschenfleisch«, stimmte Irulla zu.

Nasbirat beugte sich über Horntribers Gesicht. »Wir werden dich rächen, Bruderschwester!«, versprach sie, wobei ihre Silben auf maraskanische Weise ineinanderliefen. »Wir werden ihr Weibchen finden und es erschlagen, dann wird die ganze Affensippe aussterben! Und die Eier werden wir braten und mit Genuss verspeisen.«

»Sie fressen deinen Liebsten, und du isst ihre Kinder«, stellte Irulla fest. »Das ist nur gerecht.«

»Nein, es ist ungerecht.« Galandel sang nicht mehr. Sie wirkte träge, als sei sie gerade erwacht. »Ohne Einladung sind wir in das Gebiet dieser Affen eingedrungen. Auch die Schneeschrate werden wütend, wenn man ihre Insel betritt, ohne sich um ihre Sitten zu scheren. Wir sollten nicht hier sein.«

»Wir werden sie ausrotten!«, rief Nasbirat. »Alle! Aus dem Fell ihres Weibchens mache ich mir einen Teppich!«

Das Zaubern hatte Tylstyr erschöpft. Er war froh um den Ignifaxius, den er in der Matrix seines Zauberstabs abgelegt hatte, seine Notreserve, die er ohne weiteren Kraftaufwand freisetzen konnte. »Das wird ein stinkender Bettvorleger«, vermutete er träge.

»Gar nichts wird das!«, rief Phileasson barsch. »Es ist sinnlos, sich an Tieren zu rächen. Sie lernen nichts daraus, es wird diese Affen nicht abschrecken. Ein paar Monde, und eine andere Horde wird dieses Gebiet beanspruchen, und alles wird sein wie zuvor.«

»Nein!«, widersprach Nasbirat. »Gralzibers Mörder werden tot sein, um als stinkendes Gewürm wiedergeboren zu werden!«

»Von mir aus«, versetzte Phileasson. »Es ist deine Rache, nicht unsere. Wenn du sie mit deinen Leuten zu Ende bringen willst, dann tu das. Unsere Hilfe kannst du haben, um die Verletzten zu versorgen. Wenn ihr mit uns zurückkommt, wird Galandel einen Heilzauber für deinen Bruder singen. Aber nicht, wenn ihr den Affen nachsetzen wollt. Es wäre Verschwendung, ihn wiederherzustellen, nur damit er eine halbe Stunde später zerrissen wird.«

Ungläubig sah Nasbirat zu dem breitschultrigen Drachenführer hoch. »Aber ihr müsst uns doch beistehen.«

»Weshalb?«, fragte Tylstyr. »Ihr habt uns über eure Absichten im Unklaren gelassen.«

»Genug sind gestorben«, meinte Galandel.

Ohm Follker schob seine Dolche in die Scheiden. »Ich habe viele Freunde überlebt. Ich verstehe, dass du dich hilflos fühlst. Sie sind gegangen, und man kann nichts dagegen tun. Ihre Ruhmestaten mögen uns Anleitung sein, wenn wir an den Feuergruben davon erzählen. Aber Rache ...«

Er sah in den Wald, wo die Affen verschwunden waren. »Das ist ein dunkler Weg.«

»Das wohl«, flüsterte Tylstyr, doch niemand hörte ihn. Wo war Zidaine jetzt? Seit Boran war es ihm nicht mehr gelungen, durch ihre Augen zu blicken. Hatte sie Glück gefunden? Oder zumindest Frieden?

»Manchmal muss man den Weg der Rache gehen«, meinte Ohm düster. »Aber man ist selten froh, wenn man von ihm zurückkehrt. Am besten, man lässt die Ufer des Hasses hinter sich und sticht in See. Neue Küsten warten in den Wellen des Lebens.«

Nasbirat stand auf und zog den Rotz in ihrer Nase hoch. Sie musterte die Piraten, deren Kampfesmut augenscheinlich gelitten hatte. Die Maraskaner ließen sich Zeit damit, ihre Schrammen zu verbinden.

Sie sah zu Horntriber hinab. »Könnt ihr ihn wirklich retten?«

Phileasson spie vor Nasbirat aus. »Versuche deine Kunst, Galandel. Und dann schlagen wir unser Holz in der Nähe der Bucht.«

Zedrakke Boronsstolz, *Verdichtungsgebiet des Sargassomeers,
erster Tag im Kornmond*

Zidaine Barazklah blickte über die Schulter. Gerade eben noch konnte sie die Ottajasko am Horizont sehen. Die anderen kamen auf dem trügerischen Grund nur langsam vorwärts. Vor allem Eilif Sigridsdottir hatte Probleme. Die Hünin war zu schwer. Sie versank an Stellen, die Zidaine überqueren konnte, ohne tiefer als bis zu den Knöcheln im Schlick aus verfaulendem Schlamm zu stehen. Die alle um wenigstens eine Handbreite überragende Kriegerin hielt die ganze Mannschaft auf. Und dennoch wollte Beorn Asgrimmson sie nicht zurücklassen.

Zidaine zuckte mit den Achseln. Ihr war es nur recht, wenn sie hier allein war. Sie betrachtete das Seil, das von der Reling der Zedrakke herabhing. Der stolze Viermaster sah noch gut aus. Sein Holz war nicht verfault, keiner der Masten abgeknickt. Wahrscheinlich lag das Schiff noch nicht lange im Sargassomeer gefangen.

Die Fechterin tastete über die Tangflecken auf dem Hanfseil. Unter der getrockneten Kruste gab es noch leicht feuchte Stellen. Hier war jemand hinaufgeklettert. Das konnte nur einer gewesen sein.

Sie spähte den Schiffsrumpf hinauf. Viel sah sie nicht. In dem Augenblick, als sie versuchte, über die Reling zu klettern, wäre sie so gut wie wehrlos. Wenn Tjorne dort oben lauerte, hätte er leichtes Spiel mit ihr.

Sie zog am Seil. Machte Geräusche, als würde sie klettern. Nichts regte sich.

»Stärke mich, Blakharaz, Herr der Rache«, flüsterte sie leise. »Lass mich deinen Willen vollstrecken.«

Zidaine legte die zweite Hand ans Seil, zog sich ein Stück hinauf, stemmte die Füße gegen den Schiffsrumpf und kletterte bis zur Reling.

Sie war überrascht, niemanden an Deck zu sehen. Dies wäre Tjornes beste Gelegenheit gewesen, ihr den Garaus zu machen. Fußabdrücke aus getrocknetem Schlamm führten an der Reling entlang zum Heck. Sie folgte der Fährte, bis zur Tür der Kajüte. Sie stand einen Spalt offen.

Zidaine zog ihr Rapier. Dies war die nächste Gelegenheit für eine Falle.

Entschlossen rammte sie die Schulter gegen die Tür und stürmte die Kajüte. Sie blickte auf eine zerwühlte Koje. Die Decke war voller Schlammflecken. Tjorne war hier gewesen!

Leise fluchend stieß sie ihr Rapier in die Scheide zurück. Er war ihr entwischt! Eigentlich keine Überraschung ... Wenn er keinen Hinterhalt legte, gab es für ihn keinen Grund, auf dem großen Viermaster zu bleiben.

Ihr Blick fiel auf ein in rotes Leder gebundenes Buch, das vor einem wuchtigen Tisch auf dem Boden lag.

Neugierig hob sie es auf und blätterte darin. Es war das Logbuch. Das Schiff hieß *Boronsstolz*. Sie lächelte. Nach dem Totengott benannt. Es wäre passend gewesen, Tjorne hier zu stellen. Die mächtige Zedrakke hatte in Festum Bauholz geladen.

Die Eintragungen waren in einer verschnörkelten Schrift abgefasst. Kusliker Zeichen, Garethi, die am weitesten verbreitete Sprache Aventuriens. Ihr Blick blieb an einem Satz hängen, über dem das Datum 19. Rahja stand. Das lag etwa eineinhalb Monde zurück.

Vielleicht hätte ich sie nicht an Bord nehmen sollen ...

Neugierig geworden, blätterte Zidaine ein paar Seiten zurück.

12. Rahja 1007. Festum

Frumold hält mir vor, ich sei ein Narr. Aber wir lagen vor acht Monden vor Anker. Es kann stimmen. Ich habe sie damals jede Nacht besucht. Keine Frau hat mir Freuden wie sie geschenkt. Seit drei Monden empfängt sie keine Freier mehr. Zu deutlich war zu sehen, in welchen Umständen sie sich befindet. Ihre Pracht ist dahin. Die stolzeste Kurtisane Festums, fast arm wie eine Bettlerin. Meinetwegen. Wie könnte ich sie zurückweisen. Ich will es einfach glauben. Sinasab trägt mein Kind unter dem Herzen. Ich werde sie an Bord holen!

Es folgten ein paar belanglose Einträge zu Fracht und Wetter.

14. Rahja 1007. Tobrische See

Heute ist ein schwerer Belegnagel dicht neben Sinasab an Deck gefallen. Ich bin mir sicher, dass es mehr als nur ein Unfall war. Sie nimmt es leichter als ich. Frumold behauptet, es bringe Unglück, eine Hure an Bord zu haben. Und noch dazu eine Schwangere. Mir ist unbegreiflich, woher dieser Aberglaube kommt. Kannte das bislang nur von fehlgeleiteten Tulamiden. Ich habe ihn für drei Tage in Eisen legen lassen, weil er Sinasab so genannt hat. Die Mannschaft hat das schlecht aufgenommen.

Die nächsten Reisetage brachten keine besonderen Ereignisse. Wieder ging es nur um das Wetter und den Kurs.

20. Rahja 1007. Vor der Ostküste Maraskans

Sie schreit seit Stunden. Es ist, als wolle das Kind sie von innen zerreißen. An Bord ist es totenstill. Doch die Blicke, die mich treffen, sagen mehr als alle Worte.

21. Rahja 1007. Boran

Die Kaiserlichen sind nicht solche Ungeheuer, wie sie immer sagen. Trotz der Blockade haben sie uns in den Hafen von Boran einlaufen lassen, damit Sinasab Hilfe bekommt. Eine Hebamme ist an Bord gekommen. Den Zwölfen sei Dank! Was für ein Wunder die riesigen Hände dieser Frau bewirkt haben! Sie hat das Kind geholt. Ein gesunder Junge mit rabenschwarzem Haar, ganz wie meines. Ich habe immer gewusst, dass er mein Sohn ist. Ich werde in allen Tempeln der Stadt beten und den Göttern opfern. Ich habe jedem in der Mannschaft zwei Silbergroschen geschenkt, damit auf das Wohl des Kindes zu trinken. Endlich ist die Stimmung an Bord wieder besser.

23. Rahja 1007. Boran

Die Bootsfrau und zwei Vollmatrosen sind nicht an Bord zurückgekehrt. Es rumort in der Mannschaft. Nach der Geburt war es kurz besser geworden, doch nun sorgen sie sich, weil das Kind noch keinen Namen hat. Frumold sagt, es würde die Ungeheuer aus der Tiefen See anlocken. Davor fürchte ich mich nicht. Aber vor dem Zorn der Karinors. Es ist ihre Fracht, und das Grandenhaus ist nicht berühmt für seine Langmut. Wir werden hart am Wind segeln, um die verlorene Zeit wieder aufzuholen – den vor uns liegenden Namenlosen Tagen zum Trotz.

25. Rahja 1007. Perlenmeer

Wir sind in eine Flaute geraten. Die See liegt glatt wie ein Spiegel. Am Abend hat Frumold am Bug die gesamte Mannschaft um sich versammelt. Ich weiß nicht, was sie besprochen haben, aber es liegt Meuterei in der Luft. Ich trage jetzt immer mein Schwert an der Seite.

27. Rahja 1007. Perlenmeer

Sinasab hat auf meinen Rat hin entschieden, den Jungen Tarquinio zu nennen. Wir hoffen, dass es die Mannschaft vom Schlimmsten abhalten wird, wenn der Junge denselben Vornamen trägt wie unser geschätzter Patriarch Tarquinio Honak. Immerhin stammt mehr als die Hälfte von ihnen aus Al'Anfa. Zur Nacht hat Sinasab für mich gesungen. Dasselbe Lied, mit dem sie mich schon in unserer ersten Nacht verzaubert hat. Stets lebt Hoffnung, wo silberne Schwingen ruhen, am Ufer des Roab. Auch der kleine Tarquinio scheint das Lied zu lieben. Er ist ohne zu weinen eingeschlafen, obwohl die Brüste seiner Mutter nur wenig Milch geben.

Zidaine hatte schon oft Kinder gewiegt, aber die Brust hatte sie noch keinem gegeben. Ob es dazu noch käme?

Schwanger war sie niemals geworden. Was den Schreckenswinter von Stainakr anging, war sie dankbar dafür.

Lag das an ihr? An ihrem Körper? Oder an dem Rachedurst, der ihr Herz verdunkelte? Gehörte es zu dem Preis, den sie an Blakharaz entrichtete?

Vielleicht gäbe es auch für sie ein neues Licht, wenn der Dienst am Herrn der Rache abgeleistet wäre.

28. Rahja 1007. Perlenmeer

Frumold hat gefordert, Sinasab und Tarquinio im Beiboot auszusetzen. Die ganze Mannschaft unterstützt ihn. Eine seltsame Strömung hat von der Boronsstolz Besitz ergriffen. Sie zerrt nach Nordosten. Frumold behauptet, es seien die Geister des Totenmeers, die das Kind holen wollten.

29. Rahja 1007. Perlenmeer

Ich habe Frumold niedergestochen. Mir blieb keine Wahl. Er wollte in meine Kajüte eindringen. Das hat das Mütchen der Meuterer gekühlt. Sie gehorchen mir wieder. Aber immer noch plagt uns die Flaute. Und die Strömung zieht uns nach Nordosten. Kurz vor der Dämmerung konnte ich flaches Land sehen. Aber keine Karte verzeichnet Land, hier mitten im Perlenmeer. Das Gerede über das Totenmeer hat wieder begonnen.

2. Namenloser Tag nach dem Jahr 1007

Wir liegen reglos gefangen im Totenmeer. Drei Tage jetzt schon. Es rumort nicht mehr in der Mannschaft. Sie haben zu viel Angst. Es gibt sie wirklich, die Geister des Totenmeers. Doch schlimmer noch sind die geflügelten Dämonen. Sie haben zur Mittagsstunde den Schiffsjungen aus dem Krähennest gezerrt und durch die Luft davongetragen. Ich weiß, sie werden wiederkehren. Ich muss Sinasab und Tarquinio vor ihnen verstecken. Am Ufer des Roab werden sie in Sicherheit sein. Ich werde sie ...

An dieser Stelle waren zwei Seiten aus dem Logbuch gerissen. Danach folgten keine weiteren Einträge mehr. Zidaine fluchte. Sie konnte sich vorstellen, wozu Tjorne das feine Reispapier benutzt hatte.

Was war aus dem Kapitän und der Mannschaft geworden? Das Schiff schien verlassen zu sein. Geflügelte Dämonen ... was waren das für Kreaturen gewesen? Waren sie immer noch in der Nähe? Sie sollte Beorn warnen!

Ob die Biester sich schon Tjorne geholt hatten?

Zidaines Blick verhielt bei dem seltsamen Wandgemälde. Die

Flusslandschaft mit den Reihern. So etwas hatte sie noch nie auf einem Schiff gesehen.

Die Fechterin hob das Logbuch auf. Ihre Finger fuhren die Zeilen hinauf.

Stets lebt Hoffnung, wo silberne Schwingen ruhen, am Ufer des Roab.

Sie sprach die Zeile laut aus. Ihr Vater hatte auf der Goldener Anker ein Versteck in seiner Kajüte gehabt. Ein ausgehöhlter Deckenbalken, in dem er besonders kostbares Gut verwahrt hatte. Oder Dinge, die er am Zoll vorbei in den Hafen von Havena geschmuggelt hatte.

Bei der Erinnerung daran wurde ihr die Brust eng. Sie atmete schwer aus. Als sei es erst gestern gewesen, erinnerte sie sich daran, wie er ihr das Versteck gezeigt hatte. Es war eine große Ehre gewesen. Nicht einmal der Steuermann hatte es gekannt.

Jeder große Kauffahrer hatte mindestens ein Versteck dieser Art an Bord. Und Zidaine glaubte zu wissen, wo sich das der *Boronsstolz* befand. Der Ort, an dem die Hoffnung des Kapitäns Zuflucht gefunden hatte, als er sein Schiff von Dämonen bedroht geglaubt hatte.

Sie trat vor das Wandbild. Klopfte, tastete. Dahinter war ein Hohlraum, daran gab es keinen Zweifel. Es dauerte lange, bis sie die Schiebetür fand. Das Holz hatte sich verzogen. Vielleicht weil das Schiff auf dem Trocknen lag. Sie hatte davon erzählen hören, dass besonders große Schiffe sich verzogen, wenn sie nicht mehr vom Wasser getragen wurden. Türen wurden schwergängig. Manchmal splitterten Planken oder rissen gar von den Spanten ab.

Zidaine stemmte ihren Parierdolch in den haarfeinen Spalt der Tür und hebelte ihn auf. Da war ein Hauch von Orangenblüten.

Absolute Finsternis hatte sich in der verborgenen Kammer festgekrallt. Sie wollte auch nicht dem breiten Lichtstreifen weichen, der durch die Tür in die Kajüte fiel.

Plötzlich fröstelte Zidaine. Sie sollte einfach gehen, dachte sie. Stattdessen nahm sie die Blendlaterne vom Tisch und suchte so lange in der Kajüte, bis sie Feuerstein und Stahl gefunden hatte. Ungeduldig schlug sie Funken. Eine Ewigkeit schien zu verstreichen, bis der Docht in der Lampe endlich Feuer fing.

Erneut nahm sie ihren Parierdolch und hebelte an der verzogenen Schiebetür, bis der Spalt weit genug war, dass sie die Blendlaterne und ihren Kopf hindurchschieben konnte.

Gelbes Licht verdrängte das Dunkel. Zidaine sah die tiefen Furchen auf der Rückseite der Schiebetür, auf der es auch von innen keinen Griff gab. Sie sah die abgebrochenen Fingernägel. Die dunklen Streifen auf dem hellen Holz. Und sie sah Sinasab und Tarquinio.

Der Säugling war in ein weißes Seidentuch gewickelt, das rings um seinen Kopf mit dunklen Flecken besprenkelt war. Ganz in der Ecke kauerte Sinasab, die Beine angezogen. Die Arme hingen schlaff an ihrem Körper herab. Ihre Wangen waren eingefallen. Die schwarzen Augen weit geöffnet, doch ohne Glanz. In ihrem Haar steckte ein Schmuckkamm, von dem Perlenschnüre hingen. Sie musste eine sehr schöne Frau gewesen sein.

Und sie hatte ihren Sohn von ganzem Herzen geliebt. Ihre Hände und Arme kündeten von dieser Liebe. Tiefe Schrammen auf den Handgelenken zeugten davon, dass sie ihn mit ihrem Blut gesäugt hatte, um ihn vor dem Verdursten zu bewahren.

Ihre Fingernägel waren gesplittert, die Fingerkuppen bis auf die bloßen Knochen aufgeschürft. Sie musste wie eine Löwin gekämpft haben, um aus dem Versteck wieder herauszukommen.

Zidaine zog sich zurück. Lange blieb sie mit dem Rücken gegen die Wand mit der Flusslandschaft gelehnt am Boden kauern. Wie grausam musste es sein, das eigene Kind sterben zu sehen! Nichts tun zu können ...

Zum ersten Mal seit sehr langer Zeit verspürte sie den Wunsch zu beten. Sie wollte den beiden Seelen ihren Weg in die Arme der Zwölfgötter bahnen. Zidaine hatte das Gefühl, dass sie noch immer hier gefangen waren. Dass ihre Entdeckung daran nichts änderte.

Aber Zidaines Lippen blieben versiegelt. Führte sie auch nur einen der zwölf Götternamen andächtig im Munde, mochte dies ihren Pakt mit Blakharaz, dem Herrn der Rache, stören.

Sie biss sich auf die Lippe, schluchzte, doch Tränen hatte sie keine mehr.

In Jergan hatte sie die fehlenden Zutaten für ihre braungelbe Paste erstehen können. Auf der *Zwillingsmond* hatte sie es nicht gewagt, das stinkende Lockmittel für die Krebse anzurühren. Dieses einsame Schiff war der ideale Ort dafür. Heute mochte Tjorne ihr entkommen sein, aber seine Stunden waren gezählt.

Verdichtungsgebiet des Sargassomeers,
erster Tag im Kornmond

Tjorne Warulfson blickte zurück zu der Zedrakke, die er im ersten Morgenlicht verlassen hatte. Die ganze Nacht über hatte er die Ratten hinter dem Wandbild gehört. Ein unablässiges Kratzen. Und es war eisig kalt in der Kajüte geworden. Er hatte kaum geschlafen und war froh gewesen, als er das Schiff hinter sich gelassen hatte. Noch nicht einmal die Laterne hatte er mitgenommen. Er wollte nichts aus dieser verfluchten Kajüte bei sich tragen.

Er hatte in den ausgeräumten Fersen: keine Lampe, dafür aber einen langen Bootshaken gefunden, der ihm nun seinen verlorenen Speer ersetzte.

Auf der unebenen Fläche des Tangfelds war Zidaine nirgendwo zu sehen. Heute lag kein Nebel über dem verfluchten Totenmeer. Er konnte mehr als zwei Meilen in jede Richtung sehen, es gab so gut wie keine Möglichkeit, sich zu verstecken. Für heute war er ihr entgangen.

Tjorne seufzte. Dennoch hieß das nicht, dass er den nächsten Morgen erleben würde. Verzweifelt blickte er zu der Schivone, die sich südlich von ihm aus dem Tangfeld erhob. Auch sie war kein Wrack. Ein prächtiger Dreimaster. Sie war sein Tagesziel gewesen. Im Morgengrauen, als er sie sich zum Ziel erwählt hatte, hatte es ausgesehen, als würde er sie leicht noch vor der Mittagsstunde erreichen. Doch nun war der Abend nicht mehr fern, und er schien ihr kaum näher gekommen zu sein.

Immer wieder zwang ihn der unsichere Grund, weite Umwege zu gehen. Jetzt hoffte er, für die Nacht ein in sich zusammengefallenes Wrack zu finden, wo es wenigstens noch ein paar intakte Planken und Balken gab, sodass er nicht im Tang liegen musste. Der Untergrund war fast überall zumindest feucht. Und an den wenigen Stellen, an denen die Strömung den Tang so zusammengeschoben hatte, dass die obersten Schichten von der Sonne durchgetrocknet waren, wimmelte es nur so von großen, schwarzen Käfern. Die Vorstellung, zwischen diesen Biestern zu übernachten, erfüllte ihn mit Ekel.

Ein Schrei ließ ihn zum Himmel blicken. Heute war ein fast wolkenloser Tag. Immer wieder waren ihm seltsame Geschöpfe aufgefallen, die sehr hoch über ihm kreisten. Zu hoch, um sie genau erkennen zu können, aber ihre Flügel erinnerten an Fledermäuse. Seltsam, dass diese Biester hier bei Tag flogen. Aber vielleicht fürchteten sie sich ja auch vor den Geistern, die durch die Nacht streiften.

Tjorne blickte zur Sonne, die feuerrot am westlichen Horizont stand. Höchstens eine Stunde noch, bis es dunkel wurde. Bis dahin musste er einen sicheren Platz finden.

Er suchte nach Unebenheiten, die sich über den Tangteppich erhoben. Nicht weit entfernt entdeckte er ein paar graue Spanten, die zum Teil von Tang umschlungen gleich den Rippen eines Ungeheuers aufragten.

Aber »nicht weit« besagte hier gar nichts. Auch wenn es kaum fünfhundert Schritt sein mochten, war es gut möglich, dass er durch Umwege mehrere Meilen zu schaffen hatte.

Zaudern half nicht. Er tastete sich mit dem Bootshaken vorwärts. Schon ein paar Schritt weiter zwang ihn breiiger Tang dazu, nach links auszuweichen. Er entfernte sich von seinem vermeintlich sicheren Lagerplatz.

Wütend stocherte er im Tang herum und beschleunigte seine Schritte. Vielleicht gab es ja auch eine andere Zuflucht?

Eine Bewegung ließ ihn innehalten. Ein Stück voraus schob sich eine bleiche Kreatur aus dem Tang. Eine riesige Nacktschnecke. Drei ... nein, vier Schritt lang. Warzen mit jeweils einem dunklen Trichter, groß genug, um einen Finger aufzunehmen, bedeckten die Kreatur. Augen, die wie Blüten auf zwei unterarmlangen Stängeln wuchsen, drehten sich in seine Richtung. Das Biest starrte ihn an.

Tjorne hob den Bootshaken, bereit, sein Leben teuer zu verkaufen.

Die großen Augen verdrehten sich zum Himmel.

Was sollte das? Verspottete dieses Biest ihn? Fürchtete es sich nicht vor der mit Flugrost bedeckten Eisenspitze? »Komm nur her!«, rief er der Kreatur trotzig entgegen. »Wenn ich den Widerhaken in dein Fleisch bohre, dann wirst du vor Schmerz und nicht mehr vor Spott die Augen verdrehen.«

Die Augenstängel verkürzten sich. Die Schnecke schob sich tiefer in den Tang, als wollte sie sich vor ihm verkriechen.

»Hast du begriffen, dass mit einem Thorwaler nicht gut ...«

Eine Bewegung, die er gerade noch aus dem Augenwinkel wahrnahm, ließ ihn verstummen. Er warf sich zur Seite. Greifende Hände verfehlten ihn nur knapp. Mächtige Lederschwingen zogen über ihn hinweg.

»Swafnir, gib mir Mut!«, stammelte Tjorne. Nie hatte er etwas wie diesen Schwarm abstoßender Viecher gesehen. Ihre Schwingen glichen denen von Fledermäusen, nur dass sie eine Spannweite von drei Schritt oder sogar mehr hatten. Aus halb durchscheinendem, bräunlichem Leder, trugen sie groteske Gestalten, deren Torso der eines Menschen war. Wo Beine hätten sein sollen, saßen Arme, die in schlanken Händen mit langen Krallen endeten. Die Köpfe mit ihrer ledrigen Haut erinnerten ihn an Moorleichen, nur dass sie spitze Ohren und große schwarze Augen hatten. Zwischen den Schwingen war ihr Rücken mit schütterem dunklen Fell bedeckt. Sie kreischten ihn an. Hände griffen vom Himmel herab, um ihn zu packen.

Hinter schmalen Lippen saßen nadelspitze Zähne. Zwei der Biester hielten schwere Knüppel in den Händen.

Tjorne hatte sich so weit gefasst, dass er mit dem Bootshaken nach oben stach. Er lag auf dem Rücken im Schlamm. Sein Schild war auch auf den Rücken geschnallt.

Eines der Biester versuchte, ihm seine Krallen ins Gesicht zu bohren.

Tjorne schwenkte den Bootshaken. Irgendetwas traf er. Ein empörter Schrei ertönte. Aber die Biester bewiesen ein erstaunliches Geschick darin, ihm auszuweichen.

»Nehmt das!«, zischte er. »Und das!« Wieder und wieder stieß er in die Luft. Dabei spürte er, wie er langsam tiefer in den Tangschlick einsank. Er durfte nicht länger liegen bleiben.

Noch ein Stoß. Dann richtete er sich auf.

»Verreckt!«

Ein schriller Schrei. Auf der Brust eines der Ungeheuer zeigte sich ein langer, blutender Schnitt.

»Das war erst der Anfang!«, rief Tjorne und versuchte, den Schild von seinem Rücken gleiten zu lassen.

Etwas traf ihn mit großer Kraft in den Nacken. Der schwingenverhüllte Himmel zersprang in tausend grell leuchtende Punkte. Dann wurde er schwarz.

Schivone Donnersturm, Verdichtungsgebiet des Sargassomeers, erster Tag im Kornmond

Tjorne Warulfson erwachte mit dem Geschmack von Blut im Mund. In seinem Kopf hämmerte es, als sei dort ein besonders fleißiger Grobschmied am Werk.

Er blinzelte. Um ihn herum brannten Kerzen.

Tjorne wollte sich aufsetzen, doch etwas hielt ihn zurück. Er sah an sich hinab. Ein breites Lederband lief quer über seine Brust. Andere Riemen fesselten seine Arme und Beine. Er lag auf einen Holztisch geschnallt.

»Ah, der Herr Thorwaler ist aufgewacht«, erklang eine Stimme mit schwerem, südländischem Akzent hinter ihm. Sie benutzte das Garethi, eine Sprache, von der Tjorne beim Aufbruch aus Thorwal nur ein paar Brocken verstanden hatte. Seit Festum war Lenya ihm jedoch eine gestrenge Lehrerin gewesen.

»Ich hatte schon befürchtet, meine Diener hätten dich ernsthaft beschädigt, was eine Schande gewesen wäre bei so erstklassigem Material.«

Tjorne spürte einen Luftzug an den Oberschenkeln. War er etwa splitternackt?»Wo bin ich?«Er lallte leicht, war immer noch benommen von dem Schlag, den er auf den Kopf erhalten hatte.

»An Bord der stolzen Dreimastschivone *Donnersturm*.«

»Auf See?«

Der Fremde hinter ihm lachte auf.»Auf See ... Unser aller Traum hier. Nein, du bist fast im Herzen des Sargassomeers. Aber bald, mein Sohn. Bald wird alles anders für dich. Fühlst du dich wohler in Meer und Tang, oder wolltest du dich immer schon einmal in den Himmel erheben?«

Tjorne verstand den Sinn der Frage nicht.»Warum bin ich gefesselt?«

»Es ist unhöflich, Fragen nicht zu beantworten.«

Tjorne hörte Schritte hinter sich, dann trat ein spindeldürrer, hochgewachsener Mann in sein Blickfeld. Schlohweißes Haar fiel ihm bis auf die Schultern. Graue Stoppeln wucherten im sonnengebräunten Gesicht. Kalte, graue Augen blickten auf Tjorne herab.

Der Alte trug eine speckige Lederschürze voller dunkler Flecken, wie ein Fleischhauer. Die Ärmel hatte er hochgekrempelt. Unter der Schürze war eine lange, graue Robe zu sehen. Ganz wie jene, die Tylstyr ständig trug.

»Du bist ein Magier?«

Der Alte hob den dünnen Zeigefinger der Rechten wie ein Lehrmeister.»Was für ein messerscharfer Verstand. Vielleicht sollte ich meine Einstellung zu Männern wie dir doch noch einmal prüfen.«

»Könntest du mich dazu losbinden?«

Der Fremde lachte laut auf. »Bei den Niederhöllen! Netter Versuch, Thorwaler.«

Er strich ihm mit kalten Händen über die Oberarme. »Für gewöhnlich, Junge, ist es so, dass Männer, die hier gut ausgestattet sind …«, jetzt tippte er ihm mit seinem spitzen Zeigefinger gegen die Stirn, »… hier oben leider ein wenig verkümmerten. Solltest du vielleicht anders sein?«

»Ganz sicher«, beeilte sich Tjorne zu sagen. Etwas in der Stimme des Alten gab ihm das Gefühl, dass es gut für ihn wäre, anders zu sein.

»Hast du vielleicht gar in den Schriften irgendwelcher Magierphilosophen gelesen?«

Lag da ein Hauch Schalk in der Stimme des Zauberers? Verspottete ihn der Kerl etwa? Tjorne versuchte verzweifelt, sich an all die Dinge zu erinnern, die Tylstyr ihm erzählt hatte. Sein Freund hatte gern und viel über die Magierakademie in Thorwal gesprochen. Nur leider hatte Tjorne ihm meist nicht zugehört.

»Nun, mein Lieber?«

Irgendein Name, dachte Tjorne. »Ich bin ein glühender Anhänger des Meisters Eddrik.«

»Meister Eddrik?« Der Alte runzelte die Stirn.

Das war ein gutes Zeichen, entschied Tjorne. »Ja! Meister Eddrik Gundarson. Mein Lehrer an der Schule der Hellsicht zu Thorwal.«

»Lehrer?« Jetzt war da wieder der spöttische Unterton in der Stimme des Zauberers. Er zwang ihm die rechte Hand auf und betrachtete sie.

»Wir haben einen sehr strengen Leiter an der Akademie«, redete Tjorne verzweifelt weiter. »Warulf Ulfson!« Er nannte ihm einfach den Namen seines Vaters. Ein besserer fiel ihm gerade nicht ein.

»*Leiter* ...« Der Alte schnalzte mit der Zunge. »Netter Versuch, Junge, aber mich dünkt, du treibst deinen Schalk mit mir. Wie lautet gleich der akademische Grad eines solchen *Leiters*, mit dem er üblicherweise von seinen Schülern angesprochen wird?«

Tjorne erinnerte sich dunkel, dass Tylstyr manchmal einen Titel genannt hatte, der normalen Menschen die Zunge verknotete, wenn man versuchte, ihn auszusprechen.

»›Spektabilität‹ ist das Wort, das du so verzweifelt suchst, mein Sohn.« Der Zauberer tippte ihm wieder an die Stirn. »Ich muss mein Urteil also nicht revidieren. Es gibt die Männer der Faust und die der Stirn. Und nur sehr, sehr selten findet man jemanden, der beides ist.« Der Zauberer nahm ein langes, sehr schmales Messer von einem Beistelltisch. »Weißt du nicht, dass gute Lügen immer möglichst nah an der Wahrheit bleiben? Mit einer Geschichte über etwas zu kommen, von dem man keine Ahnung hat, ist einfach nur töricht.«

Die Klinge strich spielerisch über den Ansatz von Tjornes Oberarm. »Womit wir wieder bei der Ausgangsfrage wären. Der Himmel oder das Meer? Wo fühlst du dich wohler? Hast du je davon geträumt zu fliegen?«

»Ich verstehe nicht ...«

»Ein lebenslanges Leiden bei dir, fürchte ich«, bemerkte der Zauberer und verfiel in ein keckerndes Lachen, das Tjorne an den Ruf eines Eichelhähers erinnerte.

»Keine Sorge, mein Junge. Wenn ich mit dir fertig bin, wird dich nie mehr das Gefühl quälen, du seiest dumm.«

»Aber was ...?«

Die Klinge des schmalen Messers legte sich auf Tjornes Lippen. »Schweig nun still. Du erinnerst dich an die fliegenden Schönheiten, die dich eingefangen haben? Du kannst sein wie sie! Dem Himmel entgegenstreben! Frei fliegen ...« Er wiegte den Kopf.

»Na ja, fast frei jedenfalls. Oder ich mache dich zu einem Geschöpf des Meeres. Halb Hummer, halb Mensch. Allerdings muss ich dir gestehen, dass meine Versuche dahingehend bislang immer fehlgeschlagen sind.« Er sah Tjorne tief in die Augen. »Aber du bist nicht wie die anderen, die vor dir hier gelegen haben. Du bist stärker. Größer. Du könntest es schaffen. Du könntest der Erste einer neuen Art sein. Würde dir das nicht gefallen? Wirklich herausragend zu sein? Irgendwie habe ich das Gefühl, dass du davon immer geträumt hast, es dir aber nie gelingen wollte.« Der Magier nahm das Messer zurück.

Tjorne leckte sich über die Lippen. »Also wenn ich die Wahl habe, dann möchte ich jetzt einfach nur gehen.«

»Du hörst mir nicht zu!«, fuhr ihn der Magier in plötzlichem Zorn an. »Diese Wahl hast du nicht! Also, entscheide dich: Himmel oder Meer!«

»Du hast kein Recht …«

Die Klinge senkte sich wieder auf Tjornes Lippen. »Habe ich nicht?« Der Magier lächelte. »Das Recht des Stärkeren sollte euch Thorwalern doch bestens bekannt sein. Wenn sich die Welt nicht gewaltig verändert hat, seit ich hierher entrückt wurde, dann macht ihr doch reichlich davon Gebrauch, vom Recht des Stärkeren.«

Tjorne wagte nicht, etwas zu sagen. Dieses Mal drückte die Schneide des Messers sanft auf seine Lippen.

»Ich möchte mir natürlich nicht vorhalten lassen, schlechte Umgangsformen zu pflegen.« Er deutete eine Verbeugung an. »Vor dir steht Magister Vespertilio Organo. Und nun der Form halber: Nenne mir nun auch deinen Namen, bevor er für immer bedeutungslos wird.« Er nahm das Messer weg.

»Tjorne. Tjorne Warulfson bin ich. Geboren in Stainakr. Ich stand beim Foggwulf und dem Blender im Schildwall. Ich bin …«

»Thorwalergeschwätz interessiert hier niemanden.« Wieder legte sich das Messer auf Tjornes Lippen. »Eine ganze Schiffsladung von euch ... Wie nennt ihr eure Schiffe auch gleich? Otter? Eine Otterladung, das wäre was. Das würde den Bann brechen. Hatte gehofft, dass es so käme. Ich hab meinen Kindern genau beschrieben, wie so eine Otter aussieht. Sie sind nicht so dumm, wie manche glauben. Sie verstehen sehr gut. Sie haben überall danach gesucht. Aber es gibt keine Otter im Totenmeer. Nur dich, Tjorne. Also mache ich dich zu einem meiner Kinder.«

Vespertilio nahm ihm das Messer von den Lippen und strich ihm mit der Klinge spielerisch über die Leisten. »Erst muss ich wegschneiden, was du nicht mehr brauchen wirst. Wer Flügel hat, der läuft nicht mehr herum. Deine Beine sind nur unnützer Ballast.« Er sah Tjorne ernst an. »Es ist nicht so leicht mit dem Fliegen. Man darf kein unnützes Gewicht mit sich herumtragen. Diese Beine ... Und auch das hier.« Die Klinge streichelte kalt über sein Gemächt. »Völlig unnütz. Meine Kinder können sich nicht fortpflanzen. Leider. Also brauchen wir auch das hier nicht.« Das Messer wanderte hoch zum Ansatz seines linken Arms.

Tjorne warf sich gegen die Lederbänder, doch die Fesseln hielten ihn, als sei er mit langen Eisennägeln auf den Tisch genagelt.

»Hier werde ich auch schneiden. Hier wirst du Flügel bekommen. Anfangs sind sie klein, aber ich habe gelernt, wie ich sie wachsen lassen kann, bis sie so groß sind, dass sie dich tragen.«

Vespertilio deutete zu einem Käfig am anderen Ende der Kajüte. Dort hing, den Kopf nach unten, eine Fledermaus. Fast einen halben Schritt groß. Tjorne hatte noch nie so riesige gesehen. Die Fledermäuse, die er kannte, waren wenig größer als eine Hand.

»Ihr beide, ihr werdet eins sein, wenn ich mit euch fertig bin. Um deine Arme musst du dir keine Sorgen machen.« Der Zauberer legte ihm seine kalte Hand auf den Oberschenkel. »Die kommen hierhin. Was nützlich ist, wollen wir schließlich behalten.«

Vespertilio deutete mit dem Messer zum Käfig. »Du wirst so schlafen wie er. Da sind Hände, mit denen man sich festhalten kann, viel nützlicher als Füße. So hat alles seinen Sinn, Tjorne. Diese Art zu schlafen ...« Er schüttelte den Kopf. »Das kann ich meinen Kindern einfach nicht austreiben. Vielleicht tun sie es, um ihre Flügel zu schützen. Doch genug davon. Der Augenblick der Entscheidung naht, Tjorne. Willst du der Erste einer neuen Art sein oder einer unter vielen? Wasser oder Luft?«

»Otta«, antwortete er entschieden.

Vespertilio legte den Kopf schief. Tiefe Falten umkränzten seine Augen. Er wirkte verärgert. »Wie bitte?«

»Otta, so nennen wir Thorwaler unsere Drachenboote. Nicht Otter. Und deine geflügelten Späher konnten keine Otta entdecken, weil wir auf einer Thalukke ins Totenmeer gekommen sind.«

Die Messerspitze senkte sich auf seine Nase. »Weißt du, Tjorne, wer einmal lügt, dem glaubt man nicht mehr. Und meine Geduld ist endlich, mein Junge. Ich kann dir deine Glieder abtrennen und dich vorher in einen tiefen Schlummer versetzen, oder ich kann dich alles mit ansehen lassen und dafür sorgen, dass du nicht ohnmächtig wirst. Deine Entscheidung, Junge. Wie war das also mit der Thalukke?«

»Es ist sogar eine zweite Ottajasko auf dem Weg hierher.«

»Ottawas?«, fragte Vespertilio scharf.

Der Druck der Klinge verstärkte sich. Tjorne spürte warmes Blut über seine Nasenflügel fließen, aber er weigerte sich, den Kopf zur Seite zu drehen. »Ottajasko. So nennen wir die Besatzung einer Otta.«

»Jetzt sind es sogar schon zwei Schiffsbesatzungen aus Thorwal.« Der Zauberer schnaubte verächtlich. »Das Lügen war dir nicht in die Wiege gelegt, Tjorne.« Vespertilio nahm das Messer von der Nase und setzte es in Tjornes Leiste an. »Nun wirst du ein anderes Lied singen, mein Junge. Eine Tonlage höher. Ich hatte dich gewarnt.«

»Sie kommen, um einen Kelch zu holen!«, schrie Tjorne. »Und wir bringen Waffen, geschnitten aus den Zähnen von Seeschlangen, mit, um den Räuber des Kelchs zu töten.«

Vespertilio fiel das Messer aus der Hand.

Nahe der Zedrakke Boronsstolz,
Verdichtungsgebiet des Sargassomeers, zweiter Tag im Kornmond

Vespertilio Organo versank bis zu den Knöcheln in den verfluchten Algen. Er hatte sich schon vor vielen Jahren angewöhnt, barfuß über das Totenmeer zu schreiten. So hatte er das beste Gefühl für den trügerischen Untergrund.

In der Rechten hielt er seinen Zauberstab. Er war schlicht. Einfach nur poliertes schwarzes Holz. Elegante Lösungen waren stets schlicht. Früher hatte ein Leuchtkristall den Stab gekrönt, aber er hatte die Spitze abgesägt. Eine schwierige Aufgabe, war ein Zauberstab doch eigentlich unzerstörbar. Nur mit dämonischer Hilfe war er diese eitle Spielerei seiner Jugend losgeworden. Mit den Kupferbeschlägen war es leichter gewesen. Inzwischen verabscheute er Tand und Schnörkel. Deshalb war er selbst hier. Ein legendärer Thorwalerplünderfahrer! Das war ein Geschenk, das alles verändern mochte, wenn Tjorne nicht gelogen hatte.

Die Lederschwingen hatten Vespertilio gemeldet, dass sich Fremde auf der *Boronsstolz* herumtrieben. Und weiter nördlich gab es ein neues Schiff. Eine Thalukke. Was das anging, hatte Tjorne also die Wahrheit gesagt.

Verärgert machte Vespertilio eine Bewegung mit dem Zauberstab, um die beiden Lederschwingen aufzuscheuchen, die ihn hierhergetragen hatten. Sie sollten sich zurückhalten. So nützlich seine Kinder auch waren, sie waren nicht dazu geschaffen, das Vertrauen von Fremden zu gewinnen.

»Bleibt in der Nähe!«, rief er ihnen zu. »Wenn ich euch brauche, winke ich.«

Mit festem Schritt ging er der großen Zedrakke entgegen. Die *Boronsstolz* hatte ihm Sklaven, eine Schiffsladung Bauholz und zwei Lederschwingen geschenkt. Er mochte das Schiff. Es hatte ihm Glück gebracht. Vielleicht würde sich das ja wiederholen.

Silbernes Morgenlicht spiegelte sich auf dem feuchten Tang.

Vespertilio sah Bewegung an Deck. Die Wachen hatten ihn also bemerkt. Jetzt kletterten zwei an einem Seil die Bordwand hinab. Ein schwarz gekleideter, schlanker Krieger und eine Frau in einem orangefarbenen Kleid. Beorn und Lenya. Vespertilio hatte Tjorne die ganze Nacht über verhört. Er hatte sich alles über die Mannschaft erzählen lassen, die gekommen war, um den Kelch zu stehlen, um den er so lange gekämpft hatte.

Sein ganzes Leben hatte er ihm geweiht. Zunächst, ohne es zu wissen. Beinahe ein halbes Jahrhundert war vergangen, seit er zum ersten Mal an der Akademie der Vier Türme zu Mirham von der verlorenen Magie von Elfen und Echsen gelesen hatte. Was für glorreiche Zeiten das gewesen waren! Damals war er jung gewesen. Übermütig. Er hatte sich zusammen mit Vermis und Zynthia über die überkommenen Regeln der Akademie hinweggesetzt. Und die Magister hatten es ihm durchgehen lassen, weil sie erkannt hatten, was für ein brillanter Geist er war. Um Grenzen weiter stecken zu können, musste man sie überschreiten. Erlaubt war, was denkbar war. So einfach war das!

Die Al'Anfaner hatten das nicht verstanden. Nun, er konnte

auch ohne sie. Sein Weg würde noch weit führen. Wenn er nur den Kelch bekäme. Zum ersten Mal hatte er in Kuslik, in einem schlecht erhaltenen Text aus der Svelinya-Horas-Zeit, über das Artefakt gelesen. Ein Leben lang war er ihm nachgejagt. Manche hielten den Kelch der Hochelfen nur für eine Legende, aber er wusste es besser. Einst hatte er der Göttin Orima gehört, zusammen mit einem Schwert. Aber er war das unendlich viel größere Werk. Der Kelch würde ihm seine Jugend zurückgeben. Er würde die schmerzlichste aller Grenzen bedeutungslos werden lassen. Vespertilio könnte bis in alle Ewigkeit forschen. Zeit spielte für ihn keine Rolle mehr, so wie es einst bei den Hochelfen gewesen war. Der Kelch der Orima, der Largala'Hen, hatte die Macht, ganzen Landstrichen Fruchtbarkeit zu schenken. Manche munkelten, die riesige Wüste Khôm gäbe es nur, weil der Kelch aus ihrem Herzen gestohlen worden war.

Vespertilio blieb stehen. Kleinigkeiten bedeuteten ihm viel. Beorn und diese Geweihte sollten das größere Stück Weg zu ihrem Treffen gehen. Er durfte auf keinen Fall so wirken, als habe er ihre Hilfe verzweifelt nötig. Auch wenn das die Wahrheit war.

Die Geweihte blickte fast die ganze Zeit zum Himmel hinauf. Ob dieses ängstliche Gänseherz seine Lederschwingen für Dämonen hielt? Die meisten vermochten nicht zwischen Dämonen und Chimären zu unterscheiden. Er berichtigte diesen Fehler nie. Sollte man nur denken, die Heerscharen der Niederhölle dienten ihm. Das konnte hier nicht schaden.

Der einäugige Thorwaler blieb etwa fünf Schritt entfernt stehen. Seine Hand ruhte auf dem Griff seines Schwerts. »Schön zu sehen, dass es in dieser Einöde nicht nur Tote und deren Geister gibt.«

»Ich heiße euch willkommen im Totenmeer, Beorn Asgrimmson und Lenya Yasmadottir.«

Vespertilio freute sich an dem kurzen Blick, den die beiden wechselten. Allerdings erschien die Geweihte wesentlich weniger verwundert als der Drachenführer. Irgendetwas an ihr war seltsam. Er fühlte sich unwohl, wenn er sie betrachtete. Aber vielleicht lag das ja nur daran, dass er den Zwölfgöttern schon lange abgeschworen hatte.

»Du hast also Tjorne getroffen«, sagte Beorn kühl. »Geht es ihm gut?«

»Bestens. Ich werde ihn euch zurückbringen, wenn unser Gespräch erfreulich verläuft.«

Beorn schnaubte. »Er gehört nicht mehr zur Ottajasko. Du wirst ihn nicht nutzen können, um mich dazu zu bringen, Dinge zu tun, die ich nicht tun möchte, Zauberer.«

Diese entscheidende Einzelheit hatte Tjorne während ihrer Plauderei übergangen. Vespertilio verbarg seinen Ärger hinter einem Lächeln. »Reden wir nicht lange um den heißen Brei herum, Drachenführer. Ihr seid hier, um einen Kelch zu finden.«

»Tjorne war ja ausgesprochen gesprächig.« Der Thorwaler bemühte sich nicht, seinen Ärger zu überspielen.

»Wir können einander helfen«, erklärte Vespertilio jovial. »Ich weiß, wo sich dieser Kelch befindet. Es gibt einen überaus mächtigen Wächter. Einen Dämon. Ich bin zuversichtlich, dass wir ihn gemeinsam überwinden werden.«

»Ich bin es gewohnt, meine Kämpfe allein auszufechten. Warum sollte ich Eure Hilfe in Anspruch nehmen, Zauberer ohne Namen?«

»Oh, verzeiht.« Vespertilio verneigte sich steif. »In den Jahren hier in der Ödnis haben meine Umgangsformen gelitten. Vor euch steht Magister Vespertilio Organo.«

Die Geweihte bedachte ihn mit einem seltsamen Lächeln. Konnte sein Name ihr vertraut sein? Einem Praioten vielleicht, nach der Art, wie er Al'Anfa verlassen hatte ... aber einer Traviageweihten! Unwahrscheinlich!

»Wie ich hörte, ist die Zeit nicht dein Freund, Beorn Asgrimmson. Das Totenmeer ist riesig. Du könntest Wochen nach dem Kelch suchen, ohne ihn zu finden. Und womöglich würde dann ein anderer zuerst seine Hand auf das kostbare Artefakt legen.«

»Wie ich höre, hat dir Tjorne auch von Asleif Phileasson erzählt.«

»Er hat in der Tat viel erzählt. Warst du wirklich im Himmelsturm?«

»Ja«, knurrte Beorn.

Darüber wollte Vespertilio unbedingt mehr hören. Ein anderes Mal. »Hier nun mein Angebot, Blender. Du beweist mir die Schlagkraft deiner Mannschaft. Überzeugst du mich, dann werde ich meine Truppen gemeinsam mit dir in die Schlacht führen. Du wirst der Erste beim Kelch sein, das verspreche ich dir!«

»Warum sollte ich zu deiner Erbauung meine Ottajasko kämpfen lassen?« Beorn verschränkte selbstbewusst die Arme vor der Brust.

»Deine Mannschaft zählt nicht gerade viele Köpfe ...«

»Auf die Zahl der Köpfe kommt es nicht unbedingt an.«

»Ich weiß, ich weiß«, beschwichtigte Vespertilio. »Aber es schafft natürlich mehr Vertrauen, es wirklich zu sehen. Und dieser Kampf wäre eine gute Vorbereitung auf den Gegner, der den Kelch besitzt. Es wäre von Bedeutung, wenn ihr vorher eure Herzen stärkt.«

»Weil ...?«, fragte Beorn fordernd.

»Weil ihr nicht gegen Menschen kämpfen und womöglich Dinge sehen werdet, die euch vor Schreck erstarren lassen. Ich muss mir sicher sein, dass dies nicht geschieht, wenn wir vor dem eigentlichen Gegner stehen.«

Der Drachenführer machte ein finsteres Gesicht und antwortete nicht.

»Diese Geschöpfe dort am Himmel, das sind doch Chimären, nicht wahr?«, fragte die Geweihte, bevor das Schweigen zwischen ihnen zu lastend wurde. »Hast du sie erschaffen, Vespertilio? Es sind wirklich erstaunliche Kreaturen.«

Er sah sie scharf an. Von so einer kleinen Traviagans hätte er nicht erwartet, dass sie seine Arbeit richtig einordnete. Und so wie sie sprach, schien sie das, was er getan hatte, nicht zu verurteilen. Da war etwas an ihr ... Hatte sie etwa magische Fähigkeiten? Eine Geweihte? Das war nahezu ausgeschlossen! Und doch, da war etwas ... Ein einfacher Zauber, ein Analys Arcanstruktur, leise vor sich hingemurmelt, würde ihm Gewissheit geben. Sollte sie einen Wahrnehmungszauber gewirkt haben, um seine Kinder zu enttarnen, würde sich dieser in aller Klarheit seinem Blick zeigen.

Dir werden die Augäpfel im Schädel schmelzen, wenn du versuchst, meiner astralen Gestalt ansichtig zu werden.

Vespertilio trat erschrocken einen Schritt zurück. Die Stimme! Es hatte sie nur in seinem Kopf gegeben. Wer stand da vor ihm?

»Ich sage dir nun, wie wir einig werden.« Beorn sprach mit der Selbstsicherheit eines Anführers, der von Sieg zu Sieg gegangen war. »Du bringst uns Tjorne. Deine Kreaturen werden den Verräter fünfhundert Schritt vor der *Boronsstolz* mit seinen Waffen und seiner übrigen Ausrüstung auf sicherem Grund absetzen. Sie sollen ihn laufen lassen, ohne ihm zu folgen. Das wird eine Reckin aus meiner Ottajasko übernehmen.«

Beorn bedachte ihn mit einem eisigen Lächeln. »Als Nächstes wirst du uns zu deinem Lager bringen. Ich nehme an, du weißt schon, wo die *Zwillingsmond* liegt. Es ist also nur gerecht, wenn auch ich weiß, wo du anzutreffen bist, sollte sich ergeben, dass dieses Wissen wichtig wird. Außerdem erwarte ich, dass du uns mit Trinkwasser und anderen Vorräten versorgst.«

Er würde diese Bande von Raubmördern ganz gewiss nicht auf sein Schiff holen, dachte Vespertilio verärgert. »Hundert Schritt. So weit könnt ihr an mein Schiff heran. Die Vorräte sind kein Problem. Ich muss allerdings darauf bestehen zu sehen, wie ihr kämpft.«

»Zeig uns den Gegner«, entgegnete Beorn herablassend. »Dann werde ich entscheiden, ob wir einen Kampf für dich ausfechten oder auf eigene Faust den Kelch suchen.«

Vespertilio war versucht abzulehnen. Dann dachte er an den zweiten Drachenführer. Sobald dieser Foggwulf das Totenmeer erreichte, würde Beorn unter Druck stehen. Dann würde er sein arrogantes Auftreten sicherlich ganz schnell ablegen. Bis dahin war es klug, gute Miene zum bösen Spiel zu machen. »Das hört sich nach einem guten Kompromiss an«, sagte er freundlich. »Ich bin mir sicher, gemeinsam werden wir siegen.«

Nahe der Zedrakke Boronsstolz,
Verdichtungsgebiet des Sargassomeers, zweiter Tag im Kornmond

Die Ungeheuer, die ihn durch die Luft getragen hatten, ließen Tjorne Warulfson los. Etwa fünfhundert Schritt vor der großen Zedrakke, auf der er Zuflucht gefunden hatte, klatschte er in den Tang.

Der Magier hatte ihn von zwei seiner geflügelten Diener fortschaffen lassen, ohne noch etwas zu sagen.

Tjorne rappelte sich auf, wischte den schmierigen Tangschleim von seinen Kleidern. Es war ein strahlender Nachmittag und ziemlich heiß. Der Tang atmete Übelkeit erregenden Fäulnisgestank aus. Auch brannten Tjorne die Augen. Dennoch war er froh, dem unheimlichen alten Mann und seinem Messer entkommen zu sein.

An der Reling der Zedrakke stand eine Gruppe Beobachter. Eine schlanke Gestalt, ganz in Schwarz, winkte ihm zu.

Tjornes Mund wurde trocken. Zidaine würde niemals aufgeben. Er musste einen Ort finden, der es ihm erlaubte, einen Hinterhalt zu legen. Einen Ort, an dem er zu seinen Bedingungen kämpfte, denn wenn eines gewiss war, dann dass er einem Kampf mit ihr nicht auf Dauer ausweichen konnte. Und sie war besser als er, da machte er sich nichts vor.

Eine weitere geflügelte Kreatur des Magiers warf das Bündel mit Tjornes Ausrüstung neben ihm ab. Vespertilio gab ihm sogar neue Vorräte und frisches Wasser mit.

Tjorne nahm den Bootshaken und wandte der Zedrakke den Rücken zu. Vorsichtig stocherte er im Tang, suchte sich seinen Weg. Fort von Zidaine, in der Gewissheit, ihr dennoch nicht zu entgehen.

Zedrakke Boronsstolz, *Verdichtungsgebiet des Sargassomeers, zweiter Tag im Kornmond*

»Lass ihm noch etwas Vorsprung.« Beorn Asgrimmson legte ihr die Hand auf den Arm und hielt sie zurück.

»Stehst du auf seiner Seite?« Zidaine Barazklah löste sich mit einem Ruck aus seinem Griff.

»Ich habe dich einfach gern an meiner Seite.«

Er senkte die Stimme nicht. Die ganze Ottajasko hörte seine Worte. Ruhig sah er sie mit seinem verbliebenen Auge an. Nie hatte sie einen Mann getroffen, der auch nur annähernd so war wie er. Er spielte sich nicht auf. War nicht arrogant. Er wusste, wer er war. Selbstbewusst nahm er sich, was er wollte. Aber nicht sie ... Er bot sich ihr an. Machte keinen Hehl daraus, dass er sie begehrte. Aber er nahm sie nicht einfach. Er schaffte es, dass sie sich in den Nächten bei ihm geborgen und doch auch frei fühlte. Er genoss es, bei ihr zu liegen. Da war er nicht anders als die anderen. Sie nutzte das, um zu bekommen, was sie wollte. Es war der Rest, das, was vor und nach dem Beischlaf stattfand, der ihn so anders machte. Seine ruhige Art. Wie er ihr zuhörte und sich noch Monde später genau erinnerte, was sie gesagt hatte. Er wusste um die Dunkelheit in ihr, drängte sich aber nicht auf, sie ins Licht zu führen. Zugleich wusste sie, er wäre da, wenn sie es wollte.

Nie hatte er sich aufgespielt, als habe er ein Anrecht auf sie. Als dürfe sie nur in seinem Bett liegen ... Er ging ja auch zu Lenya. Allerdings konnte Zidaine nicht begreifen, was er an der – zugegebenermaßen manchmal etwas seltsamen – Geweihten fand.

»Du hast Pläne mit mir?«, fragte sie in anzüglichem Ton. Ihr war bewusst, dass alle neugierig lauschten, auch wenn sie so taten, als würden sie Tjorne beobachten, der durch den Tang nach Süden stapfte.

»Du machst unsere Ottajasko stärker«, entgegnete Beorn ruhig. »Dieser Vespertilio wird vielleicht unser Verbündeter, ein Freund wird er ganz sicher nicht.« Der Drachenführer deutete auf das Tangmeer hinaus. »Und er ist nur eine von vielen Gefahren, die dort draußen lauern. Ich würde mich wohler fühlen, wenn du die Nacht hier an Bord verbringst.«

Sie fuhr sich mit der Zunge über die Lippen und beobachtete ihn scharf. »Fühlst du dich auch wohl, wenn ich nicht in deiner Koje liege, sondern vielleicht bei Eimnir?«

Beorn lächelte. »Wenn er ist, was du heute Nacht brauchst ... «

Ihr war bewusst, dass sie diese Antwort herausgefordert hatte. Dennoch ärgerte sie sich über ihn.

»Ich werde einen guten Platz für uns finden!«, erklärte Eimnir Hermson begeistert. »Ich suche Decken. Und wir werden ein kleines Feuer haben …«

Beorn warf ihm einen verärgerten Blick zu.

»Natürlich in einer Feuerschale, Drachenführer. Ich werde nicht das Schiff abbrennen.«

»Geh nicht dort hinaus. Nicht in der Nacht!«, sagte Beorn mit Nachdruck. Ein melancholischer Zug lag um sein verbliebenes Auge. »Ich weiß, du wirst tun, was du willst. Ich werde es dir durchgehen lassen, bis du mit Tjorne fertig bist. Danach musst du den Eid erfüllen, den du auf mich und die Ottajasko geschworen hast. Und dazu gehört, dass du mit uns ziehst.« Er nahm die Hände von der Reling und ging zur Kajüte am Heck, wo es die große Koje gab und das Wandbild, hinter dem sie die Toten gefunden hatte.

»Ich würde mit dir gehen, wenn du Tjorne suchst«, bot ihr Eimnir an.

»Ich dachte, er ist dein Freund.«

Der Rothaarige zuckte mit den Achseln. »Bei Frauen hört die Freundschaft auf.«

Zidaines Blick wanderte zu Eimnirs linker Hand. Sie hatte eine auffällig andere Farbe als der Arm, an dem sie saß. Das war seit dem Himmelsturm so. Sie erschauerte. Kurz fühlte sie noch einmal den Stich, den ihr Galayne versetzt hatte. Wie seine schlanke Klinge in ihr Fleisch fuhr. Eine Verletzung, an der sie verreckt wäre, hätte Tylstyr sie nicht gefunden und gerettet. Alles zwischen ihnen hatte mit einer Lüge begonnen. War es je mehr gewesen als Lügen?

Sie schob den Gedanken von sich. Sie hatte diesen Weg gehen wollen! Galayne hatte sie mit ihrer Zustimmung niedergestochen, damit sie ein Spitzel in Phileassons Ottajasko hatte sein können.

»Ich wüsste im Frachtdeck einen Platz ...« Eimnir sah sie mit strahlenden Augen an. Im Himmelsturm hätte sie sich fast auf ihn eingelassen.

Wieder blickte Zidaine auf seine Linke. Die Vorstellung, dass diese Hand sie berührte, war ihr unerträglich. »Vergnüg dich mit dir selbst!«, zischte sie ihn an.

Sie würde nicht zu Beorn in die Kajüte gehen. Das würde aussehen, als würde sie ihm nachlaufen. Sie ging die Reling entlang. Genoss die empörten oder abschätzigen Blicke. Nur Eilif Sigridsdottir hatte ein beifälliges Schmunzeln für sie.

Galayne der-im-Schildwall-steht, wie stets ganz in Weiß gewandet, stand etwas abseits der anderen, fast am Bug des großen Schiffs. Seiner Kleidung haftete kaum Schmutz an, als sei er über alles Weltliche erhaben. Selbst über den Schlick des Tangmeers.

»Nun, Elf«, sagte sie herausfordernd. »Magst du noch einmal versuchen, einen Stich bei mir zu landen?«

Nahe der Schivone Donnersturm,
Verdichtungsgebiet des Sargassomeers, dritter Tag im Kornmond

Beorn Asgrimmson musste sich zwingen, sich nicht umzudrehen. Sie war nicht da, so wie sie schon den ganzen Tag nicht mehr da gewesen war. Zidaine Barazklah hatte die *Boronsstolz* im ersten Morgenlicht verlassen. Und sie war nicht in seine Kajüte gekommen. Fast die ganze Nacht hatte er wach gelegen und auf ihre Schritte gelauscht. Vergebens. Da war nur dieses Kratzgeräusch hinter dem Wandbild gewesen. Als seien die Toten, die dort lagen, wieder erwacht und versuchten erneut, ihrem Versteck zu entfliehen. Das war natürlich Unsinn! Dennoch war er froh gewesen, als sie die große Zedrakke am Morgen verlassen hatten. Sie war kein guter Ort.

Er blickte über die Einöde aus Seetang. Aber hier gab es nirgends einen guten Ort. Weniger als eine Meile voraus erhob sich eine dreimastige Schivone aus dem trügerischen Grund. Ein stolzes Schiff. Vorder- und Achterkastell ragten turmhoch auf. Eine schwimmende Festung. Manche sagten, es seien die besten Schiffe, die je gebaut worden waren. Er lächelte spöttisch. Wer das behauptete, war nie auf einer Otta gefahren.

Allerdings nahm sich ein Drachenschiff neben so einer Schivone aus wie ein großes Ruderboot. Auf das hohe Deck dieser Dreimaster zu entern war so, als versuche man, die Mauern einer Burg zu erstürmen. Und bevor es so weit war, musste man den Steinhagel der zahlreichen Schiffsgeschütze überstehen.

Beorn musterte das Schiff mit zusammengekniffenem Auge. Da waren Stückpforten. Ob Vespertilio eine Besatzung hatte? Oder war die Schivone nur ein weiteres Geisterschiff?

Mehr als ein Dutzend der Kreaturen mit den Fledermausflügeln kreisten hoch über den Masten. Dies hier musste der Stützpunkt des Zauberers sein.

»Macht euch kampfbereit«, befahl er entschlossen.

»Sind wir nicht Verbündete?«, fragte Galayne der-im-Schildwall-steht.

»Macht das Vespertilio vertrauenswürdiger?« Beorn nahm den Schild vom Rücken und zog sein Schwert. Seine Recken taten es ihm gleich. Alle außer Lenya Yasmadottir. Abgesehen von einem Messer am Gürtel besaß sie keine Waffe. Das würde die meisten täuschen, dachte Beorn. Mit Sicherheit war sie die tödlichste von ihnen allen.

»Platz, Kleine!« Eilif Sigridsdottir schob die Geweihte grob zur Seite. »Zuschauer gehören nach hinten.«

Die Hünin ließ keine Gelegenheit aus, Lenya herumzuschubsen. Irgendwann würde das übel enden.

»Gewiss doch, große Kriegerin«, murmelte die falsche Geweihte.

Selime saba Anaram hatte ihren riesigen Khunchomer gezogen, Orelio, der Fechter, sein Rapier. Er stellte sich schützend vor Dolorita. Eimnir Hermson blickte mit griesgrämiger Miene über seinen Schild. Zidaine hatte ihn gestern vor versammelter Mannschaft gedemütigt. Er war kein Mann, der so etwas verzieh. Sie machte sich zu leichtfertig neue Feinde. Irgendwann würde ihr das zum Verhängnis werden.

»Glaubst du, sie haben Rotzen an Bord?«, fragte Olav Stirson besorgt.

Wenn sie Torsionsgeschütze wie die Kriegsschiffe des Kaiserreichs besaßen, boten die Thorwaler im Schildwall ein leichtes Ziel.

»Er wird nicht auf uns schießen«, sagte Beorn so laut, dass ihn seine gesamte Ottajasko hören konnte. »Vespertilio braucht uns noch. Wir zeigen ihm nur, dass wir nicht seine Befehlsempfänger, sondern gleichberechtigte Verbündete sind. Vorwärts!«

Immer mehr der Kreaturen mit den Lederschwingen schwärmten aus dem Schiff aus. Dann erkannte Beorn den hageren Magier an Deck. Vespertilio Organo schwenkte die Arme.

Als sie weiter vorrückten, stieg er über die Reling und kletterte vom Schiff herab. Mit einer verärgerten Geste vertrieb er seine geflügelten Helfer und kam ihnen ganz allein entgegen.

»Schneid hat er ja«, bemerkte Olav Stirson, der hinkend an Beorns Seite ging. »So ganz allein einer vollbewaffneten Ottajasko entgegenzutreten.«

Das dachte Beorn auch. Und es passte ihm gar nicht. Es war seine Absicht gewesen, Vespertilio als einen Feigling zu demaskieren, der sich hinter seinen Ungeheuern verkroch. Aber das war er ganz offensichtlich nicht.

»Seid ihr auf Feinde getroffen?«, rief Vespertilio ihnen zu.

»Da wir hier mit mehr Feinden als Freunden rechnen, sind wir jederzeit bereit«, erwiderte Beorn zweideutig.

»Dann könnt ihr nun die Waffen wegstecken.« Er weitete die Arme. »Willkommen, Freunde! Es ist schön, dass ihr so schnell hierhergefunden habt.«

Vespertilio wirkte sehr überzeugend. Er ließ ihn schlecht aussehen, dachte Beorn verärgert. Seine Ottajasko fragte sich vermutlich, warum sie unter Waffen hierhergekommen waren. Sie hatten ihn ja – ausgenommen die falsche Lenya – bislang nur von Ferne gesehen.

»Dort drüben habe ich einen Lagerplatz für euch vorbereiten lassen.« Der Magier wies mit seinem Zauberstab auf eine flache Erhebung, die etwas mehr als hundert Schritt von der Schivone entfernt lag.

»Sind wir denn nicht an Bord willkommen?« Beorn wollte, dass es die ganze Ottajasko hörte.

Vespertilio setzte eine bedrückte Miene auf. »Es ist bereits ziemlich überfüllt an Bord ...« Er seufzte. »Aber das ist es nicht allein. Ich muss gestehen, meine geflügelten Gefährten ...« Er stieß einen zweiten, längeren Seufzer aus. »Man kann es einfach nicht schön sagen. Sie scheißen alles voll. Sich auf dem Schiff aufzuhalten ist eine Zumutung. Deshalb empfange ich dort niemals Gäste.« Er zuckte mit den Achseln. »Es ist mir unangenehm.«

Beorn glaubte ihm kein Wort. Aber er sah den Gesichtern seiner Ottajasko an, dass sie es taten. Keiner hätte Lust, auf ein Schiff voller Scheiße zu gehen. Eine verdammt gute Lüge hatte sich Vespertilio da zurechtgelegt!

»Magst du uns zu unserem Lagerplatz bringen?«, fragte Beorn höflich.

»Aber gern.« Vespertilio ging voran. Er bewegte sich geschickt über den Tang und schien genau zu wissen, wo man am wenigsten einsank. Der Weg, den er einschlug, führte über etliche Schlenker zum Ziel. Schließlich erreichten sie eine sanfte Erhebung. Als sie oben ankamen, standen sie auf einem grauen, verwitterten Schiffsdeck. Es gab keine Reling mehr. Dort, wo sich einmal die Masten erhoben hatten, waren die kreisrunden Löcher mit neuerem Holz verschlossen.

Beorn stampfte prüfend auf die Planken. Sie waren stabil. »Was ist hier drunter?«

»Ein Frachtraum voller Tang und Schlick. So enden fast alle Schiffe hier im Sargassomeer irgendwann einmal. Wir haben von den Decksaufbauten benutzt, was wir gebrauchen konnten.« Er schnitt eine mürrische Grimasse. »Nur so überlebt man hier. Man wird gut darin, alles zu nutzen, was einem die See schenkt.«

»Und die Schiffsbesatzungen?«, wollte Beorn wissen. »Wie gehst du mit diesen Geschenken um? Was wird aus ihnen?«

»Es gibt hier viele Gefahren. Und das Sargassomeer ist groß. Selbst mithilfe meiner Lederschwingen kann ich nicht alles im Blick behalten. Oft kommen wir zu spät. Du wirst sehen, was ich meine, wenn ihr den Kampf für mich austragt.«

Beorn sah den Zauberer fragend an.

Vespertilio schüttelte den Kopf. »Ich kann das nicht einmal annähernd in angemessene Worte fassen. Es ist besser, ihr geht hin und seht es mit eigenen Augen.«

Die ganze Ottajasko hatte sich inzwischen auf dem Deck eingefunden, zu dem es kein sichtbares Schiff mehr gab. Prüfend gingen sie auf und ab.

»Was braucht ihr?«, fragte Vespertilio jovial. »Ich kann zwei Sonnensegel schicken lassen, Amphoren mit Trinkwasser, frisches Brot, Reis, Fisch.«

»Wir nehmen alles«, sagte Beorn mit einem Lächeln. »Wer wird es uns bringen? Deine Lederschwingen?«

»Ich habe ein paar Diener. Ich leite alles in die Wege. Noch vor Sonnenuntergang werdet ihr euch hier ein angenehmes Lager eingerichtet haben.« Mit diesen Worten ging er ohne einen Gruß davon.

Beorn beobachtete genau, welchen Weg der Magier einschlug. Vespertilio machte einen weiten Bogen, als versuchte er, etwas auszuweichen, das zwischen dieser Plattform und seinem Schiff lag.

»Siehst du die Stückpforten?«, fragte ihn Olav, als der Magier außer Hörweite war.

Beorn war nicht entgangen, dass sie in gerader Linie vor den Rotzen der Schivone lagen. Eine Geschützmannschaft, die nur halbwegs an ihren Waffen eingeübt war, konnte sie nicht verfehlen.

»Das gehört zu seinen Spielchen«, tat Beorn die Bedrohung ab. »Du weißt, wie es mit den Schivonen und den Stückpforten ist.«

»Ja«, knurrte sein Steuermann.

Sehr oft standen hinter den kleinen Klappen im oberen Bereich des Schiffsrumpfs gar keine Geschütze. Rotzen waren teuer, mussten instand gehalten werden und benötigten eine erfahrene Bedienungsmannschaft. Alles verursachte Kosten. Kosten, das Wort, das Pfeffersäcke hassten wie Dämonen die Segenssprüche eines Praiosgeweihten. Beorn hatte auch schon Schivonen gesehen, auf deren Rumpf die Stückpforten lediglich aufgemalt waren. Solange Feinde weiter als fünfzig Schritt entfernt blieben, war kein Unterschied zu bemerken.

»Der Kerl bedient sich aus den gestrandeten Schiffen«, bemerkte Olav, »und Swafnir allein weiß, wie viele Jahre er das schon tut. Der könnte ein ganzes Deck voller Geschütze stehen haben, und wir hocken hier als Zielscheiben für ihn.«

»Ja, das mag so sein …« Beorn fühlte sich auch nicht wohl damit, im Ungewissen zu sein. »Aber ich glaube, dass er uns wirklich als Verbündete braucht.« Sein Blick schweifte nach Westen, über die Einöde des Totenmeers. Er konnte etwa ein halbes Dutzend flacher Erhebungen im Umkreis von zwei bis drei Meilen ausmachen. Zudem die schwarzen Silhouetten zweier Schiffe vor dem klaren Mittagshimmel.

Beorns Augen brannten, als sei Salzwasser hineingeraten. Dieser verfluchte Tang dünstete irgendetwas aus, das die Augen brennen ließ. Außerdem lag ein bestialischer Gestank über dem Tangteppich. Er musste sich auf Vespertilio einlassen, dachte Beorn bedrückt. Er wollte den Kelch so schnell wie möglich finden, um diesem riesigen Haufen verrottenden Unrats eilig zu entkommen.

»Vespertilio wird versuchen, uns hereinzulegen«, sagte Dolorita. »Ich erinnere mich, seinen Namen schon einmal gehört zu haben. Er hat eine Zeit lang in Al'Anfa gelebt, wenn ich ihn nicht verwechsele. Bis man ihn davongejagt hat, weil er sich allzu tief in das Studium der Schwarzen Künste verstrickt hat.«

»Und ich dachte immer, Al'Anfa ist sehr großzügig, wenn es darum geht, auf den verbotenen Pfaden der Ars Magica zu wandeln«, bemerkte Lenya Yasmadottir spitz.

Die Hexe wandte sich der falschen Geweihten zu. »Daran magst du ermessen, wie weit er gegangen sein muss. Es ist wirklich nicht leicht, wegen solcher Verfehlungen aus der Stadt verwiesen zu werden.«

»Ich finde dieses alte Gerippe nicht sonderlich eindrucksvoll.« Eilif Sigridsdottir stemmte ihre riesigen Fäuste in die Hüften und blickte herausfordernd zu der Schivone. »Den zermalme ich sogar dann noch, wenn ihr mir beide Hände auf den Rücken bindet. Wahrscheinlich hat er in Wahrheit dem falschen Grandentöchterchen nachgestellt, und alles andere ist nur vorgeschobenes Geschwätz.«

»Eher nicht«, warf Orelio ein, noch bevor Dolorita etwas sagen konnte, die ebenfalls ansetzte, um zu widersprechen. »Ginge es um solche Familienangelegenheiten, hätte man ihm einen Mann wie mich geschickt.«

»Einen Fechter, der einen Magier herausfordert?«, fragte Beorn verwundert.

»Ehrenhändel und Angelegenheiten der Liebe werden in aller Regel mit blankem Stahl ausgetragen«, erklärte Orelio. »Und täusche dich nicht, Drachenführer, mir sind durchaus schon Magier begegnet, die eine flinke Klinge führen konnten. Manche vermögen sogar ihren Zauberstab in ein flammendes Schwert zu verwandeln.«

»Wir müssen wissen, wie es auf diesem Schiff aussieht«, führte Beorn das Gespräch zum Ausgangspunkt zurück. »Nur dann können wir beurteilen, ob dieser Lagerplatz bedroht ist. Dolorita?«

Die Hexe schüttelte den Kopf. »Pepito bei all den Lederschwingen fliegen zu lassen behagt mir nicht. Auch wird er nicht hinab auf das Frachtdeck gelangen, das vielleicht ein Geschützdeck ist. Wir sollten erwägen ...«

»Ich gehe!«, entschied Lenya.

»Unsinn!«, fuhr Olav sie an. »Wenn dir etwas geschieht, ist der

Wettkampf verloren. Wer soll uns dann die nächsten Aufgaben benennen?«

»Die Göttin findet stets einen Weg«, entgegnete die falsche Geweihte hintersinnig lächelnd.

Beorn ballte vor Wut die Hände zu Fäusten. Er war der Einzige in der Ottajasko, der die perfide Doppeldeutigkeit dieser Worte begriff. Wusste doch niemand sonst, dass nicht Lenya, sondern eine uralte Elfe, die sich von ihrem Volk im Himmelsturm als Göttin verehren ließ, vor ihnen stand.

»Es ist leichtfertig.« Olav schüttelte den Kopf. »Er könnte dich überwältigen und uns einfach ...«

»Sehe ich vielleicht aus wie eine wehrlose Gänsemagd?« So viel kalter Zorn lag in diesen Worten, dass der in hundert Stürmen erprobte Steuermann unwillkürlich einen Schritt zurückwich.

»Sie hat recht!«, entschied Beorn. »Lenya wird unsere Kundschafterin sein.« Er tat das, um zumindest den schwachen Anschein zu wahren, dass er hier die Entscheidungen traf. Er würde ihr keine Träne nachweinen, wenn ihr auf dieser verfluchten Schivone des Magiers etwas zustieße. Er sah die Macht, mit der sie ihm nützen konnte wie keine andere, aber am Ende kam es auf die Mannschaft an, nicht auf Einzelne. Zu oft hatte sie seine Autorität herausgefordert. Sie stiftete Unfrieden in der Ottajasko und ließ ihn schlecht aussehen.

»Geh, Lenya! Und hüte dich vor dem alten Mistkerl.«

»Alt?«, spottete die falsche Geweihte. »Ich finde, er ist nicht mehr als ein Jüngelchen. Aber das kommt natürlich auf den Blickwinkel an.«

Schivone Donnersturm, Verdichtungsgebiet des Sargassomeers, dritter Tag im Kornmond

»Meister, eine der Thorwalerinnen. Ich glaube, es ist die Geweihte.«

Vespertilio Organo blickte ungehalten von der Liste der Vorräte auf, die ihm der kahlköpfige Perricumer hinhielt. Die Namen seiner Sklaven merkte sich Vespertilio nie. Aber der Kerl war einmal Offizier in der kaiserlichen Perlenmeerflotte gewesen. Vor Jahren hatte er versucht, die Sklaven zur Revolte aufzustacheln. Der Zauberer lächelte bei der Erinnerung an das überaus kurze Scharmützel. Seine Lederschwingen hatten die Rebellen in Stücke gerissen. Aber den Offizier hatte er sich aufgehoben. Er hatte ihn kastriert. Es war erstaunlich, mit anzusehen, was ein so kleiner Eingriff, so ein winziger Schnitt, aus ihm machte. Aus dem Rebellenanführer war ein devoter Diener geworden, der ganz und gar darin aufging, Listen über die Vorräte zu führen und täglich aufs Neue zu berechnen, wie lange sie hier an Bord versorgt waren. Und wenn das Glück ihnen hold war und ein neues Schiff im Sargassomeer strandete, das sie als Erste erreichten, dann war dies wie ein Festtag für den kastrierten Speichellecker. Auch wenn er dann all seine Listen neu schreiben musste.

»Schick zwei Lederschwingen«, wandte sich Vespertilio an die Botin, die mit demütig gesenktem Blick auf dem Niedergang unter der Frachtluke stand. »Sie sollen diese Geweihte packen und wieder zu dem Plünderfahrerpack zurücktragen. Aber sie darf nicht verletzt werden. Jedenfalls nicht ernsthaft.«

»Das vermag ich nicht, Licht meiner Tage«, flüsterte die Sklavin. »Sie werden mich nicht verstehen, wenn ich ihnen einen so klugen Befehl bringe. Bitte tadelt mich nicht, Speiser der Welt.

Ihr wisst, der Verstand der Lederschwingen verdorrt vor dem Licht eurer strahlenden Weisheit.«

Vespertilio kam nicht umhin zu lächeln. Die junge Novadi übertraf sich stets aufs Neue darin, ihn mit den blumigsten Titeln anzusprechen. Er hatte eine gewisse Schwäche für sie. Nicht nur für ihre Schmeicheleien. Manchmal gestattete er ihr, für ihn zu tanzen und das Lager mit ihm zu teilen. Allerdings hatte er in letzter Zeit den Verdacht, dass sie sich unentbehrlich fühlte. Es wäre klug, sich bald von ihr zu trennen, auch wenn er sie vermissen würde. Sklaven, die glaubten, sie könnten ihn manipulieren, machten auf kurz oder lang immer Ärger, das hatten ihn die zwei Jahrzehnte gelehrt, die er nun schon im Sargassomeer festsaß. Es war an der Zeit, sie in den Himmel aufsteigen zu lassen.

»Ich komme an Deck.« Er war überrascht, wie belegt seine Stimme klang. Sie war doch nur ein Spielzeug! In keinem denkbaren Aspekt reichte sie auch nur entfernt an Zynthia heran, die einzige Frau, der je seine Liebe gehört hatte, bis ... In hilfloser Wut ballte er die Hände zu Fäusten. Vermis Gulmaktar, dieser schmerbäuchige Feigling, diese aufgequollene Qualle, trug die Schuld an dem, was geschehen war.

Der Anblick des Hinterteils der Sklavin ließ ihn den Zorn vergessen. Sie stieg vor ihm den Niedergang hinauf. Vespertilio mochte es bei Frauen, wenn ihr Hintern ein wenig üppiger ausfiel. Die grüne Pluderhose betonte ihr Gesäß noch. Und er war sich gewiss, dass sie ihre Hüften beim Anstieg ein wenig mehr schwingen ließ, als notwendig gewesen wäre. Ihm war klar, dass sie genau wusste, wohin er jetzt blickte.

Viel zu schnell erreichten sie das Hauptdeck der Schivone. Vespertilio mochte diese köstlichen Augenblicke, die einem das Leben manchmal schenkte.

Er trat an die Reling, stützte sich schwer auf und sah auf das verfluchte Tangmeer hinaus, das ihn schon so lange gefangen hielt. Sein Ziel lag nur wenige Meilen entfernt. Zum Greifen nahe und doch unerreichbar. Er brauchte mehr Kampfkraft, um eine Entscheidung herbeizuführen. Deshalb sollte er die Thorwaler nicht zu sehr verärgern. Er wusste, dass er sich solche Männer und Weiber nicht gefügig machen konnte. Man musste mit ihnen paktieren, wenn man etwas erreichen wollte.

Diese verdammte Traviageweihte, Lenya, hatte sich den Weg zum Schiff sehr genau gemerkt. Sie näherte sich in weitem Bogen. Als sie ihn entdeckte, winkte sie ihm fröhlich zu. Ausgerechnet eine Traviageweihte, dachte Vespertilio frustriert. Hätte das Schicksal ihm nicht eine Rahjageweihte schicken können? Oder eine Konkubine wie jene, von der dieser Al'Anfaner in seinen letzten klaren Momenten immer gesprochen hatte? Das wäre mal eine Abwechslung gewesen.

»Ich lasse gerade die Vorräte für euch zusammenstellen«, rief Vespertilio Lenya zu. »Du brauchst nicht zu kommen.«

Sie legte eine Hand ans Ohr, als habe sie ihn nicht verstanden. Er fluchte stumm in sich hinein. Sie musste ihn klar und deutlich gehört haben. Er war vorhin schon unmissverständlich gewesen. Er mochte es nicht, wenn Fremde auf seinem Schiff herumschnüffelten, sich zu genau ansahen, was er tat. Seit ihn die spießigen Banausen in Al'Anfa aus der Stadt vertrieben hatten, war er vorsichtig geworden. Die Welt steckte voller Kleingeister, die die Genialität seines Werks einfach nicht zu begreifen vermochten. Und die schlimmsten aller Kleingeister waren Geweihte. In ihren Augen oblag die Erschaffung neuer Kreaturen allein den Göttern. Versuchten Menschen sich daran, dann war das in ihrem verzerrten Weltbild die schlimmste denkbare Hybris. Der frevelhafte Versuch, sich den Göttern gleichzustellen. Und jetzt schickten sie ihm ausgerechnet eine Geweihte an Bord!

Vespertilio blickte zu den Masten hinauf. Vier Lederschwingen hingen mit dem Kopf nach unten von den Rahen am Großmast. Er klatschte in die Hände.

Sofort öffneten die Kreaturen ihre großen schwarzen Augen, legten die Köpfe in den Nacken und sahen zu ihm herab. »Erschreckt die Frau auf dem Tang ein wenig. Treibt sie zu ihrem Schwarm zurück. Aber berührt sie nicht.«

Wie stets brauchten die Lederschwingen ein bisschen, bis seine Worte zu ihnen durchdrangen. Bedauerlicherweise litt ihr Verstand während der Schöpfung. Vermutlich lag es an den Schmerzen. Oder auch daran, dass der Verstand von Menschen und Fledermäusen sich einfach nicht gut ergänzte.

Die erste Lederschwinge löste den Klammergriff um die Rah, ließ sich in die Tiefe stürzen, glitt mit weit ausgebreiteten Schwingen tief über das Deck hinweg, um dann flügelschlagend auf die Tangebene hinaus zu fliegen. Die drei anderen folgten. In kleiner werdenden Kreisen zogen sie über der blonden Geweihten dahin, die sich allerdings nicht beirren ließ.

Mutig war sie zumindest, dachte Vespertilio. Die Geschichten über die Furchtlosigkeit der Thorwaler, die man sich in allen Hafenschenken erzählte, schienen zu stimmen.

Die Lederschwingen kreisten nun nur einen halben Schritt über Lenya. Hoffentlich machten die Biester keinen Unsinn! Sie waren es gewohnt, dass alles schreiend davonlief, dem sie sich näherten. Er wollte die Thorwaler nicht provozieren, nur fernhalten. Warum mussten diese Dickschädel ihm die Gans in der orangefarbenen Kutte schicken?

Eine Lederschwinge stieß hinab. Ihre Krallen verfehlten das Gesicht der Geweihten nur um Haaresbreite. Sie blieb stehen, blickte zu den geflügelten Chimären hinauf. Mit einer Ruhe, als würde sie tanzende Schmetterlinge betrachten.

Sie machte eine kleine Geste. Was genau, konnte Vespertilio nicht erkennen. Aber die Wirkung war erstaunlich. Seine Lederschwingen stoben auseinander, als hätte eine Sturmbö sie getroffen. Wild mit den Flügeln schlagend, stürmten sie weit in den Himmel hinauf und machten keinerlei Anstalten mehr, sich der Thorwalerin noch einmal zu nähern, die inzwischen ihren Marsch zur *Donnersturm* fortsetzte.

War er gerade Zeuge eines minderen Wunders geworden?, fragte sich Vespertilio. Mit den Kräften der Geweihten hatte er sich nie eingehend beschäftigt. Womöglich war dies ein Fehler gewesen. Wenn sie die Lederschwingen so einfach davonjagen konnte, wäre er so gut wie wehrlos, sollte sich diese Bande von Plünderfahrern entschließen, sein Schiff anzugreifen. Andererseits ... Er sollte überaus freundlich sein. Diese Macht, die er gerade hatte wirken sehen, mochte alles verändern. Wenn die Geweihte ihm half, konnte er bald dem Totenmeer entfliehen.

»Lass das Fallreep herab!«, befahl er der Novadi, die schweigend neben ihm die Ereignisse beobachtet hatte.

Klappernd schlugen die mit Seilen verbundenen hölzernen Sprossen gegen den Rumpf.

Vespertilio wartete mit vor der Brust verschränkten Armen, bis Lenya über die Reling stieg. »Du bist eine ungewöhnlich mutige Frau«, begrüßte sie der Magier.

»Warum? War ich denn in Gefahr?«, erkundigte sie sich in leichtem Plauderton und sah ihn mit goldenen Augen an. Wie hatte er das bei ihrem ersten Treffen übersehen können? Goldene Augen! Noch nie hatte er so etwas erblickt.

»Äh ... natürlich warst du nicht in Gefahr«, entgegnete er etwas überrumpelt.

Sie lächelte. »Dann konnte ich dir auch noch keine Kostprobe von meinem Mut geben.«

»Das stimmt ...«

Sie sah sich übertrieben auffällig um. »Nach deinen Worten hatte ich damit gerechnet, dass hier alles zugeschissen sei. Aber nun scheint es mir, als sei das Schiff in einem tadellosen Zustand.«

»Ich habe es gerade erst säubern lassen«, entgegnete Vespertilio kurz angebunden. Diese Geweihte hatte etwas an sich, das ihn provozierte.

»Ich werde mir dann einmal das Frachtdeck ansehen.« Ohne auf seine Zustimmung zu warten, ging sie auf den Niedergang zu, der nahe beim Hauptmast in den Bauch des Schiffs führte.

»Das ist nicht nötig ...«

Ein Blick der goldenen Augen traf ihn. Es war fast wie eine körperliche Berührung. Die Kehle wurde ihm eng, und stechender Schmerz griff nach seinem Herzen.

»Beorn hält es für notwendig, also steige ich dort hinab.« Sie sagte das in einem Ton, als sei sie die Herrin dieses Schiffs.

Das konnte er ihr nicht länger durchgehen lassen. Die kleine Novadi hörte das alles mit. Sie war klug genug, den Mund zu halten, aber Vespertilio sah, wie es hinter ihrer Stirn arbeitete. Außer ihr waren keine Sklaven an Deck. Nur die Lederschwingen. Um sie musste er sich keine Sorgen machen.

Vespertilio folgte Lenya, die bereits den Niedergang hinabstieg.

»Keine Rotzen« stellte sie mit einem zufriedenen Blick in den Frachtraum fest.

Der ehemalige Offizier der Perlenmeerflotte musterte sie skeptisch. Das Brett, auf dem die aktuelle Liste seiner Vorräte lag, presste er eng an seine Brust.

»Eine der Thorwalerinnen«, rief Vespertilio erklärend. »Sie wollte nur sehen, ob wir tatsächlich über ausreichend Vorräte verfügen.«

Der Offizier setzte eine beleidigte Miene auf. »Selbstverständlich!

Ich habe bereits alles berechnet. Wenn die angegebenen Mannschaftsstärken stimmen, reicht der Trinkwasservorrat für siebzehn Tage, der an Lebensmitteln sogar für zweiunddreißig. Wobei ich dringend davon abraten würde, sämtliche Reserven zu erschöpfen. Dies könnte ...«

»Ich weiß!«, schnitt ihm Vespertilio das Wort ab. »Wir werden lange vorher unser Ziel erreicht und uns schon wieder getrennt haben.«

Lenya sah sich neugierig die langen Reihen der versiegelten Amphoren an, in denen Trinkwasser lagerte. In der Mitte des Frachtraums waren Fässer übereinandergestapelt und festgezurrt. Darin bewahrten sie Trockenfleisch auf, Salz, Mehl, getrocknete Bohnen. Der verdammte Odem des faulenden Tangs war verderblich für die meisten Lebensmittel. Man musste sie in Fässern oder versiegelten Amphoren lagern, sonst begannen sie lange vor der Zeit zu verfaulen, so wie alles hier über kurz oder lang verfaulte. Tang, Schiffe, Menschen ... Nichts hielt dem Totenmeer stand. Es fraß sie alle, auf die eine oder die andere Art.

Vespertilio legte der Geweihten die Hand auf die Schulter. »Du hast gesehen, was du sehen wolltest. Nun kannst du gehen.«

Sie drehte sich um. Ihre goldenen Augen versetzten Vespertilio erneut einen Stich. Etwas Zwingendes lag in ihrem Blick. Er wich eine Stufe vor ihr zurück.

»Ich würde nun gern deine Gemächer sehen, Vespertilio Organo.«

»Selbstverständlich«, murmelte er, ohne es zu wollen. Er blinzelte und wusste doch zugleich, dass den Blickkontakt abzubrechen kaum genügen würde. Er stand unter einem Bann. Seine Füße gehorchten nicht länger seinem Willen. Er drehte sich um und stieg den Niedergang hinauf.

An Deck wartete immer noch die Novadi.

»Ich werde jetzt mit unserem Gast in meine Kajüte gehen«, erklärte er, ohne Herr seiner Worte zu sein. »Ich wünsche, dort nicht gestört zu werden.«

»Gewiss, Herr der Zärtlichkeiten«, sagte sie mit einer leichten Verbeugung. Doch da lag ein neuer Ton in ihrer Stimme. Eifersucht? Vespertilio hätte geflucht, wenn seine Zunge ihm noch gehorcht hätte. Er ging zur Kajüte in der Achtertrutz, die zu betreten seinen Sklaven strengstens verboten war. Jetzt aber konnte er nicht anders, als diese verfluchte Geweihte mit einer Verbeugung und freundlichen Worten hineinzubitten.

Knarrend drehte das große hölzerne Standbild neben seinem Bett den Kopf, als sie eintraten.

»Ein Golem«, sagte Lenya verzückt. »So eine Kreatur habe ich ja schon eine Ewigkeit nicht mehr gesehen.« Ohne Furcht ging sie zu dem hölzernen Wächter, dem Vespertilio eine Frauengestalt gegeben hatte. Ihr Haar hatte er mit Ruß eingefärbt, sodass es rabenschwarz war. Die Gestalt sah ein wenig wie Zynthia aus. Aber nur ein wenig, er war kein Bildhauer.

Ein Wort von ihm, und der Golem würde dieser verfluchten Geweihten die Kehle zerquetschen. Aber er brachte immer noch keinen Laut über die Lippen. Diese Traviagans ... Wüsste er es nicht besser, er würde glauben, eine überaus machtvolle Magierin vor sich zu haben. Aber welche Magierin mit einem Hauch Selbstachtung würde sich als Geweihte verkleiden? Außerdem trug sie keine Gildentätowierung in den Handflächen.

Es mochte angehen, dass man ihr das Siegel woanders gestochen hatte ... Das kam selten vor, aber Vespertilio achtete aufmerksam auf jede Hautstelle, die ihre Bewegungen unter den blonden Zöpfen oder an den Ärmeln freigaben.

Lenya strich bewundernd über den Golem, der sie mit leblosen Augen ansah.

»Eine schöne Arbeit, Vespertilio«, lobte sie und sah sich prüfend im Zimmer um. »Ein wenig karg eingerichtet bist du.«

Er verachtete unnützen Tand. Seine Bedürfnisse waren auf das Wesentliche reduziert. Ein schmales Bett, eine Waschschüssel, eine Kleidertruhe. Nur der Tisch war ungewöhnlich groß, es war eine Plackerei gewesen, ihn von einer bornländischen Kogge über den Tang hierherzuwuchten. Den Lederschwingen hatte er diese Aufgabe nicht anvertraut, sie ließen immer wieder Dinge fallen.

Mitten auf dem Tisch lag aufgeschlagen das Buch, in dem er gerade las, daneben stapelten sich einige Blätter mit Notizen. Ein Krug Wasser und ein verbeulter Silberkelch standen ebenfalls auf dem Tisch. Der Kelch war mehr als nur ein Trinkgefäß. Er war ihm eine tägliche Mahnung, weshalb er hier war.

Die Geweihte betrachtete die wenigen Folianten auf dem schmalen Bücherbord über seinem Bett. Dann schlenderte sie zum Tisch und sah in das aufgeschlagene Buch. »Golonius von Norburg.« Sie schüttelte abfällig den Kopf. »Ich finde ihn zu verschwafelt. Er formuliert seine Thesen unpräzise, und allzu oft irrt er.«

Vespertilio traute seinen Ohren nicht. Was sie da sagte, traf zu. Wäre seine Bibliothek umfassender, hätte er ganz gewiss nicht damit gerungen, bei Golonius nach einem Fünkchen Weisheit zu fahnden.

Die Traviageweihte sah ihn mit einem hintersinnigen Lächeln an. Dann deutete sie zu der Klapptür in der Kajütendecke. »Was ist da oben?«

Was immer sie ihm angetan hatte, um ihm ihren Willen aufzuzwingen, es war vorüber. »Du bist eine ungewöhnliche Frau«, sagte er widerstrebend.

Sie deutete zur Decke. »Ich würde gern sehen, was sich dort verbirgt.«

Konnte sie gespürt haben, was dort war? Er durfte ihr diese Kammer nicht zeigen.

»Dir ist schon klar, dass ich dich zwingen könnte ...«

»Wie machst du das?«, polterte er in hilflosem Zorn. »Geweihte sollten so etwas nicht können. Schon gar nicht, wenn sie der Göttin des Herdfeuers dienen.«

»Die gute Gans lehrt, dass man ungezogene Kinder auch schon mal übers Knie legen muss. Zu ihrem eigenen Wohl.« Sie lächelte. »Aber ich gestehe, dass ich eine etwas ungewöhnliche Geweihte bin. Wollen wir nun?«

»Zynthia«, sprach er den Golem an. »Der Schlüssel.«

Knarrend hob sein Geschöpf den linken Arm und öffnete die geballte Faust. Auf der Handfläche lag ein kupferner Schlüssel. Vespertilio nahm ihn an sich. »Wir gehen von außen hoch. Die Falltür ist nur ein Fluchtweg, falls ich oben einmal schnell verschwinden muss.«

»Das hört sich überaus interessant an.«

Er wurde aus dieser Frau nicht schlau, dachte Vespertilio. Sie sollte ihm mit Verdammnis drohen und verächtlich über sein vergeudetes Leben sprechen. Stattdessen schien sie einfach nur neugierig zu sein.

Er trat durch die Tür und stieg den schmalen Aufgang zur nächsten Ebene der Achtertrutz hinauf. Dort gab es eine weitere, wesentlich kleinere Kajüte, die mit einer überaus massiven Tür mit breiten Eisenbändern gesichert war. »Was du dort siehst, wird dich nicht erfreuen«, warnte er sie.

Schivone Donnersturm, *Verdichtungsgebiet des Sargassomeers, dritter Tag im Kornmond*

Vespertilio drehte den schweren Schlüssel und schob die Tür auf. Er wusste genau, dass er für das, was dahinter lag, in sämtlichen Provinzen des Kaiserreichs und den meisten anderen Ländern Aventuriens auf den Scheiterhaufen gestellt würde. Selbst eine Traviageweihte musste erkennen, wozu diese Kammer diente. Und erst recht eine so seltsame Geweihte wie diese Lenya. Aber sie waren nicht im Kaiserreich. Hier gab es niemanden, bei dem sie ihn anklagen konnte.

Dennoch verstand er sich selbst nicht. Wieso zeigte er einer Geweihten den Ort seiner größten Frevel?

Er trat in die Kajüte und gab so den Blick frei. Auf die Kerzen aus dem Fett und den Haaren von Gehenkten. Die Wände mit ihren Bannformeln auf Zhayad, die aus den Zeiten der Horas-Kaiser stammten, den Boden, bedeckt mit Glyphen, wie man sie nur auf den ältesten Stelen der versunkenen Echsenreiche fand.

Auf einem schlichten Pult aus nachtschwarzem Ebenholz lag ein Buch, in dem es Seiten aus Menschenhaut gab, auf die nicht weniger als drei wahre Namen gehörnter Dämonen niedergeschrieben standen. Sprach er sie aus, konnte Vespertilio sich diese Geschöpfe zu fast willenlosen Dienern machen.

An einer Wand lehnte eine Tischplatte mit breiten Bändern, voller dunkler Flecken.

Die Geweihte sah sich nickend um. »Du bist ein mutiger Mann, Vespertilio Organo. Hier spielst du also mit dem Feuer.« Sie deutete auf ein gemaltes Auge an der Wand, das von Glyphen eingefasst war. »Das hier nutzt nichts. Es sieht hübsch aus. Das ist aber auch alles.«

»Du kennst diese Schrift?«, fragte er verblüfft.

Sie lächelte. »Ich kann sie sogar lesen.«

Aufschneiderisches Geschwätz, dachte Vespertilio. Ein paar Inquisitoren der Praioskirche mochten diese Zeichen entziffern können, aber ganz sicher keine Traviageweihte aus Thorwal.

Lenya ging zu dem Stehpult und warf einen flüchtigen Blick auf das Buch. »Basiert auf den Schriften von Ystaion du Berilis. Die sind halbwegs zuverlässig.« Sie trat vor die Tischplatte, schnupperte wie ein Jagdhund, der Witterung aufnahm. »Tjorne war hier«, stellte sie fest, ohne dabei erbost zu wirken. »Wolltest du ihm eine neue Gestalt verleihen?«

»Ich ...« Er räusperte sich. Wie schaffte sie es, dass er sich wie ein eingeschüchterter Novize fühlte? »Ich habe ihm damit gedroht«, gestand er ein. »Tatsächlich nehme ich die dazu nötigen Eingriffe nur sehr, sehr selten an Bord der *Donnersturm* vor.«

»Warum?«

»Es ist schlecht für die Moral meiner Sklaven. Sie ahnen, woher die Lederschwingen kommen, aber etwas zu ahnen oder es mit absoluter Sicherheit zu wissen sind zwei verschiedene Paar Schuhe.«

»Da hast du wohl recht«, pflichtete die Geweihte ihm bei. »Achtet dein Golem darauf, dass sie dir nachts im Schlaf nicht die Kehle durchschneiden?«

Vespertilio nahm verwundert zur Kenntnis, dass Lenya in keiner Weise höhnisch oder verurteilend klang. Was für Geweihte züchteten sie da in Thorwal?

»Ich würde gern Zeugin der Metamorphose werden«, erklärte sie.

Vespertilio traute seinen Ohren nicht. »Wie bitte?«

»Deine Lederschwingen sind erstaunliche Geschöpfe. Ich habe selten so gute Arbeit gesehen. Sie würden selbst vor dem gestrengen Blick Magister Divos bestehen.«

»Divo?«

»Der Autor der *Zwölf Bücher der Verwandlungen*. Er ...«

»Ich weiß, wer Divo war«, unterbrach Vespertilio sie gereizt. Dass er je von einer Traviageweihten schulmeisterlich behandelt werden würde, hatte er sich in seinen übelsten Träumen nicht vorgestellt. »Eine Legende ist Divo. Über seine Bücher wird nur geschrieben. Keiner hat sie je gesehen.«

Lenya schüttelte den Kopf. »Das kann ich so nicht gelten lassen. Divo war der bedeutendste Chimärologe zu Zeiten des Kaisers Fran-Horas. Leider war er nicht ebenso bewandert in Hofintrigen. Er hat es geschafft, den Kaiser mit seinen Schriften zu brüskieren. Er war dagegen, den *Garten des Ruhms Frans* in der Präfektur Vadocia zu errichten. Bedenkt man den weiteren Verlauf der Geschichte, war es ein überaus kluger Rat, keine weitläufige Akademie für Dämonologen zu errichten, in der obendrein fast völlige Forschungsfreiheit herrschte.« Sie lachte. »Das war geradezu absurd leichtsinnig. Nun, Divo hat es die Verbannung auf die Zyklopeninseln eingebracht. Obendrein hat Fran-Horas seine Schriften einsammeln und verbrennen lassen. Ein paar sind den Häschern allerdings entgangen.«

Vespertilio wurde sich bewusst, dass er die Geweihte mit offenem Mund anglotzte. So wie sie sprach, mochte man meinen, sie wäre dabei gewesen. Sie war irre, daran konnte es keinen Zweifel geben. Aber es wäre von Vorteil für ihn, wenn sie in guter Laune das Schiff verließe. Er sollte sie besser nicht auf ihren Wahn ansprechen.

»Ich schulde es dir, dich zu beschützen, Lenya«, sagte er väterlich. »Nicht nur, dass die Metamorphose ein überaus ... ähm ... aufwühlender Anblick ist, der dich noch lange in deinen Träumen verfolgen würde, ich kann mir auch nicht vorstellen, dass deine Tempelvorsteherin – selbst wenn sie ein thorwalscher Freigeist ist – dulden würde, dass du dich mit dieser ... ungewöhnlichen Spielart der arkanen Kunst beschäftigst.«

Lenya lächelte gewinnend. »Du sorgst dich um meine Träume? Wie rührend! Aber unnötig. Im hohen Norden, wo ich herkomme, herrschen raue Sitten. Ich bin mir sicher, schon mehr gesehen zu haben, als du dir vorzustellen vermagst.«

Wenn du wüsstest, Kleine, dachte Vespertilio. »Was hältst du von folgendem Vorschlag? Du gehst nun zurück zu deinem Drachenführer und berichtest ihm, was du im Frachtdeck gesehen hast. Meine Sklaven werden euch mit allen Lebensmitteln versorgen. Und in zwei Tagen brechen wir gemeinsam auf, um eine Schlacht zu schlagen. Wenn ihr mich überzeugt habt, verspreche ich dir, dass ich dich unmittelbar danach einlade, Zeugin der Geburt einer Lederschwinge zu werden.«

Die Geweihte rückte sinnierend. »Du solltest nicht versuchen, Beorn um den Kelch zu betrügen. Er würde es merken, wenn du ihn hintergehen willst. Für so etwas hat er ein bemerkenswert feines Gespür. Es wäre überaus schade, wenn du der Welt verloren gingest, Vespertilio. Männer wie du sind selten.«

Sie war unheimlich, dachte er. Durch und durch unheimlich. Vielleicht würde sie den Kampf ja nicht überstehen. Und da war noch etwas ... Er war neugierig, wie kaltschnäuzig sie war. »Für die Metamorphose brauchen wir natürlich ein geeignetes Objekt. Hast du einen Vorschlag?«

Sie überlegte kurz. »Ich hatte das Gefühl, dass die Novadi draußen dich verärgert hat. Nehmen wir sie?«

Vespertilio schüttelte den Kopf. »Sie ist zurzeit nicht zu ersetzen.«

Sie blickte zu der Tischplatte mit den Lederbändern. »Dann würde ich Tjorne vorschlagen. Er ist kräftig genug, um es zu überstehen. Sicher würde er eine ganz ausgezeichnete Lederschwinge abgeben.«

So wie sie redete, hätte man glauben mögen, dass sie schon einmal bei der Erschaffung einer Chimäre zugegen gewesen war. Vielleicht hatte sie ja darüber gelesen. Sie würde sich noch wundern, wie blutig dieses Geschäft war. »Wird das keinen Ärger geben? Immerhin ist er einer von euch...«

Sie wiegte den Kopf. »Ich werde es nicht weitererzählen. Und er hat nicht mehr viele Freunde in der Ottajasko.«

Er wäre tatsächlich sehr geeignet. »Gut!«, bekräftigte Vespertilio. »Dann schicke ich meine Lederschwingen auf die Suche nach ihm.«

Nahe der Schivone Donnersturm,
Verdichtungsgebiet des Sargassomeers, dritter Tag im Kornmond

»Du bist lange fort gewesen.« Beorn Asgrimmson war der falschen Geweihten ein Stück entgegengegangen. Er wollte nicht, dass die anderen mithörten, was sie beide zu besprechen hatten.

»Du hast dir doch gewünscht, dass ich mir das Schiff gründlich ansehe«, entgegnete sie mit einem honigsüßen Lächeln.

»Und?«

»Es gibt keine Rotzen an Bord. Für die Verteidigung verlässt er sich auf diese fliegenden Ungeheuer. Er verfügt auch noch über Sklaven.« Sie deutete zu den Lastenträgern, die ihr in einigem Abstand folgten. »Ich habe keine Ahnung, wie viele es sind und ob sie für ihn kämpfen würden.«

Beorn blickte zu der kleinen Kolonne. Es waren kräftige Gestalten. »Wird er uns hintergehen?«

»Ganz sicher!«

Es wäre schön, wenn sie bei diesen Worten nicht lächeln würde, dachte er verärgert. Der verfluchte Magier schien ihr aus irgendeinem rätselhaften Grund zu gefallen.»Warum lassen wir uns auf ihn ein? Wir können auch allein nach dem verdammten Kelch suchen.«

Pardona nickte.»Das können wir. Womöglich wird das ein paar Monde dauern, und Phileasson sitzt dir im Nacken... Ich bin mir sicher, Vespertilio weiß genau, wo wir den Kelch finden. Er ist schon recht lange hier, vermute ich. Und ich habe darüber hinaus den Verdacht, dass er auch wegen des Kelchs gekommen ist.«

»Warum?«, wollte Beorn wissen.

Sie zuckte leichthin mit den Achseln.»Es ist das Einzige von Wert in dieser verdammten Einöde. Vespertilio ist ein Genie in dem, was er tut. Er würde überall zurechtkommen, und ich bin mir sicher, er könnte das Tangmeer auf die eine oder andere Art verlassen, wenn er nur wollte.«

»Er braucht uns also, damit wir seinen Feind niedermachen. Und er hofft darauf, dass wir danach so geschwächt sind, dass er uns einfach den Siegespreis nehmen kann.«

Sie nickte.»Davon sollten wir ausgehen. Aber uns steht es ja auch frei, ihn zu hintergehen.«

Beorn schloss sein verbliebenes Auge. Diese Schlange! Er würde besser schlafen, wenn er wüsste, warum sie ihn immer noch begleitete. Ganz sicher nicht aus Freundschaft! Sie würde auch ihn hintergehen, wenn die Stunde gekommen war, daran zweifelte er keinen Atemzug lang.»Was für ein Feind ist das, den wir für ihn bekämpfen sollen?«

»Keine Ahnung. Aber es wird ziemlich übel werden, wenn er mit diesen fliegenden Ungeheuern nicht in der Lage ist, seinen Gegner zu besiegen. Wie mir scheint, hat er sich auf Dämonen eingelassen. Das nimmt nie ein gutes Ende!«

»Du sprichst da aus Erfahrung?«

Ihr Antlitz verhärtete sich. Sie antwortete ihm nicht. Beorn hatte zum ersten Mal, seit er die überhebliche Elfe kannte, das Gefühl, dass er einen wunden Punkt berührt hatte.

»Kann ich mich in diesem Kampf auf dich verlassen?«

Pardona überwand den Augenblick des Verletztseins. »Wie viel kann eine Traviageweihte schon zu einem ernsthaften Kampf beitragen? Es war doch dein Wunsch, dass ich mir mehr Mühe gebe, mich wie eine Dienerin der göttlichen Gans aufzuführen.«

Es machte ihr sichtlich Spaß, die Göttin des Herdfeuers zu verunglimpfen. »Kann ich mich auf dich verlassen?«

»Ich mag Dämonen nicht ...«

»Was heißt das?«, fuhr Beorn sie an. Er war diese Spielchen leid. Er brauchte eine klare Antwort.

»Du wärest gut beraten, jedes Schwert, das du bekommen kannst, an deiner Seite zu haben. Ich werde auf dich aufpassen, Blender. Aber nur auf dich ...«

»Ich kann auf mich allein aufpassen!« Was bildete sich diese arrogante Elfe ein? Aber sie hielt sich ja auch für eine Göttin!

»Ich werde Dolorita morgen früh darum bitten, dass sie ihre Möwe mit einer Botschaft auf die Suche nach Zidaine schickt«, sagte er ruhiger. »Und du hast keine Ahnung, gegen was wir kämpfen werden?«

»Wirklich nicht«, versicherte Pardona.

Beorn hatte einmal gehört, dass ziemlich viele Lügen das Wort *wirklich* beinhalteten. Er hoffte, dass dies hier nicht galt. Er brauchte Pardona, dessen war er sich schmerzlich bewusst.

Nahe der Bireme Prinzessin Emer,
Verdichtungsgebiet des Sargassomeers, vierter Tag im Kornmond

Hüpfend landete der weiße Vogel nur ein paar Schritt von Zidaine Barazklah entfernt im Tang. Mit schief gelegtem Kopf blickte er zu ihr herüber. Er krächzte herausfordernd.

»Still, blödes Biest!« Sie lag auf einer halb im Tang versunkenen Planke, die von Algensträngen überwuchert war, und beobachtete die Galeere etwa dreihundert Schritt entfernt. Sie war sich ziemlich sicher, dass Tjorne dort an Bord war. Gestern Nacht hatte sie kurz den Schein eines Feuers gesehen, es aber nicht gewagt, das letzte Stück Weg hinter sich zu bringen.

Das Tangfeld war hier nicht sonderlich fest. Schon bei Tageslicht fiel es schwer, einen Pfad zu finden. So gut wie blind vor sich hinstochernd zur Galeere zu kommen wäre dumm gewesen. Sie hatte Zeit. Tjorne würde ihr nicht entkommen.

Hoch am Himmel kreisten die Kreaturen des Magiers. Auch sie schienen die Galeere zu beobachten.

Wieder kreischte die Möwe. Verdammtes Biest! Es würde noch ihr Versteck verraten!

Da war etwas an das linke Bein von Pepito gebunden. Ein Zettel! Hatten sie ihr diesen Plagegeist etwa als Boten geschickt?

Zidaine fluchte leise. Beorn hatte ihr versprochen, dass sie ihre Fehde mit Tjorne zu Ende bringen könnte. Was sollte das hier?

Sie zögerte ...

»Komm!«, sagte sie schließlich und winkte der Möwe. Doch dieses gefiederte Miststück blieb einfach auf einem grauen Balken sitzen, der aus dem Tang ragte. Es wirkte ganz so, als wollte es sich nicht die Krallen schmutzig machen. Wenn die Nachricht von fauligem Schlamm durchtränkt wurde, wäre das vermutlich in der Tat ungünstig ...

Wieder sah Zidaine zu der Galeere. Das Wrack wäre ein perfekter Ort, um es zu Ende zu bringen. Jetzt zu gehen wäre dumm!

Wieder krächzte die Möwe.

»Verdammter Schreihals!« Die Fechterin erhob sich aus ihrem Versteck. Wenn Beorn eine Nachricht schickte, musste irgendetwas geschehen sein. Er war niemand, der leichtfertig sein Wort brach.

»Flieg mir jetzt bloß nicht weg!«, herrschte sie die Möwe an.

Pepito antwortete mit einem herausfordernden Krächzen.

»Du hast Glück, dass du die Augen unserer Ottajasko bist!«, zischte Zidaine. Mit seitlich ausgestreckten Armen balancierte sie über den Tang und sank dabei bis fast zu den Knien ein. Gluckernd stiegen Blasen aus dem faulenden Gemenge und zerplatzten, um übelsten Gestank zu verbreiten.

Selbst Pepito kniff die Augen zusammen. Er weitete die Schwingen, als wollte er davonfliegen.

»Untersteh dich! Ich latsche doch nicht durch diese Scheiße, um mir gleich deine Flügel von unten anzuschauen!«

Wenn Möwen grinsen konnten, dann tat Pepito das gerade. Und das, obwohl seinem Schnabel die Lippen dafür fehlten. Unverschämtes Vieh!

Zidaine versank bis weit über die Knie in der stinkenden Brühe. Sie war überrascht, dass die Möwe es duldete, von ihr berührt zu werden. Ohne nach ihren Fingern zu hacken, ließ Pepito zu, dass sie die beiden Lederschnüre löste, mit denen ein Streifen Pergament an seinem linken Bein befestigt war.

Die Fechterin sah auf die Nachricht. Eine kleine Zeichnung zeigte den Weg von der *Zwillingsmond* zur *Boronsstolz* und von dort zu dem Schiff des Magiers, das Zidaine nie gesehen hatte. Dort knickte ein Pfeil nach Südosten ab.

Finde uns auf diesem Weg.
Wir brauchen dich. Dringend!,

stand dort in der peniblen Handschrift Beorns.

Der Drachenführer war niemand, der ohne Weiteres zugab, jemand anderen zu brauchen. Wenn er solch eine Nachricht schickte, musste es wichtig sein. Aber warum stand da nicht, worum es ging? Hatte er Angst, die Botschaft könne in falsche Hände fallen?

Zidaine öffnete die kleine Tasche an ihrem Gürtel, in der sie Feuerstein und Stahl, ein wenig Zunder, ein paar Flicken bunten Stoff, etwas Garn und zwei Knochennadeln verwahrte.

Sie tastete, bis sie die schlankere der Nadeln fand, dann stach sie sich damit in den Finger. Sie nutzte die Nadel wie eine Schreibfeder. Die Runen wurden nur ungelenk, aber die Botschaft war ebenso kurz wie eindeutig:

Ich komme

Bireme Prinzessin Emer, Verdichtungsgebiet des Sargassomeers,
vierter Tag im Kornmond

Tjorne Warulfson beobachtete die Fechterin durch einen schmalen Spalt in der Bordwand der Bireme. Er war sich ganz sicher, dass Zidaine ihn nicht sehen konnte.

Die Galeere der kaiserlichen Flotte befand sich in einem Abschnitt des Tangteppichs, wo der Untergrund besonders trügerisch war. Ganz gleich, wie vorsichtig sich Zidaine näherte, es würde niemals ohne lautes Platschen abgehen. Sie könnte ihn hier nicht überraschen.

Ob sie das begriffen hatte? Sie gab die Deckung auf, in der sie sich den ganzen Morgen über verborgen gehalten hatte. Nur wegen der Möwe? Wollte sie ihm zeigen, dass sie ihn gefunden hatte? Glaubte sie, dass ihm das Angst machen würde?

Er strich mit der Rechten über das Blatt seiner Axt, fühlte den Keilerkopf, der darin eingetieft war. Das Zeichen seiner Familie. Er würde nicht mehr vor ihr weglaufen. Hier wollte er seinen letzten Kampf ausfechten. Aber wo genau?

Wieder wälzte er diese Frage.

Zwischen den Ruderbänken, wo es nur einen schmalen Gang gab, der ihr kaum Platz ließ, vor seinen Axthieben auszuweichen? Oder sollte er gleich über die fest auf dem Deck verankerten Ruderbänke hinwegkämpfen? Dort würden sie sich beide nur schwer bewegen, aber sie wäre durch die überlegene Reichweite ihres Rapiers im Vorteil.

Der Mittelgang wäre es, entschied er.

Zidaine band etwas an eines der Beine der Möwe. Eine Nachricht an Beorn?

Pepito flog auf.

Und die Fechterin folgte der Möwe!

Das musste ein Trick sein! Eine Falle! Sie würde doch nicht ihre Rache aufgeben? Was für eine Botschaft hatte die Möwe gebracht? Was geschah dort draußen auf diesem verfluchten Tangmeer?

Schwerfällig arbeitete sich Zidaine durch den tiefen Grund. Gestern Mittag, als er die Galeere erreicht hatte, war Tjorne vom Kampf mit dem tiefen Tangschlick völlig entkräftet gewesen. So sollte es ihr auch ergehen! Das war ein wesentlicher Bestandteil seines Plans. Sie sollte erschöpft sein, wenn sie ihn erreichte! Dann waren ihre Aussichten auf einen Sieg ausgeglichen.

Er war geneigt, ihr nachzurufen, dass sie sich zum Kampf stellen sollte, aber er biss sich auf die Lippen. Das wäre würdelos! Sie wollte ihn. Sie würde zurückkehren! Er konnte warten.

Prüfend hob Tjorne seinen Wasserschlauch. Nur ein Tag würde ihm hier bleiben, dann müsste er damit beginnen, nach Wasser zu suchen, falls es bis dahin nicht regnete, sodass er etwas auffangen könnte. Später, wenn ihm keine unmittelbare Gefahr drohte, sollte er eine Regenfalle bauen.

Er kroch unter eine der Ruderbänke und achtete darauf, Zidaine durch den Spalt im Rumpf im Blick zu behalten. Sie entfernte sich in nördlicher Richtung. Ihre schwarze Gestalt wurde kleiner und kleiner, bis sie einfach auf der weiten Fläche des Tangs verschwand.

Es wurde drückend warm. Die Ruderbank spendete nur wenig Schatten. Hoch am Himmel kreisten zwei der Kreaturen des Magiers, wie Krähen, die geduldig darauf warteten, dass Leben zu Aas wurde.

3 GEWEBE DES TODES

*Verdichtungsgebiet des Sargassomeers,
fünfter Tag im Kornmond*

»Was ist das da vorne?« Beorn Asgrimmson deutete auf einen großen, schmutzig weißen Fleck, der sich etwa hundertfünfzig Schritt entfernt im Tang ausbreitete.

Vespertilio Organo, der ihre Gruppe auf dem Marsch durch das Tangfeld führte, drehte sich zu ihm um. »Eine Spur unserer Feinde«, bemerkte der Magier sachlich. »Wir sollten hinübergehen. Dann wird einiges klarer werden.«

Beorn hob den rechten Arm. »Halt!«, rief er lang gezogen. Seine Ottajasko und ein Dutzend bewaffneter Sklaven aus dem Gefolge des Magiers gingen im Gänsemarsch hinter ihnen. Auf dem schwierigen Gelände, in das sie vorgedrungen waren, hatte sich dies als die einzig mögliche Formation erwiesen. Sie gingen hintereinander, jeweils mit einem Abstand von zwei oder drei Schritt.

Über ihnen kreiste ein kleiner Schwarm Lederschwingen. Er wachte darüber, was sich in der Nähe bewegte, und sollte sie davor bewahren, in einen Hinterhalt zu geraten. Sie waren am frühen Morgen aufgebrochen. Und Vespertilio hatte sich immer noch nicht dazu geäußert, was für ein Feind sie erwartete.

»Ich will mir das da drüben ansehen«, sagte Beorn in einem Ton, der keinen Widerspruch duldete.

Der alte Magier seufzte. »Besser, nur wir beide gehen dahin. Was es dort zu sehen gibt, könnte schlecht für die Moral deiner Ottajasko sein«, sagte er so leise, dass die anderen ihn nicht hören konnten.

»Lenya kommt mit«, entschied Beorn. Ohne auf Vespertilios Antwort zu warten, winkte er der falschen Geweihten. »Wir sehen uns das dort drüben an. Der Rest der Ottajasko rastet.«

Vespertilio schnitt eine Grimasse, als habe er ihn gezwungen, einen fauligen Hering zu schlucken. Dennoch führte der hagere Zauberer sie über das Tangfeld. Eine leichte Brise spielte mit seinem schulterlangen weißen Haar. Trotz seines fortgeschrittenen Alters bewegte er sich ohne Anzeichen von Ermüdung über den schweren Grund.

Sie mussten nur wenige Umwege machen. Drei Schritt vor dem weißen Gespinst verharrte Vespertilio. Er wirkte angespannt.

»Sieht aus wie Spinnweben«, bemerkte Pardona. »Ich sehe mir das mal an.«

»Besser nicht!«, zischte der Magier und hob eine Hand, um sie zurückzuhalten. »Man weiß nie, was darunter lauert.«

»Fürchtest du dich etwa vor Spinnen?«, spottete Beorn.

»Ja!«, entgegnete Vespertilio todernst. »Kommt mit. Ich zeige euch was.«

Das Gespinst erstreckte sich über mehr als fünf Schritt Länge. Es erinnerte ein wenig an ein ausgebreitetes Segeltuch. Oder auch ein flaches Zelt. Seine Seidenstränge waren so dick wie Fäden grob gesponnener Wolle.

Sie umrundeten das seltsame Gebilde. Beorn erinnerte sich, ähnlich Netze, nur viel kleiner, in Büschen gesehen zu haben. Sie wurden von Trichterspinnen gewoben, die darin auf ihre Beute lauerten.

Die feinen Härchen im Nacken des Drachenführers stellten

sich auf. Vespertilio war stehen geblieben und deute auf einen höhlenartigen Zugang, der unter das Netz führte. Einen Zugang, so groß wie der Eingang eines Dachsbaus.

»Da sitzt eine Spinne drin?«, fragte Beorn zögerlich. »Eine große Spinne?«

Die Mundwinkel des Zauberers zuckten kurz. »Kann man nie wissen. Wenn man daran rührt, ist man besser auf alles gefasst.«

»Und das ist der Feind? Spinnen?«

Vespertilio nickte.

Beorn ließ den Schild vom Rücken gleiten. Er griff nach der Querstange unter dem eisernen Buckel, dann zog er sein Schwert. Geduckt, sodass der Schild den größten Teil seines Körpers abdeckte, trat er an das Gespinst.

Vespertilio machte einige hastige Schritte zurück.

Pardona verharrte.

Das Schwert sauste nieder. Er hackte sich durch das Gespinst. Bald bedeckten ihn klebrige Fäden, doch keine Spinne sprang ihn an. Stattdessen stieß er lediglich auf etwas, das aussah wie ein verschrumpelter Ledersack. Er hielt in seinem Wüten inne, immer noch darauf gefasst, von einer Spinne angesprungen zu werden.

»Da ist nichts mehr«, erklang Vespertilios Stimme hinter ihm.

Beorn schnitt in das Leder. Etwas, das an helle Melonenkerne erinnerte, rieselte heraus.

»Fass das nicht an!«, herrschte Pardona ihn an, als er niederkniete, um die Kerne näher zu betrachten.

»Was ist das?«

Die falsche Geweihte trat an seine Seite. »Ich glaube, es war ein Perlmorfu. Eine riesige Nacktschnecke. Und diese Biester sind keinesfalls harmlos. Sie verschießen vergiftete Hornsplitter aus Muskelkanälen in ihrer Haut. Die Viecher können einen Menschen fressen.«

Beorn stocherte weiter mit dem Schwert in dem seltsamen Kadaver und fand ein rundes Maul mit einem Kranz von Zähnen, die Messerklingen glichen.

»Es ist keineswegs vertrocknet«, bemerkte Vespertilio sachlich. »Es gibt hier eine Sorte Spinnen, die spritzen dir mit einem langen Stachel Gift unter die Haut. Meist wenn sie dich schon eingesponnen haben ...«

Beorn mochte es nicht, wie der Magier ihn ansah und duzte, während er von diesen Biestern sprach, ganz so, als wollte er ihm ein unmittelbar bevorstehendes Unheil prophezeien. Er erwog, wieder ins Thorwalsch zu wechseln, wenn er sich mit Pardona unterhielt.

»Dieses Gift hat die Eigenart, Muskeln und Organe zu zersetzen«, fuhr Vespertilio fort. »Am Ende bleiben nur noch Haut und Knochen. Allerdings dauert das eine Weile. Man kann ihre Opfer eine Meile weit schreien hören, während sie bei lebendigem Leib vorverdaut werden.«

Beorn schüttelte den Kopf. Er hatte genug gehört.

»Und dann?«, fragte Pardona arglos.

»Dann kommen die Spinnen zurück und saugen den Hautsack leer«, brachte Vespertilio seine Geschichte zum Ende. »Es wird ein göttergefälliges Werk sein, wenn wir ein großes Nest von den Biestern ausheben.«

»Das ist dein Ziel?«, fragte Beorn. »Welchen Nutzen hast du davon?«

Der alte Zauberer sah ihn durchdringend an. »Liegt das nicht auf der Hand? Meine Sklaven können sich wieder ungefährdet in diesem Teil des Sargassomeers bewegen.«

»Und der Kampf, den wir danach führen sollen?«

»Noch mehr Spinnen«, sagte Vespertilio nüchtern. »Sie haben den Kelch, den ihr euch holen wollt.«

»Was sollten Spinnen mit dem Kelch wollen?«, fragte der Drachenführer skeptisch. Er hatte das Gefühl, dass hier etwas nicht stimmte, dass Vespertilio ihn hintergehen wollte.

»Eben Pech.« Der Zauberer zuckte mit den Achseln. »Sie haben an der falschen Stelle ihr Nest gebaut. Und dann sind sie nie mehr von dort fortgegangen.«

Beorn wischte sein Schwert an der Hose ab, um die Reste klebriger Spinnweben loszuwerden. Jetzt würde er die Wahrheit ohnehin nicht aus dem Magier herausholen. Also sollte er besser gute Miene zum bösen Spiel machen.

»Hast du schon … Gefolgsleute auf diese Art verloren?« Mit einem, der sich ganz offen zur Sklaverei bekannte, zu paktieren missfiel Beorn. Vielleicht gab es am Ende ja die Möglichkeit, die Gefangenen zu befreien?

»Jeder hier hat schon Gefolgsleute an die Spinnen verloren. Das gehört dazu, wenn man im verfluchten Totenmeer festsitzt.«

Beorn tauschte einen kurzen Blick mit Pardona. »Jeder hier?«, setzte er nach und widmete sich wieder ganz Vespertilio. »Gibt es hier noch mehr Gestrandete wie dich?«

»Na, dich zum Beispiel!«, kam es prompt vom Magier zurück.

Vielleicht etwas zu schnell, dachte Beorn.

»Die meisten, die es hierher verschlägt, überleben nicht lange. Die Tücken des Tangfelds töten sie. Die Ungeheuer, die Geister, die Spinnen … Und wer all das überlebt, verdurstet oder verhungert. Dies ist ein Ort, an dem man nicht alt wird, Beorn Asgrimmson. Du hast großes Glück, mich getroffen zu haben, der ich mein Wissen gern mit dir teile.«

Auch wenn all dies überzeugend klang, genügte es Beorn nicht. *Jeder hier hat schon Gefolgsleute an die Spinnen verloren*, hallte es in seinen Gedanken nach. Wen gab es hier noch? Die Prophezeiung sprach von zwei Meistern ...

»Schau mal, sie ist gekommen«, riss ihn Pardona aus seinen Gedanken.

Im Westen, wohl fast eine Meile entfernt, war eine schlanke schwarze Gestalt vor dem Horizont zu erkennen, die sich zielstrebig in ihre Richtung bewegte.

»Zidaine«, sagte er leise. »Wir werden ihr Rapier gut gebrauchen können.«

»Sie mordet gut, und sie mordet gern.« Pardona lächelte hintersinnig. »Darin hat sie unbestritten Talent. Aber vielleicht ist es sogar noch wichtiger für uns, dass ihre Anwesenheit deine Stimmung heben wird.«

Beorn warf der falschen Geweihten einen verärgerten Blick zu, aber er widersprach ihr nicht.

Verdichtungsgebiet des Sargassomeers,
fünfter Tag im Kornmond

»Wie genau sehen diese Spinnen aus, die wir zu erwarten haben?«, fragte Beorn Asgrimmson. »Und wie kämpfen sie?«

Der alte Magier, der sie durch das trügerische Tangmeer geführt hatte, strich sich nachdenklich über den Bart.

Olav Stirson traute ihm nicht. Der Kerl überlegte, was er vor ihnen verbergen sollte. Das war ganz eindeutig! Er war kein Feigling, dachte Olav. Ganz sicher nicht. Noch nie war er im Schildwall zurückgewichen. Er war besiegt worden, niedergestoßen ... Aber geflohen war er nie. Allein der Gedanke, gegen Spinnen in die Schlacht zu ziehen, setzte ihm zu. Ausgerechnet Spinnen! Nervös streichelte er über die Seeschlangenhaut, die er auf seinen

Schild gezogen hatte. Die Schuppen fühlten sich gut an. Und sie erinnerten ihn daran, dass sie schon viel gewaltigere Ungeheuer als ein paar Spinnen bezwungen hatten.

Die Ottajasko lagerte im Schutz eines verfallenen Schiffsrumpfs. Vom Schiff war kaum mehr als ein Skelett übrig. Unmöglich, noch zu sagen, was es einmal gewesen war. Aber keine dreihundert Schritt entfernt lag ihr Ziel. Olav konnte den Holk durch ein Loch im Rumpf ihrer Deckung sehen, wenn er sich ein wenig vorbeugte. Lange lag das Schiff bestimmt noch nicht im Totenmeer gefangen. Es hatte noch seine Masten. Die Segel waren ordentlich gerefft und unter den Rahen festgezurrt. Wie eine Kette gewölbter Leinentaschen, die nebeneinander hingen, sahen die Segel aus. Überall durch die Takelage liefen Spinnenfäden, die blassrosa im Abendlicht leuchteten. Sie waren allgegenwärtig, diese Spinnenfäden. Gaben dem hochbordigen Frachtschiff mit der massigen Vorder- und Achtertrutz etwas Geisterhaftes. Es war kein Ort, an den ein Mann mit Verstand freiwillig ging, dachte Olav beklommen und riss sich von dem Anblick los.

»Die meisten der Spinnen dort werden etwa hundegroß sein ...«, erklärte der Magier gerade.

»Was soll denn das heißen?«, mischte sich Olav ungehalten ein. »Meinst du ein Schoßhündchen, wie es sich feine Damen an den Busen drücken, oder einen ausgewachsenen Bornländer? Hund ... das kann alles bedeuten. Und Spinnen kann es in allen möglichen Größen geben. Wir haben die Biester selbst in Thorwal. Weitab der Siedlungen, tief im Wald.«

Eilif Sigridsdottir knurrte zustimmend neben ihm. »Recht hast du, Olav! Werd mal ein bisschen deutlicher, Alter!«

»Etwa wolfsgroß sind sie«, erklärte Vespertilio Organo nun. »Also nur ihr Körper. Dazu kommen noch die Beine ...«

Orelio, der Fechtmeister, stieß einen leisen Pfiff aus. »Das ist groß! Die trifft man nicht so oft.«

»Und wie kämpfen sie?« Zidaine Barazklah wirkte gelassen. Kalt wie Eis, dachte Olav. Das war es, was Beorn an ihr mochte. Es gab nur sehr wenig, was sie erschreckte. Bei Kindern wurde sie weich. Benahm sich manchmal wie eine große Schwester.

Vespertilio weitete die Hände. »Wie Tiere. Ohne Sinn und Verstand. Einfach nur ...«

»Tiere kämpfen nicht ohne Sinn und Verstand«, unterbrach ihn Lenya Yasmadottir. »Wenn du das behauptest, hast du noch nie ein Rudel Wölfe jagen sehen. Sie sind voller List und Heimtücke.«

»Das wohl!«, pflichtete ihr Olav bei. Was für eine Schande, dass die Kleine in der Halle der Travia gelandet war. Sie hätte eine prachtvolle Firungeweihte abgegeben.

»Na, dann dürfen wir wohl froh sein, es nur mit Spinnen und nicht mit Wölfen zu tun zu haben«, entgegnete Vespertilio ironisch.

»Und wie kämpfen sie nun?«, wiederholte Zidaine ruhig ihre Frage. Ihre Hände steckten in dünnen, schwarzen Handschuhen. Sie ruhten auf den Griffen von Parierdolch und Rapier an ihrem Gürtel. Sie kann es gar nicht erwarten, dachte Olav ... So war er auch mal gewesen. Vor Jahrzehnten.

»Es gibt diese Biester, die euch ihr Gift in den Leib spritzen wollen«, erklärte Vespertilio. »Die haben meistens rote Beine. Das sind Hasenherzen. Die stechen euch, und dann suchen sie das Weite. Die wollen abwarten, bis euch das Gift erledigt.«

Dolorita schüttelte sich. »Spinnen«, flüsterte sie nur.

Genau!, stimmte ihr Olav in Gedanken zu. Warum mussten es von allen erdenklichen Biestern ausgerechnet Spinnen sein?

»Es gibt auch Spinnen, die Fäden spucken.«

»Dumme Idee«, bemerkte Eilif grinsend. »Als ob mich ein paar Spinnenfädchen aufhalten würden.«

»Unterschätze sie nicht«, mahnte der Zauberer. »Ich habe schon gesehen, wie kräftige Männer kaum mehr den Arm heben konnten, um sich ...«

»Wahrhaft kräftige Männer sind soooo selten«, frotzelte Eilif weiter. »Ich bin kaum einmal einem begegnet.«

»Und dann gibt es noch die Wolfsspinnen«, fuhr Vespertilio unbeirrt fort. »Blutgierige Biester, mit dichtem schwarzbraunem Fell, auch auf den Beinen. Sie stürzen sich meist im Rudel auf ihre Opfer und zerfetzen sie mit ihren mächtigen Kieferklauen.«

»Warum fackeln wir ihr Schiff nicht einfach ab?«, schlug Eimnir Hermson vor. »Ich habe drei Fläschchen mit bestem Lampenöl dabei. Das sollte genügen, um dieser Brut den Rest zu geben.«

»Das wäre ziemlich unerfreulich für die Gefangenen ...« Vespertilio sah sie prüfend an.

»Gefangene?«, fragte Orelio schaudernd.

»Wisst ihr denn gar nichts über Spinnen?«, donnerte Vespertilio los. »Ich war nicht einmal fünf, da habe ich regelmäßig Ohrenkneifer gefangen und sie in Spinnennetze geworfen, um mir die Gladiatorenkämpfe zwischen ihnen anzusehen. Die Ohrenkneifer haben erstaunlich oft gewonnen ... Aber wenn nicht, dann wurden sie in Fäden eingesponnen und irgendwo tief ins Spinnennest gezerrt. Lebende Vorräte für magere Zeiten. Glaubt ihr, nur weil sie etwas größer sind als übliche Spinnen, wären sie ganz anders? Kämpft gut, sonst werdet ihr euch in der Vorratskammer wiederfinden.«

»Hranngars Auswurf!«, zischte Olav leise. Er sah sich im Geiste schon eingesponnen wie eine Fliege von einem Deckenbalken im Frachtraum hängen.

»Ihr solltet euch einmal sehen!« Beorn nahm seinen Flügelhelm ab und wischte sich über die schweißnasse Stirn, an der schwarze Haarsträhnen klebten. Er sprach Thorwalsch, wohl, damit der Magier ihn nicht verstand. »Ich erkenne euch nicht mehr! Vor ein paar Wochen noch habt ihr euch einer Seeschlange gestellt. Und jetzt fürchtet ihr euch vor Spinnen?«

Olav senkte verlegen den Blick.

Eimnir hob eine Axt, deren Blatt aus einem der Zähne der Seeschlange geschnitten war. Aus einem kleinen Teil des Zahns ... »Haben wir diese Waffen dafür gemacht? Um die Spinnen zu erschlagen?«

»Ich weiß es nicht«, gestand Beorn. »Ich weiß nur eines: Mir mangelt es nicht an Mut, es im ersten Morgenlicht herauszufinden. Wer von euch kommt mit mir?«

»Ich!«

Natürlich, dachte Olav. Zidaine. Sie war immer die Erste, wenn es um so etwas ging.

»Ich bin auch dabei«, flüsterte er. Nie hatte er sich mit weniger Begeisterung zu einem Kampf gemeldet. Verdammte Spinnen! Das würde nicht gut gehen, das spürte er in jeder Faser seines vernarbten Beins.

Nahe dem Holk Übermorgenland,
Verdichtungsgebiet des Sargassomeers, sechster Tag im Kornmond

Leichter Nebel trieb über das Tangmeer. Der Morgen war eher Ahnung als Gewissheit. Ein blasser Silberstreif am östlichen Horizont ließ die Dunstschwaden noch geisterhafter erscheinen. Die Nacht hatte er noch nicht vertrieben.

Eilif Sigridsdottir hatte schlecht geschlafen. Der Gestank, bei dem man sich einbilden konnte, dass er von modernden Leichen rührte. Das Gluckern in diesem unsicheren Grund. Die seltsamen Lichter, die durch die Nacht tanzten, Geräusche, die sie nicht zuordnen konnte. All dies beunruhigte sie. Am liebsten hätte sie schon gestern Abend das Spinnenschiff gestürmt. Es war nie gut, Dinge hinauszuschieben.

Sie strich über das schwere Axtblatt, das sie aus dem Seeschlangenzahn geschnitzt hatte. Es war angenehm glatt. Ein wenig klobig. Sie hatte sich noch nie mit Schnitzen die Zeit vertrieben. Das war etwas für Weichlinge, die mit ihren zarten Händchen nichts Besseres anzufangen wussten. Ihre Hände waren dazu geschaffen, Methörner zu halten und Zähne einzuschlagen. Zufrieden betrachtete sie ihre vernarbten Knöchel. Ihre Hände hatte sie immer gemocht. Sie war wohlgewachsen und stark. Ihre Weiblichkeit Furcht einflößend ... Sie lächelte versonnen. Kurz dachte sie an den Lustknaben, der in Vallusa voller Panik aus ihrem Zimmer geflohen war. Aber das beste Geschenk, das Swafnir ihr gemacht hatte, waren ihre wunderbaren Hände. Sie mochte ihren Beinamen Donnerfaust. Genau das waren ihre Fäuste. Blitze, die vom Himmel herabschlugen.

»Wie sieht der Schlachtplan aus, Drachenführer?«, fragte Galayne der-im-Schildwall-steht.

Den schmalen Elf vermochte Eilif auch nach drei Monaten nicht einzuschätzen. Seine Kleider, die Lederrüstung, die Stiefel ... Auf unerklärliche Weise blieb all das vom Schmutz des Tangmeers weitestgehend verschont. Abgesehen von seinem silbernen Helm, der wie ein Hundekopf geformt war, kleidete er sich ganz in Weiß. Wenn Beorn ihn zum Partner in ihren täglichen Übungskämpfen bestimmte, hatte sie stets schlechte Laune. Der Hänfling blieb einfach nicht stehen. Er war nie da, wohin ihre Fäuste schlugen. Nicht dass er sie schon einmal zu Boden geschickt hätte … Aber er tänzelte um sie herum, landete immer wieder einen Fausthieb, der durchaus schmerzte. Natürlich nicht genügend, um sie von den Beinen zu holen. Es war, als würde ein Kind auf einen ausgewachsenen Krieger eindreschen.

Dennoch schaffte Galayne es, sie schlecht aussehen zu lassen, denn sie traf ihn nie, setzte nur schnaufend Fausthiebe ins Leere.

»Der Schlachtplan«, sagte Beorn Asgrimmson grimmig, »ist denkbar einfach. Wir entern diesen Holk, gehen hinein, legen alle Spinnen um und kommen mit heiler Haut wieder heraus.«

Der Elf hob abschätzend eine Braue.

»Ja, ich weiß.« Jetzt klang Beorn gereizt. »Nicht mein ausgefeiltester Schlachtplan. Das wird kein Kampf, den wir im Schildwall führen, und auch kein Entergefecht, wie wir es kennen. Es geht gegen einen Feind, den wir noch nie bekämpft haben. Wir wissen nicht, wie es in dem Holk aussieht. Wir wissen nicht, wie zahlreich unsere Gegner sind. Aber verdammt, ihr seid die Ottajasko Beorns des Blenders. Wir haben uns aus dem Himmelsturm herausgeschlagen, die Schrecken des Totenmoors überlebt, die verräterischen Dörfler im Tal der Türme das Fürchten gelehrt und eine Seeschlange harpuniert. Was sind da ein paar Spinnen? Wir gehen hinein, schlagen sie tot, und das war es.«

»Das wohl!«, rief Olav Stirson.

»Das wohl!«, stimmte Eimnir Hermson ein.

»Werden wir die neuen Waffen einsetzen?«, fragte der Elf. Er hatte sich zwei leicht gekrümmte Säbelklingen aus den Seeschlangenzähnen geschnitten. Vielfach durchbrochene Bronzekörbe dienten ihm als Handschutz. Die Griffe der Waffen waren mit weißem Leder umwickelt. Seine Klingen sahen prächtig aus. Und sie passten zu ihm, so schneeweiß.

»Was machen eigentlich unsere Verbündeten?«, wollte Eilif wissen.

Beorn warf einen kurzen Blick auf Vespertilio Organo. Der hagere Magier hatte nur Eilifs Frage verstehen können, zuvor hatten sie Thorwalsch gesprochen. Er setzte an, etwas zu sagen, doch der Drachenführer schüttelte den Kopf.

»Dass die Lederschwingen unter Deck keinen Kampfwert haben, ist wohl offensichtlich«, bemerkte Beorn. »Sie bleiben hier draußen, kreisen über dem Schiff und werden eingreifen, wenn es zu Kämpfen auf Deck kommen sollte.«

»Also machen sie gar nichts«, versetzte Dolorita spitz.

Eilif musste schmunzeln. Eigentlich mochte sie Al'Anfaner nicht, aber die Hexe hatte etwas an sich. Sie nahm nie ein Blatt vor den Mund. Mutig war sie, auch wenn Swafnir ihr nicht die Kraft geschenkt hatte, dreiste Kerle ihre Zähne schlucken zu lassen.

»Hat noch jemand eine Frage?« Beorn sah sie alle der Reihe nach an. Niemand sagte etwas.

Der Drachenführer erhob sich. »Dann bringen wir es hinter uns!«

Endlich, dachte Eilif. Das war es, was sie wollte. Aufhören zu reden. Dreinschlagen. Diese verdammten Spinnen zerquetschen. Es war nie gut, zu lange über seine Feinde nachzudenken, bevor man sich mit ihnen anlegte. Sie wurden in Gedanken immer größer und größer, bis es schließlich Riesen waren.

Die Ottajasko folgte Beorn. Ihm ging jedoch Galayne voran. Der Elf hatte in der Nacht einen guten Weg zu dem verdammten Spinnenschiff erkundet. Es war ein verschlungener Pfad durch den stinkenden Tang. Nichts ging hier auf diesem riesigen Haufen treibender Scheiße einen geraden Weg. Eilif verstand nicht, weshalb sie nicht gleich das andere Spinnenschiff angriffen. Das, auf dem es – wie es schien – den Kelch gab, den sie laut Prophezeiung finden sollten. Warum waren sie hier? Wieso ging dieser Kampf nicht den geraden Weg?

Der Tang schmatzte unter ihren nackten Füßen. Das Schiff war nur eine ungewisse Silhouette hinter treibendem Nebel. Wieder schlugen sie einen Haken. Aber der Untergrund war fest ... Jedenfalls für die Verhältnisse hier. Sie sank nur wenig mehr als bis über die Knöchel ein. Aber Eilif hatte das beklemmende Gefühl, dass sich alles unter ihr bewegte. Dass jeder ihrer Schritte ein Echo in dunkle Tiefen sandte und dort unten etwas auf sie lauschte. Sie hatte die riesige Kröte nicht vergessen, die sie an der Küste Maraskans aufgescheucht hatten. Sie waren jetzt Hunderte Seemeilen von dort entfernt. Bestimmt hatten sie das Biest hinter sich gelassen.

Vor ihnen schälte sich der Schiffsrumpf aus dem Nebel. Wie eine hölzerne Festungsmauer ragte er auf. Eilif nahm den Wurfanker und das Seil von der Schulter, erleichtert, endlich etwas tun zu können und nicht immerzu denken und denken zu müssen. Diese Grübeleien waren der Tod eines Kriegerherzens.

Sie ließ den Wurfanker am Seil kreisen, dann schnellte er in die Höhe. Fast gleichzeitig warfen auch Eimnir, Olav und Beorn Wurfanker. Keiner verfehlte sein Ziel. Die mit Stoff umwickelten Eisenkrallen griffen hinter die Reling.

Ohne einen Befehl abzuwarten, fasste Eilif das Seil. Die Füße gegen die Bordwand gestemmt, zog sie sich Hand über Hand hoch. Lange Spinnenfäden reichten vom Schiff hinab zum Tang. Auch die Masten waren teilweise eingesponnen.

Etwas streifte klebrig ihr Gesicht. Eilif biss die Zähne zusammen und versuchte es zu ignorieren. Jetzt einfach durch, dachte sie. Nicht nachdenken! Durch!

Sie griff über die Reling, zog die Axt mit dem Blatt aus dem Seeschlangenzahn aus dem Gürtel. Intuitiv duckte sie sich leicht. Ihren Schild ließ sie noch auf dem Rücken. Sie hatte mehr Sorge vor Feinden hinter ihr als vor denen, die sie sehen konnte.

Aber vor ihr war nichts! Das Deck war leer. Keine Horde von Spinnen, die mit klickenden Kieferklauen über sie herfiel. Sie fluchte leise.

Beorn legte ihr die Hand auf den Arm. Er war als Zweiter an Deck geklettert, dicht gefolgt von Eimnir und Olav. »Still. Vielleicht haben wir Glück, und sie schlafen noch.«

Eimnir kniete nieder und entzündete mehrere Blendlaternen. Unter Deck würde es finster sein.

Eilif spürte, wie Schweiß ihren Rücken hinabrann. Sie trug eine Krötenhaut, eine mit Nieten beschlagene Rüstung aus zähem Leder. Ihre Arme waren nackt.

Mit einer Mischung aus Neugier und Ekel tastete sie nach einem der Spinnenfäden, die von der Rah über ihr hingen. Er klebte. Unter der Berührung erzitterte er.

»Lass das!«, zischte der Elf, der hinter ihr über die Reling stieg. Seine Doppelstimme war ein merkwürdiger, verwirrender Singsang.

Sie setzte zu einer passenden Erwiderung an, als er ihr mit harscher Geste das Wort abschnitt.

»Stell dir die Fäden wie Haare vor. Sie sind mit den Spinnen verbunden. Sie spüren es, wenn du sie berührst. Gerade hast du eine auf dich aufmerksam gemacht!«

Eilif blickte zu den Rahen hinauf. Bewegte sich da etwas in dem gerefften Segel? Hockten sie dort oben?

»Weißt du, warum sie so viele Augen haben?«, fragte Galayne. »Sie sehen schlecht. Bei hellem Tageslicht wären wir gewiss im Vorteil. Aber ihr Tastsinn ist hervorragend. Ich bin mir sicher, du hast gerade etwas da oben geweckt.« Er sagte das ohne Lächeln. Keinerlei Regung spiegelte sich in seinem Antlitz. Das verlieh seinen Worten nur noch mehr Gewicht. »Auch wir werden all unsere Sinne brauchen.« Galayne löste den Kinnriemen und stellte seinen Helm auf den Planken ab. »Unter Deck kann ich kein eingeschränktes Sichtfeld dulden.«

»Hier lang!« Beorn deutete auf eine offene Frachtluke, durch die eine hölzerne Stiege hinab in den Laderaum führte. Ein Geflecht aus Spinnenfäden umzirkelte die Öffnung. Sie war kein großes Rechteck mehr. Durch die dicht gesponnenen Fäden hatte der Abstieg die Form eines kreisrunden Tunnels mit Wänden aus klebriger Seide angenommen.

Hunderte Fäden führten von dort zu den Masten hinauf und auch zur Vorder- und Achtertrutz des Schiffs.

Dolorita und Orelio stiegen an Deck. Die Hexe hielt einen Knüppel mit einem verdickten Ende. Der blonde Fechter zog sein Rapier. Er hielt sich dicht an der Seite seiner Gefährtin.

Lenya hatte ein Vierkantholz aus einem Wrack mitgenommen. Sie wirkte eher neugierig als beeindruckt, dachte Eilif. Die Geweihte war eben eine echte Thorwalerin!

Selime saba Anaram und Zidaine Barazklah stiegen als Letzte an Bord. Die Novadi hatte ein Tuch um ihr langes Haar geschlungen, als fürchtete sie, die klebrigen Spinnweben könnten sich darin verfangen.

Zidaine sah sich aufmerksam um.

Eilif konnte nicht begreifen, was Beorn an Weibern fand, die dünn wie Fischgräten waren!

Der Drachenführer nahm den Schild vom Rücken und zog sein Schwert. Er vertraute auf erprobten Stahl anstelle einer Waffe aus einem Seeschlangenzahn. Sofort war Zidaine an Beorns Seite.

Eilif schob Olav aus dem Weg und folgte Beorn und der Fechterin als Dritte die Stiege in den Frachtraum hinab. Sie griff sich eine von Eimnirs Laternen.

Kaum auf der Stiege, verfing sie sich in Spinnfäden. Das klebrige Zeug war erstaunlich zäh. Mit einem verärgerten Ruck befreite sie sich. Hier unbemerkt durchzukommen war unmöglich, wenn man von angemessener Statur und kein Zwerg war.

Der Frachtraum war ein Albtraum aus Spinnweben. Dicht gewoben wie Leintuch hingen sie von der Decke. Man konnte kaum zwei Schritt tun, ohne sich durch eine elastische Wand aus Spinnenseide zu schneiden.

»Bleibt nah beieinander«, flüsterte Beorn.

Eilif zerteilte mit ihrer Axt eine Seidenwand zu ihrer Rechten und streckte die Laterne vor. Dahinter lagen Regale. Die einzelnen Böden hatten etwa einen halben Schritt Abstand zueinander und reichten erstaunlich tief. Fast wie Pritschen. Etwas ganz und gar Eingesponnenes lag darin. Groß … leicht gekrümmt.

Eilif sah die Kette, die von einem Pfosten zu dem Kokon auf der Pritsche reichte. »Nein!«, keuchte sie, weigerte sich anzuerkennen, was doch offensichtlich war.

Die Hexe schob sich neben ihr durch die Seidenwand. Glitzernde weiße Spinnenfäden klebten auf ihrem roten Kleid. »Ein Sklavenschiff«, sagte Dolorita mit belegter Stimme.

Der Kokon auf der Pritsche bewegte sich. Etwas drückte von innen gegen die elastische Seide.

Eilif blinzelte. Ihr Mund fühlte sich an, als seien Gaumen und Rachen mit Spinnenseide verklebt. Sie konnte nicht mehr schlucken.

Jetzt lag der Kokon still.

Hatte sie sich das nur eingebildet?

So musste es gewesen sein.

Die Hexe trat an ihr vorbei. Dolorita hielt ein Messer in der Hand.

»Bei Swafnir!«, hörte sie irgendwo hinter der Wand aus Spinnenseide die Stimme Beorns.

Dolorita durchtrennte das Gespinst aus Fäden. Ein Mann mit

kurzem schwarzen Haar kam unter dem Kokon zum Vorschein. Sein eingefallenes Gesicht war schrecklich blass. Die Augen so verdreht, dass nur noch das Weiße zu sehen war.

Dolorita schnitt den Kokon weiter auf.

»Verhungert ist er jedenfalls nicht«, bemerkte Eilif, als der gewölbte, geradezu aufgedunsene Bauch zum Vorschein kam. Der Tote hatte seine Hände darauf gelegt.

»Boron, nimm diese verlorene Seele zu dir«, sagte Dolorita mit einer Andacht, die Eilif völlig unpassend vorkam. Nie zuvor hatte sie die Hexe so reden hören.

»Leuchte nach unten!«, forderte Dolorita.

Üblicherweise hätte sie keine Befehle von der Al'Anfanerin angenommen. Aber sie hatte etwas an sich, das Eilif dazu veranlasste, in die Knie zu gehen.

Auf der tiefer gelegenen Pritsche lag ein weiterer Kokon. Er war seltsam unförmig. Sehr groß.

Dolorita kniete sich neben sie. Sie schnitt, zerrte die Spinnenseide auseinander, schnitt erneut ... und keuchte auf.

Eilif sah ihr über die Schulter. Zuerst sah sie nur langes schwarzes Haar und Leder ... nein, straff gespannte Haut. Zwei Gesichter, verzerrt von Pein. Die Haut lag wie auf den Schädelknochen gepresst. Da war kein Fleisch mehr ... Die beiden Toten hielten einander umklammert. Eine war kleiner ... Beide waren nicht wirklich groß. Ihre fleischlosen Körper wirkten so zerbrechlich. Verdorrt ... Ausgezogen, ging es Eilif durch den Kopf, und sie erinnerte sich, was sie von den Spinnen mit den roten Beinen gehört hatte.

»Mutter und Tochter«, flüsterte Dolorita mit tonloser Stimme. »Ein Sklavenschiff mit Verurteilten und Verbannten ... Die Al'Anfaner schicken sie in die Kolonien auf den Waldinseln, um dort zu sterben oder ein neues Leben zu beginnen.«

»Sie haben es nicht in ein neues Leben geschafft.« Eilif fühlte eine unbändige Wut in sich. Sie kannte die beiden nicht. Normalerweise hasste sie Al'Anfaner ... Sie blickte in die ausgezehrten Gesichter. Sah, wie verzweifelt sie einander umschlungen hielten.

In unbändiger Wut hämmerte sie die rechte Faust gegen den Pfeiler mit den Ketten. »Ich schlag sie alle tot!«, schrie sie. »Ich lösch sie aus, diese Brut! Zeigt euch!«

Holk Übermorgenland, Verdichtungsgebiet des Sargassomeers, sechster Tag im Kornmond

»Zeigt euch!«

Galayne der-in-Schildwall-steht verdrehte die Augen. Menschen! Ja, dies war ein schrecklicher Ort. Doch er hatte durchaus schon Schrecklicheres gesehen. Der Holk war kein Ort, an dem das Böse die Melodie der Welt verdarb. Es waren Tiere. Er würde auch keinem Wolf vorhalten, dass er ein Lamm zerriss.

Aber dieser unbeherrschten Hünin würde er etwas vorhalten, wenn sie lebend hier herauskam. Sollte es noch eine Spinne an Bord des Schiffs gegeben haben, die nicht auf sie aufmerksam geworden war, dann hatte sie das gerade mit diesem Schrei geändert.

Beorn Asgrimmson trat von der Pritsche zurück. Er hatte die Überreste eines großen Mannes aus einem Kokon geschnitten, der nur noch aus Haut und Knochen bestand. »Was für ein Ort ist das?«, murmelte er.

»Ich würde sagen: die Vorratskammer der Biester«, meinte die Herrin der verborgenen Städte ruhig. »Vielleicht auch noch mehr.«

»Wie meinst du das?« Die Stimme des Drachenführers klang belegt. Nie zuvor hatte Galayne ihn so gesehen. Aufgewühlt und voller kaum beherrschtem Zorn.

»Ich möchte nicht spekulieren«, erklärte Pardona. »Aber womöglich ist das hier noch nicht das Schlimmste …« Sie vollendete den Satz nicht. Ließ dem Grauen Gelegenheit, in der Fantasie eines jeden, der sie gehört hatte, eine ganz eigene Gestalt anzunehmen. Sie war gut in diesen Dingen. Sie spielte mit den Gefühlen der Menschen, wie ein begabter Musiker auf seinem Instrument.

Fasziniert beobachtete Galayne, wie Beorns Wangenknochen hervortraten, während er knirschend die Zähne zusammenbiss.

»Wir gehen der Sache auf den Grund.« Beorn deutete auf die durch Spinnweben fast verschlossene Luke, die vom Frachtraum hinab auf ein noch tieferes Deck führte.

Pardona bedachte ihn mit einem fordernden Blick.

Galayne verstand. Er schob sich an Beorn vorüber. »Lass mich vorgehen, Drachenführer.«

Beorn widersprach, doch Galayne ignorierte ihn einfach. Er konnte im Dunkeln besser sehen und war schneller. Auch war Beorn im Gegensatz zu ihm unersetzlich. Sollte der Drachenführer sterben, war der Wettkampf entschieden. Und die Göttin wollte noch nicht, dass es endete.

Vorsichtig setzte er einen Fuß auf die oberste Stufe der Stiege. In der vergangenen Nacht hatte er vom Sikaryan der Lederschwingen genommen. Die armen, verdrehten Geschöpfe waren nicht die beste Wahl. Aber es war immer noch besser, als heimlich von der Lebenskraft einzelner Mitglieder der Ottajasko zu stehlen. Seit sie ihm diesen sperrigen Ehrennamen *der-im-Schildwall-steht* gegeben hatten, fühlte er sich ihnen seltsamerweise verbunden. Seine Loyalität zu Pardona wurde davon nicht berührt. Aber er würde ihnen nicht schaden, wenn es sich vermeiden ließ.

Galayne verharrte mitten im Schritt. Auf dem nächsten Deck lauerten Geschöpfe voller Lebenskraft, aber es gab auch Kreaturen, deren Sikaryan schwach wie eine flackernde Kerzenflamme war.

Er hob die linke Hand. »Vorsicht«, flüsterte er und zog die beiden Säbel, die er aus den Seeschlangenzähnen geschnitzt hatte.

Behutsam schob er mit einer Klinge das Gespinst aus Spinnenfäden vor sich zur Seite. Sie waren hier überall. Im Gegensatz zum oberen Frachtdeck waren hier keine Wände aus Spinnenseide gewoben. Hier zogen sich Fäden kreuz und quer von der Decke zum Boden und zwischen den Pritschen.

Vorsichtig betrat er das Deck des Frachtraums. Beorn schwenkte hinter ihm die Blendlaterne. Gelbes Licht huschte zwischen den dicht beieinanderstehenden Pritschen.

Galayne versuchte, jeweils in die andere Richtung zu blicken, um sich seine Nachtsicht nicht zu verderben. Doch es misslang.

Aus dem Augenwinkel sah er ein Huschen. Sein rechter Fuß schnellte vor. Er stampfte auf. Fest. Entschlossen. Spürte, wie er unter der Stiefelsohle etwas das Leben aus dem Leib quetschte.

Galayne zog den Fuß zurück und blickte auf zuckende rote Spinnenbeine. Das Biest war kleiner als seine Faust.

Misstrauisch spähte er ins Dunkel. Er konnte keine weiteren Spinnen entdecken. Aber etwas war hier.

Etwas, das er erzürnt hatte.

»Da! Links von dir!«, zischte Beorn.

Jetzt sah es auch Galayne. Auf einer unteren Pritsche. Und er hörte es. Leises Röcheln. Ein Gesicht ragte aus einem Spinnenkokon. Ein rotbärtiger Mann. Weit aufgerissene, blaue Augen starrten auf Galayne. Zähe Spinnenfäden liefen quer durch den Mund des Eingesponnenen. Sie zwangen seinen Unterkiefer hinab. Krusten, die wie geronnenes Blut aussahen, bedeckten Kinn, Brust und Bart.

Galayne sah sich misstrauisch um. Er spürte, dass sie hier waren, gerade außerhalb des Blickfelds.

Beorn kniete sich neben den Rotbärtigen. Mit einem Messer durchtrennte er die Spinnenfäden im Mund.

»Den Zwölfen sei Dank«, stammelte der Überlebende in einem Garethi mit starkem südländischen Akzent. »Meine Gebete sind erhört worden.«

»Wie kommst du hierher?«, fragte ihn Beorn.

Der Fremde fuhr sich mit einer aufgequollenen, bläulich verfärbten Zunge über die Lippen. »Durst …«, röchelte er.

Beorn gab ihm etwas aus seiner Feldflasche zu trinken.

Pardona trat an Galaynes Seite. »Spürst du sie?«, raunte sie ihm ins Ohr.

Er nickte.

»Sie beobachten uns. Eine falsche Bewegung, und sie kommen.«

Galayne sah ein Huschen zwischen den Deckenbalken. Ganz kurz machte er fingerlange, rote Spinnenbeine aus. Waren die Biester am Ende doch kleiner, als Vespertilio gesagt hatte?

»Wie bist du hierhergekommen?«, bedrängte Beorn den Rotbart.

»Gefangenentransport … Ich sollte zu den Waldinseln. Ein Sturm kam auf. Ein Kauka. Der Kapitän ist nach Norden ausgewichen. Wir wurden weit vom Kurs abgetrieben. Ich …« Er stöhnte auf.

Beorn wich ein wenig von dem Mann zurück. »Bist du krank?«

»Alles gut!«, antwortete der Fremde zu hastig. Zu bestimmt.

Galayne musterte ihn kurz. Warum lebte der Kerl noch? Bei keinem anderen Kokon war das Gesicht ausgespart geblieben. Die übrigen Spinnenopfer lagen weiß eingesponnen und verkrümmt auf ihren Pritschen.

Pardona öffnete einen Kokon auf einer mittleren Pritsche.

Weit aufgerissene Augen starrten sie an. Trocken, ohne auch nur einen Hauch von feuchtem Glanz. Das Antlitz nur Haut und Knochen.

»Wie das Perlmorfu.« Pardona nickte nachdenklich.

Sie war von atemberaubender Sinnlichkeit, dachte Galayne ergriffen. Selbst in der plumpen Gestalt der Geweihten.

»Ausgesaugt!« Sie sah zu dem Gefangenen. »Haben die Spinnen dich gefüttert?«

Der Gefangene ignorierte sie. »Macht mich los. Bitte! Holt mich hier heraus, bevor sie zurückkommen. Ich ... ich kann nicht mehr ...«

Beorn packte ihn bei seinem Bart. »Haben sie dich gefüttert?«

»Ihr dürft nicht schreien!« Die Stimme des Gefangenen überschlug sich. »Sie mögen die, die schreien, nicht. Die machen sie als Erste stumm.« Er verdrehte die Augen. Blickte am Elfen vorbei ins Dunkel.

Galayne folgte dem Blick. Und plötzlich gerann die Dunkelheit in einer Gestalt. Eine schwarzbraune Spinne griff an. Erschreckend schnell. Die Vorderbeine aufgerichtet. Sie trommelten gegen Galaynes Brust. Der Hinterleib der Spinne ruckte unter den langen Beinen hindurch. Ein klebriger Faden löste sich vom Hinterleib, traf ihn in Höhe der Knie.

Seine Schlangenzahnsäbel wirbelten. Er durchtrennte drei der vorderen Spinnenbeine. Zuckend fielen sie auf den Boden.

Doch der Faden um seine Beine ließ ihn straucheln. Er taumelte nach hinten. Stürzte.

Klackende Kieferklauen stießen zu ihm herab.

Er setzte einen geraden Stoß. Ein Säbel versank zwischen den obsidianschwarzen Augen der Spinne, dicht über den Kieferklauen.

Heller Geifer tropfte von den Kieferklauen und streifte warm Galaynes Kinn.

Ein wuchtiger Hieb schleuderte die Spinne zur Seite, bevor sie über ihm zusammenbrach. Seide streifte ihn, als Selime über ihn hinwegschritt. Ihr riesiger Khunchomer schnitt in silbernen Bögen durch das Dunkel. Sie ging gegen eine weitere Spinne vor, die hinter der ersten Angreiferin erschien.

Galayne durchtrennte die klebrigen Fäden um seine Beine und zog den Säbel aus dem Kopf der toten Gegnerin.

Unter der Decke huschten Dutzende Spinnen. Manche hatten Leiber, so groß wie eine geballte Faust, andere waren aufgedunsen, ihre Körper groß wie Kinderköpfe. Galayne sprang auf. Seine Säbel trugen den Tod unter die Spinnenbrut, doch es waren zu viele.

Eine sprang Selime in den Nacken. Die Novadi kreischte auf.

Galayne ließ einen Säbel fallen, packte die Spinne, schleuderte sie zu Boden und zermalmte sie unter seinem Stiefelabsatz.

Selime taumelte.

Deutlich sah Galayne die roten Bissmale in ihrem Nacken.

Spinnen waren auf seinen Armen.

Galayne schlug um sich. Wich zurück.

Ein Chitinpanzer barst unter einem wütenden Fausthieb. Gallertige Masse bedeckte seine Hand und lief an seinem Arm herab.

Eine von den Spinnen, deren Körper kindskopfgroß war, klammerte sich an sein Bein. Mit pumpenden Bewegungen rammte ihr Hinterleib gegen sein Schienbein. Spinnenfäden quollen aus dem Leib, legten sich um sein linkes Bein und verbanden es mit den Planken, auf denen er stand.

Er stach der Spinne seinen Säbel durch den Kopf und bückte sich nach der Waffe, die er hatte fallen lassen.

Etwas sprang ihm in den Rücken. Ein Spinnenleib trommelte gegen ihn. Zähe Fäden griffen nach seinem linken Arm.

Er nahm den Säbel am Boden mit der Rechten und führte unter der linken Achsel einen Stoß nach hinten. Die Spinne wich aus.

Immer mehr Fäden schränkten ihn in seiner Beweglichkeit ein. Er konnte nicht herumwirbeln. Konnte nicht fliehen. Noch immer war sein linkes Bein an Deck festgesponnen.

Er atmete tief ein. Konzentrierte sich ganz auf die Spinne auf seinem Rücken. Darauf, wie sie sich bewegte. Blendete alles andere aus. Noch einmal stieß er zwischen den klebrigen Fäden unter seiner linken Achsel hindurch. Dieses Mal spürte er, wie seine Säbelspitze auf etwas Hartes traf. Spürte es nachgeben. Die Bewegungen auf seinem Rücken erstarben.

Er wollte sich aufrichten, als ihn rote Spinnenbeine vor die Brust trafen. Mit dem unbeweglichen Bein konnte er das Gleichgewicht nicht halten. Galayne schlug hart auf Deck.

Sofort war die Spinne über ihm. Hart stieß ihr Hinterleib in seinen Bauch. Bleiche Fäden sponnen ihn auf den Planken fest.

Von roten Kieferklauen troff Geifer auf sein Gesicht.

Noch konnte er den rechten Arm bewegen. Sein Säbel schnellte hoch.

Die Spinne bäumte sich auf den beiden hinteren Beinpaaren auf. Nicht schnell genug. Das Elfenbein des Seeschlangenzahns glitt durch zwei schwarze Augen und durchtrennte eine Kieferklaue, die Galayne ins Gesicht fiel.

Seine Gegnerin zischte ihn an. Sofort versuchte sie, ihn weiter einzuspinnen. Seine Beine wurden mit dem Deck verwoben, gleichzeitig stießen ihre vier Vorderbeine auf ihn herab. Sie zielten auf sein Gesicht, seinen Hals, den Arm, der den Säbel hielt.

Galayne zwang sich, ruhig zu bleiben. Parierte, so gut er konnte. Ignorierte die Schrammen in seinem Gesicht. Er traf ein Spinnenbein im Gelenk. Durchtrennte es. Gallert spritze ihm in die

Augen. Er schloss die Lider. Versuchte, das ätzende Spinnenblut fortzublinzeln.

Als er die Augen wieder öffnete, war die verbliebene Kieferklaue nur eine Fingerbreite über seinem Gesicht.

Er riss den Säbel hoch.

Zu spät.

Die Kieferklaue traf ihn hoch am Hals. Etwas drang in ihn ein. Flüssiges Feuer brannte in den Adern. Er keuchte auf vor Schmerz.

Die Spinne zuckte zurück.

Doch Galayne bäumte sich auf. Es war ein Akt verzweifelter Wut. Die Sehnsucht nach Rache. Sein Säbel traf die Bestie seitlich am Kopf und versank bis zum Korb darin.

Die Spinne brach zusammen. Kein Zucken durchlief sie. Sie war tot.

Galayne ließ sich nach hinten sinken. Die harten Planken des Decks erschienen ihm wie ein weiches Lager. Der Schmerz, der vom Spinnenbiss ausstrahlte, überwältigte ihn. Er hatte in seinem langen Leben vieles erlitten. Dieser Schmerz war unerreicht. Er hätte dagegen ankämpfen sollen. Hätte die Melodie der Welt suchen sollen, um Heilung zu finden. Aber er war zu müde. Womöglich lag es am Gift. Er hatte seinen Kampfesmut verloren.

Er blieb einfach liegen. Starrte mit weit offenen Augen zur Decke, von der sich drei kleinere Spinnen zu ihm abseilten.

Holk Übermorgenland, Verdichtungsgebiet des Sargassomeers, sechster Tag im Kornmond

Beorn Asgrimmson rannte mit vorgestrecktem Schild gegen eine große Spinne an. Ihr Panzer knackte unter dem Aufprall des Eisenbuckels. Sein Schwert schwang um den Schildrand. Die

Klinge traf. Er drückte mit dem Schild, schob die Spinne gegen die Bordwand. Wieder knackte der Körperpanzer der Bestie. Ein Fiepen erklang. Die langen Beine zuckten nicht mehr.

Aus dem Augenwinkel sah der Drachenführer eine Bewegung über sich. Sein Schild zuckte hoch. Der eisenbeschlagene Rand zerquetschte eine faustgroße Spinne am Deckenbalken über ihm.

Beorn drehte sich. Lehnte sich erschöpft gegen die Bordwand. So war er zumindest vor Angriffen in den Rücken sicher.

Überall lagen Kadaver. Unzählige der kleineren Spinnen, aber auch mehr als ein Dutzend der großen. Zidaine Barazklah und Orelio fochten Seite an Seite. Ihre schlanken Klingen hatten reiche Ernte gehalten. Pardona und Dolorita erledigten verwundete Spinnen mit ihren Knüppeln. Galayne der-im-Schildwall-steht lag am Boden, dicht neben ihm Selime saba Anaram.

»Olav?«, rief der Drachenführer. Im Frachtraum über ihnen war es still geworden.

»Wir leben noch«, ertönte die Stimme Olav Stirsons durch die Frachtluke über ihnen. »Eimnir hat es erwischt. Sieht nicht gut aus ...«

Beorn betrachtete die dunkle Schwellung um eine Wunde an seinem rechten Unterarm. Eines der Biester hatte es geschafft, ihn zu beißen. Der Arm schmerzte, als seien seine Knochen glühend aus der Esse eines Schmieds gezogen worden, um sie in seinem Fleisch zu versenken.

»Lenya! Dolorita! Ihr nehmt Galayne und Selime. Schafft sie hinauf auf das Oberdeck und versorgt ihre Wunden.«

»Bist du sicher, dass du hier unten nicht länger den Beistand der Göttin brauchst?«, fragte die falsche Geweihte.

»Wir haben gesiegt!«, entgegnete er entschieden, obwohl er sich nicht ganz sicher war, wie viele Spinnen es noch auf dem Schiff gab. »Nun gilt es, auch im Kampf um das Leben der Verwundeten zu siegen. Im hellen Morgenlicht auf dem Oberdeck werden wir sie besser versorgen können. Zidaine! Orelio! Ihr sucht nach überlebenden Spinnen. Ich will, dass uns keines dieser Biester entgeht!«

»Uns wird keine entkommen.« Zidaine hob ihr Rapier grüßend in seine Richtung. »Das verspreche ich dir, Drachenführer.«

Beorn stieß sich mit einem Seufzer von der Bordwand ab. Er konnte den rechten Arm kaum noch anheben. Die Schwellung hatte weiter zugenommen. Die verfärbte Haut am Unterarm war so straff gespannt, als wollte sie jeden Augenblick zerreißen.

Er fühlte sich leicht benommen. Schwankend ging er zu der Pritsche, auf der der rotbärtige Gefangene lag. Große blaue Augen sahen ihn flehend an. »Bitte nehmt mich mit ...«

»Er ist ein Kannibale.« Lenya ging mit Dolorita an Beorn vorbei. Die beiden trugen Selime. »Sie haben ihn mit dem Brei gefüttert, zu dem seine Gefährten geworden sind, nachdem ...« Die falsche Geweihte sah auf Beorns Arm. »Daran sollte ich etwas tun! Sofort. Das ...«

»Bringt Selime hier raus!«, zischte er wütend. Er war es endgültig leid, wie sie das Kommando an sich zog. Sie sollte lernen, seinen Befehlen zu gehorchen.

Ihre Blicke begegneten einander. Pardona schüttelte fast unmerklich den Kopf. Dann stieg sie den Aufgang hinauf.

Beorn wandte sich an den Überlebenden. Er zog einen Dolch aus dem Gürtel, setzte ihn dicht unterhalb der Kehle des Mannes auf das Gespinst aus Spinnenfäden. »Warum du?« Jetzt sah er die verklebte Masse im Bart und auf dem Kokon mit anderen Augen. »Warum haben sie dich leben lassen?«

»Ich ...« Die angstgeweiteten Augen wanderten zur Decke des Frachtraums. »Ich weiß es nicht. Ich ... bitte ... Lasst mich nicht zurück. Bitte ...« Der Gefangene bäumte sich auf.

Beorn riss das Messer zurück.

Der Mann hustete. Krümmte sich in Krämpfen. Hustete immer weiter.

Beorn hatte einmal erlebt, wie ein Mann bei einem Festgelage an einer Gräte in seinem Hals erstickt war. Der hatte sich ganz ähnlich gebärdet.

»Was hast du?«

»Ich ...«, keuchte der Rotbärtige zwischen den Hustenkrämpfen. »Es ... es will nicht raus. Ich ... zu groß ...« Die blauen Augen weiteten sich. Dicke Schweißperlen standen ihm auf dem Gesicht.

Beorn begann den Kokon fortzuschneiden. Vorsichtig setzte er einen langen Schritt. Als der Rotbart wieder hustete, zerrte er das Spinngewebe mit den Händen zur Seite. Es stank nach Fäulnis. Süßlich, wie verwesendes Fleisch.

Der arme Kerl war bis auf die Knochen abgemagert, Arme und Beine spindeldürr. Nur der Bauch war dick, ja geradezu aufgedunsen. Beorn hatte das zuvor schon bei Verhungernden gesehen.

Der Bauch zuckte auf und nieder, wenn der Mann hustete. Fast, als führe er ein Eigenleben.

»Zu ...«, Speichelfäden troffen von den Lippen des Mannes, »... groß.« Er verdrehte die Augen. Sein Blick wurde starr. Als Südländer würde er nun wohl Golgari sehen, den Totenvogel, der die Seelen über das Nirgendmeer holte.

Ein leises Gluckern drang aus dem Bauch des Toten.

Beorn richtete sich auf. Das kannte er von anderen Schlachtfeldern. Leichen, in deren Gedärmen es immer noch wütete, obwohl das Leben den Körper längst verlassen hatte. Tote, deren Fürze erbärmlicher stanken als jeder Wind, den sie lebend hatten fahren lassen.

Er ging zum Aufgang. Dort musste er sich aufstützen. Jetzt war auch seine rechte Hand angeschwollen. So sehr, dass er die Finger nicht mehr krümmen konnte.

Pardona sollte sich das ansehen, wenn er oben war, dachte er. Verdammter Spinnenbiss. Ob er vergiftet war? Er tat einen Schritt. Schaffte eine Stufe. Unwillig blickte er den Aufgang hoch. Sein Ende schien ihm so fern wie ein wolkengekrönter Gipfel.

Er hörte Stimmen über sich. Es ging um die Lederschwingen. Ein Angriff ... Er musste auf das Oberdeck.

Beorn biss sich auf die Unterlippe, kämpfte sich die nächste Stufe hoch. Dann noch eine weiter, als Dunkelheit auf ihn einstürzte, ganz so, wie wenn man unvermittelt über Bord in finstere See fiel.

Holk Übermorgenland, Verdichtungsgebiet des Sargassomeers, sechster Tag im Kornmond

»Drachenführer?«

Eilif Sigridsdottir hielt die Laterne in den Aufgang. Beorn lag zusammengesunken auf den Stufen und regte sich nicht mehr.

Sie stürmte hinab. Bestialischer Gestank schlug ihr entgegen. Verwesungsgeruch und noch ein anderer Mief, den sie nicht zuzuordnen vermochte. Sie atmete flach durch den Mund ...

Zidaine Barazklah fluchte. Orelio schrie auf. Die beiden zerrten Galayne der-im-Schildwall-steht zwischen sich zum Aufgang. Dutzende faustgroße Spinnen folgten ihnen. Eine saß dem bewusstlosen Elfen im Gesicht. Es sah so aus, als wolle sie sich ihm zwischen die Lippen zwängen.

Eilif ließ von Beorn ab und sprang die letzten Stufen hinunter in den Frachtraum. Sie trug nur Sandalen und eine leichte Hose, ganz wie der Fechter, der jetzt sein Rapier fallen ließ und sich verzweifelt schreiend auf die Beine schlug. Überall kletterten Spinnen an ihm hoch.

Hüpfen, dachte Eilif. Bloß nicht auf dem Boden stehen bleiben! Sie sprang zwischen die Spinnen. Zermalmte eine unter den Füßen, sprang erneut.

Wie ein Rinnsal feuchter, haariger Kugeln kamen sie von einer nahen Pritsche. Dort lag ein Kerl, der aus seinem Kokon freigeschnitten war. Die Biester stiegen ihm aus der aufgerissenen Bauchhöhle.

Hüpfen! Nicht denken! Nicht stehen bleiben! Hüpfen!

Angst war Eilif bisher fremd gewesen. Sie war noch nie vor einem Kampf zurückgewichen. Aber das hier ...

Wieder landeten ihre Füße donnernd auf dem Deck. Sie spürte einen Spinnenleib platzen. In einer Fontäne gelbgrünen Gallerts sprühte das Leben aus dem kleinen Biest mit den roten Beinen.

Zidaine blieb völlig ruhig. Ihr Rapier schnitt elegante Bögen durch die Luft. Die Spitze fegte dicht über den Boden, ließ eine Spur zuckender Spinnenleiber hinter sich. Ab und an pflückte sie mit der Linken eine Spinne von ihrem Leib und zerquetschte sie zwischen den Fingern. In ihren Stiefeln, der Hose aus schwarzem Leder und den dünnen Fechterhandschuhen vermochten die kleinen Biester ihr offensichtlich nichts anzuhaben.

Eilif hasste sie für ihre tödliche Anmut, während sie selbst wild auf dem Deck herumhüpfte, ganz wie eine Kuh, die nach langem Winter zum ersten Mal auf die Weide hinausgetrieben wurde.

Orelio ging zu Boden. Er zuckte, als sei er besessen. Geifer troff ihm von den Lippen.

Eilif landete donnernd auf dem Deck. Es stiegen keine weiteren Spinnen mehr aus dem Kadaver auf der Pritsche. Wütend stampfend arbeitete sich die Reckin die Spur der Tiere entlang. Sie versuchten nicht mehr, zu Beorn, Galayne und Orelio zu gelangen, sondern huschten nun davon.

»Ich bring euch um!«, schrie Eilif. »Euch alle!«

»Orelio!« Beim Aufgang war die schwarzhaarige Hexe erschienen. Mit fliegender Hast stürmte sie die Stufen herab. »Orelio!«

»Trag die Verwundeten hoch!«, rief Zidaine ihr zu. »Ich erledige den Rest von der Brut.«

Eilif schluckte eine patzige Antwort hinunter. Die Fechterin hatte ihr gar nichts zu befehlen! Aber von hier fortzukommen war das Beste, was ihr geschehen konnte. Und es würde nicht nach Flucht aussehen, wenn sie die Verwundeten trug.

»Ja.« Sie zermalmte noch zwei Spinnen unter den Füßen. Dann nahm sie Galayne auf.

Die Geweihte und die Hexe trugen Orelio.

Eilif legte sich den reglosen Elfen über die Schulter und packte Beorn bei dessen Schwertgurt. Ohne Mühe hob sie ihn hoch. Erstaunlich, wie leicht er war. Aber er war ja auch erstaunlich klein für einen Helden.

Sie musste sich zwingen, nicht immer zwei Stufen auf einmal zu nehmen. Es sollte nicht wie eine Flucht aussehen.

Eilif überholte Olav, der sich kaum noch auf den Beinen halten konnte.

Obwohl sich auch über dem Oberdeck ein Gespinst aus Fäden erhob, war es hier viel besser als in der Dunkelheit der Frachträume. Sie legte Beorn behutsam ab. Galayne bettete sie gleich neben den Drachenführer.

Eilif atmete tief durch. Selbst der Gestank des modernden Tangs war besser als der bestialische Mief auf dem Unterdeck. Verfaulende Eingeweide, zerquetschte Spinnen. Was immer der Ursprung gewesen war, es hatte ihr schier den Atem abgeschnürt.

Sie fuhr mit den Sohlen ihrer Sandalen über Deck, um das Gallert der Spinnenleiber abzuwischen. Dabei legte sie den Kopf weit in den Nacken und ließ ihn kreisen, lockerte die verspannten Muskeln.

Hoch über ihr zogen die Lederschwingen ihre Bahnen.

»Er darf nicht ...«, wimmerte die Hexe in ihrem südländischen Singsang.

»Lass von ihm ab. Orelio ist nicht mehr zu helfen.« Lenya sagte das in wenig einfühlsamem Ton. Für eine Geweihte konnte sie recht hartherzig sein. »All unsere Kraft muss jetzt jenen gelten, die noch den Mittag erleben können.«

Eilif sah zu den beiden Frauen.

Orelio lag zwischen ihnen. Seine Hose war herabgezogen. Die Beine bedeckt von geschwollenen Bisswunden.

Etwas bewegte sich im Stoff. Eilif spürte, wie sich all ihre Haare aufrichteten. Hörte das denn niemals auf? Sie rang den Ekel nieder, ging die drei Schritt über Deck und trat auf die Beule, die sich durch den dünnen Leinenstoff abzeichnete.

Sie stampfte erneut auf. Und noch ein drittes Mal. »Verrecke!«, zischte sie dabei. »Verrecke!«

»Ich glaube, das Biest ist tot«, bemerkte Lenya und drückte dabei dem Fechter die Augen zu.

Dolorita kniete neben ihrem Geliebten. Die Hände vors Gesicht geschlagen, gab sie leise Schluchzer von sich. Sie versuchte, den Schmerz niederzuringen.

»Der Drachenführer!«, fuhr die Geweihte sie an. »Ihm können wir noch helfen. Um zu trauern, bleibt später noch Zeit!«

Die Hexe nickte, blieb aber neben Orelio.

»Abbinden!«, fuhr Lenya nun Eilif an. Die Geweihte deutete auf Beorns Schwertarm. Er war schrecklich angeschwollen und dazu blau und rot verfärbt.

»Hier, gleich unter der Schulter!« Lenya kramte in der Tasche an ihrer Seite und holte einen fingerbreiten Lederriemen und ein Holz von den Abmessungen eines Schwertgriffs hervor. »Du weißt, wie man das einsetzt?«

Eilif nickte. Sie legte Beorn den Riemen um den Arm, schob das Holz hinein und drehte, bis das Leder tief ins Fleisch des Drachenführers einschnitt. »Du ... du willst ihm doch nicht den Arm abnehmen?«, flüsterte Eilif. Das wäre das Ende für den Blender, wenn er seinen Schwertarm verlöre.

»Wenn es sein Leben rettet, werde ich nicht zögern!« Sie wandte sich an Dolorita. »Kümmere dich um den Elfen.« Jetzt bedachte sie Eilif wieder mit einem abschätzenden Blick. »Noch nehme ich nichts von ihm ab. Schneide jetzt die Bisswunde am Unterarm auf. Sehen wir mal, ob die Schwellung nachlässt, wenn etwas Blut abfließt.«

Eilif gehorchte. Lenya war ihr unheimlich. Sie hatte etwas an sich, das keinen Widerspruch duldete. Als sei sie eine in zahllosen Kämpfen erprobte Drachenführerin und nicht nur eine Geweihte ohne besonderen Rang.

Sie schnitt Beorn in den Arm, doch die Wunde blutete kaum.

»Schlecht!«, bemerkte Lenya und beugte sich wieder über den Elfen. »Hol jetzt die Novadi!«

Eilif keuchte auf. Noch einmal unter Deck?

»Hast du Angst?«, fragte die Geweihte, ohne von ihrer Arbeit aufzublicken.

»Ich kenne keine Angst.« Ihre belegte Stimme strafte die Worte Lügen.

Jetzt sah Lenya doch zu ihr auf. Die Geweihte sagte nichts. Aber das musste sie auch nicht. Eilif hatte das Gefühl, dass diese kleine Betschwester ihr bis auf den Grund der Seele blicken konnte.

Die Hünin richtete sich auf, ballte die Hände zu Fäusten und ging mit schweren Schritten den Abstieg hinab. Ins obere Frachtdeck fiel nun das erste Morgenlicht. Olav Stirson stand auf halbem Weg. Er klammerte sich ans Geländer. Sein Antlitz war totenbleich. Sein Schlangenhautschild, auf den er so stolz war, glitt ihm vom Arm.

Eilif packte ihn kurz entschlossen und half ihm die letzten Stufen hoch.

»Eimnir ...«, stammelte er. »Du musst ihn holen. Kann nicht ...« Er keuchte. »Hab es versucht.« Er sah sie unglücklich an. »Es ist, als ... hätten sie mir das Mark aus den Knochen gesaugt ... Kann nicht ...«

Eilif war nicht gut darin, jammernde Männer zu trösten. Schwächlinge waren ihr zuwider. Den von Jahrzehnten an der Ruderpinne abgehärteten Steuermann in so erbärmlichem Zustand zu sehen machte ihr zu schaffen. Hoffentlich würde sie nicht so enden. Beklommen sah sie zum Frachtdeck hinab.

Sie brachte Olav zum Hauptmast, wo er sich hinhockte. Den Mast im Rücken blickte er zum Himmel. »Eimnir ...«, sagte er kraftlos.

»Ich gehe ihn holen.«

Olav sah sie auf eine Art an, die ihr unangenehm war. Voll stummer Dankbarkeit.

Sie stapfte erneut zum Abstieg. Je näher sie der Treppe kam, desto schwerer wurden ihr die Beine. Sie kannte keine Angst. Keine Angst ...

Die Bilder der Spinnen stürzten auf sie ein. So schnell war es mit Orelio vorüber gewesen. Auch er hatte nur eine dünne Leinenhose getragen.

Eilif kämpfte gegen die Erinnerung an. Sie war die Donnerfaust, niemand, der mit einem Rapier herumfuchtelte. Sie setzte einen Fuß auf die Stiege. Der Feind hatte ihren Schildwall aufgebrochen, dachte sie. Sie war die Letzte, die den Gestrauchelten noch Deckung geben konnte. Sie musste die Stellung halten. Das hieß es, eine thorwalsche Reckin zu sein.

Ein wenig entschlossener stieg sie ins Zwielicht hinab. Eilif fand Eimnir ein Stück den Gang hinauf zwischen den Pritschen liegend. Mit Entsetzen wurde ihr bewusst, wie viele Gefangene hier an Bord des Schiffs gewesen sein mussten. Was für ein abscheuliches Gelage die Spinnen gehalten hatten. Mit der Erkenntnis kam Wut. Und die Wut verdrängte ihre Angst.

Sie hob Eimnir auf und verharrte. Lauschte. Gab es irgendwo ein Rascheln? Sie zog ihre Axt. Sie wünschte sich, noch ein paar von den Biestern zu zerquetschen, die das getan hatten.

Nichts rührte sich.

Als sie sich bewusst wurde, dass Zeit wichtig für Eimnir sein mochte, wenn er vergiftet war, eilte sie wieder hinauf aufs Oberdeck.

Jemand hatte ein Stück Segeltuch über Orelio gebreitet. Die Hexe machte sich an Beorn zu schaffen. Sie rieb etwas in die Bisswunde des Drachenführers, und er stöhnte leise. Das war ein gutes Zeichen.

Lenya hingegen widmete sich ganz dem Elfen.

Eilif legte Eimnir bei den Heilerinnen ab und kehrte in den Schiffsrumpf zurück. Dieses Mal stieg sie bis in den zweiten Frachtraum hinab. Selime lag noch immer auf dem Boden. Alle drei Laternen standen aufrecht. Sie führten in einer Kette überschneidender Lichtkreise in den hintersten Winkel des Frachtraums. Von dort war ein leises, schabendes Geräusch zu hören.

Sie folgte den Lichtern, wagte es aber nicht, nach Zidaine zu rufen. Wieder ging es zwischen etlichen Pritschen hindurch. Nicht alle waren belegt, doch auf zu vielen ruhten längliche, gekrümmte Kokons.

Am Ende stand Eilif vor einem großen aufgedunsenen Spinnenleib. Acht rote Beine, jedes gut zwei Schritt lang, lagen abgetrennt an Deck. Der Spinnenleib selbst durchmaß deutlich mehr als einen Schritt.

Acht nachtschwarze Augen blickten zu ihr auf. Die Spinne lebte. Ruckte hilflos. Daher rührte das schabende Geräusch.

»Ich finde es immer angemessen, wenn eine Strafe in Bezug zum Vergehen steht«, erkläre Zidaine kämpferisch. »Ich glaube, das hier ist das Muttertier von allen Biestern hier unten. Jedenfalls war sie die Größte. Jetzt begreift sie vielleicht, wie es ist, wenn man ausgeliefert ist. So wie alle, die sie hier eingesponnen haben, ausgeliefert waren.«

Die Fechterin war noch verrückter, als Eilif gedacht hatte! »Das ist ein Tier. Ein großes und gefährliches Tier, ja. Aber das war es. Das Biest denkt nicht.«

»Bist du sicher? Schau in ihre acht Augen. Sie sind nicht ohne Verstand!« Ein Unterton von Verzückung schlich sich in Zidaines Worte. »Sie leidet an ihrer Hilflosigkeit.«

»Komm mit mir nach oben. Lass diesen Unsinn!«

»Unsinn?« Die Fechterin drehte sich zu Eilif um. Da war ein Glanz in ihren Augen, der die Thorwalerin beunruhigte.

»Wir brauchen jede helfende Hand auf dem Oberdeck. Die halbe Ottajasko ringt um ihr Leben.«

»Ich bin keine Heilerin«, entgegnete Zidaine nun wieder distanziert. »Allerdings ...« Sie sah zur Decke hinauf.

Eilif hatte das Gefühl, dass es dort für Zidaine mehr gab als Spinnweben und alte Balken.

»Ich heile die Welt von Ungerechtigkeit. Ich bin eine Geweihte der Rache.«

Es fühlte sich an, als würde etwas Eisiges Eilifs Nacken berühren. Das Gefühl war so intensiv, dass sie sich umdrehte. Doch da war natürlich nichts. »Ich glaube, das verstehe ich nicht ...« Sie wich weiter vor der Fechterin zurück. Was immer Zidaine hier tat, sie würde sie nicht dabei stören.

»Der Schatten versteht mich«, sagte die schwarz gewandete Kriegerin. »Das ist alles, worauf es ankommt.«

Eilif ging zum Aufgang und nahm Selime auf die Arme. Die kleine Novadi kam ihr leicht wie ein Kätzchen vor. Es war ein Wunder, dass sie mit dem riesigen Krummsäbel fechten konnte.

»Lassen wir die Irre hier im Dunkeln«, sagte Eilif leise und strebte dem Morgenlicht entgegen.

Holk Übermorgenland, Verdichtungsgebiet des Sargassomeers, sechster Tag im Kornmond

Schmerz senkte sich wie ein glühender Nagel durch sein verbliebenes Auge, als Beorn Asgrimmson blinzelte und ins helle Morgenlicht blickte.

Nur langsam kehrte die Erinnerung zurück. Der Kampf ... die Spinnen! Vorsichtig hob er den rechten Arm und bereute es sofort.

»Das solltest du lassen, Drachenführer!« Goldene Augen blickten auf ihn herab.

Und das solltest *du* lassen, dachte Beorn verärgert. Diese leichtfertigen Spielchen. »Die Ottajasko? Sind alle heraus ...«

Die falsche Geweihte schüttelte den Kopf. »Orelio ist tot. Um Selime steht es schlecht. Ebenso um Eimnir. Galayne, Olav und du, ihr werdet es schaffen. Aber es wird ein wenig dauern, bis ihr in die nächste Schlacht zieht. Es war knapp.«

»Zidaine?«

Lenya Yasmadottir lächelte abfällig. »Sie geht dir nicht aus dem Kopf, was? Sie ist noch nicht wieder heraufgekommen ...«

Beorn stemmte sich auf die Ellenbogen gestützt hoch. »Wir müssen sie holen! Ich lasse keinen zurück.«

Etwas im Lächeln der falschen Geweihten änderte sich. Jetzt lag eine Spur Bosheit darin. »Ihr geht es gut. Eilif hat sie gesehen. Es hat wohl niemand so viele Spinnen getötet wie sie. Sie tanzt mit dem Tod. Und sie genießt es. Du solltest ihr keinen Platz in deinem Herzen gewähren, Beorn Asgrimmson. Das ist der beste Rat, den du je von mir bekommen hast.«

Er verdrehte das Auge. Blickte zwischen den Spinnenfäden zu den Rahen empor. Sah die gerefften Segel schwingen. Stutzte … Auch wenn er benommen war, konnte er sich auf seine Instinkte als Seefahrer verlassen. Es ging kein Wind! Da war er sich ganz sicher.

Lange schwarze Beine schoben sich zwischen dem Segeltuch hervor. Spinnen, schwarz wie die Nacht und fast so groß wie gerade geborene Kälber, seilten sich von den Rahen ab.

»Ottajasko!«, schrie er mit sich überschlagender Stimme. »Schildwall!«

Er griff nach seinem Schwert. Keuchte vor Schmerz. Seine Hand fand den Griff der Waffe, doch er vermochte die geschwollenen Finger nicht darum zu krümmen.

Pardona zog sein Schwert. Sie federte leicht in den Knien, blickte völlig ungerührt zu den neuen Angreifern und tötete die erste Spinne mit einem geraden Stich in den Kopf.

Beorn kämpfte darum, auf die Beine zu kommen. Unmittelbar neben ihm erreichte eine Spinne das Deck. Die vier vorderen Beine zum Angriff erhoben, ging sie auf ihn los.

Ohne Waffe packte er mit seiner Linken eines der dicht behaarten, schwarzen Beine. Die Spinne verbiss sich an seiner Schulter im Kettenhemd. Dann schnitt ein Schwerthieb Pardonas das Leben aus ihr.

»Verletzt?«, fragte die falsche Göttin.

Er schüttelte den Kopf. Verletzt war nur sein Stolz, dass wieder einmal sie es war, die ihm das Leben rettete.

Wütend brüllend kämpfte Eilif Sigridsdottir mit einer Axt in jeder Hand. Geifer spritzte ihr von den Lippen. Sie sah aus, als habe die Walwut sie gepackt.

Dolorita wehrte sich mit einem Knüppel gegen zwei Spinnen, als Zidaine den Niedergang heraufstürmte. Mit kalter Eleganz fuhr sie zwischen die Spinnen. Tanzte mit dem Tod, wie Pardona es beschrieben hatte, ohne auf ihre Sicherheit zu achten. Durchtrennte Beine, durchbohrte Leiber in einem mörderischen Reigen.

Pardona hielt sich breitbeinig vor Beorn. Verteidigte ihn.

Kreischen ließ den Drachenführer aufblicken. Die Lederschwingen stießen herab. Ihre kräftigen Flügel zerrissen das Gespinst aus Fäden. Sie packten Spinnen, die sich noch nicht abgeseilt hatten, in der Luft. Schleuderten die Leiber gegen Masten und Rahen, durchtrennten mit ihren Krallen Beine.

Mitten unter ihnen war Vespertilio Organo. Der hagere Magier ließ sich von zweien seiner Diener tragen. Grelles Licht sprühte von seinen Händen. Eine Spinne stürzte brennend neben Beorn auf Deck. Sie erhob sich. Ein Schwertstreich Pardonas gab ihr den Rest.

Der Geruch von verbranntem Haar stieg Beorn in die Nase.

So plötzlich wie der Angriff begonnen hatte, war er vorüber. Zwei Dutzend schwarze Spinnen lagen tot an Deck. Der Magier hatte Wort gehalten und sie wirklich beschützt. Die beiden Lederschwingen, die ihn trugen, setzten ihn dicht neben Pardona an Deck ab. Offenbar erkundigte er sich danach, wer unter dem Tuch lag, das Orelio bedeckte. Die beiden wechselten ein paar Worte, bevor der Magier Beorn zunickte.

»Deine Mannschaft hat sich gut geschlagen, Drachenführer.« Er blickte zum Niedergang in der Frachtluke. »Wie sieht es unten aus?«

»Dort lebt nichts mehr«, sagte Zidaine bestimmt.

Vespertilio sah die Fechterin abschätzend an. »Ich ziehe es vor, euch zu glauben, und verzichte darauf nachzusehen.«

»Willst du andeuten, ich sei eine Lügnerin?«, fuhr die Fechterin ihren Verbündeten an.

Vespertilio hob abwehrend die Hände. »Ganz im Gegenteil, meine Liebe. Ich bin zutiefst überzeugt von eurer Kampfkraft und eurer Aufrichtigkeit. Dennoch schlage ich vor, dass meine Lederschwingen euch behilflich sind, dieses Schiff zu verlassen. Mir scheint, ihr braucht einen sicheren Ort, um euch von dem Gefecht zu erholen.«

Der Magier trat vor Beorn. »Gestattest du, dass meine Lederschwingen deine Ottajasko zum Lagerplatz bei meinem Schiff tragen?«

Beorn schloss sein Auge. Die Vorstellung, sich diesen widernatürlichen Biestern auszuliefern, missfiel ihm. Aber welche Wahl hatte er? Hier an Bord des Spinnenschiffs zu bleiben? Ohne Vorräte? Er machte sich nichts vor. Aus eigener Kraft würde seine Ottajasko so schnell nicht das Tangmeer überqueren. Und Vespertilio brauchte sie doch. Er wollte schließlich noch eine weitere Schlacht mit ihrer Hilfe gewinnen.

»Bring uns zurück«, sagte Beorn müde.

»Wir haben allerdings eine Lederschwinge zu wenig. Eine ist aus dem Schwarm ausgebrochen ...« Der Zauberer zuckte entschuldigend die Achseln. »Manchmal passiert so etwas. Wir werden den Toten wohl zurücklassen müssen.«

»Nein!«, schrie Dolorita auf. »Er bleibt nicht hier, als Spinnenfraß!«

»Spinnen fressen nichts, was nicht mehr lebt«, sagte Vespertilio sanft.

»Dann bleibe auch ich hier«, entschied die Hexe. »Ich warte an Orelios Seite, bis deine Lederschwingen zurückkommen.«

Die Augenbrauen des Magiers wölbten sich. Er sah Dolorita mitleidig an. »Ich verstehe deinen Schmerz. Aber ich kann dir nur dringend davon abraten zurückzubleiben. Mactans wird spüren, was hier geschehen ist. Und er wird Späher schicken.«

»Mactans?«, fragte Beorn. »Wer ist das?«

»Der Vater all dieser Spinnen«, erklärte Vespertilio. »Unser Feind! Wenn seine Späher dich finden, dann werden sie dich zu ihm tragen. Ich schätze, es wird keine Stunde dauern, bis sie hier sind. Dann wird Mactans höchstselbst das Leben aus dir schlürfen, Verehrteste.«

»Orelio bleibt zurück!«, entschied Beorn. »Nimm Abschied von ihm, Dolorita.« Er wandte sich an die übrige Ottajasko. »Wir sind nicht mehr stark genug, um weiterzukämpfen. Ich werde keine Lebenden für einen Toten opfern. Lasst euch von den Lederschwingen tragen. Und bedenkt, dass sie euch den Weg durch das Totenmeer mit seinen Ungeheuern ersparen.«

Einzig Eilif schaute wenig begeistert. Die meisten anderen waren zu schwach, um gegen die Entscheidung aufzubegehren. Zidaine wirkte, als sei es ihr gleichgültig.

Beorn sah zu, wie sie einer nach dem anderen von den Lederschwingen gepackt und in den Himmel gehoben wurden.

Als die Reihe an ihm war, befanden sich nur noch Pardona und Vespertilio an Deck. Die beiden hatten sich zurückgezogen und besprachen etwas im Flüsterton.

Thalukke König Arkos, Verdichtungsgebiet des Sargassomeers, siebter Tag im Kornmond

Vespertilio Organo verschränkte die Arme vor der Brust und seufzte. Es waren gewiss keine fünf Stunden mehr bis zum Morgengrauen. Langsam sollte die Geweihte erscheinen, oder es hätte keinen Sinn mehr, mit dem Eingriff zu beginnen. Sie hatte sich in tiefster Nacht davongeschlichen, um sich von vier Lederschwingen noch einmal zum Spinnenschiff tragen zu lassen.

Er wurde aus dieser Lenya nicht schlau. Sie musste eine Betrügerin sein! Eine Geweihte der Travia war sie ganz gewiss nicht. Nicht bei den Dingen, die sie tat. Aber was war sie dann? Eine junge Magierin, der man das Gildensiegel verwehrt hatte?

Sie liebte es, sich in Geheimnisse zu hüllen. Es war ihr Wunsch gewesen, dass sie sich hier, weitab von der *Donnersturm*, auf einem jener Schiffe trafen, auf denen er seine geflügelten Kinder erschuf. Wollte sie ihm hier einen Hinterhalt legen? Er glaubte das eher nicht, dennoch war er vorbereitet. Im Tang um die Thalukke *König Arkos* lauerten mehrere seiner Scherenwürmer. Jene anderen Kinder, die er bislang vor Beorn verborgen gehalten hatte. Sollte Lenya ihn angreifen, musste er nur über Bord springen, und die falsche Geweihte würde der letzten Überraschung ihres Lebens begegnen.

Am südlichen Himmel bewegte sich etwas. Sie kamen! Undeutlich sah er die Lederschwingen vor den Sternen. Wenige Herzschläge später setzten seine geflügelten Diener die Geweihte auf dem Hauptdeck der Thalukke ab. Neben sie legten sie einen Mann aus dem Gefolge Beorns. Den Toten, der auf dem Spinnenschiff zurückgeblieben war.

Vespertilio stieß innerlich einen Seufzer aus. »Meine Liebe, ich weiß deine Bemühungen durchaus zu schätzen, aber ich fürchte, ich muss klarstellen, dass ich kein Nekromant bin. Mit Toten kann ich nicht arbeiten.«

»Das ist mir bewusst.«

Ihre Augen erstrahlten wieder golden. Das war so fremd, dass Vespertilio ein wenig Abstand von ihr nahm, auch wenn sie es nicht zum ersten Mal tat. »Orelio erfreut sich noch einer erstklassigen Gesundheit. Ich habe das Gift in seinem Körper neutralisiert und ihn in einen tiefen, todesähnlichen Schlaf versetzt. Sein Puls geht so schwach, dass er kaum zu spüren ist. Sein Atem ist extrem verlangsamt. Dolorita hat ihn für tot gehalten, aber ich verspreche dir, er ist in guter Verfassung.«

Skeptisch kniete sich Vespertilio neben den Fechter. Die Zauber, von denen Lenya gesprochen hatte, waren keine Kleinigkeit für eine Pfuscherin, die niemals eine anständige Akademie besucht hatte. Und er war sich sicher, keine Gildenmagierin vor sich zu haben. Lenya war eine Betrügerin.

Oder hatte die Lehre in den Jahrzehnten, die er im Tangmeer verbracht hatte, solche Fortschritte gemacht?

Er legte zwei Finger auf eine der großen Halsschlagadern des Fechters. Da war kein Puls! Verärgert räusperte sich Vespertilio.

»Überwinde deine Zweifel«, sagte sie mit einem Lächeln und zog ihren Dolch.

Die Lederschwingen an Deck entfalteten erschrocken ihre Flügel, als sie die Waffe sahen.

»Ruhig.« Vespertilio hob beschwichtigend die Arme.

Dennoch rückten die Bestien unbeholfen auf ihren Händen watschelnd ein Stück von ihnen ab.

»Sieh.« Die Geweihte schob ein Hosenbein des Toten zurück und schnitt ihm in die Wade. Er zeigte keinerlei Reaktion. Dunkles Blut troff von der Wunde.

»Wäre er tot, würde kaum Blut fließen«, bemerkte Lenya ruhig.

Da hatte sie recht. Er nickte sinnend. Für die Metamorphose wäre es gut, den Fechter in diesem Zustand zu haben. Je weniger er bei wachem Verstand mitbekam, desto besser für das Ergebnis.

»Also gut, meine Liebe, dann schreiten wir zur Tat.« Er griff unter die linke Achsel des Fechters. »Würdest du mir zur Hand gehen?«

Lenya kniete sich auf die andere Seite des Bewusstlosen und hob ihn sichtlich ohne Mühe an. Die Geweihte war stärker, als sie aussah.

Gemeinsam trugen sie Orelio in den Schiffsbauch hinab. Hier unten mischten sich andere Gerüche in den Gestank des faulen Tangs. Sie stiegen über zerbrochene Fässer hinweg, aus denen in breiten Bahnen Salz gerieselt war. Wichen Löchern im Deck aus, bis sie im Rumpf einen Platz erreichten, den Vespertilio für seine Forschungen vorbereitet hatte. Es gab noch drei weitere Schiffe, die er gelegentlich nutzte, aber die *König Arkos* war sein Liebling. Wenn etwas übrig blieb, das er aufheben wollte, dann konnte er das Salz nutzen, um es zu konservieren. Manche der Salzhaufen bargen Geheimnisse …

»Das ist alles?« Lenya klang geradezu enttäuscht, als sie den von Öllämpchen erleuchteten Platz für das Ritual erreichten.

Die Art, wie sie das sagte, empfand Vespertilio als verletzend. Was hatte diese Traviagans erwartet? Einen gehörnten Dämon? »Wir werden den Kerl fesseln und morgen Nacht wiederkehren.«

»Warum?«

Vespertilio deutete auf die beiden Heptagramme, einen großen und einen kleinen siebenzackigen Stern, die er mit grüner Kreide aus den Ruinen von A'Kr'Urabaal auf das Deck gezeichnet hatte. »Das ist kein Spiel, Lenya. Die Rituale um die Transformation dauern von Sonnenuntergang bis Sonnenaufgang. Wir haben nicht mehr genügend Zeit, um es gut zu machen.«

»Ach, Zeit … völlig überschätzt.« Die falsche Geweihte brachte Orelio in den größeren der beiden Sterne. Dort waren breite Lederbänder auf den Planken verankert.

Hier war es etwas mühseliger, die vorbereitenden Arbeiten zu erledigen. Er musste sich hinknien, um zu schneiden. Und das Alter war nicht spurlos an ihm vorübergegangen, dachte Vespertilio bitter. Aber er konnte es umkehren!

Mit einem Anflug von Eifersucht sah er Lenya an. Sie mochte Anfang dreißig sein. Ihr Leben lag noch vor ihr. »Was weißt du schon von Zeit?«

Die Betrügerin lächelte hintersinnig. »Dass sie ohne Bedeutung ist, wenn man Geduld hat.«

Er schluckte. Sie hatte etwas an sich, das ihm Angst machte. Das war eine neue Erfahrung. »Wir kehren morgen zurück …«

Sie schüttelte den Kopf. »Ich kann nicht jede Nacht fort. Die Ottajasko würde Verdacht schöpfen. Wir werden es heute vollenden!« Ihre Augen strahlten in freudiger Erwartung. »Zeige mir, wie du es machst!«

»Wir werden es verderben, wenn wir heute noch anfangen«, entgegnete er verärgert. »Er ist gutes Material. Wir sind es ihm schuldig, nicht leichtfertig mit ihm umzugehen.«

»Ist das ein Anflug von Moral?«

Er schnaubte verächtlich. Sie glaubte, ihn zu kennen? »Ich weiß nur den Wert der Dinge zu schätzen, die mir das Leben schenkt. Das lehrt das Alter.«

Ihr Lächeln wurde noch breiter. »Wenn du meinst … Alter. Zeit. Das scheint dich sehr zu beschäftigen. Hast du Angst, deine Lebensspanne wird nicht genügen, um dein geheimes Ziel zu erreichen?«

Für einen Herzschlag verschlug es Vespertilio die Sprache. Er fühlte sich entlarvt. »Gehen wir!«, sagte er schließlich harsch.

»Ich bringe dir morgen neues Material, sollte es heute durch meine Hast fehlschlagen ...« Sie sah ihm tief in die Augen. »Bitte. Ich möchte sehen, wie du deine wunderschönen Lederschwingen erschaffst.«

Da war etwas in ihrer Stimme, das auf betörende Weise keinen Widerspruch duldete. Warum eigentlich nicht?, dachte er, von seinem eigenen Sinneswandel überrascht. Aber der charmanten jungen Frau mochte er nichts abschlagen. Schließlich konnte er so noch einige Stunden mit ihr verbringen und sie mit seinem Genie beeindrucken.

»Gern. Wir müssen ihn auf den Bauch drehen ... Seine Arme und Beine müssen weit abgespreizt sein. Dazu die Riemen um Brust, Taille und Hals. Und er muss gut festgeschnallt sein. Er darf sich nicht mehr bewegen können. Die Arbeit erfordert größte Genauigkeit ... Würdest du das übernehmen?«

»Gern!«

Vespertilio sah ihr verzückt zu. Man hätte meinen können, dass sie diese Arbeit schon hundert Male gemacht hatte. Sie fesselte Orelio ohne Hast, mit ruhiger Präzision. Womöglich würde sie sich als wertvolle Hilfe erweisen.

»Ich hole den anderen Teil.« Es fiel ihm schwer, sich von dem Anblick loszureißen. Doch er wusste, sie beide würden noch Größeres erschaffen!

Der Magier ging ein Stück zurück zu der verborgenen Treppe und stieg hinab in den unteren Frachtraum. Hier stank es nach Fledermauskot, nach alchimistischen Ingredienzien. Eine Öllampe mit kurz geschnittenem Docht warf einen Hauch Licht über die verstaubten Gläser, in denen er Organe verwahrte, die vielleicht noch einmal von Nutzen sein mochten. Auch kleinere Werke, denen das Leben allzu schnell entflohen war. Kreuzungen aus Krebsen und Möwen ... Fingerübungen.

Weiter hinten standen die Käfige. Er besaß nur noch drei der großen Fledermäuse. Lenya hatte das Problem nicht wirklich erfasst. Es waren nicht die Menschen. Sie strandeten immer wieder hier im Sargassomeer, aber diese wunderbaren Geschöpfe ... Er seufzte. Dann wählte er die kleinste der drei Fledermäuse. Sie war nur wenig länger als sein Arm. Mit dem Kopf nach unten hing sie in einem Käfig aus rostigen Eisenstangen. Schwarze Augen musterten ihn.

Vespertilio trat an das Regal mit den Kristallflakons. Er nahm das Fläschchen mit der himmelblauen Flüssigkeit und hielt es in Richtung des Käfigs. Mit abgewandtem Gesicht zog er den fein geschliffenen Stöpsel und hielt den Atem an. Es dauerte nur drei Herzschläge, als er ein Plumpsen hörte.

Vorsichtig verschloss er den Flakon und stellte ihn zurück. Die Fledermaus lag auf dem Boden des Käfigs. Die beiden anderen Biester beobachteten ihn misstrauisch. Sie bissen und kratzten. Am Anfang seiner Experimente mit ihnen hatte sich Vespertilio in Leder gekleidet, um sie zu holen. Allerdings war es nie ohne heftige Gegenwehr abgegangen. Dreimal hatte er den Tieren, die für die Metamorphose gedacht gewesen waren, versehentlich einen Flügel gebrochen. Unverzeihlich! So etwas machte alles noch schwieriger.

Der Magier öffnete den Käfig und nahm das bewusstlose Tier heraus. Etwas mehr als vier Stunden würden ihm für seine Arbeit bleiben. Die Zeit war knapp bemessen. Vor allem, da er sich noch um die enthusiastische Dilettantin kümmern musste.

Er legte das Tier über den Arm und eilte wieder nach oben.

Lenya hatte ihre Arbeit gut gemacht. Das Gesicht nach unten, lag der Fechtmeister fest verschnürt auf den Planken. Kritisch betrachtete Vespertilio das Heptagramm. Sie hatte keine der Linien verwischt. Keine der altechsischen Glyphen, die zwischen die

Zacken des Sterns geschrieben waren. Die falsche Geweihte hatte sich tatsächlich geschickt angestellt.

»Wie wirst du es nun angehen?«, fragte Lenya voller Neugier.

»Ich werde wegschneiden, was überflüssig ist.« Vespertilio trat an eine kleine Truhe, ein Beutestück aus einem der zahllosen gestrandeten Schiffe. Muschelintarsien, die sich zu Rosenblättern formten, schmückten den Deckel. Er genoss kurz den Anblick des Kunstwerks, dann öffnete er die Truhe und betrachtete die Auswahl an verschiedenartig gekrümmten Klingen, die darin auf rotem Samt ruhten.

Jedes der Instrumente war penibel gesäubert und geschliffen. Er wählte ein Häutermesser, eines mit einer Sichelklinge und ein drittes, das wie eine Säge gezackt war.

»Schönes Werkzeug«, bemerkte die falsche Geweihte.

»Was wir hier tun, ist eine hohe Kunst«, erklärte er ernst. »Es gibt nur sehr wenige Männer und Frauen, die dies in ähnlicher Perfektion vollbringen können. Für mich zählt nicht allein, was ich erschaffen will. Mein Anspruch ist, dass auch der Weg dorthin Kunst sein soll.«

Lenya nickte, sagte aber nichts zu diesen Ausführungen.

Wahrscheinlich war es zu hoch für diese kleine Betrügerin. Das Bestreben, dass im Leben eines Künstlers jede Tat – alles, womit er umging – Kunst werden sollte, war ihr sicher völlig fremd.

Er kniete sich neben den Fechter. Sanft tastete er über dessen Schultermuskeln. Sie waren gut ausgebildet.

Vespertilio legte die drei Messer nebeneinander. »Das wird blutig«, ermahnte er Lenya.

Die falsche Geweihte nickte. Sie wirkte nicht sonderlich beeindruckt.

Sie hatte ihre Warnung erhalten, dachte der Magier. »Ich werde nun wegschneiden, was wir nicht brauchen. An die richtige

Stelle legen, was sich noch am falschen Ort befindet.« Er wählte die gekrümmte Klinge und betrachtete Orelios schmalen, muskulösen Hintern. Er versuchte sich vorzustellen, wo das Hüftgelenk saß.

Entschlossen setzte er das Messer an. Er würde versuchen, große Muskellappen zu erhalten, statt sie einfach zu durchtrennen. Es war besser, wenn mehr Material zur Verschmelzung zur Verfügung stand.

Er musste nur wenig Druck ausüben, damit die gekrümmte Klinge tief in die Mitte des Sitzmuskels eindrang. Sie war fast wie ein verlängerter Teil seines Körpers. Er spürte deutlich, wie er den Knochen berührte. Er änderte den Winkel leicht, ertastete das Gelenk und trieb den Stahl hindurch.

Bisher war nur wenig Blut geflossen. Das würde sich bald ändern. Der Blutverlust und der Schock, beides zu beherrschen, waren die ersten Herausforderungen der Metamorphose.

Mit einer drehenden Bewegung zerschnitt er die Muskeln im unmittelbaren Umfeld des Gelenks. Er drückte nun die Klinge hinab, durchtrennte den Gesäßmuskel in seiner Mitte, setzte den weiteren Schnitt aber so, dass er unterhalb der Gesäßfalten amputierte. Inzwischen floss das Blut in Strömen. Jetzt kam es auf Schnelligkeit an.

Vespertilio durchtrennte die Muskeln des Oberschenkels bis zur Leiste hinauf. Gleichzeitig zog er am Bein. Er zerschnitt die letzten Muskelfasern, löste die Fessel um das Fußgelenk, zog am Bein. Er spürte, wie sich der Oberschenkelknochen im Fleisch bewegte. Ein kräftiger Ruck, und der Knochen war aus dem Fleisch gezogen, das er stehen gelassen hatte.

»Balsam Salabunde«, sprach er die Zauberformel, die selbst Sterbende an der Schwelle des Todes zu retten vermochte. Er konzentrierte sich darauf, die durchtrennten Adern zu verschließen und die Blutung zum Stillstand zu bringen. Erst als dies geglückt war, sah er zu Lenya auf.

Er hatte erwartet, dass die Geweihte blass wäre, doch dem war nicht so. Mit dem Interesse einer aufgeweckten Studiosa sah sie ihm zu. »Das mit dem Heptagramm habe ich noch nicht gesehen«, bemerkte sie lächelnd. »Sehr ungewöhnlich.«

Vespertilio sah zu Boden. Eine Menge Blut bedeckte die Planken. Doch kein einziger Tropfen war über die Echsenglyphen oder die Linien des siebenzackigen Sterns geflossen. Wie von einem unsichtbaren Wall zurückgehalten, staute sich der Lebenssaft vor den Kreidestrichen.

»Eine Fingerübung«, bemerkte er, leicht verärgert darüber, dass sie gar nichts dazu sagte, mit welcher Kunstfertigkeit er das Bein gelöst hatte.

Er warf das abgetrennte Glied aus dem Kreidestern und machte sich am zweiten Bein zu schaffen. Solange er schnitt und heilte, vergaß er sie. Als Nächstes löste er die Arme aus den Schultergelenken, öffnete die Fesseln und schob die Gliedmaßen in Position, dorthin, wo eben noch die Beine gewesen waren.

Als dies vollbracht war, strich er sich mit dem Handrücken über die schweißnasse Stirn. Es war heiß unter Deck, und es blieb noch ein langer Weg zu gehen, bis das Werk vollendet wäre.

Sorgsam darauf bedacht, auf keine der Kreidelinien zu treten, verließ er das Heptagramm und holte die große Fledermaus, um sie dem bewusstlosen Fechter auf den Rücken zu binden.

Als dies vollbracht war, blickte er erneut zur Geweihten. Vorsichtig trat er aus dem Stern und deutete auf das zweite, kleinere Heptagramm, das auf den Boden gemalt war. »Dort hinein! Schnell!«

Etwas war verändert.

Lenya reagierte nicht auf ihn. Ihre Augen hatten wieder die unheimliche goldene Farbe angenommen. Ihre Lippen bewegten sich. Sie sprach. Sehr leise. Es waren eher Laute als Worte. Einzelne davon erkannte er!

»Nein!«, stieß Vespertilio hervor. Er stürzte sich auf sie, doch etwas war zwischen ihnen. Eine unsichtbare Wand. Und das, obwohl sie nicht einmal in dem kleinen Stern stand.

Es wurde kälter im Schiffsrumpf.

Er sprang in die Sicherheit des kleineren Heptagramms. Sollte sich diese Närrin doch umbringen!

Sein Atem stand ihm in weißen Wolken vor dem Mund. Das modernde Holz knisterte in der Kälte, die es berührte. Dann sah Vespertilio eine Bewegung. Im Dunkel, gerade außerhalb des Lichtkreises. Etwas Großes, Unförmiges. Drei Schritt hoch, musste es sich unter den Deckenbalken des Frachtraums ducken. Sein Unterleib war etwas Groteskes, Vielbeiniges irgendwo zwischen Spinne und Krebs. Daraus wuchs ein menschlicher Torso mit dürren Armen, die in Krallen ausliefen. Ein ungestalter Kopf, aufgedunsen, mit etlichen Augenpaaren starrte ihn an. Es lag eine Bosheit in diesem Blick, die nicht von dieser Welt war.

Die falsche Geweihte sprach nun lauter. Vespertilio konnte ein paar Worte Zhayad herauslauschen. Die Sprache der Dämonen.

Das Licht verlosch. Die schattenhafte Gestalt kam näher. Nur ein vager Umriss im Dunkel. Er hörte ihre Beine über das Holz kratzen.

Vespertilio wagte kaum zu atmen. Er hoffte inständig, dass Lenya wusste, was sie da tat.

Das Biest – jetzt erinnerte sich Vespertilio – er hatte von dieser Dämonin gelesen. Von Trachrhabaar, der Näherin der Leiber, einer Dienerin der Asfaloth, der Herrin der Verwandlung. Vespertilio fühlte sich ihr seit Langem verbunden, doch hatte er noch nie gewagt, die Näherin zu rufen. Er kannte den wahren Namen der einfach gehörnten Dämonin nicht.

Staunend hörte er zu, wie Lenya dem Biest Befehle gab. Es beugte sich über Orelio und die Fledermaus. Mit seltsamen ruckartigen Bewegungen machte es sich an den Armen zu schaffen. Dann wurden die Flügel der Fledermaus abgetrennt und an den Schultern mit dem Körper vernäht. Dabei benutzte sie ständig den wuchtigen Stachel, der aus ihrem Hinterleib ragte.

Als dies vollbracht war, hob die Kreatur den Bewusstlosen an. Sie legte ihn sich an die Brust, wie eine Mutter, die ihr Kind säugen wollte.

Das war nicht das, was er gewollt hatte, doch Vespertilio wagte nicht, auch nur einen Laut von sich zu geben.

Nach einer Weile legte die Näherin den Körper sanft auf den Boden. Ihr Kopf ruckte in seine Richtung. Langsam näherte sie sich seinem Heptagramm.

Ein scharfer Befehlslaut schnitt durch die Finsternis. Die Dämonenkreatur zuckte zusammen, wie von einem Peitschenhieb getroffen. Unwillig wich sie zurück und verschmolz mit dem Dunkel.

Eine Kugel aus Licht erschien über der Hand der falschen Geweihten. Sie schwebte dorthin, wo eben noch die Dienerin der Asfaloth gestanden hatte. Doch der Frachtraum war wieder verlassen.

»So geht das nicht!« Vespertilio verließ das kleine Heptagramm und eilte zu dem reglosen Körper des Fechters. Er betastete den Übergang zwischen Rumpf und Flügeln. Alles war perfekt miteinander verwachsen. Es gab keine Narben. Nichts. Er spürte das Herz des Fechters heftig schlagen. Zum Glück war Orelio immer noch ohnmächtig.

»Du bist unzufrieden?«

Die falsche Geweihte war lautlos an seine Seite getreten. Vespertilio musste sich sehr beherrschen, um sie nicht anzuschreien. Sie hatte alles verdorben!

»So mache ich das nicht«, murrte er. »Die Flügel sind zu klein. Wir müssen sie noch wachsen lassen. Und er darf nicht bei Verstand sein. Und reden darf er schon gar nicht können! Stell dir vor, wenn er Beorn erzählt, was wir hier gemacht haben ...«

»Glaubst du, der Drachenführer wüsste nicht, wer ich bin?« Lenya legte ihm eine Hand auf die Schulter.

Vespertilios Gedanken überschlugen sich. Vielleicht versuchte sie, ihn zu täuschen. Er hatte keine Ahnung, ob Beorn eingeweiht war. Er war sich aber fast sicher, dass die Mannschaft keine Ahnung hatte, dass eine Dämonenpaktiererin unter ihnen weilte. Das passte einfach nicht zu Thorwalern, so jemanden in ihrer Mitte zu dulden.

»Ich bevorzuge es, wenn meine Geschöpfe niemandem mehr erzählen können, was ihnen widerfahren ist«, sagte er so freundlich, wie ihm nur möglich war. »Das erspart einem sehr viel Ärger. Vollkommene Diener werden sie, wenn sie sich an gar nichts mehr erinnern.« Er deutete verärgert auf den Fechter. »Das hier ... das ist so nicht zu gebrauchen.«

»Ich nehme an, du möchtest beide Gestalten miteinander verschmelzen.«

»Ja!«, entgegnete er knapp.

»Ich nehme an, du wirst nun mit einem Chimaeroform Hybridgestalt fortfahren?«

Vespertilio war nicht länger überrascht. Er hatte zwar keine Ahnung, wer da vor ihm stand, aber er hegte nicht den allergeringsten Zweifel daran, dass sie trotz ihrer jungen Jahre eine ausgewiesene Chimärologin sein musste. Allein die Tatsache, dass sie die Näherin gerufen hatte ... Er sollte vorsichtig sein!

»Du darfst gern weiterhin zusehen, auch wenn ich das Gefühl habe, dass ich vielleicht mehr von dir lernen könnte als du von mir.«

»Nur Ignoranten geben sich der Illusion hin, dass sie in ihrem Schaffen nicht mehr besser werden könnten«, entgegnete Lenya höflich. »Ich verspreche dir, nur noch Zuschauerin zu sein und mich nicht mehr einzumischen.«

Vespertilio war vollkommen klar, dass er keine andere Wahl hatte, als zuzustimmen. Als letztes Aufbäumen seines Stolzes schwieg er einfach zu ihren Worten. Stattdessen konzentrierte er sich ganz auf seinen Zauber. Während er die nötigen Worte sprach und die Gesten vollführte, stellte er sich vor, wie beide Körper zu Wachs wurden. Wie sein Wille sie knetete und miteinander verschmelzen ließ, bis sie eins wurden. Eine Lederschwinge!

Beskan,
siebter Tag im Kornmond

Galandel deren-Lied-verklingt betrachtete den Schatten der *Stern von Silz*. Die Ottajasko hatte sie in der für Menschen üblichen Hast repariert, alte Planken herausgebrochen, neue eingesetzt, Teer und Tierhaar in die Ritzen gestopft, den Mast gerichtet und das Ruder mit einer Kupferplatte verstärkt. Dann hatte sie den Rumpf mit Steinen beschwert, zwei Pfähle in den Grund gerammt und das Schiff mit Tauen so dagegen gezogen, dass es in Schräglage geraten, vollgelaufen und gesunken war. Jetzt lag es in knapp drei Schritt Tiefe auf dem Meeresboden. Zwei Seile liefen vom Bug durch das Wasser bis hinauf zum Strand.

»*Die Planke ächzt,*
der Foggwulf lechzt
nach schneller Fahrt,
pullt Riemen hart!«

Ohm Follker strich über die Saiten und entlockte der Leier dadurch eine aufsteigende Tonfolge. Er saß auf einem der Stühle, die die Ottajasko im Halbkreis auf dem Strand aufgestellt hatte.

Asleif Phileasson wirkte nach der harten Arbeit zufrieden. Die Mittagssonne glänzte auf dem Salz, das der Schweiß auf seinem nackten Oberkörper zurückließ. Er reichte das große Horn an Salarin Trauerweide weiter.

Der Elf roch am dunklen Bier, trank aber nicht. Stattdessen wanderte das Trinkgefäß zu Mirandola Ernathesa, die einen Schluck nahm.

>>*Wellen schlagen.*
Reckenmagen
vor Hunger knurrt,
doch Foggwulf schnurrt!

Das Meer, es schäumt.
Von Küsten träumt
und Sehnsucht nährt,
wer es befährt.<<

Galandel spürte, wie die Verse die Mitglieder der Ottajasko miteinander verwoben. Sie kannte das von den abendlichen Lagerfeuern, aber jetzt am Strand fühlte sie sich nur als Zuhörerin. Das Lied drang an ihr Ohr, aber nicht in ihr Herz. Dort wohnte eine unerfüllte Sehnsucht.

>>*Die Brise braust,*
der Drache saust
mit Riemen schnell
durch Wellen hell.

Neues Ufer
sieht der Rufer.
Ein flacher Strand
von weißem Sand!

Der Foggwulf grinst,
im Hirn Gespinst.
Er träumt von Gold
und Maiden hold!«

Die Ottajasko johlte. »Gibt es eine Schöne, die des Foggwulfs Herz in Händen hält?«, wollte Mirandola wissen.

Galandel sah, dass das Grinsen in Ohms Gesicht gefror, und auch sein schneller Seitenblick auf Phileasson entging ihr nicht. Er wartete mit der nächsten Strophe etwas länger als zwischen den vorherigen und überspielte es, indem er zusätzliche Akkorde zupfte.

»Entdeckers Ruhm
ist Heldentum
so Foggwulf denkt,
sein Ruder lenkt.

Fremde Küste!
Neue Lüste!
Ungeahntes!
Schön Geratnes!

Als Thorwals Gruß
setzt er den Fuß,
wo niemand war
vor seiner Schar.«

Mit einer fröhlichen Tonfolge beendete der Skalde seinen Vortrag.

Das Trinkhorn wanderte zu Ohm.

»Du hast dir einen Trunk verdient«, befand Phileasson.

Leomara della Rescati saß auf Vascals Schoß. Er kitzelte sie unter den Achseln, sodass sie sich zu Tylstyr Hagridson flüchtete. Shaya Lifgundsdottir schwatzte mit Lailath Schlangenschlächterin. Die beiden hatten sich um die Körbe mit dem gelben Schwefel gekümmert, die neben den mit Süßwasser gefüllten Fässern standen. Salarin Trauerweide, Irulla und Mirandola Ernathesa begutachteten die aus den Schlangenzähnen gefertigten Waffen: den Speer, den Säbel, dessen weiße Klinge inzwischen mit einem Griff aus Eisenholz versehen war, den geraden Degen für die Almadanerin, die Pfeilspitzen. Praioslob und Abdul el Mazar wirkten zufrieden und erschöpft, an den Tauen hatten sie sich sehr angestrengt.

Alle in der Ottajasko waren fröhlich.

Die Würmer und Wanzen ertranken zu Tausenden. Galandels Schemel war frei, sie stand am Strand, wo die Wellen ihre Füße gerade noch berührten. Sie ließen die kleinen schwarzen Körper zurück. Das waren diejenigen, die es aus den Planken herausgeschafft hatten. Sicher starben noch mehr in dem Holz, in das sie sich hineingefressen hatten. Auch diejenigen, die das Wasser anspülte, waren meist tot.

Ein Käfer taumelte über den nassen Sand. Seine Flügel waren zu schwer, und das Salz verklebte sie. Er konnte nicht fliegen.

Galandel sah zum Himmel hinauf. Seit dem morgendlichen Regen gab es kaum noch Wolken, sein Blau war tief wie eine Kornblume. Dennoch lag Feuchtigkeit in der Luft. Galandel überlegte, ob ihr die Wärme der Sonne auf dem Gesicht gefiel. Sie hielt es der hellen Scheibe entgegen.

»Genug gefaulenzt!«, befand Phileasson. »Holen wir unseren Segler wieder hoch!«

Stöhnend erhob sich Praioslob. »Zurück an die Seile ...«

Auf seinem flachen Rumpf könnten sie das Schiff auf den Strand ziehen. Danach müssten sie das Wasser ausschöpfen, die meisten Steine entfernen und dafür die Vorräte laden. Wenn Galandel Ohm richtig verstanden hatte, würden sie die vom Ungeziefer gereinigten Planken mit Schwefel einreiben, damit die Käfer sie nicht sofort wieder befielen.

Auch die Elfe nahm an einem der Taue Aufstellung.

»He, Abdul!«, rief Ohm. »Was ist mit dir? Hast du kein Schmalz mehr in den Armen?«

Der novadische Magier stand zwischen den Seilen und betrachtete das versunkene Schiff. »Ich will nicht arbeiten. Ich will lieber weiter mit euch feiern.«

»Erst mit der Arbeit verdient man sich ...«, setzte Phileasson an.

Abdul schrie.

Galandel zuckte zusammen.

Aber der Magier litt keine Schmerzen. Er streckte die dünnen Arme dem Wasser entgegen, als erwartete er, dass ihm jemand um den Hals fiele. Sein Schrei ging in einen Singsang über.

Die Elfe wusste nicht, ob die Silben Worte formten, aber sie merkte, dass ihre Harmonie Eingang in das Lied der Welt fand. Es war ein ... Ruf. Doch er galt weder ihr noch der Ottajasko, in der man sich fragende Blicke zuwarf. Er umschmeichelte die Wellen.

Abdul weitete den Abstand zwischen den Händen und spreizte die Finger. Sein Gesang schwoll an und ab.

Strudel bildeten sich oberhalb der *Stern von Silz*. Sie umtanzten die Wasseroberfläche über dem Segler. Bald zählten sie ein

Dutzend, und sie wurden immer tiefer, bis sie Spuren in den Sand am Boden zogen.

Der aus dem Wasser ragende Mast zitterte. Dann ruckte das ganze Schiff. Der Rumpf kippte hin und her.

Er löste sich vom Grund. Über ihm wichen die Wellen zu den Seiten.

Die *Stern von Silz* kam an die Oberfläche. Sie schüttelte sich wie ein nasser Hund. Ihr Holz knarrte, und das Wasser spritzte aus den Planken.

Während sich die Wellen beruhigten, trieb das Schiff an den Strand, auf dessen Sand sich sein flacher Boden knirschend schob.

Abdul beendete den Zaubergesang, klatschte, und rieb sich die Hände. Zwei kleine Strudel, die Galandel wie Augen erschienen, drehten sich in Ufernähe. Abdul verbeugte sich mit übereinandergelegten Unterarmen, und die Strudel gingen in den Wellen auf, die auf dem Strand ausliefen.

»Das hast du gut gemacht.« Phileasson ließ das Tau fallen, und die anderen folgten seinem Beispiel.

Einige Piraten kamen näher, um sich anzuschauen, was geschehen war. Abdul grinste zufrieden, während Tylstyr und Vascal auf ihn einredeten.

Galandel bemerkte eine Bewegung am Einschnitt zwischen den Klippen. Zwei Ruderboote mit Schleppseilen kamen hindurch. Ein schlanker Bug folgte ihnen.

»Eiiiij, das ist die *Tiger von Maraskan!*«, rief eine Frau mit geschwollener Unterlippe. Von dem, was sie danach sagte, verstand Galandel nur den Namen »Kodnas Han«.

Phileasson blickte dem Schiff mit in die Hüfte gestemmten Fäusten entgegen. Er wirkte überaus zufrieden.

Galandel zertrat den Käfer, der sich am Strand mühte. Es war ein Versehen, dass er das Wasser überlebt hatte. Ein Missklang im Lied der Welt.

Perlenmeer,
elfter Tag im Kornmond

Mit dem Wind kam der Regen. Asleif Phileasson war froh, dass die Flaute überwunden war, auch wenn sie jetzt das Wasser aus dem offenen Rumpf der *Stern von Silz* schöpfen mussten.

»Immerhin können wir damit unsere Fässer auffüllen«, meinte Tylstyr Hagridson.

»Ein Jammer, dass es Wasser und keinen Met regnet«, scherzte Ohm Follker.

»Deine Mannschaft ist guter Dinge«, stellte Kodnas Han fest.

Sie waren den vierten Tag mit Südostkurs auf See, und noch immer begleitete die *Tiger von Maraskan* die *Stern von Silz*. Vorgestern hatten sich die Schiffe für ein paar Stunden getrennt, weil ein Gewürzhändler ihnen entgegengekommen war. Kodnas war längsseits gegangen, hatte den Segler aber gegen die Zahlung von ein paar Beuteln Silber ziehen lassen. Er verkehrte zwischen den Südinseln und Maraskan, und außer mit Münzen hatte er mit Neuigkeiten bezahlt.

Kodnas leerte den Eimer über die Steuerbordreling und sah nach Westen. Nirgendwo war Land zu sehen, aber hinter dem Horizont lag Selem.

Und nördlich davon Khunchom. Phileasson spürte den Stich in seinem Herzen auch nach all den Jahren. Er war froh, dass sie sich von der Stadt an der Mündung des Mhanadi entfernten. Er bildete sich ein, dass sich mit jeder Meile Abstand der Zug dorthin abschwächte, über den er nur sehr selten sprach. Und nur, wenn er mit Ohm Follker allein war, und nur, wenn die Sterne ihn an jene Fahrt quer durch das Land der ersten Sonne erinnerten.

»Würde zu gern wissen, was die Granden auf dem Silberberg aushecken«, sagte Kodnas.

Phileasson blinzelte, erlöst, weil der Pirat seine Gedanken in die Gegenwart zurückholte, aber die Leere, wo etwas anderes hätte sein können, spürte er dennoch. »Den würdest du wohl gern plündern, was?« Freundschaftlich schlug er Kodnas auf den Rücken. »Den Silberberg mit seinen Villen?«

Schnaubend stapfte der Pirat zur Schiffsmitte, die kaum mehr als einen Spann tiefer lag, was aber ausreichte, damit sich das Wasser dort sammelte. Er zog den Eimer über den Boden. »Ich lasse dir den Vortritt. Wenn du den Silberberg plünderst, stehle ich dem Kaiser der Garethjas die Krone.«

»Diese Abmachung gilt!« Grinsend streckte Phileasson ihm die Hand hin. »Schlag ein.«

Kodnas beachtete das Angebot nicht. Er kehrte zur Reling zurück, leerte den Eimer, strich über den buschigen Schnurrbart und richtete sein verbliebenes Auge wieder nach Westen. »Haben sie doch tatsächlich Darion Paligan zum Großadmiral ihrer Flotte gemacht!«

»Das erzählst du mir jetzt schon das zehnte Mal.« Auch Phileasson leerte einen Eimer. »Es scheint dir keine Ruhe zu lassen.«

»Ich wüsste eben gern, was Al'Anfa im Perlenmeer vorhat!«, rechtfertigte sich Kodnas. »Wenn diese Granden eine Goldmünze auf den Tisch legen, dann nur, weil sie erwarten, zwei wieder in ihren Säckel stecken zu können. Dreißig Schwarze Galeeren haben sie jetzt! Und wenigstens hundert kleinere Schiffe fahren unter ihrer Flagge. Zedrakken, Thalukken, Barken ... stell dir diese Flotte vor! Man könnte glauben, dass sie sich mit den Garethjas anlegen wollen.«

Phileasson entschied, dass sie für den Moment genug Wasser geschöpft hatten. Nur noch eine lang gezogene Pfütze stand in der Mitte des Rumpfs.

»Was hätten sie von einem Krieg gegen das Kaiserreich?«

»Das ist die Frage!« Kodnas Hans Faust schlug auf die Reling. »Genau das ist die Frage, und ich habe keine Idee! Aber El Harkir weiß mehr ... der plant etwas, das sagen alle. Ein ganz großes Ding.«

Grinsend fuhr sich Phileasson durch den Bart. »So ein großes Ding würde seinen Ruhm natürlich mehren, das ist klar.«

Kodnas verzog den Mund.

»Wie hoch ist eigentlich das Kopfgeld, das auf diesen El Harkir ausgesetzt ist?«

»Niedriger als das auf meinen Kopf!«, rief Kodnas. »Und das wird auch so bleiben!«

Phileasson lachte schallend.

Überrascht sah Kodnas ihn an. Dann fiel er ein. »Du hast mich bei meiner Eitelkeit gepackt, Foggwulf!«

»Vergib mir, dass ich ...«

»Für den verrufenen Blender zahlt man natürlich mehr.«

Phileassons Grinsen gefror.

»Segel achtern!«, rief der Ausguck im Krähennest der *Tiger von Maraskan*. »Rotes Leinen, havenisch getakelt!«

Die beiden Kapitäne ließen die Eimer fallen und eilten zum Heck, wo Irulla an der Ruderpinne stand. Auch die Waldmenschenfrau blickte zurück. Sie trug leichte Wildlederkleidung. Ihr Gesicht war nass vom Regenwasser, die Spinnentätowierung schimmerte knochenfarben im Grau des Tages. Orkengriff hockte geschützt unter ihrem Kinn.

Sofort erkannte Phileasson die roten Dreiecksegel. Am Bug glänzte etwas metallisch. »Eine kupferbeschlagene Galionsfigur?«, vermutete er.

Kodnas umfasste die Reling und beugte sich vor, als verkürzte sich die Entfernung dadurch so weit, dass er das Schiff besser erkennen könnte. »Wie viele Masten?«

Phileasson schloss die Augen bis auf Schlitze. »Drei, glaube ich ...«

Ohm Follker kam zu ihnen. »Sehr breit«, meinte er. »Und das Wasser schäumt an den Seiten auf. Das Schiff wird gerudert.«

»Für eine Otta ist es zu groß, und die Form der Segel passt zu ...«, setzte Phileasson an.

»Das ist eine Galeere! Oder eine Galeasse!« Kodnas eilte nach backbord und rief zum Ausguck der *Tiger von Maraskan* hinüber: »Was siehst du? Erkennst du ein Banner?«

»Garethjas!« Der Wind riss das Wort von den Lippen des Mannes und blähte sein violettes Hemd, sodass er aussah, als wäre er bucklig. »Greif auf dem Segel!«

»Ich muss zurück auf mein Schiff«, erklärte Kodnas.

Phileasson nickte ernst. »Zu den Waffen!«, befahl er der Ottajasko.

Ohm Follker holte seinen neuen Rundschild und legte den Gurt mit den Dolchen um.

Salarin Trauerweide hakte die Sehne seines Bogens ein, befestigte einen Köcher an der Heckreling und hängte einen zweiten über seine Schulter. Den Säbel aus schwarzem Stahl, den er im Himmelsturm erbeutet hatte, trug er an der Hüfte. Der andere war zusammen mit den weiteren aus den Schlangenzähnen geschnitzten Waffen in einer Kiste am einzigen Mast der *Stern von Silz* verstaut.

Lailath Schlangenschlächterin stellte sich auf die andere Seite des Ruders. Auch sie war mit Säbel und Bogen bewaffnet.

Irulla gab die Pinne an Shaya Lifgundsdottir und Galandel deren-Lied-verklingt weiter. Sie schob den linken Arm in die Schlaufen eines Rundschilds und nahm sich zwei Speere.

Vascal della Rescati lockerte den Degen in der Scheide. Er herrschte Leomara an, damit sie hinter den Fässern an der Backbordreling Deckung nahm.

Mirandola Ernathesa zupfte die Feder an ihrem Hut zurecht, als wollte sie sich für den Kampf herausputzen. Sie zog sogar die neuen Handschuhe an, die sie vom Gewinn beim Kartenspiel gekauft hatte. Gemeinsam mit Praioslob und Abdul el Mazar stellte sie sich an den Leinen auf, die das Segel hielten.

Tylstyr Hagridson brachte dem Drachenführer sein Breitschwert und den Rundschild. Phileasson bedauerte, dass er auf Beskan keinen Schmied gefunden hatte, der einen Eisenrand hätte anbringen können. Gern hätte er stolz seine Hetmannswürde gezeigt. Wer immer sich mit ihnen anlegen wollte, sollte wissen, dass eine thorwalsche Ottajasko gegen ihn stand.

Die Galeasse holte auf. Der Wind füllte ihre Segel ebenso wie jene der *Tiger von Maraskan* und der *Stern von Silz*, und zusätzlich schoben sie drei Reihen von Riemen vorwärts. Auch der auffällige Schmuck der Vordertrutz war nun zu erkennen: Ein goldener Adler, den Schnabel zum Schrei geöffnet und die Schwingen bedrohlich ausgebreitet, reckte sich über dem kupferbeschlagenen Rammsporn.

»Das ist die *Seeadler von Beilunk*!«, rief Phileasson. »Das Flaggschiff der Kaiserlichen!«

Auf die Entfernung war nicht auszumachen, ob sich Großadmiral Rateral Sanin XII. an Bord befand, aber Phileasson hoffte darauf. Er hatte ihn in Mendena gesehen, beim Stapellauf eines anderen kaiserlichen Schiffs. Auch er war ein großer Entdecker, er hatte viele Küsten des Perlenmeers kartografiert. »Ein wahrhaft würdiger Gegner!«

»Was glaubst du, wie groß ist die Besatzung dieser schwimmenden Festung?«, fragte Ohm.

»Zweihundert wenigstens!«, begeisterte sich Phileasson.

Ohm spie ins Wasser. »Wohl eher dreihundert.« Vielsagend ließ er den Blick über die Ottajasko schweifen.

Phileasson gestand sich ein, dass sie gerade mal ein Dutzend zählten. Dreizehn, wenn man die zehnjährige Leomara einbezog, bei der er aber ganz sicher verhindern würde, dass sie kämpfte.

Er sah zur *Tiger von Maraskan* hinüber. Sie war dreimal so lang wie die *Stern von Silz* und bot mit einer Rotze immerhin ein leichtes Geschütz auf, doch mehr als fünfzig Piraten trug auch sie nicht ins Gefecht.

Kodnas ließ seine Flagge aufziehen, den gelben Tigerkopf auf rotem Grund. Er trat an die Reling und winkte herüber. »Zeit, Abschied zu nehmen, Foggwulf! Die wollen mich!«

»Wenn wir nach Süden schwenken, haben wir besseren Wind«, schlug Ohm vor.

Grimmig starrte Phileasson zur *Seeadler von Beilunk* hinüber. Es passte ihm nicht, den anderen Kapitän, mit dem er sich angefreundet hatte, seinem Schicksal zu überlassen. Von der kaiserlichen Galeasse drohten jedoch zwei wuchtige Kastelle, auf denen die Seekrieger wuselten wie Rattenschwärme.

»Sie scheinen Kodnas Hans Angebot nicht gewogen zu sein«, meinte Ohm.

Nachdem er sie auf Beskan abgesetzt hatte, war der Pirat zu einer anderen Insel gefahren, um dort eine Nachricht abzuschicken, in der er einen Gefangenenaustausch vorschlug. Für die Kaiserlichen, die er gemeinsam mit Phileassons Ottajasko auf der *Muräne* gefangen genommen hatte und die nun auf Beskan festsaßen, wollte er Rebellen des maraskanischen Widerstands freibekommen.

»Und der Gewürzhändler trägt ihm wohl nach, dass er ihm das Silber abgenommen hat«, meinte Phileasson missmutig. »Bestimmt hat er ausgeplaudert, wo man Kodnas aufbringen kann.«

»Hranngarverfluchte Flaute.« Wieder spie Ohm aus. »Hätten wir gestern nur eine Mütze voll Wind gehabt, wäre dieser Pott nie in Sichtweite gekommen.«

Unter vollen Segeln zog die *Tiger von Maraskan* nach Ost-Südost. Es nagte an Phileassons Stolz, dass Kodnas ihm den vorteilhafteren Südkurs überließ, obwohl der Drachenführer verstand, dass sich diese Entscheidung folgerichtig aus der geringeren Schnelligkeit der *Stern von Silz* ergab.

»Der Jäger folgt ihm«, stellte Lailath fest.

Der kaiserliche Kapitän hatte die Ruderer der *Seeadler von Beilunk* perfekt gedrillt. An Backbord hoben sie die Riemen aus dem Wasser, sodass die Schläge an Steuerbord die Kurskorrektur unterstützten. Der goldene Adler schwenkte herum. Als der Rammsporn auf die *Tiger von Maraskan* zielte, tauchten wieder alle Ruderblätter in die saphirfarbene See. Dumpfer Trommelschlag dröhnte über das Meer und gab den Rudertakt vor. Unerbittlich steigerte sich die Schlagzahl. Das Meer schäumte.

»Was für ein Glück, dass sie es nicht auf uns abgesehen haben«, seufzte Praioslob.

Phileasson warf ihm einen finsteren Blick zu.

Der Geweihte errötete.

Phileasson sah zwischen der *Seeadler von Beilunk* und der *Tiger* hin und her. Wenn er doch nur seine eigene *Seeadler* unter den Füßen gehabt hätte ... voll besetzt mit achtundvierzig Recken ... ein stolzes Drachenhaupt auf dem Vordersteven ... Rundschilde mit Eisenbuckeln, Äxte, Schwerter ... eine halbe Hundertschaft Thorwaler, die danach trachteten, Swafnir mit ihrem Kampfesmut zu beeindrucken ... vielleicht noch zwei weitere Ottas mit Schildmaiden und Recken aus der Glutströhm-Ottajasko ... so etwas mochte auch einen Großadmiral nachdenklich machen. Dieses Botenschiffchen dagegen ...

Die Galeasse holte auf.

»Verdammt noch mal!« Phileasson schlug auf die Reling. »Irgendwann müssen diese Ruderer doch müde werden!«

»Sie haben gerade erst angefangen«, meinte Ohm trocken.

Kodnas segelte nun eine Meile von der *Stern von Silz* entfernt. Dieser Abstand schien ihm zu reichen, er zog jetzt ebenfalls nach Süden.

Gnadenlos korrigierte die *Seeadler von Beilunk* ihren Kurs.

»Sie sind schneller!«, brüllte Phileasson. »Sie sind verflucht noch mal schneller!«

»Ja.« Ohm zog den mittleren seiner fünf Dolche aus der Scheide vor seiner Brust und begann seine Fingernägel zu reinigen.

»Kodnas braucht mehr Wind!«

»Vielleicht sollten seine Leute in die Segel furzen«, schlug Ohm vor.

Phileasson stapfte nach steuerbord, machte kehrt, ging mit großen Schritten an Shaya und Galandel vorbei, die noch immer das Ruder hielten, erreichte die Backbordreling, studierte die Misere und drehte wieder um. »Wir sollten ihm einen Vorsprung verschaffen.«

»Diese schwimmende Festung kannst du weder entern noch versenken«, gab Ohm zu bedenken.

»Nein.« Phileasson grinste, ein Gesichtsausdruck, den der Skalde in seinen Liedern gern als »wölfisch« besang. »Aber wir können sie ein bisschen ärgern. Wie eine Biene, die einen Bären vom Honigstock ablenkt.«

Ohm steckte den Dolch zurück und sah ihn erwartungsvoll an.

»Nimm das Ruder, alter Freund, und bring uns rüber.«

Ohm löste Galandel und Shaya ab.

»Lange genug zugeschaut!«, rief Phileasson seiner Ottajasko zu. »Jetzt suchen wir uns Streit!«

»Aber Foggwulf!«, rief Praioslob. »Wir wissen doch gar nicht, welchen Händel der Kaiser mit dem Piraten hat. Es mag wohl angehen, dass der Großadmiral ihn für seine Verbrechen vor Gericht stellen will.«

»Was geht uns das an?«

Der Geweihte breitete die Arme aus, als wollte er zu einer Menge predigen. »Wir sollten keinem Übeltäter helfen, seiner Strafe zu entgehen. Denk an den armen Gewürzhändler! Mit welchem Recht hat Kodnas ihm sein Silber genommen?«

Lachend zog Phileasson sein Schwert ein Stück aus der Scheide. »Mit diesem Recht, schätze ich!«

»Das ist ein Frevel! Er muss sich dafür verantworten, und wenn er ...«

»Und mit welchem Recht«, Phileasson hob einen Zeigefinger, »hat der Vater des Kaisers Maraskan besetzt?«

»Reto war der Kaiser, so wie Hal jetzt«, sagte Praioslob unbeirrt. »Er ist gesalbt und nur den Göttern verantwortlich. Die besten Berater unterstützen ihn in der Bürde seines Amts, und stets ...«

»Schluss jetzt!«, unterbrach Phileasson ihn unwirsch. »Mag sein Hintern ruhig einen Thron in Gareth wärmen. Ich will nicht darauf sitzen. Aber in dieser Ottajasko bin ich der Drachenführer, und wenn die *Stern von Silz* auch nur ein kleines Schiff ist, so bin ich doch ihr Kapitän. Hier entscheide ich, und zwar ich allein!«

Praioslob hielt seinem Blick stand, aber seine Schultern sackten ein wenig hinab, und er zog den Kopf ein, als befürchtete er einen Schlag.

Phileasson wusste, dass der Geweihte ein aufrechter Mann war, der die Ideale vorlebte, die er predigte. Doch jetzt war keine Zeit, mit ihm zu diskutieren. Wahrscheinlich hätte das ohnehin zu nichts geführt. Zu unterschiedlich waren ihre Leben und ihre Träume.

Wenn Praioslob ein guter Mensch war, Phileasson ihn aber nicht von dem überzeugen konnte, was er vorhatte – machte das Phileasson zu einem Schurken?

Ein Schmunzeln stahl sich auf seine Lippen. Wie bunt zusammengewürfelt die Ottajasko war, mit der er Aventurien umrundete! Magier, Elfen, Verrückte und Weise, Kinder und Greise, Frauen und Männer, aus Süd und Nord.

»Er ist mein Freund«, sagte er sanfter als zuvor. »Bist du sicher, dass es keine Göttin war, die diese Freundschaft in mein Herz gelegt hat? Ich werde diesem Piraten helfen. Wer mich dafür verurteilen will, muss es tun.«

Praioslob schluckte. »Ja, Drachenführer.«

Phileasson legte ihm eine Hand auf die Schulter. »Lass deine Klinge in der Scheide.«

Er wandte sich an die Ottajasko. »Spielen wir ein wenig mit dem fetten Pott!«

»Das wohl!«, rief Ohm, und die Gefährten fielen ein.

Sie näherten sich dem Kurs der beiden anderen Schiffe.

»Bring uns mittschiffs ran«, forderte der Drachenführer Ohm auf.

Sein Freund nickte.

Phileasson stellte sich gemeinsam mit Tylstyr in den breiten Bug. Er hatte einen Plan, aber es würde ein knappes Rennen werden.

Auf den beiden Kastellen der Galeasse richtete man die Geschütze auf die *Stern von Silz* aus. Fünfzig Schritt voraus schlug ein Geschoss in die Wellen.

»Ein Warnschuss.« Phileasson stellte einen Fuß auf die Reling und lehnte sich auf das Knie. »Eine Rotze. Verschießt Kugeln aus Stein oder Metall. Sieht man gerade noch anfliegen, bevor sie einem den Kopf abreißen.«

Er sah zu Tylstyr hinüber. »Zeig ihnen, was du kannst!«

Fest schloss sich die Faust des Magiers um den Zauberstab. Er senkte die Stirn so weit, dass er kaum unter der Hutkrempe nach vorn schauen konnte. Gespannt wartete Phileasson ab, während sich das gegnerische Schiff näherte.

Er sah den konzentriert wirkenden Magier an.

»Ignifaxius Flammenstrahl!«, schrie Tylstyr plötzlich. Er stieß die Linke dem Schiff entgegen. Eine Lichtlanze verband seinen Zeigefinger mit dem Kreuzsegel.

Die Leinwand fing Feuer.

Johlend reckte Phileasson eine Faust in die Höhe. »Das hat gesessen!«

Matrosen enterten die Wanten hinauf. Sie warfen Eimer ins Wasser, zogen sie mit Leinen hoch und versuchten, das Feuer zu löschen.

»Schaffst du das noch mal?«, fragte Phileasson.

Tylstyr grinste. »Ignifaxius Flammenstrahl!«

Wieder gleißte eine Feuerlanze. Diesmal jedoch schien sie etwa auf Höhe der Reling gegen etwas Unsichtbares zu prallen. Ein Regen von Flämmchen spritzte durch die Luft.

Verblüfft sah Tylstyr ihn an.

»Was war das denn?«, fragte Phileasson.

»Ich weiß nicht«, gestand der Magier. »Mein Zauber ist gelungen, die Matrix war …« Er rieb sich das Kinn. »Das muss ein Gardianum sein. Ein Zauberschild. Viele meiner Collegae an der Akademie beherrschen ihn, aber ich habe mich damit immer schwergetan.«

Eine Kugel pfiff zwischen ihnen hindurch und zerschmetterte ein Wasserfass. Der Inhalt spritzte heraus und durchnässte Leomara. Sofort zog Vascal das Mädchen an sich.

»Sie müssen einen fähigen Magier haben!«, rief Tylstyr. »Oder mehrere.«

»Wir haben doch auch einen fähigen Magier«, wandte Phileasson ein. »Und Elfen und …«

Holz splitterte am Bug. Eine weitere Kugel fegte über das Deck und brach durch die Steuerbordreling.

»Aber keine Geschütze! Beidrehen! – Ohm, du taube Wasserratte! Beidrehen!«

»Er kann nicht!«, rief Shaya.

Das Segel versperrte Phileasson die Sicht, er erkannte nicht, was achtern vor sich ging. Er hastete zum Heck.

Ein Pfeil steckte in Ohms Oberschenkel, aber das fand Phileasson weniger beunruhigend als den Umstand, dass sein Freund unnatürlich bleich war, beinahe wie Salz. Er stand breitbeinig und vollkommen starr. Beide Hände umklammerten die Pinne.

Shaya mühte sich augenscheinlich vergeblich, die Finger zu lösen. »Er ist wie Stein!«, klagte sie. »Wie eine Statue.«

»Ein Paralysis!«, erkannte Tylstyr.

»Ist er ...?«, setzte Phileasson an.

»Er lebt«, beruhigte ihn der Magier. »Wenn der Zauber erlischt, wird er völlig ...«

Etwas Schweres durchschlug das Segel und krachte in den Mast.

Phileasson drehte sich um. Ein eineinhalb Schritt langer Speer mit Dreikantspitze steckte fest.

»Wir kommen immer näher!«, rief Vascal vom Bug.

»Lailath! Salarin! Schenkt den Kaiserlichen an den Geschützen ein paar Pfeile«, befahl Phileasson. »Die sollen nicht auf den Gedanken kommen, die anderen Rotzen auch noch auf uns auszurichten.«

»Ich helfe ihnen, so gut ich kann«, versprach Tylstyr.

»Vermagst du den Abwehrzauber zu brechen?«

»Ich kann es versuchen.« Der Magier tauchte unter dem Segel durch.

Phileasson wandte sich wieder Ohm zu. »Wir müssen das verdammte Ruder herumreißen!«

Gemeinsam mit Shaya und Galandel versuchte er zunächst, die Finger aufzubiegen. Als das misslang, zerrten sie an der Pinne herum, doch das Holz ließ sich nicht aus dem Griff lösen. Allenfalls hätten sie es mit einer Axt zerschlagen können, aber dann wäre der Hebel zu kurz geworden, um das Schiff noch zu lenken.

Der Pfeil hatte Ohms Schenkel durchschlagen, was dafür sprach, dass er den Knochen verfehlt hatte. Wäre der Skalde nicht versteinert gewesen, hätte Phileasson das Geschoss vollständig durchgezogen, aber so, wie die Dinge standen, hätte er es wohl allenfalls abgebrochen.

Pfeile schlugen in die Reling, das Segel und die Schilde, die Irulla, Abdul und Praioslob hielten. Phileasson war froh, dass sich der Geweihte wenigstens auf diese Art beteiligte.

Sie kamen so nah, dass er jetzt auch vom Heck aus das Achterkastell der Galeasse sah. Fünfzig Schritt trennten sie noch, vierzig, dreißig.

Irulla deckte Tylstyr mit ihrem Schild. Der Magier variierte seinen Feuerzauber. Statt eines Strahls ging ein Kegel von seiner Hand aus. Auch dieser zerspritzte am unsichtbaren Hindernis, aber immerhin blendeten die Flammen die Gegner. Salarin und Lailath schossen ihre Pfeile so schnell, dass sich die Köcher bedrohlich leerten.

»Ohm, verdammt, wach auf!« Vergeblich zog Phileasson an den Armen seines Freundes.

Die *Stern von Silz* glitt immer näher an die Galeasse heran. Nur knapp kam sie vor dem Rammsporn vorbei, als sie überholte.

»Eigentlich sollten ihre Pfeile uns schon lange in Igel verwandelt haben!« Irulla klang enttäuscht. »Sie haben keine Liebe für den Tod.«

»Die Kaiserlichen wollen uns lebend!«, erkannte Vascal.

Das empfand Phileasson beinahe schon als Beleidigung.

Die *Seeadler von Beilunk* hielt ihre Fahrt, während der kleine Segler langsamer wurde. Und die Seekrieger stellten sich auf den Bogenbeschuss der Elfen ein. Sie benutzten Schilde, um die Mannschaften an den Geschützen zu decken.

Donnernd schlug ein weiterer wuchtiger Speer in den Mast.

Ein letztes Mal zog Phileasson an seinem versteinerten Freund. »So geht es nicht!«, sah er ein. »Wir müssen das Schiff mit steifem Ruder herumziehen.«

Fragend sah Shaya ihn an.

Er lachte. »Jetzt zeigt sich, wer der bessere Kapitän ist, Großadmiral, das wohl! Komm mit, Schwester! Und du, Galandel, schnapp dir die anderen. Wuchtet so viele Fässer nach steuerbord, wie ihr könnt!«

Gemeinsam mit Shaya zog er das Segel herum. Die kleine Geweihte mühte sich mit hochrotem Gesicht, biss die Zähne zusammen und hielt eisern fest.

Irulla erkannte seine Absicht und löste die Leine an der anderen Seite.

Die Rah schwang herum. Der Wind fuhr in die Leinwand. Stofffetzen flatterten, wo der Beschuss Löcher in das Segel gerissen hatte. Es bot aber noch immer ausreichend Widerstand. Knarrend legte sich das Schiff auf die Seite.

»Alle nach steuerbord!«, forderte Phileasson.

Der Rumpf kippte noch weiter. Am Bug lief Wasser über die Reling. Noch ein bisschen mehr, und sie würden sinken.

Phileasson starrte auf die Galeasse, schätzte ihren Kurs und ihre Geschwindigkeit.

Plötzlich schnitt die *Tiger von Maraskan* in sein Sichtfeld. Pfeile flogen zu den Kaiserlichen hinüber, während die zweimastige Thalukke in einem tollkühnen Manöver zwischen den Schiffen hindurchfuhr. Kodnas Han winkte Phileasson aus vollem Hals lachend zu.

»Zurück nach backbord!«, forderte Phileasson seine Ottajasko auf. »Segel vertäuen!«

Irulla dachte mit und rollte ein Fass von steuerbord fort, um das Gewicht auszugleichen. Shaya schöpfte Wasser, Leomara half ihr.

Die *Stern von Silz* lag auf Südkurs, genau vor dem Wind. Hier spielte der flache Rumpf seinen Vorteil aus, er wurde kaum in die Wellen gedrückt.

Phileasson eilte zum Heck.

Die *Seeadler von Beilunk* hielt ihre Riemen still.

Kodnas befand sich auf der anderen Seite. Sein schnelles Schiff zog nach Nordost. In dieser Richtung konnte er zwar nur wenig Fahrt machen, aber inzwischen erlahmten auch die Ruderer, und die schwimmende Festung musste wenden, um ihm folgen zu können.

»In Ordnung«, sagte Phileasson zufrieden. »So viel Ablenkung muss ihm reichen.«

Irulla stellte sich neben ihn. »Heute ist der Tod ein armer Mann geblieben.«

Er warf einen besorgten Blick auf Ohm, der noch immer reglos wie eine Statue stand. Sogar die Schläfenlocken, die sonst im Wind tanzten, waren erstarrt.

»Foggwulf!« Tylstyr zeigte nach steuerbord.

Dort drehte sich ein kleiner Strudel im Wasser. Er durchmaß nicht mehr als zwei Schritt, aber er bekam Gesellschaft. Bald waren es drei Strudel, dann fünf. Erst zogen sie neben der *Stern von Silz* her, dann näherten sie sich dem Schiff.

»Abdul, das sieht ganz so aus wie dein Zauber am Strand von Beskan«, meinte Phileasson. »Kannst du etwas dagegen tun?«

Der kleine Novadi stellte sich an die Reling.

»Ich nehme an, die kaiserlichen Magier sind dafür verantwortlich«, half Tylstyr.

Abdul blickte zur Galeasse, die einen unklaren Kurs hielt.

»Ich wette, auf dem Achterdeck disputieren ein paar Collegae gerade sehr gelehrt über die beste Möglichkeit, uns zur Strecke zu bringen.« Die Anstrengung durch seine Zauber war Tylstyrs schweißglänzendem Gesicht anzusehen. Phileasson konnte vorerst nicht mehr viel von ihm erwarten.

Der Magier sah zu Ohm hinüber. »Sie müssen den Versteinerungszauber auf den Pfeil gesprochen haben«, murmelte er mit Bewunderung in der Stimme. »Anders ist das nicht zu erklären.«

Abdul wirkte entspannt. Er streckte die Arme über das Wasser und deklamierte etwas in einer Sprache, die Phileasson nicht verstand. Vor dem Bug der *Seeadler von Beilunk* kräuselten sich die Wellen.

Phileasson grinste vorfreudig.

Ein Wasserarm bog sich nach oben. Platschend fiel er zurück. Zwei weitere erhoben sich. Ein dritter, ein vierter.

Derweil schüttelten die Strudel Phileassons Segler durch. »Alle festhalten!«, forderte er.

Abduls Wasserarme gewannen an Stabilität. Sie bildeten Bögen. Sie verschachtelten sich sogar, woben ein Gitter, ähnlich wie die Waben eines Bienenstocks.

Das Rütteln an der *Stern von Silz* wurde stärker. Die Planken knarrten.

Übergangslos verlor Ohm die Starre. Er sackte an der Pinne zusammen, die er noch immer umklammerte.

Phileasson übernahm das Ruder. Er spürte, wie das unruhige Wasser auf das Ruder drückte.

»Wie geht es dir?«

»Wie einem Hering in der Tonne«, gab Ohm missmutig zurück. Mit einem Knurren riss er den Pfeil aus seinem Schenkel. Nur ein Rinnsal Blut sickerte durch die Hose. »Das hast du gut gemacht mit dem Segel. Denen hast du gezeigt, wer etwas von schneidigen Manövern versteht, das wohl!«

»Das hast du gesehen?«

»Außer zuzuschauen hatte ich ja nichts zu tun. Aber was geht hier im Wasser vor?«

»Das fragen wir uns alle«, gestand Phileasson. »Wie lange brauchst du noch, Abdul?«

Der Magier brach seine in fremder Zunge vorgetragene Rede ab. Sein Wassergitter fiel in sich zusammen.

Erwartungsvoll sah Phileasson ihn an. »Was hat das jetzt gebracht?«

»Es sah sehr schön aus, oder?«

»Ja ... und weiter?«

Noch immer zerrten die Strudel am Segler, der sich dadurch nur langsam von der Galeasse entfernte.

»Nichts weiter«, befand Abdul mit großmütiger Geste. »Schönheit genügt sich selbst.«

Phileasson sah Ohm an. »Es könnte sein, dass unsere Klingen doch noch etwas zu tun kriegen.«

Ohm spie aus. »Dann haben wir sie wenigstens nicht umsonst mitgeschleppt, das wohl!«

»Mir scheint, der Großadmiral in seiner Weisheit entscheidet anders«, meinte Praioslob.

Er hatte recht. Die *Seeadler von Beilunk* wendete und nahm die Verfolgung Kodnas Hans auf.

Die Strudel glätteten sich und versiegten.

»Viel Glück, mein Freund«, flüsterte Phileasson, richtete den Blick nach vorn und legte Kurs Südost an.

4 NICHT MEER NOCH LAND

*Randgebiet des Sargassomeers,
dreizehnter Tag im Kornmond*

Abdul el Mazar erwachte vom Schrei eines Bussards, der einsam im grauen Himmel des anbrechenden Morgens flatterte. Sein Rücken schmerzte. Der Umhang, den er als Decke untergelegt hatte, milderte die Härte des Holzbodens der *Stern von Silz* nur unwesentlich ab. Stöhnend drückte er sich in eine sitzende Position.

Mirandola Ernathesa führte das Ruder. Neben ihr standen Asleif Phileasson und Tylstyr Hagridson im Heck.

Abdul betrachtete seinen jungen Collega. Er überlegte, ob er mit fünfundzwanzig Jahren auch so streng mit sich selbst gewesen war. Tylstyr stellte sich oft mit seinem Rang vor. Er achtete stets darauf, sich zu kleiden, wie es einem Magier geziemte, und wies auch Abdul ständig auf den Codex Albyricus hin. Seinen Zauberstab ließ er kaum aus den Augen.

Abdul kicherte. Das war eine Schwäche, die seinen Collegae immer unverständlich erschienen war. Wie oft hatte er seinen Zauberstab verloren? Vielleicht war er in Tylstyrs Alter gewesen, als er seine diesbezügliche Gedankenlosigkeit in einen Vorteil gewandelt und gelernt hatte, seine magische Kraft auch ohne diesen Fokus optimal einzusetzen. Dennoch hatten wohlmeinende Collegae wie Zulqaman ihn immer wieder darauf hingewiesen, dass er mit Unterstützung eines Zauberstabs noch Größeres hätte erreichen können.

Übergangslos wurde Abdul traurig. Kürzlich hatte er großes Leid erlitten, auch wenn er sich nicht mehr erinnerte, worin es genau bestanden hatte. Er rieb über seine Brust und ertastete einige Unebenheiten. Waren das Narben? Er dachte an den kalten Glanz goldener Augen, die er in der Dunkelheit eines Verlieses gesehen hatte. An zärtliche Worte voller Grausamkeit. Er zitterte in der warmen Luft.

Hätte ein Zauberstab ihm geholfen, diese Pein abzuwenden? Sicher war Zulqamans Rat gut gemeint gewesen! Er hätte auf ihn hören sollen.

Ob Zulqaman seinerseits Abduls Rat beherzigte? Abdul hatte ihn vor irgendetwas gewarnt. Er erinnerte sich an einen Brief, den er mit seinem Daumennagel gesiegelt hatte. Ein Mann, in dessen Kopf ein Stück Metall steckte, erschien vor seinem geistigen Auge. Wer war das?

Auf dem kleinen Schiff herrschte inzwischen rege Betriebsamkeit. Abduls Gefährten zerrten an den Leinen, die das Segel ausrichteten, oder standen mit Bootshaken an der Reling und stocherten im Wasser.

»Wollt ihr Fische fangen?«, fragte er.

Leomara della Rescati brachte ihm eine Stange. »Hilf mit, Abdul!«, forderte das Mädchen ihn auf. »Wir müssen den Tang vom Rumpf stoßen, sonst holen sie uns ein!«

Abdul nahm die Stange. Sie sah ein bisschen wie ein Zauberstab aus, lang und gerade. Aber statt des Kristalls, der viele Zauberstäbe krönte, war eine Eisenspitze an ihr Ende genagelt. Ein gebogener Haken zweigte davon ab.

Abdul setzte die Stange auf und drückte sich hoch. Stehend konnte er über die Heckreling sehen.

Die *Seeadler von Beilunk* näherte sich mit gleichmäßig schlagenden Riemen. Der Goldadler schimmerte über dem Rammsporn der Galeasse, an dem sich dunkelgrüne Pflanzenstränge verfingen.

Überall auf dem Wasser trieben Inseln aus Tang. Abdul erinnerte sich, sie schon gestern Abend gesehen zu haben, aber da waren sie bloß vereinzelte Erscheinungen gewesen. Jetzt bedeckten die Eilande, Stränge und Brocken ebenso viel Wasser, wie sie frei ließen.

»Halt auf die dichteren Bereiche zu«, befahl Phileasson Mirandola. »Dorthin kann uns diese schwimmende Festung mit ihrem Tiefgang nicht folgen.«

»Das Segel versperrt mir die Sicht.«

»Ohm!«, rief Phileasson. »Stell dich in den Bug und sage uns, wohin wir fahren müssen! In die dichteren Felder, sodass wir gerade noch ...«

»... so viel Fahrt machen, dass wir nicht stecken bleiben«, bestätigte Ohm Follker. »Schon verstanden.«

»Abdul!« Leomara winkte ihm. »Hilfst du uns?«

Er stellte sich zu Galandel deren-Lied-verklingt und dem Mädchen an die Steuerbordseite. Sie beugten sich über die Reling und klärten mit den Bootshaken den Rumpf vom Tang. Abdul fiel auf, dass die Strömung sie in Fahrtrichtung schob. Durch den Wind im geflickten Segel kamen sie jedoch schneller vorwärts als die treibenden Brocken.

»Jetzt landet der Vogel auf ihrem Hauptdeck«, stellte Phileasson fest.

»Das ist kein Bussard«, meinte Tylstyr. »Das ist einer ihrer Magier, der uns ausgespäht hat.«

»Auch aus der Luft hätte er uns mitten in der Nacht nicht ausmachen dürfen«, zweifelte Phileasson.

»Er muss einen weiteren Zauber gewirkt haben, der seine Sicht verbessert hat«, vermutete Tylstyr.

Er war ein kluger Junge. Abdul mochte ihn sehr.

Etwas platschte neben dem Schiff ins Wasser.

»Jetzt fangen sie mit den Rotzen an«, murrte Phileasson. »Wir müssen mehr Fahrt machen! Bringt die Hilfsriemen aus!«

Eigentlich war die *Stern von Silz* nicht dafür gebaut, gerudert zu werden. Sie hatten jedoch steuerbord und backbord jeweils zwei Dollen angebracht, die Salarin, Irulla, Ohm und Tylstyr jetzt bestückten. Leomara nahm Ohms Platz im Bug ein. Vascal, Shaya und Phileasson brassten das Segel, Mirandola stand weiterhin am Ruder, und Praioslob, Lailath und Galandel mühten sich gemeinsam mit Abdul, den Tang vom Rumpf zu entfernen.

Ein riesiger Pfeil zischte knapp neben Mirandola über die Heckreling und schlug in spitzem Winkel durch den Boden des Schiffs. Sofort sickerte Wasser herein.

»Verfluchte Stöckescheißer!«, rief Ohm. »Sollen ihre Nasen nur mal hier an Bord sehen lassen, dann spalte ich ihnen die Schädel!«

Phileassons Muskeln brannten unter der Anstrengung, mit der er das Segel herumzog. »Ein alter Freund hat mir gesagt«, er ächzte, »dass es ziemlich dumm ist, den Walwütigen heraushängen zu lassen, wenn man gegen dreihundert steht!«

»Aber danach fragen die dreihundert nicht, die uns dort jucken, wohin keine Sonne scheint!«

Das Wasser schäumte unter den Riemen der *Seeadler von Beilunk*, auch wenn sich immer mehr Tang an ihren langen Stangen verfing.

»Backbord!«, forderte Leomara vom Bug.

Mirandola legte einen neuen Kurs an.

Die Recken am Segel zerrten an den Seilen, um es im Wind zu halten.

Dumpf schlug eine Rotzenkugel durch die Leinwand. Das machte Abdul traurig, Shaya und Praiosleb hatten sich so viel Mühe gegeben, es zu nähen.

Er stellte sich ins Heck und rammte den Bootshaken auf den Boden, als handelte es sich um einen mächtigen Zauberstab. »Das dürft ihr nicht!«, rief er. »Die *Stern von Silz* ist nicht euer Schiff! Ihr sollt es nicht kaputt machen.«

Helle Linien erschienen in seinem Sichtfeld. Sie überkreuzten sich, bildeten ein Gitter.

Silben quollen über seine Lippen. Sie formten Wörter, die er selbst nicht verstand, aber diese führten dazu, dass sich das Gitter verbog. Es legte sich wie ein Tuch um das kleine Segelschiff.

Ein eineinhalb Schritt langer Pfeil zischte genau auf Abdul zu.

Er streckte dem Geschoss die Zunge entgegen.

Es prallte gegen das Gitter, das daraufhin aufleuchtete. Mit einem fürchterlichen Krachen wurde der Pfeil abgelenkt, glitt zur Seite und platschte in einen Brocken Tang, der unter diesem Gewicht allmählich versank.

»Sehr gut, Abdul!«, rief Phileasson. »Weiter so!«

»Wie machst du das?«, rief Tylstyr.

Er sah das leuchtende Gitter nicht. Der Junge musste noch viel lernen. Leider konnte Abdul es ihm nicht beibringen. Er wusste selbst nicht, wie er diesen Zauber wirkte. Er tat es einfach, so, wie er die Hand öffnete und schloss, ohne sich bewusst zu sein, welche Muskeln er dazu anspannte oder locker ließ.

Mit seinem Stab, der jetzt wieder ein gewöhnlicher Bootshaken war, kehrte Abdul zufrieden pfeifend zu Galandel zurück und half ihr mit dem Tang.

Weitere Geschosse prallten von Abduls Gitter ab. Eine Kugel erreichte das Heck, wurde jedoch so weit abgebremst, dass sie nur noch gegen das Holz klopfte, aber kein Loch mehr schlug, sondern harmlos ins Wasser fiel.

Die Fahrt wurde ein wenig unruhig, weil der flache Rumpf der *Stern von Silz* immer wieder über driftende Inseln verschlungener Pflanzen rutschte. In manchen davon hatte sich auch Treibholz verfangen.

Die *Seeadler von Beilunk* hatte größere Schwierigkeiten. Der Tang verbarg den Kupferbeschlag des Rammsporns, und auch am Adler klebten grüne Stränge. Die Riemen kamen aus dem Takt, weil die Pflanzen sie gleich Spinnweben umschlangen. Einige wagemutige Matrosen kletterten über die Reling auf die Stangen hinaus und versuchten mit mäßigem Erfolg, sie freizuschneiden.

Schließlich stellten sie ihre Bemühungen ein. Die Segel wurden gerefft, die Riemen standen still.

»Ha, zu feige für ein ehrliches Handgemenge!« Ohm schüttelte seine Faust in Richtung der Verfolger. »Kommt doch her, wenn ihr lernen wollt, wie man richtig rauft!«

Galandel holte ihren Bootshaken ein und legte ihn auf den Boden. Es war eine müde Bewegung, wie überhaupt alle ihre Bewegungen müde waren.

»Dieser Tang treibt einem Ziel entgegen«, sagte Abdul. »Er wird immer dichter. Bei dir ist es umgekehrt. Du löst dich auf.«

»Mein Lied zerfasert«, stimmte die Elfe zu. »Bald umfängt mich die Ruhe des Nicht-Seins.«

»*Ruhe ist ihnen verwehrt!*«, verkündete Leomara mit dunkler Stimme. »*Sie finden kein Schiff, das sie über das Nirgendmeer trägt. Verzweifelt sammeln sie sich am Ufer und rufen ihre Klage in die Nacht hinaus.*«

Die anderen machten dem Mädchen Platz, das breitbeinig wie ein Seemann zum Mast schritt.

Leomara hakte die Daumen im Hosenbund ein. »*Auf ewig sind*

sie hier gefangen. Niemals werden sie ihre Heimat sehen, und auch ihr Ziel sollen sie nicht erreichen. Sie haben ihre Reeder enttäuscht, und ihre Lieben warten vergebens auf die Heuer, die ihre Kinder nähren soll. Kein Geweihter spricht den Segen über ihre toten Leiber, niemand stärkt ihre Seelen, und so fehlt ihnen die Kraft für die letzte Fahrt. Vergessen sind sie von den Göttern, verflucht von den Menschen, verzehrt von den Dienern der Dunkelheit, unters Joch gezwungen von Meistern ohne Gewissen. Niemals sollen sie Ruhe finden. Niemals!«

Sie verdrehte den Oberkörper, ohne die Füße vom Boden zu lösen. Abdul erinnerte der zierliche Mädchenkörper an ein Handtuch, das man wrang.

Leomara streckte einen Arm aus und zeigte auf Lailath. »*Auch du nicht!*« Höhnisch lachte sie aus vollem Hals.

Die Elfe klammerte sich an ihren Bootshaken. Abdul fragte sich, ob auch sie hoffte, daraus ähnliche Kraft zu ziehen wie aus einem Zauberstab. Es schien ihr nicht zu gelingen, sie zitterte.

Leomaras Gelächter steigerte sich, es wurde immer lauter. Das Mädchen rang nach Luft.

Schließlich verließen es die Kräfte, und es sackte auf dem Deck zusammen.

Beorns Lager nahe der Schivone Donnersturm,
Verdichtungsgebiet des Sargassomeers, fünfzehnter Tag im Kornmond

Das geistige Band zwischen Pepito und Dolorita zerriss, und sie schreckte auf. Für einige Augenblicke fühlte sie sich benommen. Blinzelnd sah sie sich um. Über ihr spannte sich ein fleckiges Sonnensegel. Sie hörte die leisen Gespräche der Ottajasko. Spürte, wie sich Pepitos Kopf an ihre Schulter schmiegte.

Aber Orelio war nicht da. Sie blinzelte ein weiteres Mal. Tränen sammelten sich in ihren Augenwinkeln. So viele Jahre war er stets das Erste gewesen, was sie sah, wenn sie von ihren Flügen mit der Möwe zurückkehrte. Wenn es wieder ihre eigenen Augen waren, durch die sie blickte.

Auch wenn eine Woche seit dem tragischen Kampf auf dem Spinnenschiff vergangen war, schaffte sie es nicht, sich mit der neuen Wirklichkeit abzufinden. Nachts tastete sie über den leeren Platz neben ihrem Lager. In Gedanken ertappte sie sich immer wieder dabei, wie sie *wir* dachte, wie sie für sie beide plante. Aber ein Wir gab es nicht mehr.

Auf jedem ihrer Flüge suchte sie nach Orelios Leiche. Er war vom Oberdeck des Spinnenschiffs verschwunden. Immer wieder ließ sie Pepito über dem Holk kreisen. Sie hatte keine Spinnen mehr gesehen. Aber wer außer diesen Biestern sollte Orelio geholt haben? Sie hatte der Ottajasko nicht verziehen, dass Orelio zurückgeblieben war.

»Was hast du gesehen?«, schreckte sie Beorn Asgrimmsons Stimme aus ihren düsteren Tagträumen. Er stand aufrecht neben ihrem Lager. Er hatte das Spinnengift überlebt und sich vollständig erholt. Ebenso wie Eimnir Hermson, Galayne der-im-Schildwall-steht und Olav Stirson. Selbst Selime saba Anaram war fast wiederhergestellt, obwohl sie an den ersten beiden Tagen nach den Kämpfen nah an der Grenze des Todes gegangen war.

Dolorita war immer noch überrascht, wie außerordentlich wirksam die Gebete Lenya Yasmadottirs waren. Die Geweihte stand wahrlich in der Gunst ihrer Göttin. Nur Orelio hatte in niemandes Gunst gestanden …

»Dolorita?«

»Sie sind tiefer ins Tangmeer vorgestoßen«, sagte sie unwirsch. »In dieselbe *Bucht*, in die auch wir eingelaufen sind.«

»Hast du das Gefühl, Phileasson weiß, wohin er will?«, drängte der Drachenführer.

Die Hexe schüttelte den Kopf. »Sie kämpfen gegen den immer dichter werdenden Tang an. Dabei halten sie sich etwas westlicher als wir. Das ist alles, was ich dir zu ihm sagen kann. Wir sollten ...«

»Und Tjorne?«, unterbrach Beorn sie. »Hast du ihn aufgespürt?«

Sie nickte. »Ja. Er sieht abgemagert aus. Wir sollten ...«

»Wo steckt er?«

Sie war es leid, ein ums andere Mal unterbrochen zu werden. »Du solltest dir nicht über den Schänder und auch nicht über den Kartentuscher Sorgen machen. Ich habe eine riesige Kröte gesehen. Keine zwei Meilen von hier. Fast wäre sie mir verborgen geblieben. Sie hat dieselbe Farbe wie der verfaulende Tang.«

»Ein Kröte ...« Beorn seufzte leise. »Ich dachte, wir hätten das Biest hinter uns gelassen.«

»Ich weiß nicht, woran ihr gerührt habt, als ihr an eurem verborgenen Ankerplatz auf Maraskan das Echsenheiligtum geschändet habt ... Diese Kröte ist schreckenerregender als Vespertilios Lederschwingen.«

Beorn strich sich über das stoppelige Kinn. Er wirkte, als habe er einen Plan. Dolorita war schon vielen Männern begegnet. Arroganten Grandensöhnchen, die glaubten, sich die Welt kaufen zu können, Söldnern, die überzeugt waren, ihr Schwert könne alles unterwerfen ... Beorn war anders. Er machte nicht viele Worte. Er handelte mit kalter Entschlossenheit. Und er siegte. Er hatte das uneinnehmbare Porto Paligan mit einer Handvoll Recken gestürmt, und er lag im Rennen gegen Phileasson deutlich vorn. Wenn es einen Mann gab, der dieser Kröte gewachsen war, dann er.

»Geh zu Zidaine. Beschreibe ihr das Schiff, auf dem du Tjorne gesehen hast, und den Weg dorthin. Sie soll mit Tjorne abschließen ... Ich werde mit dem verlogenen Magier reden. Vielleicht weiß er ja, wie man diese Kröte loswerden kann. Und dann sollten wir zu dem großen Schiff, das ganz und gar eingesponnen ist, aufbrechen. Ich habe das Gefühl, dass wir dort finden werden, was wir suchen.«

Die Hexe überlief ein Schauer. Sie hatte sich dem Schiff nur ein einziges Mal genähert. Selbst auf fast eine halbe Meile Entfernung und in Gestalt der Möwe hatte sie gespürt, dass dort etwas Böses lauerte. Es war der Ort, an dem die unseligen Kräfte, die das Tangmeer zusammenhielten, ihren Ursprung hatten.

Sie blickte zum Himmel hinauf und wünschte sich zurück nach Maraskan, wo sie so lange mit Orelio gelebt hatte. Sie waren dort arm, aber glücklich gewesen. Jetzt, nach allem, was geschehen war, wurde ihr das klar. In Jergan hatte sie zuletzt nur noch die bedrückende Armut gespürt. Für ihr Glück war sie blind gewesen.

Sie konnte nicht verhindern, dass ihr Tränen in die Augen stiegen.

Beorn legte ihr sanft eine Hand auf den Arm. »Kann ich etwas für dich tun?«

»Kannst du Orelio zurückbringen?«

Der Plünderfahrer sah sie mit seinem verbliebenen Auge mitleidig an. »Er hat gut gekämpft. Wäre er ein Thorwaler gewesen, Swafnir hätte ihn in sein Gefolge aufgenommen. Zu welchen Göttern er auch gebetet hat: Er ist nun an einem Ort, der allein Helden vorbehalten ist.«

Dolorita konnte sich Orelio nicht in einer Festhalle der Thorwaler inmitten von Zechern vorstellen. Dort würde er nicht glücklich sein. Er war ganz anders. Feinsinnig. Leise ...

Beorn drückte ihren Arm. »Ich werde nun mit dem Magier sprechen. Wir müssen aufbrechen, sonst verlieren wir unseren Vorsprung vor Phileasson.«

Sie nickte, sah wieder in den Himmel und versuchte die Lederschwingen zu ignorieren, die über ihnen kreisten. Vespertilios Diener ließen sie nicht aus den Augen. Besonders eines der Biester war aufdringlich. Ein ungewöhnlich großes Exemplar. Es stellte Pepito nach, folgte ihm, wenn er davonflog, und starrte sie an, wann immer es hier war. Es war unverwechselbar. Die einzige Lederschwinge, bei der goldenes Fell auf dem Rücken zwischen den Flügeln wucherte.

Schivone Donnersturm, Verdichtungsgebiet des Sargassomeers, fünfzehnter Tag im Kornmond

»Herr der Hüter des Himmels?«

Vespertilio Organo hörte Holz knarren, als der Golem neben seinem Bett, dem er so unvollkommen die Gestalt Zynthias gegeben hatte, wachsam in Richtung der Tür blickte.

Verärgert sah der Magier von seinem Buch auf. Wenn er las, schaffte er es manchmal, der Welt zu entfliehen. Das stinkende Tangmeer hinter sich zu lassen.

In der Tür stand die Novadi. Sie war eingetreten, ohne zu klopfen. Eine Haarsträhne hing ihr keck ins Gesicht.

»Was?«, fragte er ungehalten.

»Der einäugige Sohn einer Wölfin naht deinem Palast, Gebieter aller Köstlichkeiten.«

Gegen seinen Willen ließ ihre blumige Art, sich auszudrücken, Vespertilio schmunzeln. Er erhob sich und klappte das Buch auf dem Tisch zu. »Gut, dass du mich geholt hast«, sagte er in milderem

Ton. »Ich mag es nicht, wenn der *Sohn der Wölfin* über mein Schiff streunt.«

In der Tür verharrte er und ließ den Blick über ihre Rundungen schweifen. Sie hatte ihm etliche schöne Stunden geschenkt. Sie besaß ein besonderes Talent darin, ihn lange an der Grenze des erlösenden Verströmens gehen zu lassen. So hatte er es noch mit keiner Frau erlebt. Sie spielte ihn wie eine Musikerin ihr Instrument. Vespertilio kniff ihr in die Wange. »Wie ist gleich dein Name, schöne Blume der Wüste?«

»Mein Name ist ohne Bedeutung, Nährer der Verzweifelten.«

»Und doch gefällt es mir, ihn zu erfahren«, sagte er gestreng. Vespertilio war sich bewusst, dass er ihren Namen schon mehrfach vergessen hatte. Er merkte sich nie die Namen seiner Sklaven. Sie kamen und gingen ... Es war unnütz, sich mit Namen und Erinnerungen an sie zu beschäftigen.

»Nesrin ...«, flüsterte sie. »Nesrin ist mein Name, Erleuchteter, dessen Verstand weit wie der Himmel ist.«

»Du magst es, vom Himmel zu sprechen ...« Seine Hand glitt ihre Wange hinab, strich über ihren Hals und blieb auf der Wölbung ihrer linken Brust liegen. Er spürte, wie sich die zarte Knospe unter seiner Hand aufrichtete. »Träumst du manchmal davon zu fliegen, meine Schöne?«

»Ich bin glücklich, dort, wo ich bin, Spender der Freuden ohne Zahl.«

Sie sagte das zu hastig. Ahnte sie, woher die Lederschwingen kamen? War es unter seinen Sklaven ein offenes Geheimnis, was er tat?

Er drückte ihre Brust und dachte zugleich, dass er die Gelüste ersticken sollte, die sie in ihm entfachte. Er war ein Asket! Er hatte sich der Forschung verschrieben. Mit einem einzigen Ziel ... Nesrin zu begehren war Verrat an Zynthia. Die Eroberung des Largala'Hen wäre auch ein Triumph in ihrem Namen. Er musste seine Wollust niederringen, bevor sie ihn verschlang. »Widmen wir uns dem *Sohn der Wölfin*, wie du diesen Plünderfahrer so treffend genannt hast.« Er ließ von ihr ab und trat hinaus auf das Hauptdeck.

Beorn hatte bereits mehr als die Hälfte des Wegs zur *Donnersturm* zurückgelegt. Er bewegte sich mit erschreckender Sicherheit über den trügerischen Grund des Tangteppichs.

Vespertilio beeilte sich, über das Fallreep zu steigen. Strebte er Beorn entgegen? Floh er vor den Gelüsten, die Nesrin in ihm weckte?

»Drachenführer!«, grüßte er den Thorwaler mit kraftvoller Stimme.

»Magier.«

Lag da ein Anflug von Spott in Beorns Stimme? »Was führt dich zu mir?«

»Wir sollten aufbrechen und den Kelch holen.«

Vespertilio war überrascht von der plötzlichen Eile. »Geht es deiner Mannschaft wieder gut?«

»Nicht alle Wunden sind geheilt ...«, entgegnete Beorn vieldeutig. »Aber mein alter Feind ist auf dem Weg. Er ist wie ein räudiger Wolf. Wenn er sich einmal in etwas verbissen hat, lässt er nicht mehr los. Wir müssen vor ihm am Ziel sein. Er fängt schon jetzt damit an, uns zu bekämpfen.«

Das verstand Vespertilio nicht. »Er bekämpft uns?«

»Er hat einen Bordmagier. Einen üblen Gesellen! Der hat irgendein Biest beschworen, das dein Schiff belauert. Wahrscheinlich wartet es nur auf einen günstigen Augenblick zum Angriff.«

»Ein Biest?«

Beorn gab einen leise knurrenden Laut von sich. »Es ist nicht so harmlos, wie es sich jetzt anhören mag.« Er deutete Richtung Norden. »Dort verbirgt sich eine riesige Kröte im Tang und beobachtet uns.«

Vespertilio hob die Brauen. »Eine Kröte?« Das nahm er tatsächlich nicht auf die leichte Schulter. »Wie groß?«

»Etwa zwei Schritt ... vielleicht etwas mehr.«

Der Magier verbarg seine Erleichterung hinter einem Lächeln. Kurz hatte er befürchtet, dass ein Leviatan ins Sargassomeer gekommen war. Aber diese krötengestaltigen Schlinger waren deutlich größer als zwei Schritt. »Ich werde mich um euren Verfolger kümmern. Ich glaube, ich kann mit einer Überraschung für ihn aufwarten. Dabei brauche ich eure Hilfe nicht. Haltet euch fern und nehmt es als ein Geschenk für die Spinnen, die ihr mir vom Hals geschafft habt.«

»Ich muss dich um noch etwas bitten ... Unsere Fechterin Zidaine möchte eine Fehde zum Abschluss bringen.«

»Hier?«, fragte Vespertilio.

»Sie hat ihren Hass mitgebracht«, sagte Beorn ernst. »Eine alte Feindschaft, in einem dunklen Winter geboren. Sie trägt das schon zu lange mit sich herum. Es geht um Tjorne, den Mann, den du bereits vor unserer ersten Begegnung auf dein Schiff eingeladen hast. Es muss enden.«

Seine Offenherzigkeit weckte Vespertilios Misstrauen. Aber wenn er eine Ablenkung beseitigen konnte, bevor es gegen Mactans ging, war das wünschenswert. »Gut. Auch dieser Gefallen sei dir gewährt. Bei Sonnenuntergang werde ich meine Diener schicken.«

Beorn nickte. Eine erschreckende Härte lag in seinem rot entzündeten Auge. »Da gibt es noch etwas ... Eine Entdeckung, die Dolorita schon vor einigen Tagen gemacht hat ... Ein Schiff, nicht sonderlich weit von hier. Dort gibt es eine Besatzung.«

»Ja?« Vespertilio hatte damit gerechnet, dass der Drachenführer damit kommen würde. Er war vorbereitet. In den letzten Tagen hatte er in Gedanken immer wieder durchgespielt, wie sich dieses Gespräch entwickeln konnte, ohne sie zu entzweien. Seine Lederschwingen hatten die Flüge der Möwe Doloritas beobachtet. Er wusste, was die Hexe entdeckt hatte. Die einzige Überraschung war, wie viel Zeit sich Beorn damit gelassen hatte, zu ihm zu kommen.

Beschwichtigend hob er die Hände. »Ich kann dich gut verstehen, Beorn. Den ewigen Kampf mit deinem Rivalen Phileasson.« Vespertilio sah, wie sich das Gesicht des Thorwalers verschloss. Er war auf der richtigen Spur. »Diese Rivalität ... sie währt schon sehr lange, nicht wahr? Es gab einmal eine Zeit, da wart ihr Freunde ...«

Beorns Lippen wurden zu einem schmalen Strich, als solle nie wieder ein Wort über sie gelangen.

Der Magier war sich nicht sicher, aber er hatte da ein Gefühl. »Es gab eine Frau, nicht wahr?«

»Was willst du?«, fuhr Beorn ihn an.

»Ich will nur, dass du weißt, dass ich das verstehe. Ich kenne das. Auch ich habe einen Rivalen ... und es gab eine Frau.« Er brauchte einige Herzschläge, um weitersprechen zu können. »Sie wurde mir genommen. Aber der verfluchte Mistkerl, der dafür verantwortlich war, den gibt es immer noch. Er ist ebenfalls hier ...«

Verdichtungsgebiet des Sargassomeers,
fünfzehnter Tag im Kornmond

Am Abend des dritten Tages im Tangmeer saß die *Stern von Silz* endgültig fest. Mit dem Segel ging es nicht mehr weiter. Mit Riemen, Bootshaken und Wurfankern konnte man das Schiff nur noch mit äußerster Anstrengung über den schmatzenden Untergrund bewegen, der mehr mit einem Sumpf als mit der See gemein hatte. Offenes Wasser entdeckte man nur noch weit im Nordwesten oder in brackigen Tümpeln.

Tylstyr Hagridson sah den Elfen an, wie sehr der Fäulnisgestank ihnen zu schaffen machte. Salarin Trauerweide und Galandel deren-Lied-verklingt hatten Lailath Schlangenschlächterins Gewohnheit übernommen, ein Tuch vor Mund und Nase zu ziehen. Phileasson hatte sie nicht eingeteilt, das Tangmeer zu Fuß zu erkunden, sondern sie an Bord gelassen, wo sie den Trockenfisch und das Brot in Tagesrationen einteilten.

Das hätte Tylstyr auch lieber gemacht. An vielen Stellen sank man in den trügerischen Untergrund ein. Bis zum Bauch war seine Robe mit stinkendem Schleim vollgesogen, dessen Farbe sämtliche unappetitlichen Töne von Grün, Grau und Schwarz umfasste. Leider gelang es ihm nicht, flach zu atmen, während er sich über die Reling wuchtete. Stöhnend kletterte er an Bord.

»Da draußen werden wir nichts Genießbares finden«, verkündete er. »Das ist jedenfalls meine Meinung. Das Wasser ist salzig, wenn man Glück hat. Sonst schmeckt es nach Seife. Und die Algen schmecken, als hätte ein Rind sie halb verdaut wieder hervorgewürgt.«

»Ein Grund mehr, die Vorräte sorgfältig zu verpacken!«, verkündete Asleif Phileasson.

Auch der Drachenführer sah aus, als hätte ihn eine Seeschlange verschluckt und wieder ausgespuckt. Notdürftig rieb er seine lederne Hose mit Werg ab.

»Überprüft eure Ausrüstung sorgfältig«, befahl er. »Da draußen wird das Ausbessern reichlich mühsam.«

»Die Toten mögen Geschenke für uns haben«, meinte Irulla düster. »Es könnte sein, dass sie unseren Besuch begrüßen.«

Tylstyr sah nach Südosten, wo schon die ersten Sterne im dunklen Grau standen. Ihre Reinheit bildete einen Gegensatz zur Kloake des Tangmeers. Zwei Wracks waren als Schattenrisse zu erkennen. Eines steckte eine Meile weiter fest, das andere in etwas größerer Entfernung. Sie würden beide nie wieder in See stechen. Ihre Masten waren gebrochen, die Segel nur noch Fetzen, die Planken gesplittert. Nur das Tangmeer, das ihr Verderben gewesen war, bewahrte sie vor dem endgültigen Untergang. Das Wasser würde sie nicht mehr tragen.

Schaudernd erinnerte sich Tylstyr an die ruhelosen Seelen, von denen Leomara bei ihrer Ankunft gesprochen hatte. Würden sie hier auf Geister treffen? Zählten dazu die beiden alten Meister, die Shayas Prophezeiung ankündigte?

»Auf die Großzügigkeit der Toten werden wir uns nicht verlassen«, entschied Phileasson. »Vergewissert euch, dass eure Ausrüstung in gutem Zustand ist.«

»Vielleicht freuen sie sich, wenn wir ihnen etwas schenken«, schlug Irulla vor. »Es mag auch sein, dass eine kleine Laterne uns selbst Trost spendet.«

»Ja, die könnte uns daran erinnern, dass wir noch nicht tot sind«, pflichtete Ohm ihr bei.

»Oder ihr Schein hilft uns, die Lebenden zu finden, wenn wir selbst ins Reich der Schatten gegangen sind«, meinte die Waldmenschenfrau. »Hier ist es warm, aber man sagt, den Toten ist stets kalt. Nur an den Lebenden vermögen sie sich zu wärmen.«

»Ich habe nicht vor, euch in den Tod zu führen«, versicherte Phileasson.

»Die anderen Kapitäne hatten das wohl auch nicht vor«, gab Irulla zu bedenken, »und doch hortet dieses Meer ihre Schiffe. Aber sei nicht betrübt. Wenn wir hier sterben, werde ich mich gemeinsam mit dir an den Seelen jener laben, die uns nachfolgen mögen.«

Phileasson räusperte sich. »Der Grund ist zu trügerisch, um sich bei Nacht hinauszuwagen. Wir werden im Morgengrauen aufbrechen. Wenn ihr mit eurer Ausrüstung fertig seid, ruht euch aus, so gut ihr könnt. Man sinkt bei jedem Schritt ein, es wird ein anstrengender Marsch.«

Tylstyr sah den Gefährten an, dass schwere Beine ihre geringste Sorge waren.

»Der Tang greift nach uns«, sagte Irulla. »Jeder Strang ist wie ein langer Finger. Dutzende umschlingen den Fuß bei jedem Schritt. Sie sind schwach, aber sie sind viele, und sie wissen, dass wir auf dem Rückweg schwächer sein werden, erschöpft, verwundet. Vielleicht auch weniger, wenn der Räuber des Kelchs uns ...«

»Ohm!« Phileasson drehte Irulla den Rücken zu. »Sorg dafür, dass die *Stern von Silz* gut vertäut ist. Ich glaube zwar, dass sie eher in das Tangfeld hineingezogen wird, als dass sie aufs offene Meer zurücktreiben würde, aber ich will sichergehen.«

Ohm sah zum nächsten Wrack hinüber. »Dann sollten wir sie an dieser Lorcha festbinden.«

Phileasson gürtete sein Schwert ab. »Dafür müssten wir sie eine Meile über den Tang ziehen. Das kostet uns einen halben Tag.«

Ohm zuckte mit den Achseln.

»Wüsste zu gern, wie weit Beorn uns voraus ist.« Phileassons Blick fand Tylstyr. »Immer noch nichts von Zidaine?«

»Ich wollte es gerade wieder versuchen.«

Er nickte. »Tu das.«

Tylstyr holte den Dolch aus der Truhe, in der sie auch die Waffen aufbewahrten, die sie aus den Schlangenzähnen geschnitzt hatten. Jetzt wurde es wohl Zeit, die Speer- und Pfeilspitzen an den Schäften zu befestigen, aber darum mussten sich Irulla und die Elfen kümmern. Tylstyr setzte sich in die Ecke zwischen Heck und Backbordreling.

Die Dämmerung war bereits fortgeschritten. Eigentlich war es schon spät, aber auf das Gelingen des Zaubers hatte das keinen Einfluss. Wenn er Erfolg hatte, würde Tylstyr durch Zidaines Augen sehen. Allenfalls war sie unvorbereitet und blickte nicht auf eine geschriebene Botschaft. Doch selbst dann würde er erkennen, was in Beorns Lager vorging.

Er legte Zidaines Dolch in den Schoß und tastete über die Bronzeschlangen, deren Windungen den Handschutz bildeten, bevor er die um den Griff geschlungene Strähne ihres schwarzen Haars streichelte.

Widerwillig atmete er tief ein. Der Gestank gehörte zum Tangmeer, zu der Umgebung, in der er sich befand und in der sich hoffentlich auch Zidaine aufhielt. Wenn der Blender wirklich hier unterwegs war, bestand eine hohe Wahrscheinlichkeit, dass Tylstyr endlich nahe genug an seiner Geliebten war, damit der Zauber gelang. Vierzig Meilen, höchstens fünfzig, so hoch schätzte er die Reichweite ein. Viel größer konnte dieses Tangfeld doch nicht sein ...

Der Gestank überlagerte den Salzgeruch, aber er spürte das Prickeln auf der Haut und auch das sanfte Schaukeln. Der Tang lag nicht auf festem Grund, die Strömung bewegte ihn. Und eigentlich kam ein Pflanzenteppich dem Humus schon recht nahe, den die Druiden, bei denen Tylstyr eine Weile gelebt hatte, so schätzten.

Er murmelte die Worte, die ihn in seiner Konzentration unterstützten, und versuchte, eins mit den Elementen zu werden. Das Holz der Planken, von denen viele noch vor zwei Wochen Bäume gewesen waren, lebendige Stämme, über Wurzeln mit dem Boden verbunden ... die Tangpflanzen, die einander im Wechsel von Tod und Leben umfingen, einige austreibend, andere verfaulend ... das Wasser, das darunter so tief reichte, wohl viele Meilen bis zum Grund ... die Luft, die ihn mit all dem Gestank umgab, aber so weit über die Wellen geweht war ...

Zidaine ... wo war Zidaine?

Er spürte ihr Haar unter den Fingern. Er erinnerte sich, wie er daran gerochen hatte. An ihr Lachen, an ihre Lippen, ihre Haut. An ihr Flüstern, im Zelt, in den Drachensteinen. Auch an die Härte, die sie der Welt zeigte. Sie war so stark, nicht nur ihre Glieder, auch ihr Geist. Unnachgiebig, grausam manchmal. Und ihre Bewegungen, elegant wie eine Katze. Schnell und präzise mit dem Rapier.

Die Dunkelheit, die sie in sich trug ... die mochte sie mit diesem Ort verbinden. Auch das Tangmeer war ein Ort dunkler Gesinnung, obwohl hier nachts seltsame Lichter spukten. Ob sie sich hier wohl zu Hause fühlte? Sie war keine Edeldame, die Wert auf Duftwässer und Geschmeide legte.

Holz knirschte klagend. Eigentlich waren die Wracks zu weit entfernt, um es so deutlich zu hören, aber Geräusche nahmen hier seltsame Wege. Das Knarzen schien Tylstyr zu locken.

Erst widersetzte er sich, aber dann folgte er dem unheimlichen Ruf hinein ins Tangmeer. Zidaine ... befand sie sich irgendwo dort draußen?

Er schloss die Augen.

Und er sah! Endlich ...

Mit angehaltenem Atem beobachtete er, wie sich ein kräftiger

Rothaariger mühte, aufgeschichtetes Treibholz zu entzünden. Ein knorriger Ast war dabei, dazu ein halbes Dutzend gebrochene Bretter. Der Haufen lag auf einer Eisenschale, die auf ebenem Untergrund stand. Planken, notdürftig vom Tang freigeschrubbt. Sie waren also tatsächlich hier, im Sargassomeer!

Der Recke öffnete das Glas einer Laterne und nahm das Feuer mit einem Span. Seine Miene wirkte feierlich, beinahe andächtig.

»Eimnir ...«, murmelte Tylstyr. »Eimnir Hermson.«

»Er sieht sie!«, rief Phileasson.

Tylstyr sah den Drachenführer nicht, weil er durch Zidaines Augen blickte, aber er hörte ihn.

»Wo steckt er? Wo ist Beorn? Hat er den Kelch schon?«

Tylstyrs Sicht war auf Zidaines Blickrichtung beschränkt. Er hatte keinen Einfluss darauf, wohin sie schaute. Im Moment betrachtete sie ihre Hände. Sie zerkleinerte Holz.

Zidaine sah auf. Eimnir blickte ihr entgegen, während er grinsend den brennenden Span in den Hohlraum unter dem Treibholz hielt. Er musste Öl benutzt haben, sofort kletterten die Flammen empor. Er sah glücklich aus wie ein kleiner Junge, dem sein Vater ein Geschenk von einer Plünderfahrt mitbrachte.

Zidaine blickte hinaus über das Tangfeld, doch in der Dunkelheit war kaum mehr als eine leicht gewellte Schattenlandschaft zu erkennen. In einer Richtung verdeckte etwas Großes die Sterne.

Sie wandte sich wieder dem Feuer zu. Eimnir grinste selig.

Jemand anderes streckte seine Hände den Flammen entgegen. Ein dürrer Mann mit absurd breiten Schultern: Olav Stirson.

Wo waren die anderen? Tjorne, die wuchtige Kriegerin, der weiße Elf? Und Beorn?

Da! Beorn legte sein Kettenhemd ab, hängte den schwarzen

Fellmantel über eine Schulter, drehte sich zu Zidaine um und kam zu ihr. Er schwankte, weil der Boden unter ihm wippte, aber seine Miene war entschlossen, der Blick seines Auges hart. Er streckte Zidaine eine Hand entgegen und sagte etwas.

Zidaine nahm sie und ließ sich auf die Füße ziehen.

Das Feuer loderte höher. Es beschien Olav Stirsons Gesicht. Der alte Steuermann feixte, Eimnir lachte.

Beorn zog Zidaine mit sich. Sie entfernten sich vom Feuer. Die Sicht war unstet wegen des wippenden Bodens.

Das Sternenlicht schien spärlich, Tylstyr erkannte die Umgebung nur ungenau. Der Schatten, der Beorn war, breitete den Umhang in einen länglichen Umriss, vielleicht ein Ruderboot.

Er wandte sich Zidaine zu, kam näher ... noch näher ... sein Gesicht war vor ihrem. Sie schloss die Augen.

»Nein«, flüsterte Tylstyr. »Nein, das kann doch nicht sein ...«

Er sah nur noch kurze Bilder, wie bei einem Gewitter, wenn Blitze einen Herzschlag lang die Dunkelheit erleuchteten. Die meiste Zeit hielt Zidaine die Augen geschlossen.

Beorns Schattenriss vor den Sternen.

Beorn, der an ihr herumhantierte.

Beorn, der an seiner Hose nestelte.

Wieder Beorn, ganz nah vor ihr.

Der Sternenhimmel, vor dem zerrissene Wolken trieben.

»Sie kann doch nicht ...« Tylstyr schluckte. »Das kann sie doch nicht tun!«

»Was passiert da?«, verlangte Phileassons Stimme zu wissen.

Beorn, dunkel, hoch aufgerichtet. Etwas Helles war vor seiner Brust, länglich ... Tylstyr brauchte einen Moment, um zu erkennen, dass es Zidaines nacktes Bein war. Das Sternenlicht verlieh ihrer Haut einen silbernen Glanz. Jetzt legte sie auch die andere Ferse auf Beorns Schultern.

Er nahm den Kopf zurück in den Nacken. Die Lust auf dem Gesicht des Blenders war unübersehbar.

Tylstyr wurde übel. Er schüttelte den Kopf und ließ die Matrix des Zaubers zerfallen.

Verdichtungsgebiet des Sargassomeers,
sechzehnter Tag im Kornmond

Gemeinsam mit Salarin Trauerweide wachte Lailath Schlangenschlächterin über den unruhigen Schlaf der Ottajasko. Shaya Lifgundsdottir hatte sich neben Mirandola Ernathesa vor den Wasserfässern ausgestreckt, Leomara della Rescati kuschelte sich an sie. Ohm Follker schnarchte an Irullas Seite. Orkengriff mochte das zu laut sein, der siebenbeinige Spinnenmann stakste hinüber zu Galandel deren-Lied-verklingt.

Trotz des Gestanks war Lailath das Sargassomeer lieber als die offene See. Sie wusste, dass der Teppich aus Tang auf tiefem Wasser trieb, aber wenigstens sah er festem Land ähnlich, und an den meisten Stellen konnte man darauf stehen. Auch die Geräusche waren andere als auf dem Meer. Natürlich hörte man Wind und Wellenschläge, aber auch Rascheln, Knistern und das Knarren von Holz, das nicht nur von den Planken der *Stern von Silz* rührte. Die grünen Lichter, die jetzt, bei Nacht, durch das Pflanzengewirr flossen, mochten die anderen beunruhigen. Lailath nahm sie gern im Tausch gegen die schreckliche Weite der See.

Das Segel war sorgfältig zusammengelegt und verzurrt, die Fässer und Kisten waren vertäut. Davor lagen die Bündel mit der Marschverpflegung. Sie würden die *Stern von Silz* doch nicht zum nächsten Wrack ziehen. Nach Tylstyrs Bericht war Phileasson begierig, Beorns Vorsprung zu verkürzen. Dem Magier hatte er gestattet, sich zu betrinken, was dieser binnen kürzester Zeit so gründlich getan hatte, dass sein Mageninhalt jetzt zum Gestank des Tangfelds beitrug.

»Glaubst du, dieser Blender hat Selflanatil noch?«, fragte Lailath.

Salarin musterte die Pfeile mit den Spitzen aus den Splittern des Seeschlangenzahns. Das tat er schon die ganze Nacht. Er nahm einen zur Hand, versenkte sich in seine Betrachtung, legte ihn zurück und nahm den nächsten. Manchmal nahm er auch einen, den er bereits angeschaut hatte. Die Spitzen waren unterschiedlich geformt. Manche wie Flammen, andere dreieckig mit einem oder zwei Widerhaken, einige auch wie ein Lindenblatt. Die meisten hatte Galandel geschnitzt.

»Er hat keinen Grund, sich von der Silberflamme zu trennen«, meinte Salarin, ohne den Blick vom Pfeil zu lösen. Das Elfenbein schimmerte kalt im Sternenlicht. »Die Prophezeiung hat ihm verheißen, dass sie ein Schlüssel zu Orima der Allsehenden sein wird.«

Die Schlaufen des Tuchs, das Salarin vor dem Gesicht trug, hatten sich gelockert, sie hingen vor seinem Kinn. Aber selbst für Lailaths Augen war es zu dunkel, um zu erkennen, ob sich in Salarins Miene etwas regte, als er den Namen der Fruchtbaren aussprach. Was verband er mit Orima?

»Und wenn diesem Blender das gleichgültig ist?«, fragte sie. »Er will doch nur die Wettfahrt gewinnen. Vielleicht reicht es ihm, den Punkt gewonnen zu haben, und er hat Selflanatil verkauft.«

Salarin nahm einen anderen Pfeil. »Das bezweifle ich.«

»Wieso?«

»Weil der Foggwulf es auch nicht tun würde. Sie sind sich ähnlich, er und Beorn.«

»Du kennst Beorn doch gar nicht.«

»Ich höre, wie der Foggwulf von ihm spricht.«

Lailath sah hinaus in die Nacht. Vor dem nächsten Wrack zog ein grünes Leuchten träge durch die Tangfläche. Der verwitterte Rumpf erschien dadurch noch dunkler.

»Glaubst du, das sind Fische?« Sie schauderte bei der Vorstellung von Ungeheuern, die unterhalb der Pflanzendecke auf Beute lauerten. Wenn sie so groß waren, wie das Leuchten vermuten ließ, konnten sie den Tangteppich leicht zerreißen.

»Ich glaube, es ist etwas Fremdes«, sagte Salarin.

»Vielleicht lernen wir es noch kennen.«

»Vielleicht tötet es uns. Das würde Irulla sagen.« Ein Schmunzeln spielte um seine Lippen.

Der Sternenträger war den Menschen ähnlicher, als Lailath es je gewesen war. Noch nicht einmal in Gareth hatte sie gelernt, die Rosenohren so gut zu verstehen wie er.

Lailath versuchte, die Melodie dieser Nacht in sich aufzunehmen. Die Geräusche des Schlafs, das Klicken, wenn Salarin einen Pfeil ablegte. Das Schmatzen im Tang, das von den Bewegungen kleiner Tiere rühren mochte. Das Säuseln des Windes.

Sie runzelte die Stirn. War das wirklich allein der Wind?

Welche Instrumente konnte er hier spielen?

Sicher, da waren der Mast und die Reling der *Stern von Silz*, die Fässer, das Treibholz in der Nähe. Aber wenn er am Tang zupfte, würde er doch nicht säuseln. Eher rauschen.

Mit der Hand am Griff ihres Säbels stand sie auf.

Die grünen Lichter schufen bewegte Schatten.

Obwohl sie froh war, nicht länger auf dem offenen Meer zu sein, begriff sie, dass sich über diesen Untergrund jemand anzuschleichen vermochte. Wenn man sich hier auskannte, mochte man auch um sichere Pfade wissen. Die *Stern von Silz* hatte nur eine niedrige Reling, ein Angreifer konnte sie ebenso leicht überwinden wie einen Weidezaun.

Der Wind spielte mit dem Tang. Ein kleines Tier verfolgte ein noch kleineres.

Sie ging zur anderen Seite des Schiffs.

Die Strömung und die trägen Wellenschläge schufen sanfte Erhebungen und Mulden. Auch die über den Himmel ziehenden Wolkenfetzen veränderten die Schatten.

Lailath betrachtete die Sterne. »Mitternacht ist vorüber.«

Salarin sah nicht von seinen Pfeilen auf.

»Gib mir auch ein paar davon«, schlug Lailath vor. »Ich habe keine Waffe, die gegen diesen Räuber des Kelchs taugt.«

Salarin schüttelte den Kopf. »Du bist keine von uns. Du hast nicht auf den Foggwulf geschworen.«

Die Feststellung schmerzte, obwohl Lailath nie darum gebeten hatte, dass Shaya ihr den Eid abnahm. Es wäre ihr falsch vorgekommen. Sie hatte bereits einen Schwur geleistet, nämlich, Selflanatil zurückzuholen. Und Nantiangel hatte sie dasselbe versprochen. Sie würde keine Verpflichtung eingehen, die dem entgegenstehen könnte. Und nun auch noch der Kelch, der Largala'Hen, der den Shiannafeya die Fruchtbarkeit zurückgeben könnte ...

Sie spürte diese Sehnsucht in sich. Den Wunsch, dass sich all ihre Entbehrungen lohnen sollten ... dass sie das Ziel ihres Lebens erreichte ... die Ehre ihrer Sippe wiederherstellte. Sie netzte die Lippen. Lailath diente einem erhabeneren Ziel, als einem Rosenohr einen Titel zu verschaffen, auf den es trinken konnte.

Sie kehrte zurück auf die Steuerbordseite und sah zum Wrack hinüber, das ziemlich genau südwestlich von ihnen im Würgegriff des Tangs steckte. Hier vernahm sie das Säuseln deutlicher.

Sie zog die Windungen ihres Kopftuchs vom linken Ohr. Das Geräusch kam sicher nicht vom Wind. Sie verstand keine Worte, aber sie erfasste die Sehnsucht, die darin klang, gemischt mit einer Klage.

Tränen stiegen in ihre Augen. In der Wüste hätte Lailath darauf geachtet, ihre Feuchtigkeit nicht zu verschwenden, doch hier gab es überall Wasser. In den Fässern an Bord, unter dem Tang, in der feuchten Luft, und jeden Tag auch im Regen.

Der Schmerz in diesem Seufzen glich ihrem eigenen.

Der helle Fleck vor dem Wrack gebar ein grünes Licht. Zuckend stieg es empor. Fünfzig Herzschläge brauchte die Flamme, um auf die Größe von einem Schritt anzuwachsen. Dann löste sie sich und ruckte über den Tang. Sie bewegte sich zum Bug des Wracks, verharrte, kam der *Stern von Silz* näher und entfernte sich wieder.

Es fiel Lailath jetzt leicht, das Seufzen vom Hintergrund der anderen Geräusche zu trennen. Ihre eigene Sehnsucht drohte, sie zu erdrücken. Selflanatil … der Largala'Hen … wann war es endlich so weit? Währte die Qual der Shiannafeya, die Demütigung ihrer stolzen Sippe, denn noch nicht lange genug? Wie lange sollte sich der Geist ihres Bruders noch auf dem Zwergenplatz von Vallusa nach Erlösung verzehren?

Sie schwang ein Bein über die Reling, zögerte kurz und ließ sich auf den stinkenden Tang hinab.

Salarin stand auf. »Was hast du vor?«

»Ich will mir etwas anschauen.«

»Soll ich die anderen wecken?«

Sie winkte ab. »Lass nur.«

Mit jedem Schritt sank sie so tief ein, dass eine dunkle Brühe aus dem Tang quoll und über ihren Fuß lief. Mit der Linken hielt sie die Scheide des Säbels fest, sodass sie die Waffe rasch ziehen könnte. Den rechten Arm spreizte sie ab, um auf dem schwankenden Grund das Gleichgewicht zu halten.

Die wandernde Flamme sah sie nicht mehr, aber der Schattenriss des Wracks erschien ihr wie ein offenes Tor. Sie war sich jetzt sicher, dass das Seufzen von dort kam.

Mit klopfendem Herzen setzte sie ihre Schritte. Wie viele Hundert musste sie wohl davon tun, um ihr Ziel zu erreichen? Und ein einziger Fehltritt mochte dazu führen, dass sie durch eine dünne Stelle brach, ins Wasser rutschte und nicht zurück an die Oberfläche fand.

Hieß es in der Prophezeiung nicht, dass das Sargassomeer Schiffe hortete? Wie ein Ungeheuer, das einen Willen besaß …

Aber Lailath spürte, dass sie nicht getäuscht wurde. Es war kein Trug, der sie lockte, sondern die Sehnsucht, die in ihrem tiefsten Innern wohnte und an diesem seltsamen Ort ein Echo fand.

Schritt für Schritt ging Lailath weiter. Sie drehte sich nicht um. Bald unterschied sie mehrere Stimmen, die sie umsäuselten. Sie freuten sich auf die Elfe, bereiteten ihr Heim für Lailaths Kommen. Bereiche im Tang glommen auf und dämmerten zurück in die Finsternis. Ein Pfeifen machte sie auf zwei Ratten aufmerksam, die sich um ein verschimmeltes Etwas stritten.

Der Rumpf des Wracks war flach, beinahe wie jener der *Stern von Silz*, aber viel größer. Zwei gebrochene Masten ragten gleich gesplitterten Knochen auf. Der obere Teil des vorderen lastete abgeknickt auf der Steuerbordreling, der des hinteren war nicht zu sehen. Vielleicht lag er auf dem Deck, oder der Tang hatte ihn verschluckt. Aus der Nähe sah Lailath, dass die Pflanzenstränge das Schiff überwucherten.

Sie spürte, wie diejenigen, deren Stimmen säuselten, sie umschwirrten. Zwar sah sie nichts, aber unzweifelhaft war hier jemand.

»Ich entbiete euch den Gruß der großen Wüste.« Mit den Fingern der Rechten berührte sie ihre Stirn. »Euer Schmerz ist mein Schmerz.«

Sie suchte nach einer Möglichkeit, den Rumpf zu erklettern, fand aber etwas Besseres: Am Bug klaffte ein Loch, durch das sie mühelos in den Frachtraum treten konnte.

Das Innere war stockfinster. Der Schein der Sterne und der grünen Lichter reichte gerade aus, dass sie den Schatten erkannte, wenn sie ihre Hand davorhielt. Die *Stern von Silz* konnte sie von hier aus nicht sehen.

Lailath folgte dem Ruf ihrer Sehnsucht in die Dunkelheit. Sie musste sich langsam bewegen, ständig stieß ihr Fuß an Gerümpel. Das Säuseln umschwirrte sie verlockend. Es gehörte zu wenigstens fünf Stimmen.

»Wir sind einander verwandt«, sagte sie.

Offenbar versuchten ihre Gastgeber, ihr zu antworten, doch sie verstand die Worte nicht. Sie empfing nur dieses Sehnen, das in ihrem Herzen schmerzte.

Bestimmt suchten die anderen jedoch nicht nach Selflanatil oder dem Largala'Hen. Das hier war ein Menschenschiff. Für die Besatzung war das Sargassomeer zu einer Todesfalle geworden.

Sie überlegte, einen Lichtzauber zu singen, aber das erschien ihr an diesem Ort unangebracht. Also tastete sie sich weiter im Dunkel vor.

Bald ließ sie sich vom Locken der Stimmen leiten. Sie ertastete ein Netz und brauchte eine Weile, um zu erkennen, dass es eine Hängematte war. Sie stieß an eine Glocke, die dadurch vielleicht das erste Mal seit Jahren erklang. Es wirkte wie ein Schmerzenslaut, aber ihre Gastgeber erfreuten sich daran. Lailath läutete noch einmal.

Getier huschte davon. Sie fand ein paar eingefallene Säcke, die in drei Lagen aufgereiht waren. Sie bildeten einen Kreis, in dessen Innerem Körper saßen. Zähne, Schädel, Knochen, Bisswunden ließen sich ertasten, ein Unterkiefer löste sich unter Lailaths allzu forschen Fingern. Das betrübte eine der Präsenzen.

Lailath bezähmte ihre Neugier. Vorsichtig stieg sie zwischen zwei Leichen hindurch und setzte sich, wo sie die Mitte des Kreises vermutete. »Wir sind einander ähnlich«, sagte sie.

Zustimmende, aber auch ablehnende Stimmen drangen an ihr Ohr.

»Bian bha la da'in ...« Sie sang ein Lied der Freundschaft und verband es mit ihrer Sehnsucht. Dabei merkte sie, dass nicht nur der Wunsch in ihr wohnte, Selflanatil die Geborgenheit zurückzugeben, die dem heiligen Artefakt bestimmt war. Es ging auch nicht um ihr Volk, oder nicht nur. Lailath wollte ... verstanden werden. Sie wünschte, dass endlich jemand begriff, was sie fühlte. Dieses Sehnen, das selbst den Tod durchstanden hatte. Das sie in der Welt hielt, auf der Spur der Silberflamme, das sie ihre Angst vor dem Meer überwinden ließ.

Sie spürte die Neugier jener, die diese Finsternis mit ihr teilten. Bei ihnen fühlte sie sich angenommen. Anders als in der Ottajasko. Phileasson und die Seinen duldeten sie, weil sie Salarin und Ohm Follker das Leben gerettet hatte. Das bedeutete keineswegs, dass sie Lailath gemocht hätten. Ihre Ehre verpflichtete sie.

»Streben von meinem Streben«, sagte sie, »Sehnsucht von meiner Sehnsucht! Diese See, die weder Meer noch Land ist, ist eure Heimat geworden. Ich bin hier fremd. Helft mir zu erlangen, was den Meinen anvertraut wurde, und ich werde euch helfen, so weit es in meiner Macht steht. Ich werde euch die Ruhe schenken, nach der euch dürstet.«

Sie lauschte dem Säuseln und begriff ihren Fehler.

Diese Wesenheiten wollten keine Ruhe. Ihr Sehnen richtete sich darauf, noch einmal das Leben zu spüren.

Lailath dachte an die vielen Jahre ihrer Suche. Wie sie die Zunge erlernt hatte, die die Rosenohren in der Khôm sprachen. Wie sie sich in ihre Städte gewagt, wie sie gegen sie gekämpft hatte. An all die Enttäuschungen ihres Lebens. An die lange Reihe der Fehlschläge, die die Shiannafeya gedemütigt hatten. Wie sie immer wieder an der Aufgabe gescheitert waren, Selflanatils Räuber zu bezwingen.

Sie dachte auch an die Jahrhunderte ihres körperlosen Seins. An all jene, die in der Nähe des Orts, an dem sie gestorben war, Quartier genommen hatten. An ihre kümmerlichen Ängste, ihre erbärmlichen Albträume, ihre bedeutungslosen Gedanken. Von der Ablehnung, die ein Bauernjunge von einem feisten Mädchen erfahren hatte. Dem Zahn eines Händlers, der brummte, sobald er sich zur Ruhe begab. Der schlaffen Blase einer Gardistin, dem schönen Ochsen, den man dem Nachbarn missgönnte, und dem falschen Stofffetzen, der über einem Haufen toter Steine wehte. All diese Belanglosigkeiten, die ein Leben bestimmten und schon kurz nach dessen Ende niemanden mehr interessierten.

»Das Leben«, flüsterte sie, »wird überschätzt.«

Erst mit dem Morgengrauen kehrte Lailath zur *Stern von Silz* zurück. Noch bevor sie an Bord steigen konnte, hörte sie Asleif Phileasson wüten.

Der Drachenführer schimpfte mit Salarin Trauerweide. »Du hättest sie nicht gehen lassen dürfen!«

»Doch«, verteidigte sich der Elf. »Es war Teil ihres Liedes.«

»Was in dieser Ottajasko getan oder gelassen wird, entscheide ich«, stellte Phileasson klar. »Das nächste Mal, wenn so etwas passiert, weckst du mich, oder ich lasse dich noch einmal zu deinem Drachenführer gehen, das wohl!«

Lailath kletterte an Bord. »Ich gehöre nicht zu dieser Ottajasko«, erklärte sie. »Niemals habe ich dir Treue geschworen.«

Kerngebiet des Sargassomeers,
sechzehnter Tag im Kornmond

Es hatte fast bis zum Nachmittag des nächsten Tages gedauert, bis seine Lederschwingen das seltsame Tier aufspüren konnten. Die fette Kröte war wirklich perfekt getarnt. Sie hatte annähernd die Farbe des Tangs, in dem sie sich nur halbherzig verbarg. Ihre großen, gelben Augen waren nach oben verdreht. Sie beobachtete ihn.

Vespertilio Organo hatte eine Weste mit Schulterstücken aus zähem Leder angelegt. Er benutzte sie immer, wenn er sich von den Lederschwingen tragen ließ. So schnitten die Krallen der Tiere nicht in sein altes Fleisch. Der Neue, Orelio, der Goldpelz, kreiste um ihn herum. Er vertraute ihm nicht ganz. Sich von ihm tragen zu lassen war ihm unklug erschienen. Er hatte sich dagegen entschieden und ihn nur in die Eskorte aufgenommen, die ihn begleitete.

»Schau nur zu uns herauf, hässliches Biest!«, verspottete er die Kröte. Gefahr drohte dem warzenbedeckten Vieh nicht vom Himmel. Vespertilio hatte seine anderen Geschöpfe herbeigerufen. Jene, die er bislang vor Beorn verborgen gehalten hatte. Die Scherenwürmer. Sie waren plumper, mörderischer. Sie bewegten sich unter dem Tang, erspürten ihre Opfer mit langen Hummerfühlern. Im Umkreis von fünfzig Schritt entging ihnen keine Bewegung. Und jetzt versammelten sich vier von ihnen um die Kröte.

Vier sollten genügen! Sie würden das hässliche Biest dort

unten in Stücke schneiden. Und dann wäre ihm Beorn einen Gefallen schuldig, dachte Vespertilio triumphierend. Der Thorwaler war so herrlich altmodisch und berechenbar. Er würde es nicht einfach abtun, dass er Hilfe erhalten hatte. Selbst wenn sie ungebeten gekommen war.

Die riesige Kröte lag völlig regungslos im Tang. Leichte Beute! Vespertilio murmelte leise die Worte des Zaubers, der es ihm erlaubte, in die primitiven Gedanken der Chimären einzudringen. Sie waren hungrig! Er befahl ihnen, die Beute zu reißen.

Im selben Augenblick brach der Tang auf. Hummer, fast drei Schritt lang, deren Hinterleiber in einen Schneckenkörper übergingen, schoben sich aus dem faulenden Tang. Sie griffen aus vier verschiedenen Richtungen zugleich an.

Selbst in der Höhe über dem Kampfplatz hörte Vespertilio das Klicken der länglichen, wohlgepanzerten Scheren, die sich gierig öffneten und wieder schlossen. Über dicken, rotorangen Panzerplatten erhoben sich kleine, keilförmige Köpfe, mit großen schwarzen Augen an der Seite. Lange Fühler streckten sich zitternd der Kröte entgegen.

Der Rücken der Scherenwürmer ging in den blassen Leib eines Perlmorfus über. Eine silbrige Schleimspur hinter sich herziehend, schob er sich über den Tang, dessen oberste Schicht im grellen Sonnenlicht vertrocknete. Dabei durfte man sich vom schneckenartigen Hinterleib nicht täuschen lassen, sie waren schnell wie ein guter Läufer. Diese Chimären hatte er erschaffen, um seine Feinde zu überraschen und ohne Gnade zerfetzen zu lassen. Damit hielt er den impertinenten Vermis Gulmaktar auf Abstand. Den Freund, der zum Verräter geworden war. Die aufgedunsene Qualle, die Zynthias Leid verschuldet hatte. Stundenlang hatte Vermis ihm erklärt, wie er alles beobachtet hatte, durch die tausend Augen des Schiffs. Aber gehandelt hatte er zu spät.

Allein an ihn zu denken ließ Vespertilio die Beherrschung verlieren. Vermis war der Fluch seines Lebens! Und er wurde ihn einfach nicht los, obwohl er es wahrlich oft genug versucht hatte.

Die Zunge der Kröte schnellte vor. Lang, von Geifer tropfend, wickelte sie sich um den vordersten Scherenwurm. Das große Tier wurde aus dem Schlick gerissen und verschwand binnen eines Herzschlags im Maul der Kröte.

Wie vor den Kopf geschlagen, starrte Vespertilio auf den Ort des Geschehens. Wie konnte …? Seine Scherenwürmer waren zu groß, um von der Kröte einfach so verschlungen zu werden. Das war schlechterdings unmöglich.

Die Kröte rülpste und drehte sich leicht, sodass sie die nächste seiner Chimären anstarrte. Ihre Zunge fuhr über die schmalen Lippen.

Seine Scherenwürmer zögerten. Sie hatten nicht viel Verstand, aber er genügte doch, um zu begreifen, dass sie zum ersten Mal seit ihrer Schöpfung vor einem Gegner standen, der in der Lage war, sie zu fressen.

Wieder schnellte die Krötenzunge vor.

Eine weitere Chimäre wurde umschlungen. Verzweifelt senkten sich die großen Hummerscheren. Scheren, die Arme, gehüllt in Kettengeflecht, abtrennen konnten. Sie schlossen sich um die Zunge … und nichts geschah.

Der zappelnde Scherenwurm wurde aus dem faulenden Tang gezupft und verschwand im riesigen Maul der Kröte.

»Zurück!«, schrie Vespertilio. »Zurück!« Dann wurde ihm bewusst, dass die Chimären auf gerufene Befehle nicht reagierten. Er drang in ihre Gedanken ein, wurde überwältigt von der panischen Furcht der Kreaturen und drängte sie zur Flucht.

Augenblicklich wühlten sie sich in den Tangteppich und tauchten hinab in das dunkle Wasser darunter.

Die Kröte aber sah zu Vespertilio herauf, und Triumph lag in ihrem Blick.

Beorns Lager nahe der Schivone Donnersturm,
Kerngebiet des Sargassomeers, sechzehnter Tag im Kornmond

Galayne der-im-Schildwall-steht beobachtete, wie die Lederschwingen von der *Donnersturm* abhoben. Ein paar flogen nach Westen. Das mussten die beiden sein, die Zidaine trugen. Alle anderen verschwanden schnell im Süden.

Der Drachenführer gesellte sich zu ihm. »Sieht aus wie ein aufgescheuchtes Wespennest«, bemerkte Beorn Asgrimmson nicht ohne Genugtuung. »Ich wüsste schon gern, was Vespertilio derart erschreckt hat.«

»Lenya ist hinübergegangen, um ihn zu fragen.« Der Elf vermied es, ihren wahren Namen zu nennen, auch wenn ihm bewusst war, dass Beorn der eine – neben ihm und ihrem Geschöpf Selime – in der Ottajasko war, der sehr genau wusste, wer die falsche Geweihte wirklich war.

»Gut«, beschied der Drachenführer. »Sie soll zu mir kommen, wenn sie zurückkehrt. Ich bin mir sicher, sie wird die Wahrheit aus unserem *Verbündeten* herausholen.«

»Warum genau traust du ihm nicht?« Galayne fiel es auch nach all den Monden, die er nun schon mit der Ottajasko reiste, schwer, die Beweggründe von Menschen zu verstehen.

»Er verrät uns immer nur so viel, wie er glaubt, dass wir unbedingt wissen müssen. Ich bin überzeugt, dass uns auf dem Schiff, auf dem sich der Kelch befindet, noch mehr erwartet als nur Spinnen. Wir hätten bessere Aussichten auf einen Sieg, wenn wir genau wüssten, mit wem wir es zu tun haben. Aber er will, dass wir uns im Kampf aufreiben. Jene, die übrig bleiben, wird er ermorden oder versklaven.«

»Ich kann mir nicht vorstellen, dass jemand aus unserer Ottajasko zum Sklaven taugt«, sagte Galayne nachdenklich. Nicht einmal Eimnir Hermson, den er von allen am wenigsten mochte.

Beorn lächelte ihn an, dann legte er ihm, im Kriegergruß, die Rechte um das Gelenk seiner Schwerthand. »Du stehst im Schildwall, mein Freund. Ganz gleich, was die anderen manchmal über dich reden. Du bist einer von uns geworden. Ich bin davon überzeugt, dass Vespertilio den Kelch auch will. Ebenso wie Phileasson, und gestern habe ich erfahren, dass es noch jemanden gibt. Wir können nur unserer Ottajasko vertrauen. Die einzige Gewissheit, die wir darüber hinaus haben, ist die, dass der Kampf, der vor uns liegt, blutig werden wird. Ich habe Vespertilio darum gebeten, dass uns seine Lederschwingen ebenfalls von hier fortbringen. Wir werden eine Galeere aufsuchen und dort lagern. Das Schiff, um das wir kämpfen, ist einer Galeere nicht unähnlich, wenn auch beträchtlich größer. Wir werden üben, üben und nochmals üben. Und wir werden es sein, die dieses verfluchte Totenmeer mit dem Kelch aus der Prophezeiung verlassen werden. Das wohl!«

Beorn löste seinen Griff, und Galayne kam nicht umhin, beeindruckt zu sein. Dieses Rosenohr gab niemals auf. So kurz sein Leben war, er scheute nicht davor zurück, es in die Waagschale des Schicksals zu werfen. »Ich werde an deiner Seite fechten oder an deiner Seite sterben, Drachenführer.«

»Das weiß ich«, entgegnete Beorn. »Schick Lenya zu mir, wenn sie zurückkommt. Ich will wissen, warum Vespertilio flieht.« Er wandte sich ab und ging zurück zu dem Schiff, das fast völlig im Tang verschwunden war und dessen Sonnensegel sanft in der nächtlichen Brise schwangen.

Galayne entschied, dem Schiff des Zauberers entgegenzugehen. Auch er hatte Fragen an die Göttin. Er brauchte ein wenig Zeit mit ihr, aber er wollte nicht, dass Beorn das Gefühl hatte, dass er Pardona zurückhielt, bevor er sie zu ihm schickte.

Die Worte des Drachenführers hatten Galayne auf seltsame Weise berührt. Der größere Teil der Ottajasko mied ihn. Beorn jedoch gab ihm das Gefühl, Teil von ihnen zu sein. Auch wusste er, dass sie ihn aus dem Frachtraum im Spinnenschiff geholt hatten. Und Dolorita hatte seine Wunden ebenso gepflegt wie Pardona. Er war es nicht gewohnt, in eine Gemeinschaft zu gehören. Natürlich war er sich bewusst, dass es nicht von Dauer sein konnte. Aber er wollte dieses fremde Gefühl bis zur Neige auskosten.

Er hatte in den letzten Tagen ein Gespür für den Tang entwickelt. Galayne wusste, welche Wege sicher waren. Er spürte das tausendfache Leben ringsherum. Das kleine Getier, Krebse, Muscheln, Fliegen, Fische ... Die Rosenohren nannten den Ort *Totenmeer*, und doch war er voller Leben. Wie er es in Ketten geschlagen tief im Meer getan hatte, so nährte er sich auch hier von diesem überreichen Sikaryan. Es war nicht dasselbe, wie die Lebenskraft eines Kinds zu rauben, oder eines jungen Menschen, der in Liebe entflammt war, aber es genügte. Er hatte sich sehr schnell vom Gift der Spinnen erholt. Dieses Sikaryan in sich aufzunehmen musste so ähnlich sein, als würden gewöhnliche Sterbliche etwas essen, das ihnen nicht sonderlich schmeckte. Er vertraute darauf, dass Beorn sie von hier fortbringen würde. Sie würden wieder große Städte sehen, so wie Vallusa, Jergan oder Festum. Dort hatte er schlemmen können, ohne dass es aufgefallen war.

Er sah Pardona an der Bordwand der Schivone des Zauberers hinabsteigen, blieb stehen und legte eine Hand auf das Schwert an seiner Seite. Selflanatil, die Silberflamme, die Klinge, die so lange verschollen gewesen war. Das Schwert der Orima, einer Göttin, die Galayne nicht kannte. Er hörte das Lied, das die Klinge sang, wenn er die Augen schloss und seinen Geist von all den Ablenkungen der Welt befreite. Wenn er es schaffte, innerlich leer zu werden, frei von den tausend Verlockungen der Welt, die seine Sinne belagerten, dann dauerte es nur wenige Herzschläge, bis er die Melodie der Waffe vernahm.

Seit Beorn ihm die Obhut über dieses kostbare Artefakt übertragen hatte, übte er sich jede Nacht darin. Anfangs hatte ihn die Melodie zutiefst gerührt. Doch je öfter er ihr lauschte, desto bewusster wurde ihm, dass zur vollkommenen Harmonie noch etwas fehlte. So wie Elfen in einem für Menschen unnachahmlichen Zweiklang sprachen, so sollte auch diese Melodie eine zweite Stimme haben. Es musste noch etwas geben, das zu dem Schwert gehörte. Etwas fehlte ihm zur Vollkommenheit, etwas, das sich gewiss …

»Lauschst du wieder dem Schwert?«

Galayne öffnete die Augen. Vor ihm stand Pardona. Wann immer er sich in Meditation versenkte, verlor er jegliches Zeitgefühl.

»Es ist gefährlich, sich an diesem Ort gehen zu lassen, Galayne«, sagte sie tadelnd.

»Was sollte ich unter den Augen meiner Göttin fürchten?«

Sie lachte auf. »Versuche nicht, mir zu schmeicheln, ich bin nicht in der Stimmung dazu. Dem Spiel, das wir beobachten, ist eine weitere Partei beigetreten. Es wird komplexer und gefährlicher.«

»Ich fürchte, ich verstehe nicht ganz.« Die Göttin hatte sich ihm gegenüber oft in Andeutungen ergangen, aber Erklärungen hatte sie ihm nie gegeben. Und er hatte auch keine erwartet.

»Die Welt, wie die Menschen sie kennen, geht ihrer Abenddämmerung entgegen. Die zwölf neuen Götter sind wachsam. Sie spüren, dass sich ältere Kräfte regen. Kräfte, die nur ruhen und nicht wirklich aus der Welt gewichen sind. Wir sind Teil von etwas Größerem als nur einer Wettfahrt zweier Drachenführer. Es kommt nicht von ungefähr, dass die Prophezeiungen von zwei Geweihten ausgesprochen werden. Ich bin überzeugt, die Zwölf selbst legen den beiden ihre Worte in den Mund und führen uns auf eine Reise mit unbekanntem Ziel ...« Pardona hob die Arme, ließ die Ärmel zurückgleiten und zeigte ihm die beiden Reife aus dem Totenmoor. »Würde ich sie nicht tragen und so vor dem Blick der Zwölfgötter unsichtbar werden, ich bin überzeugt, sie hätten schon längst Sendboten geschickt, um mich aus diesem Spiel zu zerren. Das Licht, das über dem Eis aus dem Himmel fiel und die Gletscherwürmer verbrannte, war eine Mahnung.«

»Und worum geht es in diesem Spiel?«

»Die verschiedenen Seiten haben begonnen, ihre Truppen in Stellung zu bringen ... Allegorisch betrachtet bislang. Es ist auffällig, wie oft wir Orte besuchen, die in alter Zeit von Bedeutung waren.«

Ihre Stimme bekam einen für Galayne ungewohnten Klang. Fast wehmütig.

»Weißt du, das Lied, das du im Schwert vernimmst, ich kann es noch in der Welt nachhallen hören. Ich lebte schon, als die Hochelfen herrschten und der Welt eine lange versunkene Schönheit schenkten. Sie haben sich zurückgezogen, an einen Ort, zu dem uns der Schlüssel verloren gegangen ist. Und ich glaube, unsere beiden Drachenführer suchen diesen Schlüssel.« Sie sah auf das uralte Schwert an seiner Seite. »Ich kann es nicht mehr berühren. Das war einmal anders. Einst habe ich es an jenem Ort gesehen, an den es gehört. In der Hand der Statue der Orima. Und in ihrer anderen Hand hielt sie einen Kelch ...«

»Ist das der Kelch aus der Prophezeiung?«

»Ich weiß es nicht«, bekannte sie freimütig. »Aber es würde in das Muster passen. Dann könnte es sogar der Largala'Hen sein. Findest du nicht?«

Diese beiläufigen Worte brachten eine fast vergessene Melodie, eine uralte Erinnerung in Galayne zum Schwingen. Im Himmelsturm war der Largala'Hen eine Legende. Manchmal wurde er verspottet, manchmal wurden die Geschichten über den Kelch des Lebens mit Sehnsucht weitergegeben. Einige glaubten, er besäße die Macht, das ewige Eis in ewiges Grün zu verwandeln. Es gab sogar ein Lied, das ihn besang. *A' Largala'Hen iama'nurdi Orima ...*

»Mir fehlt es an deiner Weisheit, meine Göttin«, flüsterte Galayne, »und am nötigen Lebensalter, um Ereignisse in ihrer vollen Bedeutung zu erkennen, die sich über Äonen erstrecken.«

»So bescheiden, Galayne? Gemessen am Leben eines Menschen bist auch du schon sehr alt.«

»Aber wohl nicht weise, meine Gebieterin.«

Sie bedachte ihn mit einem milden Lächeln, das ihm kostbarer war als das Sikaryan eines Neugeborenen.

»Wahre Weisheit findet ihren Ursprung in Bescheidenheit. Du bist also auf einem guten Weg.«

Sie gab ihm Zeit, ihre Worte in sich nachhallen zu lassen. Schweigend gingen sie über den Tang, der jeden ihrer Schritte mit feuchtem Schmatzen begrüßte.

»Was hat den Magier in solche Angst versetzt, dass er sein Schiff verlässt?«, fragte Galayne, als das Lager der Ottajasko nur noch wenig mehr als fünfzig Schritt entfernt war.

»Er hat begriffen, dass eine neue Macht ins Totenmeer gekommen ist. Diese Kröte ist weit mehr als nur ein außergewöhnlich großes Amphibium. Ich glaube, so wie ich kommt sie aus einer anderen Zeit. Vor den Elfen herrschten die Geschuppten in dieser Welt. Auch sie sind nicht gänzlich verschwunden. Viele wurden gebannt. Aber die Siegel ihrer Verliese sind so alt, dass sie an

Macht verlieren … Mir scheint, sie können bereits wieder Kundschafter schicken. Und auch sie verfolgen diese Wettfahrt mit Interesse. Das ist eine von zwei Möglichkeiten.«

»Und die andere?«, drängte Galayne. Sie waren dem Lager jetzt schon auf knapp fünfzig Schritt nahe gekommen, und er wusste, die Göttin würde nicht weiterreden, wenn die Rosenohren ihre Worte hören konnten.

Sie lachte leise. »Die zweite Möglichkeit ist, dass ich so lange lebe, dass ich blind für die Schlichtheit der Welt geworden bin und hinter allem eine Intrige vermute. Womöglich verfolgt uns dieses garstige Biest auch nur, weil die Ottajasko leichtfertig ein altes Heiligtum geschändet hat. Dann wird alles vorüber sein, wenn die Kröte den letzten von Beorns Recken verschlungen hat, und sie kehrt dahin zurück, woher sie gekommen ist.«

Galayne blickte über die Schulter.

»Keine Sorge. Mir wird dieses Viech ausweichen, und ich schätze, es wird vor Selflanatil Respekt haben. Aber ich werde Beorn nahelegen, seine Ottajasko nicht aufzuteilen.«

»Zidaine ist schon gegangen!«

»Wie überaus schade. Ich bin mir ziemlich sicher, dass die überhebliche kleine Fechterin in der Kröte ihre Meisterin finden wird.«

»Wir müssen sie warnen!«

Pardona blieb abrupt stehen. Selbst im schwachen Sternenlicht war ihr Ärger deutlich auf ihrem Antlitz zu erkennen. »Hast du dich jetzt auch diesem *Wir-stehen-alle-in-einem-Schildwall*-Unsinn verschrieben, Galayne? Du enttäuschst mich!«

Ihre letzten drei Worte schmerzten ihn mehr, als es ein glühendes Eisen, das sich in sein Fleisch senkte, vermocht hätte. »Ich bin dein …«, stammelte er verlegen.

»Natürlich«, entgegnete sie kühl. »Ich habe dich schließlich erschaffen. Du wirst mir …«

»Lenya!«, hallte Beorns Stimme. Der Drachenführer trat unter dem Schatten des Sonnensegels hervor und eilte ihnen entgegen. »Was geht auf der *Donnersturm* vor sich? Wovor flüchtet der Magier?«

»Vor dem, was deine Recken leichtfertig in Maraskan aufgeschreckt haben, Drachenführer. Ich glaube, auch wir sollten unser Lager räumen.«

Kogge Bodrinslust, Kerngebiet des Sargassomeers, sechzehnter Tag im Kornmond

Sie hatte das hier nicht gewollt, dachte Zidaine Barazklah. Nicht so! Sie hatte keineswegs Höhenangst, daran lag es nicht. Es machte ihr nichts aus, in die Tiefe zu blicken. Und es war ja nicht das erste Mal, dass sie von diesen Lederschwingen getragen wurde.

Die Krallen der Biester schnitten in ihr Fleisch. Es war ein unsteter, torkelnder Flug. Zwei der Kreaturen waren nötig, um sie zu tragen.

Zidaine blickte über das dunkle Meer. Ab und an glitten unheimliche Lichter dicht unter dem Tang. Oder streiften sie doch darüber hinweg? Der Anmarsch zu der verfallenen Kogge, auf der sich Tjorne versteckte, hätte sie wahrscheinlich mehr als einen Tag gekostet. Und so wie Dolorita berichtet hatte, besaß Tjorne nun eine Armbrust, die er wohl in irgendeinem Wrack gefunden hatte. Sie lächelte. Er hatte offensichtlich begriffen, dass er im Kampf Klinge gegen Klinge nicht gewinnen konnte. Sie war sich sicher, dass sie an ihm vorbeigekommen wäre. In seiner Zeit bei der Ottajasko hatte sie ihn nie als Schützen gesehen. Wahrscheinlich wäre von ihm nicht viel zu befürchten gewesen.

Die Lederschwingen schwenkten nach links ab. Im fahlen Mondlicht waren die Schiffe gut zu erkennen. Sterbende Riesen. Die meisten hatten keine Masten mehr.

Zidaine dachte an Beorn. Der Drachenführer saß in der Klemme. Seine Ottajasko war noch nicht wieder kampffähig. Er wollte aufbrechen, wollte es hinter sich bringen. Wollte sich den Kelch aus der Prophezeiung holen. Aber es war nicht klug, schon jetzt in die Schlacht zu ziehen. Nicht wenn Vespertilio Organo sie davor gewarnt hatte, dass es das schwerere Gefecht sein würde, ohne deutlich zu sagen, was sie erwartete. Einfach nur mehr Spinnen oder noch etwas anderes?

Sie war Beorn dankbar dafür, dass er sie in dieser schwierigen Lage ziehen ließ. Ihm war klar gewesen, dass es einige Tage dauern mochte, bis sie sich wieder der Ottajasko anschloss. Sie würde ihn nicht enttäuschen. Sie würde rechtzeitig zurück sein.

Die Lederschwingen wechselten ein weiteres Mal die Flugrichtung. Zidaines Schultern schmerzten, da wo die geflügelten Bestien sie mit hartem Griff hielten.

Deutlich sah sie den aufgerissenen Rumpf der Kogge. Das Schiff lag leicht zur Seite geneigt. Über der Vordertrutz war ein Sonnensegel aufgespannt. Darunter versteckt hatte Dolorita Tjorne durch die Augen der Möwe gesehen. Aber jetzt versperrte ihm das Segel den Blick zum Himmel. Er war in einer guten Position, um jeden von Weitem kommen zu sehen, der sich über das Tangmeer näherte. Sie würde er nicht sehen.

Lautlos glitten die Lederschwingen über das Vorderkastell. Zidaine griff mit der Linken nach ihrem Parierdolch. Mit der Rechten schlug sie einem der Biester, die sie trugen, auf die Krallenhand.

Die Lederschwinge gab ein schnarrendes Geräusch von sich. Beide ließen sie im selben Augenblick los.

Zidaine stürzte drei Schritt tief. Unter ihren Stiefelsohlen zerriss das mürbe Segeltuch. Krachend landete sie auf Deck. Tuchfetzen nahmen ihr die Sicht. Sie ging in die Hocke, drehte sich mit vorgestrecktem Parierdolch im Kreis, wischte die Leinenstreifen zur Seite und erkannte, dass sie es war, die genarrt war. Tjorne war nicht hier! Das Vorderkastell war verlassen. Und selbst wenn er geschlafen haben sollte, musste ihn der Lärm, mit dem sie auf das Deck gekracht war, aufgeweckt haben.

Wütend darüber, dass dieser Einfaltspinsel es geschafft hatte, sie zu überlisten, riss sie das Segeltuch von den Spannleinen, knüllte es zu einem großen Klumpen und schleuderte es hinab auf das Hauptdeck. Gewiss lauerte er dort unten. Mit etwas Glück lenkte ihn das flatternde Tuch ab.

Zidaine hechtete von der Vordertrutz. Die Planken ächzten, als sie landete und sich abrollte, um kein gutes Ziel zu bieten. Aus der Bewegung kam sie wieder auf die Beine. Hinter sich hörte sie das Klacken eines Abzugsbügels.

Etwas zupfte an ihrer Schulter. Die Spitze eines Armbrustbolzens hatte den Stoff ihres Hemds zerrissen. Sie ließ den Arm kreisen, während sie herumfuhr. Die Bewegung schmerzte nicht. Sie schien nicht verwundet zu sein.

Tjorne stand mit dem Rücken zur Kajüte unter der Vordertrutz. Er legte die Armbrustsehne in einen Haken, der von seinem Gürtel hing, stieß einen Fuß in den eisernen Bügel am Ende der Waffe und drückte sie mit aller Kraft zum Deck hinab.

Die Sehne schob sich hinter den Haken am Ende der gefetteten Führungsschiene, die über den Schaft der Waffe lief.

Zidaine sprang vor.

Tjorne hob die Armbrust und legte einen Bolzen auf die gespannte Waffe.

Zidaine riss die Linke hoch.

Der Abzug der Armbrust klackte.

Mit metallischem Kreischen schrammte der Armbrustbolzen über den Korb des Dolchs. Der Handschutz lenkte das Geschoss ab, sodass es gerade eben noch ihre Haare streifte.

Tjornes Augen weiteten sich vor Entsetzen. Fast hätte er ihr einen Bolzen durch die Stirn geschossen. Aber eben nur fast.

Ihr Parierdolch schnellte vor. Der Knauf hämmerte gegen Tjornes Schläfe, und er sackte in sich zusammen.

Kogge Bodrinslust, Kerngebiet des Sargassomeers,
sechzehnter Tag im Kornmond

Da war das Geräusch, das er fürchtete wie kein anderes. Leise, fast nicht wahrnehmbar.

Fesseln schnitten in seine Arme und seine Brust. Tjorne Warulfson stand aufrecht. Etwas Festes war in seinem Rücken. Er hatte Angst, die Augen zu öffnen. Er wollte nicht sehen, wo er war.

Da war es wieder. Das Geräusch von Panzern, die sich übereinanderschoben. Das leise Klicken von Scheren. Krebse! Viele von ihnen.

Jetzt roch er auch die zähe Paste, mit der Zidaine ihn schon einmal eingeschmiert hatte. Bald würden die ersten Krebsscheren in sein Fleisch zwicken.

Tränen rannen ihm über die Wangen, ohne dass er etwas dagegen hätte tun können. Er schämte sich dafür, zu flennen wie ein verängstigtes Kind. Aber er konnte die Tränen einfach nicht zum Versiegen bringen.

So würde er auch das Letzte verlieren, das ihm noch geblieben war. Seine Hoffnung darauf, in Swafnirs Schildwall zu stehen. So würde er niemals in das Gefolge des Gottwals aufgenommen!

Die Tränen flossen weiter. Er schluchzte nicht, wimmerte nicht, aber das konnte er einfach nicht beherrschen.

Tjorne riss die Augen auf. Zumindest konnte er seinem Schicksal mannhaft ins Antlitz blicken.

Er war im aufgerissenen Rumpf der Kogge an den Hauptmast gefesselt. Sonnenlicht brach in breiten Bahnen durch den geschundenen Rumpf. Der Boden war mit Scherben zerbrochener Amphoren bedeckt. Und da ... nur ein paar Schritt entfernt stand sie! Zidaine!

Ihr Antlitz war bleich wie eine Totenkerze. Sie sah ihn schweigend an. Es war unheimlich. Da war kein Hass in ihrem Blick. Es war ... Sie studierte ihn.

Er senkte den Kopf, konnte dieses fast makellose Antlitz nicht länger ertragen. Jetzt erst sah er, dass ein Wall aus zerbrochenen Tongefäßen um ihn herum errichtet war. Nicht sehr hoch, doch die großen gewölbten Scherben stellten zusammen mit den gezackten Amphorenfüßen ein erstaunlich unüberwindliches Hindernis für die Krebse dar. Noch ... Hunderte krabbelten auf dem Boden jenseits der Scherben. Kleine schwarze Krebse, wie er sie aus Festum kannte, aber auch große, orangerote, deren Rückenschild die Fläche zweier nebeneinanderliegender Hände hatte. Seepocken bedeckten ihre Rücken. Die Scheren sahen aus, als könnten sie Finger abtrennen.

»Was glaubst du, warum du hier bist, Tjorne?« Sie sprach ganz ruhig. Da war kein Hass in ihrer Stimme. Kein Gefühl. Nichts.

»Rache?« Sein Mund war staubtrocken. Das Wort wie eine Scherbe, die in seine Zunge schnitt.

»Es ist der Herr der Rache, der mir die Macht gibt, dies zu tun ...«, sagte sie sachlich. »Aber dahinter steht etwas anderes. Ihr seid immer noch in mir. Ihr alle. Jede Nacht.« Sie machte eine fahrige Bewegung in Richtung der Krebse. »Sie sollen euch aus mir herausschneiden.«

Tiefe Scham überkam Tjorne. »Jede Nacht?« Er sagte das mehr zu sich. Er hatte versucht, diesen Winter zu vergessen, und es war ihm auch ganz gut geglückt. Dass sich all dies jede Nacht für Zidaine wiederholte ... Er sah in ihr blasses Gesicht. Das Mädchen aus der Höhle vermochte er darin nicht mehr zu erkennen. Sie wirkte so anders. Und war doch noch immer in der Höhle in den Klippen gefangen.

Einen Winter lang hatte er mitgemacht, auch wenn er es manchmal ekelhaft gefunden hatte. Seine Sorge, als unmännlich, als Feigling zu gelten, war größer gewesen als der Ekel. Er hatte sich den anderen beweisen wollen. Das könnte er nie wieder ungeschehen machen.

So wie Zidaine ihn ansah, war ihm auch klar, dass es keine Worte gab, die diese alten Wunden heilen konnten.

Langes Schweigen senkte sich auf den Frachtraum. Nur die leisen Geräusche der Krebse störten die Stille. Sie schafften es nicht, über den dichten Ring aus Scherben hinwegzukommen. Tjorne schien es, als winkten sie ihm mit ihren Scherenarmen spöttisch zu.

»Ich habe in der Dunkelheit der Höhle einen Pakt mit Blakharaz, dem Herrn der Rache, geschlossen«, sagte Zidaine leise. »Er hat mir die Kraft gegeben zu fliehen. Und wenn ich euch allen einen schrecklichen Tod bereite, dann werde ich endlich frei von euch sein.«

Es gab also doch eine Sühne, dachte Tjorne. Er blickte über die wimmelnden Krebse. Wenn er ohne zu klagen diesen Weg nahm, sich dem stellte, was er heraufbeschworen hatte, dann würde er vielleicht doch am Ende noch einen Ausgleich leisten.

»Öffne den Kreis«, sagte er mit fester Stimme.

Verdichtungsgebiet des Sargassomeers,
siebzehnter Tag im Kornmond

Asleif Phileasson kniete sich vor Galandel deren-Lied-verklingt. »Wie lange ist sie schon so?«

»Es geschah in weniger als zehn Herzschlägen.« Angesichts des Zustands der Gefährtin zeigte sich Salarin Trauerweide bemerkenswert ungerührt. Er stand neben der zusammengesunkenen Galandel, den Bogen in der Hand. Der Elf trug zwei Säbel und zwei Köcher – seine gewohnten Waffen und die aus den Schlangenzähnen gefertigten. Der Wind zupfte an seinem blonden Haar. So hätte er ein Modell für eine Heldenstatue abgeben können, wie sie vor den Kriegerakademien des Südens standen.

Galandel dagegen bot ein Bild des Jammers.

»Unglaublich«, flüsterte Phileasson.

Das Haar der Elfe war schon immer weiß gewesen, aber nun war auch ihr Gesicht das einer Greisin. Furchen durchzogen es, die Lider schien sie nur noch halb öffnen zu können.

»Wird sie …?« Phileasson beendete die Frage nicht.

Salarin verstand ihn auch so. »Es kann Stunden dauern, Tage oder Wochen.«

Galandel kniete in einem kleinen Moosflecken, der durchnässtes Holz überwucherte, im Schatten des Wracks, das sie als Wegmarke gewählt hatten. Ihre Linke hielt den Stab, an dem die schratischen Fetische baumelten. Die Rechte näherte sich Phileasson. Die Finger waren ebenso abgemagert wie das Gesicht, sie wirkten wie zitternde Zweige.

Der Drachenführer nahm die Hand in seine beiden. »Leidest du Schmerzen?«

Galandel lachte leise. »Alles ist gut.«

»Kannst du gar nichts tun, um ihr zu helfen?«, fragte er Salarin.

»Sie ist alt. Nicht krank oder verletzt.«

Es war ein trüber Tag, seit Stunden schon fiel ein feiner Regen. Der Großteil der Ottajasko schleppte sich mit zwei Kisten ab, die Trockenrationen enthielten. An dem Wrack wollten sie ein Versorgungslager einrichten, damit sie nicht den gesamten Weg zur *Stern von Silz* zurückmarschieren müssten, wenn ihre Wegrationen zur Neige gingen. Die Recken waren noch fünfhundert Schritt entfernt, was jedoch wegen des nachgiebigen Untergrunds bedeuten mochte, dass sie noch eine halbe Stunde brauchten, bis sie eintrafen.

Sollte Phileasson einen von ihnen auffordern, schneller zu kommen? Aber wenn Salarin nicht helfen konnte – wer dann?

Vielleicht war das in dieser Situation die falsche Frage. Möglicherweise ging es jetzt nur noch darum, wer sich von Galandel verabschieden wollte. Shaya? Leomara?

»Du meinst, es kann wirklich noch Tage dauern?«, vergewisserte sich Phileasson.

»Ich sterbe noch nicht«, wisperte Galandel. »Ein wenig Geduld noch ...«

»Mach dir keine Sorgen«, bat Phileasson mit belegter Stimme. »Wir lassen dich nicht allein.«

Er fragte sich, ob sie genau das hätten tun sollen: Galandel zurücklassen. Auf Beskan vielleicht, oder noch früher, in Boran. Aber auch dort wäre sie nicht unter ihresgleichen gewesen, sondern unter Menschen. Rosenohren, wie die Elfen mit mildem Spott sagten.

Wäre die Einsamkeit ihr lieber gewesen? In der Bucht, wohin die Seeschlangen kamen, um zu sterben?

Aber dort war es gefährlich, wegen der Achaz ...

Und Galandel hatte niemals angedeutet, dass sie die Ottajasko hätte verlassen wollen. Besonders mit Salarin verband sie viel.

Mit dem Gefährten, der jetzt so ungerührt neben ihr stand. Elfen waren schwer zu begreifen.

»Da kommt jemand.« Salarin zeigte zum Heck des Wracks.

Dort stapfte tatsächlich ein Mann heran. Er trug Stiefel mit umgeschlagenen Schäften, die ihm bis zu den Knien reichten, eine blaue Hose und eine etwas dunklere Jacke, die ein breiter Gürtel mit pompöser Schnalle über der Hüfte raffte. Als er sah, dass man ihn bemerkt hatte, zog er ein bunt gestreiftes Tuch aus dem Ärmel und schwenkte es.

»Die Farben Tsas«, erkannte Phileasson. »Ein Unterhändler.«

Vorsichtig ließ er Galandels Hand los, stand auf und winkte dem augenscheinlich unbewaffneten Mann. »Komm näher, wir tun dir kein Leid an!«

Der Besucher setzte seine Schritte mit Bedacht, aber einigermaßen zügig. Er schien geübt darin, sich im Tangfeld zu bewegen.

»Ich bin Asleif Phileasson, den sie den Foggwulf nennen!«, rief der Drachenführer ihm entgegen.

Im Gehen legte der Mann einen Unterarm quer vor den Bauch und verbeugte sich. »Protocollarius Ikvan Bradiloff, ehemals von der *Mikhails Pfeil*, stets zu Diensten.« Seine dünnen braunen Locken wippten.

»Aus dem Bornland, lässt der Name mich vermuten?«

»Eine Heimat, die ich schwerlich wieder betreten werde.« Im Näherkommen musterte Ikvan Galandel. »Es scheint, Ihr habt Schwierigkeiten. Das ist eine Elfe, oder? Gift?«

»Wie kommst du darauf?«

»Die Algen ... wenn man sie nicht sorgfältig auskocht ...«

»Wir haben unseren eigenen Proviant.«

Ikvan erreichte sie. Sein Atem ging schnell, auch ihn strengte es an, seinen Fuß bei jedem Schritt gegen schmatzenden Widerstand frei zu ziehen. »Vielleicht könnt Ihr Eure Vorräte schonen, und möglicherweise kann mein Herr sogar etwas für Eure Gefährtin tun.« Er zog ein Schreiben aus demselben Ärmel, in dem auch das bunte Tuch gesteckt hatte, und reichte es Phileasson.

»Behalt die Gegend im Auge«, raunte der Drachenführer Salarin zu.

Er wusste zwar nicht, wieso Räuber einen ungeschützten Unterhändler hätten vorschicken sollen, aber etwas Vorsicht schadete nie. Ein Blick über die Schulter zeigte ihm, dass die Gefährten noch vierhundert Schritt entfernt waren. Tylstyr Hagridson stand jetzt ganz vorne, und Lailath Schlangenschlächterin hängte die Sehne ihres neuen Bogens ein. Dass sie gestern darauf bestanden hatte, kein Teil der Ottajasko zu sein, änderte nichts daran, dass sie sich wie ein Mannschaftsmitglied verhielt. Elfen ...

Noch einmal sah Phileasson Galandel an, dann entrollte er das Pergament.

»Hochgeschätzte Reisende«, las er vor. »Wir teilen ein übles Schicksal. Euch wie mich verschlug es an diesen Ort, der unfreundlicher sich kaum denken ließe.«

Phileasson blickte über die eintönige Landschaft aus grünem Tang, blauem Tang und schwarzem Tang, in dem Ratten wuselten, Treibgut feststeckte und Möwen nach Krebsen Ausschau hielten. »Da hat er recht«, meinte er.

Ikvans Aufmerksamkeit galt Salarin. Sicher wunderte er sich, gleich auf zwei Elfen zu treffen. Die meisten Menschen sahen in ihrem gesamten Leben keinen einzigen.

»Meine Unbill mag Euer Los lindern«, las Phileasson weiter, »verfüge ich doch gezwungenermaßen über Erfahrung mit dem Totenmeer, die mit Euch zu teilen ich gewillt bin. Möglicherweise interessiert Euch auch ein weiterer Gast dieser Gefilde, ein Thorwaler mit einem geflügelten Helm.«

Phileasson sah auf. »Er meint Beorn! Trägt dieser Thorwaler eine Augenklappe?«

»Ja, ganz so verhält es sich«, bestätigte Ikvan. »Kennt Ihr Euch?«

Phileasson nickte knapp und studierte die letzten Zeilen des Schreibens. »Ich wäre entzückt, wenn Ihr meinem treuen Diener zu einem Gastmahl folgen würdet, bei dem wir uns austauschen und die Möglichkeit eines Bündnisses erörtern könnten.

Mit exquisiter Empfehlung,

Magus Vermis Gulmaktar«

Phileasson rollte das Pergament zusammen. »Das ist ein interessantes Angebot, Ikvan Bradiloff.«

»Es freut mich, dass Ihr das so auffasst.«

»Und Ihr sagt, Euer Meister könnte auch etwas für Galandel tun?«

»Ich wage nicht, etwas zu versprechen«, schränkte Ikvan ein, »aber wohnlicher als der Tang ist die *Walbergsend* allemal. Sicher eine angenehmere Umgebung für eine Kranke.«

»Sie ist nicht krank«, stellte Salarin klar. »Sie stirbt.«

Galandel nickte schwach.

Ikvan sah selbst ungesund aus. Seine geröteten Augen glänzten fiebrig.

»Ist diese *Walbergsend* ein fahrtüchtiges Schiff?«, erkundigte sich Phileasson.

»Das nicht. Ich fürchte, man würde nicht lügen, würde man sie als Wrack bezeichnen. Aber sie ist so wohnlich hergerichtet, wie es die bescheidenen Mittel erlauben, die meinem Meister zu Gebote stehen.«

Trotz Galandels trauriger Lage schlug Phileassons Herz schneller. Shayas Prophezeiung hatte von zwei Meistern gesprochen. Ob dieser Vermis einer der beiden war?

»Die Einladung ist sehr großzügig«, sagte Phileasson. »Wir

werden sie gern annehmen. Ich hoffe, Ihr werdet es nicht als unhöflich empfinden, wenn wir alle kommen?« Er deutete auf die nahende Ottajasko. »Ich will keinen meiner Recken zurücklassen.«

»Davon bin ich ausgegangen.« Ikvan prüfte den Stand der Sonne, die hinter den blassgrauen Wolken den höchsten Punkt ihrer Bahn überschritten hatte. »Ohne uns allzu sehr abzuhetzen, sollten wir die *Walbergsend* bei Einbruch der Dunkelheit erreichen«, versprach er. »Eine gedeckte Tafel wird Euch erwarten.«

5 DER ZWEITE MEISTER

Kerngebiet des Sargassomeers,
siebzehnter Tag im Kornmond

Ikvan Bradiloff führte sie nicht geradlinig, aber dennoch schnell über das Tangfeld. Sie kamen rascher vorwärts, als Asleif Phileasson nach den Erfahrungen des vergangenen Tages für möglich gehalten hätte.

Anfangs hatte Phileasson geglaubt, der blau gekleidete Bote habe ein besonders gutes Auge für feste Stellen. Das hätte bei jemandem, der bereits lange Zeit hier lebte, nicht verwundert. Phileasson selbst konnte aus der Betrachtung des Meerwassers seine Tiefe, die Wärme, die Strömungsrichtung und -geschwindigkeit und vielerlei andere Dinge erkennen, die einer Landratte entgingen. Man entwickelte einen Blick für die Besonderheiten einer vertrauten Umgebung. Lailath und Abdul erging es in der Wüste sicher ebenso.

Aber das allein war zu wenig, um ihr schnelles Vorankommen zu erklären. Auch Ikvan watete streckenweise durch nachgiebigen Tang, wo man bis zu den Knien einsank. Doch zumeist fand sein Fuß einen eingewachsenen Baumstamm, eine losgerissene Planke, die Überreste eines Boots, das Blatt eines Riemens oder vertrocknete und von Sonne und Salz hart gebackene Algen. Solche Dinge formten einen gewundenen Pfad, auf dem sie ebenso schnell nach Südosten vordrangen, als folgten sie einem überwucherten Wildwechsel.

Phileasson sprach den Mann auf diese Beobachtung an.

»Geister und andere Seltsamkeiten bewohnen das Sargassomeer.« Ikvan rieb sich die geröteten Augen und spähte zum Wrack einer Galeere, das ihm als Orientierungspunkt diente. »Oft ist ihr Treiben gefährlich, manchmal jedoch nützlich. Man muss lernen, die Eigenheiten dieses Orts zu nutzen, um hier zu überleben.«

»Wie viele seid ihr?«

Ikvans Blick huschte über die Ottajasko, die ihnen in einer lang gezogenen Reihe folgte, höchstens zwei Recken nebeneinander, um Tritt auf den festen Stellen zu finden. Irulla stützte Galandel, was Shaya zu der ungewohnt bissigen Bemerkung veranlasst hatte, sie fühle sich wohl vom nahenden Tod angezogen. Ihre Worte hatten der Geweihten offensichtlich schon leidgetan, als sie sie ausgesprochen hatte. Jetzt ging sie am Ende der Kolonne, als Letzte vor Ohm Follker. Ihre orangefarbene Kutte war ein auffälliger Farbfleck in all dem Grün und Grau.

»Wir sind nur eine kleine Gemeinschaft«, sagte Ikvan. »Die Härten des Sargassomeers fordern leider einen hohen Zoll. Umso wichtiger ist es, auf die Erfahrung jener zu bauen, die hier zu überleben verstehen. Mein Meister wird klüger darüber sprechen als ich.«

Die anderen holten auf, die Marschformation staute sich. Bis auf Lailath Schlangenschlächterin schienen alle Vertrauen zum Untergrund gefasst zu haben. Die Wüstenelfe hielt die Arme noch immer abgespreizt, egal ob sie über einen gebrochenen Mast ging oder auf ausgetrocknetem Tang stand.

Abdul el Mazar grinste mit einer Spur von Bosheit, die Phileasson bei dem kleinen Novadi noch nie bemerkt hatte. »Ich freue mich, Vermis Gulmaktar zu treffen.«

»Wir alle sehen der Begegnung mit Freude entgegen«, beteuerte Phileasson.

»Ich besonders.« Gewichtig verschränkte Abdul die Hände vor der schmalen Brust. »Ich bin auch ein Magus. Wir sind Collegae. Gar trefflich werden wir über die Natura von Verwesen und Entstehen disputieren.« Er stampfte auf das verwachsene Holz, auf dem er stand.

Phileasson blickte Ikvan entschuldigend an. Sie gingen weiter.

Das Tangfeld erstreckte sich in jeder Richtung bis zum Horizont. An manchen Stellen bewegte die Strömung es so stark, dass man zusehen konnte, wie sich die schmutzig grünen Wogen gleich einem Trauerzug voranwälzten. Auch sie zogen nicht geradlinig, sondern bildeten Strudel und Flüsse.

Offene Wasserstellen gab es hier kaum, und wenn, waren sie stinkende Tümpel. Erstaunlicherweise wand sich darin, umringt von schwarzen Krebsen, ein armlanger Fisch. Phileasson fragte sich, ob das bisschen Wasser, in dem seine Kiemen nach Luft schnappten, der klägliche Überrest eines größeren Areals war. Wie die Schiffe mochte es vom Tang eingeschlossen und ins Innere gezogen worden sein, wobei es jeden Tag ein wenig mehr ausgetrocknet war. Jetzt gab es kein Entkommen mehr für den Fisch, er konnte sich noch nicht einmal der Krebse erwehren, die auf ihn eindrangen. Leomara della Rescati weinte deswegen. Phileasson sah Salarin nach, dass er einen seiner letzten Pfeile verschoss, um das Tier zu erlösen.

An manchen Stellen narrte das Sargassomeer die Wanderer. Was wie ein Baum aussah, entpuppte sich als Mast, an dem der Tang emporkletterte, und die Hügel waren entweder überwucherte Wracks oder verklumpte Ansammlungen salzverkrusteter Algen.

Die blutrote Abendsonne stand nur noch als Halbkreis über der grau-grünen Ebene – die Möwen suchten ihre letzte Beute, bevor sie sich zu ihren Schlafplätzen zurückziehen würden –, als Ikvan auf das verhältnismäßig gut erhaltene Wrack eines bornländischen Holks zeigte. Das breite und lange, dafür aber im Vergleich zu einer Kogge eher niederbordige Schiff hob sich in vierhundert Schritt Entfernung schräg aus dem Tang, als versuchte es vergeblich, über Bug zu sinken. »Die *Walbergsend*«, verkündete er. »Wir sind bald da.«

»Auf dem Achterdeck stehen Menschen«, sagte Salarin.

Auch Phileasson glaubte, dort kleine Gestalten auszumachen. In der Dämmerung ließ die Schärfe seines Blicks jedoch nach, zumal die aus dem Tang aufsteigenden Dämpfe die Augen reizten. Kein Wunder, dass Ikvan sie sich ständig rieb.

Die *Walbergsend* musste ein stolzes Schiff gewesen sein, ein Kauffahrer, der die Strecke von Festum zu den Gewürzinseln oft bewältigt haben mochte. Am Bug befand sich ein kleiner Aufbau, achtern dagegen erhoben sich gleich zwei gestufte Decks. Drei Masten hatten das Segeltuch im Wind gehalten. Sie waren alle gebrochen. Eine Rah hing schräg auf halber Höhe.

Ikvan deutete eine Verbeugung an. »Mein Meister wird Euch ...«

Plötzlich brach der Boden neben ihm auf. Etwas Großes, Starres schoss daraus hervor.

Er schreckte zurück, was ihm das Leben rettete. Statt seine Brust zu durchbohren, streifte das unförmige Ding ihn nur und schleuderte ihn in den Tang.

Phileasson riss sein Schwert aus der Scheide.

Er erkannte, dass es sich wohl nicht um ein Geschoss handelte, sondern um ein Tier. Gerade noch brachte Ikvan sein Bein vor zwei schnappenden Scheren in Sicherheit. Sie waren geformt wie bei einem Hummer, aber ins Riesenhafte vergrößert, und weckten bei Phileasson ungute Erinnerungen an die Chimären, denen sich seine Ottajasko im Himmelsturm gestellt hatte.

»Swafnirs Kraft mit uns!«, brüllte er.

Ohne sich die Zeit zu nehmen, den Schild vom Rücken zu ziehen, wollte er sich auf die schmutzigrote Kreatur stürzen.

Eine zweite brach jedoch linker Hand aus dem Tang. Ein absurd kleiner Kopf, auf dem Fühler wie Spinnenbeine wirbelten, saß zwischen den scherenbewehrten Armen.

Phileassons Klinge prellte die rechte Schere zur Mitte, sodass sie auch die andere behinderte. Es gab ein Geräusch, als hätte er auf Stein geschlagen.

Die Recken zogen ihre Waffen und schrien Kampfrufe, aber Phileasson konnte sich nicht um die Führung seiner Ottajasko kümmern. Er musste seine eigene Haut retten.

Erstaunlich schnell schob sich ihm das Ungeheuer entgegen. Aus dem Maul unter den kleinen schwarzen Augen drang ein Quietschen.

Phileasson sprang.

Eine Schere schloss sich krachend, wo sich gerade noch sein Unterschenkel befunden hatte.

Er landete auf der gepanzerten Gliedmaße, die sein Gegner kraftvoll zurückzog.

Im Fallen schmetterte Phileasson die Klinge auf den Rücken der Kreatur. Ein helles Krachen war sein einziger Erfolg, singend prallte der Stahl ab.

Mirandola Ernathesa tänzelte heran. Bei den Waffenübungen bewegte sie die Füße oft auf einer Linie. Die Recken spotteten gern darüber, dass sie doch einmal probieren sollte, auf dem Handlauf einer Reling stehend zu fechten. Hier, wo nur schmale Bretter festen Halt boten, erwies sich ihre Kampfweise als nützlich. Sogar die Eigenart, den linken Arm nach hinten zu nehmen und so das

Gleichgewicht zu verstärken, erschien Phileasson hier angemessen.

Blitzschnell stieß sich Mirandola vorwärts und streckte zugleich den Degenarm. Die dünne Klinge stach in den Ansatz eines Fühlers.

Der Stahl drang offensichtlich nicht tief genug ein, um das Hirn zu durchbohren, aber die Kreatur warf sich mit einem Kreischen herum. Unglaublich schnell zog sie einen Kreis im Tang.

Phileasson erkannte, dass ihr Hinterleib wesentlich flexibler war als die gepanzerte Front. Er glich dem schleimigen Körper einer Nacktschnecke. Mit kurzen Pulsen trieb er das Wesen zwischen den nassen Pflanzensträngen vorwärts.

»Bleib hier!«, befahl Phileasson Mirandola. »In diesem Sumpf sinken wir bis zu den Knien ein. Lassen wir ihn wieder rankommen.«

»Er hat noch nicht genug.« Eine ölige Flüssigkeit besudelte die Spitze von Mirandolas Degen. »Er zieht herum!«

Phileasson nutzte die Gelegenheit, den Rundschild vorzuholen. Das Gewicht an seinem Arm gab ihm ein Gefühl der Sicherheit.

Mit schnellen Blicken überzeugte er sich, dass es bei den zwei Angreifern blieb. Ikvan hatte sich auf seiner Flucht im Tang verfangen, aber Tylstyr Hagridson und Ohm Follker schützten ihn vor dem Scherenbiest.

Von der *Walbergsend* hing ein Netz, an dem einige Gestalten herabkletterten. Bis sie einträfen, wäre der Kampf entschieden.

Phileasson hob den Schild, um seinen zurückkehrenden Gegner zu empfangen.

Ein Pfeil prallte am Hummerpanzer ab.

Im letzten Moment sprang Phileasson zur Seite, entgegen seinem eigenen Rat mitten hinein ins Tangfeld, wo er bis zur Hüfte wegsackte.

Die Scheren schnappten ins Leere.

Mirandola stand seitlich vom Biest. Anstatt zurückzuweichen, führte sie mehrere schnelle Stiche gegen den Kopf.

Phileasson drückte die Schildkante in den Tang und strampelte vorwärts, Fejris hoch erhoben. Sein Ziel war der warzenübersäte Schneckenleib, der sich hell aus dem Panzer schob. Tief rammte er den Stahl hinein.

Das Schwert traf auf so wenig Widerstand, als steckte es in Haferbrei. Er drehte die breite Klinge. »Stirb, ekliges Gezücht!«

Die Scherenarme zuckten.

Mirandola trennte einen wirbelnden Fühler ab.

Phileasson arbeitete sich noch näher heran. Er zog das Schwert aus dem Leib der Bestie und stieß es knapp unter dem Panzer nochmals hinein. Diesmal fühlte er, wie er auf etwas Kompakteres traf. Er stellte sich vor, wie der Stahl die Innereien durchbohrte, die auch diese Kreatur zum Leben brauchte.

Mit einem hohen Pfeifen erschlaffte das Biest.

Phileasson wandte sich um.

Auch Tylstyr und Ohm waren erfolgreich. Brandspuren auf dem roten Panzer zeigten, dass der Magier einen Kampfzauber eingesetzt hatte. Er schien der Sache aber noch nicht recht zu trauen. Wachsam beobachtete er den reglosen Gegner, während Ohm bereits Ikvan aufhalf.

Die Bewegung durch den Tang zurück zum festen Untergrund glich eher Wassertreten als Gehen. Mirandola und Praioslob halfen Phileasson hinauf.

»Stellt euch nicht zu eng!«, ermahnte er die Ottajasko. »Ihr dürft euch nicht behindern, wenn noch so ein Monstrum aus dem Boden kommt.« Mit einem schnellen Blick versicherte er sich, dass es keine ernsthaften Verletzungen gab. In Ohms Lederpanzer klaffte ein Riss am Bauch, aber der alte Freund nickte ihm beruhigend zu.

Der schlaffe Leichnam der überwundenen Kreatur hatte etwas Erbärmliches, wie er so dalag, die schweren Scherenarme nach vorn gestreckt. Dunkles Blut sickerte aus den Wunden, die Phileasson ihm beigebracht hatte. Schon schwirrten metallisch grün schimmernde Fliegen heran, um sich daran zu laben.

Phileasson nutzte den Tang, um die Klinge notdürftig zu reinigen. Auch aus der Nähe betrachtet hatte diese Kreatur etwas von einer Chimäre, einer Mischung aus Hummer und Nacktschnecke. Im Gegensatz zu den Wächtern des Himmelsturms machte Phileasson hier aber wenigstens keine menschlichen oder elfischen Züge aus.

Ein halbes Dutzend Matrosen von der *Walbergsend* traf ein. Eine Utulu war darunter, ihre Haut war schwarz wie Kohle. Ein Maraskaner mit hochgesteckten Zöpfen, die seinen Kopf auf die doppelte Länge brachten, hatte einen Dolch an eine hölzerne Hand gebunden. Zwei weitere Seeleute mochten aus dem Bornland oder aus Tobrien stammen, in ihren gestreiften Hemden ähnelten sie den Harpunieren, mit denen Phileasson auf der *Sturmvogel* gesegelt war. Zwei Tulamidinnen, die rote Pumphosen trugen, hatten ein Netz dabei, mit dem sie vielleicht eine der Kreaturen hätten einfangen wollen.

So unterschiedlich diese Fremden auch waren, teilten sie doch eine Gemeinsamkeit mit Ikvan: die fiebrigen Augen. Ob ihnen allen die Dämpfe zusetzten, die aus dem Tang aufstiegen? Oder litten sie unter einer ansteckenden Krankheit? Phileasson würde die Geweihten bitten, Peraines Segen auf die Ottajasko herabzurufen.

Ikvan verständigte sich mit den Matrosen.

Phileassons Recken behielten die Waffen in den Händen, während sie das letzte Stück zur *Walbergsend* zurücklegten. Es kam jedoch zu keinem weiteren Angriff.

Die Reste des verrosteten Kettenzugs, der das Steuerrad mit dem Ruder verbunden hatte, quietschten im aufkommenden Wind. Leider brachte die Brise keine Frische, sie wehte nur den Gestank des Tangfelds heran. Hier beneidete Phileasson die Elfen wahrlich nicht um ihre feinen Nasen.

Der Bugspriet befand sich in gutem Zustand, und sogar das darunter befestigte Quersegel war weitgehend unbeschädigt, auch wenn es wegen der Schräglage des Schiffs den Tang berührte. Kormorane nutzten es als Nest. Skeptisch blickten die Vögel den Neuankömmlingen entgegen.

Die Matrosen strafften das Netz, das vom Hauptdeck herabhing und so als Leiter diente. Einladend deutete Ikvan hinauf. »Mein Meister erwartet Euch.«

Irulla gelangte als Erste nach oben. Mit gespreizten Armen und Beinen schien die Spinnenfrau beinahe zu fliegen, als hätte sie kein Gewicht. Weder der Schild auf ihrem Rücken noch die beiden Speere behinderten sie merklich.

Phileasson schob sein Schwert in die Scheide und beeilte sich, da er nicht allzu weit zurückfallen wollte.

»Ah, der blonde Recke!«, begrüßte ihn ein korpulenter Mann in einer perlenbestickten Jacke. »Willkommen an Bord.« Er breitete die Arme aus, öffnete aber nur eine Hand, weil er in der anderen einen Stab hielt, an dessen Spitze ein farbloser Kristall eingearbeitet war. Etliche goldene Ringe schmückten seine wulstigen Finger. Ein geschwungener Stirnreif hielt das geölte Haar zurück. Sorgfältig gelegte schwarze Strähnen bogen sich neben dem Kinn nach vorn. Unter der Jacke trug der Mann ein Brokathemd, über das sich quer eine weiße Schärpe zog. Der Knoten an der linken Hüfte beulte die Jacke aus. Selten hatte Phileasson einen solchen Stutzer gesehen.

»Magus Vermis Gulmaktar?«, versicherte er sich.

»Eben der bin ich.« Er sprach das Garethi mit der weichen Betonung der Südländer.

Trotz der einladenden Geste dachte Phileasson gar nicht daran, sich diesem Mann an die Brust zu werfen. Ihr Gastgeber war ohnehin zwei Köpfe kleiner als er, und die Aufschläge und Zierbänder der Jacke waren so sorgfältig gelegt, dass es sicher für Unmut gesorgt hätte, wenn Phileasson sie zerdrückt hätte. Also streckte er nur die Hand aus. »Ich bin der Foggwulf.«

Vermis wechselte den Stab in die Linke und nahm die angebotene Hand. »Hocherfreut.« Sein Griff war labberig wie ein entgräteter Fisch.

Hinter Phileasson kletterte die Ottajasko über die Reling. Es sah merkwürdig aus, wie sie auf dem schräg stehenden Deck standen. Als rutschte das Schiff einen Wellenrücken hinab und müsste jeden Moment wieder in die Waagerechte finden.

Nicht alle Diener waren ihnen zu Hilfe geeilt. Eine Frau in einem viel zu großen Kleid stand mit einer Laterne hinter Vermis. Ein bronzener Reif lag so eng um ihren Oberarm, dass er ins Fleisch einschnitt.

»Ich hoffe, keiner von Euch ist verletzt.« Vermis betastete seine aus goldenen Fäden geflochtene Halskette. »Das wäre ein Unglück! Ich war unvorsichtig. Wir hatten heute bereits Ärger mit den Scherenwürmern. Ich dachte, wir hätten alle erledigt, aber diese zwei müssen uns entkommen sein.«

»Ah, der Collega!« Abdul kam mit auf dem Rücken zusammengelegten Händen näher und betrachtete Vermis wie ein Pferd, das zum Verkauf stand. Phileasson schätzte den Gecken ein wenig jünger als den Novadi, vielleicht fünfeinhalb Jahrzehnte.

Mit fragendem Blick musterte ihr Gastgeber Abduls verdreckte Kutte. »Ihr seid ebenfalls in der magischen Kunst gelehrt?«

»Gelehrt ... ich wurde gelehrt, ich habe gelehrt ... manche Wissen, andere Gewissen ... so kann man es sagen, ja, das stimmt. Aber nicht immer hat man auf mich gehört. Das ist ein Kummer.«

»Nun, Ihr kennt meinen Namen. Ich bin Absolvent der Akademie der vier Türme zu Mirham. Mit wem habe ich die Ehre?«

»Mit des Foggwulfs unerschütterlichen Recken!« Abdul erfasste die Ottajasko mit einer weiten Geste. »Da wäre etwa unser Collega Tylstyr Hagridson aus Thorwal, der Hellsicht mächtig und auf gutem Wege, ein ganz Großer zu werden.« Abdul hob einen Zeigefinger. »Ein *guter* Weg, das ist entscheidend. Gut, das ist das Gegenteil von böse. Sehr wichtig! Man darf nicht seiner Gier erliegen.«

Offensichtlich wusste Vermis nicht, was er mit dem Gast anfangen sollte, der sich so merkwürdig gebärdete. Er sah Galandel deren-Lied-verklingt an. »Das muss die alternde Elfe sein!«

»Ja.« Nachdenklich nickte Phileasson. Vermis verfügte wohl entweder über ähnliche Hellsichtzauber wie Tylstyr, oder er gebot über Kundschafter im Tangmeer. Seit Ikvan zu ihnen gekommen war, hatte dieser keinen Kontakt mehr zu seinem Meister gehabt. Also musste Vermis die Information über Galandel bereits vorher in Erfahrung gebracht haben. Wie lange hatte er sie beobachtet, bevor er seine Botschaft geschickt hatte?

»Ich habe ein Lager vorbereitet, sodass sie ruhen kann«, sagte der Magier. »Ikvan, die linke Kajüte im Bug! Daneben habe ich eine Kammer für dich eingerichtet, damit auch du nach diesem anstrengenden Marsch Kraft schöpfen magst.«

»Ja, Meister.« Ikvan legte die rechte Hand auf die protzige Gürtelschnalle und verbeugte sich. »Ihr seid zu gütig, Meister.«

Vermis seufzte. »Unsinn. Du kannst mich Meister nennen, wenn es dir gefällt, Ikvan, aber wir teilen hier dasselbe Schicksal. Unsere Not macht uns zu Geschwistern. Wir teilen alles als Gleiche.«

Das galt jedoch offensichtlich nicht für die Kleidung. Die Matrosen trugen mehrfach ausgebesserte Hemden. Vermis dagegen hatte sich wohl aus den Beständen vieler Wracks die edelsten Gewänder gesichert.

»Ich hoffe, Ihr anderen werdet mir beim Speisen Gesellschaft leisten, Foggwulf?«, vergewisserte sich der Magier.

Phileasson wollte die Einladung nicht ausschlagen, Galandel aber auch nicht allein lassen. »Tylstyr, bring sie in die Kabine und bleib bei ihr, bis sie einschläft.«

»Ihr könnt ja später zu uns stoßen, Collega«, schlug Vermis vor. »Ihr findet uns in der Kapitänskajüte im oberen Aufbau des Achterdecks.«

Tylstyr stützte Galandel unter der Achsel. »Ich komme gern nach«, versicherte er.

Holk Walbergsend, *Kerngebiet des Sargassomeers, siebzehnter Tag im Kornmond*

»Eine Hängematte?« Verärgerung klang in Tylstyr Hagridsons Stimme. »Ich hatte ein Bett erwartet.«

»Leider steht das Schiff schräg«, erklärte Ikvan Bradiloff. »Ich kann eine Pritsche herbringen lassen, aber ich fürchte, sie könnte hinausrutschen, wenn sie schläft.«

Galandel deren-Lied-verklingt steckte die Finger durch die Maschen der Hängematte. Sie war luxuriöser gestaltet als diejenige, die sie auf der *Sturmvogel* benutzt hatte. Querhölzer an Kopf- und Fußende spannten sie auf. Drei Decken lagen auf dem Netz, und es gab sogar ein federgefülltes Kissen mit gelben Fransen.

»Es ist gut.« Die Weichheit unter ihrer fleckengezeichneten Hand ließ sie die Müdigkeit spüren. Sie lächelte in Vorfreude auf ein wenig Ruhe.

Tylstyr seufzte. »In Ordnung.«

»In den beiden Krügen«, Ikvan zeigte auf die Gefäße, »ist Süßwasser. Zum Trinken und zum Waschen.«

»Fangt ihr Regenwasser auf?«, fragte der Magier.

Galandel stellte ihren Stab in eine Ecke der kleinen Kabine. An die Wände waren leere Halterungen und zwei Regalbretter genagelt. Die beiden Krüge und eine Schüssel standen auf einer mit angeschimmelten Lederbändern verstärkten Truhe, die mithilfe von Holzkeilen halbwegs in der Waagerechten gehalten wurde.

»Das auch, und der Meister verfügt über eine alchimistische Apparatur, die uns erlaubt, unseren Durst zu stillen.«

»Ein Alchimist ist er also auch?«

Galandel drückte die Hängematte zurück, sodass sie sich dagegenlehnen konnte. Sie löste die Füße vom Boden und nutzte den Schwung, um hineinzugleiten. Das Schaukeln war ihr angenehm.

»Ich lasse Euch die Laterne hier.« Ikvan hängte die Lampe an einen Haken unter der Decke und verließ die Kajüte. Leise schloss er die Tür. Sie ließ sich nicht abschließen, denn die Riegel auf Innen- und Außenseite, die verhinderten, dass sie wieder aufschwang, waren miteinander verbunden.

Tylstyr stellte seinen Stab neben ihren und legte den spitzen Hut vor die Truhe. »Ich helfe dir, die Stiefel auszuziehen.«

»Sie sind verschlammt.«

»Das sind meine Hände auch.« Mit freudloser Miene machte er sich ans Werk.

»Ich sterbe, aber du bist derjenige, dessen Herz Trübsal füllt«, erkannte Galandel.

Wieder seufzte Tylstyr. »Zidaine ...« Er zog den Stiefel von ihrem rechten Fuß und stellte ihn ab.

»Was ist mit ihr?«

Er fasste den zweiten Stiefel. »Mit Beorn ...«

Sie hob das Bein, um ihm die Aufgabe zu erleichtern.

»Ich verstehe, dass sie etwas an ihm findet. Er ist ein Drachenführer!« Mit einem spöttischen Auflachen zog er den Stiefel ab. »Nein, nicht irgendein Drachenführer. Einer, der sich mit dem Foggwulf messen kann! Der größte aller Plünderfahrer.« Kopfschüttelnd stellte er den Stiefel an die Wand, wo er trotz des schrägen Bodens nicht wegrutschen würde. »Das Gold von Porto Paligan ... was für ein Triumph! Ein Mann wie der schwarze Stahl von Salarins Säbel.«

»Wenn dir klar ist, wieso sie ihn dir vorzieht ... was betrübt dich dann?«, wollte Galandel wissen.

»Ich ... er ... ich wünschte, sie wäre mir treu!«

»Aber ihr seid doch ohnehin nicht vereint.«

Er ballte die Hände zu Fäusten, doch Galandel glaubte nicht, dass er sie angreifen wollte. Er rang mit sich selbst.

»Ich wäre aber gern wieder mit ihr zusammen.« Hilflos sah er sich in der Kajüte um, in der es außer wurmstichigen Bretterwänden nichts zu entdecken gab. »Es war so ... ich habe mich so *vollständig* gefühlt, in den Drachensteinen, als wir uns ein Zelt geteilt haben. Es war gefährlich, und der Foggwulf hat uns ganz schön angetrieben, um den Blender einzuholen, es gab Drachen und diese Wulfen, aber dennoch ... Ich glaube, es war die schönste Woche in meinem Leben. Und dann kam Praioslob mit dem gnadenlosen Licht seiner Wahrheit.«

Galandel glaubte, dass Tylstyr Zidaines dunkle Seite bereits vorher gekannt hatte. Es gehörte zur verwirrenden Vielseitigkeit der Menschen, dass sie Dinge zugleich ablehnen, ignorieren und verdrehen konnten, bis sie zu dem passten, was sie sich wünschten.

Aber das war jetzt unwichtig. »Ein Menschenherz ist so schnelllebig ...« Sie spürte die Müdigkeit in ihre Glieder kriechen. »Das kann eine Gnade sein.«

»Du meinst, weil ich Zidaine vergessen werde?«

»Nein.« Träge schüttelte sie den Kopf.

Ihre durchnässte Kutte störte sie jetzt, sie hätte sie gern ausgezogen. Ob Tylstyr das falsch verstanden hätte – als Angebot körperlicher Nähe zu einer leichtlebigen Elfe?

Als ihr einfiel, dass ihr Körper nun wohl nicht mehr verlockend aussah, schmunzelte sie. Ohnehin scheute sie die Anstrengung, sich auszuziehen.

»Ich glaube nicht, dass dein Herz sie vergessen wird«, flüsterte sie. »Es wird alles bewahren ... Aber es hat die Fähigkeit, Erinnerungen in Schönheit zu wandeln ... Manchmal ist es eine bittere Schönheit, aber auch die hat ihren Platz.«

»Du redest wie eine Maraskanerin.«

»Das Volk dieser Insel hat seine eigene Weisheit.« Sie überlegte, ob die Völker der Elfen ebenso unterschiedlich waren wie jene der Menschen. Sicher, die Sippen, die auf den Auen am Yaquir lebten, verband nur wenig mit den Firnelfen in den Eiswüsten oder den Waldelfen, die Falnokul verlassen hatte. Aber sie konnten in einem Salasandra zusammenfinden, wenn sie es wollten. Das Lied der Welt und ihr Licht vereinten sie alle. Bei den Menschen war das anders. Und doch vermochte Phileasson aus seinen Thorwalern, aus Vascal und Lecmara, aus Praioslob und Mirandola eine Gemeinschaft zu formen, in der sogar die Elfen ihren Platz fanden. Er war ein großer Anführer.

Galandel schloss die Lider. »Der Foggwulf ist dem Blender gewachsen«, murmelte sie, »auch wenn du sagst, dass Beorn ein Held ist.«

Sie lauschte auf eine Antwort von Tylstyr.

Hatte sie zu leise gesprochen, sodass ihre Worte ihm entgangen waren?

Sie hörte die Geräusche des Schiffs. Das Knirschen des alten Holzes, die Schritte der Mannschaft. Auch hier waren so viele Menschen, und sie kamen aus unterschiedlichen Ländern ... Auf der *Walbergsend* war man wohl niemals allein, die Ruhe der Einsamkeit würde Galandel heute Nacht nicht finden. Aber spielte das noch eine Rolle?

Tylstyr räusperte sich. »Würde es dich stören, wenn ich ...? Ich meine, ich würde gern noch ein wenig hierbleiben und ...«

»In den letzten Stunden waren wir unterwegs«, erkannte Galandel. »Du konntest deinen Zauber nicht wirken.«

»Das stimmt, und der Foggwulf sieht es ohnehin ungern, wenn ich meine magische Kraft erschöpfe. Aber meine Sehnsucht sucht das Leid der Gewissheit ... Es ist verrückt.«

Galandel rutschte ein wenig zur Seite, damit eine Quaste des Kissens nicht in ihren Rücken drückte. Die Bewegung versetzte die Hängematte wieder in ein angenehmes Pendeln.

»Sieh nach ihr«, riet sie. »Es wird dich schmerzen, aber manche Wunden brennt man am besten aus, damit ihr Gift nicht durch den Körper spült.«

Sie erinnerte sich an einen Schneeschrat, der faulenden Fisch gegessen hatte. Eine ganze Woche hatte sie am Lager des weiß bepelzten Riesen gewacht, der doppelt so groß wie sie und viel massiger gewesen war, hatte die Zauberrassel geschwungen und Lebenskraft in seinen Leib gesungen.

Galandel lächelte. Sie hatte sich auf das Grün der warmen Lande gefreut. Jetzt war es der Gedanke an die Einsamkeit und Klarheit des Eises, der sie sanft in ihre Träume gleiten ließ.

*Holk Walbergsend, Kerngebiet des Sargassomeers,
siebzehnter Tag im Kornmond*

Ohm Follker schlug eine kraftvolle Tonfolge aus den Saiten seiner Leier.

> *»Hügel mit Langhäusern prächtig.*
> *Eodir zur Küste strömt mächtig.*
> *Das Drachenschiff, das folgt dem Wal*
> *dem Gott zur Freud, Hranngar zur Qual!«*

Der Skalde sang auf Thorwalsch. Abdul el Mazar reiste lange genug mit der Ottajasko, um dem Vortrag zu folgen, aber Vermis Gulmaktar saß mit verlegenem Lächeln am Tisch.

Während die Gefährten in den Kehrvers einfielen, betrachtete Abdul den Zauberstab ihres Gastgebers. Er war wirklich schön, vor allem an der Spitze, wo das Holz in mehrere Finger auslief, die einen gebrochenen Bergkristall umklammerten.

> *»Das Runenband, das Runenband*
> *am Findling dort an Hjallands Strand!*
> *Ich les es wohl, die Kund' mich bannt*
> *gibt Swafnirvolkes Los bekannt!«*

Abdul kicherte, weil er sich so sehr über den schönen Stab freute. Er riss seine Aufmerksamkeit davon los, ging ein paar Schritte über den schrägen Boden und stellte sich hinter Vermis. Sein Stirnreif war dünn wie das Diadem einer Nebenfrau des Kalifen.

Ohm setzte mit der nächsten Strophe fort.

»Die Recken pull'n die Riemen hart.
Der Hetmann brüllt, es fliegt sein Bart.
Das Segel drückt hinaus aufs Meer
zu großer Tat, zu Heldenehr!

Das Runenband, das Runenband ...«

Nicht nur das Silber des Stirnreifs war schön, sondern auch die astrale Matrix, die Abdul darin erspürte. Er brachte die Hände mit gespreizten Fingern neben Vermis' Ohren. Wieso hatte er früher nicht vermocht, so mühelos zu erspüren, wie die magische Kraft floss? Noch nicht einmal die Elfen mit ihrem musischen Zugang zu den zauberischen Flüssen erkannten derart leicht wie Abdul, worum es sich handelte: ein Artefakt, das den Träger ohne Zeitverlust versetzte. Dabei blieb es selbst zurück und wartete darauf, demjenigen, der es aufnahm, ein Geschenk zu machen.

Vermis räusperte sich, rückte seinen prachtvollen Sessel ein Stück zur Seite und sah Abdul an.

Shaya Lifgundsdottir stand auf und kam zu ihm, während Ohm weiter von ihrer Heimat sang.

»Der Drachenführer will mehr Gold.
Zwingt's kühne Kraft? – Glück sei ihm hold!
Bilder künden auf Recken Haut
von Plünderkunst – daheim man schaut!

Das Runenband, das Runenband ...«

»Du machst ihn nervös«, flüsterte Shaya ihm zu. »Wir sollten uns lieber hinsetzen.«

Abdul kicherte. »Er hat wirklich schöne Zauber gewoben.

Auch diese Kette aus goldenen Schnüren ... filigrane Heilmagie liegt darin.« Ihm kam ein schrecklicher Gedanke. »Aber welchen Preis hat er wohl dafür bezahlt?«

»Das ist jetzt unwichtig«, wisperte Shaya.

> »*Thorwalscher Recken Freude sind*
> *Geysire, Klippen, Met und Wind.*
> *Bei roter Feuergrube Glut*
> *Sturm ruft hinaus – kein Recke ruht!*
>
> *Das Runenband, das Runenbard ...*«

Die Tür öffnete sich. Diener trugen silberne Tabletts herein, auf denen Speisen dampften. Einer von ihnen schaute sehr traurig, ein Reif schnürte seinen Oberarm ein. Es war ein böser Reif, herrisch, ungnädig. Abdul wurde ebenfalls traurig. Er hatte keine Freude mehr daran, Vermis' Meisterwerke zu studieren, und ließ sich von Shaya zum Platz führen. Die Tischplatte hing an Seilen von der Decke. Bei den Stühlen hatte man die Beine unterschiedlich lang gesägt, um die Schräglage des Kabinenbodens auszugleichen. Manche waren sogar mit Metallwinkeln an die Bohlen genagelt.

Ohm verstaute die Leier.

Die Geweihte blieb vor ihrem Schemel stehen. »Ah, Krebse! Ich bin gespannt, wie Ihr sie zubereitet.«

»Oh, wir haben hier reichlich Gelegenheit, immer neue Arten herauszufinden, wie man sie dünsten kann«, versicherte Vermis. »Bevor mein Unglück mich hierher verschlug, habe ich unterschätzt, wie viele Sorten von maritimen Panzertieren es gibt! Hier haben wir verschiedene aufgetischt. Bei den großen ist das Muskelfleisch in den Scheren besonders schmackhaft, aber die kleinen haben eine ganz eigene Würze.«

»Gewürze sind hier sicher schwer zu bekommen«, vermutete Shaya.

»An Salz herrscht kein Mangel!« Vermis' Lachen erinnerte Abdul an eine Ziege. »Aber auch sonst ... viele Schiffe, die hierher gelangen, kommen von den Gewürzinseln. So mancher Herzog mag uns um unseren Zimt, den Pfeffer und die Muskatnuss beneiden. In allem anderen jedoch sind wir ärmer als ein einfacher Bauer.«

»Wein habt Ihr nicht zufällig?«, fragte Mirandola Ernathesa.

»Ich bedaure. Fässer, deren Inhalt ein wenig Geschmack hat, bleiben nicht lange voll.«

»Sehr verständlich«, versicherte Vascal della Rescati trotz Mirandolas enttäuschtem Gesicht.

»Und bei dem Gemüse handelt es sich um ...« Forschend spähte Shaya in die grünen Stränge.

»Sie sehen aus wie gekochte Schlangen«, sagte Abdul.

»Aber, aber ...« Vermis lachte. »Das sind Algen. Auch davon finden sich erstaunlich viele Arten im Tang. Euch kann ich jedoch nicht raten, sie selbst zuzubereiten. Man muss sich gut damit auskennen, um sie gründlich zu entgiften.«

Selbstgefällig legte er die Finger zusammen.

Abdul mochte ihn nicht, aber seine Ringe waren schön. Auch in astraler Hinsicht. Kraft wohnte darin, die sich blitzartig freisetzen ließe, und die Macht der Herrschaft. Um diese Artefakte näher zu erkunden, beugte sich Abdul über den Tisch und versuchte, sie zu berühren. Ohm Follker zog ihn an der Schulter zurück auf seinen Sitz.

Dabei standen jetzt alle auf. Asleif Phileasson hatte etwas von einem Tischsegen gesagt.

Die Tafelgemeinschaft fasste sich an den Händen. Abdul versuchte, mit Ohm den Platz zu tauschen, weil er auf diese Weise doch noch die Fingerringe hätte berühren können, wenigstens an Vermis' rechter Hand, aber der Skalde ließ es nicht zu.

»O gütige Mutter Travia!«, betete Shaya. »Wir erbitten deinen Segen für das Mahl, das wir gemeinsam einnehmen wollen. Lass es unseren Seelen Freundschaft und unseren Leibern Kraft spenden und bewahre uns vor Gift und Krankheit. Mit Freude und Dankbarkeit wollen wir die Krebse verspeisen, die Algen, die Eier von …?«

»Möwen«, half Vermis. »Diesen Sommer sind sie eine Plage.«

»… die Möweneier«, fuhr Shaya fort. »Das Wasser in unseren Bechern soll uns erquicken, an den Fladen aus … Tang?«

Ihr Gastgeber nickte. »Gut getrocknet.«

»Mit den Fladen aus Tang wollen wir uns sättigen.« Prüfend schweifte Shayas Blick über die Speisen, die sich im Licht der vier auf den Tisch gestellten Kerzen auf den Platten häuften.

»Ich glaube, das ist alles«, meinte Praioslob.

»O Herrin Travia, schau auf uns, deine Kinder, und gewähre uns eine heilsame Stärkung!«

Die Gefährten ließen die Hände los und setzten sich. Mit klobigen Gabeln und Löffeln aus Zinn verteilten sie die Speisen auf den Tellern. »Möchtest du die großen oder die kleinen Krebse, Abdul?«, fragte Shaya.

»Das ist mir gleich.« Der Magier fand noch immer gemein, dass er Vermis' schöne Artefakte nicht betasten durfte.

Shaya tat ihm hauptsächlich Algen auf.

Abdul verschränkte die Arme und sah zum an der Wand lehnenden Zauberstab hinüber. »Das ist gute Mirhamer Arbeit, tadellos, das wohl.«

Wieder lachte Vermis wie eine Ziege. »Ihr sprecht schon wie ein Thorwaler, werter Collega. Wie lange reist Ihr bereits mit ihnen?«

Das war eine schwierige Frage, fand Abdul. Die Wochen und Monde liefen ineinander. Wo hatte er Phileasson eigentlich getroffen? Und wieso hatte er sich ihm angeschlossen?

Er wollte doch nach Al'Anfa, wegen Jamilah ... Und dann ... war etwas Trauriges geschehen. Auch mit seiner anderen Nichte, Selime. Sehr traurig. Obwohl sich Abdul nicht mehr daran erinnerte, was vorgefallen war, weinte er.

»Was hat er denn?«, fragte Vermis. »Hat meine Frage ihn etwa verletzt?«

»Es ist nichts«, sagte Shaya. »Lassen wir ihn einfach ein wenig in Ruhe.«

»Galandel sucht Ruhe, nicht ich«, versetzte Abdul.

Eine Weile widmeten sich alle schweigend dem Essen. Auch Abdul probierte die Algen. Er fand sie salzig, aber genießbar.

Phileasson räusperte sich. »Werter Vermis, Ihr beweist wahrlich Meisterschaft, was das Leben unter diesen schwierigen Bedingungen angeht.«

»Ich danke für Euer Lob, geschätzter Foggwulf«, erwiderte der Magus zuckersüß. »Jedoch hoffe ich, dass Ihr mich und meine Schicksalsgenossen baldestmöglich aus unserer misslichen Lage werdet befreien können.«

»Unter Seeleuten ist es selbstverständlich, Schiffbrüchigen zu helfen«, versicherte der Drachenführer. »Doch dürfte ich Euch zunächst fragen, ob es im Sargassomeer noch einen zweiten Meister gibt?«

»In der Tat.« Vermis knackte einen Krebspanzer. Weiße Flüssigkeit spritzte auf seine blaue Jacke, fiel aber wegen der vielen darauf gestickten Perlen nicht auf. »Woher wisst Ihr davon?«

»Sagen wir: Wir sind nicht zufällig hier.«

»Wie interessant«, befand Vermis. »Welche Absicht verfolgt Ihr?«

Vascal lachte. »Jedenfalls wollen wir uns hier nicht auf Dauer niederlassen.«

»Wir befinden uns auf einer großen Wettfahrt ...«, setzte Ohm an.

»... was eine gewisse Eile bedingt«, unterbrach Vascal ihn. »Wir werden also bald wieder aufbrechen, was Eurem Anliegen entgegenkommen dürfte. Aber sagt doch: Was für ein Schicksal hat Euch hierher verschlagen?«

Kauend sah Vermis in die Augen, die ihn musterten.

Abdul starrte auf seinen Teller. Er fand, man musste die Eitelkeit des feisten Magiers nicht auch noch dadurch fördern, dass man ihm die uneingeschränkte Aufmerksamkeit schenkte.

»Ich bin in Al'Anfa geboren und habe meine Jugend in Mirham verbracht, wie bereits gesagt wurde«, erinnerte Vermis, »jedoch bin ich viel gereist.«

»Das weiß ich!« Abdul kicherte. Er war jetzt nicht mehr traurig wegen seiner Nichten, sondern fand es komisch, dass Vermis ihn nicht erkannte. Dass er ihn nun so blöde ansah, fand er noch witziger.

»Bitte, fahrt fort!«, forderte Phileasson ihn auf.

»Ich war mit der *Königin Jalja* auf dem Weg nach Maraskan, doch ein Sturm zwang uns ins Tangmeer, wo wir ...«

»Da hat Euch die Zauberkunst nichts genützt, wie?«, triumphierte Abdul. »Hättet Ihr erlernt, wie man einen Dschinn beschwört, der dem Wasser befehlen kann oder der Luft«, er hob seine Gabel wie den Zeigestock eines Lehrers, »ja, das wäre ausgesprochen nützlich gewesen ...«

»Kein Magus kann sämtliche Spielarten der Kunst meistern«, entgegnete Vermis mit einer Spur Verärgerung in der Stimme. »Ein jeder hat sein Spezialgebiet, und meines war auch nicht ganz ohne Nutzen, wie unser Überleben belegt.«

»Das wohl«, stimmte Ohm ruhig zu.

»Sicher seid Ihr mit dem Abveneum vertraut, Collega? Er half mir, den Magen zu füllen. Leider konnte ich meine Kenntnisse dieses Zaubers jedoch nicht schnell genug ausweiten, um in meinem geschwächten Zustand auch meinen Reisegefährten beizustehen. Zudem kam es zu unnützem Streit darüber, wer die Schuld an unserem Unglück trage, und bedauerlicherweise sind Seeleute nicht immer gänzlich frei von Aberglauben. Man begegnete mir mit äußerstem Misstrauen, jagte mich gar davon. So musste ich hilflos aus der Ferne zusehen, wie die gesamte Besatzung der *Königin Jalja* dem Gift der Algen und den Raubtieren des Sargassomeers zum Opfer fiel.«

»Dieser Scherenwürmer, die auch uns angegriffen haben?«, fragte Phileasson.

»Unter anderem, ja. In solch unwirtlicher Umgebung hausen massenhaft Kreaturen, die sich mit übermäßiger Brutalität im Überlebenskampf durchzusetzen vermögen. Jedenfalls bin ich der einzige Überlebende jenes Schiffs.«

»Dann habt auch Ihr Euch mit übermäßiger Brutalität durchgesetzt?«, unterbrach Abdul ihn.

Vermis ignorierte den Einwurf. »Seit diesem Unglück suche ich einen Weg zurück in die Freiheit. Zwischenzeitlich habe ich mir jede Hoffnung versagt, doch meine neuen Gefährten entzündeten das Flämmchen erneut. Ich bin so froh, auf Euch getroffen zu sein, thorwalsche Recken! Ihr könnt sicherlich ...«

Er hielt inne, weil Tylstyr Hagridson die Tür öffnete und hereinkam.

»Wie geht es Galandel?«, erkundigte sich Phileasson.

»Sie schläft.« Der Gefährte nahm seinen Hut ab, suchte einen Moment nach einer freien Stelle und lehnte seinen Zauberstab so an eine Wand, dass ein angenagelter Kerzenhalter verhinderte, dass er umfiel. Dann zog er einen Stuhl heran und setzte sich zwischen Vascal und Irulla.

»Ihr könnt sorglos zugreifen«, versicherte Vermis. »Mittlerweile habe ich gelernt, die Algen zuverlässig vom Gift zu befreien.«

»Aber sie schmecken nicht«, versetzte Abdul.

Nahe der Kogge Bodrinslust, Kerngebiet des Sargassomeers, siebzehnter Tag im Kornmond

Zidaine Barazklah erwachte im Zwielicht des letzten Abendrots. Kurz war sie desorientiert, blickte verwirrt auf das Gespinst trockener Algen, das den Blick auf den rot glühenden Himmel in Streifen zerschnitt. Dann erinnerte sie sich wieder. Sie war vor Tjorne Warulfson geflohen. Eigentlich hatte sie an Bord der Kogge bleiben wollen, um dem Lied der Schmerzen zu lauschen, das er singen sollte. Doch er war anders. Er hatte lautstark zu Swafnir gebetet und nicht gejammert. Stattdessen hatte er sich bei dem Gottwal bedankt, dass er Sühne leisten durfte. Dass er auf die Probe gestellt wurde und es für ihn noch Hoffnung gab, an der großen Festtafel der Helden einen Platz zu bekommen.

Zunächst war Zidaine nur verwundert gewesen. Sie hatte seinen Worten gelauscht, darauf gewartet, dass seine Stimme brechen würde, dass er begann zu winseln und um Gnade zu flehen. Doch Tjorne war nicht von seinem Weg abgewichen. Seine Stimme hatte halb erstickt vom Schmerz geklungen, aber er war nicht von seinem Weg abgewichen. Er nahm den langen Tod als Sühne.

Vielleicht hatte sie zu lange unter Thorwalern gelebt? Sie war überzeugt, dass Tjornes Weg ihn tatsächlich in die Heerschar des Gottes führen würde. Er betrog sie um ihre Rache. So hätte es nicht laufen sollen ... Alle anderen waren als ein blutiges, winselndes Bündel verreckt. Etwas, dem man kaum mehr ansah, dass es einmal ein Mensch gewesen war. Etwas, dem die Zangen der Krebse alle Würde und Selbstachtung aus dem Leib geschnitten hatten. So war es richtig! Das war die angemessene Strafe für ihre seelenlosen Peiniger, die sie zu einem wimmernden Stück Fleisch gemacht hatten.

Doch Tjorne schaffte es, sich seine Würde zu bewahren. Zunächst war sie verblüfft gewesen, dann, als er in der vergangenen Nacht Stunde um Stunde durchgehalten hatte, war sie zornig geworden. Sie hatte erwogen, seine Prüfung mit einem Stich ins Herz zu beenden. Doch auch damit hätte sie ihm den Weg in Swafnirs Hallen nicht verwehrt. Zuletzt, gegen Morgengrauen, hatte sie sich nur noch hilflos gefühlt. Sie war vor ihm geflohen, hatte seinen gemurmelten Dank für die Prüfung nicht länger ertragen.

Knapp dreihundert Schritt von der Kogge *Bodrinslust* hatte sie ein paar halb verrottete Planken und Balken gefunden und sich ein Lager errichtet. Ein Nest aus trockenem Tang, in dem sie schlafen wollte. Sie hatte den Tang auch über sich gezogen, um für Späher in der Luft unsichtbar zu werden.

Lange war der Schlaf nicht zu ihr gekommen. Sie hatte die Kogge beobachtet und sich gewünscht, dass Tjorne endlich zu schreien begann. Doch dies war ihr nicht erfüllt worden.

Ob er jetzt wohl tot war? Die Krebse hatten etwa zwanzig Stunden mit ihm gehabt. Wenn sie ihm die Adern durchtrennten, konnte es schnell gehen ...

Zidaine schob die raschelnden Algensträne zur Seite. Sie beobachtete die Kogge. Eine große Möwe flog aus dem klaffenden Loch im Rumpf der *Bodrinslust*. Ob Dolorita sie bespitzelte? Nein! Gewiss nicht! Beorn würde das verhindern. Er würde nicht wollen, dass die Ottajasko wusste, auf welche Art Tjorne sein Ende gefunden hatte.

Die Fechterin nahm einen Schluck aus der Feldflasche und ließ das lauwarme Wasser im Mund kreisen. Es schmeckte nach Leder und Tang. Dann machte sie sich auf den Weg zurück zum Schiff. Sie musste ihn mit eigenen Augen sehen. Musste wissen, dass es vorüber war und Tjorne nach all den Jahren seine gerechte Strafe für den Schreckenswinter erhalten hatte.

Ohne Eile überquerte sie den Tang. Als sie die Kogge erreichte, war es dunkel. Sie löste die Laterne von ihrem Rucksack und entzündete ein Licht, bevor sie in den Schiffsrumpf stieg.

Flügelschlagen erklang. Eine Möwe flog ihr fast ins Gesicht. Der Kopf des Tiers war rot.

Scherben knirschten unter Zidaines Stiefeln. Sie leuchtete den Boden aus. Überall lagen aufgebrochene Krebspanzer, Beine und verkrümmte Scherenarme.

Zidaine fluchte. Die Möwen des Tangmeers hatten ein Festmahl unter ihren Krebsen gehalten. Sie richtete das Licht der Laterne zum Mast. Tjorne war fürchterlich zugerichtet und in sich zusammengesunken. Löcher in seinen Oberschenkeln verrieten, dass die Möwen nicht nur von den Krebsen gefressen hatten.

Er blinzelte!

Fast wäre Zidaine die Laterne aus der Hand gefallen. »Du lebst noch immer!«

Seine Lippen bewegten sich, doch er sprach zu leise.

Fliegen summten davon, als sie dicht an ihn herantrat. Sie sah die Maden in seinen offenen Wunden.

»Swafnir ... prüfe mich«, stammelte er.

Sie versetzte ihm eine schallende Ohrfeige. »Hör auf damit!«

Seine Lider flatterten. »Lass mich büßen ...« Die Worte waren nur hingehaucht, fast nicht zu hören.

Sie betrachtete die Axt mit dem Keilerkopf auf dem Blatt, die über ihm im Mast steckte. Sollte sie die Waffe als Trophäe mitnehmen?

Sie verwarf den Gedanken. Sie brauchte keinen unnützen Ballast, und Tjorne war auch keine Erinnerung wert.

»Ich werde neue Krebse finden, Tjorne«, sagte sie. »Ich werde sie zu deinen Füßen ausschütten. Glaub nicht, dass du durchhalten wirst. Du bist nicht der Erste, der diesen Weg gehen will«, log sie ihn an. »Aber am Ende haben sie mich alle angefleht und gewinselt wie junge Welpen.«

Entschlossen verließ sie das Wrack. Die Krebse würden es schwer haben, in den Rumpf zu klettern. Sie würde anderswo das Lockmittel ausstreichen und sie einsammeln. »Ich werde dich brechen, Tjorne Warulfson, so wie du mich einst zerbrochen hast!«

Holk Walbergsend, *Kerngebiet des Sargassomeers,*
siebzehnter Tag im Kornmond

»Ich konnte mich auf einem gestrandeten Schiff einrichten, das sich in besserem Zustand als die *Königin Jalja* befand.«

Während Vermis Gulmaktar seine Erzählung fortsetzte, musterte Abdul el Mazar ihn wachsam aus dem Augenwinkel.

»Die Seeleute, die ich später rettete und die sich mir daraufhin anschlossen, haben es weiter ausgebessert. Leider wird es nie wieder seetüchtig werden«, Vermis seufzte theatralisch, »aber sie ist uns ein bescheidenes Heim in der Ödnis.«

»Ihr wohnt also nicht auf der *Walbergsend*?«, versicherte sich Vascal della Rescati.

»Verzeiht, dass mich meine Erfahrung Vorsicht gelehrt hat.«

In seinem Lächeln wurden Vermis' Lippen zu dünnen Strichen. »Wir kennen uns nicht, und es gab unerfreuliche Vorkommnisse ... Auch meine Gefährten würden es mir schwerlich verzeihen, wenn ich unser Heim in Gefahr brächte.«

»Haben Eure früheren Weggefährten Euch Eure Taten verziehen?«, fragte Abdul.

»Wie meint Ihr das?«

»Nun ...« Abdul köpfte ein gesprenkeltes Möwenei. »Wer den Pfad der Magie beschreitet, muss forsch vorgehen, um etwas zu erreichen. Übertriebene Rücksichten kann man da schwerlich nehmen, wenn man es zur Meisterschaft bringen will.«

Tylstyr Hagridson räusperte sich.

Neben ihm hielt Praioslob den Blick schweigend auf den Teller gerichtet.

Vermis stützte die Ellbogen auf dem Tisch ab. »Wer sich in die Arena des Geistes begibt, muss sich auch auf Niederlagen einstellen.«

Abdul lachte auf. Das war stets die Ausrede der Rücksichtslosen!

»Habe ich nicht richtig verstanden«, erkundigte sich Vermis, »dass auch Ihr in einem Wettstreit unterwegs seid, in dem es Sieger und Verlierer geben wird?«

»Das wohl!« Entschlossen nahm Asleif Phileasson einen tiefen Zug aus dem Becher. »Nur Wasser!« Knallend stellte er das Trinkgefäß ab. »Ist mir glatt entfallen!«

Einige Gefährten lachten.

Vermis sah Abdul an, der ihm trotzig entgegenstarrte.

Der Gastgeber ließ den Blick wieder über die Versammelten schweifen. »Jedenfalls gehen mir die guten Seeleute zur Hand, und ich versorge sie mit Trinkwasser. Ein Abkommen zum gegenseitigen Nutzen, aus dem Respekt und Freundschaft gewachsen sind. Mit der Zeit hatten wir Verluste zu beklagen, ich kann niemanden vor jeder Unbill schützen. Aber es stießen auch Neue zu uns.« Er nahm sein Besteck wieder auf und rollte ein paar Algen auf die Gabel. »Doch an unserer traurigen Lage gibt es nichts zu beschönigen. Ich würde zum Verräter an den Meinen, würde ich Euch nicht drängen, uns hier fort zu helfen. Dafür biete ich Euch Nahrung, Wasser und auch Wissen. Etwa über den zweiten Meister in diesem öden Land, an dem Ihr so interessiert seid.«

»Wie gesagt betrachte ich es als Ehrensache, Schiffbrüchigen zu helfen«, bekräftigte Phileasson. »Doch muss uns allen klar sein, dass die *Stern von Silz* nur ein kleines Schiff ist.«

»Ihr könntet zwei oder drei von uns mitnehmen, die Hilfe für die anderen holen würden!«

»Ihr wäret aber sicher nicht unter diesen Zweien oder Dreien«, meinte Vascal.

»Weshalb nicht?«, erkundigte sich Vermis verblüfft.

»Ihr müsstet weiterhin für Frischwasser sorgen. Ich nehme an, Ihr wollt diejenigen, die hier ausharren müssen, keinesfalls dem Verdursten überlassen.«

»Selbstverständlich nicht.« Vermis lachte unsicher. »Aber bevor wir die Einzelheiten unserer Abreise durchdenken können, müssen wir ohnehin noch anderes besprechen. Es ist wichtig, zu verstehen, dass im Sargassomeer eine Kraft wirkt, die uns ungnädig zurückhält. Anderenfalls wäre uns die Flucht schon längst geglückt. Diese Kraft gilt es, zunächst zu bezwingen.«

»Ich habe das Gefühl, Euer Vortrag nähert sich dem zweiten Meister«, vermutete Phileasson.

Vermis kaute mit einem verschmitzten Lächeln, das Abdul hinterhältig erschien. »Bevor ich Euch all mein Wissen enthülle, fände ich nun ein kleines Zeichen Eures Entgegenkommens ...«

»Die Ketten sind gesprengt!«

Abdul erzitterte unter Leomara della Rescatis dunkler Stimme. Das Gesicht des Mädchens verzerrte sich zu einer Fratze. Mit merkwürdig abgewinkelten Ellbogen kletterte es auf die an den Seilen pendelnde Tischplatte. Die Tabletts, Schalen und Teller klapperten, als es sie zur Seite schob.

Mirandola zog eine Kerze weg, in deren Flamme eine Strähne von Leomaras Haar knisterte. Ein Geruch wie von abgesengten Schweineborsten stieg Abdul in die Nase.

Geräuschvoll sog Leomara den Atem ein. »*Nichtswürdiger!*«

Mit gefletschten Zähnen starrte sie Vermis an, der erbleichend den Rücken gegen die Lehne seines Sessels drückte.

Leomara drehte sich herum, bis ihr Bauch zur Decke zeigte. Den Kopf legte sie weit in den Nacken, sie ließ Vermis nicht aus den Augen. Die Arme nach hinten gebogen, stakste sie auf Händen und Füßen auf den Gastgeber zu. Ihre Körperhaltung wirkte, als wollte sie sich selbst die Gelenke auskugeln. Ihr Torso bewegte sich parallel zur Tischplatte, die sie nur mit Fußballen und Fingerspitzen berührte.

»*In euren Dienst habt ihr mich gezwungen, ihr Affen! Dafür werdet ihr büßen!*« Leomara stieß ein in der Tonhöhe variierendes Pfeifen aus, das Abdul als Hohnlachen deutete. »*Habt ihr wirklich geglaubt, eure kümmerliche Kunst reichte aus, um mir zu befehlen? Ich bin Mactans, der sein Netz spannt! Habt ihr das etwa vergessen? Schiffe fange ich, Menschen fresse ich. Auch euch! Meinen Saft werde ich in euch spritzen. Er wird euch zersetzen, und dann werde ich euer Innerstes ausschlürfen. Und der Schatz*«, Leomaras Stimme steigerte sich zu einem Kreischen, »*der Schatz ist mein auf immer!*«

Leomara bewegte sich auf ihre schmerzhaft aussehende Art bis zur Tischkante.

Vermis sprang auf, bewaffnete sich mit einem Speisemesser, streckte aber die leere rechte Hand vor. Bedrohlich funkelte ein

Ring, den er um den Mittelfinger drehte, sodass der rote Edelstein auf Leomara zeigte.

Abdul hastete vor das Mädchen und breitete die Arme aus, machte sich so groß wie möglich, um es zu decken. »Nicht! Sie ist keines von Euren Opfern, Vermis! Ihr Blut bekommt Ihr nicht!«

Hinter ihm ertönte ein dumpfes Geräusch.

Vermis verharrte mit schreckgeweiteten Augen.

Vorsichtig sah Abdul über die Schulter.

Leomara lag zusammengesunken auf dem Tisch. Tylstyr und Vascal hoben sie auf.

»Was ... war das?« Vermis' Stimme zitterte.

»Die Kleine bekommt manchmal Visionen.« Abdul legte eine Hand auf dem Rücken ab und unterstützte mit der anderen seinen Vortrag, indem er damit durch die Luft wedelte. »Am besten lässt man sie gewähren, das bewahrt sie vor Albdrücken. Das Grauen fließt sozusagen durch ihren Mund aus ihr heraus. Eine Eigenschaft, die viele geplagte Seelen gern besäßen. Was ist mit Euch, Vermis? Bereiten Eure Taten Euch schlimme Träume?«

»Meine ... wieso sollten sie?«

»Nun, das ist nicht die Frage, die den Foggwulf unmittelbar umtreibt.« Er sah in Phileassons graue Augen, um sich seiner Zustimmung zu versichern, erntete aber nur einen fragenden Blick. Offenbar überforderte die Situation den Drachenführer. Das war ihm nicht zu verdenken. Gut, dass Abdul zur Stelle war, um die Führung zu übernehmen! »Die Deutung von Leomaras Visionen erfordert oftmals einige Überlegung. Dabei mögt Ihr uns hilfreich beispringen.« Fest fasste er Vermis ins Auge. »Wer auch immer aus dem Mädchen gesprochen hat – er sprach Euch im Plural an, scheint mir. War das lediglich der Höflichkeit geschuldet, oder habt Ihr gemeinsame Sache mit diesem anderen Meister gemacht?«

»Keineswegs!«, entrüstete sich Vermis. »Der verderbte Vespertilio ist vor mir im Sargassomeer gestrandet. Er ist es, der die Scherenwürmer erschafft – ebenso wie andere gräuliche Chimären!«

»Dann versteht Ihr Euch wohl schlecht?«, fragte Ohm.

Auf der anderen Seite des Tischs hielt Vascal der gerade wieder zu Bewusstsein kommenden Leomara einen Becher Wasser an die Lippen.

»Anfangs war ich natürlich froh, auf einen weiteren Magus zu treffen.« Vermis' Stimme fehlte noch immer die Kraft. Er beobachtete weiterhin Leomara. »Zumal auf jemanden, der augenscheinlich über Möglichkeiten verfügte, hier zu bestehen. Wissen, das ich mir erst mühsam und mit vielerlei Rückschlägen aneignen musste. Aber auch er schwelgt wahrlich nicht im Luxus, und ich hatte mich bereits einiger armer Seelen angenommen, als ich auf ihn traf. So fürchtete er wohl um die knappen Güter, die hier zum Leben nötig sind. Er verjagte uns, ein Wort gab das andere, und zu meinem großen Bedauern ist auch Blut geflossen. Inzwischen muss ich ihn meinen Feind nennen, und er wird nicht anders von mir sprechen.«

»Ein zweiter Magier also ...«, murmelte Phileasson.

»Aber so verrucht er auch ist, so ist er doch nicht unser eigentlicher Gegner.« Seufzend ließ sich Vermis wieder in seinen Sessel fallen, auch wenn er noch nicht wagte, ihn zurück zum Tisch und damit in Leomaras Nähe zu ziehen. »Ihre Vorstellung hat mich erschreckt, das gebe ich zu. Es ist wahr: Im Herzen des Sargassomeers haust ein Dämon.«

»Es wäre schön gewesen, wenn Ihr uns diese Warnung sogleich hättet zukommen lassen«, versetzte Abdul trocken.

»Ich wollte Euch nicht verscheuchen«, entschuldigte sich Vermis. »Versteht doch: Ihr seid meine Hoffnung. Unser aller Hoffnung, meine ich! Es wäre unausdenkbar, wenn Ihr davonziehen würdet und wir zurückblieben ... Zumal sich unsere Lage ernster darstellt als noch vor einer Woche. Vespertilio – er ist von diesem Dämon besessen, anders ist seine zunehmende Bosheit kaum zu erklären – hat Verstärkung bekommen. Und dabei können wir uns schon jetzt kaum Mactans' und seiner Spinnen erwehren.«

»Spinnen?«, fragte Irulla interessiert.

Vascal hielt sie mit einer Hand auf der Schulter zurück. »Ist Euch vielleicht auch von einem Kelch zu Ohren gekommen?«

Vermis zog die Brauen zusammen und legte den Kopf schräg. »Was für ein Kelch soll das sein?«

»Wir sind auf der Suche nach einem besonders edlen Kelch.« Lailath Schlangenschlächterin, die Vermis gegenübersaß, lehnte sich so weit vor, dass sie sich beinahe auf die Tischplatte legte. Wollte sie etwa Leomara nachmachen? Diese Vorstellung fand Abdul lustig. Er lachte.

»Natürlich befinden sich auf den gestrandeten Schiffen auch Kelche.« Vermis zupfte an seiner Unterlippe. »Aber wir haben keinen geborgen, der besonders auffällig wäre. Nicht so ungewöhnlich jedenfalls, dass man deswegen freiwillig ins Sargassomeer käme.« Prüfend musterte er Phileasson. »Ich gehe doch recht in der Annahme, dass dieser Kelch der Grund Eures Hierseins ist?«

»So ist es«, bestätigte der Drachenführer, der so gern König der Meere werden wollte.

»Ich fürchte, da kann ich Euch nicht behilflich ... obwohl ... Zwar haben wir jedes Schiff untersucht, das hier gestrandet ist. Schon allein, weil wir alles nutzen müssen, was das Überleben erleichtert. Auch jene, die Vespertilio besetzt hält, sind uns bekannt. Im Laufe der Zeit wechseln viele den Besitzer, und manche seiner Sklaven vermögen zu entkommen, um dann bei mir Zuflucht zu suchen. Eine Galeasse jedoch blieb uns verwehrt.«

»Ich nehme an, dort hockt der Dämon?« Abdul verschränkte die Arme.

»So ist es«, bestätigte Vermis. »Euer Verstand leuchtet heller, als es zunächst scheint, Collega.«

»Das ist mir bekannt«, beschied Abdul gönnerhaft.

»Jedenfalls lebt Mactans auf einem äußerst fremdartigen Schiff. Nicht nur ist die Eleganz seines Baus den Seeleuten ein Rätsel. Es widersteht auch den zersetzenden Kräften des Sargassomeers. Anders als die anderen Schiffe verfällt es nicht. Möglich, dass sich an solch einem seltsamen Ort«, er sah in Lailaths funkelnde Augen, »auch ein seltsamer Kelch findet.«

Lailath flüsterte etwas.

»Was hast du gesagt?«, fragte Phileasson.

»Nichts, ich … der Spinnendämon ängstigt mich.«

»Warum lügst du, Schwester?«, erkundigte sich Salarin Trauerweide. »Du hast gesagt: ›Er hält das Schiff am Leben‹, nicht wahr?«

Lailath lehnte sich zurück und sah betreten auf ihren Schoß. »Ja«, gab sie zu. »Aber es ist bloß ein Märchen aus alter Zeit, an das ich mich erinnert habe.«

»Darüber sprechen wir noch«, kündigte Phileasson an. »Doch eines nach dem anderen. Vermis, Ihr erwähntet, dass Euch seit Kurzem eine besondere Unbill zu schaffen macht.«

»Das ist wahr. Dieser Thorwaler mit dem Flügelhelm …«

»Beorn!«, knirschte Phileasson.

»Er hat sich mit Vespertilio zusammengetan. Ist er ebenfalls hinter diesem Kelch her?«

»Das wohl«, bestätigte Phileasson.

»Ich muss fürchten, dass er keine Gnade kennt. Seine Leute sind bei Weitem weniger gesittet als Ihr. Schon in ihren eigenen Reihen herrscht Gewalt. Es reicht bis zum Mord!«

Tylstyr schrie auf.

»Jetzt reicht es!«, rief Abdul. »Tut nicht so, als sei die Gewalt Euch fremd, Vermis! Lange genug habe ich Euch Gelegenheit gegeben, freimütig Eure Missetaten zu gestehen. Ihr hättet uns Eurer Reue versichern können. Da Ihr jedoch verbergt, was Ihr getan habt, müssen wir davon ausgehen, dass Ihr Eure Schandtaten noch immer begeht!«

Phileasson erhob sich. »Kennst du ihn etwa?«

Abdul nickte eifrig. »Der Fall des Vermis Gulmaktar war uns auch in Rashdul bekannt. In Mirham hat er seinen Abschluss gemacht, das ist wahr. Aber an der Schule der variablen Form speit man aus, wenn dieser Name fällt.«

Mit einem schnellen Schritt war er an Vermis heran und legte die Finger auf das Goldgeflecht an seinem Hals. Belebende Kraft kribbelte in seiner Hand. »Welchen Preis habt Ihr für dieses Artefakt entrichtet?«

»Ihr vergesst Euch«, sagte Vermis gefährlich leise. Er drückte die Hand mit dem roten Ring auf Abduls Brust und sah ihm fest in die Augen.

Schwungvoll wandte sich Abdul ab und kehrte an seinen Platz zurück, wo er sich setzte, ein Stück Krebsfleisch aufspießte und sich in den Mund steckte. Es war nur noch lauwarm.

»Blutmagie«, erklärte er schmatzend. »Der Schurke benutzt das Blut seiner Opfer, um seine zauberische Kraft zu stärken.«

»Nun, auch wir in Thorwal gießen Blut in Runen, um ihre Kraft zu erhöhen«, gab Ohm zu bedenken.

Dozierend hob Abdul die Gabel. »*Menschlicher* Opfer, wohlgemerkt. Kinder. Man hat sie in seinem Laboratorium gefunden, an den Fersen aufgehängt, durch Kehlenschnitte ausgeblutet.«

»Das ist ja widerwärtig!«, entfuhr es Shaya Lifgundsdottir.

Vermis seufzte. »Eine Verirrung meiner Forscherjahre, die man mir bis an mein Lebensende vorhalten wird.«

»Zu Recht!«, ereiferte sich Shaya und stand auf.

»Ich bitte Euch, verlasst mich nicht im Zorn«, sagte Vermis zerknirscht. »Habt Ihr nicht selbst Travias Segen auf unser Mahl herabgerufen? Könnte es sein, dass Ihr die Göttin beleidigt, wenn Ihr die Hälfte davon verschmähet?«

Ohm Follker legte seine kurze Doppelblattaxt auf den Tisch. »Mir scheint, im Moment haben wir hier nichts zu befürchten.«

Mit sichtlichem Widerwillen setzte sich Shaya wieder.

Orkengriff stakste über die Speisen, die nach Leomaras Wanderschaft verstreut über den Tisch lagen.

»Wollt Ihr die Verfehlungen meiner Jugendjahre denn wirklich so gnadenlos gegen mich halten, dass Ihr mich und die Meinen dem Tod überantwortet?«, fragte Vermis. »Was immer ich tat, tat ich nicht Euch. Warum sollten wir Feinde sein, selbst wenn ein Dämon über unsere Uneinigkeit lacht?«

»Ich finde, wir sollten ihn anhören«, sagte Tylstyr mit rauer Stimme.

Fragend sah Vermis Phileasson an.

»Also gut.« Der Drachenführer nickte knapp. »Wir beenden das Mahl und lernen voneinander. Aber seid Euch gewiss: Freunde werden wir nicht.«

Holk Walbergsend, Kerngebiet des Sargassomeers,
siebzehnter Tag im Kornmond

Tylstyr dürstete danach, mehr zu erfahren – und zugleich fürchtete er sich davor, bestätigt zu finden, was ihm schon bekannt war: dass Zidaine ihn verlassen hatte, um mit Beorn zusammen zu sein. Er fühlte sich wie ein Lachs, den es zu seinem Laichgrund zog, obwohl er um die Bären wusste, die an den Stromschnellen ihre Krallen in seinen Leib schlagen würden.

Die Ottajasko bezog ihre Schlafquartiere im Bug der *Walbergsend*. Es wäre unsinnig gewesen, in der Nacht noch den Weg über das Tangfeld bis zu einer anderen geeigneten Unterkunft anzutreten. Vermis hatte den Recken eine angenehme Nachtruhe gewünscht und nochmals bedauert, dass man die Verfehlungen seiner Jugend so schwer gewichtete, dass man sich nicht auf ein Bündnis habe verständigen können. Phileasson postierte eine Wache auf dem Hauptdeck. Der Höflichkeit halber hatte er das Vermis gegenüber damit begründet, dass man seine Mannschaft entlasten wolle, zumal die Lage mit Mactans, Vespertilio und Beorn im Sargassomeer ungewöhnlich angespannt sei. Jedem war jedoch klar, dass die Aufgabe Mirandola Ernathesas, die als Erste diese Pflicht versah, ebenso darin bestand, die Recken zu wecken, sollten sich Vermis' eigene Leute auf verdächtige Weise nähern.

Für den Moment zogen sich diejenigen Matrosen, die nicht selbst zur Wache eingeteilt waren, in die Heckaufbauten zurück.

Mirandola nickte zu Tylstyr Hagridson hinauf, der auf dem Vorderdeck stand. Dann spähte sie wieder hinaus auf den Tang, wo in fünfzig Schritt Entfernung um den Holk herum Becken mit glühender Kohle aufgestellt waren. Der dürftige Lichtschein sollte helfen, sich nähernde Gegner auszumachen. Ob sie sich gegen den Nieselregen behaupten und ihre Glut bis zum Morgen bewahren könnten?

Tylstyr hatte sich für die zweite Wache gemeldet. Sie war unbeliebt, weil man weder davor noch danach längere Zeit am Stück schlafen konnte. Tylstyr hätte jedoch ohnehin keine Ruhe gefunden. Der Blick durch Zidaines Augen am Beginn des Abends hatte nichts Wesentliches erbracht, sie schien allein im Tangmeer umherzuwandern. Vielleicht war sie auf der Jagd.

Vermis' Eröffnungen machten ihm zusätzlich zu schaffen. Mord und Totschlag in Beorns Ottajasko! Tylstyr spürte den Schweiß in seinem Nacken. Betraf das Tjorne? Tylstyr hatte den Jugendfreund nicht gesehen, wenn er durch Zidaines Augen geblickt hatte. Das mochte Zufall sein, aber …

Er konnte nicht davon ablassen, in dieser Wunde zu bohren!

Vorsichtig legte er den Zauberstab in eine tiefe Kerbe an der Reling ab, sorgsam darauf bedacht, dass er nicht rutschte. Ungern hätte er das kostbare Artefakt im stinkenden Tang gesucht.

Tylstyr ließ sich im Schneidersitz nieder und legte Zidaines Dolch in seinen Schoß. Die Haarlocke, die sie um den Griff gewunden hatte … das Pfand ihrer Liebe … war es jetzt wertlos? Hatte sie jemals einen Wert für sie besessen – oder hatte sie ihn getäuscht? Tylstyrs Brust verkrampfte, das Atmen fiel ihm schwer.

Er ertrug die Berührung nicht und legte den Dolch neben sich ab. Dennoch wollte er wissen, was bei ihr vorging.

Der Magier nahm das Elfenbuch, das Cellyana ihm bei seiner Abreise anvertraut hatte, aus der Innentasche seiner Robe und schob die Finger zwischen die Seiten. Wenn er darin blätterte, fand er mehr Seiten darin, als es den Anschein hatte, wenn es geschlossen war. Weder Feuer noch Wasser hatten ihm bisher etwas anhaben können. Zum Lesen war es zu dunkel, aber trotzdem bildete er sich ein, dass frische Kraft ihn erfüllte.

Er sah in den bewölkten Himmel. Feine Tropfen betasteten sein Gesicht. Zu Beginn seiner Wache wäre er wohl durchnässt, aber immerhin wusch der Regen den Gestank des Tangs für eine Weile aus der Luft. Morgen, wenn die Sonne ihn trocknete und der Dunst aufstiege, wäre es dafür umso schlimmer.

Zögernd blickte Tylstyr hinab auf den Dolch. Die Bronzeschlangen seines Korbs machte er nur schemenhaft aus.

Nein, er würde etwas anderes versuchen. Der Magier legte beide Hände um das Buch und schloss die Augen.

Er atmete tief und fühlte die lauwarme Luft, die ihn umgab und die auf dem gesamten, viele Dutzend Meilen durchmessenden Tangfeld lag. Er spürte den Regen und die Härte des Holzes unter sich.

Das Holz war am besten. Die Planken waren untereinander verbunden, formten den Aufbau, in dem die Gefährten schliefen, gingen in den Rumpf über, der seinerseits mit dem Tang verwuchs, der ihn umschloss. Im Gewirr der Pflanzenstränge konnte man nicht unterscheiden, wo einer endete und der andere begann. Sie bildeten eine Einheit, wie der Humus eines Walds, in dem man die einzelnen Brocken auch nicht zu trennen vermochte. Alles war eins ... Der Holk, der Tang um ihn herum, die weitere Umgebung ... die anderen gefangenen Schiffe ... auch jenes Wrack, auf dem die andere Ottajasko Quartier genommen hatte. Die Recken des Blenders ...

Tylstyr tastete an diesem Gedanken, griff ihn, wendete ihn, zog ihn wie nassen Stoff, in den er sich hüllen konnte. Beorn der Blender ... Phileassons Erzfeind und Tylstyrs Rivale um Zidaines Gunst ...

Er schämte sich für seine Eifersucht. In Thorwals Langhäusern und auch in den Nachtlagern, wo man unter den umgedrehten Langschiffen kauerte, galt der Spott jenen, die den Körper ihrer Liebsten als ihr Eigentum betrachteten. Die Ottajasko teilte. Gerade wenn eine lange Fahrt eine Schildmaid für Monde von der heimischen Feuergrube fortführte, erwartete niemand, dass sie sich die Freuden eines warmen Lagers versagte. Und wieso hätte ihr Mann, wenn er auf der Jagd in einer Köhlerhütte rastete, die heißen Blicke der schönen Tochter mit Missachtung strafen sollen? Ihre Enttäuschung hätte der fernen Gemahlin auch nicht das Jucken zwischen den Schenkeln genommen.

Obwohl Tylstyr selbst der Sinn nicht nach solchen Naschereien stand, handelte Zidaine nicht ungewöhnlich, wenn sie sich mit anderen Männern über seine Abwesenheit hinwegtröstete. Doch Beorn war mehr als nur irgendein Mann ...

Er war der Blender, der den Sklavenjägern des Südens ihr Augenlicht nahm. Er war der Schlitzer, vor dem die Granden zitterten. Seinen Namen, so sagte man, wagte man in den Küstensiedlungen nur zu flüstern, aus Angst, man könnte ihn sonst herbeirufen wie einen Dämon. Beorn hatte Porto Paligan ausgeraubt, er machte die Recken reich, die an den Riemen seines Drachen pullten. Er war Thorwals größter Plünderfahrer.

Was konnte Tylstyr Zidaine schon bieten, damit sie Beorn den Blender stehen ließ, um in seine Arme zurückzukehren?

Er spürte dem Schmerz in seiner Brust nach, der ihn mit Beorn verband. Es war ein beklemmender Druck wie von einem schweren Stein. Er stellte sich den Drachenführer vor, wie er ihn in der Nacht im hohen Norden gesehen hatte, während des Überfalls, als er versucht hatte, die Eissegler von Phileassons Ottajasko zu zerstören. Sein dunkles Kettenhemd rasselte, die an den Helm geschmiedeten Flügel ließen ihn größer erscheinen, an einer Seite den eisengefassten Schild, in der anderen Hand die Axt. Und dieses Gesicht, das keine Zweifel kannte, die harten Linien, die Augenklappe, über die eine schwarze Haarsträhne hing ... das andere Auge, grau, das Tylstyr mit der Ruhe eines erfahrenen Wolfs entgegenblickte, der wusste, dass seine Beute ihm niemals entkäme.

Scharf atmete der Magier ein – und sah durch dieses Auge.

Auch Beorn Asgrimmson befand sich auf einem Schiff, wenn

man es denn so nennen wollte. Das Deck, von dem die Zeit alle Aufbauten genagt hatte, schien der Lagerplatz seiner Ottajasko zu sein. Möglich, dass sich darunter noch ein Laderaum befand, aber zu sehen war nur ein flacher Bretterboden.

Vor Beorn stand Lenya Yasmadottir, der die Strapazen der Reise erstaunlich wenig anzuhaben schienen. Sie sah aus, als hätte sie gerade ein Badehaus verlassen. Ihr Gesicht war sauber, die blonden Zöpfe lagen sorgfältig geflochten auf der Brust. Allein die Kutte verriet, dass auch sie sich durch das Tangfeld gekämpft hatte. Der Laternenschein offenbarte die grauen Flecken und die grünlichen Spritzer auf Travias Orange.

Zwar konnte Tylstyr nicht hören, was sie sagte, aber den Zorn der Geweihten erkannte er in ihrem Gesicht. Ob Beorn eine Regel des Wettkampfs gebrochen hatte?

Doch welche hätte das sein sollen? Bei der Erfüllung der Aufgaben hatte die Oberste Hetfrau ihnen nahezu alles gestattet, solange sie ihren Rivalen nicht umbrachten.

Tylstyr schluckte. Ein Mord mochte Lenyas Wut sehr wohl erklären, wenn auch nicht an einem Mitglied von Phileassons Ottajasko. Die war vollständig auf der *Walbergsend* versammelt. Aber wenn Zidaine tatsächlich Hand an Tjorne gelegt hätte ... einen Recken, der durch Eid Teil ihrer Schiffsgemeinschaft war ... das konnte der Göttin von Heim und Familie nicht recht sein.

Es beeindruckte Tylstyr, dass Lenya keine Angst vor Beorn zeigte. Aus ihrer Körperhaltung sprach allenfalls widerwillig zugestandener Respekt.

Er fragte sich, wie seine Recken zum Blender standen. Wenn Tylstyr sich nicht täuschte, bewunderten alle, die dem Foggwulf folgten, ihren Drachenführer. Seine Ruhmestaten, die Ohm zu besingen nicht müde wurde, sprachen für ihn. Und die Art, wie er die Ottajasko auf dieser Wettfahrt führte, bestätigte seinen Ruf. Er hörte jedes Mannschaftsmitglied an, wog die Argumente und traf seine Entscheidung. Dabei gestand er jedem seine Eigenheiten zu. Er sah, wie sehr Tylstyr litt, und gewährte ihm seine Hellsichtzauber, auch wenn das seine astrale Kraft schwächte. Im Gegenzug standen seine Recken treu zum Foggwulf. Für den Erfolg der Mission brachte jeder ein, was er vermochte. Sogar Shaya, die diese Reise eigentlich als neutrale Schiedsrichterin angetreten hatte.

Ob das bei Lenya anders war? Oder überhaupt bei Beorns Recken?

Der Blender war eher berüchtigt als berühmt. Seinem Namen eilte etwas Dunkles voraus, wenn es auch mit dem Glanz edlen Metalls einherging. Das zog ein anderes Naturell in sein Gefolge. Und bestimmt führte er seine Ottajasko auch anders. Bei Phileasson war der Respekt seiner Recken mit einer tiefen Zuneigung verbunden. Ob bei Beorn Furcht diese Stelle einnahm?

Eddrik, Tylstyrs Tutor, hatte ihm einmal erklärt, dass man Menschen sowohl mit Liebe als auch mit Angst dazu bringen konnte, die Dinge zu tun, die man von ihnen wollte. Oft war es einfacher, sie einzuschüchtern, als ihre Herzen zu gewinnen. Aber es war auch trügerischer. Jemand, der sich unbeobachtet wähnte, hatte keinen Grund, im Sinne dessen zu handeln, den er fürchtete. Ein Liebender dagegen unterstützte seinen Herrn auch dann, wenn dieser ihn nicht sah.

Der Gedanke an Liebe versetzte Tylstyr wieder einen Stich. Wo war Zidaine? Dort auf dem Deck schien Beorn mit der wütenden Lenya allein zu sein.

Nein ... der Blender wandte den Kopf. Sein Blick erfasste einen breitschultrigen Mann, der aus dem Dunkel des Tangmeers auftauchte. Olav Stirson.

Er näherte sich mit leicht hinkendem Gang über das Deck, doch Beorns Blick schwenkte zurück zu Lenya.

Die Laterne schuf einen merkwürdigen Widerschein in den Augen der Geweihten. Für einen Moment schienen ihre Iriden von Grün zu Gold zu wechseln. Der Effekt war so deutlich, dass Tylstyr darüber erschrak. Einen Herzschlag später jedoch verschwand er wieder, obwohl Tylstyr am Lichtkreis der Lampe nicht erkennen konnte, dass Beorn sie gesenkt hätte.

Lenyas Lippen bewegten sich. Sie sagte etwas, oder sie zischte die Wörter, wenn sich Tylstyr nicht täuschte.

Beorn wandte sich wieder Olav zu.

Auch er sagte etwas.

Beorns Hand schwenkte durch das Sichtfeld.

Olav blieb stehen, als prallte er gegen eine unsichtbare Wand. Er runzelte die Stirn.

Lenya sah über ihre Schulter, um ihn anzuschauen.

Mit ein paar Worten wandte Olav sich ab und verschwand aus dem Lichtkreis.

Tylstyrs Kopf schmerzte. Er übertrieb es wieder mit dem Zaubern. Blinzelnd löste er die astrale Matrix auf.

An der vom Hauptdeck heraufführenden Treppe wartete jemand.

Tylstyrs Augen brauchten einen Moment, um sich an das spärliche Licht zu gewöhnen. Er stand auf und nahm den Zauberstab an sich. Zidaines Dolch ließ er liegen.

Der Mann kam auf ihn zu, blieb aber dennoch ein Schattenriss. Erst an der Stimme erkannte Tylstyr Ikvan Bradiloff.

»Ein faszinierender Zauber«, sagte Vermis' Diener. »Eure Gefährtin Mirandola sagt, dass Ihr damit das Lager Eurer Feinde auspäht. Mein Meister würde sich bestimmt gern mit Euch austauschen. Es ist ein Jammer, dass es dazu wohl keine Gelegenheit geben wird.«

Tylstyrs Gedanken waren noch bei dem, was er gesehen hatte, und der Frage, wo sich Zidaine aufhielt. Er hätte doch durch ihre, nicht durch Beorns Augen blicken sollen. Er schwieg.

Ikvan räusperte sich. »Ich bedauere sehr, dass keine Übereinkunft erzielt wurde. Deswegen wird mir möglicherweise die Gelegenheit fehlen, Euch dafür zu danken, dass Ihr mich vor dem Scherenwurm gerettet habt.«

»Wo es gegen Monstren geht, müssen die Menschen zusammenstehen«, meinte Tylstyr.

»Die Elfen ebenfalls, wenn ich an Eure geschätzten Gefährten denke.«

»Alle Aufrechten«, präzisierte Tylstyr.

»Das ist eine edle Gesinnung«, stimmte Ikvan zu. »Dennoch fühle ich mich Euch persönlich verpflichtet. Lasst mich einen Teil meiner Schuld abtragen.«

»Was habt Ihr im Sinn?«

»Zunächst muss ich Euch gestehen, dass ich das Gespräch zwischen Euch und der alternden Elfe belauscht habe.«

Tylstyr nahm Zidaines Dolch auf und schob ihn unter seinen Gürtel.

»Die Zwischenwände im Bugaufbau sind sehr dünn, und auch die Würmer verrichten ihr Werk«, erklärte Ikvan. »Es war nicht meine Absicht zu spionieren, aber die mir zugewiesene Kabine liegt direkt neben jener, in der Ihr Euch aufhieltet. Und, verzeiht mir, Ihr wart nicht eben leise. Tief rührte mein Herz, was ich hörte. Ihr könnt Euch denken, dass auch ich eine Liebe zurückließ, als ich aus Neersand zu meiner Unglücksfahrt aufbrach. Ihr Schicksal ist mir unbekannt, doch muss ich vermuten, dass sie mich für tot hält und gemeinsam mit unseren Kindern einen neuen Weg im Leben geht.«

»Es bekümmert mich, das zu hören«, versicherte Tylstyr. »Jedoch sind meinem Zauber enge Grenzen gesetzt. Ich müsste Eure Liebste kennen, um durch ihre Augen zu schauen, und selbst dann wäre die Entfernung zu immens. Viele Hundert Meilen trennen uns vom Bornland.«

»Ich hatte nicht zu hoffen gewagt, dass Ihr mir erneut beistehen könntet«, versicherte Ikvan. »Ich wollte Euch nur meine Rührung mitteilen. Und Euch, soweit ich kann, helfen, die Trennung von Eurer Liebe zu überwinden.«

Tylstyr horchte auf. »Wie das?«

»Mir scheint, auch all Eure zauberische Macht kann eine Aussprache von Angesicht zu Angesicht nicht ersetzen.«

»Wir können nicht miteinander reden«, bestätigte Tylstyr.

»Aber das würdet Ihr gern?«, versicherte sich Ikvan.

Tylstyrs Herz klopfte. In den vergangenen Monden hatte er sich nach Zidaine verzehrt, doch jetzt wusste er nicht mehr, was er für sie fühlte. In einem Moment zürnte er ihr, sodass seine Wut heiß durch die Adern brannte. Dann wieder verspürte er eine Enttäuschung, die in Verzweiflung zu münden drohte. Im Vergleich zu dieser dumpfen Dunkelheit war die Sehnsucht, die er als Ziehen in seinen Gliedern körperlich spürte, eine Erlösung. Die Liebe ertrank in seinem Kummer, aber noch war sie nicht tot, obwohl er sich wünschte zu vergessen. Unablässig sagte er sich, dass ihr aller Leben glücklicher verlaufen wäre, wenn sie sich niemals begegnet wären. Vor allem Zidaines. Sie wäre nicht als Mädchen unaussprechlicher Qual ausgesetzt worden, sondern an Stainakr vorbei nach Thorwal gesegelt. Jetzt wäre sie wohl eine Handelskapitänin auf einer stolzen Kogge.

Manchmal fühlte Tylstyr auch gar nichts, aber in dieser Taubheit lauerte die nächste Aufwallung. Er wusste nicht, wohin ihn dieser Sturm am Ende wehen würde.

»Ein Gespräch mit ihr könnte für Klarheit sorgen«, hörte

er sich selbst sagen, als bewegte sich seine Zunge ohne sein Zutun.

»Ich gehe doch recht in der Annahme, dass es sich um die schlanke Fechterin handelt? Sie sieht weniger nordisch aus als die anderen, da passt der Name Zidaine am ehesten.«

»Ja, das ist sie.«

»In dieser Nacht und auch gestern hat sie abseits ihrer Gefährten ein Schiff aufgesucht«, flüsterte Ikvan verschwörerisch. »Eine havenische Kogge ... der Tang würgt sie unweit von hier. Ich weiß nicht, ob sie morgen wieder dorthin gehen wird, aber die Lage dieses Wracks kann ich Euch beschreiben.«

Schivone Argarons Stolz, Kerngebiet des Sargassomeers, achtzehnter Tag im Kornmond

Lailath Schlangenschlächterin schämte sich für Salarin Trauerweide. Er verhielt sich unwürdig, vor allem, wenn man bedachte, dass er das Sternenmal trug, das in der Erinnerung des Elfenvolks die größten Helden ausgezeichnet hatte. Er bewegte sich auch auf diese beneidenswert wache Art. Es wirkte, als kontrollierte er jeden kleinsten Teil seines Körpers, setzte Beine, Füße, die Spitzen seiner Schuhe präzise, sodass sie die Berührung mit dem Unrat an Bord des Wracks vermieden. Die Hände schienen stets bereit, die beiden Säbel zu ziehen. Der Blick musterte unablässig die Umgebung, ohne irgendwo allzu lange zu verharren. Doch all das nutzte er, um hinter Asleif Phileasson herumzuscharwenzeln, den er auch wieder seinen König nannte.

Die Abenddämmerung kroch über das Tangmeer. Kreischend stritten sich die Möwen um ihre Schlafplätze.

Mit jedem Tag in diesem Nicht-Land-und-nicht-Meer wurden

die Wracks häufiger. Für das Nachtlager prüfte Phileasson ein hochbordiges Schiff, von dem er glaubte, es sei leicht zu verteidigen. In der Nähe ragten die Rundstämme eines Floßes wie die traurigen Reste einer Palisade in die Höhe. Das Tangmeer hatte die Stricke zersetzt, die es zusammengehalten hatten, griff aber das Holz nicht an. Ein kleineres Schiff mit zerbrochenem Bug lag im Südosten, ein Stück nördlich davon ein dickbauchiger Segler, in dessen Rumpf sich eine riesige Öffnung auftat. Einer Galeere hatte dieses Land die Riemen genommen. Wegen der Löcher, die sich in einer langen Reihe unter der Reling entlangzogen, war sich Lailath trotz ihrer dürftigen Kenntnisse, was die Seefahrt betraf, sicher, dass man das Schiff gerudert hatte.

Am Heck des Seglers, auf dem sich die Ottajasko befand, klaffte ein breites Loch im Deck. Phileasson belastete die Planken vorsichtig mit seinem Gewicht. Sie warnten ihn mit einem Knarren.

Er zog sich zurück. »Von diesem Bereich halten wir uns besser fern.«

»Immerhin wird auch kein Gegner aus dieser Richtung angreifen können«, meinte Salarin. »Jedenfalls nicht, ohne gehörig Lärm zu machen.«

Phileasson nahm seine Rede mit einem Brummen zur Kenntnis.

Lailath verdrehte die Augen.

»Was ist mit dir, Kriegerin?« Salarin hob das Kinn. »Wenn du nichts Wertvolleres beitragen kannst, fertige ein paar Pfeile für die kommenden Schlachten.«

Lailath schnaubte. »Ich kümmere mich um Galandel.«

Zorn leuchtete in Salarins Augen. Unglaublich schnell war er bei ihr, die Hand am Griff seines schwarzen Säbels. »Der König hat Kampfbereitschaft befohlen!«

»Lass gut sein«, mahnte Phileasson. »Sie soll nach Galandel sehen.«

Salarin trat zurück und deutete eine Verbeugung an. »Wie Ihr wünscht, mein König.«

»Irgendwann werde ich mich daran gewöhnen ...«, murmelte Phileasson und setzte seine Inspektion mit dem Kreuzmast fort, der in mehrere Teile zerbrochen auf dem Deck lag. Er zog sein Schwert, um das algenüberwucherte und von Möwendreck besudelte Segeltuch anzuheben.

Quiekend suchte eine Schar Ratten das Weite.

Lailath hatte fürs Erste genug von Salarin. Sie begab sich zum Bug. Dort benutzte Ohm Follker eine quer über seine Schenkel gelegte Planke als Unterlage, um mit einem Stück Kohle die wesentlichen Landmarken auf groben Leinenstoff zu zeichnen, der einmal zu einem Getreidesack gehört haben mochte. Dass Orkengriff diese Arbeit von seiner Schulter aus beobachtete, schien ihn nicht zu stören. »Das hier ist wahrhaft ein Hort der toten Schiffe, das wohl«, murmelte der Skalde.

Irullas Fuß stand auf der Steuerbordreling. Sie stützte sich auf ihren Oberschenkel und sagte Ohm an, was er festhalten sollte. »Zwei Meilen Nord-Nordost, ein Mast mit Krähennest. Könnte eine Schivone gewesen sein.«

»Zwei Meilen.« Ohm stöhnte. »Das ist zu weit. Das passt nicht mehr auf meine Karte.«

»Mach einen Pfeil mit der Richtung und schreib die Entfernung daran«, schlug Abdul el Mazar vor. Der kleine Verrückte strahlte wesentlich mehr Würde aus als Salarin, fand Lailath.

»Das gefällt mir nicht«, brummte Ohm, folgte aber dennoch dem Rat.

Lailath ging zur vorderen Luke und stieg die Treppe in den obersten Laderaum hinab. Sie verzichtete auf eine Laterne, sie sah bereits Lichtschein.

Shaya Lifgundsdottir, Praioslob und Vascal della Rescati standen vor einer weitgehend skelettierten Leiche. Die Todesursache ließ sich nicht mehr erkennen; falls ein Stich das graue Hemd durchlöchert hatte, fiel er in den vielen Rissen nicht mehr auf, die Tiere dem Stoff beigebracht haben mochten, als sie zum toten Fleisch durchgedrungen waren.

Während Mirandola Ernathesa mit der Laterne etwas abseits stand, intonierten die drei Geweihten ihr Gebet mit dumpfen Stimmen. »... zurückbleiben, wissen nicht, in welches der zwölfgöttlichen Paradiese seine Seele Einlass begehrt. Herr Boron, schirme seine sterbliche Hülle ...« Praioslob streute ein paar Krümel auf das Skelett, offenbar klein geriebenes Holz.

Lailath ging weiter zur Kajüte, in der Galandel ruhte. Wieder einmal erinnerte sie sich an den Zeitpunkt ihres eigenen Todes. Erm Sen hatte mit der Spitze der Silberflamme so schnell und so präzise durch ihren Hals geschnitten, dass sie keinen Schmerz verspürt hatte. Die Knochen ihrer Halswirbelsäule hatte er wohl nicht berührt, aber Schlagadern und Luftröhre durchtrennt. Lailath erinnerte sich an diesen überaus geschickten Hieb, den »Wolfsbiss«, mit dem er mühelos ihre Verteidigung umgangen hatte, und dann war es dunkel geworden. Nach allem, was sie wusste, war sie zu rotem Wüstensand zerfallen. Die nächsten beiden Jahrhunderte kannte sie nur aus dem Geist der Menschen, die sie als Albtraum in der Nähe ihres Todesortes heimgesucht hatte. Die Bauern, Händler, Handwerker und anderen Reisenden hatten nichts von der Tragödie geahnt, die sich bei der Suche nach Selflanatil ereignet hatte.

Lailath legte die Hand auf den Türriegel zu Galandels Kammer. In der Dunkelheit erahnte sie mehr, wo er sich befand, als dass sie ihn gesehen hätte. In dem Moment, als sie ihn zurückziehen wollte, drang ein Wispern an ihr Ohr.

Sie hielt den Atem an und horchte.

»Hilf ... mir ...«, hörte sie.

Lailath sah sich um. Hinter einem Berg Gerümpel bewegte sich Mirandolas Laterne. Die Geweihten hatten ihren Segen abgeschlossen, sie beteten nicht mehr.

»Will ... nicht gehen ... nicht fort ... vor Borons Waage ...«

Lailath ließ den Riegel los und folgte der Stimme in die Dunkelheit. »Gehörst du zu denen, die ich bereits getroffen habe?«, flüsterte sie.

»Sie haben mir von dir berichtet«, kam die Antwort.

Es war wie in dem Wrack, das sie aufgesucht hatte, als sich die *Stern von Silz* festgefahren hatte. Sie glaubte, ihr Gegenüber Isdira sprechen zu hören, die Elfensprache. Es klang richtig, obwohl sie sich lediglich einer einzigen Stimme bediente. Ob sie nur in Lailaths Kopf sprach?

»Habt ihr entschieden, ob ihr mir helfen könnt?«

»Jaaaa ...«, tönte es wie ein Hauch aus den leblosen Tiefen der großen Wüste. »Einige wollen dir helfen ... Ich kann sie überzeugen ... Doch dafür musst du mich vor dem Werk der Geweihten bewahren.«

Lailath sah hinüber zum Lichtschein. Offensichtlich ging es darum, den Toten einen Segen zu spenden.

»Willst du denn nicht erlöst werden?«, fragte Lailath.

»Für mich ... keine Erlösung ... Boron würde mich verdammen und den Dämonen überantworten ... Ich war ... keine gute Frau ...«

»Was hast du getan?«

»Was schert dich ... das Gift, das meinen Weg geebnet hat?«

Lailath zögerte, sich mit einer Mörderin einzulassen. Ja, sie wollte Selflanatil zurück, und wenn möglich auch den Largala'Hen. Dafür brauchte sie zuverlässige Verbündete. Doch wenn der Geist dieser Frau die Ruhelosigkeit in den fauligen Dämpfen dieses Tangmeers dem göttlichen Richtspruch vorzog, musste sie wahrhaft

Grauenhaftes getan haben. Für welche Verbrechen konnte man eine Strafe erwarten, der eine Verbannung an diesen Ort vorzuziehen war?

»*Wenn du glauben würdest ...*«, wisperte die Geisterstimme, »*dass nette Menschen dir helfen könnten ... würdest du dich nicht ... an uns wenden. Du brauchst ... dunkle Seelen ... für dein Werk.*«

Noch einmal sah Lailath zum Licht. Das Argument war schlecht von der Hand zu weisen. Phileasson war ganz anders als Erm Sen, er besaß so etwas wie Edelmut. Schon die Art, wie er sich um Galandel kümmerte, bewies das, und auch, dass er ein Bündnis mit diesem verderbten Vermis ablehnte. Aber Lailath kannte sich mit Edelmut aus, der zum Scheitern führte. Wie viele Kämpfer hatte Urdiriel ausgesandt, um den Räuber in ehrenvollem Zweikampf zu überwinden? Wieder und wieder war es misslungen. Sie hätten im Dutzend über ihn herfallen müssen oder Räuber anheuern, Halsabschneider. Schurken, die zu jeder Schandtat bereit waren.

»*Hilf mir!*«, forderte die Stimme. »*Hilf mir schnell!*«

»Was soll ich tun?«

»*Du musst meinen Körper vor ihnen verbergen. Sie dürfen ihn nicht segnen.*«

Lailath folgte der Stimme tiefer in die Dunkelheit, fand eine Luke und stieg ein Deck hinab. Schimmel machte die Sprossen der Leiter rutschig.

»*Komm schnell ... bevor ... sie mich finden.*« Lailath hörte echte Besorgnis. Dieser Geist musste die Seelenwaage wirklich sehr fürchten.

»*Hier ... hier ...*«

Lailath stieß sich den Kopf an einem Balken.

»*Eile dich ... und gib acht ...*«

»Ich sehe nichts!« Die Luke in der Decke war nur ein graues Viereck, und jenseits davon gab es bloß Schwärze.

»Du musst ... mir helfen ... dann werde auch ich ... die anderen überzeugen ... und dein Schatz wird dein sein ...«

»Ich kann dir nicht helfen, wenn ich blind bin.« Lailath griff in das Licht, das sie in ihrem Innern trug, und sang leise ein Zauberlied. »Feya Feiama l'Ungra.« Sie netzte die Lippen und versuchte, die über ihrer Hand entstehende Leuchtkugel klein zu halten. Es gelang leidlich, sie schwoll auf einen Durchmesser von einer knappen Handspanne an.

Ihr weiß-blauer Schein holte eine gebrochene Spante und durchlöcherte Fässer aus dem Dunkel. Auch hier regierten die Ratten. Einige huschten fiepend davon, aber eine besonders fette wollte nicht weichen. Sie hockte auf einem Stapel halb verrotteter Tücher, sträubte das braune Fell und fauchte die Elfe an.

»Hier ... bin ich ..«

Lailath folgte der Stimme von der Ratte fort.

Über sich hörte sie Schritte. Die Geweihten näherten sich der Luke.

Im Zentrum des Laderaums funkelte etwas. Dort lag Schmuck aus Silber und Bronze. Eigentlich hätte das Metall anlaufen müssen, aber es war unversehrt, als hätte es kürzlich jemand poliert. Ringe, Münzen und Ketten waren in einem Kreis angeordnet, in dem eine Leiche lag, die ein helles Kleid trug.

Sie war nicht zerfallen, sondern erinnerte Lailath an die Körper der Toten, die die Shiannafeya im Wüstensand bewahrten, bis sie sie in ein Boot nach Gontarin legen konnten. Auch diese Frau hatte alle Flüssigkeit verloren, die Haut zeichnete die Wangenknochen, die Augenhöhlen und die Kiefer nach. Die Farbe jedoch war ein Blaugrau, das Lailath noch nie bei einem Menschen oder Elfen gesehen hatte. Es hätte eher zu Stein gepasst. Das kupferfarbene Haar dagegen war so schön, als sei es gerade gekämmt worden.

Lailath spürte einen Widerwillen, sich dem Kreis zu nähern.

»*Komm ... sei tapfer ... komm, und du wirst belohnt werden.*«

Lailath presste die Zähne aufeinander. Hier musste ein Zauber wirken, der das Ungeziefer all die Jahre ferngehalten hatte. Für Praioslob wäre das ein zusätzlicher Grund, diesen Ort mit seinem Segen zu reinigen.

»*Komm ... rette mich, und ich werde dir helfen ... Denke an ... deinen Schatz ...*«

Auch sie selbst war eine Geweihte, überlegte Lailath. Nur hatte sie ihr Leben keinem Gott, sondern der Suche nach Selflanatil geweiht. Und nicht nur das, sogar im Tod noch war sie ihrem Schwur treu geblieben. Und jetzt sollte sie sich von einem Zauber fernhalten lassen, der sie abschreckte?

Sie machte einen Schritt vorwärts, doch ihr wurde übel, und sie hielt inne.

»Hier sind nur Schmuck und ein toter Körper«, flüsterte sie sich selbst zu. »Nichts, was mir gefährlich werden könnte.«

»*Sie dürfen mich nicht finden!*«, wisperte die Stimme eindringlich.

»Das werden sie nicht.« Lailath dachte an Nantiangel. Ihr Bruder vertraute auf sie. Auch er hatte viel gelitten, sogar in die Niederhöllen hatte man ihn geschleudert. Schon seinetwegen würde sie verhindern, dass die Feigheit sie überwältigte.

Entschlossen machte sie einen weiten Schritt vorwärts. Der Schmuck knirschte unter ihrer Sohle.

»*All die Schönheit, die ich in meinem Leben ansammelte ...*«, klagte der Geist. »*Ich muss sie aufgeben ... Alles, was meine Kunst mir einbrachte ...*«

Lailath hockte sich hin, schob die Arme unter Knie und Schultern der Leiche und hob sie hoch. Sie war leicht wie ein Kind.

»Wohin?« Die Lichtkugel schwebte jetzt vor dem toten Körper.

»*Sie dürfen mich nicht finden ... Verstecke mich ...*«

»Ich kenne mich hier nicht aus«, erinnerte Lailath.

»*Bring mich fort ... Sie nahen ...*«

In der Tat war über der Luke nun der Lichtschein zu erahnen. Die Elfe dachte an den großen Bruch im Heck. Von oben hatte es so gewirkt, als zöge er sich durch sämtliche Decks.

Es war eine Erlösung, aus dem Kreis zu treten, in dem der Schmuck lag. Lailath trug ihre Last am Hauptmast und am Kreuzmast vorbei, wobei sie über kaputte Eimer, gesplitterte Planken und Unrat stieg, den sie nicht zuordnen konnte.

»Da ist ein Licht!«, rief Vascal hinter ihr. »Wer da?«

»Ich bin es!« Lailath beschleunigte ihren Schritt.

Sie hörte die Gefährten miteinander sprechen. »Was tust du hier unten?«

»Ich habe geglaubt, ich hätte etwas gehört!«

»Warte, wir helfen dir.«

»Nein, das hier ...« Ihr Fuß blieb an einer verrosteten Kette hängen. Beinahe wäre sie gestolpert. »Hier sind nur Ratten. Ich habe mich getäuscht!«

»Dann komm zurück!«, forderte Praioslob. »Wir sollten nicht allein gehen.«

»Gleich, ich ...«

Egal, wohin sie die Leiche brachte – überall an Bord lief sie Gefahr, gefunden zu werden. Und draußen würden sich die Tiere an ihr gütlich tun. Lailath wusste nicht, wohin mit ihr.

Obwohl ...

Sie sah den grauen Schimmer der Abenddämmerung durch einen breiten Riss im Rumpf. Der Zauber schützte die Leiche augenscheinlich vor dem Appetit der Nager. Das mochte auch für das Gekreuch des Tangmeers gelten. Und außerhalb des Schiffs würden die Geweihten in der Nacht nicht suchen ...

Lailath hielt auf den Riss zu.

Der Boden knarrte bedrohlich. Ihr Licht offenbarte ihr, dass der Durchbruch vom höheren Deck nah war. Wenn das Heck im Ganzen abbrach, wären die Planken auch hier instabil.

»Lailath?«, rief Praioslob. »Was geht da vor?«

»Ich komme!«, versprach sie, ging aber weiter.

Es war ein großes Schiff, und sie wusste nicht, wie dick der Tang hier war. Möglich, dass der Kiel im Wasser darunter lag. Wenn sie durch die morschen Planken bräche, konnte sie in die nasse Umarmung des Meeres fallen, die sie sicher nie wieder freigäbe ...

Sie durfte nicht zögern!

Trotz ihrer Furcht erreichte sie den Riss. Sie hatte Glück, das Wrack stand leicht schräg zu dieser Seite. Wenn sie die Leiche aus dem Loch warf, hätte sie einen freien Fall auf den Tang.

»Lailath!« Praioslob klang nun ungeduldig.

Sie setzte an, den toten Körper aus dem Schiff zu werfen, bemerkte jedoch, dass sich die knochendünnen Finger der rechten Hand in ihr Hemd gekrallt hatten.

Wie war das möglich? Hatte der Geist etwa noch Kontrolle über diesen Körper? Neigte sich nicht auch der Kopf ihr zu, als wollten die blutlosen Lippen ihren Hals küssen?

Sie bog die dürre Faust auf und warf die Leiche hinaus. Es fühlte sich an, als zerrisse Lailath eine Fessel.

»*All meine ... Schätze ...*«, klagte die Stimme.

»Du bist also noch da«, flüsterte sie. »Gut.«

Die Gefährten näherten sich am Hauptmast vorbei.

Lailath ging ihnen entgegen. Sie war froh, sich wieder auf festeren Planken zu bewegen.

»Was ist denn das hier?«, fragte Vascal.

Sie hatten den Kreis aus Geschmeide entdeckt.

»Das habe ich mich auch schon gefragt«, sagte Lailath. »Ich fühle, dass etwas Böses davon ausgeht.«

Die Geisterstimme kicherte.

Mirandola kniete mit der Laterne in der Hand und tastete nach ein paar Ringen.

»Was ist dort hinten noch?«, fragte Praicslob.

»Nur Ratten, wie ich schon …«

Plötzlich trat Salarin in den Lichtschein. »Shaya! Komm an Deck!«, befahl er. »Der König wünscht, dass du das Essen segnest.«

»Wenn *der König* ruft«, äffte sie ihn nach, »werde ich natürlich nicht säumen.«

Salarin nickte knapp und wandte sich wieder um.

»*Dieser ist anders als wir*«, wisperte die Stimme in Lailaths Kopf.

»Wie meinst du das?« So nah an den Gefährten wagte Lailath kaum, die Lippen zu bewegen.

»*Er ist … anders.*«

»Du meinst – kein Gespenst? Er ist nicht von einem Geist besessen?« Das hatte sie bereits vermutet.

»*Anders …*«, wiederholte die verwehende Stimme.

Schivone Argarons Stolz, Kerngebiet des Sargassomeers, achtzehnter Tag im Kornmond

Tylstyr Hagridson lag unter einem zwischen der Reling und dem Ankerspill gespannten Segeltuch im Bug des Wracks. Er lauschte den Regentropfen auf dem durchlöcherten Stoff, der nur deswegen halbwegs dicht hielt, weil er dreifach gelegt war. Eine hastige Arbeit mit vielen Falten, die das Wasser halbwegs abhalten würde. Ruhe war derzeit keine von Tylstyrs Stärken. Meister Eddrik hätte seine ungeduldige Gereiztheit missbilligt, ja, sogar als unwürdig für einen Schüler – und erst recht einen Absolventen – der Magierakademie zu Thorwal angesehen. Merkwürdigerweise störte dieser Gedanke Tylstyr mehr als Phileassons Appell, sich am Riemen zu reißen, oder die Streitereien, die er in den vergangenen Tagen mit Mirandola und Vascal um Nichtigkeiten ausgetragen hatte.

Er wusste, dass er auch in seinem Nachtlager keinen Frieden fände. Er hatte aus anderem Grund sein Quartier auf Deck bezogen, obwohl sich die restliche Ottajasko im vergleichsweise trockenen Laderaum eingerichtet hatte. Dort hatten die Geweihten ihren Segen gesprochen, und Irulla war auf Rattenjagd gegangen. Man konnte sich einreden, dass das Fleisch der Biester so ähnlich schmeckte wie Karnickel, und immerhin war es frisch.

Es war seltsam, dachte er, dass man manchmal Dinge tat, obwohl man genau wusste, dass sie falsch waren. Und gerade dann deutete man alle Geschehnisse als Fingerzeig des Schicksals, dass man wider die Vernunft seinem abwegigen Pfad folgen sollte. So wie die Tatsache, dass sich der Schatten einer Reckin ein paar Schritt entfernt an der Reling bewegte.

Das musste Lailath Schlangenschlächterin sein, Tylstyr erkannte den Schattenriss an der Form des umhüllten Kopfs vor dem halb vollen Mond. Die Wüstenelfe kleidete sich noch immer gern in der Tradition ihres Volks, der Schleier bedeckte ihr Gesicht bis auf einen Schlitz für die Augen. Jetzt warf sie etwas über Bord – vermutlich eine der mit Knoten versehenen Leinen, die die Ottajasko vorbereitet hatte, um das Schiff nötigenfalls schnell verlassen zu können – und setzte an hinterherzusteigen.

»Wo willst du hin?«, fragte Ohm Follker halblaut. Er komplettierte die erste Doppelwache.

Lailath sprach zu leise, als dass Tylstyr ihre Antwort verstanden hätte.

Einen Moment tauschten sich die beiden noch aus. Ob sie sich einigten, konnte Tylstyr nicht hören, aber Lailath ließ den Gefährten stehen und schwang sich über die Reling.

Ohm seufzte vernehmlich. Ein paar Herzschläge lang sah er ihr nach, dann entschied er sich, seine Runde an Deck fortzusetzen.

Tylstyr schloss die Augen, stellte sich schlafend, hörte die auf den verzogenen Planken knirschenden Schritte näher kommen und sich wieder entfernen.

Die Imagination füllte die Dunkelheit hinter seinen Lidern. Zidaine ... sie und Beorn ... ständig stellte sich Tylstyr vor, wie er den beiden gegenüberträte. Würde Zidaine so tun, als wäre nichts geschehen? Würde sie versuchen, Tylstyr zu täuschen, sein Vertrauen auszunutzen, um dem Blender einen Vorteil zu verschaffen? Hatte sie das die ganze Zeit über getan – in den Nivesenlanden, im Bornland, in Tobrien, auch in den Drachensteinen? War sie überhaupt jemals an ihm interessiert gewesen oder immer nur daran, dem einäugigen Drachenführer den Sieg zu sichern? Sah sie Tylstyr als Werkzeug oder als inzwischen überflüssigen Ersatz für das Vergnügen, das Beorn ihr bereitete?

Der Magier scheute davor zurück, durch die Augen der beiden zu schauen, und doch konnte er nicht davon lassen. Beorn war so anders als Tylstyr, wenn er eine Frau nahm. Er kannte keine Scheu, forderte ein, was er begehrte.

Tylstyr wurde übel, wenn er daran dachte. Und er fragte sich, was Zidaine bei ihm empfunden hatte, wenn es der Sturm des Plünderers war, den sie wirklich wollte.

War Tylstyr zu zurückhaltend gewesen, weil er sich stets an den Schreckenswinter von Stainakr erinnert hatte? Verachtete sie ihn für seine Zärtlichkeiten, die ihr allzu schüchtern erscheinen mochten?

Das waren keine Fragen, die man der Frau stellte, die man

liebte, während zwei Ottajaskos dabeistanden, von denen eine von seinem Rivalen angeführt wurde. Beorn der Blender würde Tylstyr verhöhnen, vor allen anderen. Und es gäbe nichts, was Tylstyr dagegen tun könnte.

Aber zu schweigen, wenn er Zidaine wiedersähe, nachdem er sich so lange nach ihr verzehrt hatte, brächte er ebenfalls nicht fertig.

Er musste mit ihr sprechen. Allein. Auch wenn Tylstyr ihren Spott fürchtete, spürte er, dass etwas in ihm vertrocknen und absterben würde, wenn er es nicht täte.

Erst beim Öffnen der Augen merkte er, dass er weinte. Ob es Tränen des Schmerzes, der Trauer oder der Wut waren, wusste er nicht zu sagen. Er wischte sie ab, nahm Hut und Stab und kroch unter dem abgespannten Segeltuch hervor.

Von Ohm war nichts zu sehen, er musste sich am Heck befinden.

Tylstyr huschte zur Reling und fand die Leine, die Lailath benutzt hatte. In seiner jetzigen Form hätte der Zauberstab ihn beim Klettern behindert. Er griff in die astrale Matrix, die dem Steineichenholz eingewoben war, und verwandelte ihn in ein Seil. Mit seinen zehn Schritt wäre es zu kurz, um den Boden zu erreichen, aber dafür hatte er ja Lailaths mit Knoten versehene Leine. Er band das Stabseil an seinen Gürtel und warf das freie Ende voraus. Ohne einen Blick zurück stieg er in die Tiefe.

Auf dem Tang erwartete ihn jemand, aber der Schattenriss war zu korpulent für Lailath. Erschrocken griff Tylstyr an Zidaines Dolch.

Die dunkle Gestalt hielt ihm sein Seil entgegen. Offenbar hatte sie es über dem Arm in Schlaufen gelegt, während Tylstyr herabgekommen war.

»Praioslob?«, flüsterte Tylstyr. »Bist du das?«

»Du willst zu ihr, oder?« Die Stimme bestätigte, dass es sich bei seinem Gegenüber um den Geweihten des Gotts von Gerechtigkeit und Gesetz handelte.

»Was geht dich das an?« Tylstyr löste den Knoten um seinen Gürtel.

»Geht es in einer Ottajasko nicht darum, seinen Gefährten in der Gefahr beizustehen?«, fragte Praioslob.

Tylstyr wollte ihn aus dem Weg schieben und sich zum Wrack der Kogge aufmachen, in dem er Ikvans Beschreibung erkannte. Vermis' Diener zufolge hatte sich Zidaine in den vergangenen beiden Nächten dorthin begeben. In der Dämmerung hatte sie Beorns Lager mit einer Laterne verlassen, das hatte Tylstyr durch ihre Augen gesehen. Nachwehen der Erleichterung, dass sie während dieses Blicks nicht die Nähe des Blenders gesucht hatte, verspürte er noch jetzt. Vor allem aber erfüllte die Anspannung seine Muskeln. Der dunkle Umriss der Kogge war nur ein paar Hundert Schritt entfernt. Vielleicht war sie schon dort. Er ließe sich nicht von Praioslob aufhalten.

Aber noch verhielt sich der Geweihte leise. Falls er schreien würde, wäre die Ottajasko sofort alarmiert.

»Das hier geht dich nichts an.« Das Knurren in seiner eigenen Stimme verursachte ein Unwohlsein in Tylstyr.

»Sie ist eine Paktiererin«, flüsterte Praioslob. »Sieh die Dinge, wie sie sind, nicht, wie du sie wünschst. Sie hat sich dem Herrn der Rache verschrieben. Das ist ein sehr, sehr dunkler Pfad, auf dem …«

»Was verstehst du von ihrer Dunkelheit?«, zischte Tylstyr. »Geh mir aus dem Weg!«

Praioslob winkelte die Arme mit geöffneten Händen ab. »Ich wäre ohnehin zu schwach, um dich aufzuhalten.«

Misstrauisch versuchte Tylstyr, die Miene seines Gegenübers zu erkennen. Vereinzelt zogen grüne Lichter durch das Tangfeld, aber hier war es zu dunkel.

»Was willst du?«, fragte Tylstyr.

»Mir kam seltsam vor, dass Lailath das Schiff verlassen hat. Aber sie umkreist nur dieses Wrack, nicht so wie vor ein paar Tagen, als sie die Nacht woanders verbracht hat. Eigentlich wollte ich mich gerade wieder hinaufbemühen ...«

»Ein lobenswertes Vorhaben!«, fiel Tylstyr ihm ins Wort.

»... aber jetzt scheint mir, dass meine Schlaflosigkeit noch einen Nutzen haben könnte. Ich werde dich begleiten.«

Tylstyr überlegte, ob er Praioslob davon abhalten sollte. Viel wahrscheinlicher, als dass der oft dickschädelige Geweihte klein beigäbe, erschien ihm jedoch, dass er doch noch zu Phileasson ginge. Das passte zur Vorliebe seiner Kirche, stets alles offenzulegen. Zwar erwies sich Praioslob oft als erstaunlich verschwiegen, aber wenn es um Dämonenpaktiererei ging, verließ man sich besser nicht darauf. Bislang mochte er Zidaines Fall für erledigt gehalten haben, aber wenn er davon ausging, dass sie wieder in der Nähe war ...

»Wieso glaubst du überhaupt, dass ich zu ihr will?«

»Nenne es eine Ahnung«, schlug Praioslob vor. »Wenn es etwas gibt, das ich als Prediger gelernt habe, dann zu erkennen, was ein Menschenherz bewegt.«

»Du denkst doch nicht etwa, ich will im Dunkeln ein vielleicht hundert Meilen durchmessendes Tangfeld absuchen?«

»Ich vermute eher, dass deine zauberischen Kräfte dir verraten, wo du auf sie triffst.«

Leise seufzend griff Tylstyr in die Matrix seines Stabs. Das Seil verkürzte sich auf zwei Schritt, die Enden hoben sich, es wurde straff und verwandelte sich zurück in Holz.

Er entschied sich zu einem letzten Versuch. »Was ist mit

deinem Fußgelenk? Solltest du dich nicht wenigstens nachts schonen?«

»Diese Affeneier haben erstaunlich gut gewirkt.«

»Aber im Dunkeln könntest du auf unsicherem Grund leicht umknicken.« Er beugte sich dem Geweihten entgegen.

Der wich keinen Fingerbreit zurück. Stattdessen verschränkte er die Arme. »Hörst du dir eigentlich selbst zu? Weshalb drohst du mir? Gehören wir nicht mehr zu einer Ottajasko?«

Tylstyr schnaubte. Er versuchte, sich einzureden, dass Praioslobs Vorwurf jeder Grundlage entbehrte, aber da war diese Wut in ihm ...

Es wurde Zeit. Wenn Lailath das Wrack umrundete, würde sie bald wieder bei der Leine ankommen. Im Grunde verwunderte es, dass sie noch nicht zurück war. War sie auf etwas gestoßen, das sie aufhielt?

Tylstyr spähte am Rumpf entlang ins Dunkel.

Er hörte Knirschen, Platschen und den fernen Schrei einer Möwe. Die Geräusche des Tangmeers. Nichts, was auf einen Kampf hindeutete. Und auch wenn Lailath eingesunken wäre und der Untergrund sie nicht mehr freigäbe, würde sie um Hilfe rufen. Sie noch viel eher als jeder andere. Seltsam, dass sie sich überhaupt nachts und allein hier herunter traute, nicht nur wegen des Gestanks, sondern auch, weil zwischen ihr und dem Meer, das sie so fürchtete, nur ein Pflanzenteppich lag.

Das ging ihn nichts an, entschied Tylstyr. Er richtete den Blick nach Ost-Südost, erfasste das Wrack der Kogge, und ging los.

Er hörte, wie Praioslob hinter ihm seine auf dem nassen Untergrund schmatzenden Schritte setzte. Das Wissen, dass der Geweihte im Gegensatz zu ihm auf die Unterstützung eines Stabs verzichten musste, weckte eine ungute Schadenfreude in ihm. Aber dies war keine Nacht, in der Weisheit regierte.

Grüne Leuchterscheinungen wanderten durch den Tang. Manche bewegten sich langsam wie Butter, die in der Sonne schmolz, andere flink wie ein Schwarm, der neben einer Otta herzog. Bisher hatten Tylstyrs Analysezauber nichts über ihre Natur enthüllt, aber sie schienen harmlos zu sein. Auch jetzt zog eine von ihnen durch den Tang auf sie zu, umhüllte die Wanderer und setzte ihren Weg fort, ohne dass man etwas davon gespürt hätte. Die fauligen Pflanzenstränge leuchteten auf und verdämmerten wieder in Dunkelheit, und auch die Brackwassertümpel nahmen das Licht auf und ließen es wieder ziehen. Tylstyrs einzige Sorge war, dass man die dunklen Gestalten der beiden Männer vor dem Hintergrund der Helligkeit ausmachen würde. Von den Geräuschen des Tangmeers und ihrer Schritte abgesehen, blieb jedoch alles still.

Bald begann Praioslob zu schnaufen.

Auch Tylstyr spürte die Anstrengung in den Oberschenkeln. Er schwitzte in der warmen Nachtluft, das lange nicht gewaschene Gewand klebte ihm am Rücken.

Er gestand sich ein, dass es keinen Grund für seinen Ärger auf Praioslob gab. Im Gegenteil, die Mühe, die sich der gut vierzigjährige Mann mit ihm gab, verdiente Anerkennung. Hätte sich ein anderer Recke von der Ottajasko entfernt, wäre Tylstyr ihm wohl mit weniger Verständnis begegnet. Dass man ihn wenigstens nicht allein in die Dunkelheit gehen ließ, sondern die Gefahr mit ihm teilte, war ein Beweis der Freundschaft. Zumal wenn man, wie Praioslob, selbst ein lausiger Kämpfer war und der Gang über den Tang an den Kräften zehrte.

Wieder dachte Tylstyr an Meister Eddrik. Er sah das tadelnde Gesicht seines Tutors vor dem geistigen Auge, und schämte sich.

Tylstyr blieb stehen und wartete, bis Praioslob ihn einholte. Das Mondlicht schimmerte auf dem beinahe kahlen Kopf des heftig atmenden Mannes.

»Wieso hast du mich nicht zurückgehalten?«, fragte Tylstyr.

»Diese Nacht wäre es mir vielleicht gelungen.« Praioslob brauchte einen Moment, um Atem zu schöpfen. »Doch es wäre nicht von Dauer gewesen. Man kann die Menschen ...«, wieder ließ er sich einige Atemzüge Zeit, »... nicht auf Dauer von ihrem Unglück abhalten. Aber man kann ihnen darin beistehen. Dafür sind wir Geweihte doch da.«

Tylstyr konnte sich nicht vorstellen, dass die Swafnirgeweihten seiner Heimat diese Einstellung teilten. Sie sprachen ständig von der Stärke des Gottwals, der es nachzueifern gälte. Oder vom Mut, den man beweisen sollte, um sich für die Zeit nach dem Tod einen Platz im Schildwall zu verdienen, der mit Swafnir gegen Hranngar stehen würde. Wer schwach oder feige war, den verspotteten diese Geweihten, um seinen Stolz anzustacheln, damit er doch noch swafnirgefällig handelte.

»Ich muss Zidaire treffen, das wohl.« Tylstyr fragte sich, ob er das sich selbst oder seinem Begleiter erklärte.

»Mag sein, dass diese finstere Frau zu deinem Schicksal gehört«, gestand Praioslob zu. »Um deine Seele zu kämpfen gehört zu meinem.«

Wieder bedauerte Tylstyr, dass es zu dunkel war, um in der Miene des Gefährten zu lesen. Auch die grünen Lichter zogen nur in einiger Entfernung durch den Tang.

»Du warst im Bornland, oder?«, fragte Tylstyr.

Zwischen den tiefen Atemzügen glaubte er, Praioslob leise lachen zu hören. »Dorthin hat meine Kirche mich geschickt, als ich in Gareth zu anstrengend wurde. Man dachte, im Bornland könnte selbst einer wie ich nichts mehr verderben.«

»Schade.«

»Warum?«

»Schade, dass sie dich nicht zu uns nach Thorwal geschickt

haben. Ich hätte dich gern predigen hören.« Tylstyr sah hinüber zur Kogge. »Vielleicht hätte es auch anderen in meinem Dorf gutgetan, etwas über Gerechtigkeit zu lernen und dass man das Unrecht besser meidet.«

»Stammt auch Zidaine aus deinem Dorf?«, fragte Praioslob vorsichtig.

Stumm schüttelte Tylstyr den Kopf. »Greif meinen Zauberstab, wir benutzen ihn zusammen.«

Nach einem Dutzend Schritt fanden sie in einen gemeinsamen Marschrhythmus. Vielleicht half die Erfahrung an den Riemen dabei. Zusammen setzten sie den Stab vor, stützten sich darauf und machten die Schritte hinterher. Sie überwanden ein morastiges Gebiet, in dem sie bis über die Knie einsanken. Danach ging es leichter.

Der Schattenriss der Kogge wurde immer größer. Die Vordertrutz, das Achterkastell, der einsame Mast, der zu versuchen schien, den Mond aufzuspießen … kam Zidaine hierher, weil dieses Schiff sie an die *Goldener Anker* erinnerte? Jenen Segler hatten die Männer von Stainakr zu Beginn des Schreckenswinters mit einem falschen Leuchtfeuer auf die Klippen gelockt. Tylstyr hatte nur den anklagend aufragenden Bug gesehen, bevor man auch diesem mit Äxten zu Leibe gerückt war, um den letzten Beweis des Verbrechens zu tilgen. Tylstyr selbst war die Aufgabe zugefallen, die Leichen hinauszurudern und beschwert mit Steinen zu versenken. Damals hatte er noch nichts von der Gefangenen geahnt, von dem Mädchen, das überlebt hatte …

Möglich, dass die *Goldener Anker* dem Wrack geähnelt hatte, das sie nun erreichten. Aber dieses Schiff war nie auf ein Riff gelaufen. Es musste aus gutem Holz gezimmert sein, das Mondlicht offenbarte kaum Verfall. Dennoch würde es nie wieder auf dem Meer fahren. Auch andere waren offensichtlich von der Güte der

Planken überzeugt. Ein Loch, größer als ein Scheunentor, klaffte an Backbord. Jemand hatte das Holz abgerissen. Vermis vielleicht, für das Schiff, das er selbst bewohnte, oder um einen dieser Wege zu verstärken, die er durch das Tangfeld gelegt hatte. Obwohl ... bei der Länge dieser Pfade hätte er das Material von Hunderten Schiffen gebraucht. Magische Mittel schienen wahrscheinlicher.

Die beiden nächtlichen Wanderer verharrten vor dem Wrack. Tylstyrs Blick suchte nach einem Aufstieg, über den man auf das Hauptdeck gelangen konnte, fand jedoch nur die unbewegten Schattenrisse von Möwen, die auf der Reling schliefen. Er überlegte, ob es lohnte, die Kogge zu umrunden, entschied sich aber, durch das Loch einzusteigen. Dort drin hätten sie wenigstens halbwegs festen Boden unter den Füßen.

Tylstyr bedeckte die Hände mit den Ärmeln seiner Robe, um sich keinen Splitter in die Haut zu reißen, fasste den Rand der Öffnung und zog sich aus dem sumpfigen Untergrund. Er bot Praioslob seinen Zauberstab.

Der Geweihte ergriff ihn und ließ sich hineinhelfen.

»Und jetzt?«, flüsterte der Gefährte.

Tylstyr spähte in die Dunkelheit. War Zidaine schon hier?

Sie mochte die Schatten, bestimmt hätte sie keine Angst davor, hier allein auszuharren. Gegen die ziehenden Lichter konnte sie auch die beiden Männer bemerkt und daraufhin ihre Laterne gelöscht haben.

Sollte Tylstyr nach ihr rufen?

Den Stabzauber aktivieren, der eine Fackel aus dem Holz lodern ließ?

Falls Zidaine noch nicht an Bord, wohl aber in der Nähe war, mochte ihr das Licht zu erkennen geben, dass sie hier nicht ungestört wäre, und sie könnte sich zurückziehen. Das wollte er vermeiden.

»Halte Ausschau«, bat er den Gefährten.

Er setzte sich auf den Boden, umfasste Zidaines Dolch und betastete die Strähne ihres Haars mit den Fingerspitzen. Er nahm den Gestank der Umgebung in sich auf, die faulige Luft, das Holz des Wracks. Er wirkte diesen Zauber zu häufig, er fühlte sich ausgelaugt. Es war nicht weise, abseits der Ottajasko seine Kräfte zu erschöpfen, und dennoch …

Der Magier blickte durch die Augen der Frau, die er liebte. Sofort erkannte er die Kogge. Zidaine war nur noch zwanzig Schritt davon entfernt, aber sie näherte sich von der Steuerbordseite. Unmöglich konnte sie die beiden Männer gesehen haben.

Tylstyr ließ die Zaubermatrix zerfallen. »Sie ist beinahe hier«, hauchte er. »Sie muss nur noch das Schiff umrunden.«

Praioslob und er zogen sich von der Öffnung zurück. Sie traten auf Scherben, deren Knirschen Tylstyr wie das Geräusch von Kies unter den Sandalen an einem stillen Sommertag vorkam. Bauchige Formen ließen sich ertasten, er dachte an Amphoren. Tylstyr zögerte, allzu weit vorzudringen, aus Furcht, etwas umzuwerfen, das sie doch noch verraten könnte. Sie hockten sich in die Dunkelheit.

Er wagte nicht, den Blick von der Öffnung zu wenden. Vom Tangmeer drang ein ätherisch grünes Schimmern herein, das ihre Ausmaße erkennen ließ. Obwohl auch Praioslob nur flach atmete, erschienen Tylstyr die Geräusche, die er dabei machte, unangemessen laut.

Er sehnte Zidaines Erscheinen herbei, und zugleich fürchtete er es. Der Gedanke an diese Begegnung hatte von seinem Verstand Besitz ergriffen, alles andere verdrängt, auch die Loyalität zu seinem Drachenführer und die Sorge um seine eigene Sicherheit. Aber nun, da sie unmittelbar bevorstand, wusste er nicht, wie es weitergehen sollte. War es klug, Zidaine sofort anzusprechen? Was würde geschehen, wenn er sie mit seinem Wissen konfrontierte? Oder war es besser abzuwarten, wie sie auf ihn reagierte? Gab es gar eine Erklärung für ihr Verhalten, die seine Wut beruhigte und seinen Schmerz auslöschte?

Tylstyr zuckte zusammen, als der schlanke Schattenriss erschien, den er sofort erkannt hätte, auch ohne das Wissen, dass es sich um Zidaine Barazklah handeln musste. Ihre Laterne brannte nicht. Mit der Geschmeidigkeit einer exzellenten Fechterin kletterte sie nur fünf Schritt entfernt in das Wrack. Der Griff an eine Spante, die Art, wie sie den Fuß auf eine Planke setzte, die andere Hand, die ihre Lampe so hielt, dass ihr Glas nirgendwo anstieß ... jede Bewegung wirkte so effizient und mühelos, so perfekt und in dieser Vollkommenheit so schön.

Tylstyr bildete sich ein, in all dem Gestank des Tangmeers, der auch in seiner Robe steckte, einen Hauch von Zidaines Duft auszumachen. Natürlich konnte das nicht sein, aber die Erinnerung an ihre Nähe drohte ihn zu überwältigen. Seine Linke schloss sich so fest um den Dolch, an dessen Griff ihre Haarsträhne befestigt war, dass die Hand schmerzte. Ihre glatte Haut mit den kräftigen Muskeln darunter ... die kleinen Narben der Kämpfe von ihren Plünderfahrten, die seine küssenden Lippen so zärtlich erkundet hatten ... die rückhaltlose Art, wie sie sich während der Vereinigung bewegt hatte ...

Ihm wurde übel bei dem Gedanken daran, dass der Blender ebenfalls um all dies wusste, dass er Zidaine genauso gut kannte wie Tylstyr. Ob es für Beorn auch so wertvoll war?

Bestimmt nicht! Sicher nahm er sich nur, was ihn gerade interessierte, ohne die Dankbarkeit, die Tylstyr so stark erfüllt hatte. Wie konnte Zidaine ihm diesen brutalen Mann vorziehen? Vor allem nach dem, was ihr als Mädchen zugestoßen war?

Das helle Geräusch eines Feuersteins, der auf Stahl schlug,

holte Tylstyr in die Gegenwart zurück. Zidaines Gestalt war mit der Dunkelheit verschmolzen, ihre Umrisse nicht mehr auszumachen. Aber Funken waren zu sehen. Sie brauchte noch ein paar Versuche, bis einer davon den ölgetränkten Docht ihrer Laterne entzündete.

Zunächst schien sich das hellgelbe Flämmchen nicht entscheiden zu können, ob es sich der umgebenden Finsternis stellen oder sogleich wieder verlöschen sollte. Zaghaft flackernd entschied es sich für das Leben.

Der Anblick von Zidaines Gesicht verursachte einen Stich in Tylstyrs Herz. Auch sie blieb vom Schmutz des Tangmeers nicht verschont, schwarze, graue und grüne Flecken zeugten auf ihrer hellen Haut von Spritzern. Das nahm ihrem schmalen Antlitz nichts von seiner Schönheit. Im Gegenteil. Dass der Schmutz vergeblich versuchte, sie zu verdecken, steigerte noch die Gewissheit, wie schön Zidaine in Wirklichkeit war, wenn der Dreck der Welt ihr nicht anhaftete. Dieser Welt, die ihr solch zu den Göttern schreiendes Unrecht angetan hatte.

Tylstyr merkte, dass sein eigenes Herz Verrat an ihm übte. Er hätte dieser Frau, die nun das Licht im Laternenglas einschloss und sich mit quälender Eleganz aufrichtete, alles geglaubt. Er hätte ihr alles verziehen. Er hätte jeden ihrer Wünsche erfüllt, um den Preis einer einzigen sanften Berührung, ja, eines einzigen Blickes voller Zuneigung.

Seine Hand löste sich vom Dolch und fand den Oberschenkel von Praioslob, der neben ihm kniete.

Der Geweihte stöhnte leise, weil Tylstyr die Finger so fest in sein Fleisch krallte.

»Zeige dich, mein Schöner«, sagte Zidaine.

Tylstyr verkrampfte sich noch mehr.

Aber sie meinte nicht ihn. Sie leuchtete tiefer ins Wrack hinein und ging auf eine schattenhafte Säule zu. Das musste der Hauptmast sein.

Tylstyr löste seine Hand von Praioslob. Vorsichtig erhoben sich die beiden.

Die Kogge hatte tatsächlich Amphoren geladen, wie Zidaines Laterne offenbarte. Hatte sich Öl darin befunden? Oder Wein?

Jetzt waren die Tongefäße zerstört. Manche wiesen nur breite Risse oder Löcher auf, aber die meisten waren aus den schräg angebrachten Regalen gerutscht und auf dem Boden zerbrochen. Auch Zidaines elegante Schritte knirschten auf den Scherben.

»Wie siehst du denn nun aus?«, fragte Zidaine halblaut. »Bist du fertig mit dem Sterben, Tjorne?«

Tylstyr fühlte sich, als erfasste ihn ein Windstoß, so kalt, wie er sie in der Klirrfrostwüste gespürt hatte.

In dem Durcheinander aus hölzernen und tönernen Trümmern, aus Spinnweben und zerrissener Leinwand, den Überresten von Hängematten und zerfaserten Tauen erkannte er erst jetzt, dass am Mast eine zusammengesunkene Leiche saß.

Die Arme waren hinter dem Rücken des Toten um den Mast gebunden, was den Körper am Umfallen hinderte. Vom auf die Brust gesunkenen Kopf war nur das dunkelblonde Haar zu sehen. Ein nietenbesetzter Lederpanzer bedeckte den Oberkörper, aber die Beine lagen frei. Oder das, was davon übrig war. Die Knochen, an denen noch vereinzelte Fleischfetzen hingen. Sie waren nicht verwittert, sondern frisch, und in dem dunkel verfärbten Bereich um die Leiche schimmerte der Laternenschein. Er war noch feucht.

»Kein Spott mehr, Tjorne?«, fragte Zidaine mit verträumter Stimme. »Willst du mich nicht mehr verhöhnen?«

Tylstyr wunderte sich, dass er in der Lage war, laut und klar zu sprechen. »Du hast es also doch noch getan!«

Zidaine wirbelte herum. Die jahrelange Übung ließ es so scheinen, als spränge das Rapier aus eigenem Willen in ihre Schwerthand. Die schlanke Klinge zeigte auf die Störer.

Unbeeindruckt von der Waffe ging Tylstyr zum Mast. Er hatte keine Angst. Furcht empfand man nur, wenn man etwas zu verlieren drohte, an dem man hing. In diesem Moment hätte er nicht zu sagen vermocht, ob sein eigenes Leben dazugehörte.

Sollte er hoffen, dass Tjorne noch lebte? Durch irgendein Dämonenwerk, das Zidaine beschworen haben mochte?

Er erinnerte sich an den Weg ins Tal der Donnerwanderer, als die vom Eisigel ausgelösten Albdrücke Tjorne vorgegaukelt hatten, er würde seine Kraft verlieren, zu einem Schwächling werden. Das hatte den Recken an den Rand der Verzweiflung gebracht. Die bloßen Knochen, die davon übrig geblieben waren, würden selbst die Elfen wohl nicht mehr zu gesunden Beinen machen können. Im Näherkommen sah Tylstyr auch das blank gefressene Hüftbecken unter dem Lederpanzer.

»Was ist hier geschehen?«, fragte Praioslob tonlos.

»Das ist die falsche Frage«, entgegnete Zidaine kalt. »Die richtige lautet: Was habt ihr hier zu suchen?«

»Ich suche ...«, setzte Tylstyr an, wusste dann aber nicht, wie er den Satz zu Ende bringen sollte. Seine Liebe? Seinen ältesten Freund? Die Wahrheit? Einen verlorenen Traum?

Er tastete über den Mast. Zwei Handspannen über Kopfhöhe war eine Axt eingeschlagen. Hätte noch ein Zweifel bestanden, um wen es sich bei dem zu Tode Gequälten handelte, hätte der in das Blatt geätzte Keilerkopf ihn ausgelöscht. Das Zeichen der Hetleute von Stainakr. Tjornes Vater, Warulf, hatte es auf dem Rundschild in die Schlacht getragen, und auch seinem jüngsten Sohn hatte er es nicht verwehrt.

»Er war mein Freund«, flüsterte Tylstyr.

Drachenführer Tjorne und Tylstyr, sein Schiffsmagier ... das war der Traum ihrer Jugend gewesen. Eine eigene Ottajasko, ein Schiff, das durch warmes Wasser zu reichen Küsten segelte, fern von der Armut und der Bitterkeit, die auf Stainakrs kargen Feldern wuchsen. Sie waren Jungen gewesen, die Kämpfe nur aus Erzählungen und von den Übungen mit Holzwaffen kannten. Atagord war damals besonders hart mit Tylstyr umgesprungen, aber Tjorne hatte sich an die Seite seines schwächlichen Freunds gestellt. Tjorne hatte immer daran geglaubt, dass sie gemeinsam in die Welt hinausfahren würden. Er, der Nachgeborene, der kein großes Erbe zu erwarten hatte, sich stattdessen selbst sein Glück erobern musste, und Tylstyr, in dem Tjorne mehr gesehen hatte als ein grüblerisches Milchgesicht. Mit Tjorne hatte Tylstyr darüber gesprochen, dass er seine Mutter vermisste. Mit niemandem sonst, noch nicht einmal mit seinem Tutor. Meister Eddrik gehörte zu einer anderen Welt, es hatte keinen Sinn gehabt, ihm Dinge zu berichten, die sich in Stainakr zugetragen hatten.

Tylstyr lächelte freudlos. *Dinge* ...

Er drehte sich um und sah Zidaine an.

Die Fechterin hielt ihre Waffe auf Praioslob gerichtet, während sie die Laterne im Halbkreis schwenkte. »Sind noch mehr von euch hier?«

Die beiden Männer beachteten ihre Frage nicht.

Praioslob hockte sich neben die Leiche. Er beugte sich vor und betastete mit zitternden Fingern den Lederpanzer.

Tylstyr entdeckte den abgefallenen Unterkiefer auf dem Boden.

»Er ist vollständig aufgefressen.« Praioslob drückte die Lederrüstung ein, nichts darin leistete Widerstand. »Waren das Ratten?«

»Krebse«, sagte Tylstyr.

Ungläubig sah der Geweihte zu ihm auf. »Salarin hat mir erzählt, in Festum habe er Tjorne von unzähligen kleinen Schnitten geheilt.«

»Er war mein Freund«, erklärte Tylstyr.

Gemeinsam waren sie an einem der Eisberge emporgeklettert, deren Griff die *Seeadler* zu zerbrechen gedroht hatte.

Tjorne hatte geholfen, Pardonas Schriften aus dem Himmelsturm zu bergen. Nicht weil ihm etwas an Erkenntnissen über die Magierphilosophie oder alten Zauberthesen gelegen hätte. Sondern weil er gewusst hatte, wie wertvoll sie für Tylstyr gewesen waren.

Gegen Schneeschrate, Goblins, Chimären und Nachtalben hatte Tjorne im Schildwall gestanden. Auch Tylstyr hatte er mit der Axt verteidigt, die nun im Mast steckte.

Er hatte Tylstyr auch zu Zidaines Höhle geführt. Nicht etwa, um das Mädchen zu befreien, sondern um seinen Freund aufzufordern, sich ebenso an ihm zu vergehen, wie die anderen Jungmannen es zuvor getan hatten. Beim Gedanken daran wurde Tylstyr erneut übel.

Praioslob stand auf.

Ungeachtet der Bedrohung durch Zidaines Rapier sahen sich die Männer schweigend in die Augen.

Was war Gerechtigkeit?, fragte sich Tylstyr. Konnte man ein ganzes Leben nach einer einzigen Tat beurteilen, so als hätte alles andere gar nicht stattgefunden?

Er erinnerte sich an das Wiedersehen mit Tjorne, in den Tagen des Winterhjaldings, unmittelbar vor Beginn der Wettfahrt. Zehn Jahre hatte der Schreckenswinter zurückgelegen. Tjorne war kein Halbwüchsiger gewesen, sondern ein Recke, der unter Hetmann Eldgrimm Oriksson erste Heldentaten vollbracht hatte. Er hatte sein Verbrechen aus tiefstem Herzen bereut. Nie wieder hätte er so etwas getan, im Gegenteil, wie einen tollwütigen Hund – so hatte er gesagt – hätte er jeden erschlagen, der Ähnliches versuchen wollte.

»Tjorne war sicher nicht immer ein guter Mensch«, sagte Tylstyr mit einem Kratzen in der Stimme, »aber wer kann das schon von sich sagen? Er war mein Freund.«

Hatte Zidaine in Festum noch vor dem letzten Schritt gezögert, hatte sie ihn jetzt getan.

Tylstyr fühlte sich, als sei er bei hoher See über Bord gegangen, und die Leine, die seine Rettung hätte sein können, war ihm entglitten.

»Die Zeit, die dieser Mann gelebt hat«, sagte Zidaine, »habe ich ihm nur geborgt.«

Tylstyr versuchte, in ihrem Gesicht zu lesen. Er fand es noch immer wunderschön, aber ihm fehlte jede Wärme. Es wirkte unnahbar wie das Antlitz einer Statue, die ein Meister geschaffen hatte. Dieser Steinmetz mochte Rondra im Sinn gehabt haben, die Göttin des Kampfs, wie die Südländer sie verehrten. Oder doch eine Dämonin? Auch den Nachtalben war eine kalte Schönheit zu eigen ...

Er lehnte den Zauberstab an den Mast und löste seinen Gürtel, um Zidaines Dolch mitsamt der Scheide abzuziehen. Auch diese Waffe war schön, mit dem eleganten Handschutz aus gewundenen Bronzeschlangen. Schön und hart und tödlich.

Tylstyr hielt ihn Zidaine hin. »Der gehört dir.«

Kurz nur zögerte sie, bevor sie das Rapier in die Scheide schob und den Dolch griff. »Ich werde sicher noch Verwendung für ...«

Ein Ruf in fremdländischer Zunge unterbrach Zidaine.

Unvermittelt überdeckte gleißende Helligkeit Tylstyrs Blickfeld. Er sah nichts mehr außer grellem Weiß!

Praioslob und Zidaine schrien auf.

Tylstyr schwankte. Er ließ den Dolch los, hörte ihn auf den Boden klappern. Wo waren die anderen? Er streckte die Arme aus und tastete zu den Seiten. Seine Hände fanden etwas Hartes. Den Mast?

Ja, das musste der Mast sein. Sein Fuß stieß gegen etwas Nachgiebiges, sicher Tjornes Leiche.

Zidaines Schrei klang jetzt wütend.

Holz knarrte.

Tylstyr wollte seinen Zauberstab an sich nehmen, bekam ihn aber nicht richtig zu fassen. Noch immer war er geblendet. Der Stab klapperte auf den Boden.

Er hörte Trampeln und Schläge, und ein Mann, der nicht Praioslob war, rief etwas Unverständliches.

Tylstyr hielt Kontakt zum Mast und hockte sich hin, um nach seinem Stab zu tasten. Sicher war er Opfer eines Blendzaubers, so wie möglicherweise die anderen auch. Er brauchte den unzerbrechlichen Stab, um Angriffe abzuwehren, und wenn er die Fackel aktivierte, mochte das den Gegnern Respekt beibringen!

Ein harter Schlag auf den Hinterkopf raubte dem Magier das Bewusstsein.

Schivone Argarons Stolz, Kerngebiet des Sargassomeers,
neunzehnter Tag im Kornmond

»Tylstyr und Praioslob müssen irgendwo stecken.« Mühsam beherrscht musterte Asleif Phileasson die Ottajasko, die sich im Morgengrauen auf dem Deck des Wracks versammelte. »Wer hat sie zuletzt gesehen?«

»Tylstyr lag unter dem Segel im Bug.« Vascal della Rescati zeigte auf das abgespannte Leinen, das ein schräges Dach am Ankerspill bildete. »Unter Deck war es ihm zu stickig.«

Phileasson schnaubte. Es hätte ihm merkwürdig vorkommen müssen, dass sich jemand freiwillig dem Gestank des Tangmeers aussetzte. Im Laderaum reinigten die brennenden Laternen die Luft wenigstens ein bisschen.

Ohm Follker kraulte seinen kurzen Bart. »Ich glaube, ich habe ihn da liegen sehen.«

»Und Vascal bei der nächsten Wache auch«, stellte Phileasson fest. »Mirandola, Salarin – was ist mit euch? Lag er zu Beginn der letzten Wache noch dort?«

Fragend sah Mirandola den Elfen an. Da er schwieg, antwortete sie. »Ich bin mir nicht sicher. Unter das Segel habe ich nicht geschaut. Aber ... Praioslobs Lager war schon leer. Ich dachte, er würde sich Erleichterung verschaffen.«

»Hast du ihn auf Deck gesehen?«

»Nein, aber er hätte ja auch einen Eimer benutzen können.«

»Oder ein Loch im Rumpf«, pflichtete Ohm ihr bei.

Mit vor der Brust verschränkten Armen ging Phileasson vor der Ottajasko auf und ab. »Also sind die beiden während der zweiten Wache verschwunden. Ist euch da etwas aufgefallen? Vascal? Irulla?«

»Der Tod hat dieses Schiff belauert«, sagte die Waldmenschenfrau. »Aber er ist geduldig in diesem Land, das keines ist. Er genießt es, die Lebenden langsam in die Dunkelheit zu ziehen. Er weiß, dass ihm niemand entkommt.«

»Also nichts, was euch aufgefallen wäre.«

Vascal räusperte sich. »Ich habe mich wohl missverständlich ausgedrückt, Foggwulf. Ich habe Tylstyr nicht während meiner Wache auf seinem Schlafplatz gesehen, sondern davor. Bevor er sich hingelegt hat. Zu Beginn der Nacht.«

»Aha!«, rief Phileasson. »Dann könnten die beiden schon bei der ersten Wache verschwunden sein. Ohm, Lailath?«

Ohm kratzte sich im Nacken. »Weiß nicht, wo die beiden abgeblieben sind. Aber vielleicht will Lailath dir etwas sagen.«

Phileasson runzelte die Stirn. »Ja?«

»Ich habe sie auch nicht gesehen.« Gleichmütig blickte die Elfe ihn an.

»Wacht auf!«, schrie Phileasson. »Das ist eine ernste Sache! Sie könnten in Gefahr sein.« Er sah Ohm an. »Was ist während eurer Wache passiert? Raus damit!«

»Lailath hat das Schiff verlassen. Für etwas mehr als eine Stunde.«

Phileassons Blick schwenkte zurück. »Weshalb?«

»Ich habe die Umgebung erkundet.« Noch immer sah ihn die Elfe ungerührt an.

Der Drachenführer knirschte mit den Zähnen. »Und was hast du herausgefunden?«

»Dass uns niemand angreift«, sagte Lailath Schlangenschlächterin.

»Du hast nicht bemerkt, dass jemand auf das Wrack geklettert wäre?«

»Ich habe niemanden gesehen.«

»Es wäre aber möglich«, murmelte Ohm. »Das Seil, an dem sie hinuntergeklettert ist, hing die ganze Zeit von der Reling.«

»Was?«, brüllte Phileasson. »Das ist ja wie eine Einladung, uns die Kehlen durchzuschneiden und auszuplündern!«

»Niemandem wurde die Kehle durchschnitten«, sagte Irulla. »Sonst wäre hier Blut.«

»Nimm die beiden nicht in Schutz!«, forderte Phileasson. »Ihre Nachlässigkeit hat uns in Gefahr gebracht.«

»Ich habe meine Runden an Deck gedreht«, erklärte Ohm.

»Sicher war ich nicht die ganze Zeit am Seil, aber einen Kampf hätte ich gehört. Wenn die beiden entführt wurden, ist es lautlos geschehen.«

»Mit einem Zauber vielleicht«, überlegte Vascal.

Phileasson sah auf das Tangmeer hinaus. Jetzt, in der Morgendämmerung, wurden die grünen Lichter seltener, aber noch immer zogen welche durch die gewellte Landschaft. Zweifellos gab es hier Geister, und auch noch übleres Gezücht hätte ihn nicht überrascht. Scherenwürmern fehlten die Gliedmaßen, um an Bord zu klettern, und sie hätten sicher auch Lärm verursacht. Aber es mochte klügere und geschicktere Kreaturen in den Schlingen des Tangfelds geben, die von ebensolcher Bosheit beseelt waren.

Er blickte in Ohms Augen. »Ich weiß nicht, was du dir dabei gedacht hast! Du bist doch nicht das erste Mal auf Reisen in gefährlicher Umgebung. Du weißt, wie wichtig eine Wache ist.«

»Ja, Foggwulf.«

»Ich bin enttäuscht von dir.«

Aber reichte das?, fragte er sich.

Lailath hatte noch unverantwortlicher gehandelt als Ohm, sie hatte ihren Posten verlassen. Aber Ohm hätte die Gefährtin daran hindern müssen, oder er hätte Phileasson wecken sollen. Eigentlich müsste Phileasson sie zu ihrem Drachenführer rufen, damit die Ottajasko sie durchprügelte, weil die beiden alle anderen in Gefahr gebracht hatten. Die Wache vernachlässigen ... dafür waren schon Recken erschlagen worden. Ohne ein paar Brüche würde das nicht abgehen.

Durfte man so etwas einem guten Freund wie Ohm antun?

Durfte ein Drachenführer es den Mitgliedern seiner Ottajasko ersparen, wenn sie sich dermaßen vergingen? Die Forderung nach

Disziplin war keine Eitelkeit eines Anführers. Auf einer Fahrt wie dieser war sie überlebenswichtig. Hoffentlich würden Tylstyr und Praioslob das nicht auf traurige Weise bestätigen.

Ohm schien seine Gedanken zu erraten. »Du weißt, was du tun musst, Drachenführer«, sagte er.

»Zuerst«, grollte Phileasson, »holen wir Tylstyr und Praioslob zurück. Dann sehen wir weiter.« Er sah zur Luke, die unter Deck führte. »Wir fangen damit an, dass wir die Laderäume durchsuchen. Vielleicht sind sie noch an Bord.«

»Ich glaube, der Atem des Todes umfächelt sie«, meinte Irulla.

»Umso mehr Grund, sofort mit der Suche zu beginnen.«

Bedächtig schüttelte die Waldmenschenfrau den Kopf. In der fortgeschrittenen Dämmerung war die weiße Spinnenzeichnung auf ihrem Schädel inzwischen deutlich zu erkennen. Die dunklen Augen sahen an Phileasson vorbei, auf etwas, das sich hinter ihm befand.

Er drehte sich um, erkannte aber nur das Tangmeer.

»Auf dem Wrack der Kogge«, raunte Irulla. »Von der Rah hängen drei Körper.«

Phileasson stürzte zur Reling. Er sah den dunkelgrauen Schatten des Schiffs, etwa eine Meile entfernt. Es befand sich beinahe genau im Osten, wo der Himmel besonders hell war. Er erkannte den Mast als schwarzen Dorn vor dem Grau, aber die Körper, von denen Irulla sprach, sah er nicht. »Sind sie tot? Erhängt?«

Irulla trat neben ihn, spähte und schwieg. Waren auch ihre Augen überfordert, oder wollte sie ihm die Erkenntnis ersparen, dass nichts mehr zu retten war?

Er versuchte, sich damit zu beruhigen, dass eine solche Rücksichtnahme bei der Frau, die eine seltsam romantische Zuneigung mit dem Tod verband, nicht zu erwarten war.

»Galandel, Salarin! Könnt ihr etwas erkennen?«

Mit gebeugtem Rücken stellte sich Galandel deren-Lied-verklingt neben ihn. Sie blinzelte.

»Da sind auch Vögel«, sagte Salarin Trauerweide. »Sie fliegen über dem Wrack.«

»Was ist mit den Körpern? Sind es wirklich drei?« Phileasson war sicher, dass kein weiteres Mitglied seiner Ottajasko fehlte. Dennoch ließ er den Blick über die besorgten Gesichter schweifen. Shaya Lifgundsdottir legte einen Arm um Leomara della Rescati. Das Mädchen war inzwischen ebenso groß wie die Frau.

»Drei«, bestätigte Salarin.

»Sie könnten noch leben«, meinte Irulla. »Der Tod lässt sich Zeit in diesem Land.«

Obwohl die Sorge Phileasson zum sofortigen Aufbruch drängte, wusste er, dass auch er die Sache ruhig angehen musste. Niemandem wäre geholfen, wenn sie kopflos in eine Falle gestolpert wären.

»Macht euch kampfbereit«, befahl er. »Rüstungen, Waffen – auch die aus den Seeschlangenzähnen –, ein paar Leinen, genug Wasser für einen Tag. Den Rest lassen wir hier.«

Kogge Bodrinslust, Kerngebiet des Sargassomeers,
neunzehnter Tag im Kornmond

»Was ruft die Frau da auf dem Schiff?«, fragte Abdul el Mazar.

»Atar-ator«, sagte Irulla.

Die Matrosin hing an einer Strickleiter, die an der Rah befestigt war. Sie schwankte im Wind, der auch an dem roten Tuch auf ihrem Kopf zupfte.

»Was für eine Sprache ist das?« Schritt für Schritt mühte sich Abdul über den zähen Untergrund.

»Ich weiß nicht, ob es überhaupt eine Sprache ist.« Irulla sank ebenso tief ein wie er, obwohl sie gleich zwei Speere als Stütze benutzte. Den einen krönte eine Spitze aus grauem Stahl, die andere war aus dem Zahn einer Seeschlange geschnitzt und mit gekerbten Linien verziert. »Die Seeleute im Südmeer benutzen diesen Ruf, um sich zu begrüßen oder wenn sie Aufmerksamkeit brauchen, weil sie eine Meldung machen.«

Die Ottajasko folgte einer Spur, die sich in den Tang gegraben hatte, zum Wrack einer Kogge, in deren Rumpf ein großes Loch klaffte. Der Anblick machte Abdul traurig. Er spürte, dass er auch so ein Loch hatte.

Er tastete über seine Brust. Dort fühlte er die Wülste der Narben, aber keine Öffnung. Trotzdem wusste er, dass etwas an ihm kaputt war. Anders als die gebrochene Rippe, die kaum noch schmerzte. Etwas, das nicht so leicht wieder zusammenwachsen würde.

Oben an der Reling erschien Vermis Gulmaktar, der Blutmagier. Abduls Traurigkeit wich Wut. Er mochte Vermis nicht. Vermis scherte sich nicht um das Leid, das er den Menschen in seiner Nähe bereitete. Er benutzte sie wie Tiere.

»Ich grüße Euch, Foggwulf!« Der böse Mann zeigte mit weiter Geste hinauf zur Rah. »Seid Ihr gekommen, um die fetten Vögel zu bestaunen, die ich in der Nacht gefangen habe?«

Dort hingen kopfüber drei Menschen, verschnürt wie Rollbraten. Er beabsichtigte doch nicht etwa, sie zu essen?

Zidaine Barazklahs schwarzer Zopf hing herunter, als wollte er nach dem Deck tasten, das doch zehn Schritt unter ihm lag.

Praioslob wand sich in den Fesseln. »Das wirst du schwer büßen, Zauberer!«, rief der Geweihte.

Abdul erschrak.

»Er spricht nicht mit dir«, flüsterte Shaya Lifgundsdottir ihm zu. »Er meint Vermis.«

Erleichtert seufzte Abdul, aber der Schurke lachte laut.

»Der mit dem Helm ... ist das Tylstyr?«, fragte Abdul.

»Ja, das ist er«, bestätigte Irulla.

Tränen stiegen in Abduls Augen. Der Junge tat ihm leid. Wenn man einem Magier einen Eisenhelm über den Kopf stülpte, machte man ihn taub für die astralen Ströme. Wie wenn man jemandem Wachs in die Ohren goss. Dabei war Tylstyr immer freundlich. »Das ist gemein!«, rief Abdul. »Das darfst du nicht tun!«

Beruhigend legte Shaya ihm einen Arm um die Schultern. In der anderen Hand hielt sie einen Stab.

»Bist du auch eine Magierin?«, fragte er flüsternd.

»Wie kommst du denn darauf?«

»Magier haben meistens einen Stab.«

»Du kennst mich doch, Abdul! Ich bin es, Shaya.«

Eifrig nickte er. »Ja, aber es könnte ja sein, dass du verheimlichst, eine Zauberin zu sein. Damit niemand gemein zu dir ist.«

»Aber nein, ich bin die, die du kennst, Abdul. Ich verstelle mich nicht.«

»Das ist schön.« Er zog Shaya mit beiden Armen an sich. »Ich mag dich.«

»Ja, das ... freut mich. Aber jetzt müssen wir unsere Freunde befreien.«

»Genau. Es ist sehr traurig, dass sie gefangen sind.«

»Ich rate Euch, Vermis«, rief Asleif Phileasson, »gebt sie frei! Dann verzichte ich darauf, Euch den Kopf von den Schultern zu schlagen.«

Vermis lachte gehässig. »Dazu müsst Ihr mich erst einmal holen kommen.«

»Das hier ist nicht das erste Schiff, das ich entere, und es wird nicht das letzte bleiben!«, drohte Phileasson.

»Ich dachte, Thorwaler würden mehr handeln und weniger schwatzen.«

»Ottajasko!«, grollte Phileasson. »Schild an Schild. Wir gehen durch das Loch im Rumpf.«

»Nein«, sagte Abdul fest. »Ich will nicht auch gefangen werden.«

Phileasson lachte höhnisch. »Wer soll uns denn gefangen nehmen? Vermis' traurige Gestalten etwa?«

»Der Golem«, antwortete Abdul.

Phileassons Augen verengten sich. Er sah wieder zum Schiff.

»Der Tang vor dem Wrack«, half Irulla. »Der Schatten verbirgt ihn beinahe.«

»Ich sehe nichts«, gestand Ohm.

»Ich mag keinen Trug und keine Täuschung.« Abdul streckte die Arme vor und bog die Finger zu Krallen. Die Algen waren nass, aber im Salz und im Treibholz ließ sich das Feuer wecken. Er sprach Worte astraler Macht.

Flämmchen zuckten aus den grau-grünen Strängen.

Der aus Tang geformte Golem kräuselte sich. Er floh vor der Hitze. An den Rändern hob er seinen tellerförmigen Körper an. Er sah aus wie eine fünf Schritt durchmessende Flunder. Ein Rand zog sich zur Mitte, eine Welle durchlief den Körper, und auf der anderen Seite fiel das Wesen einen Schritt weit vorwärts. Diese Art der Fortbewegung über den schwankenden Untergrund, weg von dem Loch im Schiffsrumpf, erinnerte an eine Raupe, ging aber ungleich schneller vonstatten.

»Was wäre geschehen, wenn wir darauf getreten wären?«, fragte Shaya tonlos.

»Hast du je gesehen, wie sich die Blüte einer fleischfressenden Pflanze um eine Fliege schließt?« Irulla grinste schief. »Sie zappeln noch einen Tag lang, während sie verdaut werden.«

»Sehr schlau!«, rief Vermis zu ihnen herunter. Er sah wütend aus.

Hatte Abdul etwas falsch gemacht?

Er ließ die astrale Matrix zerfasern, die Flammen erloschen.

»Nachdem Euer kümmerlicher Versuch gescheitert ist«, rief Phileasson. »lade ich Euch ein, zu uns herunterzukommen.«

»Ihr glaubt doch nicht etwa, ich hätte Angst vor Euch?«

»Wie ein mutiger Recke seht Ihr nicht gerade aus.« Ohm Follkers Schläfenzöpfe pendelten neben seinen Ohren.

»Also gut«, sagte Vermis. »Als Zeichen des guten Willens: Ich komme.«

Phileasson wandte sich an seine Recken. »Zieht nicht die Waffen, er hat unsere Gefährten in der Gewalt. Wenn wir ihn angehen, brauchen seine Leute oben auf dem Deck nur die Leinen zu kappen, die die drei halten, und sie stürzen mit dem Kopf voran zu Tode.«

»Zidaine würde ich es gönnen.« Mirandola spie aus. »Verräterin.«

»Im Moment hat sie denselben Feind wie wir«, meinte Phileasson.

»Wenn wir Vermis in die Gewalt bekämen, könnten wir ihn gegen unsere Leute austauschen«, gab Ohm zu bedenken.

»Das probieren wir für den Fall, dass er sich als Dickschädel erweist. Aber ich frage mich, was er überhaupt will. Wenn es ihm ums Umbringen ginge, hätte er das schon erledigt.«

»Vielleicht eine Entschuldigung, weil wir beim Mahl nicht mit ihm übereingekommen sind«, vermutete Vascal della Rescati. Seine linke Hand – die, an der der kleine Finger fehlte – spielte mit dem Griff seines Degens. »Man muss sich nur seinen Aufzug anschauen, der sagt alles über seine Eitelkeit. Das ist krankhaft.«

Knarrende Geräusche erregten Abduls Aufmerksamkeit. Er erahnte kantige Gestalten in den Schatten hinter dem Loch im Schiffsrumpf.

»Vollgerüstete?«, fragte Ohm zweifelnd. »Die müssten in diesem Tangfeld doch sofort bis über den Kopf einsinken.«

»Ich bezweifle, dass das Menschen sind«, sagte Salarin.

»Hol sie aus dem Dunkel«, befahl Phileasson. »Ich will wissen, womit wir es zu tun haben.«

Wunderschön sangen Salarins zwei Stimmen ein Lied von Zauberei und Licht. Eine blau-weiß strahlende Kugel erschien über der Hand, die der Elf vor seine Brust hielt. Sie schwebte auf die Kogge zu und hinein in die Öffnung.

Ihr Leuchten fiel auf verwuchertes Holz, das in dieser Form jedoch nicht an einem Baum gewachsen war. Planken aus Eiche und Zeder, gekonnt geschnitztes Mohagoni, helle Buche und rote Esche hatte ein Zauber zu menschenähnlichen, aber ungeschlachten Formen zusammengefügt. Kantige Kiefer bewegten sich. Aus einem ragten anstelle von Zähnen verbogene Nägel. Drei dieser wuchtigen Golems blickten ihnen entgegen.

Vermis wirkte zwischen ihnen besonders klein, ein Eindruck, den seine rundliche Gestalt noch verstärkte. »Ich komme ja schon! Seid nicht so ungeduldig.«

Er trug eine mit schimmerndem Perlmutt besetzte rote Jacke, deren Farbe sich mit dem Grün seines Hemds biss. Die weiße Schärpe, die Abdul vom Abendessen in Erinnerung hatte, trug Vermis heute rätselhafterweise unter dem Hemd, wo sie nicht als Schmuck dienen konnte. Nur am Kragen war der Stoff zu sehen und an der linken Seite, wo er unter der Jacke hervorkam. Das Schwarz seiner Samthose gewährte dem Auge ein wenig Erholung, jedoch nur, damit die schreiend gelben Stiefel es von Neuem erschreckten.

»Nur der Zauberstab ist schön«, flüsterte Abdul.

Das Licht von Salarins Kugel tanzte im Kristall, der die Spitze des Stabs krönte.

Vermis sprang auf den Tang. Seltsamerweise sanken seine gelben Stiefel keinen Fingerbreit ein. Wie über festen Boden schritt er auf die Ottajasko zu.

Der Lichtzauber verlosch. Das fand Abdul schade.

Phileasson zeigte hinauf zu den Gefangenen. »Was soll das?«

»Mir schien, Ihr bräuchtet ein wenig Motivation, um die Sinnhaftigkeit der Kooperation einzusehen.«

»Wir hatten Euch doch bereits zugesagt, dass wir diesen Dämon angehen werden.«

»Ja, schon, aber ... mir wäre recht, dass ich zugegen wäre, wenn er zurück in seine heimatliche Sphäre flieht. Leider schien mir, dass Ihr nicht gewillt wart, meine Nähe zu dulden. Obwohl ich zweifellos die entscheidenden Fähigkeiten einbringen mag, den Gehörnten zu überwinden.«

»Wenn Ihr das könntet«, sagte Ohm trocken, »hättet Ihr es schon längst getan.«

»Ich habe nie geleugnet, dass mir Eure Unterstützung sehr gelegen kommt.«

»Also lasst Ihr meine Leute frei, wenn wir gemeinsam diesen Dämon angehen?«

»Nachdem wir ihn überwunden haben.« Vermis lächelte boshaft. »Damit Ihr mich nicht hintergeht.«

»Atar-ator!«, rief die Matrosin an der Strickleiter. Sie zeigte nach Süden. »Eine Lederschwinge!«

Ein merkwürdiges Wesen flatterte dort über dem Tang. Es erinnerte Abdul an eine Fledermaus, war aber größer und hatte einen wippenden Buckel.

Mehrere von Vermis' Schergen eilten ans Heck des Wracks und schossen Pfeile auf das Tier.

Sie trafen nicht. Es gewann an Höhe und entfernte sich.

Ikvan Bradiloff trug heute eine blaue Jacke, die ihm bis zu den

Knien reichte. Eine Stickerei aus Silberfäden zierte die Säume. Er brachte ein Tablett aus dem Schiff, auf dem eine Weinflasche und zwei Gläser standen. Im Gegensatz zu seinem Herrn sank er bei jedem Schritt bis zu den Waden ein.

»Ich würde mich freuen, wenn wir auf unseren Bund trinken könnten, Kapitän«, sagte Vermis mit falscher Freundlichkeit.

»Was willst du von dem Dämon?«

»Ich erklärte Euch doch schon: Er hindert uns daran, das Tangmeer zu verlassen. Solange er sich hier aufhält, ist jeder Fluchtversuch zum Scheitern verurteilt.«

»Das ist nicht alles«, vermutete Phileasson. »Du willst noch mehr.«

»Darauf komme ich zurück, wenn er gebannt ist.«

»Wenn wir ihn für dich besiegen«, fragte Vascal, »was garantiert uns dann, dass du unsere Freunde wirklich freigibst?«

»Ich denke, da werdet Ihr auf meine Ehrlichkeit vertrauen müssen.« Wieder lachte Vermis auf so abscheuliche Art, dass Abdul ihn am liebsten streng zurechtgewiesen hätte. Aber sie befanden sich nicht in der Magierakademie zu Rashdul, und er war auch kein Lehrer mehr.

Lailath Schlangenschlächterin schien Vermis' Auftreten ebenfalls ungebührlich zu finden. Die Elfe umfasste den Griff ihres Säbels. »Er darf den Largala'Hen nicht bekommen.«

Largala'Hen, überlegte Abdul. Ein merkwürdiges Wort, sicher aus der Elfensprache. Ihm war, als hätte er es bereits einmal vernommen. Aber wann? Und wo?

Vermis musterte Lailath mit einem hasserfüllten Blick. »Ich bin keiner von jenen, die um Erlaubnis fragen. Das merkt Ihr Euch besser, sonst wird es unschön enden. Ich nehme mir, was ich begehre, und niemand tut gut an dem Versuch, es mir zu verweigern.«

»Ja, diesem Dämon ist das bestimmt ganz übel bekommen, dass er sich Eurem Willen verweigert hat«, spottete Ohm.

Vermis' funkelnde Augen richteten sich auf den Skalden. »Das wird es. Mactans wird sich selbst dafür verfluchen, gegen mich aufbegehrt zu haben.«

»Aufbegehrt?«, hakte Vascal nach. »Habt Ihr ihn etwa gerufen? Ist er Eurem Bann entkommen?«

Vermis krampfte die Faust um den schönen Zauberstab und presste die Kiefer zusammen. »Wir sollten sofort angreifen«, brachte er mühsam beherrscht hervor.

»Wir hatten noch keine Gelegenheit, das Kampfgebiet vollständig zu erkunden«, wandte Phileasson ein.

»Ich kenne mich hier aus wie kein Zweiter.«

»Besser als der zweite Meister?«, zweifelte Ohm.

Vermis grinste schief. »Sagen wir: wenigstens ebenso gut.«

»Ganz gleich, wie gut Euch der Ort bekannt ist, an dem wir kämpfen werden: Ich bin der Krieger, nicht Ihr«, sagte Phileasson. »Ich sehe mit einem anderen Blick, mir fallen andere Dinge auf als Euch.«

Theatralisch seufzend entkorkte Vermis die Weinflasche. Er füllte die beiden Gläser. »Wenn es Euch so wichtig ist – führt Eure Erkundungen durch. Als weiteres Zeichen meines guten Willens werde ich Euch dabei unterstützen. Über Wasser und Speise braucht Ihr Euch nicht zu sorgen, ich werde sie Euch liefern. Das wird Euch beweglicher machen.«

»Ich bevorzuge meine eigenen Vorräte«, erwiderte Phileasson eisig.

Vermis reichte ihm eines der Gläser. »Hat es Euch bei mir nicht gemundet? Das trifft mich ins Herz, aber ich muss darauf bestehen, Euch zu helfen. Ich werde Eure Vorräte mit meinen zusammenführen, dann können wir gerecht teilen.«

»Das könnte Euch so passen!«, rief Ohm. »Wir werden auf keinen Fall …«

»Was?«, unterbrach Vermis bellend. »Eure Kameraden retten?« Über die Schulter sah er zu den an der Rah baumelnden Gefangenen hoch. »Ihr missversteht meine Höflichkeit. Ich habe nicht vor, mit Euch zu verhandeln. Ihr werdet tun, was ich verlange.«

»Ich muss Euch lassen, dass Ihr Mut habt.« Phileasson trat nah an Vermis heran, als er das Glas nahm. »Zwar mögt Ihr schneller über den Tang laufen als wir, aber habt Ihr schon gesehen, wie rasch ich ein Schwein abstechen kann?«

»Nicht, Foggwulf!« Abdul starrte auf den Stirnreif aus fein gearbeitetem Silber, den Vermis trug. Er spürte, dass dieses Schmuckstück Rettung versprach … und eine Warnung beinhaltete. Hilfe und Verderben, beides war hineingewebt.

»Der Collega hat ganz recht.« Gut gelaunt stieß Vermis sein Glas gegen das in Phileassons Hand. »Es gehört viel weniger Mut zu meinem Auftritt, als Ihr glaubt. Ich habe mich gründlich auf alle Eventualitäten vorbereitet. Nur ein paar …« Abschätzig musterte er die Ottajasko. »Ein paar Helfer mit Neigung zum Groben haben mir gefehlt. Aber zum Glück seid Ihr ja jetzt da.« Er nahm einen Schluck. »Von nun an werde ich Euch sogar begleiten.«

»Ihr wollt mit uns kommen?«, versicherte sich Phileasson. »Ihr selbst?«

»In Persona«, bestätigte Vermis. »So kann ich Euch am besten vor Dummheiten bewahren.«

»Ich sage: Wir schnappen ihn uns hier und jetzt«, knurrte Ohm. »Wringen ein bisschen seinen Hals, vielleicht können wir ein paar vernünftige Worte herausquetschen.«

»Bitte nicht!«, rief Abdul. »Das ist gefährlich. Sehr gefährlich.«

Nachdenklich sah Phileasson ihn an, bevor er sich wieder an

Vermis wandte. »Für den Moment scheint der Vorteil auf Eurer Seite zu sein. Aber Ihr solltet meine Leute dennoch freilassen. Bedenkt, dass ein weiterer Magier und ein Diener des Praios uns sehr verstärken werden, wenn es gegen einen Dämon geht.«

»Schlagt Ihr vor, die beiden gegen jemand anderen aus Eurem Gefolge auszutauschen? Das Mädchen vielleicht?«

»Auf keinen Fall!« Vascal riss einen seiner beiden Degen aus der Scheide. Er erwischte den mit der Zahnklinge. »Leomara bekommt Ihr nicht.«

»Ruhig Blut!« Vermis grinste. »Bei näherem Nachdenken bin ich ganz zufrieden damit, keinen Praioten und keinen Magier im Rücken zu haben.«

»Da täuscht Ihr Euch, Collega!«, protestierte Abdul. »Ich werde Euch stets im Auge behalten. Keine Eurer Schandtaten wird mir entgehen.«

»Ich glaube, damit kann ich leben«, beschied Vermis gönnerhaft.

Phileasson stellte das Glas zurück aufs Tablett. »Ich verlange, dass Ihr meine Leute herunterholt und so unterbringt, dass sie keine Pein leiden.«

»Auch das will ich Euch gewähren. Ikvan!«

»Herr?«

»Du bringst unsere Gäste auf die *Tubaikans Zorn*. Du weißt, in welche Kabine.«

»Ja, Herr.«

»Keine Folterstube«, kam Vermis Phileassons Einwand zuvor. »Nur ein Raum, in dem ich zuweilen mit Wesenheiten konferiere, deren ... astrale Eigenheiten mich nicht ablenken sollen. Dann braucht der Collega auch den Helm nicht mehr zu tragen.«

»Das wäre gut«, warf Abdul ein. »Der Junge leidet sicher Kopfschmerzen unter dem Eisen.«

»Und Ihr lasst sie frei, wenn Ihr habt, was Ihr wollt?«, versicherte sich Phileasson.

»Wohlauf und gesund, ohne ein gekrümmtes Haar«, bestätigte Vermis. »Darauf lasst uns anstoßen!«

»Mit Leuten wie Euch«, Phileasson nahm das Glas und kippte es über dem stinkenden Tang aus, »trinke ich nicht.«

»Aber wie wollen wir unseren Pakt dann besiegeln?«

Der Thorwaler fletschte die Zähne, ein wölfisches Grinsen, das Abdul solche Angst machte, dass er zurückgestolpert wäre, hätte nicht Shayas Arm um seine Schultern gelegen. Der Blick aus Phileassons grauen Augen blieb auf Vermis gerichtet. »Ihr werdet mir wohl vertrauen müssen.«

6 ERKUNDUNGEN

Zedrakke Tubaikans Zorn, Kerngebiet des Sargassomeers, zwanzigster Tag im Kornmond

Das Nesteln von Ikvan Bradiloffs Fingern schmerzte an Tylstyr Hagridsons Kinn, aber als der Riemen gelöst war, erleichterte das seine Pein erheblich. Und welch eine Erlösung erst, als ihr Kerkermeister den Helm vom Kopf des Magiers hob! Mit einem Mal wich das Gefühl, sein Schädel sei in einen Schraubstock gespannt. Tylstyr seufzte.

»Ich bedauere wirklich sehr«, behauptete Ikvan, »dass es zu Unannehmlichkeiten für meinen Retter kommt. Das ist mir außerordentlich unangenehm, wo Ihr mich doch so heldenhaft vor den Scherenwürmern verteidigt habt, Brüderchen. Ich gelobe, Eure Unbill so gering zu halten, wie es mir möglich ist, ohne die Befehle meines Meisters zu verletzen.« Das Gesicht mit den buschigen Brauen, den eingefallenen Wangen und den geröteten Augen zeigte eine Miene der Betroffenheit.

Tylstyr roch das mit Duftstaub vermischte Puder, mit dem Ikvan seine Haut aufhellte. Ob sich die im Tangmeer Gestrandeten mit Schauspielerei die Zeit vertrieben? Ikvan konnte bestimmt überzeugend Mitleid heucheln.

»Wenn du mir einen Gefallen tun willst: Lass uns einfach in Ruhe!«, empfahl Tylstyr.

»Ich verstehe Eure Verstimmung«, sagte Ikvan. »Erlaubt mir nur, dass ich Euch die Fesseln löse, bevor ich mich empfehle.«

Der tranige Geruch der Funzel, deren Licht die Kabine erhellte, bildete einen unangenehmen Gegensatz zum süßlichen Duft von Ikvans Gesichtspuder. Die Lampe stand auf einem eckigen Tisch, auf dem eine schwarze Decke lag. Es gab drei Stühle, aber nur eine Koje im Raum. Ein fünfarmiger Bronzeleuchter hing an einer Kette.

»Ich bringe später Kerzen«, versprach Ikvan, während er den Strick löste, der Tylstyrs Arme auf den Rücken band.

Die Kajüte hatte keine Fenster und nur eine Tür. Neben dieser standen zwei von Vermis' Schergen, eine kleine untersetzte Frau mit blankgezogenem Säbel und ein Mann, dessen Kleidung ihm viel zu groß war, vor allem der ärmellose Brokatmantel. Auch ein hölzerner Golem stand im Raum. Das bullige Wesen hatte sehr kurze Beine, weswegen es Tylstyr gerade bis zur Brust reichte, aber seine Schultern waren so breit wie der Türrahmen. Möglicherweise hatte Vermis dafür einen Türsturz benutzt, auf jeden Fall einen kantigen Balken. Der rechte Arm war aus mehreren miteinander verwachsenen Planken zusammengesetzt, er besaß keine Hand und anstelle von Fingern ein paar lange Nägel. Der linke ähnelte in den Proportionen eher dem eines Menschen, hier mochte Treibholz das Rohmaterial gewesen sein. Auch er hatte jedoch keine bewegliche Hand, nur eine Verdickung wie eine Faust. Am feinsten modelliert war der Kopf, aber das war kein Werk der Magie, sondern der Schreinerkunst. Offensichtlich stammte er von einer Galionsfigur. Ein Jüngling mit lockigem Haar blickte Tylstyr entgegen.

»Hal ist eine frühe Arbeit meines Meisters«, erklärte Ikvan.

Tylstyr rieb sich die Gelenke. Kribbelnd kehrte das Leben in seine Hände zurück. »Hal? Wie der Kaiser des Mittelreichs?«

Achselzuckend ging Ikvan zu Praioslob, um auch dessen Fesseln zu lösen. »Meister Vermis hat gern das Gefühl, sich in würdiger Gesellschaft zu befinden.«

»Da müsste er sich eher mit Halsabschneidern und Totschlägern aus der Gosse umgeben«, versetzte Praioslob.

»Seid nicht so ungnädig mit uns, Väterchen«, bat Ikvan. »Ihr habt noch nicht viel von der Klugheit und Weitsicht erlebt, mit denen die Götter meinen Meister beschenkt haben.«

Es tat gut, den Kopfschmerz endlich los zu sein. Das Gefühl für die astralen Ströme, die ein Magier formen konnte, blieb jedoch aus. Das mochte eine Frage der Zeit sein, aber Tylstyr vermutete, dass man die verschnörkelten Muster nicht nur zur Verschönerung der Kabine in die Wände geschnitzt hatte. Er erkannte Schriftzeichen des Zhayad, auch wenn die Wörter, die sich daraus zusammensetzten, keinen Sinn für ihn ergaben. In der Beschwörungsmagie kannte er sich nur rudimentär aus.

Praioslob ließ die Arme kreisen.

Ikvan ging auf Zidaine zu, verharrte aber nach dem ersten Schritt. »Ich glaube, ich überlasse es lieber Euch, ob Ihr die Fesseln dieses grimmigen Schwesterleins lösen wollt.«

Er zeigte auf einen Krug, eine Schüssel und mehrere Becher, die auf einer flachen Truhe standen. »Wasser. Die Kiste ist verschlossen, ich rate Euch, das Schloss nicht zu grob zu behandeln. Ich weiß nicht, was dann passiert, ich habe die Warnung meines Meisters stets beherzigt. Unter dem Bett steht ein Nachttopf.«

Tylstyr überlegte, ob sie die drei und den Golem überwältigen könnten. Die Dolche hatte man den Gefährten abgenommen, der Kerl im zu großen Mantel trug jetzt Zidaines Rapier im Gürtel, und wo Tylstyrs Zauberstab war, wusste er nicht. Vielleicht, wenn sie einen Stuhl zertrümmerten und Zidaine eines seiner Beine als Knüppel benutzen könnte ... und wenn seine magische Kraft zurückgekehrt wäre ... der Flammenstrahl mochte dem Golem empfindlich zusetzen.

Ikvan nickte ihm zu. »Ruft nach mir, wenn Ihr etwas braucht.« Gemeinsam mit den beiden Matrosen verließ er die Kajüte, das Geschöpf aus belebtem Holz blieb zurück. Schlüssel drehten sich in mehreren Schlössern.

Knarrend setzte der Golem seitliche Schritte, wie ein Krebs, bis er vor der Tür stand. Das Gesicht verzog keine Miene. Es war ein gelungenes Kunstwerk mit ästhetischen Proportionen, wirkte aber weniger lebendig als das verwachsene Holz seines restlichen Körpers.

»Bindet mich jetzt einer von euch los, oder habt ihr Angst vor mir?«, fragte Zidaine Barazklah.

»Grund dazu hätten wir ja wohl«, stellte Praioslob tonlos fest. »Nach dem, was du Tjorne angetan hast.«

»Du hast mir keinen Anlass gegeben, dich so zu hassen wie ihn, Geweihter«, sagte Zidaine. Sie sah jedoch Tylstyr an.

Er fand ihr Gesicht noch immer wunderschön, mit seiner hellen Haut und den klaren Linien. Er hatte Küsse auf ihre Lider gehaucht, den Schwung ihres Kiefers unter den Ohren erkundet, ihre Wangen, die Lippen. Aber wenn er an die Nähe dachte, die sie verbunden hatte, kam es ihm vor wie die Erinnerung an eine andere Frau.

Tylstyr räusperte sich. »Mach sie los«, forderte er Praioslob auf und war froh, dass der Gefährte es tat. Er wusste nicht, ob er es ertragen hätte, Zidaine zu berühren.

Er wandte sich ab und studierte die Zeichen in den Wänden. Artefakte aus Kupfer und Silber verzierten die Vertäfelung. Eine handtellergroße Scheibe mit einem verschlungenen Symbol war aus einem schwarzgrauen Stein mit vielfarbig schillerndem Einschluss gefertigt. Koschbasalt, vermutete Tylstyr. Das hätte zu dem Vorhaben gepasst, die magischen Ströme aus diesem Raum auszusperren.

»Was ist das hier?«, fragte Praioslob. »Frönt dieser verderbte Vermis in dieser Kajüte etwa der unheiligen Kunst der Dämonenbeschwörung? Ich sehe keinen Opferstein.«

»Der wäre auch nicht unbedingt notwendig.« Tylstyr ging weiter an der Wand entlang. »Aber falls er hier zaubern wollte, wäre ihm das schlechterdings unmöglich, wenn er die astrale Kraft vollständig aussperrt.«

»Ist das denn der Fall?«

»Soweit ich es erspüre – ja.«

»Du klingst zögerlich«, meinte Zidaine.

»Mein Gespür mag noch taub sein. Ich war lange unter diesem Eisenhelm.«

»Das klingt nicht, als würdest du daran glauben«, sagte Praioslob.

»Ich denke eher, die Kajüte dient als Zuflucht für den Fall, dass eine andernorts beschworene Kreatur Vermis verfolgt. Aber dagegen spricht, dass sich der Golem hier aufhalten kann.«

»Ha!« Praioslob schnaubte missbilligend. »Was für eine Unverfrorenheit, ein solches Geschöpf nach seiner allergöttlichsten Magnifizenz, dem Kaiser, zu benennen!«

»Vielleicht, weil die Magie schon im Körper des Golems gebunden ist ...«, überlegte Tylstyr. »Er braucht keine astrale Matrix mehr zu knüpfen, sie existiert bereits ...«

»Glaubst du, sie schützt diesen Gesellen auch vor ein paar wuchtigen Schlägen?«, fragte Zidaine.

»Wenn ich ihn betrachte, scheint mir, du könntest ebenso gut versuchen, die Wand der Kabine einzutreten.«

»Ich hätte nicht übel Lust dazu.«

»Es bringt nichts, die Wut sinnlos von der Kette zu lassen.«

Tylstyr dachte an die Schlösser, die er gehört hatte. »Wir brauchen eine gute Gelegenheit.«

Er drehte sich zu den beiden anderen um.

Praioslob sah er kaum, Zidaines Gesicht hielt ihn gefangen. So schön – und so fremd. So hart, und doch mit dieser Verletzung im Blick. War das in den Drachensteinen anders gewesen? War die dunkle Kraft, die Zidaine antrieb, dort für einige Tage von ihr gewichen?

Oder verfälschte die Sehnsucht Tylstyrs Erinnerungen?

Er fühlte sich von seinem eigenen Herzen verraten. Schmerzhaft rief er sich ins Gedächtnis, dass diese Frau eine Mörderin war. Und zwar eine, die grausam und ohne eine Spur von Mitleid tötete, die ihre Opfer quälte. Und doch ...

»Mir scheint, wir haben Zeit.« Praioslob zog einen Stuhl zurück, setzte sich und legte die Unterarme auf der schwarzen Tischdecke ab. »Wir sind zu der Kogge gekommen, um mit dir zu reden, Zidaine. Also: Reden wir. Was hat dich bewogen, einen Pakt mit Blakharaz zu schließen, dem Erzdämon, den man den Herrn der Rache nennt?«

Tylstyr fand, dass der Geweihte seltsam sprach. Getragen, enthoben, als wäre er ein Fremder, der Zidaine gar nicht kannte und von dem Geschehen nur aus einem Bericht wusste.

Obwohl ... eigentlich benahm sich Praioslob gerade jetzt so, wie Tylstyr es von einem Geweihten des Sonnengotts erwartet hätte. Nach dem, was man an der Schule der Hellsicht über die rücksichtslosen Ächter der Magie erzählte, die Dörfer niederbrannten, nur weil sie eine Schrift mit verbotenem Wissen darin vermuteten ...

Bloß war Tylstyr das von Praioslob nicht gewohnt. Seit Monden reiste er mit ihm, durch das Eismeer, über die frühlingsnassen Straßen des Nordostens, durch Wälder, über den Rabenpass, durch das Bornland und Tobrien, auf einem Haijäger im Perlenmeer ... Praioslob war sicher weniger herzlich als Shaya, und er besaß auch nicht die milde Güte Galandels, schon gar nicht die direkte Art Ohm Follkers, aber er war immer mitten unter den Menschen gewesen, die ihn umgeben hatten. Er hatte die Zelte aufgebaut und die Segel getrimmt, Wache gehalten und die kranken Nivesen gepflegt.

Aber jetzt war er anders. Nahm er Zuflucht zu den Lektionen, die er in der Stadt des Lichts gelernt hatte?

Mit einem spöttischen Lächeln setzte sich Zidaine ihm gegenüber. »Dein Gott hat mir nie geholfen.«

Ernst sah Praioslob sie an. Ob er Zidaines Schönheit ebenso empfand wie Tylstyr? Ohm hatte ihm einmal gesagt, die Göttin der Liebe tanze mit dem Liebenden, nicht mit dem Geliebten. Praioslobs Liebe hatte einer anderen gegolten.

»Denkst du, Praios sei verpflichtet, dir zu helfen?«, fragte der Geweihte. »Dass er jenen Gehorsam schulde, die ihn anrufen? Dass du den höchsten der Götter mit Opfern kaufen kannst wie einen Tagelöhner?«

»Nein, er schuldet mir nichts.« Zidaine lächelte noch immer. »Aber ich bin ihm ebenfalls nichts schuldig.«

Praioslob sah Tylstyr an. Er erwartete wohl, dass er sich zu ihnen setzte, aber das wäre Tylstyr albern erschienen. Mit verschränkten Armen lehnte er sich an die Wand. »Du ahnst nicht, was geschehen ist.«

»Es ist sicher richtig, dass ich nicht alles weiß«, gestand Praioslob zu. »Aber ich habe gesehen, was Tjorne Warulfson angetan wurde. Die Krebse haben ihn bei lebendigem Leibe aufgefressen.«

»Er hat es verdient!«, schnappte Zidaine. Ihr Lächeln war verschwunden.

Praioslob lüpfte die linke Braue. »Das erscheint mir doch sehr zweifelhaft. Es mag sein, dass Tjorne an dir schuldig geworden ist. Aber ein solches Strafmaß ... schon einen Menschen zu töten, ist etwas, das wir nicht rückgängig machen können. Wir können niemanden ins Leben zurückholen. Daher mahnen uns die mit Praios' Führung erlassenen Gesetze, dass wir sehr vorsichtig sein sollen, ein Leben zu beenden, das die Götter geschenkt haben.«

Er faltete die Hände.

»Auch im Bornland neigt man zu harten Strafen. Ich kam hinzu, als ein Bronnjar einen Bauern peitschte, der seinem Herrn zu säumig bei der Ernte war. Einen Hieb für jeden Korb, der fehlte. Fünf waren es am ersten Tag, am zweiten schon zwölf. Mit zerschlagenem Rücken arbeitet es sich schlecht. Erst lachten die Freunde aus dem Dorf schadenfroh über den ›Faulpelz‹, der sich nicht an der Arbeit beteiligte, sodass sie umso mehr schuften mussten. Aber nach den zwölf Hieben regte sich ihr Mitleid, und sie wollten ihm helfen. Der Bronnjar verbot es ihnen. Der Bauer, so sagte er, sollte seine Lektion lernen. Dreißig Schläge am dritten Tag, die Striemen wurden immer tiefer und die Ernte immer schlechter. Als der Mann am vierten Tag auf dem Feld zusammenbrach, hatte der Bronnjar ein Einsehen. Er erlaubte mir, seinen Leibeigenen ins Perainekloster zu bringen. Das Dorf zahlte für seine Pflege.«

»Was geht mich ein Elender im Bornland an?«, fragte Zidaine verächtlich.

»Wenn wir den Blick für das Leben um uns herum verschließen, verwehren wir uns selbst die Möglichkeit zu lernen«, sagte Praioslob. »Wir müssen nicht jede Erkenntnis durch eigene Fehler erlangen.«

Tylstyrs Puls pochte in seinem Hals. Auch wenn er Tjornes entstellten Körper deutlich vor Augen hatte, konnte er nicht zulassen, dass Praioslob Zidaine allein an der Brutalität ihrer Taten maß. Ihr Handeln war die Folge eines großen Unrechts.

»Damals in Stainakr … dem Dorf, in dem ich aufgewachsen bin …«, begann er.

Auch der Blick, mit dem Praioslob ihn jetzt ansah, erschien Tylstyr ungewohnt. Enthoben … das war die beste Beschreibung, die ihm dafür einfiel. Aber nicht arrogant. Praioslob machte sich nicht selbst zum Richter. Das war etwas anderes, auch wenn Tylstyr es nicht recht verstand.

»In einem Sturm haben wir ein falsches Leuchtfeuer entzündet«, erzählte er. »Damit haben wir eine Kogge von ihrem Kurs abgebracht. Ein Handelsschiff aus Havena.«

»Mit unschuldigen Seeleuten an Bord?«, fragte Praioslob.

Tylstyr atmete tief ein, als könnte er dadurch den Druck von seiner Brust nehmen. »Du bist auf einem Gestüt aufgewachsen.«

»Ja«, bestätigte Praioslob.

»Wie viele Pferde hattet ihr?«

»Das kam darauf an, ob unsere Stuten gerade gefohlt hatten oder Viehmarkt war. Manchmal zehn, manchmal auch zwanzig.«

»In Stainakr hättet ihr nach einem harten Winter kein einziges mehr gehabt. Dort haben wir alle Tiere geschlachtet, damit der Nordwind unsere Haut nicht um die Knochen schlackern ließ wie einen leeren Sack auf einem Stecken. Ziegen galten als wertvoller Besitz, die meisten gehörten reicheren Leuten von anderswo. Auf unseren Feldern wuchsen vor allem Kiesel, und das Joch haben wir uns auf die eigenen Schultern gelegt, um den Pflug zu ziehen.«

Weder Mitgefühl noch Häme standen in Praioslobs Miene. »In Thorwal sind die Menschen doch frei, nicht an die Scholle gebunden? Was du schilderst, hört sich so an, als hätten euch die Götter aufgefordert, dieses Dorf zu verlassen, um anderswo ein Auskommen zu finden.«

Tylstyr lächelte freudlos. »Unser Gott ist weniger sanft als deiner. Swafnir erwartet, dass wir Härten durchstehen und überwinden, was er uns entgegenstellt. Er sammelt die besten Recken für seinen Schildwall. Dazu prüft er unseren Stolz, unsere Stärke, unseren Mut.«

Zidaine lachte auf, ein Laut voller Wut. »Wehrlose zu erschlagen – damit wolltet ihr den großen Wal stolz machen? Einem beinahe Ertrunkenen die Gurgel durchschneiden ... das soll der Mut von Stainakr gewesen sein? Wie viel Stärke brauchte Schlitzmaul wohl, um das Gesicht meines Vaters in den Priel zu treten, nachdem er völlig erschöpft war, weil er mich aus der Brandung gerettet hatte?«

Ihre tiefgrünen Augen erschienen ihm wie Löcher, die ihn in die Dunkelheit saugen wollten.

Tylstyr senkte den Blick. Er konnte ihr nicht widersprechen, auch wenn ihm die Stimme seines Vaters im Ohr klang. Hagrid hatte immer von den Plünderzügen geprahlt, die er mit Warulf unternommen hatte. Wie der Hetmann mit Schildbrecher, seiner riesigen Axt, eine Lücke in die Reihe ihrer Feinde gehauen hatte und er, Hagrid, flink wie ein Wiesel hindurchgeschlüpft war, um einem Nostrier oder einem Liebfelder das Schwert in die Flanke zu rammen. Davon, wie die Recken aus Stainakr ohne zu wanken den Schildwall gegen mittelreichische Speerträger gehalten hatten. Wie die Geweihten eines Hesindeklosters schlotternd vor thorwalscher Kraft eine Truhe voll Silber vor ihnen abgestellt hatten, nur damit sie wieder abzogen.

Von den Schiffen, die man mit List auf die Klippen lockte, sprach man in Stainakr nie. Jeder wusste davon. Das reichte.

»Du warst also auf dieser Kogge«, vermutete Praioslob.

»Der *Goldener Anker*«, sagte Zidaine. »Dem Stolz des Handelshauses Gorbaran, das mein Vater führte.«

Überrascht sah Tylstyr auf. »Du bist die Tochter eines Handelsherrn?«

»Fianna war das.« Sie lächelte freudlos. »Zidaine ist eine Tochter kalter Schatten.«

»Da du heute vor mir sitzt«, sagte Praioslob, »bist du damals offensichtlich entkommen.«

»O nein«, zischte sie. »Ich war gefangen. Mondelang.«

Fragend sah Praioslob zu Tylstyr herüber.

Es wirkte unwirklich, wie die beiden an dem kleinen Tisch saßen, der Geweihte mit abgelegten Unterarmen, entspannt, Zidaine zurückgelehnt. Viele verglichen sie mit einem Raubtier, aber jetzt sah sie eher aus wie eine Statue aus hellem Marmor, gekleidet in schwarzes Leder.

»Tjorne hat sich an ihr vergangen.« Die Festigkeit seiner eigenen Stimme überraschte Tylstyr.

»Das soll es gewesen sein?« Ungläubig starrte Zidaine ihn an. »Ein Satz, und du glaubst, damit kannst du diesen ganzen Winter beschreiben?«

»Nein, ich ...«

»Ihr alle!«, schrie Zidaine. »Nicht nur er! Alle Jungmannen von Stainakr! Wie ein Tier habt ihr mich in einer nassen Felshöhle an den Klippen gehalten. Die Hände an meine Fußgelenke gefesselt. So!« Sie rutschte mit dem Stuhl zurück, beugte sich vor und drückte die Handgelenke an die Fersen. »Ich konnte nicht aufstehen, mich noch nicht einmal aufsetzen. Über den Boden musste ich kriechen! Wenn sie unzufrieden mit mir waren, haben sie das Feuer ausgepisst, damit ich im Dunklen friere. Zu essen gab es nur, wenn ich gestöhnt habe wie eine brunftige Kuh.«

Sie schwieg.

»Du hast sie auch geschändet?«, fragte Praioslob Tylstyr.

»Nein«, antwortete Zidaine an seiner Stelle. »Er hat meine Hoffnung genährt.« Sie sagte es mit Verachtung.

»Und danach hat er dich gegen deinen Willen genommen?«, hakte Praioslob ernst nach.

»Das nicht«, flüsterte sie. »Aber er hat mir vorgegaukelt, es gäbe einen anderen Weg für mich als jenen, den mir der Schatten angeboten hat, zu dem ich sprach. Mir war klar geworden, dass kein Heiliger und kein *Gott*«, sie spie das Wort aus, »auf das Wimmern eines hilflosen Mädchens hört. Ein anderer berührte meine flehenden Hände. Da kam Tylstyr und versprach, zu kommen und mir zu helfen. Aber er kam nicht.«

Auch nach all den Jahren standen Verletzung, Wut und Enttäuschung in Zidaines Miene. Ihr Blick schnitt in Tylstyrs Herz.

»Das war die tiefste Wunde von allen. Der Hoffnungslosen Hoffnung schenken, um sie dann ...«

»Ich wollte mein Versprechen einlösen.« Die Worte blieben beinahe in Tylstyrs engem Hals stecken. »Aber ich wurde in die Halla des Hetmanns gebracht. Eddrik war gekommen, mein Tutor, und ...«

Er schloss die Augen, damit die Tränen nicht über seine Wangen liefen. Er war nicht derjenige, der ein Recht hatte zu weinen. Sein Schmerz war nichts im Vergleich zu ihrem.

»Der Mannfäller.« Er öffnete die Lider und deutete die Größe mit den Händen an. »Ein gewaltiges Trinkhorn. Ich sollte es leeren, ohne abzusetzen. Mein Vater stand in meinem Rücken, er sprach davon, dass ich ihn ein einziges Mal nicht enttäuschen ...«

Tylstyr brach ab.

»Ich wollte dir helfen«, sagte er.

»Du wolltest es nicht genug.« Zidaines Miene verhärtete sich, und ihre Stimme war wieder fest und kalt. »Aber ich – ich habe es gewollt! Auch wenn ich den Heiligen und den Göttern und dir gleichgültig war, Tylstyr: Ich wollte aus diesem Loch entkommen! Ich habe die einzige Hilfe angenommen, die ich kriegen konnte.«

»Was hast du dem Dämon dafür versprochen?« Praioslob saß noch etwas weiter vorgebeugt als zu Beginn des Gesprächs. Seine Hände waren nicht mehr gefaltet, sondern geöffnet, als wollte er Zidaine einladen, die ihren hineinzulegen. Ob die leicht zusammengezogenen Brauen von Mitleid oder von Ablehnung zeugten, wusste Tylstyr nicht zu sagen.

»Die Botschaft des Herrn der Rache in die Welt zu tragen«, sagte Zidaine in einem Tonfall, als besprächen sie, was sie in einer Taverne zu essen bestellen wollten. »Die Todesqualen meiner Peiniger sind das Pergament, auf das ich diese Botschaft schreibe.«

Galeere Plankenreißer, *Kerngebiet des Sargassomeers, zwanzigster Tag im Kornmond*

Beorn Asgrimmson setzte über eine Ruderbank hinweg, wich einem Knüppelhieb Eilif Sigridsdottirs aus, durchtrennte noch ein paar morsche Seile mit einem Schwerthieb und erreichte den angeschlagenen Becher, der am äußersten Ende des Ruderdecks stand.

Seine Rechte schloss sich um das Tongefäß, triumphierend riss er es hoch. »Sieg!«

»Verdammter Mist«, stöhnte Eilif. »Ich tauge einfach nicht als Spinne. Das nächste Mal sollte Galayne hier stehen.«

»Willst du andeuten, ich hätte etwas Spinnenhaftes?« Der Elf nahm seinen Helm ab und strich sich durch das schulterlange silberblonde Haar. Trotz der drückenden Hitze war er nicht verschwitzt.

Beorn hingegen klebte die Tunika unter dem Kettenhemd

schweißnass auf dem Leib. Es war einfach zu heiß. Er ließ sich gegen die Bordwand sinken und blickte über das Ruderdeck. Über ihnen verlief das Kampfdeck der Galeere. Hier unten konnte man sich nur geduckt bewegen. Zwei Dutzend Ruderbänke säumten einen schmalen Mittelgang. Licht brach in breiten Streifen durch die Öffnungen, die sich oberhalb der Ruderbänke in der Bordwand befanden. Sie sollten helfen, diesem stickigen Ort ein wenig Luft zuzuführen, doch heute regte sich kein Wind.

Kreuz und quer durch das Ruderdeck waren Hunderte Taue gespannt, die sie auf den Schiffswracks im Umkreis einer Meile eingesammelt hatten. Sie sollten den Eindruck eines von klebrigen Spinnenfäden durchzogenen Decks erwecken.

Seit Tagen hielt Beorn hier im Rumpf Kampfübungen ab, um seine Ottajasko auf das vorzubereiten, was sie an Bord des Spinnenschiffs erwarten mochte.

Immer wieder hatte er Dolorita damit beauftragt, das eingesponnene Schiff zu beobachten. Kein Tag war vergangen, an dem Pepito nicht seine Kreise über dem Spinnenschiff gezogen hätte. Manchmal hatte sie durch die Augen der Möwe einige Bewohner gesehen. Spinnen, wie sie sie bereits kannten. Ein einziges Mal war ihr auch eine ungewöhnlich große Spinne aufgefallen. Jedes Mal jedoch berichtete sie davon, dass dem Schiff etwas anhaftete, das ihr Angst machte. Stets hielt sie deutlich mehr als hundert Schritt Abstand.

Nicht weit entfernt hatte sie noch ein weiteres Brutschiff entdeckt. Insgesamt wusste Beorn inzwischen von vier Spinnenschiffen. Gut, dass diese Viecher nicht wie Menschen dachten, überlegte er. Wenn sie ihre Truppen zu einem Heer versammelt hätten, dann hätten die Spinnen seine Ottajasko einfach überrennen können. Sie wären viel zu zahlreich, um sie aufhalten zu können.

Er blickte auf das kleine Häuflein seiner Recken, die sich alle erschöpft auf den Ruderbänken niedergelassen hatten. Ihre Wunden waren ausgeheilt, ihre Kampfkraft wiederhergestellt. Aber würde das genügen? Diese Frage quälte ihn, seit er mit den Übungen an Bord der Galeere begonnen hatte.

Die Schwäche der Spinnen lag darin, dass sie nicht vereint kämpften, sondern jede für sich. Sie hatten keine Anführerin. Aber solange sie einfach nur zahlreich genug waren, würde sich das nicht sonderlich nachteilig auswirken.

»Ich gebe euch eine halbe Stunde zum Durchatmen«, entschied Beorn. »Danach beginnt die nächste Übung. Eimnir, du wirst mir den Rücken decken, und Galayne, du wirst dieses Mal der letzte Kämpfer vor dem Tonbecher sein.«

»Willst jetzt auch du andeuten, ich hätte etwas Spinnenhaftes?«, fragte der Elf mit seiner seltsamen Doppelstimme.

»Ich will andeuten, dass ich dich für einen ernsthafteren Gegner halte.«

Ein dünnes Lächeln spielte um Galaynes Lippen. »Das war mir klar, Drachenführer. Ich habe lediglich versucht zu scherzen.«

»Ich hab schon gereizte Stiere gesehen, die witziger waren als du«, stichelte Eilif.

Der Elf maß sie mit einem abschätzenden Blick vom Scheitel bis zur Sohle. »Ich würde dich gern einmal gegen einen Stier kämpfen sehen. Von Gewicht und Verstand würdet ihr ein gutes Kampfpaar abgeben.«

Eilif schnaubte. »Zu heiß zum Streiten. Aber ich wette mit dir, ich könnte einen Stier mit einem einzigen Fausthieb niederstrecken.«

»Wette angenommen!«, entgegnete der Elf.

»Ich setze auf Eilif«, rief Olav Stirson vom Ende des Ruderdecks.

»Ich auch!«, schloss sich Eimnir Hermson an.

»Ich bin beim Stier«, kam es von Selime saba Anaram. »Ich glaube, Eilif würde es guttun, mal ordentlich auf die Hörner genommen zu werden.«

Die hünenhafte Reckin legte affektiert die flache Hand auf eine ihrer üppigen Brüste. »Bei Swafnir, kleines Mädchen, das wünschte ich mir auch. Leider bin ich noch nie einem Stier begegnet, der es geschafft hätte, mich ordentlich zu bespringen.«

Gelächter hallte über das Ruderdeck.

Sie waren bereit, dachte Beorn. Ihre Moral war gut, und sie würden ihm ohne zu zögern in jeden Kampf folgen. Aber er schuldete es ihnen, gründlich abzuwägen, welchen Gefahren er sie aussetzen würde. Das war die Bürde des Anführers.

Er nahm den Aufgang zum Kampfdeck, während seine Ottajasko mit Begeisterung Wetten auf den Stierkampf abschloss, den es nie geben würde.

Über dem Heck der Galeere hatten sie das Zelt, das es dort wohl einmal gegeben hatte, mehr schlecht als recht mit Segeltuchfetzen nachgebaut. Auf einem Lager aus alten Säcken ruhte Dolorita. All die Flüge mit Pepito, die er ihr abgenötigt hatte, um Phileasson zu beobachten und das Tangmeer zu erkunden, hatten an ihren Kräften gezehrt. Ebenso wie ihre Trauer um Orelio.

Von der zersplitterten Rah am einzigen Mast der Galeere hing eine Lederschwinge. Ihre großen schwarzen Augen waren fest auf die Hexe gerichtet. Eine zweite Lederschwinge kreiste in einiger Höhe über der *Plankenreißer*. Es war das Biest mit dem goldenen Rückenfell. Vespertilios neuer Vertrauter, der sie keinen Augenblick mehr unbeobachtet ließ.

Beorn versuchte, sie beide zu ignorieren. Er kniete neben Dolorita nieder.

»Wie ein Ritter neben seiner Prinzessin«, sagte sie mit leiser Stimme.

»Ich verstehe nicht ...«

»Die Art, wie du niederkniest, Drachenführer. Du könntest ja auch stehen bleiben.«

Er lächelte. »Ein Ritter bin ich ganz gewiss nicht. Hast du Zidaine gefunden?«

»Nein.« Resignation lag in ihrer Stimme. »Aus Phileassons Mannschaft fehlen auch zwei. Der Magier und der Praiot mit der Halbglatze. Ich kann beide nicht mehr entdecken. Es scheint, als würde Phileasson auch suchen. Er hat Späher ausgeschickt.«

Beorn war sich unsicher, wie das zu deuten war. Er hatte vermutet, dass Phileasson mit Zidaines Verschwinden zu tun hatte. Hatte befürchtet, dass sie Rache an der Verräterin nehmen wollten. Wie es schien, hatte er sich geirrt.

Er erwog, Phileasson eine Nachricht zu schicken. Es war an der Zeit, dass sie miteinander sprachen. Seit dem Kampf um Selflanatil bei der Ruine im Tal der Türme waren sie einander nicht mehr begegnet.

Er könnte Pepito mit einer geschriebenen Nachricht schicken. Aber würde Phileasson dem trauen? Und wo sollte es sein? Am besten ein Ort, den zu verwechseln ausgeschlossen war. Und er sollte nah bei dem verfluchten Spinnenschiff liegen. Sie sollten es nach ihrem Treffen zügig zu Ende bringen können. Er war schon viel zu lange in diesem verfluchten Tangmeer!

»Wo ist Phileasson?«

»Es sind etliche Meilen«, antwortete Dolorita.

Der Drachenführer sah zu der Lederschwinge an der Rah. »Hol mir Vespertilio!« Er deutete auf das Deck. »Hier! Genau hier will ich deinen Meister sehen, verstehst du mich, hirnlose Riesenfledermaus? Ves – per – ti – li – o«, sprach er jede Silbe überbetont. Dann deutete er erneut neben sich. »Hier!«

Die Chimäre weitete ihre Schwingen und ließ sich von der Rah fallen. Sie glitt dicht über das Deck hinweg.

»Was wirst du tun, Drachenführer?« Dolorita hatte sich aufgesetzt. Sie griff nach der Reling, um sich daran hochzuziehen.

»Schone deine Kräfte, meine Liebe.« Beorn bedeutete ihr mit einer Geste, sich wieder hinzulegen. »Ich werde meinem Erzrivalen eine Nachricht schicken. Und das auf eine Art, die so gewichtig ist, dass er nicht an ihrer Echtheit zweifeln wird.«

Zedrakke Glückshort, *Kerngebiet des Sargassomeers, zwanzigster Tag im Kornmond*

»*Wir wachsen, wir reifen.*« Leomara della Rescati sprach mit der tiefen Stimme ihrer Visionen. Sie hielt die Hände merkwürdig voneinander abgespreizt, mit den Gelenken aneinandergedrückt, die Daumen eingeklappt, die Finger schienen zu versuchen, in der Luft etwas zu ertasten. »*Unsere Welt ist Wärme. Sie umgibt uns, sie behütet uns.*«

Lailath Schlangenschlächterin sah Vascal della Rescati an, dass ihm die Rede seiner Nichte unangenehm war. Erst fasste er den Griff des Degens, mit dem er täglich übte, der Waffe aus Stahl, die sang, wenn die Klinge schwang. Dann den des Degens, den sie aus dem Zahn der Seeschlange geschnitzt hatten, die Lailath zu erschlagen geholfen hatte. Dieser Griff war auch für die Verhältnisse der Rosenohren plump gearbeitet, nur ein Rundholz, und der Schutz stammte von einem alten Piratensäbel. Vascals Hand kehrte zurück zu der Waffe, die er gewohnt war.

»*Wir träumen vom Leben.*« Das Mädchen beugte sich vor, es drückte den Rücken zu einem Buckel hinauf. »*Wir hören einander, die gesamte Brut. Einige wollen schon aufbrechen, andere wollen die*

Wärme länger genießen. Doch als sich die Erster. in die Freiheit graben, drängt es uns alle hinaus. Es ist unser Ruf und unsere Pflicht. Dazu hat der Meister uns bestimmt. Wir haben eine Aufgabe ...«

Sanft fing Vascal Leomaras erschlaffenden Körper auf, damit er nicht in den stinkenden Tang fiel. In der Mittagshitze war der Geruch besonders übel.

Mit dem Mädchen auf den Armen musterte Vascal das Wrack. »Das hier kommt nicht infrage.«

Wie zu erwarten, konnte diese Bemerkung Irulla nicht entmutigen. Sie betrachtete das in Spinnweben eingesponnene Schiff mit unübersehbarer Faszination.

Es hatte einen flach gehenden Rumpf, wie die *Stern von Silz*, war aber viel größer. Die Bordwände standen senkrecht auf der Unterseite des Seglers, die sich aber bei seiner jetzigen Lage gar nicht unten befand. Er steckte so schräg im Tang, dass die Steuerbordseite tief eingesunken war, die Backbordwandung aber zehn Schritt über dem Boden in die Luft ragte. Das Wrack sah aus, als wollte es über die Längsseite kentern. Die Masten verhinderten das weitere Einsinken. Lailath wunderte sich darüber, dass sie nicht in einer geraden Reihe entlang der Mittellinie angebracht waren. Stattdessen befanden sich der vordere und der hintere an Steuerbord, als wären sie dorthin geeilt, um sich gegen den Tang zu stemmen, der das Schiff zu verschlingen drohte. Der mittlere und größte Mast stand nach backbord versetzt, als wollte er den Rumpf durch sein Gewicht zurückdrücken.

»Wo willst du hin, Irulla?«, rief Vascal.

Die Waldmenschenfrau, die hier im Tang nur ein dünnes Wildlederhemd und einen Schurz trug, arbeitete sich mithilfe ihrer beiden Speere auf das Wrack zu. Alte Spinnweben umhüllten es vollständig. Sie glichen eher verstaubten Schleiern als Netzen.

»Der Foggwulf hat gesagt, wir sollen die Umgebung auf Gefahren untersuchen«, sagte Irulla, ohne sich umzudrehen. Orkengriff, der bisher auf ihrem Kopf gethront hatte, krabbelte nun an ihrem schwarzen Haar entlang auf ihre linke Schulter.

»Es ist offensichtlich, dass dieses Schiff gefährlich ist!«, meinte Vascal. »Hier können wir Galandel und Leomara nicht lassen.«

Etwa zwei Meilen nördlich von ihnen steckte eine Galeasse im Tang, auf der sich Vermis zufolge der Dämon Mactans eingenistet hatte. Selbst bei dieser Entfernung erkannte Lailath, dass auch jenes Schiff von Spinnweben umgeben war. Sie mochte sich von ihrer Sehnsucht leiten lassen, aber sie erahnte, dass es sich in besserem Zustand befand als die übrigen Wracks, auf die man im Sargassomeer stieß. Vielleicht war es sogar noch segeltüchtig. Die eleganten Formen von Rumpf und Aufbauten unter dem Schleier der Netze ließen sie eine Arbeit elfischer Handwerker vermuten, was ihre Hoffnung nährte, dort tatsächlich auf den Largala'Hen zu stoßen.

Im Salasandra der Shiannafeya sang man davon, dass man den heiligen Kelch der Orima vor vielen Generationen hatte in Sicherheit bringen wollen. Tie'Shianna mochte gefallen sein, doch das Gefäß des Lebens hatte dem Hochkönig folgen sollen. Alle Gesänge stimmten darin überein, dass dieses Artefakt die *Anvarion-dharla* erreicht hatte.

Aber offenbar war sie niemals in den Hafen ihrer Bestimmung eingelaufen. Jahrhunderte und Jahrtausende hatten die Priesterinnen der Orima vergeblich auf die Bestätigung gehofft, dass ihre Göttin den Kelch in der neuen Heimat in Empfang genommen hätte. Die schlimmste Befürchtung der Shiannafeya bestand darin, er könnte unerreichbar auf dem Grund des Ozeans liegen.

Doch die Thorwaler in ihrer tumben Unkenntnis entzündeten neue Hoffnung in Lailath. Erst nur einen Funken, mit Shayas Prophezeiung. Dann ein Flämmchen, durch die Ausführungen von Vermis. Jetzt loderte das Feuer hell. Dieses elegante Schiff, das der

Dämon mit seiner Gegenwart besudelte, konnte ... nein, es *musste* die Anvarion-dharla sein! Und der Largala'Hen war noch hier, als hätte er darauf gewartet, dass Lailath ihn endlich fand. Sie würde nicht versagen! Der Blender, der Foggwulf, Vermis, der zweite Meister, Mactans – keiner von ihnen hatte ein Anrecht auf den Largala'Hen ...

»Komm zurück!«, forderte Vascal Irulla auf.

Vorsichtig, als seien die Spinnweben ein Kunstwerk, von dem sie möglichst wenig zerstören wollte, benutzte sie den Speer mit der Eisenspitze, um unterhalb des beinahe waagerecht stehenden Hauptmasts einen Durchgang zu schaffen.

»Wer in den Kampf zieht, muss sicher sein, dass sich der Tod nicht in seinem Rücken befindet«, beschied Irulla.

Wieder blickte Lailath zur Elfengaleasse. Sie bezweifelte nicht, dass der Kampf dort stattfinden würde, aber ein Gegner, der hier, bei diesem Wrack, einen Hinterhalt legte, würde nicht in das Gefecht eingreifen können. Zwei Meilen Entfernung bedeuteten auf diesem Untergrund einen wenigstens zweistündigen Marsch. Es sei denn, man besaß Zauberstiefel wie Vermis ...

Der Meister war unduldsam und drängte zum Angriff, weil er befürchtete, dass sein Rivale ihm die Beute wegschnappen könnte. Phileasson hegte dieselbe Sorge mit Bezug auf Beorn, aber er bestand darauf, das Feld zu erkunden. Außerdem wollte er einen sicheren Ort finden, an dem sich Galandel und Leomara während des zu erwartenden Kampfes aufhalten könnten, dazu vielleicht auch Shaya. Das war noch nicht entschieden. Phileasson brachte vor, dass sie eine Schiedsrichterin war und sich deshalb heraushalten müsste, aber Lailath glaubte, er verbarg dahinter nur seine Sorge. Shaya hielt dagegen, dass es gerade ihre Aufgabe als Schiedsrichterin sei, die sie verpflichte, das Geschehen aus der Nähe zu beobachten. Auch bei der Silberflamme sei die Entscheidung so knapp gewesen, dass sich ein unmittelbarer Eindruck für das Urteil, wem der Punkt zuzusprechen sei, als unverzichtbar erwiesen habe. Außerdem sehe sie sich in der Pflicht, einem Heiligen namens Travinian nachzueifern, der sich wohl als Dämonenschlächter hervorgetan hatte, aber die Einzelheiten hatte Lailath nicht verstanden.

Jedenfalls hatte Phileasson die Ottajasko aufgeteilt, damit sie die Umgebung binnen eines oder höchstens zweier Tage erkunden könnte. Lailath, Vascal, Leomara und Irulla bildeten einen der Spähtrupps.

»Niemand kann dieses Wrack verlassen haben!«, rief Vascal Irulla nach. »Sonst wären die Weben beschädigt.«

»Ich statte nur den Bewohnerinnen einen Besuch ab.« Sie stakste auf den Rumpf zu, der zwar seine Form behalten hatte, in dem aber viele Löcher klafften.

Lailath wäre geneigt gewesen, in die Melodie von Vascals Ablehnung einzustimmen, wenn sie nicht ein vertrautes Wispern vernommen hätte. Bisher war sie den Geistern des Tangmeers nur nächtens begegnet, aber bei ihrem letzten Gespräch hatten sie ihr versprochen, so rasch wie möglich wieder Kontakt zu ihr aufzunehmen. Noch waren sie uneins, und nicht alle vertrauten ihr. Doch sie hatte starke Fürsprecher. Befanden sich diese jetzt in dem Wrack?

Sie ging hinter Irulla her, ohne auf die Rufe in ihrem Rücken zu achten.

Der Tang umfasste bei jedem Schritt die Füße der Waldmenschenfrau, aber als sie das Schiff erreichte, sich herauszog und durch ein gezacktes Loch im nahezu senkrecht stehenden Deck ins Innere stieg, kehrte die Geschmeidigkeit in ihre Bewegungen zurück.

Als Lailath am Einstieg ankam, war von der Gefährtin nichts mehr zu sehen. Sie lauschte.

Das Wispern war lauter, es kam eindeutig aus dem Wrack vor ihr. War sie die Einzige, die es hörte? Oder lockten die ruhelosen Toten, und nicht die Spinnen, Irulla hierher?

Lailaths Herz schlug schnell. Wie würde Irulla auf die Geister reagieren? War sie nur neugierig, oder betrachtete sie die Wesenheiten als Feinde?

Nach ihren bisherigen Gesprächen glaubte Lailath, sie zu wertvollen Verbündeten machen zu können, mit denen niemand rechnete. Auf keinen Fall durfte sie zulassen, dass Irulla sie verscheuchte!

Hinter dem Loch ließ sie sich vorsichtig ab. Sie hing beinahe mit ihrer gesamten Körperlänge am gezackten Rand, bevor ihr linker Fuß auf nachgiebigen Widerstand traf.

Tang, vermutete Lailath. Sicher war der eingesunkene Teil des Rumpfs stärker durchsetzt als jener, der in die Luft ragte. Dort konnten die stinkenden Pflanzen hereinwuchern.

Durch die Löcher drangen Lichtfinger ins Innere, aber es waren nur wenige, und die meisten waren dünn. Nachdem sich Lailaths Augen an die Dunkelheit gewöhnt hatten, sah sie ihre Vermutung bestätigt: Sie stand auf Tang. Gebrochenes Holz ragte an mehreren Stellen heraus, teils einzelne Planken, teils zertrümmerte Kisten, Eimer oder eine Winde, deren Bedeutung sich Lailath nicht erschloss. Es schien, als eitere der Tang diese Fremdkörper aus. Und überall trübten Schleier aus Spinnweben die Sicht. Manchmal konnte man durch vier oder fünf von ihnen hindurchschauen, aber andere hatten so viel Staub und Salz gefangen, dass sie ein undurchdringliches Hindernis für den Blick waren.

Irulla stand auf einem zwei Spann durchmessenden Rundholz, das den Laderaum beinahe waagerecht durchstieß. Nur ein wenig war es an der Seite, durch die die Frauen eingestiegen waren, höher als hinten, wo es sich im Schatten verlor. Lailath brauchte einen Moment, um zu begreifen, dass es der Fockmast war, der sich unter Deck fortsetzte.

Über Irulla hingen weiße Gebilde wie Schwalbennester an der Decke.

Nein, an der Bordwand. Lailath musste sich daran erinnern, dass der Segler auf die Seite gekippt lag.

Doch diese an der längsten Achse zwei Schritt langen und nicht ganz halb so breiten gestreckten Halbkugeln waren keine Nester. Oder jemand hatte sie mutwillig zerstört, große Löcher klafften darin.

Lailath ging auf Irulla zu, hielt jedoch inne, weil sie eine wispernde Stimme vernahm. »*Das Dunkel ... macht es leichter ... Im Sonnenschein fehlt ... die Kraft.*«

Die Elfe wandte sich von Irulla ab. »Habt ihr eine Vereinbarung erzielt?« Sie wusste um die scharfen Sinne der Waldmenschenfrau und wagte nur zu flüstern. »Werdet ihr mir helfen?«

»*Kelch und Schwert ... sind ohne ... Wert für uns. Ohne ... Leben ...*«

Lailath erkannte die Stimme. Sie gehörte dem Geist, der an die Leiche gebunden war, die sie vor den Geweihten in Sicherheit gebracht hatte. Mit ihm hatte sie schon in der Nacht gesprochen, in der Tylstyr und Praioslob verschwunden waren. Deswegen hatte sie ihren Posten auf Deck verlassen und den nicht verwesenden Körper im Tang gesucht.

»Viele begehren Kelch und Schwert«, flüsterte sie. »Dieser Magier namens Vermis. Und die Thorwaler.«

»*Und ... du ...*«

»Das ist etwas anderes!«

»Was hast du?«, fragte Irulla.

»Nichts.« Lailath musste zu laut geworden sein. »Es ist ein seltsamer Ort.«

»Ein Palast großer Schönheit«, meinte Irulla. »Und zugleich eine Wiege.«

Schaudernd dachte die Elfe an Leomaras Vision. Niemand hatte die Gebilde an der Decke zerstört. Zumindest nicht von außen. Sie waren aufgeplatzt, um freizugeben, was in ihnen herangewachsen war.

Lailath entfernte sich von Irulla. Ein klebriges Gewebe legte sich auf ihr Gesicht. Sie war froh, eine Binde Stoff vor dem Mund zu tragen, aber über die Augen und den oberen Teil der Nase musste sie mehrfach wischen, um das überraschend hartnäckige Zeug loszuwerden.

»*Du bist schön ...*«, wisperte die Stimme in ihr Ohr. Mal kam sie von rechts, dann wieder von der anderen Seite. Eine Bewegung war jedoch nicht auszumachen. »*Dein Fleisch ... es ist so warm, die Haut so glatt ...*«

Lailath dachte an Galandel. »Wir Elfen altern erst, wenn unsere Aufgabe erfüllt ist.«

»*Wie alt ... bist du?*«

Lailath hatte nie einen Sinn darin gesehen, die Zeit zu zählen wie die Rosenohren. Das machte nur ängstlich.

»Jahrzehnte, wenn ihr wissen wollt, wie lange ich in diesem Körper wohne«, sagte sie. »Aber geboren wurde er vor Jahrhunderten.«

»*Vielen von uns erscheint ... seltsam, dass ein Geist ... seinen Körper zurückgewinnen konnte. Niemandem ... im Sargassomeer ... ist das jemals gelungen.*«

»Es hängt mit meinem Schicksal zusammen«, erklärte Lailath. »Es gibt noch Strophen im Lied meines Lebens zu singen. Mein Tod kam zu früh.«

»*Zu früh ... für jeden von uns. Wir alle wollen ... leben ...*«

»Wunsch und Schicksal sind unterschiedliche Dinge.« Lailath warf einen Blick über die Schulter.

Irulla ging auf dem Mast in den hinteren Teil des Schiffs.

»Die Zeit verrinnt«, flüsterte die Elfe. »Kelch und Schwert sind nahe. Helft mir, sie zu erringen, und ich gebe euch, was immer ihr wollt. Aber es muss rasch geschehen!«

»*Rasch ... rasch ... Es gibt nicht nur die Zweifler, es gibt auch jene, die auf dich hoffen. Und es gibt Weitere ... Sie sind rücksichtslos, gefährlich, doch zu allem entschlossen. Ich könnte sie für unsere Sache gewinnen, aber lieber ... wäre mir, wir kämen ohne sie aus.*«

Es ging gegen einen Dämon, zwei thorwalsche Ottajaskos und zwei Magier mit ihrem Gefolge. Lailath brauchte nicht zu überlegen. »Werbe sie an!«

»*Ganz wie du wünschst, ich werde ...*«

Unter Lailaths Fuß zerbrach etwas mit einem trockenen Knacken.

Sie hockte sich hin. Ihre tastenden Finger fanden Splitter. Sie las ein paar davon auf und hielt sie in einen Lichtstrahl. Lailath war auf einen weiß-gelblichen Knochen getreten.

Aber da war noch mehr.

Noch einmal tastete sie. Metall ... mit etwas Körnigem, das dran klebte. Kettenglieder klirrten, als sie sie anhob. Verrostetes Eisen ... war das hier etwa ein Sklavenschiff gewesen?

Aus dem Augenwinkel sah Lailath eine Bewegung. Sie ließ Kette und Knochensplitter fallen, griff an ihren Säbel und wirbelte herum.

Nichts, nur Schatten und die trügerische Helligkeit verstaubter Spinnweben.

Dennoch zog sie langsam ihre Waffe.

»Was hast du?«, rief Irulla herüber.

»Nichts, ich ... bleib, wo du bist!«

Irulla hielt in jeder Hand einen Speer, den linken trug sie am locker hängenden Arm, der rechte, der mit der Eisenspitze, war wurfbereit erhoben.

Beruhigend winkte Lailath ihr zu und senkte den Säbel.

»Seid ihr noch da?«, flüsterte sie in die Schatten. »Wir müssen ein Abkommen …«

Etwas traf sie in den Rücken. Nicht hart oder gar schmerzhaft, eher wie der Schlag eines Kleinkinds.

Sie drehte sich um, spürte jedoch Widerstand. Etwas hielt sie.

Was immer es war, es blieb hinter ihrem Rücken. Nur am Rande ihres Gesichtsfelds sah sie einen kleinen Körper, der sich springend bewegte. Er war dunkel, mit einem blauen Schimmer, etwa so groß wie ein Kopf. Konnte das eine Spinne sein?

»Irulla …!«

Wieder traf sie etwas, eine Art klebriges Seil. Es wickelte sich um ihre Knie. Das erste Geschoss haftete inzwischen nicht nur an ihrem Rücken, sondern auch an der linken Seite ihres Lederpanzers und am Bauch. Immerhin sah sie jetzt, dass der speichelglänzende fingerdicke Faden sie mit einer eingebrochenen Zwischenwand verband.

Sie durchtrennte ihn mit einem Säbelhieb. Nur mit Mühe riss sie ihre Waffe von der klebrigen Schnittstelle frei.

Ein weiterer Faden traf sie.

Lailath sprang auf die Spinne zu.

An den Knien saßen die Fäden so eng, dass sie strauchelte. Doch davon ließ sie sich nicht ablenken. Sie streckte sich dem dunklen Körper entgegen und stieß ihre Waffe vor. Der Chitinpanzer knackte, als die Spitze eindrang.

Das Tier war jedoch nicht tot, zischend sprang es auf einen Strang alter Spinnweben.

Lailath wollte mit einem Hieb nachsetzen, verlor nun aber endgültig das Gleichgewicht und fiel in den Tang. Der Gestank ließ sie würgen, doch darauf durfte sie jetzt keine Aufmerksamkeit verwenden. Sie rollte herum und setzte sich auf.

Eine klebrige Masse traf sie im Gesicht.

Sie schloss die Lider, konnte sie dann aber nicht mehr öffnen. Auch das Atmen fiel ihr schwer.

Blind wischte sie mit dem Säbel vor ihrem Kopf und traf auf nachgiebigen Widerstand. Sie beglückwünschte sich dazu, die Schneide noch am Morgen geschärft zu haben. Auch diesmal durchtrennte sie den Spinnenfaden.

Gleichzeitig schob sie sich über den schwankenden Untergrund, um kein allzu leichtes Ziel abzugeben, versuchte, die Fessel an ihren Knien zu zerschneiden, und fingerte mit der Linken nach dem Zeug in ihrem Gesicht. Sofort klebte ihre Hand fest.

»…rulla!«

Der nächste Faden wickelte sich dergestalt um Handgelenk und Kopf, dass er ihren Arm an ihre Wange fesselte.

Immerhin hatte sie an den Knien Erfolg. Sie stand auf und taumelte davon. An ihren freien Hautstellen spürte sie die alten Spinnweben, die sie zerriss.

Lailath vernahm einen dumpfen Aufschlag. Irullas Speer?

Aber ihre Gegnerin konnte er nicht getroffen haben. Ein weiterer Faden wickelte sich um ihr linkes Fußgelenk.

Wütend riss sie das Bein vor.

Neben sich hörte sie ein helles Zischen.

Sie vertraute ihren Ohren und schlug zu.

Die Klinge traf auf Widerstand! Sie drang irgendwo ein, und etwas rüttelte daran.

Unbarmherzig stieß Lailath nach.

Das Rütteln wurde zu einem Zittern, bevor es erstarb.

Sie wagte, den Säbel loszulassen, um die Rechte zu Hilfe zu nehmen und den Zug ihrer Linken zu verstärken. Es ging langsam, aber schließlich löste sie sich mit einem schmatzenden Geräusch aus der klebrigen Masse.

Lailath überlegte, ob sie den Säbel wieder an sich nehmen sollte, entschied aber, dass es wichtiger war, sehen zu können. Sie griff unter den Schleier, den sie um den Kopf gewickelt hatte. Zum Glück bedeckte er ihr Haar vollständig, sodass nichts davon an den Spinnenfäden klebte. Indem sie den Stoff wegschob, wurde sie auch das meiste von dem Zeug los. Nur an den Augen, vor allem mit den Wimpern, musste sie behutsam vorgehen.

»Ich werde dir helfen«, kündigte Irulla an.

»Sind keine weiteren Spinnen hier?«, fragte Lailath.

Sie spürte Irullas Finger auf ihren Wangen. »Du hast eine erwischt, und ich auch. Die anderen sind vorsichtiger.«

»Aber es sind noch welche da?«

»Mindestens noch drei.« Die Waldmenschenfrau war nicht gerade zartfühlend.

Lailath schrie auf, weil sie ihr einige Wimpern ausriss. Danach konnte sie aber die Lider wieder öffnen.

Irulla sah sie ernst an. »Bist du verletzt?«

Die Elfe schüttelte den Kopf. »Und du?«

»Orkengriff und ich sind in Ordnung.« Sie nahm ihre Speere an sich. Der mit der Eisenspitze steckte in einem blauschwarzen Spinnenkörper. »Sie sind mager. Litten wohl Hunger. Ihre Beine dürften knusprig sein.«

»Du willst sie essen?«, fragte die Elfe entsetzt.

Irulla sah auf die zerstochene Spinne, neben der Lailaths Säbel lag. Gelbes Sekret quoll aus den Wunden. »Magst du deine nicht?«

»Du kannst sie gern haben.«

»Danke.« Sie hockte sich hin und hob den Kadaver auf. »Ich gebe dir meine Trockenration dafür.«

»Lass nur, ich habe keinen Hunger.«

Gleichzeitig horchten die Frauen auf. Irullas Sinne waren wirklich sehr scharf.

»Draußen spricht jemand«, flüsterte Lailath.

Irulla nickte und eilte zu dem Bruch, durch den sie gekommen waren.

Noch immer klebten einige Fäden an Lailath, und sie musste noch ihren Säbel aufheben, deswegen brauchte sie einen Moment länger. Als sie neben Irulla ins Freie blickte, sah sie die massigste Frau, die ihr jemals begegnet war, mit Vascal reden, der Leomara an der Hand hielt.

Diese Kriegerin hatte Lailath schon einmal getroffen. Auch wenn sie damals, im Tal der Türme, wenig mehr als einen Schattenriss gesehen hatte, ließen die imposanten Proportionen keinen Zweifel aufkommen. Im Hellen waren die riesigen Muskeln, die wogenden Brüste, das entschlossene Gesicht und die wuchtige Doppelblattaxt jedoch um ein Vielfaches beeindruckender.

Die Hünin winkte ihnen zu. »Ich bin Eilif Sigridsdottir! Der Blender schickt mich, er will mit dem Foggwulf verhandeln. Habt ihr Zidaine?«

Zedrakke Tubaikans Zorn, Kerngebiet des Sargassomeers, einundzwanzigster Tag im Kornmond

»Und Kol?«, würgte Tylstyr Hagridson hervor.

Düstere Gedanken und brütendes Schweigen hielten die Kabine, die ihr Gefängnis war, in den Klauen. Nicht nur Praioslob erhob Anklage, sondern auch Zidaine Barazklah. Er vorwiegend wegen des Mordes an Tjorne, sie gegen die gesamte Welt, wie es Tylstyr erschien. Mit trotzigem Stolz hatte sie berichtet, wie sie Eigil hingerichtet hatte, Schlitzmaul, der sie am Strand gefunden und in das Loch geworfen hatte, um sie zu missbrauchen und sich mit ihrem Körper die Gunst der anderen Jungmannen zu erkaufen. Sie hatte ihn direkt in Stainakr gerichtet und an einen Pfahl gebunden zurückgelassen. Tylstyr erinnerte sich daran, Meister Eddrik hatte das hohle Knöchelchen entdeckt, das Eigil trotz des durchstochenen Halses das Atmen ermöglicht hatte.

Stig hatte sie sich erst zwei Jahre später geholt, damals war sie schon eine junge Frau gewesen. Die Hände an die Dollen gefesselt, nackt, beschmiert mit klebrigem Sirup, hatte sie sein Boot mit dem ihren auf die See hinausgezogen. Fünf Eimer voller Krebse hatte sie über ihm ausgeleert, bevor sie ihr röchelndes Opfer zurückgelassen hatte.

»Kol Swafgardson«, sagte sie genüsslich. »Ja, das war der Dritte. Es hat eine Weile gedauert, bis ich ihn gefunden habe. Seine Mutter, die Frau des Torfstechers, ist mit mir auf Plünderfahrt gewesen.«

»Du hast mit der Mutter deines Opfers im Schildwall gestanden?«, versicherte sich Tylstyr.

»Die Mutter eines Mannes, der mich einen Winter lang geschändet hat, zog neben mir den Riemen durch die Wellen«, gab sie bissig zurück. »Erzählte von den beiden Töchtern, auf die sie so stolz war, und von ihrem kümmerlichen Sohn. Wenn sie betrunken war, meinte Swafgard, der Same ihres Mannes habe sich bei den ersten beiden Kindern erschöpft. Für das dritte sei nur noch die Hälfte dessen übrig gewesen, was man brauchte, um einen Recken zu machen.«

»Er war der Kleinste von uns«, erinnerte sich Tylstyr.

»Ein Nostrier hat Swafgard drei Zähne ausgeschlagen. Danach hat sie immer gespuckt beim Reden. Aus den Fingern ihres Gegners hat sie sich eine Kette gemacht und dabei noch gescherzt, sie mache es ganz wie die Gjalsker.«

Praioslob verzog das Gesicht.

Zidaine grinste den Geweihten an. »Hat ziemlich gestunken,

weil die Dinger natürlich gefault sind. Irgendwann ist der erste Finger abgefallen. Das gefiel Swafgard gar nicht. Sie hat sich schnell Ersatz geholt.«

»Ich nehme an, die Plünderfahrt war noch nicht zu Ende«, vermutete Tylstyr.

»Das stimmt«, bestätigte Zidaine. »Sie hat noch mehrfach Finger ausgewechselt. Wir haben uns einen Spaß daraus gemacht, ihr die schönsten anzubieten.«

»Von euren erschlagenen Gegnern natürlich«, sagte Praioslob.

Feindselig funkelte sie ihn an. »Auf einer Plünderfahrt herrschen rauere Sitten als in einem Tempel. Man neigt zu derben Scherzen. Einigen haben die übrigens das Leben gerettet. Einem Bauern haben wir angeboten, er dürfte sich selbst einen Finger abhacken für Swafgards Kette, dann würden wir ihm die Hälfte seiner Vorräte lassen. Er hat sich hinterher sogar für unsere Großzügigkeit bedankt.«

Praioslob musterte sie streng über den Tisch hinweg, an dem beide saßen.

Eine Weile spielte Zidaine mit der Kerzenflamme.

»Ich bin noch einmal mit Swafgard rausgefahren«, fuhr sie schließlich fort. »Sie hat mir erzählt, dass sie jetzt zwei Esser weniger zu Hause hätte. Ihr Mann war gestorben und Kol davongezogen. Mit einer hübschen Frau, Yilva hieß sie. Swafgard hat abwechselnd auf sie geflucht und sich gewundert, wie ihr missratener Schwächling von einem Sohn so eine hat abbekommen können. Kam aus dem Süden, von der Angra, und schwafelte viel von Ifirn, der milden Tochter des Wintergottes. Kol ist mit ihr gegangen.«

»Fort aus Stainakr?«, fragte Tylstyr.

»Ich habe nie verstanden, wieso da überhaupt jemand geblieben ist«, sagte Zidaine.

»Aber er ist der Strafe, die du über ihn verhängt hast, nicht entkommen«, vermutete Praioslob.

Sie lachte leise. »Niemand entkommt seinem Schicksal. Es ist wie ein Schatten: Für einen Herzschlag mag man es zurücklassen können, aber wenn man zurück auf den Boden der Wirklichkeit fällt, klebt es einem wieder an den Füßen.«

Praioslob beugte sich vor. »Du bist keine Richterin, Zidaine. Du bist auch keine Göttin. Und erst recht bist du nicht das Schicksal.«

»Für Kol Swafgardson war ich all das«, knurrte sie. »Ich traf ihn in Kendrar.«

»Dort mündet die Angra ins Meer der Sieben Winde«, erklärte Tylstyr für Praioslob.

»Ich habe ihn an der Kette aus Möwenknöchelchen erkannt. So eine habt ihr doch alle getragen.«

»Ein Zeichen unserer Freundschaft«, bestätigte Tylstyr tonlos.

»Freundschaft ist etwas Wunderbares«, ätzte Zidaine. »Auch wer sonst nichts hat – keinen Mut, kein Silber, keine Ehre –, kann trotzdem noch Freunde haben. Kol bot sich als Führer durch die Ingvaller Marschen an, mit Mooren kannte er sich ja aus. Galt als feiner Kerl, immer freundlich, jeder mochte ihn. Er wurde mir mehrfach empfohlen. Da habe ich natürlich nicht Nein gesagt.«

»Du hast Kol als Führer gedungen«, vermutete Tylstyr.

»Und als Träger. Ich habe ihm ein Fass mit Krebsen auf den Rücken geschnallt.«

»Etwa den Tieren, die ihn später verspeisen sollten?«, fragte Praioslob.

»Ich konnte schließlich nicht wissen, ob ich in den Marschen welche finden würde!«, verteidigte sich Zidaine mit gespielter Entrüstung. »Da musste ich ein Fass vom Meer mitnehmen. Den Sirup habe ich selbst geschleppt. Wir waren zwei Tage unterwegs.

Die Leute hatten recht: Kol war wirklich ein netter Mann geworden. Er konnte sogar witzig sein. Schloss schnell Freundschaften. Er hat mich zu sich und seiner Frau in die Hütte eingeladen. Das war nur ein kleiner Umweg und sparte das Aufbauen der Zelte.«

»Er hat dich während dieser zwei Tage nicht erkannt?«, fragte Praioslob.

»Die Jungs aus Stainakr«, ihre Finger tanzten durch die Flamme, »sind nicht die hellsten Kerzen im Leuchter. Tjorne zum Beispiel. Der ist ein paar Monde mit mir durch die Nivesenlande gereist, ohne mich zu erkennen.«

»Du hast dich sehr verändert«, protestierte Tylstyr.

»Das stimmt«, sagte Zidaine schneidend. »Ich bin kein Opfer mehr.«

Er hielt ihrem starrenden Blick stand.

Die Augen, dachte Tylstyr. An den dunkelgrünen Augen konnte man sie noch am ehesten erkennen. Alles andere hatte sich auf dem Weg vom Mädchen zur Frau gewandelt. Die Rundungen natürlich, aber auch die Art, wie sie sich bewegte … obwohl: In der Höhle waren die Hände ständig an die Fußgelenke gefesselt gewesen, und die Kälte hatte sie steif gefroren … Überhaupt hatte für sie keine Möglichkeit bestanden, ihren Körper zu pflegen.

»Jetzt machst du andere zu Opfern«, stellte Praioslob fest.

Zidaine lächelte herablassend. »Yilva war klüger als Kol. Ich habe genauso wenig wie Swafgard verstanden, warum sie sich mit ihm abgegeben hat. Sie hat mir nicht geglaubt, dass ich Verwandte in Nostria besuchen wollte. Der Name meiner Tante hat sie interessiert, in welchem Dorf sie wohnt, was sie dort tut, wie lange ich sie nicht gesehen habe … Bis Kol meinte, sie solle nicht so in mich dringen, schließlich bezahlte ich mit guten mittelreichischen Silbertalern, und es ginge niemanden etwas an, wieso ich durch die Marschen wollte. Vielleicht hat sogar ihn da die Ahnung überkommen. Ich kann mir nicht vorstellen, dass er immer so zärtlich zu seiner Tochter gewesen ist ...«

»Er hatte ein Kind?« Es fiel Tylstyr schwer, sich seinen schmächtigen Jugendfreund als Vater vorzustellen.

»Sehr klein, konnte noch nicht sprechen. Kol hat es getrocknet, gewickelt, seine Stirn geküsst. Mit demselben Mund, denselben Fingern, deren Berührungen ich fünf Jahre zuvor auch schon genießen durfte.«

Tylstyr wich ihrem Blick aus.

»Am nächsten Morgen wollte Yilva mit dem Kleinen zu ihrem Vater, hat sie mir beim Abschied verraten. Der wohnte eine Wegstunde entfernt. Aber Kol und ich brachen vorher auf, also bin ich ihm den halben Vormittag über Bohlenwege und grasbewachsene Pfade gefolgt. Dann hatte ich es satt und schlug ihn nieder, ein Hieb mit dem Knauf meines Dolches auf seinen Hinterkopf. Ich habe ihn schön verschnürt und gewartet, bis er wieder aufwacht. Schließlich wollte ich das Fass mit den Krebsen nicht allein zurückschleppen zu seiner Hütte.«

»Du hast ihn in seinem Heim umgebracht?«, fragte Praioslob. »Damit hast du auch Travias Gebot aufs Übelste missachtet.«

»Noch einmal: Deine Götter scheren mich nicht.«

Tylstyr spürte einen Klumpen in der Brust. Sicher, er verstand, wieso sich Zidaine von den Göttern verraten fühlte und wieso fromme Gebote ihr nichtig erschienen. Doch einen Thorwaler in seinem eigenen Heim umzubringen ... war das wirklich bloß etwas, das man als Verbot der Gänsemutter abtun konnte? Ohne Bedeutung, wenn man die Sehnsucht nach einem Heim und der Familie als schwächliche Gefühlsseligkeit verlachte?

Tylstyr erschien es als etwas Älteres, Heiligeres, etwas, das von den Ahnen an die Thorwaler der Gegenwart weitergereicht war.

Wie ein Licht, das man brauchte, um nicht in der Finsternis irrezugehen. War nicht auch in den alten Runen die Rede vom Frieden des Heimes?

Was wohl Ohm Follker zu Zidaines Verbrechen gesagt hätte? Der Skalde, der im alten Recht und den Sitten der Vorfahren bewandert war ...

Wieder füllte das Schweigen den Raum. Tylstyr hatte den Eindruck, dass es von der Kerze in ihrer Mitte ausging und sie alle auseinanderschob.

»Er ist also gestorben wie die anderen?«, fragte Tylstyr.

»Krebse?«

»Aber in seiner warmen Stube.« Zidaines Stimme troff vor Ironie. »Ich habe extra den Ofen geheizt, bevor ich meine Panzertiere aus dem Fass gelassen habe. Sie waren sehr hungrig. Die schwächsten waren schon Speise der stärkeren geworden. Aber nun konnten sie sich ja mit Nahrhafterem den Magen füllen.«

»Ein Fass Krebse, um einen Mann zu vertilgen ...«, zweifelte Praioslob.

»Einen kleinen Mann«, erklärte Zidaine, »und ein großes Fass. Aber ich hatte auch Zweifel. Ich habe hinter dem Haus gewartet, bis Yilva mit ihrem Kind zurückgekommen ist. Ihre Schreie hat man bestimmt fünf Meilen weit gehört. Sie hat ihren Mann aus dem Haus geschleift. Da hat er noch gelebt, aber ich habe gleich gesehen, dass nur noch ein Zauberer ihn hätte retten können. Auf dem Bohlenweg, über den sie ihn gezogen hat, ist er eine halbe Stunde später verreckt.«

»Wenn du schon mit deinem Opfer kein Mitleid hattest«, Praioslob tastete an seinem Kinn, »hast du wenigstens mit der Frau gefühlt?«

»Sie wusste nie, was für einen Verbrecher sie in ihrem Bett geduldet hat«, entgegnete Zidaine kalt. »Eine wie Yilva wird rasch einen Besseren gefunden haben. Ich habe ihr einen Gefallen getan, auch wenn sie das nicht ahnt.«

In das Schweigen hinein erklang ein Klopfen.

Schlüssel drehten sich in den Schlössern, die Tür öffnete sich, zwei von Vermis' rotäugigen Untergebenen spähten herein und überzeugten sich, dass ihnen niemand auflauerte. Erst dann gab Hal, der Golem, den Durchgang mit knarrenden Schritten frei.

Ikvan Bradiloff trug heute eine so strahlend weiße Jacke, dass sich Tylstyr fragte, wie sie im Tangmeer ihre Reinheit hatte behalten können. Das Waschen schien ihm wegen des stets brackigen Wassers eine unzureichende Erklärung zu sein.

Unter Ikvans wachsamem Blick stellte der schlaksige Diener, der schon bei ihrer Ankunft hier gewesen war, eine dampfende Schüssel auf den Tisch. Eine Frau, der eine graue Flechte über den Hals und die linke Wange wucherte, tauschte den Wasserkrug aus. Sie legte auch frische langstielige Gabeln vor sie. Teller gab es nicht, alle würden aus derselben Schüssel essen.

»Leider darf ich Euch nur Algen zubereiten«, bedauerte Ikvan, »mein Meister gestattet nichts anderes. Aber ich war großzügig mit den Gewürzen.«

In der Tat hatte der Geruch, der von der grünen Pampe aufstieg, eine interessante Note. »Von den südlichen Inseln?«, fragte Tylstyr.

Selbst eine Unterhaltung mit ihrem Gefängniswärter war ihm recht, um die Gedanken von den Morden zu lösen. Er hörte, was Zidaine sagte, und erinnerte sich dabei an Kol, den Hänfling, der Tylstyr nichtsdestotrotz mehrfach niedergerungen hatte. Die Gleichaltrigen waren in seiner Kindheit dasjenige gewesen, das dem Begriff »Freunde« am nächsten kam, aber auch sie hatten schon gewusst, dass Swafnir immerfort die Stärke der Menschen prüfte und jene, die sich nicht bewährten, alles verloren, was sie besaßen. Das konnte sogar das nackte Leben umfassen. Also hatten sie sich alle gemüht, stark zu sein. Auch Kol.

»Diese Gewürze kommen nicht von den Kauffahrern aus dem Südmeer.« Ikvans Stimme klang verschmitzt. »Dieses Schiff, die *Tubaikans Zorn*, trug einmal die Flagge des Emirs von Thalusa. Sicher hat er sehr bedauert, dass er einige Schätze in der Kombüse zurücklassen musste.«

»Und sie sind kein Raub der Nager geworden?«, zweifelte Tylstyr.

Ikvan zuckte die Achseln. »Ich mag nicht alles, was eine Ratte als Festmahl betrachtet. Ich schätze, umgekehrt verhält es sich ähnlich. Wie dem auch sei: Euch soll diese Speise munden.« Er sah sich in der Kabine um, war wohl damit zufrieden, keine Spuren von Ausbruchsversuchen zu entdecken, und zog sich zurück. Die Tür wurde verschlossen, Hal bezog wieder seinen Posten.

Praioslob rief den Segen auf die Algen herab.

Zidaine verzichtete darauf, den Geweihten mit einer spöttischen Bemerkung zu unterbrechen. Nach dem Erlebnis mit dem Schlafgift in Ratheln schätzte wohl auch sie die reinigende Wirkung des Gebets.

Tylstyr hörte kaum zu. Er überlegte, dass er schon als Kind anders gewesen war. Er hatte sich nicht ganz so sehr bemüht, seine Muskeln zu kräftigen. Nicht aus Mitgefühl, auch er hätte gern häufiger über die anderen triumphiert. Aber er hatte wohl geahnt, dass körperliche Stärke nicht der Weg war, auf dem er Siege erringen könnte. Irgendwann war er auf die Magierakademie gekommen, beim zweiten Versuch, und hatte Stainakr verlassen. Er hatte Eddrik kennengelernt, der ihm mehr ein Vater geworden war als der Mann, bei dem er aufgewachsen war.

Die Algen hatten einen seltsamen Geschmack, und sie waren heiß. Tylstyr aß vorsichtig.

Seine Gedanken kamen nicht von den Jungmannen los. Er erinnerte sich an Atagords Kraft. Er hatte seinem Vater stets am Amboss geholfen. Und doch hatte Zidaine ihn überwunden. Über seiner Leiche hatte Tylstyr die ersten Worte mit dem legendären Foggwulf gewechselt, am Kanal, der den Winterhafen der Stadt Thorwal mit dem Bodir verband.

Und jetzt: Tjorne ...

Die Trauer um den Freund und das Entsetzen über die Art, wie er gestorben war, kämpften in seinem Innern mit einem weiteren Gefühl. Tylstyr fühlte sich von Zidaine verraten. In den Monden ihrer gemeinsamen Reise, vor allem am Schluss, in den Drachensteinen, hatte er geglaubt, dass sie bereit gewesen wäre, zusammen mit ihm den Schatten des Schreckenswinters zu entsagen. Er hätte alles getan, um ihr dabei zu helfen. Wenn nötig, hätte er auch den Eid gegenüber dem Drachenführer gebrochen, Spektabilität Cellyana enttäuscht, sich damit abgefunden, seine Heimat niemals wiederzusehen, und hätte sich mit Zidaine in irgendeinem Dorf niedergelassen, wo sie niemand kannte.

Aber das hatte sie wohl nie gewollt.

Tylstyr rang um seine Selbstbeherrschung, um sie nicht über Beorn den Blender auszufragen und darüber, was sie mit diesem Mann verband. Es war offensichtlich: Er war der größte Plünderfahrer Thorwals. Natürlich beeindruckte das eine Kriegerin wie Zidaine. Schon die Frage zu stellen wäre lächerlich gewesen.

Er wandte sich den Algen zu.

Kerngebiet des Sargassomeers,
einundzwanzigster Tag im Kornmond

»Hätte ich vor, noch länger in diesem trostlosen Land zu verweilen, müsste ich darauf bestehen, dass Ihr bei mir bliebet, Schwester!« Vermis Gulmaktar lachte meckernd. »Der guten Sitten halber müsste ich Euch dann natürlich ehelichen. Ich frage mich, ob vor mir schon jemand den Pfad zwischen Euren Schenkeln freigebrochen hat, oder ob diese Plackerei von mir zu leisten wäre!« Mit einem dreckigen Grinsen schaute er zu Shaya Lifgundsdottir hinüber.

Die klein gewachsene Frau ließ seine Anzüglichkeit unbeantwortet. Sie beschäftigte sich weiter damit, die Pfanne, in der sie aus den allgegenwärtigen Algen ein halbwegs schmackhaftes Frühstück bereitet hatte, mit einem groben Tuch zu reinigen. Sie wrang es aus, die Nässe plätscherte in den Tang. Dann tauchte sie es wieder in den Eimer, den sie aus dem Wasserfass gefüllt hatte, das einer von Vermis' Golems in der Nacht herangeschleppt hatte.

Asleif Phileasson betrachtete den hölzernen Mann. Der nur eineinhalb Schritt große Körper wirkte krank. Oder eher zerschlagen, beschädigt. Die Augen waren leere Bohrungen, der Rumpf bestand aus wild zusammengenagelten und verwachsenen Brettern. Ein Arm war ein dreimal gebrochener und mit Scharnieren neu verbundener Riemen, das Ruderblatt diente der Kreatur als Hand. Sie konnte es krümmen. Auf der anderen Seite bildete ein knochenweißes Stück Treibholz den zweiten Arm. Was rechts an Fingern fehlte, machte links ein Gewirr an Zweigen wett. Auch diejenigen, die nicht am Ende, sondern am Hauptast verteilt austraten, konnte das Wesen bewegen. Mit einem davon hielt es eine Weinflasche, die es nun auf Verlangen seines Meisters freigab.

Vermis entkorkte sie mit den Zähnen. »Es gibt nur wenig, das über einen guten Trunk am Morgen geht, was, Foggwulf?«

»Ein klarer Kopf gehört zu diesem Wenigen«, murrte Phileasson.

Der geckenhaft gekleidete Magier nahm einen tiefen Schluck und rülpste leise. »Ich denke da an etwas anderes.« Wieder fand sein lüsterner Blick Shaya. »Je länger ich darüber nachdenke, desto sicherer bin ich, dass sie noch viel größere Freuden bereiten kann als einen vollen Magen. Sagt: Ihr Thorwaler sollt doch so lockere Sitten pflegen! Wärmt sie ihrem Kapitän ab und zu das Lager?«

Phileasson verschnürte seine Zeltplane und stand auf. »Bei uns ist es Sitte, *mit* unseren Frauen zu sprechen, nicht *über* sie.«

»Das würde ich. Allein: Sie scheint mir schweigsam. Ob sie glaubt, sie müsse meine Begierde noch anstacheln, indem sie so tut, als sei sie schwer zu kriegen?« Er nahm einen weiteren Schluck. »Ich schätze, wenn es erst einmal zur Sache geht, ist sie eine ganz Wilde. Da stampft das Schiff durch die Wellen, was? Alle anderen an Bord fragen sich, wieso die See so unruhig ist!« Wieder dieses meckernde Lachen.

Mit der Flasche in der Hand näherte er sich Shaya. In seinen gelben Stiefeln ging er so sicher auf dem Tang, als wären die nassen Pflanzen versteinert.

Phileassons Schritte dagegen schmatzten, als er sich dem Magier in den Weg stellte. »Das reicht jetzt«, knurrte er.

»Oh, der Kapitän sorgt sich um seine Bettwärmerin! Wie wäre es, wenn wir tauschen? Sie ist noch halb voll!« Er hielt ihm den Wein hin.

Phileasson starrte ihm in die braunen Augen.

»Na kommt«, bat der Magier in vertraulichem Ton, »die Kleine ist doch auch schon gebraucht!«

»Noch ein Wort«, sagte Phileasson, »und ich *gebrauche* Euch.«

Vermis zog die Brauen zusammen und presste die Kiefer aufeinander.

Dann lachte er schallend. »So einer seid Ihr also! Aber ich muss Euer Angebot ablehnen. Mein Allerwertester ist nur zum Sitzen da.«

»Und Eure Beine zum Gehen, nehme ich an. Es wird Zeit. Beorn wird auf uns warten, wenn die Sonne ganz über dem Horizont steht.«

Derzeit schien der rote Ball noch zur Hälfte im Tang festzustecken, aber man würde eine Weile brauchen, um die Strecke zu dem eingesponnenen Brutschiff zurückzulegen, an dem Eilif gestern die Botschaft ihres Drachenführers überbracht hatte. Dort wollte sich Phileasson mit ihm treffen, damit Beorn keine Falle stellen konnte. Unmittelbar am Schiff hatte aber nur Irulla genächtigt, die anderen hatten den Speispinnen nicht bei ihren Ausflügen begegnen wollen. Niemand hatte angeboten, bei der Reckin zu bleiben, und sie hatte beteuert, dass sie ja nicht allein sei, da Orkengriff ihr Gesellschaft leiste. Außerdem würde sie zweifellos neue Freundschaften schließen.

»Immer pflichtbewusst«, kommentierte Vermis. »Sehr gut! Das gefällt mir.« Er wandte sich an seine rotäugigen Diener, vier von ihnen begleiteten den Holzgolem. Bei einer Frau, die ein gelbes Tuch um den Kopf gewunden hatte, schnürte ein wie eine Schlange gestalteter Reif den Arm so eng ab, dass die Haut darüber und darunter blau wurde. »Nehmt euch ein Beispiel an diesen Barbaren, meine Getreuen! Abmarsch!«

Das Lager war nahezu abgebaut. Die Kolonne setzte sich in Bewegung.

Phileasson blieb bei Shaya zurück. Auch Ohm Follker half noch mit dem Kochgeschirr.

»Mach dir nichts aus dem Geschwätz dieses aufgeblasenen Möchtegerntyrannen«, riet Phileasson.

Shaya fädelte ihre Löffel auf eine Lederschnur.

»Freust du dich darauf, Lenya wiederzusehen?«, fragte er.

Gleichmütig zuckte sie mit den Achseln.

»Ich glaube, ich habe dich seit einem Mond nicht mehr lächeln sehen«, überlegte Phileasson. »Du trägst einen Kummer im Herzen.«

Statt zu antworten, band Shaya ihre zusammengerollte Decke auf ihren Rucksack.

»In einer Ottajasko teilt man Freude und Schmerz«, sagte Ohm Follker vorsichtig. »Wie in einer Familie. So hast du es doch bislang auch immer gehalten.«

Shaya nahm ihren Wanderstab auf. Ihr Blick wich den beiden Männern aus. Sie tat so, als suche sie den Lagerplatz nach etwas ab, das sie vergessen haben könnten.

»Manchmal fällt es schwer, auszusprechen, was in unserem Inneren frisst«, sagte Phileasson. »Lass mich an deiner Stelle beginnen. Es geht um Cessimasab und darum, wie die Maraske sie getötet hat.«

Plötzlich fuhr die bisher so apathisch wirkende Frau zu ihm herum. »Du verstehst nicht, wie es ist, seine Liebe zu verlieren!« Wütend funkelte sie ihn an.

»O doch, das tue ich!«, gab er mit einer Schärfe zurück, die ihn selbst überraschte.

Shaya prallte zurück, als hätte er sie gestoßen.

»Entschuldige«, bat er. »Ich ...«

Er sah hinüber zu Ohm, der ihn besorgt anblickte.

Die drei standen unbewegt im Tang. Shaya legte die zweite Hand an den Stab, musterte Phileasson aber weiter mit sichtlichem Unglauben.

Er schloss die Rechte um den Griff seines Breitschwerts, rückte den Schild zurecht, der an einem Riemen über seiner linken Schulter hing, räusperte sich und sah den Gefährten nach, die gemeinsam mit Vermis' Leuten dem eingesponnenen Schiff entgegengingen.

In ihrem Schweigen war das ferne Kreischen der Möwen zu hören, die auf die Jagd nach Kleingetier ausflogen.

»Du ...«, setzte Shaya an.

Phileassons Faust schloss sich fester um den springenden Wolf, zu dem der Schwertgriff geschnitzt war.

»Beorns Schwester?«, fragte Shaya. »Ist es das? Wir reisen um die Welt«, ihre Stimme wurde lauter, »und begeben uns in Todesgefahr wegen deines gebrochenen Herzens«, sie schrie, »und mir machst du Vorwürfe, weil ich nicht mehr so lustig bin?«

»Nein ...«, sagte Ohm.

Phileasson sah zum Himmel auf. Nur einige Wolkenfetzen standen im Blau. Shaya missverstand, wie es mit Gilda gewesen war. Frauen dachten immer nur an Liebe, wenn es um einen Mann und eine Frau ging. Als könnten sich zwei Menschen nicht auch auf andere Weise begegnen, wenn sie unterschiedlichen Geschlechts waren. Dabei reiste Shaya nun schon so lange mit ihm, dass sie verstehen sollte, dass er die Schildmaiden ebenso behandelte wie die Recken. Sie alle waren Teil seiner Ottajasko, er erwartete von jedem Treue und vollen Einsatz.

»Es gibt noch eine andere«, sagte Ohm behutsam.

»Dann stimmt es!«, riet Shaya. »Mirandola hat mir erzählt, dass du auf Beskan so seltsam reagiert hast, als sie Ohm danach gefragt hat. Ich wollte es nicht glauben – aber sie hat recht, nicht wahr?«

Phileasson hatte dieses Gespräch in der Hoffnung begonnen, Shaya ein wenig aufzuheitern. Als er jetzt die Vorfreude auf eine spannende Enthüllung in ihrem Gesicht sah, hätte er ihr das Lächeln am liebsten von den Lippen geschlagen.

»Es ist lange her«, sagte Ohm. »Auf der Fahrt, als Asleif und ich uns kennengelernt haben ... eigentlich wollten wir nur nach Punin, aber die Südländer haben tückische Krankheiten. Manche Recken wettern jeden Sturm auf dem Meer vor Prem mit freiem Oberkörper aus und lachen darüber, aber wenn sie sich mit so etwas anstecken, wirft es sie aufs Lager.«

»O gütige Gänsemutter!« Shaya bedeckte ihren Mund.

Phileasson nahm ihr weder Erschrecken noch Mitleid ab. Sie wollte sich an seiner Geschichte ergötzen. In diesem Moment hasste er sie.

»Brunylda musste in Punin bleiben, während wir im Umland Handel trieben«, erzählte Ohm. »Am Anfang waren wir froh, dass wir den Medicus aus Khunchom ...«

»Das tut nichts zur Sache«, sagte Phileasson mühsam beherrscht.

Jetzt war die Sorge in Shayas Gesicht echt.

Oder war es Angst? Fürchtete sie sich vor ihm?

Phileasson schloss die Augen.

Shaya konnte nichts für das, was damals geschehen war. Sie war nicht dabei gewesen. Und Ohm hatte nur geredet, weil Phileasson ihn nicht davon abgehalten hatte. Sicher hatte der alte Freund geglaubt, Phileasson wäre damit einverstanden gewesen, dass er Shaya verdeutlichte, dass sie in ihrem Schmerz nicht allein war.

Er schüttelte den Kopf und öffnete die Lider. Mit Brunylda war alles anders gewesen. Kein tragischer Tod auf einem Krankenlager, wie Shaya es nun wohl vermutete. Aber darum ging es wirklich nicht. Es war nicht mehr wichtig.

»Du weißt, dass du mit deinem Kummer immer zu mir kommen

kannst, Shaya«, sagte er. »Ein Drachenführer trägt die Last seiner Recken. Wir sind eine Ottajasko.«

Wieder hielt sie sich mit beiden Händen an ihrem Stab fest. »Gilt das nicht auch für dich, Foggwulf?«

Noch einmal sah er zu den Wolken auf. Unzusammenhängende Fetzen, mehr nicht. Zu wenig für Regen. Nur manchmal würden sie für kurze Zeit die Sonne verdecken. Unwichtig.

»Ich bin ein Drachenführer«, sagte er mit rauer Stimme. »Wenn jemand in meiner Ottajasko eine Wunde erleidet, werde ich alles tun, um sie zu heilen.« Er sah sie an. »Aber ich will dich nicht belügen. Bei manchen Wunden hilft weder ein Verband noch ein Elfensang.«

Ernst nickte sie.

»Wir wollen Beorn nicht warten lassen«, sagte er.

Abwartend sahen die beiden ihn an.

»Geht voraus. Ich komme nach.«

Ohm winkte Shaya. Sie schloss sich dem Skalden an.

Phileasson drehte sich um und sah nach Westen. Das Tangmeer erstreckte sich bis zum Horizont, nur ein paar Wracks unterbrachen die Ödnis. Sie zeugten vom Scheitern einstmals stolzer Seefahrer. Jedes Schiff war ein Versprechen, ein Gefährt, in dem Träume aufbrachen, jenseits des Horizonts ihre Erfüllung zu suchen. Hier waren viele zum Ende gekommen.

Hinter dem Tang lag das offene Meer, und seine Wellen schlugen an die Hafenmauern von Khunchom. Dort, nach der von fiebrigem Wahn getriebenen Reise auf dem Mhanadi, als er die Hand in das klare Wasser des Perlenmeers getaucht hatte, war Phileassons Traum zerbrochen.

*Zedrakke Glückshort, Kerngebiet des Sargassomeers,
einundzwanzigster Tag im Kornmond*

Beorn Asgrimmson rieb sich die schmerzenden Schultern. Mit den Lederschwingen zu reisen beschleunigte das Vorwärtskommen in diesem riesigen Haufen treibenden Unrats zwar ungemein, doch war es keinesfalls angenehm. Der Griff der Chimären war außergewöhnlich hart. Ihre Krallen waren sogar durch das Kettenhemd zu spüren.

Beorn traf sich mit Asleif Phileassons Ottajasko etwa zweihundert Schritt vor dem Spinnenschiff. Der Magier Tylstyr und der Praiosgeweihte fehlten immer noch. Dafür war ein fremdes Gesicht zugegen. Ein aufgedunsener Kerl mit schmierigem Lächeln, der ein Vermögen an Schmuck angelegt hatte und in geschmacklosen gelben Stiefeln herumlief.

»Vermis Gulmaktar, nehme ich an?«, eröffnete Beorn ohne Umschweife das Gespräch, musterte aber weiterhin Phileassons Ottajasko. Sein Rivale schleppte immer noch das Kind mit sich herum und die alte Elfe, die inzwischen so gebrechlich geworden war, dass sie sich auf den Zauberer mit dem irren Blick stützte. Ihm war unbegreiflich, wie man sich mit so nutzlosem Ballast belasten konnte. Er gefährdete das Kind und die Elfe. Und er wurde langsamer ... Was die beiden wohl an sich hatten, dass Phileasson diesen Nachteil akzeptierte?

»Ich gehe davon aus, dass du Vespertilio begegnet bist, da du mich kennst, größter aller Plünderfahrer«, entgegnete der Geck. »Natürlich bist du viel zu klug, um durch die Lügen dieses missgünstigen alten Mannes voreingenommen zu sein.«

Beorn musterte den Dicken von Kopf bis Fuß und vermochte nichts an ihm zu entdecken, was ihm sympathisch gewesen wäre. »Mein Urteil beruht stets auf meinem eigenen Eindruck, Vermis, und ich muss sagen, dass dein Freund, der gern das Wort ›Qualle‹ benutzt, wenn er von dir spricht, dich sehr treffend geschildert hat.«

Das Lächeln auf den Lippen des kleinen Magiers gefror. »Unverblümt, ganz nach thorwalscher Art. Na, dann pass ich mich doch – als höflicher Mensch – euren Umgangsformen an. Vermisst du ein hageres Weib mit finsterem Gemüt, Blender?«

Der Drachenführer wechselte einen Blick mit Phileasson, der abwehrend die Hände hob. »Ich habe damit nichts zu tun, Beorn. Er hält auch Tylstyr und Praioslob gefangen. Der Kelch, den wir suchen, ist sein Preis für die drei. Es geht ja nur darum, wer ihn findet ... Wir müssen ihn nicht unbedingt behalten, um die Aufgabe zu erfüllen.«

Asleif so nachgiebig zu sehen kam ihm höchst verdächtig vor. Gern hätte er mit ihm ein Gespräch von Hetmann zu Hetmann geführt, ohne weitere Zeugen. Aber das würde Vermis wohl kaum zulassen. Ob Phileasson einen Pakt mit Vermis geschlossen hatte? Wieder musterte er den Magier. Wenn Asleif sich auf diese schleimige Ausgeburt des Sargassomeers eingelassen hatte, dann war von dem Mann, den er einmal gekannt hatte, nicht mehr viel übrig geblieben.

»Du bist nun also der Befehlshaber von zwei Ottajaskos, Vermis?«

»Schön, dass dir dies schon ganz klar ist, Beorn.« Der Magier lächelte ihn selbstgefällig an. »Der Foggwulf sagte schon, dass du nicht dumm bist. Dann weihe ich euch nun in eure Aufgabe ein. Folgt mir!« Ohne sich umzublicken, ob sie seinem Befehl gehorchten, ging er aufs offene Tangmeer hinaus.

Für einen Mann seiner Körperfülle bewegte er sich erstaunlich geschickt. Er sank keinen Fingerbreit in den Tang.

»Gehen wir mit ihm«, sagte Phileasson missmutig.

Beorn nickte.

Erst als sie gut hundert Schritt von den beiden Mannschaften entfernt waren, blieb Vermis stehen. »Machen wir ohne Schnörkel weiter, meine beiden Freunde. An Bord des Spinnenschiffs erwartet euch ein Dämon, und ich hege die Befürchtung, dass Waffen aus einem Seeschlangenzahn nicht genügen werden, um ihm beizukommen.«

Beorn war sich sicher, dass ihre Waffen von Nutzen sein würden. Warum sonst hätte Garhelt ihnen die vorige Aufgabe stellen sollen? Die Oberste Hetfrau war sehr weise, bestimmt hatte sie die Herausforderungen mit Bedacht formuliert. Den Reißzahn einer Seeschlange holen. Man musste schon aus einem besonderen Holz geschnitzt sein, um das zu überleben. Das konnte nicht einfach nur eine Laune gewesen sein!

»Da wir ohne Schnörkel reden, Magier«, wandte sich Beorn an Vermis: »Was willst du von diesem Dämon? Was suchst du auf dem Schiff?«

Der dicke Magier kniff seine Schweinsäuglein zusammen. Er rang sichtlich mit sich. »Das geht euch nichts an ...«

»Verdammt, Vermis!«, fuhr Phileasson ihn an. »Auf dem verfluchten Schiff sitzt also ein Dämon. Auch dir muss klar sein, dass unsere Aussichten, lebend wieder von Bord zu gehen, deutlich steigen, wenn wir genau wissen, mit wem wir es zu tun haben und warum wir kämpfen.«

»Mactans heißt das Biest«, antwortete Vermis zögerlich. »Das ist allerdings nicht der wahre Name, also der Name, der einem Dämonologen Macht über die Kreatur geben würde.«

»Wie viele Hörner trägt er?« Beorn wusste nicht allzu viel über die Kreaturen der Niederhöllen. Aber er hatte gehört, dass die schrecklichsten von ihnen sieben Hörner besaßen und die Anzahl der Hörner Rückschluss auf ihre Macht erlaubte.

»Mactans ist ein fünffach gehörnter Dämon, eine Kreatur von Macht und Intelligenz. Kein König, aber doch durchaus ein Fürst unter den Dämonen«, dozierte Vermis, als stünde er vor einer Klasse Novizen. »Ein Veteran aus einem vergangenen Äon. Er kämpfte im Krieg gegen die Hochelfen und ihre verwunschenen Schiffe, wie etwa das Wipfelschiff *Iylian Thar* ... Es war dieser verfluchte Name, der uns gelockt hat, wie Honig die Fliegen.«

Beorn schien es, als würde Vermis durch ihn hindurch in eine ferne Vergangenheit blicken. Ein verklärter Zug lag auf dem Antlitz des Magiers. Er lächelte entrückt.

»*Wandelbarer Krieger*, das etwa ist die Bedeutung der hochelfischen Worte, wenn man sie in unsere Sprache überträgt. Auf den Namen bin ich zum ersten Mal während meiner Studienzeit in Mirham gestoßen. Al'Gorton schreibt in seinen verbotenen Schriften auch über den Untergang der Hochelfen und ihre wunderbaren Schiffe, die sie in Liretena auf Kiel legten. Der Name *Iylian Thar* hat uns ein ganzes Semester lang zu wilden Schwärmereien verführt ...«

»Uns?«, unterbrach ihn Beorn. »Redest du immer noch nur von dir oder jetzt auch von anderen?«

»Wir waren drei ...« Ein melancholischer Seufzer entfuhr dem schmuckbehangenen Magier. »So lange ist es jetzt her. Wir waren wie Leuchttürme unter den Novizen. Unser Licht erhob sich über alle anderen, und manchem wiesen wir den Weg, obwohl wir noch keine akademischen Würden erlangt hatten. Unser Wissensdurst kannte keine Grenzen! Blutmagie, Dämonologie, Chimärologie ... Wir waren rastlose Suchende. Manchmal haben wir zwei oder drei Tage gar nicht geschlafen. Uns immer tiefer in uralte Schriften vergraben. Zynthia Aslaman, unsere Muse ...« Er seufzte verzückt. »Wie oft findet man einen vollkommenen Geist in einem vollkommenen Körper? Sie hat uns angefeuert. Wir wollten vor ihr glänzen ... jeden Tag. Und doch war oft sie es, nicht wir, die das fehlende Glied entdeckte oder die den abwegigen Gedanken wagte, der plötzlich Rätsel zu Offenbarungen werden ließ. Es war eine großartige Zeit, die Vespertilio Organo und ich mit Zynthia verbrachten. Eine Zeit, in der wir so bedeutende ...«

»Was hat das mit all dem hier zu tun?«, unterbrach Beorn ihn schroff. Ihm ging die Geduld für das selbstverliebte Geschwafel des Fettsacks ab.

»*Iylian Thar*«, sagte er verärgert. »Das war der erste Schritt auf dem Weg hierher. Der *Wandelbare Krieger*. Wir waren überzeugt, dass sich uns, wenn wir dieses Schiff aufspürten oder zumindest herausfinden könnten, wie es erschaffen worden war, neue Wege in der Chimärologie und ein grundlegend verändertes Verständnis von Golems eröffnen könnten. Angeblich konnte das Schiff seine Gestalt seinen Aufgaben anpassen. Sein hölzerner Leib änderte die Form. Etwas war in das Holz gepflanzt worden, so glaubten wir ... Wir mussten herausfinden, was. Wie Besessene haben wir gesucht, aber es schien, als habe jemand gezielt das Wissen um das Schiff vernichtet. Irgendwann gaben wir auf. Jahre vergingen. Wir hatten längst eigene Wege beschritten, als Vespertilio und ich unabhängig voneinander auf die Geschichte vom Largala'Hen stießen. Einem Kelch aus Zeiten der Hochelfen, ein Speicher unermesslicher Macht. Er spendet Leben und Fruchtbarkeit ...«

Beorn schnaubte. Er konnte aus dem Geschwafel immer noch nicht ableiten, welchen Nutzen es für den Angriff auf das Spinnenschiff haben sollte. Oder sprach er etwa vom Kelch aus der Prophezeiung?

»Menschen ohne Visionen legen die Welt in Ketten, Plünderfahrer!« Vermis bedachte ihn mit einem abfälligen Blick. »Es heißt, die Wüste Khôm entstand, weil man den Largala'Hen von seinem angestammten Platz entfernte. Vermagst du nun zu ermessen, welche Macht mit diesem Kelch der Hochelfen verbunden ist? Und sucht ihr nicht nach einem Kelch? Wir deuteten die Quellen so, dass die Hochelfen den Largala'Hen auf die *Iylian Thar* gebracht hatten, um die ultimative Waffe im Kampf gegen die Heerscharen des Namenlosen zu erschaffen. Irgendetwas ist schrecklich schiefgegangen ... Die Kultur der Hochelfen ging unter. Der Largala'Hen wurde auf ein Elfenschiff geschafft, das ihn in Sicherheit bringen sollte. Damals dachten wir drei, das wäre die *Iylian Thar* gewesen. Eine falsche Spur ... Das Schiff, das den Largala'Hen in Wirklichkeit befördern sollte, war unauffälliger, weit weniger von Magie durchdrungen: die Galeasse *Anvarion-Dharla*. Es ist das Schiff, auf dem zwei Meilen entfernt der Dämon Mactans lauert.«

»Der Kampf gegen die Elfen ... Das muss doch unzählige Jahrhunderte her sein?«, warf Phileasson skeptisch ein. »Wie kann das Schiff noch existieren? Es müsste doch längst verrottet sein.«

»Wir reden hier von Elfenschiffen. Man kann sie nicht mit den Schiffen vergleichen, die wir Menschen bauen.« Vermis unterstrich seine Worte mit einer wegwischenden Geste. »Diese Schiffe verrotten nicht einfach. Die *Iylian Thar* hatte ein eigenes Bewusstsein. Sie war ein lebendes Geschöpf und keine Ansammlung von Planken. Sie reagierte darauf, wenn jemand an Bord kam.«

»Ein lebendes Schiff?«, fragte Beorn verächtlich. »Ich habe auch schon von Hütten gehört, die auf riesigen Hühnerbeinen herumlaufen sollen. Angeblich findet man sie weit südlich von Benbukkula. Märchen! Diese Wunderdinge gibt es entweder in längst vergangener Zeit oder an Orten, zu denen man nicht reisen kann. Komm uns nicht mit solchem Unsinn, Magier!«

»Jedes Wort davon ist wahr!« Der kleine Mann, der bislang alles andere als kämpferisch gewirkt hatte, machte einen Schritt auf Beorn zu und hob belehrend einen Finger. »Das Problem sind Leute wie du! Leute, deren Horizont bis zu ihren Stiefelspitzen reicht und die glauben, die Welt zu kennen. Die *Iylian Thar* ist ebenso real wie die Ghumai-Kal. Die vogelbeinigen Hütten sind dämonische Kreaturen ...«

Beorn war versucht, den Finger, der auf seine Brust zeigte und vor- und zurückzuckte wie eine Rapierspitze, zu packen und zu brechen, um dem Magier klarzumachen, dass man Leute, deren Horizont nur bis zu den Stiefelspitzen reichte, besser nicht beleidigte.

»Was habt ihr an Bord der *Iylian Thar* gefunden?«, fragte Phileasson sachlich. »Und was ist dort geschehen?«

Offensichtlich hatte sich der Kartentuscher schon mit den Beleidigungen des kleinen Magiers abgefunden, dachte Beorn konsterniert.

»Wir wollten die Matrix des Schiffs ergründen, wollten verstehen, welche Zauber gewirkt worden waren, und wir wollten den Largala'Hen. Aber das Schiff ...« Ein Zittern lag plötzlich in der Stimme des Magiers. »Das Schiff ...«

Blankes Entsetzen spiegelte sich in seinen Augen, obwohl Jahrzehnte vergangen sein mussten.

»Zuletzt hat das Schiff einen Dämon beschworen, um uns loszuwerden. Mactans. Wir haben ihn überwunden, aber das hatte seinen Preis. Zynthia hat es nicht geschafft ...«

»Ein Elfenschiff, das einen Dämon beschworen hat?«, zweifelte Beorn.

»Die *Iylian Thar* war verrückt geworden, über die Jahrtausende. Und sie kannte Mactans, seinen wahren Namen ... Er hatte bereits zuvor gegen das Schiff gekämpft. Er kam, als die *Iylian Thar* ihn rief. Auch die Elfen von damals waren wieder da und ... Das führt zu weit. Er hat Zynthia mit sich gezerrt. Noch heute klingt mir in den Ohren, wie sie geschrien hat. Es war ...« Er brach ab. Starrte durch die Drachenführer hindurch.

»Und wie seid ihr hierhergekommen?« Jetzt war es Phileasson, der fragte. Leise, fast freundschaftlich.

»Wir beide sind in den Süden zurückgekehrt, haben noch einmal unsere Quellen studiert, alles hinterfragt. Haben weitere Schriften aufgetan. Auch das hat einen hohen Preis gefordert, aber nachdem wir so weit gegangen waren ... Wir sind der Spur des Largala'Hen gefolgt ... Es war schwer. Aber wenn ein so machtvolles Artefakt bewegt wird, hinterlässt es manchmal Spuren. Feine Risse in der magischen Realität, Verwerfungen ... Außerdem haben wir nach dem Verbleib der *Anvarion-Dharla* gesucht. Wir waren uns sicher, dass auch dieses Schiff von Dämonen gejagt würde. Alle wollten sie den Largala'Hen! Es hat Jahre gedauert, aber schließlich habe ich, mit ein wenig Unterstützung von Vespertilio, herausgefunden, dass die *Anvarion-Dharla* im Sargassomeer gestrandet ist. Es war im Jahr neunhundertsiebenundachtzig, als wir mit der Thalukke *Rahjadinja* in See gestochen sind ...«

»Vor zwanzig Jahren!«, unterbrach ihn Beorn ungläubig. »Ihr steckt seit zwanzig Jahren hier fest.«

Vermis tat es mit einem Achselzucken ab. »Ja. Alles wäre gut gegangen, wenn Vespertilio nicht so ein selbstsüchtiger Hundsfott wäre! Wir haben die Elfengaleasse *Anvarion-Dharla* im Herzen des Totenmeers gefunden, das damals noch kleiner war. Aber diese Elfenschiffe sind besonders. Es gab Sicherungen, magische Barrieren ... Wir haben es nicht geschafft, bis zum Largala'Hen vorzudringen. Und glaubt mir, wir haben wirklich alles versucht. In unserer Verzweiflung haben wir schließlich entschieden, einen Dämon zu rufen. Jenen einen, von dem wir ganz sicher wussten, dass er Erfahrung mit Elfenschiffen hatte. Und mit dem wir noch eine Rechnung zu begleichen hatten ...«

So viel Dummheit verschlug Beorn fast die Sprache. »Mactans?«, fragte er fassungslos. »Ihr habt zu zweit den Dämon beschworen, den ihr schon zu dritt nicht besiegen konntet? Wie kann man nur …?«

Vermis hob abwehrend die Hände. Seine Augen funkelten. »Das verstehst du nicht! Wir hätten ihn beherrschen können. Es war ganz anders als auf der *Iylian Thar*. Die *Anvarion-Dharla* hat uns nur daran gehindert, zum Largala'Hen zu kommen. Das Schiff hat uns nicht bekämpft. Wir konnten uns also voll und ganz auf die Beschwörung konzentrieren. Du siehst in mir vielleicht eine aufgeblasene Witzfigur, Beorn Asgrimmson, aber ich versichere dir, unter Magiern sind meine Macht und meine Fähigkeiten gefürchtet. Wir haben Mactans gerufen. Er ist unwillig gekommen. So ist es immer mit Dämonen. Wir mussten ihn zwingen, zu tun, was wir wollten. Und tatsächlich hat er die Schutzzauber gebrochen. Einen nach dem anderen, bis wir schließlich zum Largala'Hen vordringen konnten.« Er stockte. Jetzt machte er wieder einen entrückten Eindruck. »Der Kelch ist von unvergleichlicher Schönheit. Ein Werk, wie nur Elfen es erschaffen können … Er war zum Greifen nah. Da hat Mactans uns mitgeteilt, dass Zynthia noch lebt. Ich habe ihm das nicht geglaubt. Aber Vespertilio. Er ist anders. Vor ihm sollet ihr euch beide in Acht nehmen. Er ist ein Fanatiker. Er hat den Bann gelockert. Und wir konnten Mactans nicht länger beherrschen.« Vermis ballte beide Hände zu Fäusten. »Wir waren dem unvergleichlichen Largala'Hen so nahe gekommen. So nah! Und dieser Idiot Vespertilio hat alles verdorben! Wir mussten fliehen. Danach war unsere Freundschaft beendet. Ich werde ihm das niemals verzeihen. Er und ich, wir haben uns nichts mehr zu sagen!«

»Und doch sollen wir nun mit vereinten Kräften streiten?«, warf Phileasson ein. »Wie stellst du dir das vor? Du sagst, du bist Vespertilios Feind. Beorn und ich sind ebenfalls Rivalen. Und wir alle wollen den Kelch. Was soll geschehen, wenn der Dämon tot ist?«

Vermis lachte auf. Beorn war überrascht von der Kälte, die er in den Augen des dicken Zauberers sah. Er sollte sich hüten, sich von seinem ersten Eindruck fehlleiten zu lassen. Vermis konnte durchaus ein heimtückischer Gegner sein.

»Dämonen tötet man nicht!«, herrschte sie der Magier an. »Ihr habt wirklich keine Ahnung. Wenn ihr ihn besiegt, wird Mactans in seine eigene Sphäre zurückgeworfen. Tot ist er nicht. Und auch das ist nicht leicht zu schaffen. Wenn es so weit ist, wird es weniger Interessenten für den Kelch geben.«

Beorn wechselte einen Blick mit Phileasson. Der Foggwulf hatte sichtlich keine Angst. Die Möglichkeit des Todes war nichts, was ihn von einem Kampf abhielt. Seine Ottajasko würde gewiss eine sinnvolle Unterstützung sein. Und Vermis hatte ebenfalls keine Ahnung, mit wem er sich eingelassen hatte. Beorn war sich sicher, dass sie den Dämon überwinden konnten. Entweder würde Pardona ihn hinschlachten, oder aber Galayne würde ihn mit Selflanatil aufspießen. Dieses Schwert war dafür geschaffen worden, Kreaturen wie Mactans zu bezwingen. Und dann noch die neuen Waffen ... Hier offenbarte sich der tiefere Sinn der Prophezeiung: *Schärft der geschuppten Herrn der Meere Waffen gegen des Kelches Räuber ...*

»Wie teilen wir die Beute, wenn wir siegen?«, wollte nun auch Beorn wissen.

Vermis schaffte es, seine Gedanken hinter einem nichtssagenden Lächeln zu verbergen. »Gebt Vespertilio seine geliebte Zynthia zurück, wenn sie denn wirklich noch leben sollte, und er wird auf den Kelch verzichten. Dann geht es nur noch um uns drei ...« Er weitete die Arme. »Ich werde den Kelch gern gegen meine – nennen wir sie Gäste – austauschen.«

»Du glaubst, ich würde das Leben der hageren Fechterin höher einschätzen als einen Sieg? Höher als ein Artefakt, das vielleicht die Macht hätte, die Wüste wieder in einen blühenden Garten zu verwandeln, wenn ich deinen Worten glaube? Diese Wickelköpfe in der Khôm würden mich zu ihrem König machen, wenn ich komme, um mit dem Largala'Hen *Wunder* zu wirken. Und all das soll ich für eine Frau aufgeben, die in meiner Ottajasko nur Unfrieden gestiftet hat? Du kennst mich nicht, Vermis! Und täusche dich nicht, Phileasson neben mir ist aus demselben Holz geschnitzt. Wir sind Krieger! Glaubst du, wenn wir Mactans für dich hinweggefegt haben, dann könntest du uns aufhalten? Mit ein paar Geiseln?« Beorn lachte auf. »Du hättest dich besser über uns Thorwaler erkundigen sollen. Aber ich gebe dir jetzt ein Versprechen. Solltest du unseren Gefährten etwas antun, dann werde ich dich heimsuchen. Ich werde dich finden, wo immer du dich verkriechst, und ich werde dir dein jämmerliches Schwänzlein abschneiden und es dir so tief in den Rachen schieben, dass du daran erstickst. Und dann wird meine Traviageweihte dich mit einem Fluch belegen, der dich im Jenseits auf ewig zum Sklaven Zidaines macht.«

Vermis schüttelte den Kopf und schnaubte. »Eine Traviageweihte, die mich verflucht? Ich bitte dich! Eine Dienerin der Göttin des Herdfeuers? Das ist doch ...«

»Frag Vespertilio, ob er sie fürchtet«, entgegnete Beorn ruhig. »Bei uns in Thorwal ist das Leben härter als im Mittelreich oder im Süden. Bei uns sind auch die Geweihten von einem anderen Schlag. Wenn du mit Vespertilio nicht mehr sprichst, dann geh zu Lenya. Sieh ihr in die Augen ... Ich verspreche dir, das wird dich verändern.« Er sah Vermis an, dass seine Worte nicht ohne Wirkung geblieben waren. »Und jetzt mach uns ein besseres Angebot!«

Der Magier zögerte. »Vertreibt Mactans und tötet Vespertilio, dann bekommt ihr eure Leute zurück und könnt davonziehen. Auch mit dem Kelch ...«

Vermis sah ihn nicht an, als er das sagte. Er blickte an Beorn vorbei in den Himmel.

»Das ist doch mal ein Angebot!« Beorn streckte die Hand vor. »Schlag ein.«

Das tat der Zauberer, ohne zu zögern. Sein Griff war kraftlos, die Hand weich, aber nicht so schwabbelig, wie Beorn erwartet hatte.

»Gilt der Handel auch für dich?« Der Drachenführer sah zu Phileasson, der ihn mit schmalen Augen ansah.

»Ja«, knurrte der Drachenführer schließlich und schlug ein.

»Dann werden wir nun Kriegsrat halten«, entschied Beorn.

Vermis verschränkte die Arme vor der Brust und blickte ernst.

»Was wird das?«, fragte Beorn amüsiert.

»Ich warte, was ihr zu sagen habt.«

»Und ich warte darauf, dass du gehst.«

Der Zauberer sah ihn mit großen Augen an. »Das kannst du nicht ...«

»Ich kann nicht? Hast du mich immer noch nicht ausreichend kennengelernt, Vermis? Ich bleibe hier, um dir einen Gefallen zu tun. Du wirst auf jeden Fall gewinnen. Wir vertreiben den Dämon für dich. Und das war es. In einem thorwalschen Kriegsrat sprechen Anführer miteinander. Diejenigen, die ihren Recken vorangehen, wenn eine Schlacht kommt. Wer auf einem Hügel steht und beobachtet, ist für uns kein Feldherr und auch kein Recke. Also geh jetzt! Du hast hier nichts verloren, wenn Phileasson und ich miteinander reden.«

»Du wirst ...« Vermis fing wieder an, ihm mit drohend erhobenem Zeigefinger vor der Brust herumzufuchteln.

Beorn packte den Finger und bog ihn nach hinten, bis Vermis

vor ihm in die Knie ging. »Pass jetzt gut auf, Magier, denn ich werde das nur einmal sagen. Entweder du gehst, oder ich gehe. Von so einem juwelenbehangenen Stück Dreck wie dir lasse ich mir keine Befehle erteilen. Du weißt um meine Wettfahrt? Ich liege ohnehin deutlich vorne. Ich muss hier nicht siegen. Und was Zidaine angeht, kann ich dir nur raten: Entweder du lässt sie frei oder du bringst sie schnell um, sonst wird sie dir die Kehle durchschneiden, ehe du dich versiehst. Du glaubst, mit deinem Dämon ein Problem zu haben? Du hast mich noch nicht kennengelernt. Ich werde mir keine zwanzig Jahre Zeit lassen, um dich auszuweiden. Wenn ich dein Feind werde, erlebst du die nächste Woche nicht mehr.« Der Finger des Magiers knackte in seinem Gelenk, als Beorn ihn noch ein wenig weiter zurückbog. »Und jetzt gehst du! Hast du das verstanden?«

»Ja«, presste Vermis zwischen zusammengebissenen Zähnen hervor.

Beorn ließ ihn los.

Keuchend richtete sich der Zauberer auf und bedachte ihn mit einem mörderischen Blick. Doch dann zog er sich zurück.

Zedrakke Glückshort, Kerngebiet des Sargassomeers, einundzwanzigster Tag im Kornmond

In diesem stinkenden Land gab es viele Arten von Möwen, hellgraue und dunkelgraue, braune und silberne, mit kurzem und langem Schnabel, roten und gelben Füßen. Manche waren so klein, dass sie in eine Hand gepasst hätten, andere so groß wie ein Bussard. Die fetteste Möwe, die Galandel deren-Lied-verklingt jemals gesehen hatte, begleitete die Frau mit dem gelockten schwarzen Haar in Beorns Gefolge. Mal watschelte der Vogel neben ihr her, mal machte er weite Sprünge, die er mit Flügelschlägen unterstützte. Jetzt gerade hackte er auf etwas ein, das er im Tang erspäht hatte, einen Krebs oder eine Muschel vielleicht.

Galandel hielt nach Raben Ausschau, obwohl sie seit Wochen keinen gesehen hatte. Sie glaubte, ihr Krächzen zu hören. Oder verursachten doch nur die Fetische, die an Lederschnüren von ihrem Stab hingen, diese Geräusche? Die kleinen Steine, die Federn, das Haarbüschel von einem Mammut, der Zahn eines Schneeschrats, der diesem so viel Pein bereitet hatte, bevor Galandel ihn gezogen hatte? Aber nichts davon sollte sich anhören wie Rabenkrächzen.

Eigentlich war es auch mehr als ein Krächzen ...

Galandel legte den Kopf schräg. Sie glaubte, Worte zu hören. Eine uralte Sprache, Asdharia. »Wehe dem, der ...«

Während Asleif Phileasson, Beorn Asgrimmson und Vermis Gulmaktar abseits von den anderen mit Worten fochten und wohl zugleich versuchten, zu einer Einigung für den Kampf gegen den Dämon zu gelangen, flüsterte Galandel nach, was sie von den Raben zu hören glaubte, die gar nicht hier waren.

»Wehe dem, der die Göttin zaubern sieht!« Wie merkwürdig ...

Misstrauisch standen sich die Ottajaskos gegenüber. Niemand zog eine Waffe, aber Irullas Speere waren wie zufällig auf Eimnir gerichtet, den Thorwaler, in dessen Augen Flammen nisteten, und die riesige Frau in Beorns Gefolge brauchte sicher keine Axt, um einen Schädel zu brechen. Galandels Blick glitt über den weiß gekleideten Elfen, der sogar in dieser Umgebung seltsam sauber wirkte, als fände der Schmutz des Tangmeers keinen Halt an ihm. Mit seinem weißen Haar ähnelte er dem Volk des Himmelsturms.

Natürlich, dorther kannte sie auch das Rabenkrächzen! »Ihre Kinder sind anders als wir«, flüsterte sie.

Der weiße Elf starrte sie an.

Galandels Blick jedoch wanderte weiter, zu Lenya Yasmadottir, der hochgewachsenen Geweihten mit den blonden Zöpfen. Mit verschränkten Armen sah sie zu Vermis und den Drachenführern hinüber und lächelte. Was belustigte sie?

Galandel hörte nicht auf die gemurmelten Gespräche um sich herum. Auch das vermeintliche Rabenkrächzen beachtete sie nun nicht länger, da sie wusste, dass es nur eine Erinnerung war, die sie narrte. Sie wollte nicht in der Vergangenheit leben. Sie sehnte sich nach einer Zukunft.

Der weiße Elf schien sich weder für die Verhandlung noch für die Gefährten in seiner Ottajasko zu interessieren. Noch immer sah er Galandel an. Was fand er an ihr?

Es fiel ihr schwer, seinen Blick zu erwidern. Dabei fragte sie sich, woher er kam, ob er wirklich aus dem Himmelsturm stammte, was er bei Beorn machte. Er war bereits im Tal der Donnerwanderer bei ihm gewesen, also konnte er eigentlich nicht aus Ometheon kommen. Andererseits umwehte ihn ein Lied von Alter. Und auch von Einsamkeit, von unerfüllter Sehnsucht ...

Eine Sehnsucht, die ein Echo in ihr fand. Gern hätte sie mit ihm gesprochen, die harten Linien seines Gesichts ertastet. Sie fragte sich, wie er roch.

Doch sie zitterte schon bei dem Gedanken, sich ihm zu nähern. Etwas Machtvolles hielt sie zurück.

Das Rabenkrächzen verschwand aus ihren Ohren, aber ein anderes Lied klang aus der Vergangenheit herauf. Es sang von Traurigkeit und auch von Angst, aber das war nicht ihre Furcht. Überhaupt empfand Galandel keine Angst, nur Erschöpfung. Alles wurde so mühselig ... Sie betrachtete die Flecken auf der Hand, mit der sie ihren Stab hielt.

Dieser weiße Elf ... sie wusste, dass sie schon oft über ihn gesprochen hatten, aber Galandel erinnerte sich nicht an seinen

Namen. Während sie in ihrem Gedächtnis danach forschte, wurde das Lied von Angst und Verlassensein immer lauter.

»Geht es dir nicht gut?« Besorgt sah Abdul el Mazar sie an.

»Ich ...« Sie wollte auf den Elfen zeigen, aber ihr rechter Arm erschien ihr so schwer, dass sie ihn nicht zu heben vermochte.

Abdul runzelte die Stirn, seine dunklen Augen wurden schmal. Eine Melodie urtümlicher Magie lag in der dürren Gestalt dieses Männchens, dem einzelne Barthaare aus dem Kinn sprossen. Sie war ganz anders als der Zauber, der den Elfen innewohnte, die ihre Harmonien in das Lied der Welt einbrachten. Auch mit der strengen Struktur, die Tylstyr benutzte, hatte sie nichts gemein. Dennoch war ihr Ursprung ähnlich, aber ... befreit von den Gittern, in die menschliche Magier ihre Kunst oft zwängten, die ihnen aber auch als Leitern dienten.

Sachte schüttelte Galandel den Kopf. Wieso konnte sie sich dem weißen Elfen nicht zuwenden?

Einsamkeit ... auch in der Kälte des endlosen Eises war man oft allein. Es prüfte den Körper, aber es befreite den Geist.

»Was hast du?« Abdul fasste ihren Oberarm.

»Ich bin erschöpft«, flüsterte Galandel. »Ich will weg.«

Ihre Knie wurden weich.

Abdul griff unter ihre Achsel, stützte sie und half ihr, sich von den Ottajaskos zu entfernen. Je weiter sie sich dem Bug des vollständig in Spinnweben eingesponnenen Schiffs näherten, desto besser ging es ihr. Der allgegenwärtige Gestank machte ihr trotz des Tuchs vor ihrem Gesicht zu schaffen, sie atmete flach durch den Mund, aber ihre Kräfte kehrten zurück.

Trotzdem war sie noch so sehr mit den Melodien der Vergangenheit und der Taubheit der Gegenwart beschäftigt, dass sie die junge Frau, die hier Wache hielt, erst bemerkte, als Abdul und sie unmittelbar vor ihr standen. Sie hatte langes schwarzes Haar und bronzefarbene Haut, ihre Gestalt war zierlich, aber sie trug ein so großes Krummschwert, dass sie die Waffe auf dem Rücken statt an der Seite befestigen musste.

Abdul erstarrte unter dem harten Blick aus ihren dunklen Augen.

»Jetzt erkennst du mich, nicht wahr?« Ein boshaftes Lächeln zuckte um die Lippen des schlanken Gesichts. Wie bei allen Menschen war es nicht völlig symmetrisch, die linke Braue stieg ein wenig steiler an als die rechte. »Du hast lange gebraucht, alter Mann!«

Alt?, überlegte Galandel. Was war Alter? Abdul hatte ein Fünftel der Jahre gesehen, die sie erlebt hatte. Dennoch hatte die Elfe die Zeit bis vor Kurzem nicht gespürt. Nun jedoch ...

»Selime?« In Abduls zitternder Stimme vereinten sich Unglauben, Hoffnung und Furcht. »Wie ... du ... der Himmelsturm der falschen Göttin! Ich dachte, sie hätte dich und deine Schwester ...«

»Wo du mir nicht geholfen hast, Onkel, hat sich der Blender meiner angenommen«, sagte Selime kalt.

Waren die beiden verwandt?

Jedenfalls schien die junge Frau ebenso wie Abdul aus dem Land der ersten Sonne zu stammen. Wieso sprach sie Garethi und nicht Tulamidya, die Zunge ihrer gemeinsamen Heimat? Wollte sie, dass Galandel mithörte?

»Du hast mich zurückgelassen wie einen zerrissenen Wasserschlauch«, warf sie Abdul vor. »Wo warst du, als meine Eltern ermordet wurden?«

»Ich habe eine Stele in der Wüste ...«

Sie ließ ihn nicht ausreden. »Wo, als ich in Al'Anfa gelitten habe?«

»Ich bin mit ...«

»Wo, als ich im Himmelsturm darben musste?«

»Ich habe versucht, mit deiner Schwester ... aber ... nein, sie war nicht ...«

»Mich hat es schlimmer getroffen als Jamilah!«, zischte Selime. Jetzt zitterte nicht nur Abduls Stimme. Seine Schultern bebten. Er weinte.

Sein Schmerz rührte Galandel, aber leider kannte die Heilerin keinen Zauber, der ein Herz tröstete.

Selime weidete sich mit sichtlicher Schadenfreude an Abduls Leid.

Mit lange vermisster Kraft schloss sich Galandels Faust um den Griff ihres Robbentöters. Vorsichtig löste sie sich von Abdul, drückte Selime mit ihrem Stab zurück und stellte sich zwischen sie und den Gefährten. »Ich sterbe bald«, sagte sie mit einer Ruhe, die in tiefer Gewissheit wurzelte, »aber wenn du ihn nicht in Ruhe lässt, wirst du vor mir diese Welt verlassen, das wohl.«

Abdul berührte sie sanft. »Nicht. Tu ihr nichts. Dies ist ein Schmerz, dem ich mich stellen muss. Er wird mich zerreißen oder mir Frieden geben.«

Nahe der Zedrakke Glückshort, Kerngebiet des Sargassomeers, einundzwanzigster Tag im Kornmond

»Du wirst das nie wieder tun!«

»Was?«, fragte Beorn Asgrimmson provozierend. »Einem Schlangenarsch den Finger kneten?«

»Du weißt, was ich meine«, sagte Asleif Phileasson. »Ich habe dich gewähren lassen, weil ich es nicht habe kommen sehen. Weil es schon zu spät war, um noch einzugreifen, als du angefangen hattest ...« Der Foggwulf legte die Hand an sein Schwert. »Aber bei

Swafnir, ich schwöre dir, beim nächsten Mal schneide ich dir die Zunge heraus. Du triffst keine Entscheidungen über das Leben meiner Recken!«

»Du schon, nicht wahr?«

Mit zusammengezogenen Brauen blickte Phileasson ihn an.

»Im Himmelsturm ...«, sagte Beorn gedehnt. »Ein kluger Zug, das Wasser gegen uns einzusetzen. Uns den Weg abzuschneiden.«

Phileasson setzte zu einer Erwiderung an, aber Beorn schnitt ihm mit einer harschen Geste das Wort ab.

»Ich respektiere das. Hätte ich dir gar nicht zugetraut. Aber dieser Hüne ... Ein Ritter, nicht wahr? Eichward vom Stein ... Einen Recken aus der eigenen Ottajasko zurückzulassen, der treu für dich gefochten hat ...« Beorn unterdrückte den Drang auszuspeien.

»Ich wusste damals nicht, dass er noch lebte«, behauptete Phileasson mit kratzender Stimme. »Und derjenige, der es wusste, ist dafür zu seinem Drachenführer gegangen.«

Beorn nickte. »Salarin. Ich habe davon gehört. Ein seltsamer Geselle, dieser Elf. Aber ein Drachenführer muss sich selbst überzeugen. Dir fehlt es an Größe, um ein wirklich herausragender Anführer zu sein.«

»Dieses Urteil«, knurrte er mit funkelndem Blick, »wird am Ende die Oberste Hetfrau fällen.«

»Und bis dahin brauche ich von dir keine Belehrungen, wie man für seine Ottajasko sorgt«, stellte Beorn ruhig fest. »Vermis wird unseren Leuten nichts tun. Er ist ein Träumer. Bleibt zwanzig Jahre hier, inmitten von Fäulnis und Tod, weil er in der Vorstellung schwelgt, eines Tages den Dämon zu besiegen. Und er ist zu schwach, es selbst zu tun. Vor solchen Männern weiche ich nicht zurück. Sie sind es, die weichen, wie du gesehen hast, Foggwulf.«

»Du spielst nicht mit dem Leben meiner ...«

»Ein Spiel hat einen ungewissen Ausgang, Asleif. Wie das hier enden würde, war aber von Anfang an klar.«

Asleif Phileasson zog sein Schwert zwei Fingerbreit aus der Scheide. »Hast du jetzt verstanden, wie es enden wird, wenn du es noch einmal tust?«

»Ich habe verstanden, dass ich am Ende unserer Wettfahrt der Sieger sein werde. Dir fehlt es an der nötigen Härte, um König der Meere zu werden.« Er hob beide Hände, um zu zeigen, dass er nicht kämpfen würde. »Und nun verrate mir, ob du einen Plan hast, wie wir die *Anvarion-Dharla* entern.«

»Wir greifen von zwei Seiten zur gleichen Zeit an.« Phileasson stieß sein Schwert zurück in die Scheide. »Eine Ottajasko backbord, die andere steuerbord. Wir nutzen unsere Waffen aus Seeschlangenzähnen, um den Dämon zu töten, und dann gilt als Sieger, wer als Erster seine Hand auf den Kelch legt.«

»Vermis glaubt nicht, dass diese Waffen dem Dämon etwas anhaben können.« Beorn fuhr sich über die schweißnasse Stirn. Dann schob er einen Finger unter die Augenbinde und tastete über das Narbengewebe in der Augenhöhle. Es brannte, wenn Schweiß es berührte.

»Vermis ist ein Lügner!«, knurrte Phileasson. »Wie viel ist also auf seine Worte zu geben?«

Beorn zögerte, darauf zu antworten. Wenn er vor einem Dämon stand und versuchte, ihm mit einem Axtblatt aus einem Seeschlangenzahn den Schädel einzuschlagen, nur um zu sehen, dass er ihm nicht einmal eine Schramme verpasste, dann wäre das vermutlich der letzte Fehler seines Lebens. »Ich glaube schon, dass er will, dass wir den Dämon besiegen. Und er will, dass wir so sehr geschwächt werden, dass er uns danach besiegen kann. Er wird uns nicht mit dem Kelch ziehen lassen. Auch nicht, wenn wir für ihn Vespertilio erledigen.«

Phileasson nickte. »Das sehe ich auch so. Hast du einen Plan, wie wir hier herauskommen?«

»Wir müssen schnell und entschlossen zuschlagen.« Beorn dachte an den Kampf auf dem Spinnenschiff. »Diese Brut ist nicht zu unterschätzen. Es ist klug, mit möglichst wenig nackter Haut gegen sie anzutreten. Selbst die Bisse der kleineren Spinnen sind gefährlich. Sie laufen über Wände und Decken, sie können aus jeder Richtung angreifen. Lass deine Recken nie allein vorgehen. Es müssen stets Gruppen von mindestens drei sein, die einander Flanken und Rücken decken. Unser größter Vorteil besteht darin, dass die Spinnen jede für sich allein kämpfen. Sie haben keinen Anführer, der ihre Angriffe lenkt. Das ist der Schlüssel zum Erfolg. Wenn wir an Bord sind, sollten wir so schnell wie möglich gegen den Dämon vorgehen. In seiner Nähe wird gewiss der Kelch sein. Sobald wir ihn haben – wer auch immer es schafft –, geben wir ein Signal an alle, die an Bord sind, und wir ziehen uns sofort zurück. Die Spinnen haben keinen Verstand. Sie werden bis zum Ende kämpfen. Wir müssen das nicht. Wir gehen so schnell wie möglich in das Schiff hinein und dann wieder raus, sobald wir haben, was wir wollen.«

»Und was ist mit den beiden Magiern?«, fragte Phileasson. »Sie werden uns während der Kämpfe auf der *Arvarion-Dharla* wahrscheinlich kaum unterstützen, sondern ihre Kräfte schonen und über uns herfallen, sobald wir das Elfenschiff verlassen.«

»Ich weiß, wie ich meinen Vespertilio zu nehmen habe«, entgegnete Beorn kühl. »Wirst du mit deinem Dicken fertig?«

»Auf die eine oder andere Art«, knurrte Phileasson. »Wird deine Ottajasko auf dem Elfenschiff meinen Recken den Rücken decken? Kann ich mich auf dich verlassen?«

Beorn schnaubte. »So wie ich mich auf dich im Himmelsturm verlassen habe, als wir im Schildwall standen, um deinen Rückzug zu ermöglichen, und du zum Dank die Glaswand vor dem kleinen Meer eingeschlagen hast?«

»Also nicht?«

»Zweifle nicht an meiner Kriegerehre!«, fuhr Beorn ihn an. »Dazu habe ich dir noch nie Anlass gegeben. Im Kampf werden wir eine Ottajasko sein! Ein Schildwall aus Brüdern und Schwestern, ganz gleich, was war und in Zukunft sein wird.« Er legte feierlich die Rechte auf seine Brust. »Das schwöre ich dir bei Swafnir! Möge mir das Herz im Leibe verrotten, wenn ich dich hintergehe. Aber sobald wir das Schiff verlassen, trennen sich unsere Wege. Wir greifen morgen im ersten Licht an. Beide Ottajaskos zugleich. Du von steuerbord, ich von backbord. Zwei Hornstöße sind das Angriffssignal.«

»Das wohl!«, bekräftigte Asleif Phileasson.

Zedrakke Glückshort, *Kerngebiet des Sargassomeers, einundzwanzigster Tag im Kornmond*

Galayne-der-im-Schildwall-steht blickte der alternden Elfe nach. Es tat ihm weh zu sehen, wie sehr sie sich verändert hatte, wie schnell Galandel verfiel, die von den weiß bepelzten Riesen des Nordens den Ehrennamen Mutter-der-Schrate erhalten hatte. So gern hätte er mit ihr gesprochen. Sie besaß eine Tiefe, die anders war als jene von Pardona. Ihr Streben war nicht auf ein Ziel ausgerichtet. Vielleicht war das ja der Grund, warum ihr Leben an Kraft verlor. Er wagte nicht, an dem Gedanken zu tasten, dass er selbst ihr dieses Ziel genommen hatte. Sein Zauber, der ihr in den Verstand gefahren war, ihr Gedächtnis verhüllt hatte …

Galayne sah ihr nach, wie der alte Magier sie fortführte. Zwei Greise, die einander stützten. Aber dieser Irre war anders. Das

Altern hatte seinen Körper aller Attribute der Jugend beraubt, und doch klang eine Kraft in ihm, die Galayne beeindruckte. Vielleicht hatte sein Wahnsinn ihn mit der Welt versöhnt und geholfen, andere Wunden zu heilen? Er würde gern länger die Menschen studieren, dachte Galayne.

Überrascht sah er, wie sich Galandel vor den Magier stellte. Jetzt spürte er selbst über die Distanz ihre alte Macht, als sie Selime saba Anaram entgegentrat. Was hatte die Novadi getan? Galayne erwog, hinüberzugehen, um sich einzumischen.

»Hast du das gesehen?« Pardona trat an seine Seite.

Es war nicht mehr wie im Himmelsturm, die beiden Mannschaften durchmischten sich nicht mehr, wenn sie gemeinsam lagerten. Der Wettstreit der letzten Monde hatte unsichtbare Mauern zwischen ihnen wachsen lassen. Das war schon bei der Ruine im Tal der Türme deutlich spürbar gewesen. Man hatte einander bespitzelt und hintergangen. Phileasson hatte Beorns ganze Ottajasko der Ungnade Pardonas ausgeliefert. Das war nicht einfach zu verzeihen. Ein falsches Wort, und die Rosenohren würden einander vermutlich mit derselben Begeisterung bekämpfen, wie sie gegen Seeschlangen und Wölfe gekämpft hatten.

»Wo bist du mit deinen Gedanken?«, herrschte ihn Pardona an.

»Ich versuche, die Menschen zu verstehen.«

»Ha!« Der Laut war eher ein Aufstöhnen als Gelächter. »Nimm dir einen Haufen Flöhe, die auf einem Hund leben und den Hund als Gott verehren, weil er sie ernährt, dann hast du ein Spiegelbild der Menschen. Sie verstehen zu wollen ist reine Zeitverschwendung. Du wüsstest es, wenn du gesehen hättest, was die weinerliche kleine Geweihte gerade getan hat.«

Galayne war aufgefallen, dass Shaya Lifgundsdottir zu Pardona gegangen war. Als Einzige aus der Ottajasko des Foggwulfs war sie zu ihnen gekommen.

»Die kleine Gans hat sich in eine Maraskanerin verliebt und mir ihr Herz ausgeschüttet«, spottete die Göttin. »Und dann wollte sie in meine Arme und dort Trost finden. Als ob es helfen würde, sich zu umklammern. Wirklich. Außerdem stinkt sie nach Schweiß und dem faulenden Tang.«

»Ich glaube, es fällt den Rosenohren schwerer, sich hier sauber zu halten, als uns. Wasser ist zu kostbar, um es zum Waschen zu verschwenden«, wagte er einzuwenden.

Pardona sah ihn konsterniert an. »Du schlägst dich auf ihre Seite? Etwas zu verstehen heißt doch nicht, dass man es dulden muss. Ich habe schon mit Hunderten Frauen im Bett gelegen und ihre Liebe genossen. Sauberen Frauen ... keinen, die riechen, als seien sie einem Haufen Fischabfälle entstiegen. Sie hätte mich auf die Wangen geküsst, wenn ich sie nicht von mir weggeschoben hätte. Du hättest sie sehen sollen, als ich ihr gesagt habe, dass sie keine gute Geweihte mehr ist, wenn nicht am Morgen ihr erster Gedanke der Göttin gilt und Travia den ersten Platz in ihrem Herzen hat. Das war genug, um diese verwirrte Betschwester loszuwerden.«

»Hast du keine Sorge, dass sie durchschauen könnte, dass du nicht ihre alte Freundin Lenya bist, wenn du so hart zu ihr bist?«

»Nein«, entgegnete die Göttin selbstbewusst. »Sie ist viel zu sehr in ihren eigenen Zweifeln verstrickt, um sich Gedanken über mich zu machen. Sie wird gewiss tagelang darüber brüten, ob sie wirklich Travia verraten hat. Sie wird die Fehler bei sich suchen, nicht bei mir. Sie so anzugehen war die beste Ablenkung von mir, die denkbar ist.«

Ob man so alt sein musste wie Pardona, um frei von Selbstzweifeln zu sein?, fragte sich Galayne. Oder war sie schon immer so gewesen? Machte das den Unterschied aus? War es das Merkmal, aus dem Göttlichkeit geboren wurde? Frei zu sein von Zweifeln? Oder war es einfach nur Arroganz?

Pardona legte ihm eine Hand auf den Arm, und ein wohliger Schauer durchfuhr ihn. Es war, als habe sein Körper ein eigenes Gedächtnis, losgelöst von seinem Verstand. Als erinnere sich jede Faser an die Liebkosungen und die süßen Schmerzen, die er durch sie erfahren hatte.

»Lass uns ein wenig gehen. Weg von den anderen.«

Willig folgte er ihr hinaus auf den Tang. »Ich ...«, begann er und war schon nach diesem einen Wort nicht mehr fähig, seine Sehnsüchte zu formulieren. War auch er für sie nur ein Floh, der auf einem Hund lebte? Der Abstand zwischen ihnen war unermesslich. Sie war seine Schöpferin, er ihre Kreatur.

»Wenn wir in zivilisiertere Gegenden kommen, wird es wieder wie früher sein«, flüsterte sie, als habe sie seine Gedanken gelesen.

Wahrscheinlich war das nicht einmal nötig. Für sie genügte es gewiss, ihn einfach nur anzusehen, um zu wissen, was ihn in seinem Innersten aufwühlte, dachte Galayne bedrückt.

»Wir brauchen die Abgeschiedenheit von Zimmern, den Schutz von Wänden und Türen, um frei sein zu können«, spann sie seinen Traum weiter. »Ich habe es vermisst, dich in meinen Armen zu halten. Bald, Galayne, bald stehlen wir uns wieder ein paar Stunden, so wie früher.«

Die Worte hatten einen dissonanten Nachhall für ihn. Dass er ihr bevorzugter Gefährte gewesen war, hatte einst die Nachtalben im Himmelsturm gegen ihn aufgebracht. Dies war der ausschlaggebende Grund gewesen, warum sie ihn in Ketten geschlagen hatten, um ihn im Meer zu versenken, wo es am tiefsten war.

Würde mit ihr vereint zu sein das Band durchtrennen, das ihn mit der Ottajasko verband? Seine Loyalität gehörte ganz und gar

Pardona. Er würde jeden ihrer Befehle ohne zu zögern befolgen. Aber er hatte die Gemeinschaft in der Ottajasko schätzen gelernt. Obwohl er wenig sprach und sich immer etwas abseits hielt, war er für sie einer von ihnen. Sie würden für ihn sterben, wenn es sein musste. So einer Gemeinschaft hatte er noch nie angehört. Es war so unendlich viel besser als die Ewigkeit der Einsamkeit, die hinter ihm lag.

»Du solltest dich vor Lailath hüten«, flüsterte Pardona.

»Ich weiß. Sie beobachtet mich.«

»Nicht dich«, berichtigte ihn die Göttin. »Es ist das Schwert an deiner Seite. Sie hat den Kampf um Selflanatil noch nicht aufgegeben. Dieses Schwert ist der Mittelpunkt ihres Lebens. Sie würde alles tun, um es in ihren Besitz zu bringen. Achte darauf, dass sie nicht in deinem Rücken ist, wenn wir morgen in die Schlacht ziehen. Sie kämpft nicht für ihre Ottajasko, sondern nur für sich. Und sie hat etwas sehr Fremdes an sich ... Ein dunkles Lied umspielt sie und trennt sie von der Harmonie der Welt.«

Galayne beobachtete die düstere Elfe aus dem Augenwinkel. Ja, sie war gefährlich, aber ihrem Lied haftete auch der Klang der Einsamkeit an, der Galayne nur zu vertraut war. Er fühlte sich darin mit ihr verbunden, aber das würde nicht dazu führen, dass er sie unterschätzte. Er würde Pardonas Rat beherzigen. »Wirst du nicht meinen Rücken decken, Gebieterin?«

»Womöglich bleibt mir morgen nicht die Zeit dazu«, bekannte die Göttin freimütig. »Zu vielfältig sind die Gefahren. Diese Kröte ist noch in der Nähe. Ich kann ihre Anwesenheit spüren. Und Salarin ... auch mit ihm stimmt etwas nicht. Eine alte Macht, die mir vertraut scheint, hallt in ihm nach. Etwas schlummert in ihm, das ihn auslöschen will. Etwas, das uns allen gefährlich werden kann. Und dann noch die Kreatur, vor der sich Dolorita fürchtet, auf dem Spinnenschiff. Wir werden morgen alle am Rand des

Abgrunds tanzen, Galayne, und die Möglichkeiten, ins Verderben zu stürzen, werden vielfältig sein. Achte auf dich selbst. Ich vertraue dir.« Sie hauchte ihm einen Kuss auf die Wange. »Denke an die Stunden, die da kommen werden, wenn wir in die Zivilisation zurückkehren. Ich vermisse dich.«

Zedrakke Tubaikans Zorn, Kerngebiet des Sargassomeers, einundzwanzigster Tag im Kornmond

Während er die Algen verzehrte, weilten Tylstyr Hagridsons Gedanken bei den Jungmannen von Stainakr. Nur er selbst und Veli, der Sohn des Ziegenhirten, lebten noch. Sie waren die letzten. Gemocht hatten sie sich nie, jedenfalls nicht so wie Tjorne und Tylstyr, aber jetzt bildeten sie wohl eine Schicksalsgemeinschaft.

»Ich finde, statt eines frommen Tischgebets könntest du ein Wunder erbitten, um uns hier herauszubringen«, meinte Zidaine Barazklah zu Praioslob. »Ruf doch einen feurigen Sonnenstrahl auf dieses Schiff herab, der uns den Weg frei brennt.«

Ruhig schüttelte Praioslob das größtenteils kahle Haupt. »Ich habe keine Macht außer jener, die mein Gott mir gewährt. Ein Geweihter ist nicht die Quelle der Kraft, die ein Wunder wirkt. Er ist nur eine Linse, die die Aufmerksamkeit seines Gottes auf einen Missstand lenkt, den es zu korrigieren gilt.«

»Ist unsere Gefangenschaft etwa kein Missstand?«, fragte Zidaine provozierend.

»Praios' Wille wird geschehen, wenn er beschließt, dass die Zeit dafür gekommen ist. Aber jetzt scheint mir sein Ratschluss ein anderer zu sein. Ist es nicht seltsam, dass wir drei hier versammelt sind?«

»Vor allem ist es eine missliche Lage«, sagte Tylstyr. »Wir sind unseren Feinden ausgeliefert.«

»Ja, vielleicht ...« Nachdenklich drehte der Geweihte die Algen auf seine Gabel. »Aber es mag auch so scheinen, als wären wir entrückt, an einem Ort, abgeschieden von der ganzen Welt. Wie dazu gemacht, sich auf etwas Wichtiges, etwas Heiliges zu konzentrieren.«

»Und was sollte das wohl sein – inmitten von diesem stinkenden Tangmeer?«, wollte Zidaine wissen.

»Recht zu sprechen.«

Mit verhärtetem Gesicht wandte sich Zidaine wieder der Speise zu. Eine Weile aßen sie schweigend.

»Warum bist du nicht nach Havena zurückgekehrt?«, fragte Praioslob. »Ins Handelshaus deines Vaters?«

Zidaine Barazklah ließ sich Zeit mit dem Kauen, bevor sie schluckte. Sie spülte mit Wasser nach. Andere Getränke standen nicht auf dem Tisch.

»Ich gehörte dort nicht mehr hin. Meine Erzieher ... die Buchhalter ... die Mägde ... keinem von ihnen hätte ich zu erklären vermocht, was aus mir geworden war. Das Kontor war nicht mehr mein Leben.«

Sie steckte die Gabel in die Algen, drehte sie und zog ein Knäuel aus der Schüssel. Es dampfte weniger stark als zu Beginn des Mahls.

»Seit diesem Winter gehöre ich nach Thorwal«, sagte sie. »Dieses Land hat mich geformt. Seine Klippen, seine Stürme, die raue See, die Kälte, später auch die tiefen Wälder.«

»Was ist mit den Menschen?« Praioslob beachtete die Algenstränge auf seiner Gabel nicht. »Gab es niemanden, der dir freundlich begegnet ist?«

Zidaine schnaubte und wandte sich wieder dem Essen zu.

Tylstyr glaubte schon, dass sie nicht mehr antworten würde, aber dann erzählte sie doch noch.

»Ich hatte verstanden, dass man sich alles im Leben erkämpfen muss, wenn man kein Kind mehr ist, das zu seinen Eltern Zuflucht nehmen kann. Ich habe mir einen Platz in einem Langhaus erstritten, indem ich den Bewohnern bewiesen habe, wie leicht man ihre Hühner stehlen konnte. Erst haben sie mich die Tiere hüten lassen, dann auch ihre Kinder. Sie waren überrascht, wie gut ich sie mit einem Stecken verprügeln konnte. Grün und blau habe ich sie geschlagen, und das ging gegen den Stolz der Eltern. Ich wurde die Prüfung, der sich die Knaben und Mädchen zu stellen hatten.«

»Also hast du Spielkameraden gefunden?«, fragte Praioslob.

»Nein«, widersprach Zidaine. »Neue Gegner, das wohl. Keine Todfeinde, aber wenn einer gegen mich antrat, waren alle anderen auf seiner Seite. Wenn er mich in den Staub trat, trugen sie ihn auf den Schultern durch die Ottaskin. Blieb ich Siegerin, trollte man sich mit grimmigen Gesichtern. Sie wurden besser, aber ich auch. Ich lernte die schmutzigen Tricks, mit denen ich wohl auch meinen Fechtlehrer in Havena überrascht hätte.«

Praioslob legte die Gabel ab, wobei er die Zinken auf den Rand der Schüssel lehnte. »Und dieses Wissen hast du auf Plünderfahrten genutzt.«

»Das wohl«, bestätigte Zidaine grimmig.

»Dort warst du die Stärkere, die den Schwächeren das Ihre genommen hat.«

Sie schob sich einen Bissen in den Mund.

»Korrigiere mich, wenn ich mich irre«, bat Praioslob. »Du hast Familien das Dach über dem Kopf angezündet, damit sie löschen mussten, statt ihr Dorf zu verteidigen. Du hast Menschen gedroht, sie zu verstümmeln, damit sie dir ihr Silber gaben.«

»Manchmal haben wir auch einen Finger oder eine Hand abgehackt, um etwas mehr Entgegenkommen zu erreichen.«

Praioslob nickte, anscheinend unbeeindruckt. »Handwerkern hast du ihre Werkstätten zerstört und alles genommen, was sie sich über Jahre angespart hatten. Ihren Kindern konnten sie nichts mehr mitgeben, du hast sie zu Bettlern gemacht.«

»Das ist auch mir widerfahren«, sagte sie trotzig.

»Und aus dir ist eine Plünderfahrerin geworden. Sollen das all deine Opfer auch werden? Sollen jeder Hof und jedes Dorf brennen? Jedes Schiff aufgebracht werden? Was nützt dir dann dein Reichtum? Jede Nacht müsstest du damit rechnen, dass jemand kommt, der ihn dir stiehlt.«

»Nur«, mit einem raubtierhaften Grinsen beugte sie sich vor, »wenn ich so schwach bin, dass er mir das Meine zu nehmen vermag.«

»Das Deine? Du meinst: das Diebesgut, das du zusammengeraubt hast. Das vielleicht sogar ihm selbst gehört hat, bevor du sein Heim niedergebrannt hast.«

Ihre Hand wischte durch die Luft. »So ist das Leben. Es sind deine Götter, die die Welt so gemacht haben.«

Tylstyr wusste nicht mehr, was er denken sollte. Zidaines Rede passte durchaus zu dem, was die Swafnirgeweihten lehrten, auch wenn sie es besonders rücksichtslos ausdrückte. Plünderfahrten waren in Thorwal nichts Ehrenrühriges. Eher schon verachtete man jene, die zu schwach waren oder sich aus einem anderen Grund nicht wehrten, wenn jemand mit Axt und Fackel vor ihrem Haus stand.

Praioslob lehnte sich zurück, hob die Arme und faltete die Hände hinter dem Kopf. Es war eine seltsame Geste, die zu jemandem gepasst hätte, der vorzüglich gespeist hatte und den Plausch im Kreise seiner Lieben genoss.

»Ihr Thorwaler lebt eng beieinander auf diesen Plünderfahrten, nicht wahr?«, fragte er.

»Das wohl«, sagte Zidaine vorsichtig. »Die Ottajasko teilt alles.«

»Ihr badet auch gemeinsam im Meer, um das Blut der Kämpfe abzuspülen, nehme ich an.«

»Das kommt vor.«

»Und was haben deine Mitstreiter zu deinen Entstellungen gesagt?«

Sie runzelte die Stirn. »Was meinst du, Geweihter?«

»Wer einen Pakt mit einem Dämon schließt«, erklärte Praioslob, »der erhält ein Siegel der Verderbnis. So kennzeichnen die finsteren Mächte, was ihnen gehört. Geschlitzte Pupillen, Krallen, die aus den Fingern wachsen, ein schwarzer Fleck über dem Herzen. Was ist es bei dir, Zidaine?«

»Ich ... das ist doch Aberglaube!«

»O nein«, widersprach Praioslob. »Ich bin kein Inquisitor, aber in der Stadt des Lichts habe ich nicht nur die Sprachen fremder Völker erlernt. Man hat uns auch auf die Begegnung mit den dunklen Mächten vorbereitet und uns gelehrt, woran wir ihre Sendboten erkennen. Es gibt immer einen Hinweis, sagen die Inquisitoren.«

»Das ... stimmt«, brachte Tylstyr zögernd hervor. »Ich bin kein Beschwörer, aber da man sagt, dass jene, die sich der astralen Kraft bedienen, leichter zu verführen sind als ein Handwerker oder ein Bauer, musste auch ich Vorlesungen über Dämonologie belegen. Das Paktierermal ... vor manchen hochrangigen Zusammenkünften müssen sich die Teilnehmer entkleiden und einer peniblen Untersuchung unterziehen, um sicherzugehen, dass sie kein Anzeichen für einen Pakt an sich haben.«

Ungläubig blickte Zidaine zwischen den beiden Männern hin und her. »Wollt ihr einen Scherz mit mir treiben?«

»Keineswegs«, erwiderte Praioslob ruhig. »Aber mir fällt auf, dass du den Herrn der Rache, mit dem du angeblich im Bunde stehst, niemals erwähnst.«

»Er war bei mir, dort im Loch!«

»Das eine Mal hast du von ihm gesprochen«, gestand der Geweihte zu. »Aber danach ... er hat nie wieder etwas von dir verlangt?«

»Warum sollte er? Ich halte mich an unsere Abmachung!«

»Mit großer Geduld, wie mir scheint. Zehn Jahre, bald elf, liegen diese Vorkommnisse zurück, wenn ich es recht verstehe?«

»Nicht *Vorkommnisse*«, zischte Zidaine. »Gräueltaten! Ein unschuldiges Mädchen wurde missbraucht, über Monde ...«

»Ja, das wissen wir schon!« Plötzlich erschien Praioslob herrisch, wie er Zidaine das Wort abschnitt. »Niemand bezweifelt, dass dir großes Unrecht angetan wurde. Doch das bedeutet nicht, dass du von nun an jederzeit und in allem im Recht wärest. Ganz besonders nicht, was Tatsachen angeht. Die Welt ist, wie sie ist, nicht so, wie wir sie haben wollen.«

»Ich wollte bestimmt nicht«, schrie Zidaine, »dass eine Horde Jungmannen ...«

»Das wissen wir!«, donnerte Praioslob.

Der Ausbruch des sonst so ruhigen Mannes brachte Zidaine zum Schweigen.

»Und dennoch kannst du nicht ändern, was vorgefallen ist«, fuhr Praioslob noch immer scharf fort, »und auch nicht hinzufügen, was nicht geschehen ist. Du willst dem Herrn der Rache begegnet sein? Dem Höchsten der Erddämonen, dem Widersacher des Herrn Praios? Wie hast du ihn beschworen? Kanntest du seinen wahren Namen? Hast du ihm Opfer gebracht?«

»Meine Qual war ihm Opfer genug«, knurrte Zidaine.

»Hört, hört!« Mit großer Geste wandte sich Praioslob an Tylstyr.

»Mir scheint, die Beschwörer müssen umdenken, meinst du nicht auch? Zauberzeichen und Knochenasche, Formeln in Sprachen, die nie für menschliche Zungen gedacht waren, jahrelanges Warten auf besondere Sternkonstellationen... all das braucht es nicht! Das Flehen eines Mädchens reicht aus, um den höchsten der Dämonen nicht nur herbeizuzitieren, sondern auch zu einem Bund zu erweichen!«

Tylstyr wurde schwindelig. Das alles ergab überhaupt keinen Sinn! »Willst du sagen, Zidaine hat gar keinen Pakt geschlossen?«

»Eine interessante Frage, aber die falsche Frage«, beschied der Geweihte. »Die richtige lautet: Wieso sollten wir annehmen, dass sie einen Pakt geschlossen hätte? Mit einem Dämon, den selbst die Verderbtesten der Verderbten nur selten zu beschwören vermögen? Weshalb sollte der Herr der Rache darauf verzichten, sein Eigentum zu kennzeichnen? Warum sollte er, dem alles Mitleid fremd ist, sich nicht etwa mit den Peinigern, sondern mit dem Opfer zusammentun?«

»Weil ich seinen Willen vollstrecken kann«, grollte Zidaine.

Praioslob lachte auf, ein Geräusch, das nicht frei von Hohn war. »Ein halb totes Mädchen in einem Loch nahe einem verhungernden Dorf in Thorwal? Das soll die beste Bündnispartnerin sein, die ein Erzdämon bekommen kann?« Er lehnte sich auf den Tisch. »Was glaubst du, Zidaine, wie viele Herrscher nur allzu bereit wären, ihre Heere und Flotten in Bewegung zu setzen, wenn sie den Herrn der Rache auf ihrer Seite wüssten? Er könnte Städte haben, Baronien, Grafschaften – Königreiche! Unablässig wirken meine Schwestern und Brüder an den Höfen, um der Versuchung entgegenzutreten. Aber stattdessen soll er auf den Ruf eines Mädchens hören, das aus tiefstem Elend nach ihm schreit? Glaubst du denn, er hätte keinen Gefallen an deiner Lage gefunden – wenn er sie denn bemerkt hätte?«

Tylstyr nahm Zuflucht zur wichtigsten Lektion, die Meister Eddrik ihn gelehrt hatte: sich seines Verstands zu bedienen. Welche Hinweise gab es? Woraus konnte er schließen, dass Zidaine Hilfe erhalten hatte?

»Die Wände des Lochs waren sehr steil«, erinnerte er sich. »Wie soll sie aus eigener Kraft herausgekommen sein?«

»Du hattest ihr die Fesseln gelöst.«

»Das wohl, aber ohne Seil ...«

»Und mit einem verletzten Arm!«, warf Zidaine ein. »Und dann mit bloßen Füßen den ganzen Weg bis ins Dorf! Und mein Kampf gegen Schlitzmaul. Er war viel stärker als ich.«

»Und angetrunken«, wehrte Praioslob ab. »Das hast du selbst gesagt.«

Zidaine verschränkte die Arme. Sie rang sichtlich um ihre Selbstbeherrschung. Gänzlich gelang es ihr nicht, Tränen schimmerten in ihren Augen. Aber ihre Stimme klang wieder ruhig. »Ich glaube nicht, dass ein entkräftetes Mädchen allein so etwas hätte fertigbringen können. Und ich muss es wissen, denn ich war dabei.«

»In einem Sturm in der Nähe von Gallys«, sagte Praioslob, nun ebenfalls ganz ruhig, »bin ich einer Mutter begegnet, die einen Baumstamm zur Seite gewuchtet hat, an dem ich zuvor trotz der Hilfe eines Bauern gescheitert war. Sie war keine ausnehmend starke Frau, aber darunter war ihr Kind eingeklemmt. Glaubst du allen Ernstes, diese Mutter, die ihren Knaben rettete, wäre von einem Dämon besessen gewesen? Entschlossenheit hilft uns, über uns hinauszuwachsen. Im Guten wie im Bösen.«

*Unbekannter Holk, Kerngebiet des Sargassomeers,
einundzwanzigster Tag im Kornmond*

»*Leg deine* ...«

»... *Kleidung ab!*«

Lailath Schlangenschlächterin unterschied mehrere Stimmen bei den unsichtbaren Sprechern.

Sie stand in warmem Regen auf ächzendem Untergrund. Wolken trieben wie Hetzjäger über den Himmel, nie verdeckten sie den zu drei Vierteln vollen Mond lange. Keiner der Gefährten hatte versucht, sie aufzuhalten, als sie in die Nacht hinausgegangen war. Salarin hatte ihnen gesagt, Lailath müsse das Lied ihrer Wut in der Einsamkeit verklingen lassen.

Salarin!

Wie konnte er Phileasson nur so hündisch ergeben sein? Er, ein Sternenträger? Von den Rosenohren hatte Lailath nichts erwartet, Galandels Alterung entschuldigte die weißhaarige Elfe, aber von Salarin war Lailath enttäuscht.

»*Wir wollen deinen Körper ... erkunden*«, säuselte eine Geisterstimme.

Wieder knarrte der Boden, als Lailath ihr Gewicht verlagerte. Dieser Ort, an den die Rufe sie gelockt hatten, war lediglich mit viel gutem Willen als Wrack zu bezeichnen. Der Rumpf bestand nur noch aus einem breiten Kiel, wenigen Spanten, die wie die Reste eines Brustkorbs aufragten, und einer Handvoll Planken, die der Tang bereits größtenteils überwucherte. Ansonsten wehrte sich nur noch die verfallene Achtertrutz mehr schlecht als recht gegen das Vergehen.

»Ihr müsst mir helfen!« Lailath sah keinen Grund, ihre Stimme zu dämpfen. Das Lager war eine Meile entfernt, im Tangmeer eine Strecke, für die man wenigstens eine halbe Stunde benötigte. Jetzt war es so dunkel, dass auch Lailaths Augen keine hundert Schritt weit sahen, aber in der Dämmerung hatte sie sich mehrfach umgedreht. Niemand war ihr gefolgt, man bereitete sich auf den Kampf gegen den Dämon vor. »Ich bin hier, um einen Bund zu schmieden. Auch ihr müsst euch verpflichten!«

»*Zeig uns ... deinen Körper!*«

»Phileasson ... Beorn ...« Sie sprach die Namen voller Verachtung aus. »Die beiden sind wie Kinder. Sie wissen nicht, was dieser Kelch überhaupt ist, aber sie wollen ihn unbedingt an sich bringen. Und Selflanatil ... Beorn hat einen Elfen gefunden, der die Silberflamme für ihn hütet. Ich bin von Frevlern und Unwürdigen umgeben!«

»*Kelch ... und Schwert ... sind für uns ohne Wert. Wir wollen ... leben.*«

Lailath presste die Zähne aufeinander. Die Geister ahnten nicht, dass Orimas Kelch genau das war: Leben. Besser, sie sprach auch nicht davon. Es wäre schlecht, die Begehrlichkeit dieser Wesenheiten zu wecken. Sollte ihre Begierde doch bei Nichtigkeiten bleiben!

Sie öffnete die Schnalle des ersten Wehrgehänges und legte den Degen auf eine morsche Planke.

Ein Hauch strich über ihre Hand.

»*Diese Waffe ... besitzt Macht ...*«

Vascal hatte ihr den Degen überlassen, der aus einem Seeschlangenzahn geschnitzt war. Er selbst würde morgen nicht mitkämpfen, sondern bei seiner Nichte und Galandel zurückbleiben. Dennoch war es ein Vertrauensbeweis, dass er Lailath diese Klinge gab.

Die Wüstenelfe löste auch ihren Säbel und legte ihn neben dem Degen ab.

Vascals Gabe war selten, meist misstraute man Lailath. Zu

Recht, wie sie eingestand. Sie war kein Teil der Ottajasko, könnte es auch nicht sein. Ältere Schwüre banden sie.

Lailath löste die Verschnürung an ihrem Hemd und zog es aus, wobei sie auch den Stoff abstreifte, den sie um den Kopf gewunden hatte. Sie legte die Kleidung zusammen. Zögernd betrachtete sie den Boden. Der Regen dämpfte den Gestank, der in der Mittagshitze am schlimmsten war, aber er löste auch den Dreck aus den Algen, der nun in brackigen Pfützen verschwamm.

Sauber war sie schon nicht mehr, seit die *Stern von Silz* in das Tangfeld eingefahren war, entschied sie und legte das Hemd und das Tuch, das sie um den Kopf gewickelt trug, auf den Boden.

Die Luft war warm, selbst im Regen, aber dennoch berührte sie immer wieder ein kalter Hauch. Wo er sie traf, bekam sie eine Gänsehaut. Am linken Oberarm, am unteren Rücken, im Nacken. An der rechten Seite war er so eisig, dass sich ihre Brustwarze erhärtete. Die Kälte drang tief ins Fleisch, bis zu ihren Knochen. Sie biss die Zähne aufeinander, damit sie nicht klapperten. Sie verachtete jede Schwäche.

Lailath zwang sich zu Gleichmut, löste die Verschnürung der Stiefel. Zuerst zog sie den linken aus. Sie achtete darauf, den Fuß vom Tang fernzuhalten, bis sie den Lappen abgewickelt und in den Schaft des Stiefels gesteckt hatte. Danach stellte sie ihn in die warmen matschigen Pflanzen. Er sank bis zum Knöchel ein.

Sie widmete sich dem anderen Stiefel.

»*Du hast keine Angst.*«

»Wovor sollte ich mich fürchten?«, fragte sie. »Euer Sein ist mir bekannt.«

»*Und wir erinnern uns ... an die Art ... wie du bist. Wir alle ... waren einmal ... körperlich.*«

»*Uns erstaunt ... deine Stärke*«, wisperte eine andere Stimme.

»Niemals ist einer ... von uns oder einer, den ... wir kennen, in seinen Körper zurückgekehrt.«

So war es auch nicht, dachte Lailath. Ihr Geist war nicht in die Leiche ihres Körpers zurückgekehrt. Im Moment ihres Todes war ihr Leib zu rotem Sand zerfallen. Es hatte Jahrhunderte gedauert, die Kraft zu sammeln, daraus einen neuen Körper erstehen zu lassen. Aber weshalb hätte sie den Geistern davon berichten sollen? Es spielte keine Rolle. Ihren Weg konnten die Verdammten dieses trostlosen Landes ohnehin nicht gehen.

Sie legte Hose und Schurz ab und richtete sich auf. »Seid ihr zufrieden?«

Manchmal nur kühl, manchmal eisig wurde sie berührt. An den Schenkeln, im Gesicht, am Bauch, überall erkundeten die Unsichtbaren sie.

»*Sie muss sich zeichnen!*«, forderte eine Stimme. »*Ihren Körper an uns überschreiben ...*«

Sie lächelte, weil sie die Gier aus diesen Worten hörte. Wer gierig war, machte Fehler. Er ließ sich von anderen leiten. Von ihr. Ihre Leidenschaft hütete Lailath seit Jahrhunderten wie einen Schatz. Sie wusste damit umzugehen, ließ sich nicht von ihr fortreißen.

»Ihr helft mir, Schwert und Kelch zurückzugewinnen«, forderte sie, »dann gehört mein Leben euch.«

»*Nur entweder Kelch ... oder Schwert ...*«

Die eisigen Berührungen wurden hastiger. Obwohl die Kälte Lailath jetzt wie mit Klingen ins Fleisch schnitt, breitete sie die Arme aus, bot sich den Geistern dar.

Das schien die Unsichtbaren zu erregen. Sie sprachen unverständlich, und Fauchen mischte sich hinein. Ob sie darum stritten, wem dieser warme lebende Körper gehören sollte?

»*Nur Kelch oder Schwert ... es sei denn ... du bringst uns einen weiteren Körper.*«

Wieder dachte Lailath an Salarin. Was hätte der Sternenträger nicht alles erreichen können!

Wehrte er sich dagegen, zu sein, wer er in Wirklichkeit war? Brach sein wahres Ich deswegen nur zeitweise durch?

Aber wenn es das tat, wenn er der erhabene Held hätte sein können – gerade dann benahm er sich Phileasson gegenüber so kriecherisch, dass Lailath schon beim Gedanken daran übel wurde.

»*Wir sind bereit, dir zu helfen* ...«, wisperte eine Stimme.

»*... aber wir wollen*«, nahm eine andere hastig auf, »*wieder schmecken* ...«

»*... wieder fühlen und ... wieder leben.*«

»Das werdet ihr!«, versprach Lailath. »Schwört, dass ihr mir mit Selflanatil und dem Largala'Hen helfen werdet!«

So gierig, wie ihr die Geister erschienen, würden sie sich auch mit ihr allein zufriedengeben.

»*Wir wollen deinen Körper.*« Wie eine Bö traf sie eine eisige Berührung an Brust und Gesicht, so kalt, dass sie erstarrte und ihr das Luftholen schwerfiel. »*Zeichne ihn mit unserem Siegel!*«

Die Kälte war keine Einbildung. Als Lailath mühsam ausatmete, glitzerte das Mondlicht in einer Wolke vor ihrem Mund, und die feinen Regentropfen gefroren. Es gab sogar eine dünne Eiskruste auf ihrer Haut, die knackte, als sie sich bewegte.

Lailath ächzte.

Die Kälte zog sich zurück.

»Wie soll ich mich zeichnen?«, fragte sie.

»*Dein ... Blut ... ziehe das Siegel ... mit deinem ... warmen Blut!*«

»Ihr habt noch nicht geschworen, dass ihr mir helfen werdet.«

Mit noch größerer Wucht als zuvor traf sie die Kälte. Sie umfing sie von allen Seiten, verlangte Einlass durch ihren Mund,

und als sie die Lippen aufeinanderpresste, durch ihre Nase. Fühlte es sich so an, wenn man in Eiswasser ertrank?, fragte sich Lailath.

»*Warum sie bitten?*«, schrie eine aufgebrachte Stimme. »*Nehmen wir sie uns!*«

Lailath schlang die Arme um ihren Oberkörper und wankte zurück. Ihre Ferse blieb an einer aufgequollenen Planke hängen. Sie stürzte in den Tang, ein Gefühl, als fiele sie in einen Bottich voller Gedärme, nur dass die Schlingen, die sie nun umfingen, winterkalt waren.

Zischen und Stöhnen waren um sie herum, ein gequältes Ächzen und dann Schreie.

Wieder wich die Kälte ein wenig.

»*Verzeih ... einige hier sind ungeduldig ...*«

»*... wild ...*«

Zitternd erhob sich Lailath. Sie strich etwas von dem kalten Schleim von ihren Beinen, entschied dann aber, dass er keinen Unterschied machte. Sie tastete nach ihren Sachen, fand das kleine Messer, das sie an ihrem Gürtel hinter dem Rücken trug, und zog es aus der Scheide. Fest schloss sie die Faust um den Griff, auch weil sie fürchtete, dass er sonst ihren klammen Fingern entgleiten könnte.

»Schwört!«, forderte sie.

»*Wir wollen ... dass du dich uns ... in Liebe öffnest*«, säuselte eine der körperlosen Stimmen.

»Ich kenne dich!«, rief Lailath. »Du bist die Frau, deren Leiche inmitten des Schmucks lag. Die ich vor dem Segen der Geweihten bewahrt habe.«

Die Stimme antwortete nicht, aber Lailath war sich sicher.

Diese Tote hatte große Furcht vor dem Urteil der Götter, weil sie eine Giftmischerin gewesen war. Jemand, der für schöne Dinge getötet hatte, die er begehrte. So wie jetzt Lailaths Körper. Zu

Lebzeiten hatte sie sich nicht um das Wohl ihrer »Geschäftspartner« geschert ...

»Gib dich ... uns hin ...«, flehte eine Stimme. »Du ... bist so vollkommen!«

»Schwört!«, schrie Lailath. »Schwört, ihr Verdammten! Schwört bei euren zwölf Göttern! Beim Raben des Todes! Bei der ewigen Leere eures Seins! Beim Leben, nach dem ihr giert! Schwört, dass ihr mir helfen werdet, den Largala'Hen und Selflanatil zurückzugewinnen!«

»Wir tun es!«, beteuerte eine Stimme.

»Ja ... ja ...«

»Alles werden wir tun ... aber gib uns deinen Körper ...«

»Du bist unsere Königin ... dir gilt unsere Treue ...«

»... wie sie im Leben niemandem galt.«

»Aber zeichne dich!«

»Setze das Siegel.«

»Nur dann ist unser Bund ... geschlossen.«

Lailath lächelte. Sie war am Ziel.

»Wie?«, fragte sie.

»Öffne ... deine Adern. Dann ... zeigen wir es dir.«

Lailath legte die Klinge auf die weiche Innenseite ihres Unterarms. Sie fühlte sich warm an.

Die Elfe zögerte.

Ihr Fleisch war kälter als das Eisen ...

»Und ich bin härter als Stahl!«, flüsterte sie grimmig.

Sie drückte die Schneide durch die Haut. Dunkel quoll das Blut hervor.

Und es war heiß!

Überrascht ächzte Lailath. Es fühlte sich an, als würde ihr eigenes Blut ihre Haut verbrennen. Sie bildete sich sogar ein, den Regen zischen zu hören, wie Wasser auf einem Herd. Leider trieben

Wolken vor dem Mond, es war zu dunkel, um mehr zu erkennen als graue Schemen.

»*Nimm von ... dem Blut ... und zeichne eine Linie ... zwischen deinen Brüsten ...*«

Ohne das Messer abzulegen, spreizte Lailath den Zeigefinger ab und tauchte ihn in ihren Lebenssaft. Auch das fühlte sich an, als wäre er heißes Wachs.

War das wirklich Blut? Es klebte ...

Lailath führte die Hand zur Brust und zog den Strich, beginnend unter ihrer Kehle.

Plötzlich schien etwas sie aufzureißen. Als wäre die Linie eine Wunde, in die ein Tier seine Krallen schlug, um sie auseinanderzuziehen und sie zu erweitern.

Die Elfe wollte schreien, aber ihre Kehle schien gefroren zu sein.

Kälte drang in ihren Körper, unter die Haut, durch das Brustbein, tief in sie hinein, auf ihr mit festen Schlägen pumpendes Herz zu.

Nein! Lailath wehrte sich. Sie verkrampfte die Fäuste so fest, dass die Unterarme schmerzten. Presste die Zähne aufeinander. Spannte alle Muskeln an, als könnte sie dadurch so hart werden, dass die Geister nicht weiter vorzudringen vermochten.

Die Kälte war nicht mehr wie eine Wolke in ihr. Stattdessen stachen eisige Nadeln in sie hinein, ausgehend von dem Strich, den sie gemalt hatte. Seitlich durch ihren Brustkorb, aber auch hinauf durch den Hals in ihren Schädel.

Lailath wimmerte, aber sie verkrampfte noch stärker. Sie würde ihren Körper nicht ohne Gegenleistung überlassen!

»*Sie ist ... so schön, so ... begehrenswert!*«

»*Lasst ... von ihr ab!*«

»*Ihr zerstört ... sie ... wenn sie sich ... so sehr sperrt.*«

»*Der Körper ... leidet!*«
»*Fort mit ... euch! Geht!*«
Kreischen füllte Lailaths Ohren.
Etwas zerrte an ihr, wie Windböen.
Ihr wurde schwarz vor Augen, aber sie blieb bei Verstand. Lailath merkte, wie sie fiel gleich einer stürzenden Statue.
Die Eisnadeln lösten sich auf. Wärme sickerte zurück in ihre Brust.
Tief atmete sie, trotz des Gestanks. Die Luft war so erlösend warm!
»*Fürchte dich ... nicht. Er ... ist fort.*«
Lailath hatte nicht damit gerechnet, dass die Geister mit Gewalt in sie eindringen könnten, schon bevor der Kontrakt erfüllt wäre. Sie waren mächtiger, als sie gedacht hatte.
Die Elfe drückte sich hoch und richtete sich auf.
Beorn ... Phileasson ... Vermis und Vespertilio ... der Dämon ...
Mit harmlosen Freunden konnte sie ohnehin nichts anfangen. Sie brauchte mächtige Helfer. Und solche, die verzweifelt nach dem gierten, was sie ihnen bot. Nur dann konnte sie mit ihren Gegnern fertigwerden.
»Zeigt mir, wie ich das Siegel vervollständige!«, forderte sie.
Diesmal schnitt das Messer in die Innenseite ihres linken Oberschenkels. Führten die Geister die Klinge? Lailaths Wille? Oder war es ihr Schicksal, das sich endlich erfüllte?

7 DER DÄMON

Elfengaleasse Anvarion-Dharla, *Kerngebiet des Sargassomeers, zweiundzwanzigster Tag im Kornmond*

Noch vor dem ersten Morgenlicht waren sie auf ihre Angriffsposition vorgerückt. Beorn Asgrimmson tastete nach seinem Schwert. Er war nervös. Dieser Kampf würde anders. Noch nie hatte er sich einem mächtigen Dämon gestellt. Und ihre Seite des Schiffs war die ungünstigere. Entlang des Rumpfs gab es einen Streifen offene See auf dem nur wenige Tanginseln trieben. So konnten sie entweder den Bug oder das Heck angreifen.

Das Schiff war weniger eindrucksvoll, als Beorn erwartet hatte. Vielleicht etwas mehr als dreißig Schritt lang. Genau konnte er es nicht erkennen, denn es war ganz und gar in Spinnweben eingesponnen. Masten schien es nicht mehr zu geben. Möglicherweise noch Stümpfe.

Phileassons Mannschaft war nirgends zu sehen. Sie mussten jetzt auf der anderen Seite des Elfenschiffs sein. Vermis Gulmaktar hatte sich ihnen angeschlossen. Er war mit einigen seiner Diener und Gestalten aus belebtem Holz Asleifs Ottajasko gefolgt. Ob er mit ihnen kämpfen würde oder sich nur bereithielt, um Phileasson in den Rücken zu fallen, vermochte Beorn nicht abzuschätzen.

Über ihnen kreiste Vespertilio Organo, der sich von seinen

Chimären tragen ließ. Er hatte alle Lederschwingen für diesen Kampf herbeigerufen. Womöglich gab es unter dem Seetang auch noch die anderen Biester. Diese Kreaturen, die halb Hummer und halb Riesenschnecke waren.

Beorn seufzte. Noch nie war er in so einen Kampf gezogen. Er und Phileasson, die beiden Magier, der Dämon mit seinem Spinnengefolge und irgendwo im Tang die riesige Kröte, die ihnen folgte. Sechs Gruppen, die alle ihre eigenen Ziele verfolgten. Ganz gleich, wie er sich aufstellte: Er würde immer jemanden in seinem Rücken haben, dem er nicht trauen konnte.

Er lächelte versonnen. Hier herauszukommen war unmöglich … Genauso, wie es unmöglich gewesen war, mit einer Handvoll Recken Porto Paligan zu überfallen. Er würde einfach das Schiff stürmen und sein Bestes geben. Swafnir liebte die Tapferen! Also sollte er tapfer sein und sich nicht den Kopf über etwas zerbrechen, das sein Verstand unmöglich lösen konnte.

Langsam erhob sich im Osten erstes Zwielicht. Seine Ottajasko schälte sich als Schattenriss aus der ersterbenden Nacht. Eimnir Hermson, der sich mit Fläschchen voller Lampenöl eingedeckt hatte, um im schlimmsten Fall zu tun, was er am besten konnte: Feuer legen. Wahrscheinlich würde er nicht warten, bis es wirklich schlimm kam … Deshalb hatte Beorn ihm Olav Stirson zur Seite gestellt. Sein Steuermann hatte ein besseres Gefühl für den rechten Augenblick als Eimnir. Wer Drachenschiffe durch Klippen und stürmische See lenkte, der brauchte ein sicheres Gespür für Gefahren. Olav mochte langsam alt für einen Krieger werden, doch Beorn schätzte ihn für mehr als nur seinen Umgang mit der Axt.

Die beiden überragte Eilif Sigridsdottir. Auch sie war niemand für subtile Lösungen. Aber diese Mühe musste sie sich auch nicht machen. Ihrer Axt oder selbst ihren Fäusten würde kaum jemand widerstehen. Sie brannte darauf, in eine zweite Runde mit den Spinnen zu gehen.

Dass Zidaine Barazklah fehlte, würde sich bemerkbar machen. Niemand hatte in ihrem letzten Kampf mehr von den achtbeinigen Biestern getötet. Beorn würde sie nicht zurücklassen, auch wenn er sich Vermis Gulmaktar gegenüber unnachgiebig gezeigt hatte. Sobald sie hier fertig wären, würden sie Zidaine aus der Gewalt des Dicken befreien.

Pardona stand mit Galayne und Selime saba Anaram etwas abseits. Die falsche Göttin hatte ihm versprochen, unauffällig Zauber zu wirken, mit denen sie die magischen Fähigkeiten des Dämons einschränken würde. Sie würde vorsichtig sein, um unter den Augen von Phileassons Ottajasko keinen Verdacht zu erregen. Die anderen durften auf keinen Fall merken, dass sich hinter der Gestalt der Lenya Yasmadottir etwas ganz anderes als eine harmlose Traviageweihte verbarg. Selime war als ihre Leibwächterin eingeteilt. Die Novadi hatte hart an sich gearbeitet. Auch wenn sie noch immer wie eine zerbrechliche junge Frau wirkte, hatte sie beachtliches Geschick mit dem Khunchomer erreicht.

Dolorita sollte sich im Hintergrund halten. Ihr würde die Sorge um die Verwundeten zufallen. Durch den Kampf auf dem Spinnenschiff hatte sie an Erfahrung im Umgang mit dem Gift der Biester gewonnen.

Dieses Mal waren sie viel besser vorbereitet, auch wenn sie ohne ihre beiden Fechter Zidaine und Orelio in die Schlacht zogen. Sie würden die unkoordiniert kämpfenden Spinnen niedermachen und sich diesen Dämon vornehmen.

Auf der anderen Seite des Elfenschiffs ertönten zwei Hornstöße.

Olav sah ihn fragend an.

Beorn nickte, und sein Steuermann hob sein Horn an die

Lippen, um auf das Angriffssignal zu antworten. Zwei lange, klagende Hornstöße tönten in den beginnenden Morgen hinein.

Beorn zog sein Schwert und hob seinen eisengefassten Schild. »Vorwärts, Ottajasko! Holen wir uns den Kelch und machen wir Swafnir stolz!«

Elfengaleasse Anvarion-Dharla, Kerngebiet des Sargassomeers, zweiundzwanzigster Tag im Kornmond

Olav Stirson schob das Horn in die Lederschlaufe an seinem Gürtel, hob den Schlangenhautschild und zog seine Axt. Seine Rechte war schweißfeucht. Er wünschte, er hätte sie kurz in Staub drücken können, um einen besseren Griff zu bekommen. Der Axtschaft war mit Lederstreifen umwickelt, aber sie waren speckig und abgewetzt. Er sollte sie demnächst erneuern!

Die alte Narbe über seinem Knie schmerzte. Er biss die Zähne zusammen. Olav war sich bewusst, dass er all dem keinen Raum in seinen Gedanken gewährt hätte, wenn es darum gegangen wäre, irgendein anderes Schiff zu entern. Er fürchtete sich vor den Spinnen. Und er schämte sich für diese Furcht.

Leicht hinkend folgte er Beorn. Er musste da durch. Es war eine Probe seines Reckenmuts. Ein Thorwaler überwand, was er fürchtete.

Schon erreichten sie das Gespinst aus Fäden. An dieser Stelle war es nicht sonderlich dicht. Sie konnten zwischen den klebrigen weißen Fäden hindurchschlüpfen. Oft lagen sie einen Schritt und weiter auseinander, und sie erinnerten eher an die Abspannungen eines Zelts als an Spinnennetze. Wahrscheinlich waren sie vor allem dazu gedacht, Vespertilios Lederschwingen fernzuhalten.

»Wir gehen über die Vordertrutz.« Beorn Asgrimmson winkte ihnen, ihm zum Bug des Schiffs zu folgen.

Mit klammem Gefühl blickte Olav den Rumpf hinauf zur Reling und zu den Netzen, die das Schiff einhüllten. Erzitterte das Gespinst links über ihnen? War es seine Angst, die ihm die Bewegung vorgaukelte? Warum verflucht mussten es Spinnen sein! Jeden Augenblick rechnete er damit, ihre langen Beine über der Reling zu sehen. Aber alles blieb ruhig. Kein Feind zeigte sich. Die *Anvarion-Dharla* schien verlassen wie ein Geisterschiff.

Olav verlagerte das Gewicht des aufgerollten Seils, das er über der Schulter trug. Ein Wurfanker war daran geknotet. Irgendwie lag er immer so, dass ein Haken an Olavs Lederrüstung festhing oder seinen linken Arm behinderte. Und der Schild drückte die Seilschlaufen unangenehm in seinen Rücken.

Erstes Morgenlicht brach sich funkelnd am Schiffsrumpf. Ein Glanz wie Sternenschein erstrahlte. Es war schön. Ganz anders als jedes Schiff, das Olav zuvor gesehen hatte. Er trat dicht an den Rumpf heran. Seine Rechte strich tastend darüber. Er war rau. Scharfkantig. Der Recke trat noch näher. Und dann erkannte er es. Salz! Eine Kruste von Salz überzog das Schiff. Er schlug mit dem stumpfen Ende der Axt dagegen. Ein dumpfer Klang ertönte.

Die gesamte Ottajasko blieb wie angewurzelt stehen. Beorn bedachte ihn mit einem wütenden Blick aus seinem Auge.

Olav sagte nichts, zuckte nur leicht mit den Achseln und betrachtete den Schiffsrumpf. Ein wenig vom Salz war fortgebröckelt. Er nahm jetzt die scharfe Kante des Axtblatts, hebelte und schabte. Zwei Finger dick war die Salzkruste. Dann erst traf er auf ein helles, zähes Holz. Wie viele Jahrhunderte musste ein Schiff wohl liegen, um sich in Salz einzukleiden? Und warum war es nicht längst verrottet wie normale Schiffe?

»Aufschließen!«, klang es gedämpft von vorne.

Olav wurde gewahr, dass er der Letzte in der Reihe geworden war, die am Schiffsrumpf entlangschlich. Er beeilte sich, die anderen einzuholen.

Beorn, Eilif Sigridsdottir und Eimnir Hermson warteten mit ihren Wurfankern in der Hand am Bug. Mit ihnen zusammen würde er hinaufentern. Die Thorwaler sollten als Erste an Bord gehen und einen Schutzwall aus Schilden bilden. Das war der Plan.

»Alles in Ordnung, Olav?« Der Blender wirkte immer noch verärgert. »Soll Lenya deinen Platz übernehmen?«

Olav presste die Lippen zusammen und schluckte die zornige Antwort hinunter, die ihm auf der Zunge lag. Der Tag, an dem er seinen Platz in einer Entermannschaft an eine Traviageweihte abgab, wäre der letzte Tag, den er auf See ging. Es wäre das Eingeständnis, nichts mehr zu taugen. Wer zu einer Ottajasko gehören wollte, brauchte Kraft und Mut. Fehlte eines, war es vorbei!

Er nahm das Seil von der Schulter und sah den salzverkrusteten Schiffsrumpf hinauf. Mehr als acht Schritt bis hinauf zur Reling der Vordertrutz.

»Jetzt!«, befahl Beorn leise.

Alle vier Wurfanker schnellten hoch. Keiner fiel wieder zurück. Die eisernen Krallen griffen nach der Reling und hielten fest.

Olav ruckte prüfend an seinem Seil. Alles war gut! Er stemmte den rechten Fuß gegen die salzbedeckte Bordwand. Hand über Hand zog er sich hinauf, wobei er sich mit den Füßen abstützte. Er hatte in regelmäßigen Abständen Knoten in das Seil geknüpft. So hatte er einen besseren Griff. Dennoch war Eilif schneller als er. Sie kletterte an ihm vorüber und bedachte ihn kurz mit einem spöttischen Blick.

Er wurde alt, dieser Wahrheit musste er sich stellen, dachte

Olav bitter. Allerdings war Eilif nicht das Maß! Sie hätte ihn auch zu seinen besten Zeiten mit nur einem einzigen Fausthieb auf die Bretter geschickt.

Mit fast einer Mannlänge Vorsprung erreichte sie die Reling, griff hinüber und stieß einen schrillen Schrei aus.

»Schneller!«, rief Beorn.

Olav bemühte sich. Seine Armmuskeln brannten, der umgeschnallte Schild schlug ihm bei jedem Zug hinauf in den Rücken. Die Axt klapperte an seinem Gürtel. Sie hätten kein Wettklettern daraus machen dürfen, schoss es ihm durch den Kopf. Es wäre besser gewesen, wenn sie alle gleichzeitig über die Reling gegangen wären.

Jetzt sah er kurz schwarze Spinnenbeine.

»Glaubt ihr, ihr könnt mich fangen wie einen Fisch?«, hörte er Eilif fluchen. »Wartet, ihr Biester, ich zupf euch die Beine einzeln aus. Ich werde euch jedem ...« Abrupt brach ihre Stimme ab.

Olav griff über die Reling, zog sich hoch und blickte auf eine wimmelnde Spinnenbrut. Es waren bestimmt ein Dutzend oder mehr Tiere. Ihre Leiber schimmerten metallisch blau. Mit pumpenden Hinterleibern kauerten sie dicht an dicht, ja, übereinander. Sie waren nicht furchterregend groß, gemessen an den größten Spinnen, denen sie auf dem anderen Schiff begegnet waren. Ihre Leiber waren vielleicht drei oder vier Hände lang.

Eilif stand bebend neben ihm an die Reling gefesselt. Sie wand sich, kämpfte gegen die silbern glänzenden Spinnweben, die sie wie dünne Seile umschlossen.

All dies zu sehen dauerte einen halben Herzschlag. Dann schoss aus dem Hinterleib einer der Spinnen ein Faden in seine Richtung.

Mit der Erfahrung des alten Recken duckte sich Olav mehr intuitiv als bewusst. Der Spinnenfaden klatschte gegen das salzverkrustete Holz, verfehlte ihn um wenig mehr als einen Fingerbreit. Beorn hatte weniger Glück. Doch auf ihn hatten es gleich mehrere Spinnen abgesehen, als ahnten sie, dass er besonders gefährlich war.

Olav ließ sich über die Reling gleiten und zog seinen Schild vom Rücken, um sich hinter ihn zu kauern.

Keinen Augenblick zu früh! Klebrige Fäden trafen ihn. Doch er würde nicht vorwärtsstürmen! Er würde eine Kraft entfesseln, die größer war als seine. Entschlossen zückte er seinen Dolch und rückte seitlich an Eilif heran, die immer noch gegen die Spinnenfesseln ankämpfte. Selbst ihr Gesicht war von Fäden verklebt, ihr Mund wie geknebelt, sodass sie nur noch halb erstickte, unartikulierte Laute hervorbrachte. Ihr Kopf war hochrot vor Wut.

Mit schnellen Schnitten durchtrennte er etliche Fäden. Genug, dass Eilifs Kraft ausreichte, die übrigen Fesseln abzustreifen. Mit einem Urschrei richtete sie sich auf. Ihr Antlitz war eine Grimasse des Zorns.

Sofort schossen ihr wieder etliche Silberfäden entgegen. Sie wickelten sich um ihre Beine, versponnen sie mit dem Deck und der Reling hinter ihr. Die Spinnen blieben ruhig. Keine einzige wich zurück.

Olav schnitt Beorn frei.

»Dort!«, schrie der Drachenführer und riss seinen Schild vom Rücken.

Olav folgte Beorns Blick. Weitere der metallisch blau schimmernden Spinnen eilten das Gespinst über dem Deck entlang, um sich in eine Position zu bringen, von der aus sie mit ihren Fäden die Vordertrutz beschießen konnten.

Gerade stiegen Lenya Yasmadottir und Selime saba Anaram über die Reling. Sie waren die Ersten, die von Spinnenfäden der neuen Gegner begrüßt wurden.

»Zurück!«, befahl Beorn. »Sie haben uns hier erwartet!«

Olav stürmte vor. Ein Spinnenfaden streifte sein Bein. Ein zweiter traf ihn. Er würde Eilif nicht erreichen.

Er warf den Dolch.

Sie fing ihn mit der freien Linken.

Beorn stieß Selime von der Reling zurück. Lenya kletterte bereits das Seil hinab.

Jetzt war auch Eilif frei.

»Platz da unten!«, brüllte die Hünin aus Leibeskräften und warf sich seitlich über die Reling.

Faden auf Faden schossen von schräg oben auf die Vordertrutz.

Olav sah, wie Phileasson und seine Ottajasko mittschiffs über die Reling kamen. Doch die blauen Spinnen nahmen keine Notiz von ihnen.

»Zurück!« Beorn kauerte hinter seinem Schild. »Wir werden springen!«, entschied der Drachenführer. »Dieses eine Mal ist der verfluchte Tang unser Verbündeter. Wir werden weich fallen. Bei drei. Eins!«

»Zwei«, sagte Olav. Er hasste es zu fallen. Fast so sehr, wie er Spinnen hasste.

»Drei!«

Elfengaleasse Anvarion-Dharla, Kerngebiet des Sargassomeers, zweiundzwanzigster Tag im Kornmond

Galayne der-im-Schildwall-steht schaffte es gerade noch, Eilif Sigridsdottir auszuweichen. Mit einem gewaltigen Klatschen schlug sie in den Tang und versank ein ganzes Stück in der zähen Masse. Prustend und schnaubend kämpfte sie sich frei, über und über mit Schlamm und langen, zerfasernden Blättern bedeckt. Ihr

Antlitz war schwarz vom Dreck, nur ihre Augen waren nicht besudelt und die weißen Zähne, die sie bleckte wie eine tollwütige Hündin.

»Sieht so aus, als hätten die Spinnen versucht, dir deine Glieder auszuzupfen«, bemerkte Galayne kühl.

Eilif reckte ihm drohend die Faust entgegen, als Beorn Asgrimmson und sein Steuermann Olav Stirson von der Vordertrutz fielen.

Beorn war schnell wieder auf den Beinen. Olav hingegen schien Schmerzen zu haben. Er schnitt eine Grimasse, während er sich aufrichtete, und drückte die Linke in seinen Rücken.

»Sie haben uns erwartet«, erklärte Beorn resignierend. »Es waren andere Spinnen. Und sie haben zusammen gekämpft, wie eine Ottajasko, die im Schildwall steht.«

Kampflärm hallte über ihnen vom Schiff. Orangegelbes Licht wie von einem Feuer tanzte kurz über das Gespinst aus Netzen. Der Gestank verbrannten Horns drang Galayne in die Nase.

»Machen wir es wie die da oben!«, forderte Eimnir Hermson. »Bekämpfen wir die verfluchten Spinnen mit Feuer! Ich kann ...«

»Nein!«, unterbrach ihn Beorn barsch. »Die Dummheiten von Phileassons Ottajasko wiederholen wir nicht. Kein Feuer, bevor wir diesen Kelch in Händen halten! Was haben wir gewonnen, wenn die Spinnen verbrennen und der Kelch verloren ist?« Er wischte sich den Schlamm vom Gesicht, blickte zur Vordertrutz und dann auf den Rumpf. »Eilif! Nimm deine Axt und öffne uns einen Weg. Hier!« Er deutete auf die salzverkrustete Bordwand unmittelbar vor ihm.

Galayne zuckte innerlich zusammen. Dieses Schiff war einer Meisterschaft von Handwerkskunst entsprungen, welche die Rosenohren niemals erreichen würden.

Donnernd krachte die Axt gegen die Schiffswand. Schon unter

dem ersten Hieb zerplatzte die dicke Kruste aus Salz. Unter dem zweiten splitterten Planken.

Eimnir und Olav eilten der Hünin mit ihren Äxten zu Hilfe. Sie waren meisterlich darin zu zerstören.

Bald klaffte ein dunkles Loch in der Bordwand. Lange schwarze Spinnenbeine tasteten daraus hervor.

Eilif packte eines der Beine und zerrte eine dicht behaarte Wolfsspinne aus dem Schiff. Sie schleuderte das Biest in den Tang. Ihre Faust fuhr nieder, mitten zwischen die Augenpaare. Der Chitinpanzer krachte, und ihr Arm verschwand bis zum Ellenbogen im Kopf der großen Spinne.

»So geht es denen, die mich mit Fäden einscheißen!«, schrie die Hünin und zog ihren besudelten Arm aus dem Kadaver.

Weitere Spinnen quollen aus dem Loch in der Bordwand hervor. Eilif stürzte sich auf das nächste der Biester.

Galayne zog Selfanatil. Es war ein seltsames Gefühl, diese Waffe, fast so alt wie die Zeit, zu führen. In ruhigen Stunden saß er manchmal mit der Hand am Griff der Silberflamme und versuchte sich vorzustellen, wer vor ihm mit diesem Schwert gekämpft hatte. Orima, die erste Besitzerin, war eine Göttin der Hochelfen gewesen. In Augenblicken wie diesem jedoch gab er sich der Macht der Waffe hin. Es fühlte sich an, als würde sie ihn in den Kampf ziehen. Wenn er es schaffte, sich innerlich zu leeren, sich frei von Sinneseindrücken und eigenen Gefühlen zu machen, wie ein Gefäß, das in langer Dürre ausgetrocknet war, wenn er diesen Zustand erreichte, dann erfüllte ihn Selfanatil. So wie jetzt.

Er duckte sich an der tobenden Eilif vorbei, die bereits eine weitere Spinne herauszerrte. Einen Atemzug lang war die Öffnung frei. Galayne schloss das wie eine Hundeschnauze geformte Visier seines Helms und sprang hindurch. Splitter der zerstörten Planken schrammten über seine Lederrüstung.

Er ließ die Klinge los, kam mit vorgestreckten Händen auf, ließ die Kraft des Sprungs in einen Überschlag fließen, wobei er mit den Füßen voran eine Spinne traf. Chitin krachte unter dem schweren Treffer. Galayne prallte zurück und fand sicheren Stand. Sofort duckte er sich, drehte sich auf dem linken Fuß und ließ das rechte Bein kreisen. Er zerschmetterte zwei Spinnenbeine, warf sich zur Seite und bekam Selflanatil zu packen.

Draußen hörte er Beorns Stimme. »Holt ihn da heraus!«

»Die Öffnung ist noch zu klein«, keuchte Eilif.

»Dann erweitert sie!«, befahl der Drachenführer, und ein schwerer Hieb gegen die Bordwand begleitete seine Worte.

Galayne überließ sich dem Schwert. Er tanzte mit ihm, schnitt und stach, wirbelte wie schwerelos zwischen den Spinnenfäden hindurch, die die enge Kammer durchzogen. Und ihm wurde bewusst, warum es hier so viele Spinnen gab. Mehr als ein Dutzend menschengroßer Kokons hingen von der Decke der Kammer. Er war in eine Vorratskammer geraten.

Noch bevor Beorn durch das Loch im Rumpf schlüpfen konnte, war der Kampf beendet, der Boden bedeckt mit abgetrennten Gliedern und zuckenden Leibern. Die Spitze Selflanatils zum Stoß bereit ausgerichtet, blickte er auf den Durchgang, der tiefer ins Schiff führte. Dort hatte es wohl mal eine Tür gegeben. Jetzt erinnerte nur noch der hölzerne Sturz dicht unter dem Deckenbalken an sie. In der Wand klaffte ein Loch, ähnlich dem, das Eilif und die anderen in den Schiffsrumpf geschlagen hatten. Nur dass es deutlich größer war. Mehr als zwei Schritt breit. Etwas Gewaltiges hatte sich seinen Weg in diese Kammer gebrochen.

»Kack den Mast an!« Olav murmelte den Spruch, der Leif Katlasson so gern über die Lippen gekommen war, fast so ehrfürchtig wie ein Gebet. »Was erwartet uns hier?«

»Ein Dämon!« Galayne hatte das Gefühl, ihn spüren zu können.

Das Lied der Welt klang hier anders. Vielleicht lag es an dem Schiff. Er vermeinte, eine Melancholie in der Melodie dieses Ortes zu vernehmen. Ein Bewusstsein von unrettbar verblassender Schönheit. Viel deutlicher war eine Boshaftigkeit, eine Disharmonie, die alles andere überlagerte. Und ihr Quell war nahe. Sehr nahe!

Galayne kniff die Augen zusammen und spähte durch die Öffnung. Da war eine Bewegung im angrenzenden Frachtraum. Etwas Großes ...

»Nur noch ein Sack voller Knochen«, bemerkte Eilif, die an Galaynes Seite gekommen war und an einem der Kokons rüttelte, die von der niedrigen Decke hingen.

Der Elf dachte an die Worte des Magiers. Die Geschichte von dem Gift, das alles auflöste außer Haut und Knochen. Und daran, wie die Spinnen dann kamen, um den Trunk aus zersetztem Leben zu schlürfen. Ihre Aussichten, dass der Tag so endete, waren nicht schlecht.

Galayne trat in die Öffnung. Auch der Raum vor ihnen war dicht von Spinnenfäden durchzogen. Weitere Kokons hingen von der Decke. Zu seiner Linken stand eine fast mannshohe Amphore, die in den Boden eingelassen und dadurch fest verankert war. Vielleicht ein Vorratsgefäß?

Er hob Selflanatil und zerteilte einige der silbernen Fäden. Ein Stück voraus fiel Licht durch einen Aufgang zum über ihnen gelegenen Ruderdeck. Jetzt vernahm er eine andere Melodie. Etwas Altes. Der Klang war gestört. Fast als würde eine Silberflöte gegen den Tumult eines aufgeregten Kesselpaukenspielers antreten.

Der zarten Melodie öffnete sich Galaynes Herz. Sie weckte eine Sehnsucht in ihm, die ihm fremd war. Vor seinem geistigen Auge erstand eine Landschaft von solch makelloser Schönheit, als sei jeder Baum, jede Blume, jeder Grashalm mit Bedacht gesetzt.

Waren die Augen das Fenster zur Seele, wie er es einmal in einem Gedicht der Rosenohren gelesen hatte, dann war diese Landschaft als Balsam für die Seele erschaffen worden.

Er durchtrennte weitere Spinnenfäden. Dieser Ort im Halbdunkel war das genaue Gegenteil. Entschlossen ging er dem Aufgang entgegen. Die *Anvarion-Dharla*, einst ein Meisterwerk elfischer Schiffsbaukunst, war zu einem Ort der Angst verkommen. Das Entsetzen Dutzender Seeleute, die hier einen grausamen Tod gestorben waren, klang in der Melodie des Schiffs nach.

Milchig glänzende Schlieren erschienen in der Dunkelheit neben Galaynes Schwertklinge. Sie gewannen an Intensität, wurden zu silbrigen Spiralen, die den Stahl umtanzten.

»Was hat das zu bedeuten?«, fragte Olav.

»Dämonische Kräfte«, antwortete Pardona, die sich in der Nähe des Einstiegs hielt. »Es ist ein elfisches Artefakt. Sicher will es den Frevel anklagen.« Dabei bohrte sie ihren Blick in Galaynes Augen. Mehrfach hatte sie ihm eingeschärft, dass er Selflanatil nicht in ihrer Nähe ziehen sollte, weil die Klinge ihretwegen erstrahlte. Warum auch immer …

»Sie sammeln sich an unseren Flanken«, raunte Beorn hinter Galayne.

Auch er sah die Bewegungen. Einige der Fäden erzitterten.

Über ihnen erscholl Kampflärm. Phileassons Ottajasko hielt sich wohl immer noch auf dem Hauptdeck. Galayne war überrascht, dass eine Mannschaft mit so wenigen Kriegern so viel Schlagkraft haben konnte. Es war unklug, sich vom ersten Eindruck leiten zu lassen. Vor allen Dingen den scheinbar gebrechlichen Alten, diesen irren Novadi, umspielte eine Melodie der Macht.

»Schilde hoch!«, schrie Beorn.

Wie sie es in den Kämpfen auf der Galeere geübt hatten, bildeten sie Rücken an Rücken einen engen Ring. Dabei nahmen sie Dolorita und Pardona in ihre Mitte.

Jetzt kamen die Spinnen von allen Seiten. Die großen schwarzen, gegen die sie eben erst gekämpft hatten, aber auch kleinere mit roten Beinen, die unter der Decke liefen.

Galayne spürte, wie Pardona einen machtvollen Zauber wob, während sie gleichzeitig die Gnade Travias erflehte, um die Ottajasko zu täuschen. Die Spiralen, die Selflanatil umtanzten, wurden so hell, dass sie das Unterdeck mehrere Schritt weit ausleuchteten.

Das Schwert schnellte hoch. Zwei Hiebe beendeten das Leben zweier Giftspinnen. Galayne fühlte sich unwohl im Schildwall. Wenn er sich ganz der alten Klinge hingab, dann kämpfte er besser für sich allein. Darauf achten zu müssen, was die Gefährten rechts und links von ihm taten, schränkte seine Möglichkeiten ein.

Er machte einen Ausfallschritt. Ein gerader Stoß! Selflanatil bohrte sich zwischen die Augen einer großen, schwarzen Spinne.

Hastig zog sich der Elf zurück, um keine Lücke im Schildwall entstehen zu lassen.

Etwas berührte ihn im Rücken. Ein Schlag traf ihn.

»Das Biest ist tot!«, sagte Dolorita hinter ihm. »War von der Decke gefallen ...«

Der Kampf mit den Spinnen verlief erstaunlich leise. Pardona, die Travia anrief, war noch die Lauteste. Sonst waren nur Schritte auf altem Holz zu hören, Keuchen und hin und wieder ein gepresster Fluch. Sie kämpften mit stummer Verbissenheit. Dieses Mal machten sie es besser als auf dem Brutschiff. Sie würden siegen!

»*Augen! Meine Augen* ...«

Ein stechender Schmerz begleitete die Worte. Das Lied ultimativer Verzweiflung. Wahnsinn schwang in ihnen. Galayne fasste sich auf Höhe der Schläfen an den Helm. Er ging in die Knie. Es fühlte sich an, als sei ihm ein glühender Dolch in den Kopf gefahren. Und nun wurde er gedreht.

»Vorsicht!« Eilif trat an ihm vorbei und hämmerte ihre riesige Axt in eine Spinne, die Galayne packen wollte.

Eine Hand legte sich zögerlich auf Galaynes linke Schulter. »Ich bin bei dir«, sagte Pardona. Und ihre Worte brachten Linderung.

Elfengaleasse Anvarion-Dharla, *Kerngebiet des Sargassomeers, zweiundzwanzigster Tag im Kornmond*

»*Augen! Meine Augen …*«

Diese Stimme! Auch wenn ein Zauber sie direkt in seinen Kopf warf, war sie ihm vertraut. Vermis Gulmaktar erinnerte sich, wie er einst an den Lippen gehangen hatte, von denen solche Worte perlten.

»*Ewigkeit … Gefangen!*«

So klar, als sei es erst gestern gewesen, stand ihm ihr letztes Miteinander vor Augen. Mactans hatte sie gepackt, von Vespertilio fortgezerrt. Und er hatte sie für ihren Traum von ewiger Jugend verhöhnt. Anders als er und Vespertilio Organo hatte Zynthia kein neues Leben, keine Chimären oder Golems, erschaffen wollen. Ihr war es immer nur darum gegangen, sich selbst zu verändern. Etwas zu finden, das ihren Körper vor dem gnadenlosen Griff der Zeit bewahrte.

»*Starren in Ewigkeit!*«

Sie war jetzt schon länger tot, als sie gelebt hatte, dachte Vermis. In gewisser Weise war das Schicksal gnädig zu ihr gewesen. Sie hatte die Schrecken des Alterns erst gar nicht kennengelernt.

»*Erdbeeren schmecken. Gefangen. Einen Fisch berühren.*«

Was für ein seltsames Gestammel, dachte Vermis. Er blickte seine Diener an, die nervös an ihren Waffen nestelnd zu erkennen versuchten, was sich innerhalb des Gewebes, auf dem Elfenschiff, tat. Man konnte es besser hören als sehen, Flammen und Schatten narrten das Auge. Stahl klirrte, Kampfschreie ertönten, die meisten in der rauen Sprache der Thorwaler. Aber diese Stimme, die in Vermis' Kopf erklang, schienen seine Gefolgsleute nicht zu hören. Und seine stoisch abwartenden Golems natürlich erst recht nicht.

»*Den Wind spüren. Ich bin der Wind ... Nein, nichts bin ich. Nur noch Gedanken ...*«

Das passte so gar nicht zu Zynthia. Sie hatte einen glasklaren Verstand besessen. Nie wieder war er so einer Frau begegnet, so strahlend schön und zugleich von fast schon beängstigender Klugheit. Nur hatte sie nie Augen für ihn gehabt. Sie hatte Vespertilio gemocht, und ihre letzten Blicke hatten ihm gegolten.

»*Blicke verschlingen und machen doch niemals satt.*«

Es musste ein Zauber von Mactans sein, um sie zu verwirren, dachte Vermis zutiefst zufrieden. Die Thorwaler rückten ihm wohl bereits nahe, wenn er begann, sich zu wehren. Er war ein Täuscher.

Vermis sah zum Himmel hinauf. Die Lederschwingen stießen zum Schiff herab. Er entdeckte auch einen Scherenwurm, der aus dem Tang brach. Das Biest würde es niemals die fast senkrechte Bordwand hinaufschaffen.

Lug und Trug waren die schärfsten Waffen der Dämonen, das lernte jeder Novize schon im ersten Semester.

Aber Mactans erwies sich als schlechter Lügner. Dieses Gestammel, das war nicht Zynthia!

Der Zauberer entschied zu warten. Wenn er jetzt seine Kräfte schonte, würde er zuletzt der Stärkste sein.

Elfengaleasse Anvarion-Dharla, *Kerngebiet des Sargassomeers, zweiundzwanzigster Tag im Kornmond*

»*Blicke verschlingen und machen doch niemals satt.*«

Tränen trübten Vespertilio Organos Blick. Das war sie! Manchmal, in stillen Stunden, hatte sie eine poetische Ader gehabt. Sie lebte! Sie war irgendwo dort unten, nach all den Jahren.

Vespertilio war klar, dass Mactans eine Rolle spielte. Der Dämon schleuderte ihnen Zynthias Gedanken entgegen. Er entstellte und verzerrte sie. Ihr kristallklarer Verstand war zum Prismenglas geworden, der das strahlende Licht der Vernunft in die Farben des Regenbogens zersplitterte. Aber Vespertilio erkannte sie.

»*Ich habe sie bringen lassen*«, durchdrang ihn nun eine andere Stimme, und Vespertilio war sich gewiss, dass er der Einzige auf dem Schlachtfeld war, der diese Worte hörte. Sie waren allein für ihn bestimmt. »*Sie wartet auf dich, seit du sie auf der* Iylian Thar *im Stich gelassen hast. Als dir dein Leben mehr wert war als ihre Liebe.*«

Vespertilio stieß einen unartikulierten Schrei aus. Er hatte die Lederschwingen angewiesen, tiefer zu gehen, doch noch hielten sie respektvollen Abstand zu den Spinnennetzen, welche die *Anvarion-Dharla* vor Angriffen aus der Luft schützten.

»*Fisch und Karamell, Offenbarung der Zwillinge lässt Gedanken entflammen, Schmerzen blühen in Einsamkeit, unberührbar wie unter Glas. Einsam. Getragen. Acht…sam.*«

Das war sie! Vespertilio verstand nicht, was sie ihm mit diesen Gedanken sagen wollte. Aber sie war dort unten bei Mactans, der sie auf irgendeine perfide Art quälte.

Und er? Heiße Tränen rannen Vespertilio über die Wangen. Er würde Zynthia kein zweites Mal im Stich lassen. Er war nicht der Mann, der er auf der *Iylian Thar* gewesen war. Er hatte eine Ewigkeit hier im Tangmeer verbracht. Ein lebender Toter, gefangen mit der Erinnerung an die Fehler seiner Vergangenheit. Er würde sie nicht wiederholen!

»Hinab!«, schrie er seine Lederschwingen an.

Und sie stießen in das Dickicht aus Spinnenfäden. Es tat ihm in der Seele weh zu sehen, wie sie sich mit ihren weiten Schwingen in dem Gespinst verfingen. Wie die Spinnen über sie kamen. Aber seine Chimären waren zahlreich. Sie eilten ihren Gefährten zu Hilfe, zerrten mit den klauenbewehrten Händen Spinnen von ihren Opfern fort und schleuderten sie auf das Hauptdeck hinab, wo Phileasson mit seiner Ottajasko focht.

Besonders der Neue, die Lederschwinge mit dem goldenen Rückenpelz, tat sich hervor. Geschickt packte er Spinnen, zerquetschte ihre Köpfe, durchbohrte ihre Augen und knipste ihnen mit den Krallen die Beine ab.

»Fulminictus!«, rief Vespertilio und streckte die linke Faust vor, während ihn zwei Lederschwingen dicht über den Spinnennetzen hielten. Eine unsichtbare Kraftwelle traf eine fette, schwarze Spinne in ihren aufgedunsenen Hinterleib und zerquetschte sie.

Blau schillernde Spinnen kamen von der Vordertrutz auf den Netzen gelaufen. Mit pumpenden Leibern verharrten sie.

Weiße Fäden schossen von ihren Hinterteilen. Sie zielten stets zu mehreren auf eine Lederschwinge.

Hilflos musste Vespertilio zusehen, wie drei seiner Chimären getroffen in die Tiefe stürzten.

Er spreizte die Hände, bevor er erneut die linke Faust vorstieß. Mit einem »Fulminictus!« entfesselte er eine Schockwelle, die gleich mehrere Spinnen traf. Einige starben sofort. Andere wurden in ihre eigenen Netze geschleudert, wo sie sich zappelnd verfingen und von den überlebenden Lederschwingen in Stücke gerissen wurden.

Ein Spinnenfaden traf Vespertilio ins Gesicht und verklebte Bart und Lippen.

»*Gefangen! Zerstückelt. Pein* ...«, hallte Zynthias Stimme in seinem Geist wider.

Er sollte fliehen! Diese Schlacht war verloren. Für jede tote Spinne kamen zwei neue, und Mactans hatte sich noch nicht einmal gezeigt.

»*Bitte! Lass mich sterben!*«

»Nein!« Die Haare rissen ihm gleich in Büscheln aus dem Bart, als er die Lippen auseinanderzwang. Blut troff ihm auf die Brust, doch er fühlte keinen Schmerz.

Die linke der beiden Lederschwingen, die ihn hielten, stürzte, die Flügel mit silbernen Fäden verklebt. Auch die zweite ließ Vespertilio los.

Er fiel.

Spinnenfäden zerrissen unter seinem Gewicht.

Hart schlug er auf Deck. Grelle Lichter tanzten ihm vor den Augen, und der Schmerz drohte ihn zu überwältigen.

Phileasson und seine Mannschaft kämpften ein paar Schritt entfernt auf dem schmalen Deck, das zwischen Vorder- und Achtertrutz lag. Über den tiefer gelegenen Ruderplätzen war das Deck offen, um Licht und Luft nach unten zu lassen. So blieb ein etwa drei Schritt breiter Steg zum Kampf.

Eine halb nackte Wilde mit einer aufgemalten Spinne auf dem Kopf stand kaum zwei Schritt von Vespertilio entfernt. Fast zum Greifen nah. Das seltsame Weib redete in fremder Zunge auf die Spinnen ein. Und tatsächlich zögerten die Biester, es anzugreifen, während ringsherum dichtes Kampfgetümmel tobte.

Vespertilio wollte sich aufsetzen, aber stechender Schmerz wütete in seiner Brust. Er musste sich beim Sturz Rippen gebrochen haben. Er versuchte, sich auf seinen Zauber zu konzentrieren. Nur kein Feuer! Kein Flammenstrahl. Das Schiff durfte kein Feuer fangen. Nicht bevor er Zynthia gefunden hatte! Er musste es weiter mit dem Zauber versuchen, den einst Elfen ersonnen hatten. Vielleicht für Kämpfe wie diesen. »Fulmi…«

Spinnenfäden schossen auf die Wilde herab und fesselten eines ihrer Beine an Deck. Sie stieß einen Schwall wüster Flüche aus und wurde mit weiteren Spinnenfäden eingedeckt, woraufhin sie einen ihrer Speere schleuderte.

Durchbohrt klatschte eine metallisch blau schimmernde Spinne neben Vespertilio an Deck. Die fingerdicken Beine zuckten hilflos. Sie lag auf dem Rücken. Eines der Glieder streifte sein Antlitz. Weißes Sekret quoll aus ihrem Hinterleib.

»*So sehen wir uns also wieder, nach all den Jahren*«, durchdrang eine schmeichelnde Stimme seine Gedanken. »*Zynthia hatte so sehr gehofft, dass du früher kommen würdest.*«

Vespertilio fuhr herum und keuchte vor Schmerz auf.

Vor der Achtertrutz waren die Spinnweben dicht wie ein Zeltdach. Das Deck darunter lag im Schatten, und aus diesem Schatten schob sich nun ein riesiger Leib. Zwei Schritt hoch ragte die Kreatur auf, die auf Spinnenbeinen ging, von denen einige in Scheren endeten. Statt eines Kopfs ragte ein Bündel von Fleischsträngen, dick wie Peitschenriemen, aus der Vorderseite des Rumpfs. Blutrot tanzten sie auf und nieder, als würden sie unablässig versuchen, etwas Ungreifbares zu umschlingen.

Dem Leib fehlte es an der strengen Symmetrie der Spinnenkörper. Die Beine wuchsen leicht versetzt zueinander aus dem Rumpf. Ihre Gelenke lagen an unterschiedlichen Stellen.

Dicht unter dem Bündel aus Fleischsträngen wuchs ein großer Schnabel aus dem Leib. Leicht gekrümmt, wie bei einem Raubvogel, und etwa so lang wie ein Unterarm. Auch wenn der Schnabel gemessen an der Größe des Monstrums nicht riesig war, sah er aus, als würde er ohne Mühe selbst die Knochen eines Wasserbüffels zersplittern.

Aus dem Rücken des Dämons wuchsen fünf orangerote Hörner. Auf eines davon war der frisch abgeschnittene Kopf einer Lederschwinge gespießt.

»*Bewunderst du meine Schönheit?*«, verhöhnte ihn der Dämon.

»An dir ist gar nichts bewundernswert!« Vespertilio stieß die Faust vor. »Fulminictus!«

Ein paar der drahtigen Haare auf den Beinen des Dämons bewegte sich sanft. Der Kraftstoß hätte genügen sollen, einen Pferdeschädel zu zertrümmern, doch Mactans blieb völlig unbeeindruckt.

»*Wie uneinsichtig*«, klang die schmeichlerisch süße Stimme durch Vespertilios Gedanken. »*Hast du vergessen, dass du mir damit auch auf der* Iylian Thar *nichts antun konntest? Ebenso wenig wie Zynthia mit ihrem Zauberstab, den sie in ein flammendes Schwert verwandelt hat. Gib es auf. Ich bringe dich nach unten zu Zynthia. Das ist es doch, was du eigentlich willst. Du wirst erstaunt sein, wie sie sich verändert hat. Doch ich bin mir sicher, wenn es einen gibt, der die Schönheit meines Werks versteht, dann bist du es.*«

Eisiger Schrecken erfasste Vespertilio. Er fragte nicht, was dieses Ungeheuer Zynthia angetan hatte. Er wusste, er würde nur Spott als Antwort erhalten. Seine Gedanken überschlugen sich. Hier zu kämpfen war aussichtslos. Mactans war unbesiegbar. Der Dämon würde die Thorwaler vernichten. Aber selbst er würde ein wenig Zeit dafür brauchen.

Diese kurze Zeitspanne war seine einzige Gelegenheit, begriff Vespertilio. Beorn war durch den Rumpf in das Schiff eingedrungen, das hatte der Magier hoch aus der Luft gesehen. Er wäre dort unten also nicht ganz allein. Es gab einen Hauch von Hoffnung.

Der Zauberer rollte sich zur Seite. Er stöhnte auf. Die gebrochenen Rippen fühlten sich an, als steckten glühende Speere in seiner Brust. Er stürzte durch die weite Öffnung über dem Ruderdeck und wappnete sich für den harten Aufprall. Zynthia war dort unten – das war sein letzter Gedanke, bevor seine Welt ins Dunkel stürzte.

Elfengaleasse Anvarion-Dharla, Kerngebiet des Sargassomeers, zweiundzwanzigster Tag im Kornmond

Beorn Asgrimmsons Kettenhemd rasselte leise, als sich die Kieferklauen einer großen Spinne darin verfingen. Der Schild des Drachenführers war zerschlagen, und das Biest hatte versucht, ihm den Arm abzuzwacken.

Selime saba Anarams Khunchomer fuhr herab. Die schwere Klinge durchtrennte Beine und Hinterleib der Spinne, bevor das Tier den Drachenführer von den Füßen reißen konnte.

»Danke!«, keuchte Beorn und stürmte weiter vor. Sie hatten jetzt fast den Aufgang zum Ruderdeck über ihnen erreicht.

Die Göttin kümmerte sich um Galayne. Sie hatte ihm den Helm abgenommen. Das Gesicht des Elfen war vor Schmerz verzerrt, er schien aber unverletzt zu sein.

Nun war die Gelegenheit, der Gebieterin des Himmelsturms zu zeigen, was sie konnte. Immer stand sie im Schatten des Elfen, dachte Selime zornig. Dabei war auch sie eine Heldin! Ihr Herz schlug wild vor Aufregung und in der Erwartung, sich endlich vor den Augen der Göttin zu beweisen.

Sie stürmte an Beorn und den anderen vorbei. Ihr großer Khunchomer durchtrennte das letzte Gespinst vor der Treppe, die hinauf zum Licht führte. Eine blau schillernde Spinne, die auf den Stufen kauerte und ihr auf obszöne Art den Hinterleib entgegenreckte, zerteilte ein wütender Hieb, dessen Wucht noch einen breiten Span aus dem salzverkrusteten Holz der Treppe schlug.

Mit einem Satz war sie über den Spinnenkadaver hinweg. Noch fünf Schritte, und sie stand auf dem Ruderdeck. Zwei Bankreihen säumten einen schmalen Mittelgang. Über den Bänken lag das Oberdeck offen. Eine Gruppe der kleineren Spinnen mit den roten Beinen versperrte den Durchgang einer Kabine im Heckbereich des Ruderdecks. Auch dort war die hölzerne Wand durchbrochen.

Dicht vor den Spinnen lag Vespertilio. Der Zauberer krümmte sich vor Schmerzen. Er streckte die Hände den Spinnen entgegen und stammelte etwas, das Selime nicht verstand.

Der Magier musste vom drei Schritt breiten Mittelsteg gefallen sein. Da die Spinnen vor ihr reglos verharrten, wagte Selime einen kurzen Blick nach oben. Sie sah die Waldmenschenfrau aus der Ottajasko des Foggwulfs, die mit kalter Entschlossenheit ihren Speer hob, obwohl im dichten Kampfgetümmel kaum Platz war, um die Waffe einzusetzen.

Elfengaleasse Anvarion-Dharla, *Kerngebiet des Sargassomeers, zweiundzwanzigster Tag im Kornmond*

Der Schaft von Irullas Speer traf ihn beinahe ins Gesicht, als sie zum Wurf ausholte.

Gerade noch konnte Abdul el Mazar ausweichen – allerdings um den Preis, dass er neben den Steg trat, der Vorder- und Achtertrutz miteinander verband. Der Schrei, mit dem er ins Leere stürzte, ging im Kreischen des Dämons unter.

Abdul prallte auf eine Ruderbank, schlug mit dem Kinn auf, rutschte ab und fiel auf die Planken.

Überall auf dem Schiff wurde gefochten, geschlagen, gerufen, getreten, und unzählige Spinnen huschten auf dem Oberdeck umher, spien klebrige Fäden oder bohrten ihre Kieferklauen in unzureichend geschützte Körperteile.

Vorsichtig betastete Abdul sein Kinn.

Eine schwarze Spinne, hundegroß und mit einem zotteligen Pelz, fiel neben ihm auf den Boden. Sie federte auf ihren acht Beinen ab und krabbelte auf ihn zu.

Abdul sprang auf die Ruderbank, obwohl er bezweifelte, dass ihre Höhe ausreiche, um ihn vor dem Tier zu schützen.

Die dünnen Beine tasteten über das Holz, die neun runden Augen musterten ihn. Speichelfäden verbanden die frei schwingenden Kieferklauen, die sich klickend öffneten und schlossen.

Abdul wich zurück, bis sein Rücken gegen die Bordwand drückte.

Das Tier kletterte auf die Bank und richtete sich auf, sodass es nur noch auf vier Beinen stand, während sich die beiden vorderen Paare wie grapschende Finger vorreckten. Dabei zischte es bedrohlich.

Abdul hob einen Fuß, ekelte sich aber davor, die Spinne zu treten.

Sie schien es auszukosten, ihn zu ängstigen. Nur langsam stakste sie näher.

Abdul sprang auf die nächste Ruderbank, dann auf die übernächste und die darauffolgende. Noch drei weitere, dann wäre er an einer Trennwand angekommen, in der ein großes Loch klaffte. Dahinter war ein dichtes Geflecht von Spinnweben zu sehen.

Und davor trat plötzlich eine junge Kriegerin in Abduls Weg. Ihr ging es nicht um ihn, sie wehrte sich mit einem übergroßen Krummschwert gegen eine Wolfsspinne, die nur noch fünf Beine hatte. Noch ehe Abdul sie erreichte, schlug die Kriegerin ihre Klinge tief in den bepelzten Leib.

Dann erst wandte sie sich ihm zu und sah ihn durchdringend an. Abdul wollte ausweichen, rutschte jedoch aus und prallte gegen sie.

»Verfluchter Zausel!«, rief sie, stieg über ihn hinweg und empfing seine Verfolgerin mit einem waagerechten Schlag.

Gelbliches Spinnenblut spritzte. Etwas davon traf Abduls Gesicht.

Die Beine des Tiers gaben nach. Eine tiefe Wunde klaffte in Kopf und Leib.

Die Kriegerin wirbelte zu ihm herum. »Was fällt dir ein, Vater der Unachtsamkeit? Du hättest mich umreißen können! Dann wären wir jetzt beide tot!«

Der Zorn entstellte ihr Gesicht, und schleimige Körperflüssigkeiten besudelten es. Aber darunter deuteten sich edle Züge an, die gar nicht zu der Brutalität passten, mit der sie sprach und handelte.

Abdul streckte die zitternde Hand aus, um sie zu betasten.

»Bist du wieder weggetreten?«, fauchte sie. »Hier wird gekämpft!«

»Selime?«, fragte er. »Selime, bist du das?«

»Nein, ich bin die Mhaharani von Aranien, du Trottel!«

»Du lügst«, erkannte Abdul. »Du bist Selime saba Anaram, meine Nichte.« Er war sich jetzt ganz sicher. »Wieso lügst du, Selime?«

Ihre Antwort war ein Schnauben.

Er stieg auf eine Ruderbank, um auf sie hinabschauen zu können, und stemmte die Hände in die Seiten. Den Trubel um sie herum ignorierte er, das hier war wichtig!

»Was fällt dir überhaupt ein, hier mit einem riesigen Krummschwert herumzulaufen? Du solltest dich schämen!«

Verdutzt sah Selime zu ihm auf. »Ich habe dir gerade das Leben damit gerettet.«

Abdul lachte. »Du? Mir? Das Leben retten? Meine Verbündete

ist die Magie – kein Stahl, der jederzeit zerbrechen kann. Das wäre auch dein Weg gewesen, Selime! Tochter der Leichtfertigkeit, wie kannst du dein Talent nur so verkommen lassen?«

Ungläubig hob sie die gekrümmte Klinge.

»Es ist ein Unglück!«, klagte Abdul. »Ich habe es Schwager Jussuf und Schwester Anaram immer gesagt: Aus euren Zwillingen wird nichts, wenn sie ihr Talent nicht ausbilden! Wo ist Jamilah überhaupt?«

Suchend sah er sich um. Beorns Recken quollen aus einem Treppenschacht hervor, wie Ungeziefer unter einem Stein, den man umdrehte. Überall kämpfte man auf primitive Art. Lailath Schlangenschlächterin stand auf dem Mittelsteg des Oberdecks und führte einen weißen Degen gegen Spinnen, die sich an ihren Fäden abseilten. Wirbelnde Fleischstränge zuckten um den Schnabel von Mactans, der sich auf dem Oberdeck Phileassons Ottajasko entgegenschob.

Anklagend zeigte Abdul auf den Dämon. »Willst du dem etwa mit Stahl beikommen? Da kannst du auch versuchen, ihn mit einer Feder zu kitzeln!«

»Weniger, als hier Reden zu schwingen, wird es auch nicht bringen.«

»Sei gefälligst nicht so frech, wenn dein Onkel dich ermahnt!« Missbilligend schüttelte er den Kopf. »Jussuf hat um die Ehre seiner Mädchen gefürchtet, deswegen hat er nicht gestattet, euch auf die Akademie zu schicken. Aber ist es ehrenhafter, so herumzulaufen? Schau dich nur an, mit all dem Blut!«

Jemand rief Selimes Namen.

Sie wirbelte herum. Mit einem wuchtigen Schlag zerteilte sie eine Spinne, die sie ansprang.

Abdul schnalzte mit der Zunge. »Wieso verschwendest du dein Talent?«

»Sprich nicht so gelehrt daher, Vater der Verwirrung!«, rief sie. »Ich habe auch dir das Leben gerettet!«

Wieder lachte Abdul auf. Diese Galeasse war jahrhundertealt, und doch verfiel sie nicht. Machtvolle Zauber waren in ihre Planken hineingewirkt. Ihre astralen Muster waren so schön, dass man versucht war, zu weinen, wenn man sich in sie versenkte. Aber Selime konnte das nicht sehen, sie hatte ihren Sinn dafür niemals geschärft. Es war eine Schande!

Abdul klatschte in die Hände, griff in die Matrizen der Zauber, die ihn umgaben, löste einige von ihnen auf, verband andere neu. Er setzte große Kraft frei.

Über ihm, wo Mactans stand, barst das Holz. Der Boden gab unter dem Gewicht des Dämons nach, und Splitter schrammten wie Dolche über seinen Bauch.

Elfengaleasse Anvarion-Dharla, Kerngebiet des Sargassomeers, zweiundzwanzigster Tag im Kornmond

»Vater der Einfalt!«, entfuhr es Selime, als sie die Kreatur sah, die durch das Deck gestürzt war und dabei die kleineren Spinnen unter sich begraben hatte. Ein Speer, der offenbar keinen Schaden angerichtet hatte, lag zerbrochen vor dem Dämon. Fleischschnüre, die dort saßen, wo eine Spinne einen Kopf gehabt hätte, peitschten wild durcheinander. Das Biest gab schrille Laute von sich.

»Finde den Tod!«, rief Selime und hob ihren Khunchomer.

Abdul packte ihren Arm und versuchte, sie zurückzuhalten. Aber es fehlte ihm an Kraft. Ohne Mühe machte sie sich los.

Mit beiden Händen hob sie das Krummschwert hoch über den Kopf und ließ die Waffe niedersausen. Es war, als schlüge sie auf einen Felsen. Die Klinge prallte zurück und traf sie fast im Gesicht. Ihre Arme brannten vor Schmerz von der Schlagkraft, die auf sie zurückgeworfen wurde.

Fleischstränge ergriffen sie. Ihre Berührung fühlte sich an, als tropfe kalter Schleim auf ihre Haut. Sie drehten ihr das Schwert aus den Fäusten. Ihr linkes Handgelenk krachte, als es gebrochen wurde.

»Verfluchtes Würmergesicht!«, schrie Abdul. Mit bloßen Händen griff der Magier in die sich windenden Fleischstränge und versuchte, Selime zu befreien.

Sie hört abgehackte Silben. Laute, tief in ihrem Kopf. Es schmerzte, als würden dort Glasscherben schneiden.

Abdul verzog das Gesicht vor Schmerz! Aber er ließ nicht los. Er hatte der Kraft des Dämons nur wenig entgegenzusetzen. Auch wenn Selime nie die Kunst erlernt hatte, nach den Regeln der Akademien Zauber zu wirken, so fühlte sie in diesem Moment dennoch, wie Abdul mit all seiner Macht gegen den Dämon ankämpfte. Und seine Macht war beträchtlich! Er war keineswegs der zerbrechliche, wehrlose Greis, für den sie ihn zuletzt gehalten hatte. Mochte sein Geist auch verwirrt sein, so war er doch jetzt ganz darauf ausgerichtet, sie zu befreien.

Die Fleischstränge, die sie gepackt hielten, lösten sich.

»Flieh!«, rief Abdul. »Ich weiß nicht, wie lange ich ihn noch halten kann!«

Ihr Onkel ging in die Knie. Der Schnabel des Dämons senkte sich. Er schnappte nach einem von Abduls Beinen.

»Nein!« Sie zog den langen, weißen Dolch aus ihrer Bauchbinde, den sie aus den Resten eines Seeschlangenzahns geschnitzt hatte. Keine sehr kunstvolle Waffe.

Dutzende Spinnen aller Größen krabbelten vom Mittelsteg auf das Ruderdeck hinab, als habe der Dämon seine versammelten Heerscharen zu Hilfe gerufen.

Beorn und seine Ottajasko wurden von allen Seiten bedrängt. Eimnir Hermson war zu Boden gegangen. Olav Stirson stand breitbeinig über ihm und schwang mit beiden Händen seine Axt. Die riesige Eilif hatte es aufgegeben, mit Waffen zu kämpfen, und drosch mit bloßen Fäusten auf die Spinnen ein.

Der Schnabel des Dämons schloss sich um Abduls rechten Oberschenkel.

Selime mochte nicht hinsehen. Sie warf sich nach vorn.

»Nein!«, stöhnte Abdul. »Du musst dich retten, Kind!«

Fleischstränge griffen nach dem Kopf ihres Onkels, und es war offensichtlich, dass er zerdrückt werden sollte wie eine überreife Frucht.

Ein Knirschen wie von schlechter Kreide, die über Schiefer schrammte, ließ Selime hinabblicken. Beide Beine ihres Onkels waren zu Stein geworden. Abdul stieß kurze, hechelnde Laute aus, als leide er entsetzliche Schmerzen.

»Nein!« Sie presste die unbrauchbare Linke an den Leib und stach mit ihrem Dolch auf das Gewühl aus Fleischsträngen ein. Dunkles Blut spritzte. Sie durchtrennte zähe Sehnen. Stränge stürzten auf Deck, wo sie sich weiter wanden, als seien sie von einem eigenen Leben beseelt.

»Nimm das, falsche Spinne!«, rief die Waldmenschenfrau vom Mittelsteg und schleuderte einen weiteren Speer auf den Dämon herab, der tief im Hinterleib der Kreatur verschwand.

Mactans ließ ihren Onkel los. Er kroch zurück, versuchte, in die Kajüte zu entkommen, die am Ende des Ruderdecks lag.

Selime ließ den Dolch fallen, legte beide Arme um die magere Brust ihres Onkels und zerrte Abdul von dem Dämon fort. Etwas zwackte ihr in die Wade. Brennender Schmerz durchfuhr ihr Fleisch. Sie schrie auf, versuchte aber immer noch, Abdul außer Gefahr zu bringen.

Um sie herum wimmelte es nur so von Spinnenleibern. Etwas biss sie in die Hüfte.

Phileassons Recken sprangen auf das Ruderdeck hinab und warfen sich auf die Spinnenflut.

Abduls schmale Hand legte sich warm auf ihre Wange. »Bist ein gutes Mä...« Sie spürte, wie der Herzschlag des alten Zauberers, der eben noch wild gegen dessen Rippen getrommelt hatte, aussetzte.

Zedrakke Tubaikans Zorn, Kerngebiet des Sargassomeers, zweiundzwanzigster Tag im Kornmond

Tylstyr Hagridson tastete über die verschlungenen Schnitzereien in den Wänden ihrer Kabine. Wenn seine Finger den Basalt mit den vielfarbigen Einschlüssen berührten, wurden sie in gewisser Weise taub. Nicht, was die Nerven in den Kuppen betraf, aber doch, was seine Wahrnehmung von dem anging, was die Welt unsichtbar zusammenhielt, sein Gespür für das Gitter, das allem Struktur gab. Der Adeptus Maior versuchte, sich zu erinnern, ob sich dieser Sinn für die astralen Ströme erst in der Akademie entwickelt hatte, oder ob er ihm immer zu eigen gewesen war. War diese Taubheit für Menschen wie Praioslob oder Zidaine normal?

Er ging einen Schritt weiter. Nun stand er unmittelbar neben Hal, dem Holzgolem mit dem Kopf, der von einer Galionsfigur stammte und den er jetzt so weit gedreht hatte, dass sich das Kinn über der aus einem Balken gefertigten Schulter befand. Das Gesicht mit den geschnitzten Augen war auf Tylstyr gerichtet, aber dennoch wirkte Hal wie eine Statue.

Tylstyr machte einen Bogen um Hal und damit auch um die Tür, die dieser bewachte, und setzte seine Untersuchung auf der anderen Seite fort. Vergeblich hatte er versucht, einen einfachen Lichtzauber zu wirken. Die Abschirmung der astralen Ströme wirkte lückenlos. Dennoch empfand Tylstyr keine Schmerzen wie unter einem Eisenhelm. Wenn man sich einmal damit abfand, keine magischen Kräfte einsetzen zu können, hatte der Aufenthalt hier sogar etwas Erholsames. So wie es die Augen entspannte, wenn man die Lider schloss.

»Ich glaube, es ist möglich, hier drin zu zaubern«, murmelte Tylstyr. »Wenn man nur weiß, wie man es anstellen muss …«

Er sah hinüber zu der verschlossenen Truhe. Bislang hatten sie nicht am Schloss getastet, aber vielleicht fand sich in diesem Behältnis etwas, das der Magie Einlass verschaffte. Bestimmt hatte Vermis Vorkehrungen getroffen, die seine Möglichkeiten erweiterten, wenn er sich in dieser Kajüte befand.

Andererseits hätte er den Gefangenen diese Möglichkeiten sicher nicht gewährt und Ikvan beauftragt, sie ihnen zu entziehen.

Es sei denn, er unterschätzte Tylstyr …

»Müsstest du nicht auch verurteilen, was er da versucht?«, fragte Zidaine Barazklah. Mit verschränkten Armen saß sie an eine Wand gelehnt auf dem Bett.

Die beiden Männer waren übereingekommen, ihr das Ruhelager zu überlassen. Sie selbst schliefen auf dem Boden. Dafür hatten ihre Wärter ihnen reichlich Decken gebracht, sodass sie einigermaßen weich lagen.

»Dass er nach Möglichkeiten sucht, uns zu befreien?« Praioslob wirkte erschöpft, das rote Leinen seines Gewandes war im Licht der Tranlampe matt, beinahe schon grau. »Nein, daran tut Tylstyr recht. Vermis maßt sich eine Gewalt über uns an, die ihm die Götter nicht zugedacht haben. Es ist Unrecht, dass er uns hier festhält. Wir handeln innerhalb der göttlichen Gerechtigkeit, wenn wir ausbrechen.«

»Dass er Magie dazu einsetzen will«, sagte Zidaine ungeduldig.

»Die Gesetze des Mittelreichs verbriefen uns Gildenmagiern gewisse Rechte«, stellte Tylstyr klar. »Wir dürfen Zauberei praktizieren.«

Zidaine verzog das Gesicht. »Da seid ihr natürlich fein raus. Die Mächtigen legen sich alles so zurecht, wie es ihnen gefällt.«

»O nein.« Praioslob zog einen Stuhl zurück und setzte sich an den kleinen Tisch. »Willkür ist das Gegenteil von Recht. Das Recht ist erhaben und unantastbar, es steht über dem Eigennutz und bindet selbst den Kaiser.«

Zidaine schnaubte. »Wie ist das denn mit Maraskan? Es gibt nur einen Grund, wieso er den Menschen dort ihr Endurium und ihre Freiheit nehmen kann: weil er die Macht dazu hat.«

Ungerührt legte Praioslob die gefalteten Hände auf der Tischplatte ab. »Es ist nicht an uns, den Kaiser zu richten. Aber vor den Göttern wird er sich verantworten. Ich bin jedoch sicher, dass dieses Urteil milde ausfallen wird, wenn er auf jene Berater hört, die ihm den Willen der Ewigen auslegen.«

»Ist Magie jetzt etwas Gutes oder etwas Böses?«, setzte Zidaine nach. »Wo ist deine Wahrheit, Geweihter? Versteckst du sie schamhaft, wenn du einen Freund verurteilen müsstest?«

»Keineswegs, aber die Absicht fließt in die Beurteilung jeder Tat ein. Aus einer unrechtmäßigen Gefangenschaft zu fliehen korrigiert begangenes Unrecht.«

Tylstyr musterte Zidaines hartes und doch so schönes Gesicht. Auch sie war damals aus einer Gefangenschaft geflohen, und in ihrem Fall war das Unrecht um ein Vielfaches größer gewesen.

»Du suchst einen Ausweg, weil du ihn magst!«, warf Zidaine Praioslob vor. »Wie ein Aal, der sich aus einer Reuse windet. Sind alle Diener deines Gottes so glitschig?«

»Praioslob ist ein aufrechter Mann!«, brauste Tylstyr auf. »Du bist doch selbst mehrere Monde mit uns gereist!«

Zidaine grinste schief. »Als dieser aufrechte Mann noch an meinen Pakt mit dem Herrn der Rache glaubte – was tat er da? Breitete er die Anklage im Licht aus? Nein, er nutzte sein Wissen, um mich loszuwerden und zugleich eurem Foggwulf einen Vorteil zu verschaffen. Durch Heimlichkeit, wohlgemerkt! Er dachte, ich würde für euch spionieren.«

Die Worte stachen in Tylstyrs Herz, erinnerten sie doch an die Abmachung, die er in den Drachensteinen mit Zidaine getroffen hatte, als sie noch seine Geliebte gewesen war: dass er bei jedem Sonnenuntergang versuchen würde, durch ihre Augen zu blicken, während sie eine geschriebene Botschaft oder etwas anderes betrachtete, das ihn über Beorns Machenschaften ins Bild setzte. Doch ihre Beschäftigung mit Beorn war anderer Natur gewesen.

»Damit hatte ich nichts zu schaffen«, sagte Praioslob mit zusammengezogenen Brauen. »Zu dieser Spionage habt ihr euch untereinander verabredet. Und was deine finsteren Pfade angeht, wollte ich dir Zeit geben, die Falschheit deiner Entscheidungen einzusehen und zu bereuen.«

»Du wolltest mich nicht verletzen«, sagte Tylstyr. »Oder zumindest so wenig wie möglich. Ich glaube, dass Zidaine recht damit hat, dass du nicht losgelöst von unserer Gemeinschaft nach dem kosmischen Ideal entschieden hast.«

»Genauso wenig, wie du jetzt in der Klarheit, die dein Gott verlangt, Tylstyrs Magie verdammst.«

»Sicher sind meine Gedanken nicht von der Klarheit jener, die ein Gott wägt.« Praioslob sah sie nicht an. Sein Blick war auf die gegenüberliegende Wand gerichtet, als könnte er weiter schauen als nur drei Schritt. »Und, ja, ich will dir zugestehen, dass Magie in ihrem Kern etwas Böses ist. Ordo Aeternus, Veritas Pura, Ius Divinum. Die ewige Ordnung, die reine Wahrheit und das göttliche Recht bedingen und verstärken einander. Durch Madas Frevel ist die Magie in unserer Welt, wo sie gar nicht existieren sollte. Das stört die Ordnung, Madas Frevel ist vielleicht der schwerste Schlag, der dem Plan der Götter jemals versetzt wurde. Die Ordnung der Natur selbst ist infrage gestellt. Ohne Ordnung gibt es jedoch keine Regeln, anhand derer man die Wahrheit ergründen könnte. Ohne die Erkenntnis der Wahrheit lässt sich kein Recht anwenden. Und ohne Recht gibt es nichts, das der Wirklichkeit Geleit gibt und sie zur Ordnung führt. Es ist ein wahrhaft dämonischer Strudel, in den Mada unsere Welt gestoßen hat. Wenn du also die kosmologisch eindeutige Antwort verlangst, Zidaine, dann lautet sie: Ja, es wäre besser, wenn wir ohne Magie einen Weg aus unserer ungerechten Gefangenschaft fänden.«

Sie starrte den Geweihten an: »Ein beeindruckender Vortrag, der dich als braven Schüler in Gareth sicher zu Tränen gerührt hat. Hast du ihn deswegen auswendig gelernt?«

Praioslob ließ sich nicht beirren. »Würde Tylstyr allerdings, nachdem wir unsere Freiheit wiedergewonnen haben, Vermis' Diener jagen und jeden von ihnen zu Tode foltern, dann würde er sich ins Unrecht setzen.«

»Auch wenn sie sich jeden Tag an uns vergehen würden?«, lauerte Zidaine. »Auch bei Männern ist das möglich ... Man kann Stöcke so schnitzen, dass sie auch enge Höhlen zu erkunden vermögen ... und mancher schätzt auch einen besonders engen Zugang.«

Ungläubig betrachtete Tylstyr den Genuss auf Zidaines Gesicht. Ihr schien die Vorstellung von den Gräueltaten, die sie beschrieb, so etwas wie ein schadenfrohes Vergnügen zu bereiten.

»Es gibt einen guten Grund, aus dem man Recht von Rache scheidet«, sagte Praioslob. »Der Exzess sprießt allzu leicht aus der Rache.«

So sehr ihn Zidaines Ausführungen auch abstießen und so fremd sie ihm in diesem Moment auch war, erschien Tylstyr die Position des Geweihten doch zu lapidar. »Ich vermute, dein Glaubensbruder Urischion hätte das anders gesehen.«

»Wer ist das?«, fragte Zidaine.

»Ein Visitator meiner Kirche«, erklärte Praioslob. »Wir haben ihn in Mendenas Tempel getroffen. Er hat Tylstyr ins Gewissen geredet, damit er von der Magie ablässt.«

»Und ich gebe zu: Seine Überzeugung hat mich berührt. Ich denke noch immer an die Begegnung mit ihm.«

»Die Kraft der Ehrlichkeit«, befand Praioslob. »Sie ist die Schwester der Wahrheit.«

»Und doch ermunterst du Tylstyr zu zaubern«, höhnte Zidaine, »wie ein kleines Kind, das um Hilfe jammert. Und was ist mit den Elfen, die mit euch reisen? Salarin und Galandel … Magie liegt in ihrer Natur. Müsstest du dich nicht von ihnen ebenso fernhalten wie von Dämonen? Macht ihr zauberisches Wesen sie nicht von Geburt an böse?«

»Niemand kann etwas für die Anlagen, mit denen er in die Welt kommt«, meinte Tylstyr, sah Praioslob aber mit einem fragenden Blick an.

»So ist es.« Der Geweihte nickte. »Dein Talent mit dem Rapier etwa, Zidaine, hättest du nutzen können, um die Gerechtigkeit zu schützen. Stattdessen …«

»Also willst du uns sagen, die Magie sei nur ein Werkzeug wie jedes andere?«, unterbrach sie ihn. »Wie verlogen!«

Tylstyr sah ihre Wut, aber er glaubte, auch etwas anderes an ihr zu bemerken, das ihm die Kehle zuschnürte. Sie wehrte sich mit einer Verzweiflung, die ihn verwunderte. Als hinge für sie viel davon ab, dass sie sich in diesem Streit behauptete.

»Die Magie ist ein Bruch des Sphärengefüges«, sagte der Magier, obwohl er damit gegen das sprach, was sein Leben im Kern ausmachte. »Wenn ich Urischion richtig verstanden habe, glaubt er, dass die Magie nur dann als etwas Gutes erscheinen kann, wenn sie gegen etwas eingesetzt wird, das es ohne Magie gar nicht gäbe.«

»Ohne Vermis' Zauberei wären wir ja auch nicht in unserer misslichen Lage.« Vielsagend nickte Praioslob zum Holzgolem.

Verwundert erkannte Tylstyr, dass diese Weltsicht schon wieder zu erklären vermochte, was ihnen widerfuhr.

»Zauberei ist wie ein hochwirksames Gift«, fuhr Praioslob fort. »In seltenen Fällen kann man damit Gutes erreichen. Noch seltener vermag man damit ein anderes Gift zu neutralisieren. Vor allem aber ist es gefährlich.«

Tylstyr blinzelte. Wie konnte es sein, dass solche Worte ihn dermaßen verwirrten? Erst Urischion, jetzt Zidaine und Praioslob ... Was gäbe er darum, mit seinem Tutor Eddrik sprechen zu können! Das hätte möglicherweise das Chaos in seinem Kopf geordnet.

Ordnung, noch so etwas, das dem Gott Praios gefiel, von dem er in Thorwal kaum etwas gehört hatte. Freudlos lächelte er. An der Akademie war Praios allenfalls für grobe Witze gut gewesen, in denen der angeblich sonnengoldene Urin seiner Jünger ebenso eine Rolle spielte wie Spekulationen darüber, ob sie verhungern würden, wenn sie das Buch verlören, in dem die Essensvorschriften haarklein notiert seien. Irgendwann hatte Magister Starklörn den respektlosen Scherzen ein Ende gesetzt – aber nicht ohne ein verständnisvoll-verschwörerisches Lächeln.

»Der Wille der Götter ist oft rätselhaft«, gestand Praioslob zu,

»und das gilt umso mehr, wenn es um Wesen geht, deren Herzen uns so fremd sind wie jene der Elfen. Aber ihr Zeitalter ist vorüber, da sind sich die Gelehrten einig. An uns liegt ...«

»Ist es das, was Praios will?«, schnappte Zidaine. »Alle austilgen, die nicht seinem strahlenden Ideal entsprechen? Aber wer wird deinem Gott in allen Einzelheiten, in jedem Moment gerecht? Was ist mit dem Grashalm, dessen Schatten das Licht der Sonne verdunkelt?«

Praioslob setzte an zu protestieren, hielt aber inne.

Es war wohl nicht Zidaines Entschlossenheit, die ihn zum Schweigen brachte. Im Gegenteil, ihre Verletzlichkeit stand nun so deutlich in ihrem Gesicht wie niemals zuvor. Die dunkelgrünen Augen füllten sich sogar mit Tränen.

Der Anblick schmerzte Tylstyr im Innersten.

»Mir scheint, wenn dein Praios alles ausmerzt, was seiner Gerechtigkeit nicht genügt«, sagte Zidaine mit brüchiger Stimme, »ist die Welt bald ein öder Felsklumpen, auf den eine mitleidlose Sonne brennt.«

Elfengaleasse Anvarion-Dharla, Kerngebiet des Sargassomeers, zweiundzwanzigster Tag im Kornmond

»Die Schlangenzahnwaffen!«, rief Beorn Asgrimmson über den Tumult des Kampfes hinweg und schüttelte eine Spinne ab, die nach seiner Hüfte geschnappt hatte. »Schnell jetzt!«

Verdammter Asleif, dachte er mit einem hastigen Blick über die Schulter. Der Vorsprung vor seinem Rivalen war auf ein paar Schritt geschrumpft. Eine einzige falsche Entscheidung mochte den Unterschied zwischen Sieg und Niederlage ausmachen.

Galayne der-im-Schildwall-steht drängte an seine Seite. Nur

widerwillig schob er Selflanatil in die Scheide am Gürtel und drang mit dem geschnitzten Rapier auf den Dämon ein, als gelte es, eine ganz persönliche Rechnung mit ihm zu begleichen.

Beorn bemühte sich, gemeinsam mit der übrigen Ottajasko die Spinnen auf Abstand zu halten, die mit dem Mut der Verzweiflung an die Seite ihres Gebieters drängten.

»Blockiert die Zugänge zur Kajüte«, befahl Beorn halblaut, um es dem Foggwulf unmöglich zu machen, zum Ziel zu gelangen. Ärgerlicherweise gab es in der Rückwand den Durchbruch, durch den Mactans geflohen war, aber auch noch eine zweite Tür.

Dolorita blieb zurück. Sie kauerte über Abdul, den Selime mit Tränen in den Augen in ihren Armen hielt, obwohl sie den Alten bislang bei jeder sich bietenden Gelegenheit beschimpft hatte. Sollte sie dort bleiben. Ihm war lieber, wenn sie in der Enge der Kajüte nicht mit ihrem Khunchomer wütete.

In der Rechten sein Schwert, in der Linken die Axt drang auch Beorn in die Kajüte vor und ging den Dämon an. Der Speer, der ihn durchbohrt hatte, hätte wahrscheinlich schon genügt, ihn umzubringen, wenn sie noch mehr Zeit zu warten gehabt hätten. Nun war es Galayne, der ihm ohne Gnade den Rest gab. Vorschnellend wie eine Viper, durchtrennte er mit dem weißen Rapier die Beine, die in Scheren endeten, verstümmelte die zuckenden Peitschenstränge, bis sie kaum mehr als Stümpfe waren. Zuletzt versenkte er die Klinge mit einem wuchtigen Stoß inmitten der wimmelnden Fleischschnüre.

Mactans sackte in sich zusammen.

»Er ist nicht tot«, raunte Pardona Beorn ins Ohr. »Er wird in seine Sphäre zurückkehren. Nur dort kann man ihn endgültig töten. Er wird sich an euch alle gut erinnern. Du hast nun einen mächtigen neuen Feind, Beorn Asgrimmson.«

Noch während sie das sagte, begann sich der Leib des Dämons

in stinkenden, grünen Schleim aufzulösen, der an den zersetzten Tang des Sargassomeers erinnerte.

Erstaunt, wie schnell es am Ende gegangen war, sah sich Beorn um. Dies hier musste einst eine Vorratskammer gewesen sein. Die Reste zerschmetterter Gefäße bedeckten den Boden. Zwei weitere Durchgänge führten noch weiter nach hinten. Auch hier hatte Mactans einen der beiden aufgebrochen.

Ihr Ziel musste jetzt zum Greifen nahe sein, wenn der Kelch denn hier war, dachte Beorn beklommen. Sollte er woanders sein, würde Asleif das Rennen machen.

»Licht!«, forderte er.

Singend erfüllte Galayne ihm seinen Wunsch. Eine in fahlem Weißblau erstrahlende Kugel erschien über der ausgestreckten Handfläche des Elfen und tauchte die Kammer in schattenlose Helligkeit. Alle sahen in diesem magischen Licht ungesund blass aus. Nur Galayne nicht, der noch immer seinen Helm trug.

Unsicher blickte Beorn zu der Tür und dem Durchbruch. Dahinter lag die Antwort über Sieg oder Niederlage.

»Sie ist hier!« Schwer auf Eilif gestützt, betrat Vespertilio die Vorratskammer.

»Du meinst *er*«, bemerkte Beorn voller Hoffnung.

»Nein, *sie*!«, entgegnete der alte Magier ungehalten. Er war übel zugerichtet. Eine Spinne hatte ihm in die Wange gebissen, sein sonst so gepflegter Bart war von klebrigen Spinnenfäden und Blut verunstaltet. »Zynthia! Sie ist dort! Hört ihr nicht, wie sie ruft?«

Beorn blickte verblüfft zu den anderen. Auch sie schienen – so wie er – nichts zu hören. Nur Pardona nickte ihm kaum merklich zu.

»Du stellst zu viele Forderungen!«, entgegnete Beorn barsch. In dem Zustand, in dem Vespertilio sich befand, war er ganz offensichtlich keine Gefahr mehr. Aber draußen gab es noch seine Lederschwingen.

Der Magier hinkte unerschrocken auf ihn zu. Wahn spiegelte sich in seinen Augen. »Du kannst mich nicht aufhalten, Drachenführer.«

Beorn setzte ihm die Spitze seines Schwerts auf die Brust. »Lass es nicht darauf ankommen.«

»Ich muss zu ihr!« Vespertilio griff in die Klinge und schob sie zur Seite. Blut quoll zwischen seinen Fingern hindurch.

»Wir werden neu verhandeln!«, forderte Beorn entschieden. »Du bekommst diese Zynthia, und meine Ottajasko kämpft für euch beide den Weg frei. Ich bekomme den Kelch, und du wirst keinen Versuch unternehmen, ihn mir streitig zu machen.«

»Einverstanden!«, stimmte Vespertilio zu, ohne auch nur einen Herzschlag zu zögern.

»Gehen wir!« Beorn öffnete die Hand des Magiers, die noch immer die Klinge hielt, um ihn nicht unnötig zu verletzen.

Galayne ließ seine Lichtkugel in die angrenzende Kammer schweben. Der Elf bestand darauf, als Erster einzutreten, und hielt Beorn mit ausgestrecktem Arm zurück.

Vespertilio aber nahm einfach den zweiten Durchgang.

»Vorsicht«, murmelte der Elf und deutete auf eine Spinne, die mit pumpendem Leib in der hintersten Ecke der Kammer kauerte, die wohl einst die Kombüse des Schiffs gewesen war. Das Biest unterschied sich von allen Spinnen, die sie zuvor gesehen hatten. Sein grotesk geschwollener Hinterleib war durchsichtig. Etwas Helles schwebte darin.

Beorn wandte angewidert den Blick ab – und dann sah er es. Ein mattblaues Leuchten durch ein Gespinst aus Fäden. Sein Herz schlug schneller. Das musste er sein, der Largala'Hen. Er stand auf einem Gebilde, das wohl ein gemauerter Herdstein sein mochte.

Mit einem entschlossenen Schritt trat Beorn heran. Er zog seinen Dolch und wollte behutsam das Spinngewebe entfernen, doch die Fäden waren zäh wie Eisendraht.

»Es liegt die Melodie des Dämons auf diesem Gespinst, Drachenführer«, sagte Galayne höflich und bot ihm, den Korb voran, sein aus dem Seeschlangenzahn geschnitztes Rapier an.

Beorn zögerte kurz. Er wollte die eigene Waffe nehmen, doch dann entschied er sich für die schlankere Klinge, aus Sorge, er könne den Kelch vielleicht beschädigen.

Der Klinge des Elfen leistete das Gespinst nicht mehr Widerstand als gewöhnliche Spinnweben. Behutsam schnitt Beorn die klebrige, staubbedeckte Masse weg, und zum Vorschein kam ein zwei Spann hoher Kelch. Fuß und Stiel waren aus einem glatten, weißen Material, ganz ähnlich der Seeschlangenzähne, nur dass es mit silbernen Einsprengseln durchzogen war, die sich zu fremden Mustern fügten. Der Kelch selbst war wie eine offene Rosenblüte geformt. Sein Inneres war mit etwas ausgekleidet, von dem das blaue Licht ausstrahlte. Beorn streichelte das kostbare Kleinod. Es fühlte sich kühl und zart an. Mehr wie Haut als wie Stein.

Der Drachenführer reichte Galayne seine Waffe zurück. Dann hob er den Kelch mit spitzen Fingern an. Er war leicht. Beorns Herz schlug immer noch wie rasend. So zart war dieses wundersame Kunstwerk, dass er Sorge hatte, es könne ihm zwischen den Fingern zerbrechen.

»Bei Swafnir!«, rief Olav Stirson erschüttert. »Helft diesem Irren! Seht nur!«

Beorn blickte zu Vespertilio, der die Spinne aufgehoben hatte und sie zärtlich wie eine verschmuste Katze an seine Brust drückte. Das Biest hatte seine Kiefer in den Hals des Zauberers geschlagen und trank unübersehbar von dessen Blut. Doch Vespertilio war nicht etwa entsetzt, sondern seufzte verzückt, wie ein verliebter Jüngling.

Noch befremdlicher aber war der Anblick des aufgedunsenen Spinnenleibs. In dem durchsichtigen Körper trieb ein fast kopfgroßer, bleicher Klumpen, dessen Oberfläche Windungen durchfurchten. Blutrote Fasern verbanden den Klumpen mit zwei treibenden Augäpfeln, deren Iriden ein berückend schönes Lindgrün zeigten.

Beorn hatte das Gefühl, dass die Augäpfel ihn anstarrten, aber es war ein leerer Blick, hinter dem kein Verstand lag.

»Unsterblichkeit«, flüsterte Vespertilio. »Dem Altern entrückt ... meine Zynthia.«

»So etwas sollte es nicht geben«, grummelte Olav und hob seine Axt.

Beorn legte ihm die Hand auf den Arm. »Mache mich nicht zu einem Wortbrüchigen. Wir lassen Vespertilio ziehen. Von ihm droht uns keine Gefahr mehr.«

Elfengaleasse Anvarion-Dharla, Kerngebiet des Sargassomeers, zweiundzwanzigster Tag im Kornmond

»Die Aufgabe geht an mich, Asleif!«, rief Beorn Asgrimmson. »Schon wieder! Siehst du endlich ein, dass dieser Wettkampf deine Kräfte übersteigt? Du wirst niemals König der Meere. Gib auf!«

Abdul el Mazar fand boshaft, dass Beorn seinen Rivalen so sehr schmähte. Immerhin hatte sich Phileasson ehrlich bemüht, und gegen den Dämon hatten die beiden Ottajaskos sogar zusammengestanden.

Beorn reckte seine Beute in die Höhe. Die wie eine sich öffnende Rose gefertigte Schale des Kelchs schien in dem Dämmerlicht zu leuchten, das die gleich Sonnensegeln über das Schiff gespannten Spinnweben schufen. Beorns Gestalt mit dem Flügelhelm und der Augenklappe dagegen schluckte das Licht. Abdul fand ihn unheimlich. Dadurch, dass der Drachenführer auf dem Hauptdeck stand, Abdul aber ein Deck tiefer zwischen den Ruderbänken, wirkte Beorn größer als sonst.

Auch Vermis stand hier unten. Holzsplitter knirschten, als der mit grimmigem Gesicht zur Seite trat, um Beorn im Auge zu behalten, der jetzt den Steg entlangschritt.

»Wir werden noch sehen, wer den Kelch am Ende bekommt«, murrte der untersetzte Magier. »Darüber ist noch nicht entschieden.«

»Beorn erhält den Punkt«, widersprach Abdul. »Er hat den Kelch an sich genommen. So war es bei der Silberflamme auch.«

Mit zusammengezogenen Brauen starrte Vermis ihn an. »Denkst du, ich interessiere mich für diese lächerliche Wettfahrt?«

»Für Phileasson ist sie sehr wichtig.«

»Diese Thorwaler sind Narren! Genauso verrückt wie du. Wo steckt eigentlich Phileasson?«

Suchend spähte er wieder hinauf.

Abdul weinte. Es tat weh, wenn man ihn einen Verrückten nannte. Abdul wusste, dass etwas seinen Verstand verletzt hatte. Er konnte nicht mehr so klar denken wie früher. Dabei war er so stolz auf seine Geistesschärfe gewesen! Aber jetzt war es so, als hätte sich sein Geist in tiefen Nebel geflüchtet, um nicht das Grauen sehen zu müssen, das man Abdul angetan hatte.

Er schauderte, obwohl er sich im Moment nicht daran erinnerte, welcher Natur dieses Grauen gewesen war. Jemand hatte ihm etwas Schreckliches angetan. Aber was?

Kalt schimmerte Vermis' silberner Stirnreif.

Abdul schluchzte. Auch seine Wunden hatten etwas mit einem

metallischen Schimmer zu tun, das spürte er. Seine Hand rieb über die Narben an seinem Bauch.

Er war gefangen gewesen. So wie …

»Was geschieht jetzt mit Tylstyr?« Abdul sorgte sich um den jungen Collega.

»Nichts«, Vermis grinste boshaft, »wenn dein Herr Vernunft zeigt.«

»Er ist vernünftig, ein kluger Anführer«, versicherte Abdul. »Aber er wollte den Kelch für sich, weil er …«

»… nach diesem lächerlichen Titel strebt, ich weiß!« Vermis winkte ab. »Damit seine Barbarenfreunde seinen Namen grölen, während sie sich besaufen. Wie erbärmlich!«

Er sah wieder zum Steg hinauf. Dort kam Beorn zurück, den Kelch in der Faust.

»Ich will dieses Artefakt nicht erst, seit mich eine Barbarenkönigin auf die Suche danach geschickt hat.« Er drehte den Ring mit dem Rubin. »Ich weiß um seinen Wert und vermag es meinem Willen zu unterwerfen! Jahrzehnte habe ich an diesem verlassenen Ort elend gedarbt. Von ein paar Barbaren lasse ich mich ganz sicher nicht aufhalten …«

Abdul spürte, dass sich einige von Vermis' Artefakten während des Kampfes erschöpft hatten. Die weiße Schärpe etwa, die er auch heute unter der blauen Samtjacke mit den Stickereien aus Goldfaden trug. Von dem Ring aber ging unvermindert große Kraft aus. Wenn Vermis die Hand bewegte, sah Abdul auf einer anderen Ebene als jener, in die seine Augen blickten, dass der rote Edelstein das Gitter verformte, das der Welt Halt gab. Wie ein Boot, das durch Wasser zog und dabei Wellen schlug.

Vermis war ein böser, ein gefährlicher Mann, ein Blutmagier. Man durfte ihm nicht trauen. Selbst wenn er den Kelch gewönne, mochte er den armen Tylstyr aus purem Vergnügen quälen.

Abdul zitterte bei der Erinnerung daran, wie er als Gefangener gequält worden war. Plötzlich stand es wieder deutlich vor seinem geistigen Auge: die Kammer der Offenlegung, die falsche Göttin, die mit genüsslichem Lächeln ihre Klingen durch seinen Bauch zog ...

Abdul nahm ein armlanges Bruchstück von einer Planke und schlug es krachend auf Vermis' Hinterkopf.

Der Getroffene sackte zusammen wie ein auslaufender Wasserschlauch, nur schneller.

»Manchmal lernt man auch von Barbaren nützliche Dinge«, stellte Abdul zufrieden fest.

Elfengaleasse Anvarion-Dharla, Kerngebiet des Sargassomeers, zweiundzwanzigster Tag im Kornmond

Galayne der-im-Schildwall-steht blickte auf das dunkle Wasser neben dem Schiffsrumpf. Keine zehn Schritt weit war das Tangmeer hier aufgebrochen. Ausgerechnet dort war Lailath über Bord gestürzt. Was für ein Pech! Irgendetwas musste dort gelauert haben. Galayne konnte sich nicht vorstellen, dass sie einfach nur ertrunken war. Auch wenn sie aus der Wüste stammte und wahrscheinlich keine gute Schwimmerin gewesen war. Solch ein Tod war zu banal! Es musste ein Ungeheuer gewesen sein. Etwas Dramatisches!

Seine Finger trommelten auf den Helm, den er unter den Arm geklemmt trug. Ihm war durchaus bewusst, dass es keine Rolle spielte, wie sie gestorben war. Aber er wünschte sich, dass es heldenhaft gewesen war. Umso mehr, da es niemand gesehen hatte, um die näheren Umstände ihres Endes zu bezeugen.

Zu Lebzeiten war sie ihm unsympathisch gewesen. Ihr Starren

auf Selflanatil ... Seine Rechte strich über den Korb der Waffe, die er so sehr lieben gelernt hatte, auch wenn sie gegen Mactans nutzlos gewesen war.

Er löste den Blick vom dunklen Wasser. Beide Mannschaften hatten sich auf dem Hauptdeck der Galeasse versammelt – Phileasson vor der Vordertrutz, Beorn vor der Achtertrutz, mit dem leeren Mittelsteg zwischen ihnen. Verwundete wurden versorgt. Außer Lailath hatte es keine Toten gegeben. Ein Wunder, angesichts der Unzahl von Spinnen, die gegen sie gekämpft hatten. Für die Rosenohren war es ein guter Tag gewesen! Für die Elfen nicht. Lailath tot, und Galandel würde wohl auch nicht mehr lange leben. Die alte Elfe hatte nicht an den Kämpfen teilgenommen und war erst vor einer halben Stunde von Phileassons Ottajasko zum Schiff geholt worden.

Galandel kauerte am Stumpf eines Mastes. Ihr Kopf war ihr auf die Brust gesunken. Das Lied ihres Lebens verklang. Aber dagegen konnte er etwas tun. Vielleicht ... Im Himmelsturm hatte er Geschichten über den Largala'Hen gehört. Womöglich waren es nur Märchen, aber was hatte er zu verlieren?

Er ging zur Achtertrutz, vor der seine Ottajasko kauerte. Pardona und Dolorita versorgten immer noch die Wunden der Mannschaft. Aus dem Augenwinkel sah er Irulla. Die Waldmenschenfrau streifte über das Schiff, sprach mit den toten Spinnen und schenkte jenen, in denen sie noch einen Funken Leben fand, einen *fröhlichen Tod*, wie sie es nannte. Galayne begriff noch immer nicht, was am Tod fröhlich sein konnte, obwohl Irulla sich alle Mühe gegeben hatte, es ihm zu erklären. Man musste wohl in den undurchdringlichen Wäldern des tiefen Südens aufgewachsen sein, um das zu verstehen. Eines Tages würde er dorthin reisen, hatte er sich geschworen, jedenfalls wenn ihm auf der Wettfahrt kein fröhlicher oder trauriger Tod begegnete. Oder würde ihn die

Reise an Beorns Seite sogar dorthin führen? Immerhin sollten sie Aventurien umrunden.

Beorn hatte den Kelch in ein Seidentuch geschlagen und neben sich an Deck gelegt.

»Darf ich ihn berühren, mein Drachenführer?«

Beorn blinzelte ihn müde mit seinem verbliebenen Auge an. »Nur zu. Du wirst ihn zusammen mit Eimnir zur *Zwillingsmond* bringen und dort auf den Rest der Ottajasko warten. Nachdem du den Dämon getötet hast, wird er bei dir in sicherer Obhut sein.«

»Und wohin wirst du gehen, Beorn?«

»Ich nehme mir gemeinsam mit Asleif diesen Vermis zur Brust. Das kleine dicke Schwein hat wirklich gedacht, uns erpressen zu können. Wenn ich mit ihm fertig bin, wird er froh sein, wenn er Zidaine an uns überstellen kann … Aber bis das geklärt ist, soll der Kelch nicht in Reichweite dieses goldbehangenen Schweins kommen. Wir werden so tun, als hätten wir den Schatz bei uns. Olav sucht nach einer kleinen Truhe. Wir werden so tun, als würden wir den Largala'Hen darin verwahren.« Er blickte zu Galaynes Helm. »Ich denke, dort ist er, in Seide eingeschlagen, gut und unauffällig verwahrt. Bei Tag trägst du deinen Helm ständig unter dem Arm. Niemand wird genauer hinsehen.«

»Du ehrst mich, Drachenführer.« Galayne war überwältigt.

»Ich ehre dich nicht, ich vertraue dir, das ist unendlich viel kostbarer, mein Freund.«

Der Elf schluckte. Er fühlte sich elend, war ihm doch nur zu bewusst, wie wenig er dieses Vertrauen verdiente, gehörte er doch ganz und gar seiner Schöpferin.

»Natürlich darfst du den Largala'Hen auch berühren«, lud ihn Beorn ein.

Galayne kniete nieder. Ein uraltes Lied von Macht erklang in dem so zerbrechlich erscheinenden Artefakt.

Er streifte seine weißen Handschuhe ab und streichelte über das Kunstwerk von vollkommener Schönheit. Er spürte die Vielzahl der Melodien, die darin eingewoben waren. So zerbrechlich, wie er aussah, war der Largala'Hen bei Weitem nicht. Vermutlich würde nicht einmal Eilif mit ihrer Axt den Kelch zerschmettern können.

Galayne schloss die Augen und stimmte sich auf die Lieder der Macht ein, die an den Largala'Hen gebunden ungezählte Jahrhunderte überdauert hatten. Als er eins mit ihm geworden war, sang er die Worte, die im Himmelsturm von Generation zu Generation überdauert hatten, auch wenn er ihre Bedeutung vor dieser Reise nie erfasst hatte:

A' Largala'Hen iama'nurdi Orima
Feydha gwanchal
nurd mandra lyrima

Blassblauer Nebel wogte im Kelch auf und füllte ihn bis zum Rand.

»Was tust du da?«, fuhr ihn Pardona an.

»Da wir ein gemeinsames Lager mit der Ottajasko des Foggwulfs teilen, möchte ich die Göttin Travia durch eine Geste der Gastfreundschaft erfreuen.« Er hatte sich die Worte zuvor wohl überlegt und wusste: Ihnen konnte Pardona nicht widersprechen, ohne ihre Maskerade als Geweihte zu gefährden.

Die Göttin schwieg, doch ihr Blick sagte mehr als alle Worte.

»Was hast du vor?«, fragte nun auch Beorn.

»Ich werde Galandel Mutter-der-Schrate ein Geschenk machen. Vielleicht wird es sie kräftigen, wenn sie den Kelch bis zur Neige leert.«

Beorn blickte nachdenklich auf den wogenden, bläulichen Nebel. »Was ist das?«

»Eine neue Melodie für ihr Leben, wenn sie Glück hat.«

»Versuche es!«, entschied der Drachenführer. »So wie sie aussieht, kannst du ihr nicht mehr schaden. Solltest du ihr aber helfen, wird Phileasson in unserer Schuld stehen. Ein Gedanke, der mir gefällt!«

Wie sehr die Menschen sich darauf verstanden, das Schöne seines Glanzes zu berauben, dachte er bekümmert, sagte aber nichts.

Den Kelch feierlich mit beiden Händen umschlossen, ging er über das schmale Deck, hinüber zur anderen Ottajasko.

Misstrauische Blicke begegneten ihm.

Phileasson selbst stellte sich ihm in den Weg. »Was willst du? Uns verhöhnen? Uns zeigen, was wir nicht erringen konnten?«

»Vielleicht vermag der Kelch Galandel zu helfen ...«

Plötzlich wirkte der kühne Drachenführer, jener eine, den selbst Beorn fürchtete, unsicher. Phileasson sah zu der kleinen rothaarigen Geweihten mit den Sommersprossen. Und Shaya Lifgundsdottir nickte. »Ich vertraue ihm!«, sagte sie in einem Ton, der jeglichen Zweifel auslöschte.

Phileasson trat zur Seite.

Galayne kniete sich neben die sterbende Elfe. Ihre Schwäche berührte ihn zutiefst. Sie war dem Ende ihres Lieds schon so nah. Sie würde das nächste Morgenrot nicht mehr erblicken.

Behutsam setzte er den Kelch an ihre Lippen. Ihr Mund öffnete sich leicht, und der Nebel strömte aus dem Largala'Hen, als atme sie ihn ein.

»Friede mit dir, auf allen deinen Wegen, meine weise Schwester mit dem großen Herzen«, sagte er feierlich. Dann küsste er sie auf die Stirn. Nie wieder würden sie sich so nah sein, dachte er bedrückt und kostete den Augenblick bis zur Neige.

Ihre Lider flatterten. Als sie die Augen aufschlug, zuckte sie erschrocken vor ihm zurück.

»Was ist das?«, fragte Phileasson misstrauisch.

»Sie kommt wieder zu sich«, log Galayne und entfernte sich von Galandel. Der Zauber, den er vor vielen Monden auf sie gelegt hatte, hatte nichts von seiner Macht verloren. Sie war noch immer gezwungen, ihm auszuweichen, auch wenn sie jetzt zu schwach war, sich zu erheben.

Eilig zog er sich zurück, um ihr keine Pein zu bereiten. Immer noch spürte er die Berührung ihrer Haut auf den Lippen. Er würde die Erinnerung an diesen Kuss für immer auf seinen Lippen tragen, den letzten, der ihnen beiden vergönnt sein würde.

Kogge Perlenglanz, Kerngebiet des Sargassomeers, dreiundzwanzigster Tag im Kornmond

In dieser wolkenlosen Nacht schien der beinahe volle Mond auf das Tangmeer. Lailath Schlangenschlächterin sah das Wrack schon aus der Ferne.

»*Wir nähern uns ... deinem Ziel*«, wisperte ein kalter Hauch neben ihr. »*Sie ... bewegen sich ... nicht mehr.*«

Nach dem Stand der Sterne zu urteilen, war Mitternacht bereits vorüber. »Es wird Zeit.« Lailath umfasste ihren Säbel. Der Degen aus dem Seeschlangenzahn lag jetzt wohl auf dem Meeresgrund, wenn er nicht irgendwo im stinkenden Tang steckte.

Vor ihr gefror der Boden. Sie musste achtgeben, um nicht auszurutschen, kam aber auf dem knackenden Untergrund deutlich rascher vorwärts, als wenn sie bei jedem Schritt eingesunken wäre.

Das Wrack bestand beinahe ausschließlich aus einem Achterkastell, vom Rest des Rumpfs waren nur noch einige schräg stehende Spanten übrig. Damit ähnelte es einer Hütte mit ein paar entasteten Bäumen davor.

Lailath hielt inne. Orangerote Helligkeit flackerte hinter einer rechteckigen Öffnung. »Ist das ein Feuer?«

»*Ja ... sie wärmen ihre Körper daran ...*«

»Wie viele sind sie?«

»*Noch immer ... zwei ...*«

Eimnir Hermson und Galayne der-im-Schildwall-steht also. Lailath hatte belauscht, wie Beorn sie mit Selflanatil und dem Largala'Hen losgeschickt hatte, aber sie hatte befürchtet, dass sie von irgendwoher Verstärkung bekommen könnten. So vieles war schlecht gelaufen auf ihrer jahrhundertelangen Suche! Sie hatte gelernt, dass der kleinste Fehler alles verderben konnte.

Deswegen misstraute sie ihrem Glück, obwohl es so schien, dass die beiden ihre Annäherung nicht bemerken könnten. Immerhin befanden sie sich im Achterkastell, dessen Wände die Elfe vor ihren Blicken verbergen sollten.

Sie beeilte sich. Je schneller sie ihr Ziel erreichte, desto kürzer war die Zeitspanne, in der man sie entdecken könnte.

»*Du bist ... so schön!*«

Sie spürte die eisigen Berührungen durch ihre Kleidung hindurch. Das Leder knirschte sogar, weil die Kälte es spröde machte.

»Ihr müsst unseren Pakt einhalten!«, forderte sie. »Bei Mactans habt ihr mir nicht beigestanden!«

Verzweifelt hatte sie versucht, sich zum Largala'Hen durchzukämpfen, war aber über Bord gegangen. Sie hatte erkannt, dass sie gegen den Dämon, die beiden Magier, die Drachenführer und ihr Gefolge aus Recken, Dienern, Golems, Chimären und Spinnen nicht allein ankäme. Also hatte sie sich auf die Tugend der Geduld besonnen, sich verborgen und auf eine bessere Gelegenheit gewartet.

»*Der Kampf auf der Galeasse ... fand am Tag statt*«, wisperte es an ihrem Ohr.

»*Das Gestirn des Sonnengottes ... schwächt uns*«, kam es von der anderen Seite.

»Dann helft mir jetzt!« Lailath spürte, dass sich in der kommenden Stunde alles entscheiden würde.

»*Das tun wir ...*«, versprach eine körperlose Stimme.

Lailath erreichte das Wrack. Aus der Nähe machte sie Hunderte von Löchern in der zerfallenden Wand aus. Durch manche schien das Feuer, aber nicht durch alle. Der Innenraum der zehn Schritt breiten Trutz war wohl durch Zwischenwände unterteilt.

Sie drückte sich an die Bretter und atmete durch. Zum Glück hatte es am Tag kaum geregnet, deswegen war der vom Tang aufsteigende Gestank nicht ganz so intensiv.

Vorsichtig näherte sie sich einem hellen Loch und spähte hindurch.

Ein großes Feuer brannte in einer Kuhle. Eimnir musste erhebliches Geschick darin besitzen, die Flammen am Leben zu halten. Eigentlich war das in den feuchten Algen, die auch im Innenraum wucherten, beinahe unmöglich.

Der rothaarige Thorwaler widmete sich dieser Aufgabe hingebungsvoll. Mit freiem Oberkörper und ausgebreiteten Armen hockte er vor dem Feuer, das er so intensiv musterte, als fürchtete er, dass ihm anderenfalls etwas Entscheidendes entginge. Immer wieder zog er Planken aus dem Brand, legte andere hinein, sortierte sie um, fütterte mit einem Stück Segeltuch nach. Das Feuer lohnte es ihm mit Zischen, wenn Wasser aus dem Stoff kochte, oder zufriedenem Prasseln. Dass Eimnir in der Hitze schwitzte und Funken in seine Haut bissen, störte ihn offensichtlich nicht.

Galayne saß in einer Ecke, möglichst weit entfernt vom Feuer. Neben ihm stand sein wie ein Hundekopf modellierter Helm, auf der anderen Seite lehnte Selflanatil in der edelsteinverzierten Scheide an der Wand. Beim Anblick des heiligen Schwerts setzte

Lailaths Herz für einen Schlag aus. Allein der Korb, der die Hand perfekt schützte und dennoch so viel mehr war als ein nützlicher Teil einer tödlichen Waffe ... diese Eleganz, wie das Echo einer vergangenen Zeit, in der das Streben nach Schönheit das Leben bestimmt hatte ...

Dieselbe Erhabenheit prägte auch den Kelch, den Galayne in den Händen drehte, um ihn zu betrachten. Mit Widerwillen gestand Lailath ein, dass nicht nur der Largala'Hen, sondern auch der weißhaarige Elf schön war. Diese bleichen Finger, die die perlenbesetzten Stränge nachfuhren, aus denen der Stiel bestand ...

Lailath drehte sich vom Loch weg. Vorsichtig zog sie ihren Säbel.

»Ich habe ihn kämpfen sehen«, flüsterte sie so leise wie möglich. »Er ist ein unglaublicher Fechter. Sicher verfügt er auch über Zauberkraft. Ein starker Gegner. Ich brauche eure Hilfe!«

Ein so kalter Wind brauste um die Trutz, dass Lailath der Atem stockte.

Im Innern fuhr er ins Feuer und fachte es an. Sie hörte es am Prasseln und sah es an der zunehmenden Helligkeit, die nach draußen schien.

Eimnir schrie unartikuliert, irgendwas polterte.

Jetzt!, rief sie sich selbst in Gedanken zu. Der Moment, für den ich geboren wurde und für den ich den Tod durchschritten habe, ist gekommen!

Sie rannte um die Ecke des Aufbaus, wäre beinahe auf dem Eis unter ihren Füßen ausgeglitten, und sprang durch ein breites Loch in den Planken.

Die Hitze des Feuers schlug ihr entgegen.

Eimnir lachte irre.

Galayne war aufgestanden. Er wandte den Blick zu ihr.

»Weiter!«, schrie Lailath. »Mehr!«

Luft fuhr in das fauchende Feuer. Die Flammen leckten über die Decke.

Eimnir jauchzte.

»Das ist nicht dein Werk«, sagte Galayne zu Lailath. »Hier ist noch jemand.«

Er zog Selflanatil.

Die Schönheit der Klinge trieb Lailath Tränen in die Augen, aber sie blinzelte sie fort. Jetzt durfte sie sich keine Schwäche erlauben.

Achtlos ließ Galayne die prächtige Scheide fallen und stellte sich ihr, wobei er darauf achtete, dem Feuer nicht zu nahe zu kommen, hinter dem Eimnir nicht mehr zu sehen war.

Widerwillig begann das Holz, Feuer zu fangen. Die Feuchtigkeit, die es in all den Jahren im Tangmeer gezogen hatte, schützte es.

»Du ahnst nicht, was du in Händen hältst«, sang Lailath zweistimmig auf Isdira, in der Hoffnung, dass er die Sprache der Elfen beherrsche. »Wir müssen keine Feinde sein, aber dieses Schwert und dieser Kelch gehören meinem Volk. Ich werde sie ...«

Unvermittelt griff Galayne an.

Doch Lailath war wachsam. Sie riss den Säbel in eine elegante Parade.

Stahl wisperte auf Stahl, als die Klingen übereinander glitten. Selbst in diesem Geräusch glaubte Lailath, eine außergewöhnliche Schönheit zu hören.

Sie ließ die Gewalt des Angriffs ins Leere laufen, tänzelte zur Seite und führte einen Hieb gegen Galaynes Oberschenkel.

Er vergrößerte die Distanz mit einer Drehung und schlug ihren Säbel zur Seite. Übergangslos stach er zu.

Selflanatils Spitze durchbohrte Lailaths Lederpanzer und drang an der linken Seite in ihren Bauch.

Sie schrie auf und befreite sich durch einen Rückwärtsschritt.

Die Geister kreischten ohrenbetäubend.

Galayne musste sie hören. Er legte den Kopf schräg, ein amüsiertes Lächeln erschien auf seinen dünnen Lippen.

»Ihnen ist an dir gelegen«, erkannte er. »Was für ein Unglück für sie, dass du jetzt sterben wirst.«

Er war ihr überlegen!

Da war nicht der Hauch eines Zweifels in seinen himmelblauen Augen. Auch Galaynes Körperhaltung zeugte davon, dass er sich seiner Sache gewiss war. Er schien eins mit der Klinge zu sein, die sie bereits einmal getötet hatte.

Lailath drückte die Linke auf die Wunde, spürte das warme Blut. Sie hielt den Säbel vor dem Körper, ging rückwärts und drehte dabei vorsichtig den Rumpf, um herauszufinden, wie sehr die Verletzung sie beeinträchtigte. Sie fühlte den Schmerz, konnte sich aber bewegen.

Spielerisch stieß Galayne zweimal vor, um dann mit hohen Hieben zu attackieren. Beinahe wäre es ihm gelungen, sie mit einem Treffer nahe am Handschutz zu entwaffnen.

Hinter ihm loderte das Feuer immer mächtiger, die Hitze schlug ihr entgegen.

Lailath wich weiter zurück. Dadurch verließ sie die Trutz. Wieder knackte Eis unter ihren Füßen, die Luft war merklich kühler und frei vom hellen Rauch, der nun das Innere zu füllen begann.

Galayne setzte ihr mit einem Sprung nach – und schrie auf. Schatten fielen auf die Haut an den Händen und das in Qual verzogene Gesicht.

War dies die erhoffte Hilfe der Geister?

Er stolperte zurück. Selflanatil entfiel seinen Fingern und blieb mit der Spitze im Tang stecken.

Sofort sprang Lailath vor und griff das Schwert. Die Wunde,

von der aus Pein durch die Bauchhöhle flammte, interessierte sie nicht. Mit einem Jubelschrei riss sie Selflanatil an sich. Endlich!

Galayne betrachtete seine zitternden Hände. »Der Mond ...«, wimmerte er.

Eine unsichtbare Kraft schlug in seinen Rücken und schleuderte ihn aus der Trutz.

Er prallte gegen Lailath, konnte sich aber nicht an ihr festhalten, sondern fiel zu Boden.

Sie machte einen weiten Schritt zurück.

An Hals, Gesicht und Händen warf seine Haut im silbrigen Mondlicht Blasen. Er heulte wie ein Hund und kroch auf Ellbogen und Knien in die Trutz zurück, wo Eimnir gerade vor dem Feuer auftauchte.

Der schweißnasse Thorwaler hatte eine Axt in der Rechten. Mit der Linken packte er Galayne am Kragen und zog ihn von Lailath fort, die er grimmig anstarrte. In seinem Blick stand pure Mordlust.

Verwirrt entfernte sich Lailath einige isknackende Schritte. Ja, das war wirklich Selflanatil. Sie hielt die Silberflamme in der Hand, kein Zweifel! Das konnte keine Täuschung sein. Endlich, endlich ...

Aber was war mit dem Largala'Hen?

Sie blickte zurück. »Orimas Kelch ...«

Galayne stand in der Tür. Er war wirklich schnell, nicht nur mit der Klinge. Der Helm saß auf seinem Kopf, die Hundeschnauze mit den gebleckten Eisenzähnen bedeckte sein Gesicht vollständig, und die Hände steckten in Handschuhen. Das Schwert in seiner Hand war weniger elegant als Selflanatil, aber auch damit würde ein Stich durch ihr Herz Lailath töten.

Schmerz pochte aus ihrer Wunde. »Der Largala'Hen ...«

»Er wird dich umbringen!«, kreischten die Geister. *»Du darfst ... nicht sterben! Dein ... schöner ... wunderschöner Körper!«*

Galayne schritt heraus, unmittelbar gefolgt von Eimnir. Durch den freien Oberkörper waren seine Muskeln gut zu sehen. Er bewegte sich wesentlich unbeholfener als der Elf, aber mit seiner rohen Kraft könnte die Axt in seiner Faust zweifellos Lailaths Schädel spalten.

Sie schluckte und presste die Linke auf ihre Wunde.

Ihre Gegner sanken im Tang ein. Offenbar hielten die Geister den Boden nur in Lailaths engem Umkreis gefroren.

Der Largala'Hen musste sich noch im nun lichterloh brennenden Wrack befinden. War es ihre Pflicht, ihn zurück zu ihrem Volk zu bringen?

Oder musste sie vielmehr um jeden Preis dafür sorgen, dass sie die Silberflamme heimbrachte? Auch um den Preis, Orimas Kelch zurückzulassen?

Sie wimmerte, setzte ihre Füße aber knirschend rückwärts.

Mit rudernden Armen verstärkten ihre Verfolger ihre Schritte. Das Mondlicht schimmerte auf Galaynes Helm und auf seiner Schwertklinge.

Lailaths Eid bezog sich nur auf Selflanatil. Das galt auch für den Schwur ihres Bruders. Seit Jahrhunderten wartete Nantiangels Geist auf dem Zwergenplatz in Vallusa auf seine Erlösung. Nur wenn die kostbare Klinge in Orimas Tempel zurückkehrte, durfte er darauf hoffen. Und hier stand Lailath, mit dem heiligen Schwert in der Hand!

Galayne und Eimnir waren jetzt so nah, dass sie das Schmatzen ihrer Schritte über das Prasseln des Feuers hörte.

»Bring dich in Sicherheit!«, flehten die Geister. *»Lauf!«*

Sie warf sich herum und tat es.

Zedrakke Tubaikans Zorn, Kerngebiet des Sargassomeers, dreiundzwanzigster Tag im Kornmond

»Ich habe weniger Dunkelheit in die Welt gebracht, als mir aufgezwungen wurde!«, rief Zidaine Barazklah, kaum dass Ikvan den Raum verlassen und Hal sich wieder mit knarzenden Schritten vor der Tür positioniert hatte.

»Ach, ich dachte, du dienst nur dem Herrn der Rache!«, erwiderte Praioslob. »Hast du jetzt begriffen, dass du kein Instrument eines Dämons bist? Dass du selbst und aus eigenem Willen schuldig bist?«

Die Kajüte war ein dermaßen abgeschlossener Raum, dass sich die *Tubaikans Zorn* ebenso gut an jedem anderen Ort Aventuriens hätte befinden können wie inmitten des Tangmeers. Der einzige Austausch mit der Außenwelt erfolgte über die Diener, die Speisen brachten, Kerzen und Wasser austauschten und den Nachttopf leerten. Nur an der Zahl der Mahlzeiten erkannte Tylstyr Hagridson den Zeitablauf, noch nicht einmal Tag und Nacht machten hier drin einen Unterschied. Ob es in der Höhle bei Stainakr auch so gewesen war?

In ihrer Zwangsgemeinschaft wechselten lange Stunden eisigen Schweigens mit heißen Ausbrüchen von Rechtfertigungen, Argumenten und Vorwürfen. Meist gingen sie, wie auch dieses Mal, von Zidaine aus. Sie schien sich nicht damit abfinden zu können, dass der Praiosgeweihte seinen Idealen auch angesichts ihrer Lebensgeschichte die Treue hielt.

»Blakharaz hat mich erhört«, knurrte sie jetzt.

»Es ist leichtsinnig, den Namen eines Dämons laut auszusprechen«, wagte Tylstyr einzuwenden.

Sie beachtete ihn nicht. Mit gesenkter Stirn, wie ein Stier, der im Begriff stand, jemanden auf die Hörner zu nehmen, sah sie

Praioslob an. »Mein dunkler Verbündeter hat mich stark gemacht. Ohne ihn hätte ich niemals erreicht, was ich vollbracht habe.«

»Also hast du doch seinen Willen getan und nicht deinen eigenen?« Die Stimme des Geweihten war nicht frei von Hohn. »Entscheide dich, du widersprichst dir selbst!«

»Du bist gereizt, Praioslob«, versuchte Tylstyr, die Lage zu entspannen. »Wir sollten uns darauf besinnen, dass wir gemeinsam hier drin ...«

»Du willst mich zur Schuldigen machen!«, warf Zidaine ihrem Gegenüber vor. »Du begreifst einfach nicht, dass ich nur das Unrecht ausgeglichen habe, das mir angetan wurde. Dadurch habe ich der Welt einen Gefallen erwiesen.« Boshaft grinste sie. »Du solltest mir huldigen: Ich verhelfe der Gerechtigkeit zum Sieg!«

Furchtlos umrundete Praioslob den Tisch und stellte sich nah vor Zidaine.

Tylstyr sah das mit Sorge. Zwar waren sie unbewaffnet, sogar das Besteck hatten die Diener wieder mit hinausgenommen. Aber er zweifelte nicht daran, dass Zidaine auch mit bloßen Händen zu kämpfen verstand. Ein Fausthieb gegen den Kehlkopf oder ein Würgegriff ... Sie war kräftiger, als ihre schlanke Gestalt vermuten ließ. Tylstyr war unsicher, ob er sie vom Gefährten lösen könnte, wenn es darauf ankäme.

»Du willst dich selbst zu einer Richterin machen«, sagte Praioslob, »aber ich glaube nicht, dass du weißt, worin der Sinn eines Richtspruchs liegt. Nur als Hinweis: Er ist vierfach.«

»Erleuchte mich«, forderte sie ihn ironisch auf.

»Zunächst einmal soll er den Verbrecher von weiteren Straftaten abhalten.«

»Dieses Ziel habe ich gründlich erreicht«, sagte Zidaine selbstgefällig.

»Tjorne ...« Beim Gedanken an die grausam zugerichtete Leiche seines Freundes blieben Tylstyr die Worte im Hals stecken. Er musste sich räuspern, bevor es ihm gelang weiterzusprechen. »Tjorne war ein anderer geworden. Du selbst hast belauscht, wie er zu seiner damaligen Tat stand.«

Fragend lüpfte Praioslob eine Braue.

»Es war an der Ruine auf dem Rabenpass.« Tylstyrs Hände deuteten den Schattenriss des Gemäuers an. »Zidaine verbarg sich hinter einer Mauer ...«

»Du hast mich dorthin geschickt!«, korrigierte sie.

»Tjorne und ich saßen am Feuer. Wir haben über die Zeit damals gesprochen. Tjorne hat bereut. Von Herzen. Er verabscheute seine Tat. Er sagte mir sogar, er würde alles tun, um zu verhindern, dass so etwas jemals wieder geschieht. Egal wo, egal von wem.«

»Interessant«, meinte Praioslob.

»Es ändert nichts an der Schuld, die er getragen hat!«

»Auch das ist wahr«, befand der Geweihte. »Aber wir waren dabei, welchen Sinn eine Strafe erfüllt. Sie soll verhindern, dass der Täter seine Tat wiederholt.«

»Dazu gab es keinen Anlass mehr!«, rief Tylstyr eindringlich. »Tjorne ist ...« Er schluckte. »Tjorne *war* nicht mehr der Jungmann von damals. Er war ein anderer. Ein guter Recke, ein verlässlicher Kamerad im Schildwall. Er konnte witzig sein und großzügig ...«

»Nichts davon garantiert, dass er sich nicht noch einmal an einem Mädchen vergangen hätte!«, fauchte Zidaine.

»Das stimmt«, sagte Praioslob ruhig. »Es liegt in der Natur der Zukunft, dass sie keine Garantien bereithält. Aber hattest du irgendeinen Hinweis darauf, dass er zu seinen Verbrechen zurückgekehrt wäre? Oder einer der anderen, die du getötet hast? Wie hießen sie noch – Atagord, Kol?«

Stumm funkelte sie ihn an.

»Wut ist kein Argument«, befand er kühl. »Kommen wir zum zweiten Ziel eines Richtspruchs: Abschreckung. Er soll nicht nur den Täter, sondern auch alle anderen von weiteren Verbrechen abhalten. Die Wankelmütigen, die nicht aus ihrem Herzen heraus das Recht lieben, sollen erkennen, dass sich das Unrecht nicht lohnt.«

Zidaine lachte. »Ich denke, das habe ich erreicht. Niemand will bei lebendigem Leibe von Krebsen gefressen werden. Da hält man seinen dunklen Trieb lieber im Zaum.«

»Das wäre richtig«, sagte Praioslob gedehnt, »wenn nicht etwas Entscheidendes fehlen würde: Die Zeugen der Strafe müssen einen Zusammenhang zwischen Urteil und Tat erkennen können. Bei Tjorne will ich dir einräumen, dass Tylstyr und ich wissen, wofür er starb. Aber auf andere, die seine Leiche finden mögen, wird das nicht zutreffen. Sogar bei Eigil am Strand: Wenn ich es recht verstanden habe, wusste man in Stainakr nichts davon, dass er dich in die Höhle verschleppt hatte?«

»Die Jungmannen haben es geheim gehalten«, bestätigte Tylstyr. »Ich selbst habe erst am Ende des Winters davon erfahren. Sie hatten wohl Angst, dass man sie ihnen wegnähme.«

»Ah!«, machte Praioslob. »Ein Minimum an Rechtschaffenheit konnte man wohl auch in diesem Dorf finden.«

»Nein«, widersprach Tylstyr tonlos. »Es sollte keine Zeugen dafür geben, dass wir die *Goldener Anker* auf die Klippen gelockt hatten. Man hätte ihr die Kehle durchgeschnitten und sie ins Meer geworfen.«

Triumphierend sah Zidaine Praioslob an.

Der fing sich rasch wieder. »Das ändert nichts daran, dass deine Morde die Menschen zwar sicherlich mit Grauen erfüllten, aber nicht den Zweck erreicht haben, sie von Verbrechen abzubringen.«

»In Thorwal munkelten viele von Dämonenwirken«, erinnerte sich Tylstyr. »Garhelt, unsere Oberste Hetfrau, hat sogar uns Magier gebeten, den Fall zu untersuchen. Wir fanden keinen Hinweis auf Übersinnliches. Aber viele dachten, Travia habe ihre schützende Hand von unserer Heimatstadt gezogen. Ein schrecklicher Mord, mitten in Thorwal. Shaya hat erzählt, dass die Oberste Hetfrau danach der Bitte von Mutter Cunia, die Wettfahrt auszurufen und damit zu tun, was Travia ihr eingegeben hatte, offener begegnete.«

»Eure Anführerin war der Meinung, dadurch könne sie Travias Gunst zurückgewinnen und der Frieden würde nach Thorwal zurückkehren?«

»So habe ich es verstanden.«

Praioslob sah wieder Zidaine an. »Jedenfalls scheint niemand auf den Gedanken verfallen zu sein, eine Schändung könne einen solch schrecklichen Tod nach sich ziehen.«

»Eine harte Strafe für ein grauenvolles Verbrechen«, sagte Zidaine.

»Unwichtig«, befand Praioslob. »Du lenkst ab, und wahrscheinlich sprichst du sonst mit Leuten, die dumm genug sind, darauf einzugehen. Oder die die Wahrheit aus den Augen verlieren, wenn sie einer aufgebrachten Frau gegenüberstehen, die auf ihre Verletzungen verweist.«

»Falsch«, versetzte Zidaine. »Ich rede nie über diese Dinge.«

»Tatsache bleibt, dass die Abschreckung nicht erzielt wird, weil niemand deine Morde mit dem Verbrechen in Verbindung bringt, das dir angetan wurde.«

Sie presste die Zähne aufeinander.

»Dasselbe Faktum verhindert, dass der dritte Zweck erfüllt wird«, führte Praioslob aus. »Den Rechtsfrieden zu wahren. Auch den Bürgern, die rechtschaffenen Herzens sind und gar nicht überzeugt werden müssen, auf dem Pfad der Tugend zu bleiben, soll die Strafe von Nutzen sein. Sie soll ihnen verdeutlichen, dass die Gerechtigkeit am Ende immer siegt. Dass es sich lohnt, auf das Gute zu vertrauen. Dass jener, der ehrlich handelt und seinen Mitmenschen ein Segen ist, am Ende auch derjenige ist, der klug handelt und dem Segen zuteilwird.«

»Atagord, Eigil, Kol, Stig, Tjorne«, zählte Zidaine mühsam beherrscht auf. »Sie alle haben ihr Ende verdient.«

»Dazu kommen wir gleich«, versprach Praioslob. »Lass uns zuvor festhalten, dass die Bürger Thorwals und der anderen Orte, wo du gemordet hast, nur den jeweiligen Mord sahen. Nicht den Zusammenhang. Für sie ist ein unschuldiger Sumpfführer bestialisch in seinem eigenen Heim hingerichtet worden. Oder ein kräftiger Recke an einem Pfahl am Winterhafen von Thorwal. Ein schrecklicher Mord, ein Verbrechen, das ungesühnt bleibt.«

»Folge eines schlimmeren Verbrechens!«, rief Zidaine.

»Aber das wissen sie nicht, weil du heimlich gehandelt hast«, sagte der Geweihte. »Sie sehen nur deine Tat. Etwas, das nach Sühne schreit. Die nicht kommt, weil du dich entzogen hast. Was, glaubst du, macht das mit einem Mädchen, das im selben Alter ist wie du in diesem Schreckenswinter? Es sieht einen halb aufgefressenen Mann, der noch nicht einmal um sein Leben schreien konnte, weil du seinen Hals durchstochen hast. Dem verwehrt wurde, den Frieden mit seinen Göttern zu machen. Der grausam leiden musste, aus keinem ersichtlichen Grund. Denkst du, ein solches Mädchen glaubt danach noch, dass die Welt ein gerechter Ort ist, an dem man in Frieden leben kann?«

»Daran sollte niemand glauben«, antwortete Zidaine. »Es ist eine Lüge.«

»Gäbe es keine Menschen wie dich, wäre es ein Stück weit wahrer«, erwiderte er ungnädig. »Aber widmen wir uns dem vierten und letzten Zweck eines Richtspruchs. Ein Verbrechen verletzt die Gerechtigkeit als solche. Unabhängig davon, was es dem Opfer oder der Gemeinschaft zufügt, schlägt es eine spirituelle Wunde. Die Ordnung der Welt wird geschädigt. Und wie jede Wunde bedarf auch eine solche der Heilung. Oder wie bei einer Waage, die sich im Ungleichgewicht befindet. Was geschehen ist, muss ausgeglichen werden. Wer bestohlen wurde, muss sein Eigentum zurückerhalten oder einen gleichwertigen Ersatz. Das ist leicht zu begreifen, doch darum geht es nicht. Auch Sühne muss geleistet werden, um die Dinge ins Gleichgewicht zu bringen. Die Gemeinschaft muss spüren, dass die Gerechtigkeit wiederhergestellt ist.«

»Ich habe sie büßen lassen«, sagte Zidaine voller Befriedigung.

»Zweifellos. Aber in rechtem Maß?«

»Ich denke schon.«

»Und wer bist du, das zu beurteilen? Von Krebsen aufgefressen zu werden – wiegt das wirklich ebenso schwer wie zehn Schändungen? Was ist mit denen, die sich zwanzigmal an dir vergangen haben?«

»Es war öfter«, sagte Tylstyr. »Viel öfter, fürchte ich.«

»Und wenn es nur zehnmal gewesen wäre, dann wäre die Strafe zu viel gewesen? Hättest du ihnen dann einen raschen Tod gegönnt, Zidaine? Und was ist mit Kols Frau, die ihr Kind nun allein durchbringen muss? Warum muss sie leiden?«

»Weil sie so dumm war, sich einen Mann wie Kol zu nehmen.«

»Die angemessene Strafe dafür, den falschen Menschen zu wählen, um mit ihm durchs Leben zu gehen, ist also, dass dieser Mensch ermordet wird? Wie viele Witwen willst du noch machen?«

Mit erhobener Hand hinderte er Zidaine am Sprechen.

»Aber das hast du ja ohnehin getan, nicht wahr? Du hast ja

nicht nur jene getötet, die sich an dir vergangen haben. Du warst ja auch auf Plünderfahrt.«

»Das ist etwas völlig anderes«, protestierte Tylstyr. »Das ist wie Krieg.«

»Auch im Krieg gibt es Regeln«, sagte Praioslob. »Der ehrenhafte Kampf, wie er Rondra gefällt, wird nur gegen Gegner geführt, die ebenfalls kämpfen wollen und sich zu wehren wissen.«

Zidaine lachte auf. »Du hast sicher viele Schreibstuben gesehen, aber noch kein Schlachtfeld.«

»Ich sage nicht, dass es im Krieg zu keinen Verbrechen kommt. Das Gegenteil ist richtig. Aber sie sind genau das: Verbrechen. Und ein götterfürchtiger Herrscher wird sie als solche richten. Auch und gerade bei seinen eigenen Truppen. Unangemessene Härte gegen Unschuldige besudelt die Ehre seines Banners.«

Sie zuckte mit den Achseln, aber Tylstyr sah ihr an, dass sie keinesfalls gleichmütig zuhörte.

»Schreckliches ist dir geschehen. Und doch bist du schuldig, Zidaine«, stellte Praioslob fest. »Kein Dämon hat dich zu diesen Morden oder zu irgendeiner anderen Tat gezwungen. Nur im Dienst deiner Genugtuung hast du gehandelt.«

Sie machte einige schnelle Schritte und lehnte sich mit verschränkten Armen an die Wand. Es wirkte wie eine Flucht. »Wenn jemand schuldig ist, dann sind es die Jungmannen von Stainakr!«

»Ich bezweifle ihre Schuld keinen Herzschlag lang. Niemand tut das.«

»Das stimmt«, sagte Tylstyr leise. »Sogar unser Hetmann wusste, dass wir unrecht taten. Mit den Schiffen, die wir auf die Klippen lockten, meine ich. Er versuchte alles, um unsere Tat zu verbergen. Mein Tutor kam ihm auf die Schliche. Ich glaube, Warulf hat uns ziehen lassen, weil ihm klar war, dass er gegen alles

Recht der Götter und der Menschen verstoßen hatte. Die Oberste Hetfrau hätte ihn zur Rechenschaft gezogen.«

»Aber das konnte sie nicht«, führte Praioslob den Gedanken fort, »weil dein Tutor und du ihr nie davon berichtet habt.«

Tylstyr senkte den Blick. Jetzt, aus der Entfernung eines Jahrzehnts, erschien alles so offensichtlich. Aber damals hatte er an seinen Vater gedacht, den schon der Verlust seiner Frau so sehr getroffen hatte. An sein Dorf, die harten Winter. Er hatte geglaubt, die Seinen nicht verraten zu dürfen.

»Heimlichkeit«, sagte Praioslob, »ist eine Feindin der Wahrheit. Nur wer alles weiß, kann gerecht urteilen.«

»Es gibt keine Gerechtigkeit«, meinte Zidaine bissig.

»Jedenfalls nicht, wenn man ein Verbrechen durch ein weiteres auszugleichen versucht«, sagte Praioslob. »Dunkelheit weicht nur dem Licht, keiner anderen Dunkelheit. Nur das Recht kann die Kette der Ungerechtigkeiten beenden. Sonst könnte auch Kols Frau durch diese Tür kommen und dich erschlagen, weil du ihren Mann ermordet hast. Es ist eine Logik des Todes, die niemals endet.«

Zidaine schnaubte. »Sieh dich um, Betbruder! Was du forderst, ist lebensfremd!«

»Lebensfremd, ja?«, fragte Praioslob. »Was ist eigentlich mit den Dörfern, die du geplündert hast? Haben die Bauern und Handwerker, die dort gelebt haben, von deinem Schwert auch nur empfangen, was sie verdient haben?«

»Sie hätten sich eben besser wehren sollen, das wohl!«

»Du meinst also, der Stärkere dürfe sich alles vom Schwächeren nehmen?«

»So haben deine Götter die Welt gemacht.«

Mehr als Zidaines überlegenes Grinsen beunruhigte Tylstyr die Beobachtung, wie rasch ihre Stimmung wechselte. Sie konnte beklommen sein und einen Wimpernschlag später aufbrausend, herrisch und gleich darauf unsicher. Auch ihre Aggression brach immer wieder durch. Praioslob trieb ein gefährliches Spiel.

»Wenn die Stärkeren stets im Recht sind«, fragte der Geweihte nun gedehnt, »wieso trägst du es den damals Stärkeren von Stainakr dann nach, dass sie sich ein Mädchen unterworfen haben, das die Erwachsenen andernfalls umgebracht hätten?«

»Das geht zu weit!«, empörte sich Tylstyr. »Nichts, aber auch gar nichts rechtfertigt, was in diesem Winter geschah!«

Praioslobs Blick blieb bei Zidaine, die jetzt nicht mehr grinste. »Ist das so?«, fragte er sie. »So betrachtet gefällt dir das Recht der Stärkeren nicht mehr, scheint mir.«

Er erhielt keine Antwort.

Etwas Resigniertes lag in Praioslobs Nicken. »Ja, jetzt ist es mit einem Mal nicht mehr so einfach … Indem du deine eigenen Taten rechtfertigst, sprichst du auch diejenigen frei, die dich geschändet haben.«

Mit festen Schritten ging Zidaine zum Bett, wickelte sich in die Decke und drehte sich zur Wand.

Tylstyr erschien sie in diesem Moment sehr verletzt. Gern hätte er den Arm um sie gelegt und sie getröstet. Er beherrschte sich.

»Boron wird deine Seele wiegen, Menschenkind«, flüsterte Praioslob beinahe zärtlich, »und wenn du deine spirituelle Schuld nicht ausgeglichen hast, wirst du verdammt.« Tränen standen in den Augen des Geweihten.

Nahe der Zedrakke Tubaikans Zorn, Kerngebiet des Sargassomeers, dreiundzwanzigster Tag im Kornmond

»Sollte aus dem Kartentuscher doch noch ein Plünderfahrer werden?«, fragte Beorn Asgrimmson spöttisch.

Asleif Phileasson betrachtete die Kleinodien, die sie Vermis abgenommen hatten, im Licht der inzwischen eine Handbreit über dem Horizont stehenden Sonne. Sie lagen auf einem ausgebreiteten Tuch, das sie vor dem Schmutz des Tangs schützte. Drei edelsteinbesetzte Ringe, ein dünner Stirnreif aus Silber, zwei Halsketten, eine davon aus goldenen Schnüren geflochten, und eine eher unscheinbare Schärpe aus weißem Stoff. Die gelben Stiefel, die niemals einsanken, trug Irulla, die ihre Forderung überbrachte, und den Zauberstab mit dem Kristall hielt Abdul el Mazar, der sichtlich unglücklich neben Phileasson stand.

»Diese Artefakte sind aus Blut gemacht«, sagte der kleine Magier.

»Ich will sie nicht behalten, aber ich will sie ihm auch nicht zurückgeben.«

Abdul sah hinüber zu Vermis Gulmaktar, der halb nackt bei Mirandola Ernathesa und Ohm Follker saß, die ihn bewachten. »Das ist gut. Er ist ein böser Mensch.«

Beorn zeigte nach Nordwesten, wo die viermastige Zedrakke mit dem goldverzierten Rumpf im Tang steckte. »Deine Späherin kommt zurück.«

Irulla lief mit gleichmäßigem Schritt.

Phileasson faltete das Tuch zu einem Bündel und verknotete die Zipfel. Früher oder später würden sie in zivilisierte Lande zurückkehren, wo man Geld brauchte. Was sie beim Glücksspiel auf Beskan gewonnen hatten, war ein solider Grundstock, und der Verkauf dieser Kleinodien würde ihnen ein gutes Stück weiterhelfen.

Beorn spie aus. »Die wertvollere Beute habe ich gemacht.«

Phileasson schloss für einen Atemzug die Augen. Noch immer fiel es Beorn leicht, seine Gedanken zu erraten. Statt des gutmütigen Spotts früherer Jahre nutzte er diese Kenntnis nun jedoch, um ihn zu demütigen.

Die fette weiße Möwe landete neben der Frau mit dem schwarzen gelockten Haar, die zwischen Beorns Leuten lag. Erst als das Tier seinen Kopf gegen ihre Schulter stupste, wachte sie auf.

»Ist sie eine Hexe?«, fragte Phileasson.

»Auf jeden Fall macht sich Dolorita nützlich.«

»Seltsam, dass sie mit dir fährt.«

Beorn grinste. »Ich habe meine Vorzüge. Es gibt eben Reckinnen, die ungern mit Verlierern fahren.«

Phileasson stand auf. »Noch so ein Grund, warum es mir merkwürdig erscheint, dass sie mit dir unterwegs ist. Aber eigentlich meinte ich, dass du sonst doch nur solche akzeptierst, die nördlich der Grauen Berge geboren sind. Sie sieht mir nach einer Südländerin aus.«

»Das macht Donnerfaust mehr als wett. Die ist Schildmaid genug für zwei.«

Dagegen ließ sich nichts einwenden. Die Arme der Hünin mit der Riesenaxt waren so dick wie Phileassons Oberschenkel. Gestern hatte ihr Hieb eine hundegroße Spinne und die Reling darunter gespalten.

Beorns Auge hielt Phileassons Blick fest. »Sechs zu vier für mich. Schmerzt dich das sehr, Asleif? Oder hast du damit gerechnet, dass du verlieren würdest?«

Phileasson spürte, wie die Hitze in seine Wangen stieg. Noch immer fand er merkwürdig, dass Beorn angeblich eine andere Aufgabe als er gestellt bekommen hatte, um den dritten Punkt zu erringen. Je länger er darüber nachdachte, desto stärker schien ihm, dass das dem Charakter der Wettfahrt widersprach. Aber selbst wenn er diesen Erfolg herausrechnete, blieb Beorn in Führung.

»Es kommt darauf an, wer am Ende vorne liegt«, sagte er mühsam beherrscht. »Wer sich zwischendurch eine Bootslänge nach vorn schiebt, ist ohne Bedeutung.«

»Ich hatte zuerst einen zweizahnigen Kopfschwänzler«, erinnerte Beorn. »Ich war tiefer im Himmelsturm. Mir hat man das Totenmoor zugetraut. Meinen Seeschlangenzahn hatte ich vor dir. Und bei Schwert und Kelch, als es nur einen Sieger geben konnte, habe ich triumphiert. Willst du nicht aufgeben?«

Phileasson schüttelte den Kopf. »Ich darf nicht zulassen, dass ein eitler Raubmörder König der Meere wird.«

Irulla erreichte die Drachenführer. »Sie sind einverstanden.« Die Anstrengung des Laufs war ihr nicht anzumerken. »Sie werden unsere Recken herausbringen und gegen Vermis austauschen.«

»Auch Zidaine?«, fragte Beorn.

»Alle drei«, bestätigte Irulla.

»Und sie sind unverletzt?«, versicherte sich Phileasson.

»Sie behaupten, sie gut behandelt zu haben.«

Die Flügel an seinem Helm verstärkten Beorns Nicken. Er ging zu seinen Leuten.

Ohm hielt Vermis' Oberarm in festem Griff, während er den elend aussehenden Magier zu Phileasson brachte. Sie hatten ihm einen runden Eisenhelm auf den Kopf geschnallt.

»Ich habe befohlen, dass man sie gut verpflegt und ihnen kein Haar krümmt«, jammerte Vermis.

»Dann bete, dass sich deine Diener an diese Anweisung gehalten haben.«

Wie eine Prozession näherte sich die Besatzung der Zedrakke über den Tang. Sie kam schnell vorwärts, weil sie einen von Vermis' holzverstärkten Pfaden nutzten. Es waren fünf Seeleute, einer von ihnen Ikvan Bradiloff in seiner blauen Jacke, dazu drei Frauen, von denen eine dürr wie ein Skelett war, und ein Mann mit einem dünnen Bart, dessen graue Haare bis auf seine Brust hingen. Tylstyr Hagridson, Praioslob und Zidaine befanden sich in ihrer Mitte.

Phileasson hätte gern an der Stelle abgewartet. Je weiter sie von Vermis' Schiff entfernt blieben, desto besser. Niemand wusste, was er dort an Bord hatte – Golems oder noch andere Kreaturen, die ihm dienstbar waren, zauberische Artefakte und sonstige Überraschungen. In jedem Fall musste seine Heimat im Tangmeer wie eine Festung ausgebaut sein, wenn er sich all die Jahre gegen Vespertilio und Mactans behauptet hatte.

Aber Beorn schritt ihnen entgegen, und zudem sollte Phileasson nicht allzu viel Zeit verlieren. Möglicherweise brauchte noch jemand seine Hilfe.

Erleichtert erkannte Phileasson, dass die drei Gefangenen nicht so wirkten, als wären sie misshandelt worden. Sie sahen noch nicht einmal sonderlich erschöpft aus, wohl aber verärgert. Das konnte man ihnen nicht verdenken. Wer wurde schon gern gegen seinen Willen festgehalten?

Als sie noch zehn Schritt trennten, brachte Phileasson sowohl die Ottajaskos als auch ihre Gegner mit Handzeichen zum Halten. »Wir machen es ganz einfach!«, rief er. »Ihr schickt unsere Leute herüber, und gleichzeitig lassen wir euren Herrn frei.«

»Du kannst ihn ruhig behalten!«, rief die Dürre.

»Red keinen Unsinn, Tirella!«, fuhr Ikvan sie an.

»Ich habe es satt, wie er uns herumkommandiert!«

»Und wie willst du ohne ihn deinen Reif loswerden?« Ikvan zeigte auf den Bronzering, der ihren knochendünnen Oberarm umschloss.

»Wer sagt mir denn, dass er ihn abnimmt?«

»Ich«, erklärte Vermis. Trotz seines erbärmlichen Äußeren klang seine Stimme fest. »Wir werden das Sargassomeer gemeinsam verlassen.«

»Das hast du schon oft versprochen, Meister!«

»Es gibt keinen Grund mehr zu bleiben. Mactans ist fort, ebenso der Kelch.«

»Das wohl!«, bekräftigte Beorn mit einem Grinsen.

»Dann können wir endlich heimkehren?«, fragte eine Frau, deren linker Arm in einem Stumpf auslief.

»Hier gibt es für uns nichts mehr zu gewinnen, und nichts hält uns mehr zurück. Ich gebe euch frei.«

»Traut ihm nicht.«, rief Abdul el Mazar.

Phileasson warf ihm einen warnenden Blick zu. Dieser Austausch musste gelingen. Zwar könnten sie die fünf Piraten leicht überwältigen, aber in dem Handgemenge wären die gefesselten Gefangenen die ersten Opfer.

»Bedenkt«, sagte er, »dass ihr es noch immer aus dem Tangfeld herausschaffen müsst.«

»Es wird sich nun wohl nicht mehr vergrößern, da der dämonische Sog vergangen ist«, meinte Vascal del La Rescati. »Aber es wird Jahre dauern, bis es sich vollständig auflöst. Und ihr müsst aus all den Wracks ein seetüchtiges Schiff zimmern.«

»Da mag euch ein Magier mit Macht über das Holz nützlich sein«, fügte Phileasson an.

»Ich brauche meinen Stab«, sagte Vermis. »Ohne meinen Zauberstab verurteilt ihr uns alle zum Tode.«

Fragend sah Phileasson zu Tylstyr hinüber.

Warnend schüttelte der Magier den Kopf.

Phileasson zeigte auf Tirella. »Sie soll uns zur *Stern von Silz* begleiten.«

»Ihr nehmt mich mit?«, rief sie hoffnungsvoll.

»Nein.« Phileasson würde nicht riskieren, sich jemanden an

Bord zu holen, dem er nicht vollständig vertrauen konnte. »Aber bevor wir abfahren, gebe ich dir Vermis' Zauberstab. Du kannst ihn zu ihm zurückbringen, wenn du willst.«

»Du weißt nichts damit anzufangen, Tirella!«, beschwor Vermis die Frau. »Nur ich kann ihn benutzen, um uns die Biester des Sargassomeers vom Hals zu halten und uns alle hier hinauszubringen.«

»Bedenkt, ihr seid gemeinsam hier«, sagte Phileasson.

Tirella sah nachdenklich aus, sie war wohl noch nicht überzeugt. Aber das sollte nicht Phileassons Sorge sein.

»Können wir jetzt endlich vorwärts machen?«, fragte Beorn.

»Sind wir uns einig?« Phileasson sah Ikvan an.

Nickend gab Vermis' Vertrauter das Zeichen, die Fesseln der Gefangenen zu lösen. Er selbst öffnete den Knoten, der den Strick um Tylstyrs Handgelenke hielt.

Der Magier sah ihm in die Augen, als Ikvan den Zauberstab aus Steineichenholz von der Einhändigen an ihn weiterreichte.

Tylstyr nahm ihn. Unvermittelt versetzte er dem Protocollarius einen Fausthieb in den Magen.

Hustend ging Ikvan in die Knie.

Ohne ihn eines weiteren Blickes zu würdigen, schritt Tylstyr zu Phileasson, während Zidaine zu Beorn ging.

Praioslob schien unentschlossen.

»Was ist?«, rief Ohm Follker ihm zu. »Hast du noch nicht genug von der Gastfreundschaft dieses Gesindels?«

Der Geweihte sah zu Beorn hinüber, der leise mit Zidaine sprach.

»Wahrheit ist nur frei von Falschheit, wenn sie vollständig ist!«, rief er. »Höre, Beorn Asgrimmson! Zidaine Barazklah hat ein Mitglied deiner Ottajasko getötet. Bestialisch hat sie Tjorne Warulfson zu Tode gefoltert.«

Überrascht sah Phileasson erst den Geweihten, dann Tylstyr

und schließlich Zidaine an. Ihre Gesichter waren verschlossen, als wären sie aus Stein geschlagen, und keiner von ihnen erwiderte seinen Blick.

Beorn hingegen nickte nur. Niemand in seiner Ottajasko wirkte überrascht. »Sie hat sich das Recht genommen, das sie sich erstritten hat«, bemerkte der Drachenführer in einem Tonfall, der deutlich machte, dass es für ihn nichts weiter zu dieser Anschuldigung zu sagen gab.

»Was war das denn?«, erkundigte sich Phileasson, als Praioslob ihn erreichte.

»Gerechtigkeit.« Vage zeigte der Geweihte zu Beorn hinüber. »Die Bürde der Anführer.«

»Seid ihr in Ordnung?«, fragte Ohm die Befreiten.

Tylstyr nickte. »Und ihr? Wo steckt Lailath?«

»Darüber will ich ohnehin mit dir reden. Sie ist während des Kampfs gegen den Dämon verschwunden. Vielleicht tot, vielleicht auch nicht. Reichen deine Kräfte aus, um zu versuchen, durch ihre Augen zu blicken?«

Verdichtungsgebiet des Sargassomeers, dreiundzwanzigster Tag im Kornmond

»Nie hat mich einer meiner Recken so enttäuscht wie ihr beide!«, schrie Beorn Asgrimmson den Elfen und Eimnir Hermson an.

Die beiden waren ohne die Silberflamme zur *Zwillingsmond* zurückgekehrt. Allein die Tatsache, dass sie den Largala'Hen noch bei sich hatten, verhinderte, dass die wütende Ottajasko ihnen an Ort und Stelle die Knochen brach.

Dolorita zog sich zum Bug zurück. Mit den Zwistigkeiten tobender Thorwaler wollte sie nichts zu tun haben.

Sie blickte über das in der Hitze der Nachmittagssonne dampfende Tangmeer. Drei Wochen hatten sie hier verbracht, den Gestank nahm sie kaum noch wahr, doch immer noch brannten ihre entzündeten Augen.

»Ich sollte euch zum Drachenführer rufen«, drohte Beorn.

Dolorita erinnerte sich von ihrer Reise mit Leif Katlasson an diesen grausamen Thorwalerbrauch. Die Ottajasko bildete eine Gasse, und die Recken schlugen mit allem, was der Zorn ihnen in die Hand legte, auf den Verurteilten ein, bis dieser endlich die Stiefel seines Kapitäns berührte. Sie hatte mit eigenen Augen gesehen, wie man einem Dieb die Schulter gebrochen hatte. Den Verletzten zu heilen hatte Leif ihr mit Nachdruck verboten. Wahrscheinlich war der Unglückliche als verkrüppelter Bettler geendet. Sie hatte nie verstanden, wie die Thorwaler bei solchen Bräuchen die Al'Anfaner grausam nennen konnten.

Während Eimnir sich herauszureden versuchte, legte Galayne Helm und Rüstung ab, als begrüße er die Bestrafung.

»Der Weg durch die Gasse wäre zu kurz!«, protestierte Eilif Sigridsdottir. »Wir müssten schon mit den flachen Seiten unserer Schwerter dreinschlagen, damit sie richtig was abbekommen.«

Entsetzt starrte Eimnir die Hünin an.

»Unsere Ottajasko ist zu klein, um auf zwei Recken zu verzichten«, mahnte Olav Stirson. »Wir werden dieses Schiff niemals flottbekommen, wenn uns noch zwei Paar Hände an den Tauen fehlen.«

»So schwer der Verlust der Silberflamme auch wiegt: Eine gewonnene Queste wird nicht dadurch zur Niederlage, dass Phileasson nachträglich Selflanatil geraubt hat«, beschwichtigte Lenya Yasmadottir. »Du liegst nach wie vor in Führung, Blender. Ich bin mir sicher, meine Schwester Shaya wird das genauso sehen.«

»Die beiden werden mir nicht ungestraft davonkommen!«, polterte Beorn.

Dolorita war es müde, den streitenden Thorwalern zu lauschen. Sie blickte zum Himmel und sah mit Schrecken, wie die golden behaarte Lederschwinge dicht um Pepito kreiste. Ganz wie ein Falke, der darauf aus war, eine Taube zu schlagen. Noch gelang es der Möwe, dem Räuber auszuweichen. Noch sah es so aus, als würden die beiden in der Luft tanzen, doch dieses Spiel konnte nur ein Ende nehmen. Zu viel von ihr war bereits im Totenmeer gestorben. Nicht auch noch ihr Tiergefährte Pepito!

»Unsere Augen!«, schrie sie auf. »Wir werden unsere Augen verlieren!«

Schlagartig verstummte Beorn und sah zu ihr herüber.

Dolorita zeigte zum Himmel hinauf.

»Lenya, hole deinen Bogen!«, befahl Beorn. »Wir werden nicht dulden, dass Vespertilio uns noch immer beobachtet. Wir dürfen nicht auch noch den Largala'Hen verlieren.«

Mit bangem Herzen sah Dolorita, wie die beiden einander immer enger umkreisten. Sie fragte sich, wieso ihr Vertrauter nicht versuchte zu entfliehen.

»Pepito!«, rief sie voller Verzweiflung. »Pepito! Komm her zu mir!«

Die Möwe antwortete mit einem Schrei. Sie wirkte ausgelassen, als sei dies alles nur ein Spiel.

Sollte Dolorita ihren Geist mit dem Tier verschmelzen? Ihr Puls pochte in ihrem Hals. Wenn ihr Verstand eins mit dem Pepitos wäre und er dann geschlagen würde, dann verfiele sie dem Wahnsinn ... Oft hatte sie andere Hexen davon reden hören.

Lenya kehrte mit Bogen und Köcher an Deck zurück. Sie eilte zu Dolorita an den Bug. Bis auf Zidaine Barazklah, die mit verschränkten Armen abseits an Steuerbord stand, als ginge sie das Geschehen nichts an, versammelte sich die Ottajasko hinter ihnen.

Lenya zog die Sehne auf und sah Dolorita fragend an. »Bist du dir wirklich sicher, dass du das willst? Er hat der Möwe doch nichts getan.«

»Ich werde nicht abwarten, bis es geschieht«, sagte Dolorita mit klopfendem Herzen. Dann stutzte sie. »Bist du sicher, dass du Pepito nicht treffen wirst? Sind sie schon zu nah beieinander?«

»Einander nah sind sie in der Tat, aber über meine Treffsicherheit brauchst du dich nicht zu sorgen.«

Die beiden kreisten nun über dem Hauptmast.

»Schieß!«, drängte Dolorita.

Ohne zu zögern, legte die Geweihte einen Pfeil auf die Sehne. In fließender Bewegung hob sie den Bogen. Es sah aus, als müsste sie nicht einmal zielen. Ihr Pfeil schnellte in den Himmel und traf die Lederschwinge mitten in die Brust.

Die großen Flügel klappten nach hinten. Wie ein Stein stürzte Vespertilios Chimäre auf das Deck.

»Was für ein Schuss, das wohl!«, lobte Olav.

Schrill kreischend landete Pepito neben dem Kadaver. Er stieß seinen Kopf gegen die tote Lederschwinge. So machte er es auch immer bei ihr, wenn er von einem Erkundungsflug zurückkehrte, dachte Dolorita verwundert.

Sie ging zu Pepito, um ihn aufzunehmen, doch die Möwe hackte in ihre Hand.

Dolorita zuckte zurück. Blut troff auf das goldene Fell zwischen den Flügeln der toten Chimäre. Nie hatte sie es so nahe gesehen. Es sah nicht aus wie der Pelz eines Tiers. Sie strich darüber.

Das Gefühl war vertraut.

»Bist du zufrieden?«, fragte Lenya hinter ihr.

Dolorita blickte in das Antlitz der Bestie. Das Gesicht erinnerte an eine getrocknete Dattel. Die Züge erschienen ihr wie ein Hohn auf eine menschliche Miene, verzerrt, mit riesigen schwarzen Augen.

Sie nahm die Hand zurück.

Wie hatte sie nur an Orelios Haar denken können?, schalt sie sich in Gedanken. Diese Kreatur hatte absolut nichts mit ihm zu tun.

»Galayne, Eimnir! Werft den Kadaver über Bord«, befahl Beorn. »Und dann alle an die Zugseile. Es ist Zeit für den Aufbruch!«

Verdichtungsgebiet des Sargassomeers, dreiundzwanzigster Tag im Kornmond

Erst mit der Abenddämmerung kam die *Stern von Silz* in Sichtweite. Die Bauchwunde war tiefer, als Lailath Schlangenschlächterin zunächst vermutet hatte. Sie fieberte, seit dem Mittag stand kalter Schweiß auf ihrer Stirn. Seit ihrer Flucht vor Galayne und Eimnir irrte sie durch das Tangmeer. Mit dem Tageslicht hatte auch die Macht der Geister nachgelassen, der Boden war wieder nass und nachgiebig. An manchen Stellen war die Elfe bis zur Hüfte in die stinkende Brühe eingesunken. Aber Selflanatil – entblößt von der Scheide, die im brennenden Wrack zurückgeblieben war – hatte sie immer über den Schmutz gehalten.

Orimas heiliges Schwert musste heimkehren!

Von diesem einen Gedanken beseelt stapfte Lailath weiter, den Blick fest auf den kleinen Segler gerichtet. Immerhin war Phileassons Ottajasko noch nicht fort, eine Befürchtung, die sie in den letzten Stunden beinahe in die Verzweiflung getrieben hätte.

Sie presste die Linke auf die Wunde, obwohl die schon lange nicht mehr blutete. Das immerhin hatte ihr Zauber erreicht, auch wenn er die Verletzung nicht vollständig geheilt hatte. Der Druck schmerzte, und der Schmerz hielt sie wach. Sie musste wach bleiben, weitergehen, immer weiter, bis Selflanatil in Sicherheit wäre.

»*Du darfst ... uns nicht ... verlassen ...*«

»Ah, ihr seid zurück.« Im Westen stand nur noch die halbe Sonne über dem Tang. Ein Möwenschwarm zog kreischend vorüber.

Aber da bewegte sich noch etwas. Menschen ... oder Elfen ... Lailaths Sicht verschwamm. »Orima, lass es Phileassons Ottajasko sein! Ich bitte dich, Göttin, die ich niemals sah und die niemals zu mir sprach. Ich will dein Schwert zurück in deinen Tempel bringen. Aber noch einen Kampf überstehe ich nicht.«

Zweifelnd sah sie zur *Stern von Silz*, dann wieder zu den Gestalten, die sich aus Richtung der Sonne näherten. Eine von ihnen war deutlich schneller als die anderen.

Erschöpft kniete sich Lailath in den Tang. Sie hielt die Klinge nahe der Spitze und lehnte sie knapp unter dem Griff an ihre Schulter. Freudlos lachte sie. Auch der Räuber Erm Sen hatte sie so gehalten, in seinem Grab. Was für eine Ironie, dass sie ihn nun darin nachahmte. Aber es war eine gute Möglichkeit zu verhindern, dass Selflanatil in den Dreck fiel.

Der einzelne Läufer war den anderen jetzt weit voraus. Golden leuchtete sein Haar in den Sonnenstrahlen. Seine Bewegungen zeugten von schwereloser Eleganz.

»Sternenträger ...«, flüsterte Lailath.

»*Er ist ... keiner von uns ...*«

Sie lachte leise. »Nicht von euch. Aber er gehört zu meinem Volk. Er ist ein Held ... Er weiß es nur noch nicht.«

Die knallgelben Stiefel störten Salarin Trauerweides erhabene Erscheinung, aber sein Gesicht, das so voller Würde war, entschädigte dafür. Er hockte sich neben sie, erkannte sogleich ihre Lage und begann einen Heilgesang.

»*Er will sie ... uns nehmen!*«

»*Lass ihn, sonst ... stirbt sie ...*«

»*Ihr Körper ... so schwach ...*«

»*Sie muss bleiben.*«

»*Hier bei ... uns ...*«

»*Wir könnten ihr ... nicht in die Ferne ... folgen ...*«

Lailath spürte, wie Salarins Gesang sie kräftigte. Er war vielfach mächtiger als ihr eigener Heilzauber.

Aber er brach ab. »Wir sind nicht allein«, sagte er misstrauisch.

»Geister«, erklärte Lailath. »Sie haben mir geholfen.«

Lächelnd schloss sie die Rechte fester um die Klinge. Zu spät merkte sie, dass sie sich dabei in die Hand schnitt. Aber das war jetzt unwichtig. Der Zauber des Sternenträgers würde sie retten.

»*Blut ...!*«

»*Seht ihr Blut! Schmeckt es!*«

Eiskalt strichen unsichtbare Berührungen über ihre Haut.

Sie bewegten auch Salarins Haar. Stirnrunzelnd sah er sich um. Lailath versuchte aufzustehen, aber sie war noch zu schwach.

Ihre Hand schmerzte, aber nicht wegen des Schnitts, sondern wegen der Kälte. Es war, als drückte sich ein Stück Eis hinein.

»Sie ...« Hilfe suchend sah Lailath zu Salarin auf.

»*Lasst ab von ihr!*«

»*Wir lassen uns nicht narren!*«

»*Ihr Körper gehört uns!*«

»*Ich warte schon so lange!*«

»*Ich werde sie mir nehmen! Jetzt!*«

»Schnell!«, bat Lailath. »Die Wunde ... du musst sie schließen ...«

Salarin sah zurück zu den Gefährten, doch sie waren noch weit. Hoffte er auf die Hilfe der Geweihten gegen die Geister?

Sie wurden immer wilder. Lailath fühlte nun auch eine Eisklinge, die sich in ihre Bauchwunde bohrte. Gegen ihren Willen wimmerte sie.

Salarin hockte sich wieder neben sie und nahm erneut seinen Heilgesang auf.

Die Angriffe der Geister wurden wütender, und der Zauber wirkte nicht. Es war, als ob ein Pfeil in einer Wunde steckte. Man musste ihn entfernen, bevor man die Verletzung behandeln konnte. Aber eine Eisenspitze war leichter zu greifen als ein eisiger Hauch.

Lailath presste die Hand noch fester auf die Wunde, obwohl sie ahnte, dass es nicht helfen würde.

»Salarin ... ich ...«

Er sah sie an, ohne seinen Gesang zu unterbrechen.

»*Seid ... vorsichtig, sie ...*«

»*Bewahrt ihr ... süßes Leben!*«

Sie verkrampfte ihre Muskeln. Das hatte die Geister schon einmal abgehalten.

Aber nicht dieses Mal. Als Lailath spürte, dass sich die Kälte durch ihre Nasenlöcher Eingang in ihren Körper erzwang, wusste sie, dass nichts sie noch zu retten vermochte. Sie löste die Hand von ihrem Bauch, nahm Selflanatil und hielt es Salarin hin.

Fragend sah er sie an.

Sie hob die Klinge noch ein Stück. »Nimm ... sie«, keuchte sie. »Salarin ... Salarin der-ein-anderer-ist!«

Der linke Ärmel ihres Gewands schlug Wellen, als regte sich darunter eine Ratte. Auf einem Spann Länge gab er nach, roter Sand rieselte hinaus.

»*Ihr tötet sie!*«

»*Dieser wundervolle Körper ... gehört mir! Mir allein!*«

»*Haltet ein!*«

»Bitte ... Salarin ... Orimas Tempel!«

Er sang eindringlicher.

Lailaths linke Hand zerfiel zu Sand.

»Nicht alle ... zugleich! Ihr zerreißt ... sie!«

»Ich ... flehe dich an ... Sternentr...« Die letzten Silben vermochte sie nicht mehr zu artikulieren, weil eine Wange und ein Teil ihres Unterkiefers zu Sand wurden.

Stumm nahm er Selflanatil am Griff.

Silbern flammte das heilige Schwert im letzten Sonnenlicht auf.

Lailath verwehte.

EPILOG
ENTKOMMEN

Perlenmeer,
vierundzwanzigster Tag im Kornmond

Galandel deren-Lied-verklingt und Salarin Trauerweide sangen gemeinsam das Salasandra. Im Schneidersitz saßen sie auf dem sanft schaukelnden Boden der *Stern von Silz*, ihre Knie berührten sich.

Galandel hatte von Ferne beobachtet, was mit Lailath geschehen war, aber jetzt, da Salarin davon sang, verstand sie es besser. Die Wüstenelfe war zu Sand geworden, aber nicht auf einen Schlag. Vielmehr wie eine Schneefigur, von der jemand Stücke abschlug, sodass sie zu Pulver wurden, das der Wind verwehte. Eine Stelle an ihrem Arm zuerst, dann eine Hand, ein Teil ihres Gesichts. Am Ende hatten unsichtbare Wesenheiten in heulender Wut den roten Sand über das Tangmeer davongewirbelt.

Ihre Kleidung hatte Salarin verbrannt, ihr Säbel lag zwischen den Wasserfässern. Das wertvollste Stück, die Silberflamme, hatte Lailath ihm selbst anvertraut. Und noch etwas hatte sie ihm geschenkt: die Erkenntnis, dass er mehr war, als er ahnte. Er war jetzt bereit, sein Sternenmal anzunehmen. Das würde der Suche, die mit der Entdeckung der Statue des Gottes Simia an den heimatlichen Auen, wo der Flüsterbach eine Schleife zog, begonnen hatte, eine neue Richtung geben.

Noch wusste er nicht, welche das sein würde. Galandel versuchte, ihm zu helfen, indem sie von den Legenden der Sternenträger sang. Auch von Orima kündeten diese Lieder. Orima, die aus dem Licht getreten war und zu der die Silberflamme der erste Schlüssel sein sollte, wie die Prophezeiung der vierten Aufgabe versprochen hatte. Ob der Kelch der zweite war?

Obwohl Galandel die Lider geschlossen hielt, sah sie das edle Schwert deutlich vor sich. Die Schönheit der Klinge ließ sie weinen.

Helle Schlieren umtanzten den Stahl.

Plötzlich klangen Lailaths zwei einander umtanzende Stimmen durch Galandels und Salarins Gesang:

> *»Sand der Wüste war ich.*
> *Sand der Wüste bin ich von Neuem.*
> *Mein Körper vergeht,*
> *doch mein Schwur besteht.*
> *Bringt Selflanatil*
> *ans ersehnte Ziel.*
> *Als Schatten ich zehre*
> *von Geistern der Leere.*
> *Und kehre ich einst zurück,*
> *such ich im Tempel mein Glück.«*

Galandel blinzelte.

Sie sah in Salarins verblüfftes Gesicht. »Lebt sie noch?«, fragte er.

»Für Lailath war der Tod schon einmal ein Ruhelager, von dem sie sich wieder erhoben hat«, sagte Galandel.

»Bist du wach, Salarin?«, rief Asleif Phileasson vom breiten Bug herüber. »Gut! Kannst du einen Pfeil in dieses Aas schießen?« Er zeigte auf die große weiße Möwe, die empört kreischend die *Stern von Silz* umkreiste.

»Was hat sie dir getan?«, fragte Galandel.

»Sie spioniert. Für ihn!« Er deutete voraus.

Dort fuhr die zweimastige Thalukke von Beorns Ottajasko durch die nur noch locker treibenden Tanginseln. Ihr Vorsprung betrug keine Meile.

Salarin holte seinen Bogen.

»Nein!«, rief Abdul el Mazar. »Der Vogel hat nichts Böses getan. Und für die Hexe wird es schrecklich sein, wenn sie ihren Vertrauten verliert. Das ist unmenschlich!«

»Dann soll sie das Vieh zurückrufen«, grollte Phileasson. »Ich werde nicht dulden, dass sie uns ausspioniert!«

Salarin hängte die Sehne ein und öffnete den Köcher. Er enthielt nur noch zwei Pfeile.

»Müssen wir die Möwe wirklich erschießen?«, fragte Leomara della Rescati.

Der Drachenführer musterte das Mädchen. »Ich denke, sie wird von allein verschwinden, wenn sie sieht, dass Salarin auf sie zielt«, sagte er versöhnlicher. »Wir erschrecken sie nur ein bisschen.«

Leomara stellte sich neben ihn in den Bug. Er legte einen Arm um ihre Schultern.

Shaya Lifgundsdottir stand vor dem Mast und lockerte ihre Kleidung.

Galandel merkte, dass ihr selbst auch warm war, obwohl die Sonne noch am Horizont klebte. Sie schwitzte. Sie unterdrückte ein Ächzen, als sie sich erhob. Der Largala'Hen hatte sie im Kampf gegen das Alter gestärkt, aber sie wusste, dass es nur ein Aufschub war. Niemand konnte sagen, ob ihr noch Monde oder nur Wochen blieben. Schon kehrte die Schwäche in ihre Glieder zurück.

Auch Vascal della Rescati trat der Schweiß auf die Stirn,

ebenso wie Ohm Follker. Die dunkle Haut von Irulla, die nur mit einem Wildlederhemd und einem Schurz bekleidet war, glänzte am ganzen Körper.

»Wieso ist es so heiß?«, fragte Mirandola Ernathesa mit gerötetem Gesicht.

»O Mutter Travia«, begann Shaya ihr Gebet, »wir danken dir für diesen neuen Morgen, den wir in freundschaftlicher Gemeinschaft ...« Sie brach ab.

Die Sonne schien anzuwachsen.

Galandel runzelte die Stirn.

Der rote Ball am Horizont dehnte sich aus.

Nein, er kam näher, erkannte sie mit Schrecken!

Die Hitze nahm schlagartig zu, als stünde man vor einem Backofen, bei dem jemand die Klappe aufgerissen hatte. Salzige Flüssigkeit lief in Galandels Augen. Ihr wurde schwindelig.

Mit einem Knall entflammte das Segel der *Stern von Silz*. Die Flammen schlugen einfach aus der Mitte der Leinwand.

Galandel wusste, dass sie eigentlich sofort löschen mussten, aber sie fühlte sich so matt wie in den schlimmsten Phasen ihrer Alterung. Auch die anderen rührten sich nicht.

Die Sonne raste über Wellen und Tang heran. An ihrem Weg schossen Flammen empor. Das Wasser kochte.

Das Atmen fiel der Elfe schwer.

Zehn Schritt von der Reling entfernt verharrte der riesige Flammenball für einen Herzschlag. Dann spritzte die Helligkeit auseinander.

Galandel duckte sich in der Erwartung, von flüssigem Feuer verbrannt zu werden. Sie schloss die Lider, doch das gleißende Orange blieb.

Aber sie wurde nicht getroffen.

Ein milder Windhauch fächelte über ihr Gesicht.

Die Hitze war vergangen, und die blendende Helligkeit löste sich in Flecken auf, um schließlich ganz zu verschwinden.

Das Segel war intakt, keine Brandspuren waren zu sehen.

Das war aber nur einer der Gründe für das Gemurmel der Ottajasko.

Der andere waren die flammenden Lettern, die um die auf dem Boden sitzende Shaya loderten, ohne das Schiff zu verbrennen.

»*Findet den, der sprechet wahr,*
im Basar der Stadt Fasar‹,

stand dort.

»*Erfüllt des Träumers Visionen,*
er wird euch sicher führen,
lebendigen Stein zu berühren,
tief im Sand der Äonen.«

Nachdenklich fuhr Ohm Follker durch seinen kurzen Bart. »Fasar also. Wenigstens brauchen wir nicht lange zu rätseln, wo die nächste Aufgabe auf uns wartet.«

Phileassons Blick suchte den Himmel nach der Möwe ab.

Das weiße Gefieder war vor dem blauen Hintergrund leicht auszumachen. Der Vogel landete auf Beorns Thalukke.

»Er ändert den Kurs!«, rief der Drachenführer. »Sie haben die Prophezeiung ebenfalls erhalten!«

Die beiden Segel drehten sich ein wenig, der Bug schwenkte ein Stück nach Westen.

»Mir scheint«, sagte Ohm vorsichtig, »dass der schnellste Weg nach Fasar wäre, wenn wir Khunchom ansteuern und von dort über Land ...«

»Leg den Kurs an!«, unterbrach ihn Phileasson ungewohnt barsch.

»Wir segeln nach Khunchom?«, vergewisserte sich Ohm.

»Wenn ich mich meiner Vergangenheit stellen muss, um König der Meere zu werden«, starr hielt Phileasson den Blick auf Beorns Schiff gerichtet, »dann werde ich das tun, das wohl.«

METRIKEN

Zeitrechnung:

In der gebräuchlichsten Zeitrechnung Aventuriens werden die Jahre nach dem Fall der Stadt Bosparan gezählt (BF).

Das Jahr beginnt und endet im Hochsommer. Es ist in zwölf Monde zu jeweils dreißig Tagen mit vierundzwanzig Stunden eingeteilt. Am weitesten verbreitet ist die Benennung der Monde nach den Göttern des zwölfgöttlichen Pantheons, während die eigensinnigen Thorwaler ihre eigenen Bezeichnungen verwenden.

Zwischen dem letzten Mond des alten und dem ersten Mond des neuen Jahres liegen fünf »Namenlose Tage«, die keinem Mond zugeordnet sind und in denen der unheilvolle Dreizehnte, der Gott ohne Namen, wirkt. Die Thorwaler schreiben diese Tage Hranngar, der verderbten Seeschlange, zu.

Thorwal	Zwölfgötter	irdische Entsprechung
Midsonnmond	Praios	Juli
Kornmond	Rondra	August
Heimamond	Efferd	September
Schlachtmond	Travia	Oktober
Sturmmond	Boron	November
Frostmond	Hesinde	Dezember
Grimfrostmond	Firun	Januar
Goimond	Tsa	Februar
Friskenmond	Phex	März
Eimond	Peraine	April
Faramond	Ingerimm	Mai
Vinmond	Rahja	Juni

Wochentage:
Swafnirsdag
Traviasdag
Jurgasdag
Hjaldisdag
Orozarsdag
Ifirnsdag
Firunsdag

Längenmaße:
Finger – 2 Zentimeter
Spann – 20 Zentimeter
Schritt – 1 Meter
Meile – 1 Kilometer

Ränge der Traviakirche:
Gänslein – Novize
Travienlieb – Akoluth
Bruder/Schwester – Priester/Priesterin
Hoher Bruder/Hohe Schwester – Erzpriester
Mutter/Vater – Tempelvorsteher
Hohe Mutter/Hoher Vater – Als Hohes Paar Oberhäupter der Traviakirche

Ränge der Praioskirche:
Lichtsucher – Quaestor Lumini – Novize
Lichtverehrer – Venerator Lumini – Akoluth
Lichtbringer – Donator Lumini – Priester
Lichtträger – Luminifer – Erzpriester
Lichthüter – Custos Lumini – Prätor
Erleuchteter – Illuminatus – Erzprätor
Wahrer der Ordnung – Luminifactus – Metropolit
Bote des Lichts – Heliodan – Patriarch

GLOSSAR

Achaz: Eine Spezies von kulturschaffenden Echsen, von denen in den Dschungeln des Südens mehrere Völker leben.

A'Kr'Urabaal: Eine versunkene Echsenmetropole unter der heutigen Stadt Mengbilla.

Al'Anfa: Reiche Stadt im Süden Aventuriens, herrscht als Imperium über weite Teile Südaventuriens. Gilt als Hort der Dekadenz.

Alveran: Die Heimstatt der Zwölfgötter.

Alveraniar: Ein Gesandter und mächtiger Diener der Götter.

Analys Arcanstruktur: Zauber, der die tiefere Natur magischen Wirkens enthüllt.

Asdharia: Die alte Sprache der Elfen, beinahe in Vergessenheit geraten.

Asfaloth: Die Herzogin des wimmelnden Chaos und Herrin der Chimären. Eine Erzdämonin.

Atar-Ator: Im Südmeer üblicher Ruf, um Aufmerksamkeit zu erregen.

Aventurien: Kontinent auf der Welt Dere.

Backbord: In Fahrtrichtung links.

Badoc: Etwas, das einen Elfen von seinem Licht entfernt.

Balliste: Ein Geschütz, das einer übergroßen Armbrust ähnelt.

Balsam Salabunde: Ein hochwirksamer Heilzauber.

Belegnagel: Kurzes Rundholz, das in Löcher an der Reling eines Schiffs gesteckt wird und der Befestigung von Leinen dient.

Bireme: Eine Galeere mit zwei übereinanderliegenden Reihen von Ruderern.

Blakharaz: Ein Erzdämon, der an maßloser Rache Gefallen findet. Der Widersacher des Gottes Praios.

Bootshaken: Eine Stange mit einem gebogenen Eisen, mit deren Hilfe man Boote oder andere im Wasser treibende Gegenstände heranziehen kann.

Boran: Stadt im Osten Maraskans und Standort des Haupttempels des Rur-und-Gror-Glaubens, daher auch »die Heilige«.

Bornland: Ein von Rittern gegründetes Reich im Nordosten Aventuriens.

Boron: Gott von Schlaf, Tod, Schweigen und Vergessen.

Brassen: Horizontales Schwenken eines Segels um einen Mast, in der Regel mithilfe von Tauen, an denen die Matrosen ziehen.

Bronnjar: Adliger im Bornland.

Bruder: Anrede für männliche Geweihte; zugleich Bezeichnung für einen Priester der Traviakirche.

Bruderloser: Maraskanische Bezeichnung für den Namenlosen.

Bruderschwester: Gebräuchliche Anrede auf Maraskan, die die Dualität allen Seins beiläufig benennt.

Chimaeroform Hybridgestalt: Ein Zauber, mit dessen Hilfe Chimären erschaffen werden.

Chimäre: Ein Mischwesen, in der Regel durch dämonische Kräfte geschaffen.

Chimärologe: Jemand, der in der Kunde über Chimären, insbesondere deren Erschaffung, bewandert ist.

Codex Albyricus: Ein grundlegendes Regelwerk der Magiergilden mit Gesetzescharakter.

Collega: Übliche Bezeichnung von Magiern untereinander.

Dolle: Gabelförmige und drehbare Befestigung für einen Riemen an einem Bootsrumpf.
Drache: In Thorwal häufig für die Langschiffe verwendet, die ein Drachenhaupt auf dem Vordersteven tragen.
Drachenführer: Kapitän eines Drachenschiffs.
Dschinn (Tulamidya)/Dschinniji (Maraskani): Ein Geist.
Efferd: Gott von Wind, Meer und Seefahrt.
Eisenholz: Eine Sammelbezeichnung für mehrere besonders harte Holzsorten.
Elfen: Kulturschaffende, von Natur aus magiebegabte Spezies. Nach ihrem Lebensraum haben sich verschiedene Völker wie Firn-, Au- und Waldelfen herausgebildet. Alle weisen einen ähnlichen Körperbau mit spitzen Ohren, großen Augen und einem symmetrischen Gesicht auf.
Feylamia: Ein vampirisches Wesen mit besonderer Vorliebe für elfische Lebenskraft.
Firun: Gott des Winters, des Eises, der Natur und der Jagd.
Fockmast: Vorderer Mast eines mehrmastigen Segelschiffs.
Fremdiji: Maraskanisch für »Fremder«.
Fulminictus: Ein Kampfzauber, der den Gegner mit unsichtbarer Kraft trifft.
Galeasse: Ein reines Kriegsschiff, das Segel mit Riemen kombiniert und mit Kastellen und Geschützen bestückt ist.
Gardianum Zauberschild: Ein Schutzzauber.
Gareth: Hauptstadt des Kaiserreichs und größte Metropole Aventuriens.
Garethi: Verkehrssprache des Mittelreichs und am weitesten verbreitete Sprache Aventuriens.
Garethja: Maraskanische Bezeichnung für Mittelländer.
Geweihter: Jemand, der die Weihe eines Götterkults empfangen hat.

Gjalsker: Ein als barbarisch geltendes Volk, das im Nordwesten Aventuriens lebt.

Golem: Ein Kunstwesen, geschaffen aus unbelebter Materie wie Lehm, Stein, Metall oder totem Holz.

Golgari: Der Rabe, der die Seelen der Toten holt. Ein Alveraniar des Totengottes Boron.

Gontarin: Eine mythische Insel im Meer der Sieben Winde. In der Vorstellung der Wüstenelfen befindet sich dort das Tor ins Jenseits.

Güldenland: Sagenumwobener Kontinent westlich von Aventurien, jenseits des Meers der Sieben Winde, auch: Myranor. Von hier stammen die Vorfahren der Thorwaler und der Mittelreicher.

Hässliche: Maraskanische Bezeichnung für Dämonen.

Hauptmast: Höchster Mast eines Segelschiffs.

Heptagramm: Ein mit einer durchlaufenden Linie gezeichneter siebenzackiger Stern.

Hesinde: Göttin des Wissens und der Magie, des Kunsthandwerks, der Wissenschaft und Geschichte.

Hetleute, Hetfrau, Hetmann: Anführer der thorwalschen Sippenverbände.

Hjaldinger: Die Vorfahren der Thorwaler.

Holk: Eine Weiterentwicklung der Kogge mit größerem Laderaum.

Holm: Ein sehr kleines Eiland.

Holmgang: Eine Form des Duells, die auf hjaldingsche Traditionen zurückgeht: Die Duellanten werden auf einer Holm ausgesetzt oder begeben sich in einen sehr kleinen, abgegrenzten Bereich und kämpfen dort ihren Streit aus. Meist endet der Holmgang mit der ersten blutenden Wunde.

Hranngar: Die verderbte Seeschlange, Todfeindin des Gottwals Swafnir.

Ignifaxius: Kampfzauber, bei dem ein Feuerstrahl aus den Fingern des Magiers schießt.

Isdira: Die Sprache der heutigen Elfen.

Jergan: Stadt im Nordwesten Maraskans, gilt als am dichtesten bebaute Siedlung der Welt.

Kalekken: Eine eierlegende Affenart, die auf Beskan lebt.

Karracke: Ein hochbordiger, massiger Segelschifftyp.

Kauca: Ein Wirbelwind, der im südlichen Perlenmeer weht.

Khôm: Aventuriens größte Wüste.

Khunchomer: Ein Krummsäbel, benannt nach der Stadt Khunchom.

Kogge: Ein Schiffstyp mit hochbordigem Rumpf, dessen Volumen vor allem für Handelsfahrten gut geeignet ist.

Koschbasalt: Ein Gestein, das Magie dämpft.

Kreuzmast: Hinterer Mast eines mehrmastigen Segelschiffs.

Krötenhaut: In Thorwal beliebte Lederrüstung, mit Eisennieten verstärkt.

Laschen: Seemännischer Ausdruck für »etwas festbinden«.

Lederschwinge: Ein Mischwesen aus Mensch und Fledermaus.

Leviatan: Ein krötengestaltiges Meeresungeheuer.

Liebliches Feld: Reich im Westen Aventuriens, bekannt für seine feine Lebensart.

Lorcha: Ein Schiffstyp mit flachem Boden und beinahe dreieckigem Segel, vor allem im Südmeer verbreitet.

Magier: Zauberkundiger, der an einer Akademie ausgebildet wurde und in der Regel einer Gilde angehört.

Magierphilosophie: Denkschule, die die Macht einer Gottheit auf das Maß der Verehrung zurückführt, die ihr entgegengebracht wird. In der extremen Form vertritt sie die Annahme, große Verehrung und magische Potenz könnten Sterbliche vergöttlichen. Wegen dieses Aspekts von den Kirchen oft kritisch beäugt.

Mandra: In der Auslegung der Elfen die astrale Kraft, die die Welt durchströmt und Zauberei ermöglicht.

Marasfladen: Eine Pastete, kann unterschiedlich gefüllt werden.

Maraskan: Größte Insel Aventuriens mit sehr eigenständiger Kultur, von den Truppen des Mittelreichs besetzt.

Maraskani: Die Sprache Maraskans, entstanden aus dem Garethi und dem Tulamidya.

Maraske: Ein spinnenartiges Tier, gilt als Königin des Urwalds.

Marus: Äußerst aggressive Spezies kulturschaffender Echsen, die aufrechtgehenden Krokodilen ähneln.

Mittelreich: Kaiserreich, größte politische Macht Aventuriens.

Mohagoni: Ein edles Holz aus südlichen Wäldern.

Nachtalben: Ein elfenähnliches Volk mit einfarbigen, pupillenlosen Augen und bleicher Haut.

Namenloser: Dreizehnter, verdammter Gott.

Nandus: Sohn der Hesinde, Halbgott, Rätseln und der Forschung zugeneigt.

Nothilf: Ein hochpotentes Heilkraut, das ausschließlich in den Salamandersteinen wächst.

Novadis: Menschliches Volk, das vor allem in Wüstenregionen und angrenzenden Gebieten lebt und den Eingott Rastullah verehrt.

Oberste Hetfrau: Gewählte Anführerin der Thorwaler.

Offenbarung der Zwillinge: Ein maraskanischer Zuckerrohrschnaps.

Oger: Eine Spezies von Menschenfressern, die vor fünf Jahren in Horden über Tobrien hergefallen sind.

Ometheon (Ort): Lyrische Bezeichnung für den Himmelsturm.

Orima: Elfische Göttin des Schicksals.

Otta: Thorwalsches Langschiff, Drachenboot.

Ottajasko: Eigentlich eine Schiffsgemeinschaft, wird aber auch auf einen Sippenverbund angewendet.

Ottaskin: Die Wohnstätte einer Ottajasko, meist aus mehreren Langhäusern bestehend, die von einer Palisade umfriedet sind.

Paralysis Starr wie Stein: Ein Versteinerungszauber.

Penibler: Maraskanische Bezeichnung für Praios. Auch: penibler Bruder.

Perlmorfu: Ein schneckenartiges Tier, das Hornsplitter aus Muskelknoten verschießen kann.

Perricum: Reichsstadt am Perlenmeer, Sitz der Rondrakirche.

Phex: Gott der Händler und Diebe, des Glücks und der List.

Pinne: Ein großer Hebel, mit dessen Hilfe man ein (Steuer-)Ruder bewegt.

Praios: Gott von Wahrheit und Gerechtigkeit, Gesetz, Magiebann, Herrschaft und Sonne.

Praiot: Eine abfällige Bezeichnung für einen Praiosgeweihten.

Rah: Querstange an einem Mast, an der das Segel befestigt wird.

Rahja: Die Schöne Göttin von Rausch und Freude, Wein und Pferden.

Rapier: Ein Schwert mit gerader, schlanker Klinge.

Rastullah: Der Eingott der Novadis, der alleinige Verehrung einfordert.

Recke: Thorwalscher Krieger und Seefahrer. Allgemeiner für einen Angehörigen einer Schiffsgemeinschaft verwendet.

Riemen: Mit einem Ruderblatt versehene Stange, die dem Vortrieb eines Seefahrzeugs dient.

Robbentöter: Ein spezielles, im hohen Norden beliebtes Schwert mit gerader, einseitig geschliffener Klinge.

Rondra: Göttin von Sturm, Tapferkeit und ehrenhaftem Kampf.

Rosenohr: Elfische Bezeichnung für Menschen (leicht spöttisch).

Rotze: Ein Geschütz, das mittels verdrehter und überspannter Seile Kugeln aus Stein oder Metall verschießt.

Runen: Schriftzeichen der Thorwaler und Hjaldinger.

Salamandersteine: Ein Gebirge im Norden Aventuriens, in dem sich die greifbare Welt mit dem Traum der Elfen vermischt.

Salasandra: Magische Vereinigung von Gedanken und Gefühlen einer Elfensippe im gemeinsamen Gesang.

Scherenwurm: Eine Chimäre aus einem Hummer und einem Perlmorfu.

Schivone: Ein moderner Schiffstyp mit schlankem Rumpf und gestuften Aufbauten.

Schwester: Anrede für weibliche Geweihte; zugleich Bezeichnung für eine Priesterin der Traviakirche.

Selflanatil: Das heilige Schwert der Wüstenelfen, die Silberflamme.

Shiannafeya: Ein elfisches Volk, das in der Wüste lebt. Mit Unfruchtbarkeit geschlagen.

Sikaryan: Die an den Körper gebundene Essenz eines Lebewesens.

Simia: elfischer Gott der Kreativität und Kunst. Im Zwölfgötterglauben wird Simia als Halbgott verehrt.

Skalde: Thorwalscher Barde. Die Skalden sind Wahrer der Tradition und genießen als Kundige überlieferter Gesetze und der Runen höchstes Ansehen.

Spante: Eine hölzerne »Rippe« eines Schiffs. Wenn ein Schiff einen Kiel besitzt, sind die Spanten an diesem befestigt und geben wiederum den Planken Halt.

Steuerbord: In Fahrtrichtung rechts.

Stückpforte: Eine verschließbare Öffnung vor einem Schiffsgeschütz.

Swafnir: Der große Wal, höchster Gott der Thorwaler. Im Zwölfgötterkult als Halbgott und Sohn von Efferd und Rondra verehrt.

Taladur: Die Stadt der Streittürme, alte Königsstadt Almadas.

Thalukke: Segler mit schmalem Rumpf und außergewöhnlich spitzem Bug.

Thorwal: Land im Nordwesten Aventuriens. Auch: Hauptstadt dieses Landes.

Thurgold: Eine Entschädigungszahlung nach thorwalschem Recht.

Tobrische See: Der nördlichste Teil des Perlenmeeres.

Travia: Göttin von Heim und Herd, Familie, Treue, Gastfreundschaft und Kochkunst.

Tsa: Die Göttin der Jugend und des Neuanfangs, der Geburt und des Lebens.

Tulamiden: Menschliches Volk, das im Osten Aventuriens siedelt.

Tulamidya: Sprache der Tulamiden.

Utulus: Ein dunkelhäutiges Menschenvolk, das im tiefen Süden Aventuriens lebt, oftmals auf Inseln.

Vallusa: Eine freie Stadt, auf einer Insel in der Mündung der Misa errichtet.

Walwut: Ein Kampfrausch, für den manche Thorwaler anfällig sind.

Wanten: Oftmals netzförmig gezogene Seile zur Verspannung von Masten, die auch dazu dienen, zur Mastspitze oder zur Rah hinaufklettern zu können.

Werg: Pflanzenfasern, die als Abfall beispielsweise bei der Herstellung von Hanfseilen anfallen und oft als Stopfmaterial Verwendung finden.

Wurfanker: Ein Eisen mit mehreren Krallen, meist an einer Leine befestigt und verwendet, um ein anderes Schiff zu entern.
Wütechsen: Siehe Marus.
Zedrakke: Ein tulamidischer Schiffstyp, kiellos, mit beinahe senkrechten Seitenwänden und lattenverstärkten Segeln.
Zerzal: Elfische Göttin des Todes.
Zhayad: Eine unter Magiern verbreitete Geheimsprache, die insbesondere bei Beschwörungen oft Verwendung findet.

DRAMATIS PERSONAE

Personenverzeichnis Prolog

Mandarion Schattenläufer (312): Ein Legendensänger, der den Menschen mit Skepsis begegnet.
Rallion Regenflieder (401): Ein Vermittler zwischen den Menschen und den Elfen der Salamandersteine.
Vermis Gulmaktar (33): Ein meisterlicher Golembauer.
Vespertilio Organo (39): Ein meisterlicher Chimärologe.
Weidbert (32): Der Wirt eines Rasthauses am Rande der Salamandersteine.
Zurbaran von Frigorn (51): Einer der führenden Chimärologen Aventuriens.
Zynthia Aslaman (34): Eine scharfsinnige Magierin.

Personenverzeichnis Hauptteil

Abdul el Mazar (63): Ein novadischer Magier, respektierte Kapazität auf dem Gebiet der untergegangenen Echsenkulturen und Kämpfer wider dämonische Umtriebe. Wurde in den Himmelsturm verschleppt und dort gequält.
Alryascha mit den Wellen im Kopf (27): Eine Hexe mit enger Verbindung zu den Geistern der Ertrunkenen.

Asleif Phileasson: Siehe Phileasson.
Beorn Asgrimmson, der Blender (33): Der berühmteste Plünderfahrer Thorwals.
Dolorita (32): Eine Hexe, in Beorns Gefolge auf der Suche nach besseren Tagen.
Eilif Sigridsdottir (33): Eine durchsetzungsstarke Plünderfahrerin.
Eimnir Hermson (26): Ein schweigsamer Ruderer in Beorns Mannschaft mit der Leidenschaft, Dinge niederzubrennen.
Fejris: Phileassons Schwert.
Foggwulf: Siehe Phileasson.
Galandel deren-Lied-verklingt (etwa 350): Eine Elfe, die ihre vor drei Jahrhunderten begonnene Reise zum Himmelsturm vollendet hat.
Galayne der-im-Schildwall-steht (sehr alt): Ein uralter Feylamia, der Dunkelheit verfallen, doch auf der Suche nach der Schönheit der Welt.
Hal: Ein Holzgolem, benannt nach dem Kaiser des Mittelreichs.
Horntriber (29): Ein Freibeuter in Kodnas Hans Stützpunkt auf Beskan.
Ikvan Bradiloff (38): Ein Protocollarius in Vermis' Diensten.
Irulla (35): Eine Waldmenschenfrau und hervorragende Spurenleserin mit einer Vorliebe für den Tod.
Jemoljian mit der krummen Münze (30): Ein Krämer auf Beskan.
Kodnas Han (33): Ein maraskanischer Pirat, der den Kaiserlichen zusetzt.
Lailath Schlangenschlächterin (etwa 300): Eine Wüstenelfe, die auch der Tod nicht von der Suche nach dem heiligen Schwert der Orima abbringen konnte.
Lenya Yasmadottir (32): Eine Schwester der Traviakirche,

Bogenschützin, Schiedsrichterin der Wettfahrt, die Beorn begleiten soll. Jetzt Gefangene im Himmelsturm.

Leomara della Rescati (10): Ein Mädchen, das für Visionen empfänglich ist.

Mactans (Jahrtausende alt): Ein Spinnendämon, der auf seinem Lohn besteht.

Mirandola Ernathesa (32): Eine gelehrte Adlige aus Taladur, die aus dem Himmelsturm befreit wurde.

Nasbirat mit dem traurigen Gesicht (29): Eine Freibeuterin, die ihren Liebsten vermisst.

Nesrin (22): Eine Sklavin Vespertilios – viel mehr als ein Lustobjekt.

Ohm Follker (52): Ein Skalde und alter Freund Phileassons.

Olav Stirson (50): Der Steuermann und nach Galayne ältestes Mitglied von Beorns Mannschaft.

Orelio (28): Ein exzellenter Fechter, der sich Beorn aus Liebe zu Dolorita angeschlossen hat.

Orkengriff (1): Ein Spinnenmann mit gesundem Appetit.

Pardona die Vielgestaltige (einem vergangenen Zeitalter entstammend): Eine Sterbliche auf dem Weg zur Göttin.

Pepito (18): Eine prächtige Möwe, Vertrautentier von Dolorita.

Phileasson (36): Der berühmteste Entdecker Thorwals.

Praioslob (44): Ein Geweihter des Praios, der die Botschaft der Gerechtigkeit unter dem einfachen Volk verbreiten will.

Salarin Trauerweide (26): Ein Elf, dem zunehmend unklar ist, was er im Leben sucht.

Selime saba Anaram (16): Eine junge Novadi mit dem Herzen eines ritterlichen Helden.

Shaya Lifgundsdottir (33): Eine Traviageweihte und Schiedsrichterin der Wettfahrt, die mit Phileasson reist.

Sinasab (22): Die große Liebe des Kapitäns der *Boronsstolz*.

Tarquinio (0): Ein toter Säugling.
Tirella (33): Eine Matrosin in Vermis' Gefolge.
Tjorne Warulfson (23): Ein Recke, dessen Reue kein Gehör findet.
Trachrhabaar: Eine Dämonin, genannt *die Näherin*, die vor allem bei der Erschaffung von Chimären wertvolle Dienste leisten kann.
Tylstyr Hagridson (26): Ein Magier, der sich Phileasson angeschlossen hat und sich nach seiner Liebe sehnt.
Vascal della Rescati (53): Ein etwas eitler Nandusgeweihter aus dem Lieblichen Feld, der mit seiner Nichte die Welt bereist und sich Phileasson angeschlossen hat.
Vermis Gulmaktar (56): Ein Meister der Artefaktmagie, der sich nicht von seinem Ziel abbringen lässt.
Vespertilio Organo (62): Ein meisterlicher Chimärologe, der darauf besteht, zu erhalten, was ihm zusteht.
Zidaine Barazklah (24): Eine Fechterin, die unerbittlich Rache für einen dunklen Winter fordert.